W0373909

Harper
Collins

EMILY JANE FOX

MEIN NAME IST TRUMP

HINTER DEN KULISSEN VON AMERIKAS FIRST FAMILY

Aus dem amerikanischen Englisch von
Dietlind Falk und Hannes Meyer

Harper Collins

HarperCollins®

FSC
MIX
Papier
FSC® C014496

1. Auflage: Oktober 2018
Copyright © 2018 by HarperCollins
in der HarperCollins Germany GmbH
Deutsche Erstveröffentlichung

Titel der amerikanischen Originalausgabe:
Born Trump. Inside America's First Family
Copyright © 2018 Emily Jane Fox
erschienen bei: HarperBooks, an imprint of HarperCollins *Publishers*, US

Umschlaggestaltung: zero-media.net, München, Artwork Milan Bozic
Umschlagabbildung: Mike McGregor, Manny Hernandez,
Jeff J Mitchell, DOMINICK REUTER_AFP / Getty Images;
picture alliance / Bernd Von Jutrczenka / dpa; janniwet / shutterstock
Lektorat: Britta Fietzke
Satz: GGP Media GmbH, Pößneck
Printed in Germany
Dieses Buch wurde auf FSC®-zertifiziertem Papier gedruckt.
ISBN 978-3-95967-267-2

www.harpercollins.de

Werden Sie Fan von HarperCollins Germany auf Facebook!

Für meine Mutter, meinen Vater und meine Schwester,
die mir ihre bedingungslose und selbstlose,
schützende und ewig parate Liebe
so großzügig und bereitwillig gaben, dass ich kaum
eine Vorstellung davon hatte, wie es wäre,
anders aufzuwachsen.
Dafür bin ich heute dankbarer als je zuvor.

INHALT

KAPITEL 1

Amtseinführung

IVANKA TRUMP UND Jared Kushner hasteten mit ihren Kindern hinauf in die zweite Etage des Weißen Hauses, in die südöstliche Ecke des neuen Sechzehn-Zimmer-Zuhauses ihres Vaters. Ivanka hatte immer noch den weißen Hosenanzug von Oscar de la Renta an, den sie den ganzen Tag schon getragen hatte – durch den Regen beim Amtseid ihres Vaters sowie während der Parade entlang der Pennsylvania Avenue zur Feier seiner Amtseinführung –, und sie war völlig durchgefroren. Bald jedoch würde sie für die Amtseinführungsbälle des Abends ein glitzerndes champagnerfarbenes Kleid anziehen. Ihr Haar würde toupiert, gescheitelt und mit viel Spray zu einem kunstvollen Knoten im Nacken gebunden werden. Sie würde Teardrop-Diamantohrringe anlegen, Highlighter auf den Wangenknochen, unter den Augenbrauen und auf ihren nackten Schlüsselbeinen auftragen, die der tiefe Ausschnitt ihres Kleids entblößte.

Aber all das musste noch etwas warten. Die Trump-Kushners rasten in den Lincoln Bedroom, wo sie am ersten Wochenende der Präsidentschaft von Ivankas Vater übernachteten. Das Ende der traditionellen Parade kam dem

Sonnenuntergang am 20. Januar 2017 um 16:59 Ortszeit gefährlich nahe. Als praktizierende Moderne Orthodoxe Juden mussten Ivanka und Jared die Sabbatkerzen beim Übergang vom Tag zur Nacht anzünden, wie es die Tradition verlangte, mit der Jared schon sein ganzes Leben verbracht hatte und der sich Ivanka anschloss, als sie vor ihrer Hochzeit zum jüdischen Glauben konvertierte. Sie hatte vom Butler des Weißen Hauses Kerzenleuchter in dem geliehenen Zimmer bereitlegen lassen. Normalerweise brachte sie für jedes Wochenende auswärts eigene mit, aber dieses Wochenende war für die Trumps alles andere als normal. Sie war davon ausgegangen, dass sich im Weißen Haus schon irgendwo geeignete Kerzenleuchter finden würden. Damit sollte sie recht behalten.

Die fünfköpfige Familie bildete einen Halbkreis um die Kerzenleuchter, und Ivanka riss ein Streichholz an, mit dem sie die Kerzen anzündete. Dort standen sie in dem Raum, den Abraham Lincoln einst als Büro genutzt hatte; den die Trumans 1945 umgebaut, den Jackie Kennedy 1961 schick gemacht, Hillary Clinton in den Neunzigern runderneuert und Laura Bush 2004 wieder renoviert hatte. Das 2,40 mal 1,80 Meter große sogenannte Lincoln Bed aus Palisander stand hinter ihnen – das Bett, in dem die Präsidenten Franklin Roosevelt und Calvin Coolidge geschlafen hatten; eine Abschrift der Gettysburg Address lag auf dem Schreibtisch, eine von nur fünf, die Lincoln unterschrieben, datiert und mit Überschrift versehen hatte. Ivanka bedeckte die Augen und sprach den Segen über die Kerzen: »Baruch ata Ado-naj, Elohenu Melech Ha'Olam, ascher kideschanu bemizwotaw, weziwanu lehadlik ner schel at.« *Gesegnet seist Du, G'TT, König des Universums, der uns geheiligt hat durch Seine Gebote und uns befohlen hat, das Licht zu entzünden.*

Es war das erste Mal in der Geschichte des Weißen Hauses, dass der Sabbat hier auf diese Weise begrüßt wurde.

Gut fünf Stunden vorher, während dünne Regenschleier über Washington, D.C. fielen, hatte Donald J. Trump auf dem Westrasen des Kapitols die rechte Hand auf zwei Bibeln gelegt und als fünfundvierzigster Präsident den Amtseid geleistet, wie es Artikel II, Abschnitt 1 der Verfassung der Vereinigten Staaten fordert. Eine der beiden Bibeln war die, die Lincoln bei seiner ersten Amtseinführung 1861 benutzt hatte, als die Nation vor dem Ausbruch des Bürgerkriegs gestanden hatte. Die andere hatte ihm seine Mutter 1955 geschenkt, zwei Tage vor seinem neunten Geburtstag und kurz nach seinem Abschluss der Sunday Church Primary School an der First Presbyterian Church in Jamaica, Queens. Sein Name ist auf den Buchdeckel geprägt, und die Bibel ist innen von der Kirchenleitung signiert.

Nachdem der Eid geleistet war, drehte Trump der Menge den Rücken zu und öffnete die Arme in Richtung seiner Familie, in deren Mitte er gestanden hatte, als er dem amerikanischen Volk die Treue geschworen hatte. Als Erstes erwiderte er Ivankas Blick, die sich direkt mittig hinter das Pult gestellt hatte, ihr Bruder Eric befand sich ein Stück links hinter ihr und daneben ihre Halbschwester Tiffany. Don Jr. stand auf der anderen Seite hinter Ivanka, neben ihm ihr Halbbruder Barron und ihre Stiefmutter, die frischgebackene First Lady Melania. Ivanka nickte ihrem Vater, dem Präsidenten, kaum sichtbar zu und neigte den Kopf leicht, ihr dabei zur Schau gestelltes Lächeln straffte ihre

Lippen und Wangen so stark, dass ihre Gesichtsmuskeln sich zu einem wohlgebräunten Rechteck verzerrten. Sie hechtete vorwärts, um ihm einen Kuss zu geben, aber sein Reaktionsvermögen war schneller. Diese Art von Weltbühne war zwar selbst für ihn neu, aber sein Familienleben stand schon lang genug im Rampenlicht der Presse, dass er nur zu gut wusste, dass er sich unbedingt zuerst seiner Frau zuwenden musste – dann erst seiner Lieblingstochter. Bevor Ivanka ihn also erreichen konnte, duckte er sich nach links weg, gab seiner Frau einen flüchtigen Kuss und arbeitete sich dann durch die Reihe seiner Kinder – Barron, Donny, Ivanka, Eric, Tiffany –, damit sie ihm gratulieren konnten, ihm sagen konnten, was er Großes geleistet hatte und wie sehr sie ihn liebten.

Bald bildete die Familie eine Autokolonne für die Parade. Ivanka und Jared merkten recht bald, dass ihre Babyschale nicht in ihren gepanzerten Wagen passte – eine überraschend normale Unannehmlichkeit, die an diesem historischen Tag kurzfristig alles aufhielt. »Warum geht es denn nicht los?«, wurde ringsum gefragt. Schließlich fanden sie eine Lösung, und die Kolonne setzte sich in Bewegung. Um Viertel nach vier nachmittags stiegen Donald, Melania und Barron – gemäß einer Tradition, die Jimmy Carter 1977 eingeführt hatte, als er seine Limousine verließ und die zwei Kilometer zum Weißen Haus zu Fuß ging – vor dem Trump International Hotel aus dem »Beast«, dem gepanzerten Wagen des Präsidenten. Andernorts entlang der Route war die jubelnde Menge dünn, und stattdessen hatten sich Demonstranten versammelt. Aber vor dem Hotel, das nun den Namen des Präsidenten trug, drängten sich die Feiernden auf zwölfrangigen Tribünen. Das Meer aus roten »Make America Great Again«-Mützen toste. Die Menschen jubelten und schwangen Banner. Ivanka, Don Jr. und Eric samt Partnerinnen und Partnern sowie den meisten ihrer jeweiligen Kinder folgten in eigenen Wagen. Nachdem ihr Vater ausgestiegen war, gesellten sie sich hinzu und begrüßten die Fans, die stundenlang geduldig bei sieben Grad im Washingtoner Winter gewartet hatten.

Die Familie blieb gut drei Minuten draußen, bevor sie wieder in die Wagen stieg und die Kolonne noch eine halbe Stunde lang langsam weiterrollte, bis sie an einer Tribüne vor dem Weißen Haus ihr Ziel erreichte. Kurz vor Sonnenuntergang huschten Ivanka und Jared dann nach drinnen.

Keiner von ihnen hatte wirklich damit gerechnet, an diesem Tag an diesem Ort zu sein. Als ihr Vater sich zur Kandidatur entschlossen hatte – und eigentlich bis zu dem Zeitpunkt, als sie ihn im Wahlkampfhauptquartier im dreiundzwanzigsten Stock des Trump Towers am achten November die ersten Staaten gewinnen sahen –, hatten sie erwartet, dass er verlieren würde und sie sich alle wieder ihren normalen Leben und Unternehmen zuwenden konnten. Dann hätten sie den grauen Wintertag damit verbracht, sich auf ein Wochenende in Mar-a-Lago, zu Hause in Bedminster, Westchester oder den Catskills vorzubereiten und vielleicht den Fernseher im Hintergrund mit der Zeremonie laufen zu lassen. Es wäre ein ansonsten ganz normales Winterwochenende für eine ansonsten glückliche, betuchte Familie gewesen, die langsam wieder zurück in die Normalität fand. Bis auf die Tatsache, dass er nun etwas gewonnen hatte, wollte auch Donald eigentlich lieber an jedem anderen Ort sein statt im Weißen Haus. Als ihm die Realität des Wahlergebnisses in der Zeit vor seinem Umzug bewusst wurde, fragte er seine Berater häufig, wie oft er Washington verlassen und in sein Penthouse in New York zurückkehren könne. In den Wochen nach dem Umzug verbrachte er die meisten Wochenenden in seinem Privatclub in Palm Beach.

Allerdings war es kein normales Wochenende, und die alte Normalität der Trumps wich bald einer außerordentlichen neuen Existenz – einer, die sie weder erwartet hatten noch jemals sich so hätten ausmalen können. Und doch befanden sie sich am zwanzigsten Januar mittendrin. Und wenn sie schon mal da sein mussten, machten die Trump-Kinder das Beste draus und stürzten sich eifrig ins Getümmel.

Nur wenige Stunden nach Donald Trumps Siegesansprache, die mithilfe seiner Kinder schnell zusammengeschustert worden war (es war nur eine Rede zum Eingeständnis der Niederlage vorbereitet worden), bevor sie alle hinüber zum Ballsaal des Midtown Manhattan Hilton Hotels eilten, wachte die Familie Trump am Morgen des neunten Novembers übernächtigt und verwirrt auf, und es standen schon tausend Aufgaben an. Es war alles so anders gedacht gewesen. Ivanka hatte Pläne, sich ab Mittwochmorgen wieder ihrer Modelinie zu widmen. Sie wollte Gras über alles wachsen lassen, warten, bis Groll und Gerede sich ein bisschen gelegt hätten, damit die voraussichtlich guten Verkaufszahlen des Weihnachtsgeschäfts für sich selbst hätten sprechen und ein ganz neues Unternehmensnarrativ hätten begründen können. Auch ihr Buchmanuskript für Frauen in der Arbeitswelt bedurfte ihrer Aufmerksamkeit; sie hatte es gerade abgegeben, und es sollte etwa um die Zeit der Amtseinführung in den Druck gehen. Jared wollte eine Rundreise starten, um seinen guten Ruf wiederherzustellen. Freunde wünschten ihm dabei viel Glück, schließlich hielten ihn nun alle für ein Arschloch; niemand würde bereitwillig mit ihm zusammenarbeiten, zumindest nicht direkt nach der Wahlniederlage. Don Jr. und Eric sprachen mit Investoren und Partnern über eine neue, weniger hochpreisig angesiedelte Hotelkette in Städten im Landesinneren, die die Trump-Wähler ansprechen würde, die die Trumps im Wahlkampf kennengelernt hatten und deren MAGA-Eifer sie zu Kunden der Trump Organization machen sollte. Tiffany wollte sich wieder auf ihre Bewerbungen für einen Jurastudienplatz konzentrieren. Barron würde wieder ohne die Secret-Service-Agenten zur Schule an der Upper West Side Manhattans gehen können, die beim Hinbringen und Abholen immer für Staus sorgten und so die Wut der Eltern und Kindermädchen von Upper Manhattan auf sich zogen (ganz zu schweigen vom Informationsabend der Schule, als Melania und ihre Personenschützer den einzigen Aufzug des Gebäudes blockierten, um zu Barrons Klassenzimmer zu gelangen, sodass alle anderen Eltern die Treppe hochtigern mussten, was das Aggrometer der Schule ins Unermessliche eskalieren ließ).

Für den unwahrscheinlichen Fall, dass Donald doch gewinnen sollte, waren kaum Vorkehrungen getroffen worden.

Jetzt musste ein Amtseinführungswochenende auf die Beine gestellt werden, für das Monate an Planung und Millionen von Dollar gebraucht werden würden, sowie ein wenigstens rudimentäres Verständnis der Geschichte und Traditionen dieser Zeremonie. Trump übergab Tom Barrack die Komiteeleitung, mit dem er seit drei Jahrzehnten befreundet war. Am fünfzehnten November verkündete Donald, dass Barrack – ein Investor und Milliardär, der schon unter Reagan als Vizestaatssekretär im Innenministerium gearbeitet hatte und während des Wahlkampfs einer von Donalds lautesten Fürsprechern und Beratern gewesen war (sowie der Mann, der Ivanka und Jared gedrängt hatte, Donald davon zu überzeugen, Paul Manafort anzuheuern) – »für die Planung und Koordination aller offiziellen Veranstaltungen und Aktivitäten rund um die Amtseinführung zuständig« sein werde.

Die Wege der zwei hatten sich das erste Mal 1987 gekreuzt, als Donald ihn in den Trump Tower bestellt hatte. Damals arbeitete Barrack für eine reiche texanische Familie, die eine Kaufhauskette besaß, an der Donald Anteile kaufen wollte, was ihm mit Barracks Hilfe dann auch gelang. Derselben Familie gehörte auch das Plaza Hotel, das Donald von seinem Bürofenster im Trump Tower aus sehen konnte und nur zu gerne seinem wachsenden Manhattaner Reich einverleiben wollte. Das Problem war, dass Barracks Chefs 410 Millionen Dollar für die Immobilie verlangten. Das war ein schlechter Deal für Donald, aber das Hotel war eine New Yorker Institution, eine feste Größe der Stadt, wie auch Donald selbst eine werden wollte. Es war ein Kronjuwel. Und Donald – ein Außenseiter aus Queens und eine Art Witzfigur – wollte es für seine Krone. Also zahlte er den Preis – sogar bar –, und nachdem er in diesem Hotel die Geburtstage seiner Kinder gefeiert, er sich mit Ivana dort getroffen hatte, um die ersten Einzelheiten ihrer Trennung auszuarbeiten, und er später Marla Maples im Hotel geheiratet hatte, trieb es ihn fast in den Ruin. 1994 rief ein Bekannter von der Chase Manhattan Bank bei Barrack an und informierte ihn, dass Donald in Schwierigkeiten stecke. Er hatte einen Kredit über hundert Millionen Dollar von

Chase, einen Berg an anderen Schulden und müsste allermindestens das Plaza Hotel verkaufen. Barrack überredete die Bank, nicht gleich mit der Zwangsvollstreckung bei Donald zu klingeln, sondern ihm ein bisschen Luft zu lassen, damit er sich um eine neue Finanzierung kümmern konnte. In der gewonnenen Zeit fanden sie einen saudischen Prinzen und eine Hotelgruppe aus Singapur, die Donald das Hotel abnahmen. Über ein Jahrzehnt später bat Donald Barrack erneut um Hilfe, dieses Mal für Jared, der aus eigenem Trump'schen Außenseiter-Ehrgeiz, sich in Manhattan einen Namen zu machen, einen einundvierzigstöckigen Büroturm an der Fifth Avenue für den bis dahin höchsten jemals für ein Gewerbegebäude gezahlten Preis gekauft hatte und nun mit den Kreditraten kämpfte. Jared flog nach Los Angeles, um Barracks Rat einzuholen, und dieser tat ihm den Gefallen, half mit der Umschuldung und übernahm selbst einen Teil von Jareds Schulden.

Die Aufgabe bei der Amtseinführung war ein großes Dankeschön an Barrack und eine Erleichterung für Donald, der schon so oft von ihm gerettet worden war, dass er ihm zutraute, es auch dieses Mal wieder zu schaffen. Barrack stellte zur Unterstützung ein Team aus anderen Milliardären und Trump-Getreuen zusammen, darunter Sheldon Adelson, Woody Johnson, Anthony Scaramucci, Steve Wynn, Elliott Broidy und Laurie Perlmutter. Er bat Stephanie Winston Wolkoff, eine ehemalige Redakteurin der *Vogue* und Freundin Melanias, die bei Condé Nast als »General Winston« bekannt ist, weil sie mit militärischer Effizienz die jährliche Met Gala plante, als Chefredakteurin für alle Themen rund um die Amtseinführung zu fungieren. Sie übernahm die harte Arbeit – Lokalitäten und Veranstaltungsplaner buchen, Tischdeko auswählen, Senderechte und Social-Media-Filter regeln, in Erfahrung bringen, wie man die schwere Ausrüstung durch Washington manövriert und – wohl die schwierigste Aufgabe überhaupt – Künstler auftreiben, die bei den Veranstaltungen am Wochenende auftreten würden. Die Amtseinführungen der Vergangenheit hatten vor Stars nur so gestrotzt. Bei der von Barack Obama waren Beyoncé, Aretha Franklin, Yo-Yo Ma und Kelly Clarkson aufgetreten; bei der von George W. Bush Ricky Martin, 98 Degrees und Jessica Simpson; für die von Bill Clinton hatte sich die Band Fleetwood Mac zu einem ihrer seltenen gemeinsamen Auftritte zusammengerauft. Doch kaum ein Star wollte bei der Amtseinführung von Donald Trump auftreten. Das wäre bei jedem Präsidenten in spe ein Problem gewesen, aber bei Donald Trump war es besonders heikel, weil sein empfindliches Ego schon bei den geringsten Kränkungen Risse bekam.

Wolkoff bat Mark Burnett, den Schöpfer von *The Apprentice*, sein Adressbuch durchzuforsten, um Stars zur Teilnahme an dem Wochenende zu überreden – wenn schon nicht Donald zuliebe, dann als patriotischer Dienst am Land. Aber trotzdem konnten sie keinen großen Namen für die Veranstaltungen gewinnen. Wurde jemand auch nur gerüchtehalber als Besetzung für die Amtseinführung erwähnt, distanzierte der oder die Betreffende sich sofort öffentlich von allem. Als es hieß, Elton John werde auf der Mall ein Konzert geben, dementierte seine Sprecherin sofort. Zunächst wirkte Garth Brooks einigermaßen interessiert, schließlich gehe »es ja immer um den Dienst an der Allgemeinheit«, aber bald darauf erteilte er einer Anfrage dann doch eine Absage. Das Gleiche passierte bei Andrea

Bocelli, Kiss und Jennifer Holliday. Der Mormon Tabernacle Choir aber nahm die Einladung zu einem Auftritt bei der Leistung des Amtseids an. Für die Nationalhymne wurde die Nummer zwei von *America's Got Talent*, Jackie Evancho, engagiert. Die Rockettes erklärten sich zu Auftritten auf den Amtseinführungsbällen bereit, wobei einzelne Tänzerinnen sich weigerten und sich bei ihrer Gewerkschaft beschwerten, dass sie für einen Mann tanzen sollten, »der für alles steht, gegen was wir eintreten«, wie es eine von ihnen ausdrückte.

Gleichzeitig bereiteten sich Millionen von Menschen, darunter Katy Perry, Cher und Madonna, auf die Frauenmärsche im ganzen Land vor. Es wurde sogar berichtet, dass die Stadt Washington weit mehr Genehmigungen für Busse zum Marsch am Samstag erteilte als zu Donalds Amtseid am Freitag. Und in den Wochen vor der Amtseinführung schworen fast siebzig Abgeordnete, dass sie die Veranstaltungen aus Protest gegen Donalds Wahlkampfbotschaften und -gebaren boykottieren würden.

Während Proteste drohten und fast keine Promis ihre Teilnahme angekündigt hatten, münzte das Komitee kurzerhand alles um. Barrack verkaufte es nun so, dass man keine anderen Berühmtheiten brauche, wenn man schon »den größten Star der Welt« als Präsidenten habe. »Statt ihn also mit Leuten zu umgeben, die vielleicht als A-Lister gesehen werden«, sagte Barrack, »umgeben wir ihn lieber mit der sanften Sinnlichkeit dieses Ortes. Das hat eine viel poetischere Kadenz als so eine zirkusartige Krönungsfeier. Genau so hat es sich der zukünftige Präsident gewünscht.«

Mit einem Wort – es war eine Katastrophe, und alle Trumps mussten mit anpacken. Die Kinder stürzten sich mit in die Planung, wenn auch nicht unbedingt, um zu helfen oder die Last mitzutragen. Jeder achtete penibel darauf, dass er oder sie bei allen öffentlichen Veranstaltungen involviert war, statt nur dabei zu sein, und die Sitzordnung auch zur eigenen Zufriedenheit ausfiel. Ihre Nähe zu Donald an diesem großen Tag und damit ihre Abbildung auf Fotos, die an dem Wochenende um die Welt gehen und für Jahrhunderte in den Geschichtsbüchern prangen würden, stand somit an erster Stelle.

Melania als zukünftige First Lady wollte ein Wochenende organisieren, an dem alle zusammenkommen konnten. Alle fünf Kinder und acht Enkelkinder wurden eingeladen, am Donnerstagabend vor der Amtseinführung im Blair House, direkt gegenüber vom Weißen Haus, zu übernachten und den Rest des Wochenendes in der Executive Residence, dem Haupthaus des Weißen Hauses, zu verbringen, sobald die Obamas aus- und die Trumps eingezogen waren. Niemand musste auf dem Sofa schlafen oder sich mit jemand anderem das Zimmer teilen; Melania achtete darauf, dass jedes der Geschwister ein eigenes Zimmer hatte, und legte fest, wer wo die Nächte verbringen würde, wobei Ivanka den Wunsch äußerte, im Lincoln Bedroom untergebracht zu werden. Melania plante genügend Zeit für Frühstücke, Mittag- und Abendessen mit der gesamten Familie ein, um an diesem allzu eindrucksvollen Wochenende alle Beteiligten etwas zu erden. Außerdem ließ sie über die Dauer des gesamten Wochenendes Buffets anrichten, damit nie jemand Hunger leiden musste.

Melania war sich bei der Parade am zwanzigsten Januar weniger sicher, während derer die Familie den gleichen Weg zu Fuß gehen würde, wie die Präsidenten es nun seit fast einem halben Jahrhundert taten. In der amerikanischen Politik hatte vorher nur selten ein solch hasserfülltes, gespaltenes Klima geherrscht wie nach Donalds Wahl, und ihr bereitete die Vorstellung große Sorgen, mit ihrem elfjährigen Sohn aus dem Wagen zu steigen und unter freiem Himmel weiterzugehen, trotz des Secret Service und dem anderen Sicherheitspersonal, das sie umgeben würde.

Ivanka dagegen war fest entschlossen: »Die Parade findet statt.« Sie war Tradition. Sie war präsidial. Sie war nichts, was sich Donald und die Familie entgehen lassen durften.

Im Übergangsteam herrschte der Eindruck vor, dass dieser Traditionsaspekt der Zeremonie für Ivanka das Wichtigste war. Hier kam die Chance der Trumps für ihren eigenen Kennedy-Moment – einen Hauch des amerikanischen Camelot. In ihrem taubenblauen Ralph-Lauren-Anzug mit abgestimmten blauen Handschuhen, das Haar aufgebauscht, eiferte Melania am Tag des Amtseids eindeutig Jackie nach. (Ursprünglich hatte sie mit dem Gedanken gespielt, das mittlerweile berüchtigte rot-weiß-blaue Gucci-Ensemble anzuziehen, das schließlich Kellyanne Conway tragen sollte und für das sie schwer gescholten wurde; doch eine Moderedakteurin und Beraterin Melanias erhob Einspruch und erinnerte sie daran, wie wichtig es sei, an diesem Wochenende amerikanische Designer zu tragen.) Ivanka wollte die Trumps als neue amerikanische Königsfamilie etablieren. Sie arbeitete mit einer Stylistin zusammen und sagte Freunden, sie wünsche sich einen Prinzessinnenmoment, vor allem für die Amtseinführungsbälle, für die sie ein glitzerndes Tüllkleid auswählte. »Ich habe ihr gesagt, es sei eine Amtseinführung, keine Krönungszeremonie«, erinnerte sich eine Freundin. »Die Idee war, dass die Amerikaner sich nach einer Königsfamilie sehnten.« (Ein vergrößertes Foto von Ivanka in diesem Kleid, als sie auf der Bühne mit Jared tanzt, hängt vor ihrem Büro im West Wing mit einer Widmung ihres Vaters: »Für das schönste Paar der Welt«, steht mit einem metallisch glänzenden Stift dort fast unleserlich geschrieben. »Ich bin so stolz auf euch. In Liebe, Dad.«) Dem weißen Hosenanzug von Oscar de la Renta, den Ivanka sich für die Amtseidszeremonie aussuchte, wird weniger Bedeutung zugeschrieben. Natürlich blieb aber auch diese Wahl nicht unkommentiert. Weiße Hosenanzüge waren das Markenzeichen Hillary Clintons und auch sie trug am Tag von Donalds Amtseinführung wieder einen. Als Ivanka von ihren Beratern vorher darauf hingewiesen wurde, tat sie es ab. »Es war auf keinen Fall Absicht, dass sie sich dafür entschieden hat«, erinnerte sich eine Beraterin. »Ihre Reaktion war etwa ›Ach, Mist!‹, aber nicht auf blöde Art. Sie wollte einfach keine große Sache daraus machen, und das war es ja auch nicht.«

Dass Ivanka sich auf die Kennedys berufen wollte, war keine Überraschung. Mit Sicherheit spielte zumindest in Ivankas Kindheit da ihre Mutter Ivana eine Rolle, die sich immer nach einem Platz im alten amerikanischen Geldadel gesehnt hatte. Jahrelang verkündete Ivana stolz, dass sich Ivankas geliebtes irisches Kindermädchen Bridget Carroll schon um John Kennedy Jr. gekümmert hatte, bevor sie bei den Trumps eingezogen war, auch wenn es dafür keine Belege außer Ivanas Aussagen gibt. Ivana war stolz auf ihre Schulauswahl für ihre Tochter, nämlich zunächst die Chapin School, die Mädchenprivatschule, auf der auch Jacqueline Bouvier gewesen war, und später die Choate Rosemary

Hall, bei der auch John F. Kennedy seinen Schulabschluss gemacht hatte. In Ivanas jüngstem Buch über ihre Kinder erwähnt sie, dass die Kennedys oft gleichzeitig mit den Trumps Urlaub in Aspen gemacht hatten und sie Slalomrennen gegeneinander gefahren waren. »Es ging Trumps gegen Kennedys«, schreibt sie, »und die Trumps gewannen immer.« Wenn das Thema vor allem in Ivankas Politikgeschichtskursen in der Choate Rosemary Hall aufkam, erzählte sie ihren Kommilitonen oft, wie sehr sie Jackie Kennedy als Führungspersönlichkeit bewundere. (Eine Kommilitonin erzählte, dass Ivanka sich auch immer sehr für die Roosevelts interessierte, vor allem für Anna Roosevelt. Franklin Roosevelt wählte seine einzige Tochter Anna aus – die wie ihr Vater eine eher schwierige Beziehung zur First Lady hatte –, in seinem West Wing zu arbeiten, nachdem sie und ihre kleinen Kinder in den ersten Jahren seiner Präsidentschaft mit im Weißen Haus gelebt hatten. Sie war seine persönliche Assistentin und begleitete ihren Vater zur Konferenz von Jalta im Zweiten Weltkrieg, während Eleanor Roosevelt zu Hause zurückblieb.)

Auch Jared und seine Familie hatten eine Schwäche für die Kennedys. Jareds Vater Charlie nannte sich selbst gern den »jüdischen Kennedy« und sah sich als König und Königsmacher in der Religionsgemeinschaft des nördlichen New Jerseys, wo dank großzügiger Spenden viele Gebäude seinen Namen trugen. Als Jared sich im letzten Highschooljahr für Harvard bewarb, bat Charlie den Senator Frank Lautenberg darum, sein Kollege Ted Kennedy möge ein gutes Wort beim Dekan der Zulassungsstelle einlegen. Als Jared später ein Eckbüro mit Blick auf die St. Patrick's Cathedral bezog, wo Caroline Kennedy getauft worden war und der Trauergottesdienst für Bobby Kennedy stattgefunden hatte, hängte er nur ein einziges Foto an die Wand neben seinem Schreibtisch. Ein gerahmter Schnappschuss von Kennedy während seiner Rede vor dem demokratischen Parteitag 1960 in Los Angeles, aufgenommen von Garry Winogrand. JFK ist von hinten zu sehen, die Scheinwerfer erzeugen seitlich um seinen Kopf und seine Kieferkonturen eine Art Heiligenschein. Ein Fernseher hinter dem Rednerpult zeigt dem Betrachter wiederum sein gefilmtes Gesicht in Schwarz-Weiß. »Ich finde es toll, wie er vom Betrachter wegschaut, man ihn aber gleichzeitig von vorne sieht«, erklärte Jared 2009 dem *New York Magazine*. »Ich liebe das Schimmern in seinem Gesicht. Ich schaue mir das Foto andauernd an.« Er hat alle Fotos aus der Serie gekauft, bewahrt die anderen aber in einer Schachtel auf. (Später, als Ivanka und er verheiratet und in ein Trump-Gebäude an der Park Avenue gezogen waren, zierten Fotos Winogrands die Flure ihrer Wohnung.) Nachdem Jared gegen Ende des Amtseinführungswochenendes als Berater des Präsidenten vereidigt worden war, posierte er mit seinem Bruder Josh unter dem melancholischen Porträt JFKs, das im Weißen Haus hängt.

Als Ivanka und Jared heirateten, beschlossen sie, ein einziges Hochzeitsfoto im Stil von John F. Kennedy Jr. und Carolyn Bessette zu veröffentlichen, statt die Bilder an eine Zeitschrift zu verkaufen. Auch die Namen ihrer Kinder klangen nach den Kennedys – Arabella Rose, Joseph und Theodore. Jackie Kennedy nannte ihr Sternenkind mit JFK Arabella, obwohl sie nie eine Geburtsurkunde bekommen hatte, und als diese später neben ihren Vater umgebettet wurde, stand auf dem Grabstein nur »Tochter« sowie der

Tag der Geburt. Rose war der Name der großen Kennedy-Matriarchin.

»Den Namen Arabella habe ich schon immer geliebt«, sagte Ivanka einen Monat nach der Geburt ihrer Tochter in einem Interview mit der *Today Show*. Kindheitsfreundinnen erinnern sich daran, dass sie immer wieder auf diesen Namen zurückgekommen war, wenn sie sich als Mädchen überlegt hatten, wie sie ihre zukünftigen Kinder nennen würden. Für diese Freundinnen war es keine Überraschung, dass Ivanka Jahrzehnte später ihrem ersten Kind diesen Namen gab. »Jareds Großmütter hatten Namen mit den Anfangsbuchstaben A und R. Diese beiden wunderbaren, starken Frauen wollten wir auf subtile Weise ehren und gleichzeitig einen ganz einzigartigen Namen aussuchen. Außerdem fanden wir die Initialen ARK einfach cool!«

Joseph war der Name von sowohl JFKs Vater als auch Jareds Großvater, und Frederick, der zweite Vorname ihres Sohnes, war der Name von Donalds Vater. Als der Sohn 2013 auf die Welt kam, schrieb Ivanka auf ihrem Tumblr-Account, dass sie ihn nach ihren beiden Großvätern väterlicherseits benannt hatten, »beides große Immobilienmagnaten ihrer Generation und inspirierende Patriarchen ihrer Familien. Jareds Großvater Joseph war ein Fels in der Brandung. Sein unbezwingbarer Geist, sein Familiensinn und sein Fleiß sind Werte, die wir unserem Sohn vermitteln möchten. Mein eigener Großvater Frederick war Erbauer von nicht nur Zehntausenden von Häusern und Wohnungen in dieser Stadt, sondern auch Begründer einer Familie mit großem Zusammenhalt, die bis heute die Traditionen ehrt, die er begonnen hat. Beide Männer setzten die Standards, die durch die Generationen hochgehalten wurden und die auch wir Joseph und Arabella mitgeben möchten. Sie haben unserer Familie ein Vermächtnis hinterlassen, das nicht nur unsere Karrieren inspiriert hat, sondern auch unsere Liebe und unseren Respekt füreinander. Wir haben die Ehre, unseren Sohn nach diesen beiden verdienstreichen Männern zu benennen. Wir fühlen uns durch unser jüngstes Familienmitglied gesegnet!«

Theodore dagegen ist kein ganz so präziser Treffer – Ted Kennedys Vorname stand schließlich für Edward –, aber die Ähnlichkeit, vor allem nach einer Arabella Rose und einem Joseph, ist schwer zu übersehen, ganz besonders für die, die glauben, dass das Paar ihre eigene goldene, social-media-verbreitete Millennial-Version von Kennedys Camelot als Ziel sah.

Es scheint daher kaum erwähnenswert, dass die eindeutigste und jüngste Demonstration des kennedyesken Verhaltens direkt nach der Wahl kam. Donald machte seinen Schwiegersohn zum Mitarbeiter im West Wing, und kurze Zeit später kam auch seine Tochter in offizieller Funktion dazu. Ethikexperten schlugen sofort Alarm; hier wurde ein Anti-Vetternwirtschaftsgesetz gebrochen, das als »Bobby Kennedy Law« bekannt geworden war, weil es sechs Jahre nach Bobbys Ernennung zum Generalstaatsanwalt durch seinen Bruder JFK 1961 in Kraft trat. Das Gesetz wurde fünfzig Jahre lang durchgesetzt, bis die Anwälte der Trumps ein Schlupfloch fanden. Wie sie es auslegen, ist das Weiße Haus keine Behörde, und der Präsident genießt umfassende Exekutivgewalt. In der Regierung Trump war die 1600 Pennsylvania Avenue nicht wirklich anders als der fünfundzwanzigste Stock des Trump Towers, mit einem gewissen

Hauch von Kennedy-Nostalgie, die vom Gesetzgeber eigentlich fünf Jahrzehnte zuvor verboten worden war.

Mitten im Amtseinführungschaos beschlossen Jared und Ivanka, nach Washington zu ziehen. Nun mussten sie sich nicht nur überlegen, wie sie Teile ihrer Unternehmen aus der Hand geben, Trusts einrichten und jemanden finden konnten, der ihre Rollen in den jeweiligen Familienunternehmen und anderen Projekten übernehmen würde; außerdem brauchten sie ein Haus und eine Schule für ihre Kinder. Aber selbst Melania hatte Probleme, die Schulen, auf die die Präsidenten normalerweise ihre Kinder schickten, dazu zu bewegen, Barrons Bewerbungsunterlagen wenigstens anzunehmen. Ivanka und Jared hatten zwei Kinder im schulpflichtigen Alter, für die sie eine jüdische Schule brauchten. Die Schulsuche übernahm Seryl Kushner, Jareds Mutter. Jared und Ivanka beauftragten einen Makler und unternahmen ein paar Tagesausflüge nach D. C., um sich Häuser anzuschauen. Den Mietvertrag selbst verhandelte Jareds Vater Charles. Manchmal weiß Papa eben am besten, wie es geht.

Wie das Protokoll es vorschrieb, flog die ganze Familie am Donnerstagnachmittag mit einem Militärflugzeug von New York nach Washington. Auf der Joint Base Andrews kam Barron als Erster aus dem Flieger, gefolgt von Don Jr., seiner Frau Vanessa und ihren fünf Kindern, dann Eric mit seiner Frau Lara. Dann Ivanka mit ihrem kleinen Jungen auf dem Arm. Ihr smaragdgrünes Kleid von Oscar de la Renta und der darauf abgestimmte Mantel mit Drapierkragen flatterten auf dem Rollfeld im Wind, während die große schwarze Jackie-O.-Sonnenbrille ihre Augen schützte. Ihre beiden älteren Kinder folgten ihr, dann Tiffany. Den Abschluss bildeten Melania und Donald.

Die Familie fuhr in einer Autokolonne Richtung Arlington National Cemetery in Virginia, wo Donald mit Mike Pence am Grab des unbekannten Soldaten einen Kranz niederlegen würde. Vor ihrem Vater stieg Ivanka mit Jared und ihrer Tochter Arabella die Stufen zu dem Denkmal auf dem offenen Platz oberhalb von Washington hinab. Ivanka stellte sich nah an der Treppenmitte auf, wo ihr Vater später stehen würde, sodass sie auf fast allen Fotos zu sehen war, die zumindest einen Teil der Szenerie mit einschlossen. Eric und Tiffany standen weiter zu ihrer Linken, Don Jr. mit Frau und Tochter wiederum dahinter.

Dann kam die Make-America-Great-Again!-Willkommensfeier auf den achtundneunzig Granit- und Marmorstufen des Lincoln Memorials. Der Höhepunkt war sicherlich Lee Greenwoods Interpretation von »Proud to Be an American«, bei der die Trumps mitsangen, die seitlich vor der Bühne ihre Sitzplätze hatten. Donald und Melania saßen in der ersten Reihe, die beiden Plätze neben ihnen waren wie verlangt für Ivanka und Jared reserviert. Ivankas Geschwister füllten die Reihen dahinter. Am Abend fuhren sie zu einem förmlichen Dinner an der Union Station mit Donalds designierten Kabinettsmitgliedern und seinen republikanischen Großspendern. Die Kinder hatten Tische für ihre Freunde reserviert, wo sie gegrillten weißen und grünen Spargel aßen, gerösteten Wolfsbarsch mit Zitrone und Thymian sowie Vanille-Meringue-Kuchen. Sie schlürften Wein aus vergoldeten Gläsern, die für einen Hauch von Camelot sorgen sollten, während sie ihren Vater noch einmal von »dieser wunderschönen Landkarte« erzählen hörten, die sich am Wahlabend gezeigt hatte. Er dankte Ivanka, die neben Wendi Murdoch saß und ein weißes Säulenkleid von Oscar de la Renta mit Flügelärmeln und großer schwarzer Schleife hinten an der Taille trug. Er dankte seinen Geschwistern und ihren Partnern und prahlte, dass er eine Familie habe, die sich tatsächlich gut vertrage. Dann wandte er sich seinen Kindern zu. »Meine Söhne, schaut sie euch an, da stehen sie«, sagte er und zeigte in ihre Richtung. »Da sage ich: ›Macht ihr denn heute gar keinen Wahlkampf?‹ Eric und Don und Tiffany, die auch ganz großartig war. Und Barron ist zu Hause.« Dann lobte er den Besitzer der New England Patriots, Bob Kraft, und erzählte den Anwesenden, dass dessen Quarterback Tom Brady ihn schon angerufen habe, um ihm zu gratulieren. Ein Jahrzehnt zuvor hatte Trump einigen Reportern berichtet, Brady habe einmal Ivanka ausgeführt.

Dann hob er Ivanka besonders hervor: »Wir haben im Publikum eine ganz besondere Person, die hart gearbeitet und dann auch noch genau den Richtigen geheiratet hat. Meine Tochter Ivanka. Wo ist sie?« Dann, als er sie in der Menge fand, sagte er: »Ich habe ihr ein bisschen den Mann geklaut. Er ist wirklich toll. Wenn du nicht für Frieden im Nahen Osten sorgen kannst, dann kann es keiner.«

Nach der Übernachtung im Blair House ging es mit der Positionierung bei der Zeremonie am Freitag weiter, wo Ivanka sich wieder in die Bildmitte rückte, als ihr Vater vor den Obersten Richter der Vereinigten Staaten, John Roberts, trat, um den Amtseid abzulegen. Da Sabbat war, mussten Ivanka und Jared am Abend mit dem Secret Service einen besonderen Sicherheitsplan vereinbaren. Traditionell fährt man zwischen den Sonnenuntergängen am Freitag und Samstag nicht mit dem Auto, wenn man den Sabbat einhält. Das hätte natürlich bedeutet, dass die beiden zu keinem der Bälle am Freitagabend und auch nicht zu den Veranstaltungen am nächsten Tag hätten gehen können – was für das Paar nicht infrage kam, das schließlich überall dabei sein wollte. Den Weg zu Fuß zurückzulegen, war auch keine Option; das sei wegen der aufgeheizten Stimmung und der Proteste zu gefährlich, erklärten ihnen die Personenschützer. Außerdem trug Ivanka ihr Prinzessinnenkleid und Schuhe mit hohen Absätzen – und die Bälle fanden nicht gerade in unmittelbarer Nähe des Weißen Hauses statt. Also baten sie ihren Rabbiner um eine Sondererlaubnis, die Regeln des Sabbats brechen zu dürfen, da es um ihre Sicherheit gehe und sich eine einmalige Gelegenheit für die Familie biete.

Sie kosteten den Abend in seiner Gänze aus. Donald und Melania sollten bei ihrem Tanz eigentlich auf der Bühne allein sein. Die Planer hatten keine Ahnung, dass die Kinder sich zu einem langsamen Tanz mit der ganzen Familie dazugesellen würden. Donald weiß, dass er kein guter Tänzer ist, und aus Respekt vor der Länge des Stücks bat er seine Kinder, mit auf die Bühne zu kommen, um die langen, unbeholfenen Minuten etwas zu verkürzen. Bereits beim zweiten Ball des Abends kamen die Kinder noch früher dazu, nachdem sie zuvor gesehen hatten, wie dermaßen peinlich ihrem Vater seine Lage war. Nach dem letzten Ball gingen Tiffany und ihr Freund zurück ins Trump Hotel, wo sie sich mit Tiffanys Mutter Marla und ein paar Freunden aus New York trafen. Der Rest der Familie übernachtete im Weißen Haus.

Am nächsten Morgen nahm die Familie an einem Gottesdienst in der National Cathedral teil. Mittlerweile waren alle ausgelaugt, besonders die Enkelkinder. Sie hatten geduldig die Kranzniederlegung, das Konzert und die Parade über sich ergehen lassen, aber ein langer, früher Morgen in der Kirche war zu viel des Guten. Ivanka gab ihrem Sohn Joseph Spielzeugautos, damit er sich beschäftigen konnte, aber das bereute sie schnell wieder. Er ließ eins durch den Mittelgang an allen Bänken vorbeisausen und scheuchte die Leute auf, die dort beteten und dem Übergangsritus der Präsidentschaft Tribut zollten.

Am Samstagnachmittag war die ganze erweiterte Familie wieder im Weißen Haus eingetroffen. Don Juniors Sohn schlürfte in seinem Teenage-Mutant-Ninja-Turtles-Schlafanzug Cornflakes mit Milch aus einer Schüssel. Theodore, Ivankas Jüngster, krabbelte im Bankettsaal zum ersten Mal, während sie alle von dem Buffet zu Mittag aßen, das Melania zur Stärkung nach dem Gottesdienst hatte anrichten lassen. Don Jr. probierte mit seiner Frau und den Kindern die Bowlingbahn im Keller aus.

Am Sonntagnachmittag stand noch eine offizielle Veranstaltung auf dem Plan, und zwar im East Room des Weißen Hauses. Dort vereidigte Donald sein Führungspersonal, darunter Jared, der als hochrangiger Berater fungieren würde. Jareds Eltern und sein Bruder Josh kümmerten sich um die Kinder von Ivanka und Jared, während Donald seinen Eid leistete. Josh gab den Kindern eine Schachtel Jelly Beans, die sie prompt auf dem Boden des East Rooms auskippten. Josh sammelte sie schnell wieder ein und hoffte, dass es niemandem auffallen würde.

Am Sonntagabend waren Don Jr. und Eric samt Familien sowie Tiffany wieder nach New York geflogen. Das Gleiche hatte Melania mit Barron getan, die erst fünf Monate später nach Washington ziehen würden. Als Melania zurück ins Penthouse des Trump Towers kam, war es leer. Kein Donald, kein gehetztes Wahlkampfteam oder Amtseinführungskomitee. Zumindest vorerst gab es nichts mehr zu planen. Sie rief eine ihrer besten Freundinnen an und bat sie, ihr Gesellschaft zu leisten. Jetzt war sie die First Lady der Vereinigten Staaten. Gleichzeitig war sie aber auch ganz und gar allein.

Ivanka und Jared waren in Washington geblieben und bezogen ihr frisch gemietetes, fast ein Jahrhundert altes 630-Quadratmeter-Zuhause mit sechs Schlafzimmern, sieben Bädern, fünf Kaminen, einer Zweiergarage, einem Wintergarten, einem Garten und einer Terrasse vor dem Elternschlafzimmer. Es war ihre erste Übernachtung dort, und sie hatten noch nicht alle Möbel ausgewählt. Also bestellten sie Pizza und aßen sie auf dem Parkettboden. Das Leben, das sie kannten, neigte sich dem Ende entgegen. Am Morgen wartete ein neuer Alltag auf sie.

KAPITEL 2

Wahlkampf / Übergang

AM 16. JUNI 2015 glitt Ivanka die vergoldete Rolltreppe hinunter in die Lobby des Trump Towers, des Kronjuwels ihres Vaters in Midtown Manhattan, wo sie und ihre Brüder aufgewachsen waren und nun als Manager der Trump Organization arbeiteten. Sie ging an der Menge vorbei, die sich innerhalb der polierten malvenfarbenen Wände versammelt hatte. Die Wände waren an diesem Tag mit königsblauen Schildern mit der Aufschrift »TRUMP Make America Great Again« geschmückt. Ivanka trug ein weißes Etuikleid, ihr goldgelbes Haar war in der Mitte gescheitelt und zu einem Knoten zusammengebunden, der den Blick auf zwei silberne Creolen freigab, die schaukelten, als Ivanka ihren Platz hinter dem Rednerpult einnahm. Sie lächelte die gut hundert Menschen an, die auf ihre Ankündigung warteten, und holte Luft. Flankiert von einem halben Dutzend amerikanischer Flaggen fing sie an: »Heute habe ich die Ehre, einen Mann vorzustellen, der eigentlich keine Vorstellung braucht. Dieser Mann ist mein Vater.« Die Menge jubelte, und Ivankas pink geschminkte Lippen öffneten sich zu einem strahlend weißen Grinsen. Um die Nase bildeten sich Lachfalten, und nach einem besonders wilden Begeisterungsruf von der Galerie kicherte sie ein wenig. Sie lobte ihren Vater: für seine Karriereerfolge, für sein Verhandlungstalent, für seine schonungslose Offenheit, für seine Loyalität gegenüber seinen Freunden. »Ich kann mich nun schon seit zehn Jahren glücklich schätzen, mit meinem Vater zusammenzuarbeiten, und ich sehe, wie er diese Prinzipien täglich in die Tat umsetzt«, sagte sie. Aber bevor sie angefangen hatten, für ihn zu arbeiten – also in offizieller Funktion; in vielerlei Hinsicht sind die Trump-Kinder schon seit ihrer Geburt Mitarbeiter im Dienste der Marke Trump –, hatte Donald seinen Kindern eingebläut, dass sie hart arbeiten und in allem nach Perfektion streben mussten. Seine Tochter erzählte: »Ich weiß noch, was er mir sagte, als ich ein kleines Mädchen war: ›Ivanka, wenn du sowieso schon etwas planst, dann klecker nicht, sondern klotze.‹« Es gebe keinen besseren Partner, wenn man mit schwierigen Gegnern oder Entscheidungen konfrontiert werde. »Meine Damen und Herren«, sagte sie und lehnte sich näher ans Mikrofon, »ich darf Ihnen nun einen Mann vorstellen, den ich schon mein ganzes Leben lang liebe und respektiere: Donald J. Trump.«

Sie strahlte die Menge an, während Neil Youngs »Rockin' in the Free World« aus den Lautsprechern dröhnte und von den marmorierten Wänden widerhallte. Zwei Minuten und fünfundvierzig Sekunden – zwei ganze Strophen, zwei Refrains und bis in die Bridge hinein – stand sie da, nickte, lächelte und konnte doch nicht stillstehen, bis Donald Trump endlich die Rolltreppe herunterkam. Don Jr., Jared und Tiffany starrten sie von rechts neben der Bühne an, von wo aus sie ihre Rede verfolgt hatten, und sahen aus, als wäre ihnen die Situation ebenso peinlich wie

Ivanka, der das Warten sichtlich unangenehm gewesen war. Schließlich dankte Donald ihr, hielt seine Rede und verkündete seine Kandidatur, die von den Medien und allen, die Donald aus dem Fernsehen oder der Regenbogenpresse seit Jahrzehnten kannten, größtenteils als Witz und Branding-Gelegenheit aufgenommen wurde.

Es war nicht das erste Mal, dass Donald mit der Präsidentschaftskandidatur liebäugelte. Und auch nicht das zweite oder dritte Mal. Er tat das eben manchmal, wenn es seiner Firma nutzte oder seinem Ego guttat oder wenn er einfach etwas gefunden hatte, das bei den Leuten gut ankam. Wenn seine Kinder im Laufe der Jahre zu den politischen Ambitionen ihres Vaters befragt wurden, schlugen sie gern die gleiche Saite an. Im Herbst 1999 kam Don Jr. zu einer Bürgerversammlung auf dem Campus der University of Pennsylvania, wo er damals studierte. Sein Vater spielte mit dem Gedanken, als Kandidat der Reform Party anzutreten, und ließ sich von Chris Matthews für *Hardball* interviewen. Das Publikum bestand aus 1200 Studenten, darunter Don Jr., der vor der Menge aufstehen musste. »Er sieht viel besser aus als ich«, verkündete Donald. Auch Ivanka wurde über die Jahre oft zu den Ambitionen ihres Vaters auf das Präsidentenamt befragt. In einem Interview mit *Harper's Bazaar* im Jahr 2011 sagte sie, ihr Vater wäre als Anführer der freien Welt genau das, was gebraucht würde: »Er hat die besten Voraussetzungen, um mit den wichtigsten Herausforderungen unserer Nation fertig zu werden, vor allem dem riesigen Schuldenberg, unter dem wir alle ersticken«, sagte sie. »Wir brauchen einen scharfsinnigen Finanzexperten, um den Karren aus dem Dreck zu ziehen. Amerika ist das größte Unternehmen der Welt. Auf dem freien Markt würde man ja auch nicht irgendeinen Anfänger als Chef einer Firma dieser Größe anheuern.« Trotz des vielen Lobes vonseiten seiner Kinder hatte Donald nie den letzten Schritt getan.

Bis jetzt. Ivanka genoss den Augenblick. Don Jr. sprühte vor Begeisterung, als er nach der Rede seines Vaters im Aufzug nach oben fuhr. Sein Handy stand nicht mehr still. »Mein Kumpel aus den Special Forces hat mir gerade geschrieben«, erzählte er Sam Nunberg gleich, einem ehemaligen Mitarbeiter der Trump Organization. »Der fand es toll.« Eine Handvoll Leute, die er von der Jagd kannte, schickten ihm ähnliche Glückwunschnachrichten. »Die sind alle verdammt begeistert.«

VON DORT AUS wurde Don Jr. auf Wahlkampftour geschickt. Er war wahrscheinlich der einzige echte Konservative im gesamten Team. Er passte gut zum konservativen Hinterland Amerikas, etwas versteckt unter seinem Patrick-Bateman-Äußeren: den zurückgegelten Haaren, den lackweißen Zähnen, dem dicken Schlipsknoten. Da er manchmal auf wochenlange Jagdreisen gegangen war und sich in ländlichen Gegenden, dem eigentlichen Herz der USA, aufhielt, hatte er eine gute Einsicht in die Welt außerhalb des Trump Towers bekommen, abseits der Golfplätze und des feinen Lebens. Also wurde er für die Wahlkampfbesuche eingeteilt. Ivanka stellte oft ihren Vater vor. Sie war das verspannte blonde Löffelchen voll Zucker vor seinen bitteren, weitschweifigen Reden. Eric und auch seine Frau Lara waren oft bei Fox News zu Gast. Sie saßen bei den Debatten im Familienbereich, nahmen an den Bürgerversammlungen teil und aßen in Diners im kalten Winter New Hampshires.

Sie hatten das Gefühl, dass dieser Augenblick sowohl vergänglich als auch einmalig war, also luden sie Kindheitsfreunde und enge Vertraute in die Backstagebereiche der Debatten und anderen wichtigen Veranstaltungen ein, weil sie sich sicher waren, dass sie dem politischen Prozess nie wieder so nah sein würden und das Ganze im Handumdrehen wieder vorbei sei.

DAS WAR ES dann natürlich doch nicht. Als Donald die ersten Erfolge bei den innerparteilichen Vorwahlen einfuhr, übernahmen die Trump-Kinder ihre Rolle im Wahlkampf quasi als Vollzeitjob – teilweise vor allem als Ersatz für ihre Stiefmutter, die den Wahlkampf verabscheute und lieber mit Barron in New York blieb.

Als Donald Anfang Mai die Vorwahl in Indiana gewann, hatte er die Nominierung so gut wie sicher. Ted Cruz, einer der wenigen anderen Republikaner, die es zu diesem Zeitpunkt noch darauf ankommen ließen, gegen ihn anzutreten, warf am gleichen Abend das Handtuch. Wieder fuhr Donald die Rolltreppe herunter in die malvenfarbene Marmorlobby, um seine Siegesrede zu halten. Melania stand zu seiner Linken, Ivanka und Jared, Eric und Lara, Don Jr. und Vanessa zu seiner Rechten, alle strahlten leicht verhalten.

»Wie immer möchte ich damit beginnen, meiner Familie zu danken.« Donald lehnte sich nah an das Mikrofon, das seine Wahlkampfmitarbeiter auf einer Behelfsbühne vor einer jubelnden Menge voll roter MAGA-Baseballmützen aufgebaut hatten. »Meiner Frau, meinen Kindern. Eigentlich sind sie ja keine Kinder mehr, aber für mich sind sie es noch. Sie bleiben immer meine Kinder«, witzelte er. »Das ist schön zu sehen, das ist ein schöner Anblick, und wir machen Amerika wieder großartig!«

Er hob seinen Schwiegersohn besonders hervor und lobte ihn für seine Arbeit, dank der er es so weit geschafft hatte. »Ehrlich gesagt ist Jared ein sehr erfolgreicher Immobilienmensch, aber ich glaube sogar, dass er die Politik lieber mag als die Immobilien«, erklärte Donald dem Publikum, woraufhin Ivanka einen Lachanfall bekam. »Aber er kann Politik wirklich sehr gut.«

Ein paar Tage später warf auch John Kasich, der Gouverneur von Ohio, das Handtuch, und war damit der sechzehnte Gegner, den Donald in den Vorwahlen geschlagen hatte. Als voraussichtlicher Kandidat würde er bald die ersten Briefings über Angelegenheiten zur nationalen Sicherheit bekommen und auf den Wahlkampfplan für die Parlamentswahl umschwenken. Das Leben nach den Vorwahlen erwischte die Trumps eiskalt. Es bestand aus einem Organisations- und Planungsdickicht, das das winzige Anfängerteam der Trumps nicht ansatzweise durchdringen konnte, aber sie hatten genug gesunden Menschenverstand und Hilfe von außen, um mit den Plänen für spezifische notwendige nächste Schritte anzufangen. Bei dieser Gelegenheit bürdete Donald Jared gleich eine weitere Last auf. Er bat ihn, einen Entwurf für das Übergangsteam anzufertigen, wobei Jared selbst nicht mit dem Präsidentschaftsübergang betraut sein würde, falls sein Schwiegervater im November gewinnen sollte. Jared, der Wahlkampfleiter Corey Lewandowski und der leitende Berater Paul Manafort trugen Ideen zusammen, wer zu diesem Team gehören könnte und wo die Prioritäten bei der Auswahl liegen sollten.

Donald setzte sich in den Kopf, dass der Gouverneur von

New Jersey, Chris Christie, die Leitung des Übergangsteams übernehmen solle. Zwar hatte Christie Kritik an Donald geübt, als er selbst noch Präsidentschaftskandidat hatte werden wollen, aber er war einer der Ersten der früheren Gegner gewesen, die Donald ab Februar unterstützten. Kompliziert wurde die Sache nur dadurch, dass Jared, der die Auswahl leitete, den Kerl hasste. Knapp über ein Jahrzehnt vorher hatte Christie Jareds Vater hinter Gitter geschickt und ihn auch noch achtundzwanzig Tage länger in Haft behalten, als die Familie Kushner es erwartet hatte. Diese unterschwelligen Spannungen waren kein Geheimnis, auch für Donald nicht, weil er wusste, dass dieses Thema auch Ivanka am Herzen lag. Es war dennoch sein Wahlkampf, und wenigstens diese Entscheidung konnte ihm keiner nehmen.

Bereits am achten Mai hatte Donald Christie den Job angeboten. Er bestellte den Gouverneur in sein Büro im fünfundzwanzigsten Stock des Trump Towers, wo Donald den Großteil seiner Wahlkampfarbeit erledigte, wenn er in New York war, inmitten seiner opulenten Sammlung an Erinnerungsstücken aus der Welt des Sports – Tom Bradys Super-Bowl-Helm, Mike Tysons Gürtel, Shaquille O'Neals schwarz-weiße Basketballschuhe in Größe 60. Auf dem Schreibtisch befanden sich ein Foto von Donalds Vater Fred und diverse Papierstapel, die Wände zierten gerahmte Zeitschriftencover, auf denen Donald abgebildet war, und der rote Ledersessel, von dem aus er den Chef bei *The Apprentice* gespielt hatte, stand in der hinteren Ecke. Auch Corey Lewandowski kam, und sie sprachen darüber, wie der Präsidentschaftsübergang im Groben ablaufen würde, sowie darüber, wie die Pressemitteilung klingen solle, in der sie Christies Besetzung veröffentlichen würden.

Auch Jared kam dazu und wollte das Ganze ein wenig bremsen. »Ach, wir haben es doch nicht eilig«, sagte er. »Lassen wir uns doch damit noch ein wenig Zeit.«

Lewandowski unterbrach ihn. Doch, sie hätten es durchaus doch eilig. Das Weiße Haus hatte schon den Namen des Leiters des Übergangsteams angefragt, und auch bei dem Treffen in wenigen Wochen würde das Thema zur Sprache kommen. Sie mussten die Entscheidung treffen und öffentlich machen. Donald war derselben Meinung. Was sollte die Warterei auch bringen? Der Entschluss war gefallen. Also weiter im Text!

Im Gegensatz zu Charlie Kushner, dessen Temperament plötzlich auflodern und einen ganzen Raum in Sekundenschnelle niederbrennen konnte, brodelte Jareds Wut unterschwellig vor sich hin. Je wütender er wurde, desto stiller war er. Als er also schließlich den Mund öffnete, flüsterte er fast. Er sprach nur selten offen über den Gefängnisaufenthalt seines Vaters, aber an diesem Tag gab es kein Halten mehr. Heraus kam ein leidenschaftlicher Monolog, der so lange andauerte, dass sein Schwiegervater ihn schließlich unterbrechen musste. »Das ist unfair!«, widersprach Jared. »Er hat meine Familienmitglieder benutzt, um seine eigenen Ziele zu erreichen, und du willst einfach nicht verstehen, was er uns angetan hat.«

Christie, der selbst nie ein Blatt vor den Mund nimmt, kochte innerlich. Bevor er aber etwas entgegnen konnte, hob Donald zu seiner Verteidigung an. »Er hat nur seinen Job getan. Du hättest es an seiner Stelle nicht anders gemacht«, belehrte er seinen Schwiegersohn. »Zornig kannst du da nur auf deine eigene Familie sein. Die haben Chris doch die ganzen Informationen übergeben.« Jareds Hauptproblem sei, dass er Donald zur Zeit der Verhandlung noch nicht gekannt habe, ergänzte er; Donald und Christie seien so gute Freunde, dass dann alles völlig anders abgelaufen wäre. Dann hätte Christie bei Jareds Familie Gnade walten lassen. »Nein, nein, nein«, unterbrach ihn Christie. »Ich mag dich wirklich sehr, aber das hätte nichts geändert.«

»Doch, doch, doch«, widersprach Donald. »Dann wäre alles anders gewesen.« Zum Schluss schlug Donald vor, Jared, Charlie, er und Christie sollten einmal zusammen essen gehen, um die Sache aus der Welt zu schaffen. Jared merkte an, dass das wohl nicht unbedingt die beste Idee sei.

»Jared, wir zwei haben doch schon darüber geredet«, beschwichtigte Donald. »Chris ist der Richtige.«

»Meinetwegen«, erwiderte Jared. »Wenn das deine Entscheidung ist, dann ist das eben so.« Er drehte sich um und ging. Auch Lewandowski entschuldigte sich bald darauf und verließ den Raum.

Am Nachmittag veröffentlichte das Wahlkampfteam die Mitteilung über Christies Besetzung. »Gouverneur Christie ist ein extrem kenntnisreicher und loyaler Mensch mit dem Know-how und dem Wissen, ein Übergangsteam zusammenzustellen, wie es zuvor noch keins gegeben hat; eins, das bereit ist, das Weiße Haus zu übernehmen, wenn wir im November gewinnen. Ich bin dankbar dafür, dass Gouverneur Christie unsere Bewegung unterstützt«, gab Donald bekannt.

Als die Entscheidung gefallen war, riefen Donald und Jared Charlie Kushner an, um ihm mitzuteilen, dass Christie nun offiziell den Präsidentschaftsübergang leiten würde, baten um seinen Segen und sorgten somit dafür, dass das

Verhältnis zur Schwiegerfamilie keine unheilbaren Schäden nahm. Der Anruf wurde aus Respekt und Notwendigkeit getätigt, aber nicht ohne große Sorge. Charlies Temperament war legendär im Großraum New York. Er konnte jederzeit und überall jeden niedermachen und seinem Opfer potenziell mit seinem Gebrüll das Trommelfell platzen lassen.

Charlie gab sich jedoch cool, als Donald ihn anrief, um ihm seine Besetzungsentscheidung mitzuteilen. Er hörte geduldig zu, was sein *machatunim* zu sagen hatte. Er holte tief Luft. »Hör zu«, sagte er. »Die Hauptsache ist, dass du gewinnst und dass du vorbereitet bist.« Für die, die den Anruf gehört haben, oder Donalds und Jareds Berichte davon, klang Charlie ehrlich großmütig, geradezu hilfsbereit und freundlich. Das spätere Privatgespräch zwischen Vater und Sohn verlief gänzlich anders. Vertraute der Familie erinnerten sich, dass Charlie zu Jared gesagt habe, sie könnten Christie fürs Erste seine Sache machen lassen. Das Ganze würde zu einem späteren Zeitpunkt geregelt werden. Und tatsächlich wurde Christie sechs Monate später, nur Tage nach der Wahl, von seinem Posten gefeuert. Nachdem er monatelang unbezahlt gearbeitet hatte und jeden Mittwoch nach Washington in die Übergangsbüros gekommen war, um auf den Tag hinzuarbeiten, an dem all das umgesetzt würde, was er und sein Team vorbereitet hatten. Viele glaubten, dass Christies Rauswurf auf Jared zurückgehe und von Anfang an geplant gewesen sei.

Das erste Gespräch zwischen Jared und Christie zur Übergangsplanung war nicht einfach. Es half nicht gegen die Bedenken, ob die beiden wohl friedlich miteinander umgehen konnten, während sie einen der komplexesten, technisch aufwendigsten und zentralsten Aspekte des Wahlkampfes planten und auf die mögliche Zeit danach vorbereiteten. Also sprachen sie sich bei einem zweiten Treffen aus. Don Jr. war an diesem Tag im Sommer 2016 nicht im Trump Tower, daher war sein Büro im fünfundzwanzigsten Stock unbesetzt. Jared bat Christie, sich dort mit ihm zu treffen. Als sie sich an dem runden Tisch gegenübersaßen, gab er zu, dass er sich bei ihrem letzten Treffen vielleicht nicht so verhalten habe, wie er es ursprünglich gewollt hatte. Er habe in der Zwischenzeit darüber nachgedacht, sagte er, und sei zu dem Schluss gekommen, dass Donalds Sieg das Wichtigste sei und dass dieser so gut wie möglich auf das Präsidentschaftsamt vorbereitet werden müsse. Er habe mit dem Vergangenen abgeschlossen und wolle, dass sie gut zusammenarbeiteten.

Christie war skeptisch. Wie sehr konnte jemand mit etwas abgeschlossen haben, der ein Portemonnaie in der Tasche hatte, das ihm sein Vater buchstäblich im Gefängnis genäht hatte? Christie selbst hatte natürlich auch noch nicht so ganz das Kriegsbeil begraben. Die Situation entspannte sich nicht: erst recht nicht Monate später, lange nachdem er wohl unter anderem wegen Jared gefeuert worden war und verschiedene Berichte von Jareds Treffen mit russischen Kontakten und Verstrickungen in die Entlassung des FBI-Direktors James Comey die Aufmerksamkeit der Robert-Mueller-Ermittlungen auf alle zog. »Gut, dass ich mir die Knastnummer seines Vaters offengelassen habe«, witzelte Christie mit Freunden.

Aber Jared und Christie mussten nun zusammenarbeiten, ob sie wollten oder nicht. Sie beide waren Profis und auf einen sauber geplanten Übergang erpicht. Keiner von beiden wollte Streitereien, wo doch in so kurzer Zeit so viel Arbeit bewältigt werden musste.

Dank einiger Faktoren verlief Christies spätere Absetzung glatt. Donald lehnte es nicht nur ab, an den Übergangsplänen mitzuarbeiten, er wollte nicht einmal davon hören, lesen oder darüber sprechen. Er hatte keinen Schimmer, ob Christie gute Arbeit geleistet hatte, ob das von ihm zusammengestellte Team sich auskannte, ob die richtigen Materialien erstellt worden waren und ob die geschaffenen Richtlinien, Protokolle und Konzepte zu Donalds Vorstellungen von der Regierungsbildung nach dem neunten November passten. Er konnte sich nur auf das verlassen, was seine Vertrauten – zum Beispiel seine Kinder und deren Ehepartnerinnen und -partner – ihm von den Plänen und deren Fortschritt erzählten.

Donalds Entscheidung, sich vom Präsidentschaftsübergang fernzuhalten, hatte nichts mit ethischen Bedenken, Zeitvorgaben oder dem Anspruch zu tun, sich nur auf eine Sache gleichzeitig zu konzentrieren. Er wollte nichts mit der Übergangsplanung zu tun haben, weil er fand, das bringe »schlechtes Karma«. Wenn er in der Zeitung oder in den Nachrichten irgendwelche Planungsdetails fand, rief er Freunde und Mitarbeiter an und brüllte vor Wut. Dann erklärten sie ihm geduldig, dass sie entsprechend einem Bundesgesetz aus den Sechzigern handelten, das ein Übergangsteam für die geordnete Machtübergabe zwischen der alten und der neuen Regierung forderte, ob das nun schlechtes Karma brachte oder nicht. Wenn er damit nichts zu tun haben wollte, war das in Ordnung. Aber sie konnten das Ganze nicht einfach überspringen.

Jared dagegen vertiefte sich in die Details. Er führte jeden Montag im sechsundzwanzigsten Stock des Trump Towers ein Meeting, in dem er, Christie, Jeff Sessions und Rich Bagger, Christies ehemaliger Stabschef, den er als Exekutivdirektor des Übergangs an Bord gebracht hatte, verschiedene Themen wie Personalbesetzung, politische Prioritäten und diverse Planungseinzelheiten besprachen. Wenn sie sich aus irgendeinem Grund nicht persönlich treffen konnten, wurde eine Konferenzschaltung vorbereitet. Nur selten, wenn überhaupt, wurde dieser Jour fixe abgesagt. Jared las Lebensläufe und segnete jeden einzelnen Mitarbeiter ab, den das Übergangsteam anheuern wollte, von der Sekretärin bis hoch zu den Experten für nationale Sicherheit und Wirtschaft. Auch jede Überprüfung eines potenziellen Kabinettsmitglieds bedurfte Jareds Einwilligung.

Im Juni hatten die Trump-Kinder schon genug von Lewandowski. Sie fanden, er spreche die schlimmsten Instinkte ihres Vaters an; sie wussten, dass sie ihren Vater abfangen und umlenken mussten, wenn er mit Vollgas auf den Abgrund zusteuerte, während, so hatten sie das Gefühl, Lewandowski ihn in solchen Momenten lieber anfeuerte. Er war ein Jasager, als Donald dringend Neinsager um sich brauchte, zumal sich der Wahlkampf der Parlamentswahlphase näherte.

Außerdem missfiel es ihnen, dass Lewandowski immer als Erster mit dem Kandidaten die Trump Force One betrat, mit ihm zu jeder Wahlkampfveranstaltung reiste, im Flieger die Füße hochlegte und es sich in ihren Augen allzu gemütlich machte. Außerdem war er ein Schnorrer, der massenweise Red Bull bestellte und einen Karton am Tag trank, sodass sein Atem danach stank. Auch gefiel es der Familie nicht, dass Donald ihn in einer Trump-Wohnung wohnen ließ. »Er war der Wahlkampfmanager, aber für ihn zählten nur das Flugzeug und die Nähe zum Chef. Er hielt einfach dauernd die Hand auf«, erinnerte sich ein Kollege. »Warum war er nicht im Trump Tower, um den Wahlkampf zu führen, statt sich mit der ganzen Trump-Aufmerksamkeit ein schönes Leben zu machen?«

Obendrein hatte Lewandowski im Frühjahr mehrfach für negative Schlagzeilen gesorgt. Erst hatte er bei einer Veranstaltung in Florida einen Journalisten am Arm gepackt und war festgenommen worden, auch wenn die Anklage später fallen gelassen worden war. Dann kam es Mitte Mai zu einer lautstarken Auseinandersetzung mit der Kommunikationschefin Hope Hicks an der Ecke Sixty-First Street und Park Avenue, die in der Klatschspalte auf Seite sechs der *New York Post* detailliert wiedergegeben wurde. Lewandowski war verheiratet und Hope der Liebling der Familie Trump – eine PR-Frau, die für Ivankas Marke gearbeitet hatte, bevor sie angeheuert und später von Donald für die Trump Organization gewonnen wurde. Dass sie sich während des Wahlkampfes auf ein Verhältnis mit Lewandowski eingelassen hatte, war ein wunder Punkt zwischen Hope und Ivanka, wie auch den restlichen Trump-Kindern, die Hope als eine der ihren sahen. Dass es dann ausgerechnet in der gleichen Zeitung breitgetreten wurde, in der davor auch jedes Detail über die Affäre ihres Vaters gestanden hatte, war also inakzeptabel.

Und nicht nur die Trump-Kinder hatten Probleme mit Lewandowski. Auch Reince Priebus, damaliger Vorsitzender des Republican National Committee, reagierte gereizt auf ihn. Wie auch andere wichtige Trump-Anhänger, die der Meinung waren, er sei nicht ehrlich und würde den Umschwung zum Parlamentswahlkampf nicht meistern. Also bestellten Don Jr., Michael Cohen und Matt Calamari Lewandowski am zwanzigsten Juni um sieben Uhr morgens ein, bevor Donald ins Büro im sechsundzwanzigsten Stock gekommen war. Warum sollte er schließlich noch den ganzen Tag arbeiten, wenn sie doch wussten, dass er geschasst werden sollte? Und warum sollten sie Donald die Gelegenheit geben, es sich anders zu überlegen? »Es ist vorbei«, sagte Don Jr. zu Lewandowski. Calamari begleitete ihn dann nach draußen.

»Etwas musste sich ändern«, sagte Don Jr. hinterher in einem Interview bei Good Morning America. »Nein, das hat er nicht kommen sehen ... An der Sache war nichts Böswilliges oder sogar Grausames.« Er fügte hinzu, sein Vater müsse nun auf die Parlamentswahl hinarbeiten. »Ich finde, dass jetzt Zeit ist, nach vorne zu schauen. Wenn man für die Präsidentschaft kandidiert, muss man eben schwierige Entscheidungen fällen.«

Als die Republican National Convention in Cleveland näher rückte, wollten alle Trump-Kinder bei der Entscheidung mitreden, wen ihr Vater als Vizepräsidentschaftskandidaten auswählen würde. Bis zum elften Juli hatten Donald und sein Team die Liste auf drei Namen reduziert. Chris Christie stand darauf. Ebenso Newt Gingrich, vormaliger Sprecher des Repräsentantenhauses, derzeitiger Nachrichtensender-Experte und Trump-Cheerleader. Außerdem hatte es der Gouverneur von Indiana, Mike Pence, auf die Shortlist geschafft, ein Christlich-Konservativer aus dem

Bilderbuch. Pence war der klare Favorit vieler Mitglieder des Trump-Teams wie auch verschiedener republikanischer Größen wie Paul Ryan, derzeitiger Sprecher des Repräsentantenhauses, und Mitch McConnell, Senatsmehrheitsführer. Allerdings hatten die ersten beiden auf der Liste sich nicht nur als loyale Freunde Donalds erwiesen, sondern vor allem auch als Männer, die er mochte und mit denen er gerne über Gott und die Welt plauderte – zwei der wichtigsten Qualitäten überhaupt für Donald. Pence kannte er kaum, bis auf die politischen Kriterien, die er erfüllte, und die Umfragewerte, die Donald von seinen Leuten gezeigt bekam. Auf jeden Fall gaben die beiden ein seltsames Duo ab: Ein zum dritten Mal verheirateter Ehebrecher, der mit Griffen zwischen Frauenbeine angegeben hatte, und ein Mann, der nicht einmal mit einer Frau essen gehen würde, die nicht seine Gattin ist (die er wiederum liebevoll »Mutter« nennt).

Die heiße Phase der Auswahl des Vizepräsidenten hatte begonnen. Am Sonntag traf sich Donald mit Pence in Indiana. Am Montag erzählte er dann, die Akte, die ihm sein Team über Gingrich zusammengetragen habe, lasse selbst ihn dagegen wie einen Heiligen aussehen. Damit war Gingrich wohl aus dem Rennen. Es sah also aus, als wären nur noch zwei Optionen auf dem Tisch, auch wenn im Trumpland bis zum letzten Moment immer noch alles möglich ist. Denn Donald konnte ja erneut zurückrudern oder den Kurs wechseln und hinterher wieder so tun, als wäre nichts gewesen.

Am Dienstag stellte Gouverneur Pence Donald als Kandidaten bei einer privaten Spendenveranstaltung und einem öffentlichen Wahlkampftermin in Westfield, Indiana vor. »Wir wollen einen Kämpfer, einen Macher, einen Patrioten im Oval Office«, rief er der Menge zu. Donald, der ewige Reality-TV-Star, fragte seine Fans, wie gut Pence seine Arbeit als Gouverneur mache. »Gut? Finde ich auch«, witzelte er. »Mal sehen, ob er euer Gouverneur bleibt oder doch Vizepräsident wird. Wer zum Teufel weiß das schon?«

Er selbst damals sicherlich nicht. Am Abend strandete er in Indiana – eine kleine Katastrophe für einen Mann, der seine vertrauten Annehmlichkeiten brauchte und fast immer zurück nach New York flog, egal wie lang der Wahlkampftermin ging oder wie unsinnig es mitten im übervollen Reiseplan war. Aber die Trump Force One hatte technische Probleme, also musste Donald bleiben.

Er gab dem *Wall Street Journal* ein Telefoninterview, in dem er sagte, er suche einen »Mitstreiter mit Nahkampferfahrung« als Vizepräsidenten. Christie und Gingrich seien »zwei außerordentliche Krieger«. Auch die Chemie sei wichtig, was ebenfalls für die beiden spreche. »Die hat man oder eben nicht. Mit Chris und Newt stimmt sie auf jeden Fall.« Pence dagegen kenne er nicht gut genug, um zu beurteilen, was für ein Krieger er sein könne oder ob bei ihnen die Chemie stimme.

Gegen zehn Uhr abends rief Donald Christie an, der in einem Hotel in Washington war. »Bist du bereit?«, fragte Donald seinen Freund. »Bereit wozu?«, fragte Christie. »Bist du bereit?«, wiederholte Donald. Christie wollte nicht um den heißen Brei herumreden und fragte Donald, ob er ihm gerade die Nominierung anbiete.

Donald stammelte und wich aus. Er sagte, er habe seine absolut endgültige Entscheidung noch nicht getroffen, wolle aber wissen, ob Christie bereit für die Vizepräsidentschaft sei und ob seine Frau Mary Pat sich für den Wahlkampf einspannen lassen würde, weil Melania lieber im Hintergrund bleiben wolle. Am Ende des Gesprächs bat Donald ihn, in der Nähe des Telefons zu bleiben.

Donald legte auf, rief seine Familie an und sagte, Christie gefalle ihm. Er vertraue ihm und wisse, dass Christie im Parlamentswahlkampf Kleinholz aus Hillary Clinton machen würde, und er brauche nun mal jemanden, der dazu bereit sei und das könne. Donalds Kinder beendeten das Gespräch mit ihrem Vater zügig und riefen Keith Schiller an, Donalds langjährigen Personenschützer. Sie wollten alle nach Indiana fliegen, um in der Sache des Vizepräsidenten einzugreifen.

Am nächsten Morgen kamen Donald, Don Jr., Ivanka, Jared, Eric und der Wahlkampfmanager Paul Manafort zum Frühstück zu den Pences nach Indiana. Jared verriet Pence heimlich, er müsse seinen Schwiegervater dringend umgarnen. Ansonsten würde ihm die Chance durch die Finger rinnen, bevor auch nur der Tisch abgeräumt sei.

Das Essen lief immerhin so gut, dass es Donald ein bisschen zum Nachdenken brachte und er sich schon nicht mehr ganz so sicher war wie am vorherigen Abend. Am Abend desselben Tages erklärte er Bret Baier von Fox News, es gebe noch mehrere Konkurrenten – möglicherweise ganze vier –, wobei er zwei in der engeren Auswahl habe. »Ich sag's Ihnen, Chris Christie gefällt mir schon eine ganze Zeit«, berichtete er dem Moderator. »Das ist ein absoluter Profi. Übrigens ein grundanständiger Kerl. Das wissen viele gar nicht.« Er fügte hinzu, ihr Treffen sei »sehr gut« gelaufen. »Er hat sich mir gegenüber immer respektvoll verhalten und … weiß zu schätzen, was ich politisch geleistet habe«, sagte er. »Und wir hatten ein tolles Treffen.«

Ursprünglich hatte er gesagt, er werde seine Entscheidung bis Freitag bekannt geben. Der Druck wurde dadurch erhöht, dass Freitag auch der Stichtag war, an dem Pence entscheiden musste, ob er sich erneut als Gouverneur zur Wahl stellen würde. Am Donnerstagabend war Donald aufgeregt und sich wegen Pence unsicher, er ärgerte sich, dass er unter diesem Zeitdruck eine Entscheidung treffen musste. Jared erinnerte ihn daran, dass er keinen besten Kumpel für sich auswählen sollte, sondern einen Mann, mit dem er zusammen so wählbar wie möglich war und der die Kluft zum Establishment der republikanischen Partei überbrückte. Manafort war Jareds Meinung und ergänzte, er wisse nicht, ob Christie gut zu managen sei, außerdem erinnerte er ihn an dessen eigene Ambitionen auf das Präsidentenamt. Donald dürfe doch keinen nehmen, der selbst Präsident werden wolle. Ungeachtet der Tatsache, dass ein solcher Fall recht häufig vorkommt, konnte Donald die Bedenken der beiden nachvollziehen.

Aber ihm war immer noch nicht wohl bei der Entscheidungsfindung. Er wusste nicht, was er tun sollte; seine Familie drängte ihn in Richtung Pence. Am gleichen Abend fuhr ein Terrorist in Nizza nach dem alljährlichen Feuerwerk zum Nationalfeiertag einen gemieteten Neunzehn-Tonnen-LKW auf die Promenade des Anglais, tötete sechsundachtzig Menschen und verletzte Dutzende weitere. Das Wahlkampfteam wollte deshalb die Bekanntgabe verschieben. Aber Donald wurde unruhig und tweetete seine Entscheidung kurz vor zehn Uhr morgens: »Mit Freude gebe ich bekannt, dass ich Gouverneur Mike Pence als meinen

Vizepräsidentschaftskandidaten ausgewählt habe. Pressekonferenz morgen früh um 11.«

Als er mit Christie sprach, erklärte Donald, Pence sehe nun mal einfach aus wie ein Vizepräsident. Den müsse er nehmen, sagte er. Aber wenn Donald gewinnen sollte, müsse Christie einfach nur einen Posten nennen, er würde ihn sofort bekommen.

LANGE VOR DER Republican National Convention in Cleveland setzte Jared sich mit zwei Redenschreibern in Verbindung, Matthew Scully und John McConnell. Die beiden waren Profis; sie hatten eng mit Präsident George W. Bush zusammengearbeitet und unter anderem mit ihm die Rede aufgesetzt, die er nach den Angriffen vom elften September gehalten hatte. Jared wollte, dass sie eine tolle Rede schrieben, die seine Stiefschwiegermutter auf der Bühne bei der Republican National Convention halten würde. Melania hielt sich im Wahlkampf so sehr zurück, dass sie kaum jemals ihren Mann zu Wahlkampfveranstaltungen begleitete. Zu Hause in New York hatte sie einen kleinen Sohn, dessen Leben sie so normal wie möglich gestalten wollte. Sie versuchte immer noch, Barron so oft es eben ging, selbst von der Schule abzuholen, auch wenn sich das mit der Zeit als immer schwierigeres Unterfangen gestaltete, weil ihre Personenschützer vom Secret Service bei Schulschluss jedes Mal einen riesigen Stau verursachten. Nichts an diesem ganzen Politikzeug war ihre Idee gewesen; sie mochte ihr Leben, und warum sollte es auch anders sein? Es fand größtenteils hinter vergoldeten Türen statt, in Flugzeugen, Gebäuden und auf Golfplätzen, die entweder den Namen ihres Mannes trugen oder auf denen er das Sagen hatte. Sie war ein ehemaliges Model, also war die Aufmerksamkeit nicht das Problem. Aber Englisch war nicht ihre Muttersprache, und sie sah, wie die Presse ihren Mann täglich in der Luft zerriss. Niemand bei gesundem Verstand hätte sich bereitwillig diesen Wölfen zum Fraß vorgeworfen.

Jared wollte, dass ihr seltener Auftritt ein absoluter Erfolg wurde. Das würde nicht nur dem Wahlkampf einen Anschub geben, es würde auch die Amerikaner ansprechen, die sich vielleicht an den vielen Ehen des Kandidaten oder an seinem Umgang mit Frauen störten. Gleichzeitig würde ein solches Erfolgserlebnis vielleicht in Zukunft dafür sorgen, dass sich Melania öfter mal mit ins politische Getümmel stürzte. Sie schnitt in Umfragen gut ab. Und wenn Donald über die nächsten Monate gegen die allererste Präsidentschaftskandidatin Amerikas antrat, konnte es nicht schaden, eine Frau an Bord zu haben, die von den Leuten gemocht wurde, die ihren Mann etwas weicher wirken ließ und die ihn verteidigte. McConnell und Scully waren ebenfalls dafür. Einen guten Monat vor der Convention schickten sie ihr einen Entwurf. Eine Reaktion darauf bekamen sie nicht.

Stattdessen zerriss sie den Entwurf vor ihren engsten Vertrauten. Er hörte sich nicht nach ihr an. Sie wollte neu anfangen. Dabei half ihr unter anderem Meredith McIver, eine ehemalige Berufsballerina und nun Trump-Mitarbeiterin, die Donald beim Verfassen seines Buches *Trump: Think Like a Billionaire* geholfen hatte. Auch eine Handvoll anderer Leute unterstützten Melania.

Keiner von ihnen hielt Melania davon ab, am Montagabend auf die Bühne der Convention zu steigen, um vor dreiundzwanzig Millionen Zuschauern eine Ansprache vorzutragen, die ganze Sätze und Themen aus einer Rede stahl, die Michelle Obama Jahre vorher vor der Democratic National Convention gehalten hatte.

Der Trump-Wahlkampf ging sofort zur Schadensbegrenzung über. Es war vollkommen unverständlich, wie dieser kolossale – und absolut vermeidbare – Fehler unerkannt an so vielen Leuten vorübergegangen war. Konnte man einer Bande, die nicht mal die potenzielle First Lady davor bewahrt hatte, die Rede der alten First Lady Wort für Wort abzukupfern, zutrauen, einen erfolgreichen Wahlkampf zu führen – und später womöglich die Vereinigten Staaten zu beschützen? Melania Trump war kaum von der Bühne gegangen, als die ersten Journalisten schon gemerkt hatten, dass weite Teile ihrer Rede ausgeliehen waren.

Nur kurze Zeit später begannen die Schuldzuweisungen im Trump-Lager. Am Dienstagmorgen ließen Ivanka und Jared mit ein paar anderen im Hotelfitnessraum Dampf ab. Jared ging zu einem Mitarbeiter des Übergangsteams, der auf dem Ergometer strampelte, die Schlagzeilen verfolgte – als würde irgendjemand von etwas anderem reden als Melaniagate – und die Sache wohl für einen Augenblick vergessen wollte. »Das ist alles Manaforts Schuld«, sagte Jared dem Mitarbeiter, der sich fragte, warum es ausgerechnet in Manaforts Verantwortungsbereich liegen sollte, die Rede der Frau des Kandidaten Korrektur zu lesen und zu überprüfen, dass sie nichts von Michelle Obama abgeschrieben hatte. Einen Monat später wurde Manafort gefeuert.

Die Mitglieder des Wahlkampfteams wussten, dass sie als Ersatz für Manafort jemanden brauchten, der das Schiff wieder auf Kurs bringen konnte, das zu diesem Zeitpunkt gerade im Sinken begriffen war. Der Ton der gesamten Republican National Convention war mürrisch, niedergeschlagen und ängstlich. Die Democratic Convention wirkte dagegen wie die leuchtende Stadt auf der Höhe, in der die meisten Amerikaner lieber leben wollten, egal wie realistisch oder euphemistisch das war. Donald war in öffentliche Fehden mit einer ehemaligen Teilnehmerin eines Schönheitswettbewerbs verwickelt, die sagte, er habe sich abschätzig über ihr Gewicht geäußert, und genauso mit den Khans, den muslimischen Eltern eines gefallenen US-Soldaten, die Trump bei der Democratic National Convention wegen seiner Wahlkampfrhetorik kritisierten.

Seine Umfragewerte sackten ab und brauchten einen neuen Anstoß. Jared erkundigte sich bei seinen Freunden und den engeren Wahlkampfberatern seines Schwiegervaters nach möglichen Lösungen. Ivanka wusste, dass es gut aussehen würde, eine Frau heranzuholen, selbst wenn der Schritt als offensichtlicher Schachzug belächelt werden würde. Insgesamt war Jared überzeugt, dass niemand den Wahlkampf besser führen konnte als er selbst – er war schließlich schon seit Monaten praktisch der Wahlkampfmanager –, aber er teilte die Meinung seiner Frau. Er ließ sich Namen von Frauen geben, von denen er einer den Titel der Wahlkampfmanagerin verleihen konnte, wobei die Betreffende hauptsächlich nur im Fernsehen als Wahlkampfmanagerin auftreten würde. Das Sagen hätte weiterhin Jared. Die Leute, die er fragte, waren baff: Welche Frau bei Verstand würde sich darauf einlassen, wenn sie wusste, dass sie einen Pseudojob bekam, um Donald gut aussehen zu lassen, während in Wirklichkeit Jared die Zügel in der Hand hielt? Das müsse besagte Frau ja nicht wissen, erwiderte Jared dann.

Unter diesen Bedingungen schloss sich bald darauf Kellyanne Conway dem Wahlkampfteam an und wurde offiziell die erste Managerin eines Parlamentswahlkampfs in der Geschichte der Vereinigten Staaten.

Am Montag, den neunzehnten September begann der Secret Service offiziell, Ivanka Trump, Jared Kushner und ihre Eltern zu schützen. Ivankas Brüder hatten zu diesem Zeitpunkt noch keinen Personenschutz.

Ihrem Vater waren seine Personenschützer schon zehn Monate vorher zugeteilt worden, und er hatte den Secret-Service-Codenamen Mogul gewählt. Da alle Codenamen in einer First Family mit dem gleichen Buchstaben beginnen, mussten auch die restlichen Trumps sich etwas mit M aussuchen. Diese Namenstradition, die auf Präsident Harry Truman zurückgeht, ist für den Oberbefehlshaber von jeher eine Gelegenheit, seine Fantasien auszuleben – ein Rollenspiel auf höchster Ebene, bei dem die mächtigsten Männer der Welt sich einen Namen zulegen dürfen, der ihrem Wunschbild von sich entspricht. Truman ließ sich zum Beispiel General nennen, obwohl er im Ersten Weltkrieg nur Hauptmann gewesen war. Die Namen der Kennedys bezogen sich alle auf Camelot. Die Obamas entschieden sich für Renegade und Renaissance.

Aber bei diesem Vorgang geht es um etwas weit Wichtigeres als einfache Fantasieerfüllung. Die Codenamen werden im Notfall angewandt, wenn die Personenschützer die Fortführung der Regierung absichern müssen. Im Krisenfall ist es sicherer, wenn man sagt: »Wir haben Mogul«, als »Wir haben Donald Trump«, vor allem wenn der Secret Service unsichere Kommunikationswege nutzen muss. Aber der Secret Service denkt sich die Codenamen nicht einfach so aus. Die Familienmitglieder bekommen stattdessen eine Auswahl an Namen von der White House Communications Agency, aus der sich dann jeder der Schützlinge einen aussuchen darf.

Melania wählte Muse. Ivanka nahm Marvel. Ihre Brüder bekamen erst später ihre Personenschützer, aber Eric, ein Meisterschütze, suchte sich Marksman aus, während der Naturbursche Don Jr. Mountaineer wählte. Von Anfang an gefiel Ivanka die Vorstellung, Personenschützer für sich und ihre junge Familie zu haben; zum Teil hatte das damit zu tun, dass es sie wichtig erscheinen ließ. In Washington ist die Gegenwart von Personenschützern – die Männer mit Knopf im Ohr und schwarzem Geländewagen – ein Statussymbol. Es ist im politischen Sumpf Washingtons das Gegenstück zur vollwertigen Entourage in Hollywood.

Der Mann, der die Leitung von Ivankas erstem Schutzteam innehatte, erhielt zufälligerweise von seinen Kollegen und ehemaligen Schutzpersonen den Spitznamen Hollywood. Er betrieb gerne Small Talk über Designer, Promis und die aktuellen Kleidungstrends. Er verstand sich sofort gut mit der Familie. Er hatte gerade mehrere Jahre als wichtiger Bestandteil des Teams um die First Lady Michelle Obama hinter sich und wusste somit schon, wie es war, eine Familie mit Kindern zu schützen, die nicht unbedingt aus Washington kamen. Gleichzeitig kannte er sich mit den Feinheiten der Arbeit mit einer weiblichen Schutzperson aus. Zum Beispiel ist es für beide Seiten nicht unbedingt angenehm, wenn ein männlicher Secret-Service-Agent eine weibliche Schutzperson zum Gynäkologen oder zum Pilateskurs begleiten muss. Aber Hollywood hatte jahrelange

Erfahrung darin, die Angelegenheit möglichst erträglich und unauffällig über die Bühne zu bringen. Er verstand, wie wichtig es war, das öffentliche und private Leben seiner Schützlinge zu trennen, und lenkte sofort die Aufmerksamkeit von ihnen ab, damit sie Wochenendtrips unternehmen und den Sabbat einhalten konnten, ohne dass auf Schritt und Tritt Fotos von ihnen gemacht wurden.

Ivanka selbst hatte ihr ganzes Leben mit fremden Aushilfen um sich verbracht. Viele Mitglieder vergangener First Familys hatten vorher nie Kindermädchen, Reinigungskräfte und Personenschützer gehabt. Aber Ivanka kannte es von Geburt an, dass Menschen sie umgaben, die die alleinige Aufgabe hatten, ihr zu dienen und sie zu beschützen. Dieser Teil des Übergangs war ihr nur recht.

Es half, dass Jared und Ivanka eine offene Kommunikation mit ihren Personenschützern pflegten. Von Anfang an sprachen sie ehrlich über die Möglichkeit, nach Washington umzuziehen, sodass der Secret Service diesbezüglich planen konnte. Sie hießen die Personenschützer sofort in ihrem Leben willkommen, und einigen der Agenten wuchs das Paar richtig ans Herz. Als sie für die jüdischen Hohen Feiertage zum Familiensitz der Kushners nach New Jersey fuhren, empfahl Jared den Agenten gute Restaurants und Bars in der Nähe. (Er überraschte sie mit semicoolen Spelunken, bei denen sie sich gar nicht vorstellen konnten, dass er jemals selbst dort gewesen war, was er jedoch beteuerte.)

Da die Trump-Kushners sich gerne Fünf-Sterne-Hotels und Privatflieger gönnten, war der Job als ihr Personenschützer heiß begehrt. Unter vergangenen Regierungen war eher das Team der First Lady, das »First Lady's Detail (FLD)«, als Luxusjob bekannt gewesen, und die Agenten hatten gewitzelt, die Abkürzung FLD stehe für »Fine Living and Dining«, weil die meisten First Ladys so viele Reisen an schöne Orte unternahmen, in die besten Restaurants gingen und ab und zu Urlaub mit den Kindern machten – die Personenschützer immer im Schlepptau. Die neue First Lady blieb jedoch lieber zu Hause – was im Falle der Trumps natürlich dennoch verschiedene Orte einschloss. Melania trat nur selten öffentlich auf oder hatte andere Reiseziele als den Trump Tower, Bedminster in New Jersey oder Mar-a-Lago. Sie ging auch nicht oft unter Leute.

Dies wiederum machte Ivanka mehr als wett. Sie reiste kreuz und quer durchs Land, flog von einem Luxusresort zum nächsten, feierte auf exklusiven Partys, aß in hippen Restaurants und übernachtete in diversen Stadt-, Strand- und Landhäusern. Manche Agenten nannten Ivankas Team nun FLD light, da es das klassische FLD-Team der First Lady in Trumpland nicht gab. Also war ein Job in Ivankas Team der Heilige Gral.

Ivankas Geschwistern fiel die Umstellung schwerer. Don Jr. – »Mountaineer« – gefiel die Vorstellung eigener Personenschützer aus verschiedenen Gründen überhaupt nicht. Zum einen achtete er im Allgemeinen mehr auf seine Privatsphäre, als seine Schwester dies tat. Er fuhr an den meisten Wochenenden nach Hause in die Catskills, wo er mit seinen Kindern angelte, am Lagerfeuer saß und auf Quads herumbrauste, gelegentlich ging er auf tagelange Jagdtouren in die entlegensten Wälder Kanadas, auf die Pirsch nach Elchen oder auf zehntägige Angelreisen in Alaska. Er trug Flanellhemden, Baseballmützen und manchmal Tarnanzüge mit einer Weste in Neonorange. Er flog meistens zweiter Klasse zu kleinen Flughäfen, wo er in Minimaschinen umstieg, die ihn in ferne Städtchen brachten, von denen auf der Upper East Side noch nie jemand gehört hatte.

»Ich habe Freunde, die mich nur als Don kennen«, sagte er über die Leute, mit denen er sich im ländlichen Staat New York in Jagdcamps trifft. »Wenn die meinen Nachnamen hören, sagen sie: ›Das wusste ich gar nicht.‹ Beim nächsten Mal wollen sie einen dann anders behandeln, und ich frage sie dann: ›Was ist denn plötzlich los? Warum soll das einen Unterschied machen?‹ Und das sehen sie dann auch so. Da draußen sind wir alle gleich.«

Manche der Männer, die ihn über ein Jahrzehnt vorher auf Schießständen im Grünen einfach als Don kennengelernt hatten, waren Polizisten. Don war damals nur ein Neuling in der Wirtschaftswelt gewesen und im Unternehmen seines Vaters eingestiegen, seine Freunde jedoch fingen bei der Polizei an oder auf den unteren Rängen des Secret Service. Während Dons Rolle und Verantwortung innerhalb der Trump Organization zunahm, stiegen auch seine Jagdkumpel auf. Manche der Männer, mit denen er in den Wäldern schießen gegangen war und auch sonst Zeit verbracht hatte, waren jetzt abkommandiert, ihm zu folgen und seine Familie zu beschützen. Plötzlich war er nicht mehr einfach nur Don, der Stadtjunge ohne Nachname, sondern die Schutzperson. Er hatte Anspruch auf ihren Dienst und musste sie einteilen. Für einen, der es noch nie gemocht hatte, dass man ihn manchmal wegen seines Nachnamens anders behandelte, war die Situation sofort unangenehm.

Dass Don und seine Frau Vanessa fünf Kinder in New York hatten, machte es zudem nicht einfacher. Vanessa musste sechs verschiedene Personenschützerteams jonglieren – eins für sie und ihren Mann und eins für jedes ihrer Kinder. Ihr Handy kam kaum noch zur Ruhe vor lauter Textnachrichten und Anrufen von den Agenten: dass ein Kind ein paar Minuten zu spät zum Treffen an der verabredeten Straßenecke war, ob sie auf der Nord- oder Südseite einer Straße stehen würden, wann sie zur Wochenendfahrt aufs Land aufbrechen wolle oder wer am Nachmittag länger in der Schule bleiben müsse. »Das kann einen schon überwältigen«, erklärte ein ehemaliger Secret-Service-Agent. »Das alles mit ein paar alten Hasen zu regeln, wäre schon nicht einfach. Aber wenn jemand, für den das Ganze völlig neu ist, gleich die ganze Sache stemmen soll? Das muss schrecklich sein!«

Der Teamleiter erleichterte die Sache auch nicht. Anders als Hollywood passte er nicht sofort zur Familie. Es gab anfängliche Gespräche, dass die Familie vielleicht nach Washington ziehen werde, also wurde er übergangsweise bis zum Umzug eingeteilt. Der fand dann aber doch nicht statt, also geriet die Familie in ein Karussell neuer Agenten, die wiederum jedes Mal eine neue Dynamik mit sich brachten. Da war es schwer, einen Rhythmus zu finden und eine funktionierende Beziehung aufzubauen oder gar eine angenehme Stimmung herzustellen. »Die ganze Sache war einfach schlampig«, sagte der ehemalige Agent. »Die Agenten waren schlampig. Die Kommunikation war schlampig. Dons Hin und Her war schlampig.« Einfacher wäre es gewesen, hätten sie jemanden angestellt, der Vanessa bei der Koordination geholfen hätte, aber das Geld sparte die Familie lieber ein.

Eric und seine Frau Lara hatten es da leichter. Zu dem

Zeitpunkt, an dem auch ihnen ein Team zugeteilt wurde, waren sie nur zu zweit. Lara wurde mitten während des Wahlkampfs schwanger, also gab es monatelang nur die eigenen Personenschützer zu koordinieren, und die beiden hatten vierzig Wochen Zeit, um für das zweite Team zu planen.

Tiffanys Team war wahrscheinlich das lockerste von allen. Eines Morgens Ende Mai betrat sie das Golden Pear in East Hampton, ein winziges, gut besuchtes Café zum Sehen und Gesehenwerden mitten auf der Newtown Lane, der kleinen Hauptstraße des Städtchens. Das Golden Pear Café ist gut fünfzig Meter vom Monogram Shop entfernt, einem kleinen Personalisierungsladen, der seit 2004 Plastikbecher mit den Wahlkampflogos der Präsidentschaftskandidaten der großen Parteien für drei Dollar das Stück verkauft, die die Leute dort auf ihren marmornen Kücheninseln zur Schau stellen oder auf ihren gecaterten Strandbarbecues herumreichen. Die Ladenbesitzerin führt ab dem wichtigen Super-Tuesday-Vorwahltag im März Buch: Jeden Tag bei Ladenschluss schreibt sie per Hand die Gesamtzahl verkaufter Becher pro Kandidat auf ein Blatt Papier und hängt es ins Schaufenster.

Seit Anbeginn des Brauchs haben die Becher immer korrekt den Sieger vorhergesagt: erst bei George W. Bush, dann zweimal bei Obama. Aber in diesem Wahljahr lagen die Becher genauso falsch wie alle Umfragen, Experten und Analysten. Bis zum Wochenende vor dem Wahltag verkaufte der Monogram Shop 4946 Hillary-Clinton-Becher und nur 3388 Donald-Trump-Becher.

Aber anders als Chelsea Clinton in dem Jahr, als ihre Mutter in den Vorwahlen gegen Barack Obama antrat, ging

Tiffany nicht in das Lädchen rein, um eine Tasse für ihren Vater zu kaufen. Sie gab ihre drei Dollar – oder, in Anbetracht der Preise dort, eher viermal so viel – für vier Eiskaffee mit ihrem Freund aus. Ein Eiskaffee fiel ihr runter, und keiner regte sich, um ihr beim Wegwischen zu helfen – nicht mal ihr Personenschützer, der an einem Tisch in der Nähe stand und offensichtlich mit seinem Handy spielte.

Trotz der kurzen Unruhe aufgrund des Malheurs schenkte kaum jemand Tiffany Beachtung. Sie trug eine Baseballmütze, und der betriebene Sicherheitsaufwand war so minimal, dass die anderen Gäste wie gewohnt durch die Vorder- und Hintertür ein- und ausgingen, ohne sie auch nur eines Blickes zu würdigen. Einmal kam jemand auf sie zu, was sie etwas aufschreckte, weil sie irgendeinen Kommentar erwartete – und wer weiß schon, in welche Richtung der gegangen wäre. Ihr Personenschützer blockte den anderen Gast nicht ab, was auch gar nicht nötig gewesen wäre, da er einfach nur fragte, ob sie den freien Stuhl an ihrem Tisch brauche oder er ihn haben könne.

Ein anderer Gast an dem Morgen war auch an dem Tag in den Neunzigern dort gewesen, als Chelsea Clinton mit mehreren Secret-Service-Agenten hereinkam. »Da blieb die Welt stehen«, erinnerte er sich. »Tiffany dagegen ist kaum jemandem aufgefallen, und die, die sie erkannten, schauten absichtlich weg.«

KAPITEL 3

Wahltag

Am Morgen des Wahltags sperrte die Polizei die Fifty-Seventh Street zwischen der Second und Third Avenue für den Trump-Autokorso ab. Die Wagen hielten nur wenige Blocks vom Trump Tower vor der Public School 59, in der ein Wahllokal eingerichtet worden war. Rot- und Blaulicht blinkten vor silbernen Barrikaden, die die Menschenmenge zurückhielt, die einen Blick auf den Kandidaten erhaschen und ihm zujubeln oder ihn ausbuhen wollte, bevor er seine Stimme abgab. Er und Melania stiegen aus einem schwarzen Geländewagen, Ivanka, Jared und ihre Tochter Arabella folgten wenige Sekunden später. Sie gingen in die Sporthalle der Schule, in der es vor Agenten mit kantigen Anzügen und Ohrstöpseln nur so wimmelte, in der Fotografen wie wild knipsten und Reporter den Trumps Fragen zuriefen. Die vollständig in neutralen Tönen gekleidete Familie hob sich von den babyblauen und bananengelben Sporthallenwänden ab. Bis auf Donald, der im Jackett gekommen war, behielten alle ihre Mäntel an. Melanias Balmain-Mantel mit breitem Revers und goldenen Knöpfen hing ihr über den Schultern und ließ ihre Arme frei. Der Gürtel von Ivankas cremefarbenem Trenchcoat über dem schwarzen Rollkragenpullover war fest zugeknotet. Auch Jared behielt den grünen Utility Coat über dem grauen Pullover mit V-Ausschnitt an, unter dem er ein blaues geknöpftes Hemd trug, dazu schwarze Jeans und weiße Sneakers von Common Project.

Ivanka ging als Erste zum Registrierungstisch. »Bitteschön«, sagte die Dame dahinter. »Füllen Sie den Wahlzettel bitte in einer der Kabinen hinter sich aus. Wenn Sie damit fertig sind, bringen Sie ihn bitte zu dem Scanner unter dem Basketballkorb.« Die Frau fragte Arabella, ob sie einen Aufkleber wolle, Ivanka lächelte und strich ihrer Tochter das Haar zurück, als sie sich bei der Frau bedankte. Sie nahm den Wahlzettel und zeigte ihn ihrem Vater. Sie schauten einander in die Augen. Es war wirklich so weit. Als Nächste trat Melania an den Tisch, dann Donald selbst. Als Letzter kam Jared. »Nachname Kushner«, sagte er zu der Frau.

Don Jr., seine Frau Vanessa und vier ihrer fünf Kinder kamen ein wenig später zum gleichen Wahllokal.

Zufälligerweise fiel der Wahltag auf den zweiten Hochzeitstag von Eric und Lara, die ein paar Blocks weiter südlich in der Fifty-Third Street Library wählten. Eric knipste stolz ein Foto seines ausgefüllten Wahlzettels und twitterte es an seine Follower. In New York ist das Fotografieren in der Wahlkabine allerdings verboten, worauf ihn viele seiner knapp zwei Millionen Follower gleich hinwiesen. Er löschte den Tweet später.

Dann fuhren sie alle zurück in den Trump Tower. Don Jr. rief bei ein paar lokalen Radiosendern an. Außerdem meldeten sie sich bei ihren Anhängern und beantworteten Anfragen von Neugierigen, die wissen wollten, wie die Stimmung war. Als die ersten schlechten Hochrechnungen gegen fünf Uhr reinkamen, riefen die drei ältesten Kinder auch bei Lokalsendern in umkämpften Staaten an, um eine letzte Motivationswelle loszutreten. Jared rief ein paar Freunde in den Medien an. Einen hohen Manager einer großen Medienorganisation, den er schon jahrelang sowohl beruflich als auch privat kannte, fragte er, was er aus Florida gehört habe, dem Staat, der in dem Moment den einzig möglichen Weg zum Sieg darstellte. Der Manager erwiderte, es sehe nicht gut aus, aber was habe er denn erwartet? »Haben wir eure Unterstützung bekommen?«, fragte Jared. »Nein«, erwiderte der Manager. »Nein, das habt ihr nicht.« Jared legte auf und rief Matt Drudge an, einen weiteren Macher unter seinen Medienkontakten. Die Medien hätten schon die ganze Zeit falsch gelegen, was den Trump-Wahlkampf angehe, erklärte Drudge ihm. Er solle die nächsten paar Ergebnisrunden der Wählerbefragungen abwarten. Da könne es noch einen Umschwung geben.

Seit kurz vor fünf Uhr morgens saß das Wahlkampfteam im vierten Stock des Trump Towers zusammen – in einem zu groß geratenen, unfertigen Putzschrank mit Betonboden, ohne Heizung, den die Mitarbeiter in der Anfangszeit des Wahlkampfs als provisorisches Hauptquartier genutzt hatten. Als am Abend die Sonne unterging, hatten sich Dutzende von Leuten in den Raum gezwängt, während der Wahlkampfmanager Bill Stepien sich – mit einem Fokus auf Florida – mit der Landkarte befasste. Jared, Ivanka, Eric und Don liefen herum, brüteten über Karten, Modellen und den Zahlen, die von den Mitarbeitern vor Ort und den offiziellen Stellen in Florida durchgegeben wurden. Donald blieb bis nach acht Uhr in seinem Penthouse ganz oben im

Tower, dann rief er Ivanka an und fragte, wo sie sei. Er sagte, sie solle hoch in den dreizehnten Stock kommen – ins offizielle Hauptquartier – und er würde sich dort mit ihr treffen.

Sie zwängten sich wie Sardinen zusammen. Donald, Melania, die Kinder, Mike Pence, Kellyanne Conway, Steve Bannon, Reince Priebus, Chris Christie, Mark Shot – der ganze MAGA-Club in einem Büro um die Riesenmonitore, Beamer und Fernseher gedrängt, während Wahlkampfmitarbeiter die eintreffenden Zahlen erklärten. Die Vorhersagenadel der *New York Times* verschob sich nun ganz leicht in Donalds Richtung. Sie blieben bis nach elf dort, als die Sender und Nachrichtenagenturen den Bundesstaat Florida Donald zuschrieben und sich auch in anderen umkämpften Staaten das Blatt wendete. Sie fuhren mit dem Expressaufzug direkt ins Penthouse – die Familie, die Pences, Conway, Christie, dessen Sohn Andrew, Bannon, Stephen Miller, Priebus sowie Dave Bossie. Der Rest blieb entweder im dreizehnten Stock oder machte sich auf den Weg zur Siegesfeier im Midtown Hilton, das ein paar Blocks westlich lag.

Miller kam kleinlaut auf ein paar Leute innerhalb der Gruppe zu und sagte, er habe eine exzellente Rede zum Eingeständnis der Wahlniederlage ausgearbeitet. »Was haben wir denn als Siegesrede?«, fragte jemand. »Stichpunkte«, erwiderte er.

Also griffen sie sich einen Laptop, und Miller, Pence, Ivanka, Jared, Don Jr., Eric und Christie schrieben los. Ivanka wies darauf hin, dass nun eine gute Gelegenheit sei, sich den Frauen zu widmen, die zweifellos etwas Zuwendung bräuchten, nachdem sie die erste Kandidatin einer großen Partei hatten verlieren sehen. Vielleicht könnte man Elternzeit oder Kinderbetreuung ansprechen, schlug sie vor. »Vank«, unterbrach Jared sie. »Dafür ist das hier nicht die richtige Rede. Für so etwas ist später noch genug Zeit.« Die anderen am Tisch schauten einander an und atmeten auf. Wenn ihr das einer sagen konnte, dann Jared. Und sie waren froh, dass er es auch getan hatte.

Donald schaute sich die weiteren Ergebnisse auf dem kleinen Fernseher in der Küche an und fragte gelegentlich nach, wie es mit der Siegesrede aussehe, die er in ein paar Stunden würde halten müssen. »Wir polieren sie nur noch auf«, riefen die anderen dann zurück, obwohl es genau genommen noch gar keine fertige Rede zum Aufpolieren gab. »Ehrlich gesagt kämpften wir uns ab«, sagte einer aus der Runde am Tisch. »Aber das durfte er nicht wissen.«

Als deutlich wurde, dass alles nach einem Sieg Donalds aussah, schlug die Stimmung in eine Mischung aus Begeisterung und Schock um. Jared warf die Arme um Christie und sagte: »Wir haben es geschafft.« Conway wiederholte immer wieder: »Könnt ihr das fassen?« Melania wirkte schockiert und machte sich wohl hauptsächlich Sorgen um Barron, der todmüde auf dem Sofa hockte. Es war schon nach Mitternacht, und sie konzentrierte sich darauf, ihn wachzuhalten. Donald blieb stoisch, aber Pence zeigte etwas mehr Feierlaune. Karen Pence dagegen sah aus, als befände sie sich auf einer Beerdigung, bemerkte ein Beobachter.

Die Fahrt ins Hilton dauerte keine zehn Minuten. Dort warteten sie in einem winzigen Bereich seitlich der Hauptbühne. Als die Associated Press Donald Trump um halb drei Uhr morgens offiziell als Sieger ausrief, blitzte Huma

Abedins Name auf Kellyanne Conways stummgeschaltetem iPhone auf. Einen Tag zuvor hatte Hillary Clintons Wahlkampfmanager Robby Mook Conway Abedins Nummer per E-Mail geschickt. Falls Donald gewinne, hatte er geschrieben, würden sie ihn innerhalb einer Viertelstunde der AP-Meldung anrufen. Abedin würde als ihre Kontaktperson fungieren.

Pence war schon auf die Bühne getreten und hatte der Menge erklärt, sie seien sich sicher, dass sie gewonnen hätten, sie warteten nur noch auf Clintons Eingeständnis ihrer Niederlage und den offiziellen Anruf. Als Donald ans Handy gegangen war, ihr Eingeständnis und ihre Glückwünsche angenommen hatte, ging Pence zu seiner Frau Karen und sagte ihr, sie hätten es geschafft. Sie hätten gewonnen.

»Ich weiß«, erwiderte sie kühl.

»Und, wie wär's mit einem Kuss?«

»Mike«, sagte sie und drehte sich zu ihm um, »du hast schon gekriegt, was du wolltest.«

Um kurz vor drei Uhr morgens trat Donald als offiziell designierter Präsident auf die Bühne und hielt eine viertelstündige Rede. »Melania und Don und Ivanka und Eric und Tiffany und Barron, ich liebe euch, und ich danke euch«, sagte er etwa bei der Hälfte der Rede, nachdem er vorher seinen Eltern und Geschwistern gedankt hatte. »Vor allem dafür, dass ihr die langen Arbeitstage mitgemacht habt. Es war hart. Es war hart. Dieses Politikzeug ist schlimm und hart, also möchte ich meiner Familie ganz besonders danken. Ganz großartig. Danke an euch alle. Danke an euch alle. Lara, unglaublicher Einsatz. Unglaublich. Vanessa, danke. Vielen Dank! Was für tolle Menschen.« Zufälligerweise vergaß er, auch Jared zu danken, dem De-facto-Wahlkampfmanager hinter den Kulissen; einer Mischung aus Mann für alle Fälle und Jasager, verbunden durch Heirat und den Wunsch, beide Familien so reich und, zumindest von außen betrachtet, so mächtig wie möglich zu machen.

Sie schliefen ein paar Stunden, bevor Jared einige enge Freunde und Wahlkampfpartner anrief. Viele von ihnen hatten ihm gesagt, der neunte November würde ein Tag der Abrechnung. Sie hatten ihn monatelang gewarnt, dass ihn alle für einen Psychopathen hielten, weil er den Wahlkampf unterstützt hatte, oder zumindest für ein Arschloch. Sie prügelten ihm ein, nach der Wahl werde keiner mehr mit ihm reden und er habe einen langen, schwierigen Weg vor sich, um seinen eigenen Ruf und den seiner Familie wiederherzustellen. Sein »großer Immobilien-Neustart«, wie sie es nannten, werde am Morgen nach dem Wahltag anfangen. »Mach dich bereit«, sagten sie. »Du landest bald wieder auf dem Boden der Tatsachen, und der wird dann anders sein als vorher.« Seine Reaktion war immer nur das gleiche leise »Ich weiß.«

Aber der Morgen kam anders als erwartet. Der große Immobilienneustart wurde abgesagt. Alle hatten schrecklich falsch gelegen. Er und Ivanka hätten für das richtige Wahlergebnis gebetet, erzählte er Freunden, und sein Schwiegervater werde ein toller Präsident sein.

Ein paar Tage vorher, am Samstag vor der Wahl, waren Ivanka und er nach Sonnenuntergang, als sie wieder fahren durften, in einen Wagen nach Cambria Heights in Queens gestiegen, eine vornehmlich bürgerlich-schwarze Gegend, wo Menachem Mendel Schneerson, der siebte Rebbe der chassidischen Lubawitsch-Dynastie, 1994 am Francis Lewis Boulevard neben seinem Schwiegervater begraben worden war. Sein Grabmal ist als Ohel bekannt – hebräisch für »Zelt«. Es steht Tag und Nacht offen. Gläubige pilgern schon seit einem Vierteljahrhundert in Scharen zum Old Monteiore Cemetery, weil es heißt, der Rebbe bringe die Besucher des Ohel näher zu Gott. Es ist ein Ort, an dem man um Segen bittet und Gebete auf bereitliegende Zettel schreibt, bevor man sie auf das Grab wirft.

Es war ein ungewöhnlich warmer Novembersamstag, an dem das Thermometer auch nach Einbruch der Dunkelheit noch fast fünfzehn Grad zeigte. Jared kam ohne Jacke, mit einem schwarzen Kaschmirpullover, Khakihose und Kippa. Ivanka trug eine schwarze Baskenmütze, einen Mantel mit Gürtel und zeigte Bein. Im Ohel warfen sie ihre Gebete aufs Grab, bevor sie sich wieder auf den Heimweg machten. Freunde scherzten, sie wüssten nicht genau, was Jared mit dem »richtigen Ergebnis« gemeint habe und ob seine Gebete somit erhört worden seien oder nicht.

Nachdem Jared einige Anrufe getätigt hatte, brachte er mit Ivanka die ältesten Kinder zur Ramaz School, der modern-orthodoxen jüdischen Schule an der Upper East Side. Sie waren etwas durch den Wind und müde, aber aufgeregt und vor allem spät dran. Die Schule hatte einen speziellen Aufzug, mit dem die Eltern zu den Vorschulräumen kamen, aber sie hatten ihn gerade verpasst. Also warteten sie. Sie standen da wie auf dem Präsentierteller. Nach und nach kamen die anderen Eltern, um ihnen zu gratulieren. Der Sieg habe sie erstaunt, sagten sie. Er sei bemerkenswert. Ivanka müsse so glücklich, so stolz sein. Andere sagten einfach nur:

Wow! »Sie strahlte«, erinnerte sich jemand an die Situation. »Sie nahm jedes Wort dankbar an.«

Bis dahin waren die Eltern an der Schule wie auch die Gemeinde ihrer Synagoge in Upper Manhattan gespaltener Ansicht über das Paar und dessen Rolle im Wahlkampf gewesen. Einerseits hatte dieser eine neue Antisemitismuswelle ausgelöst und sich bei weißen Nationalisten angebiedert, was die jüdische Gemeinschaft beunruhigte. Nachdem Donald ein Bild von Hillary Clinton mit einem Davidstern und einem Haufen Geld getweetet hatte, schrieb Jareds Angestellte Dana Schwartz, eine Kulturjournalistin beim *New York Observer*, einen offenen Brief an Jared in seiner eigenen Zeitung und bat ihn, die im Namen seines Schwiegervaters verbreitete antisemitische Hetze anzusprechen, die doch »genauso Ihre Frau und Ihre Tochter« betreffe.

»Mr. Kushner, ich frage Sie: Was werden Sie dagegen unternehmen?«, schrieb sie.

Jared verfasste eine Antwort in Form eines eigenen Meinungskommentars unter der Überschrift: »Der Donald Trump, den ich kenne«. Er verteidigte seinen Schwiegervater als »tolerant« und sagte, »die spontanen Reaktionen aus dem Herzen dieses Mannes sind instinktiv projüdisch und pro-Israel.« Er führte die Geschichte seiner Großeltern, die den Holocaust überlebt hatten, als Beweis an, dass er »den Unterschied zwischen echter, gefährlicher Intoleranz« kenne »und den Zuschreibungen, die im Kampf um politische Punkte umhergeschleudert werden.«

Einige von Jareds Cousins nahmen Anstoß an dieser Verteidigung und ließen eine über ein Jahrzehnt alte Familienfehde wieder aufflammen, deren Höhepunkt die Gefängnisstrafe von Jareds Vater gewesen war. »Ich ziehe eine andere Lehre aus den Erfahrungen meiner Großeltern im Krieg«, schrieb Marc Kushner kurz darauf in einem Facebook-Post, bei dem er Jareds Artikel verlinkte. »Unsere Verantwortung als nächste Generation liegt darin, uns gegen Hass auszusprechen. Ob er nun antisemitischer oder anderer Natur sei.« Ein weiterer Cousin, Jacob Schulder, wählte direktere Worte. Er kommentierte Marcs Post: »Dass meine Großeltern in die Sache reingezogen wurden, ist eine Schande. Danke, Jared, dass du etwas benutzt hast, was für die Nachkommen von Joe und Rae Kushner heilig ist, um die schlampige Art und Weise zu rechtfertigen, mit der ihr den Wahlkampf geführt habt … Beeindruckend, dass du es so unglaublich weit geschafft hast; das hätte keiner erwartet. Aber um des Familiennamens willen, der wenn auch nicht dir, so doch noch anderen Menschen eine Menge bedeutet, zieh das Gedenken unserer Großeltern bitte nicht durch den Dreck, nur um dein Gewissen zu beruhigen. Das ist egoistisch und widerlich!«

Jareds Eltern, Charlie und Seryl, unterstützten dagegen den Trump-Wahlkampf und richteten im Laufe dessen mehrere Veranstaltungen für Donald in ihrem Strandhaus in Long Branch, New Jersey, aus. Donald Trump nicht zu unterstützen, war für sie keine Option; das hätte nämlich bedeutet, Jared nicht zu unterstützen. Sie waren stolz auf die Arbeit ihres Sohnes, und sie würden alles Erdenkliche für ihn tun. Dass ihr Sohn de facto einen Wahlkampf um die Präsidentschaft führte, erfüllte sie mit genug Stolz, ihre persönliche Abneigung gegen gewisse Unrühmlichkeiten des Wahlkampfs hintanzustellen.

Das *Access-Hollywood*-Video versetzte den Haushalt

zum Beispiel in Aufruhr. Dabei störten sich Jareds Eltern allerdings weniger an dem, was Donald gesagt hatte – dass er damit angegeben hatte, seine Privilegien als Promi dazu auszunutzen, Frauen in den Schritt zu greifen oder eine verheiratete Frau zu küssen, der er mit seiner Möbelkauf-Expertise imponieren hatte wollen. Den beiden ging es vielmehr darum, dass ihr Sohn am Tag, nachdem die Story herausgekommen war, in den Trump Tower gegangen war, um den Schaden zu begrenzen. Das war ein Samstag, an dem Jared schließlich nicht hätte arbeiten sollen. Den Sabbat zu ehren, sehe anders aus, ermahnten sie ihn.

Was die Gemeinde am meisten spaltete, spielte sich aber im Sommer 2016 ab. Während das Wahlkampfteam mit dem Republican National Committee gemeinsam den Ablaufplan der Convention in Cleveland ausarbeitete, kam den Trump-Kushners eine Idee. Man könnte doch Rabbi Haskel Lookstein bitten, der Jahre vorher Ivanka durch ihre Konversion geführt hatte und der Gemeinde vorstand, der sie in New York angehörten, ein Eröffnungsgebet für die Convention zu sprechen. Lookstein leitete die Gemeinde Kehilath Jeshurun, kurz KJ, schon seit Jahrzehnten, nachdem er sie von seinem Vater übernommen hatte. Die Bar-Ilan-Universität in Israel hatte ihm einen Ehrendoktortitel in Anerkennung seiner »einflussreichen Rolle bei der Vertiefung jüdischer Werte und des jüdischen Erbes im amerikanischen Judentum« verliehen.

Der Rabbi sagte zu, eine persönliche Entscheidung aus Respekt vor Ivanka und ihrer beider Beziehung, wie er sagte. Im Vorfeld der Convention entschied er sich für ein Gebet, in dem er Gott um seinen Segen für die Regierung bat und ihm dafür dankte, dass er das biblische Gebot »und ruft Freiheit für alle Bewohner des Landes aus!« in die Realität umgesetzt hatte, ebenso wie für die konstitutionelle Regierung, die »die amerikanischen Ideale Demokratie, Freiheit, Gerechtigkeit und Gleichheit für alle, ungeachtet der Abstammung, Religion oder nationalen Herkunft« fördere. Er würde Gott um Hilfe dabei bitten, eine Regierung zu bilden, die »uns mit umsichtiger Strategie und Kraft schützt; die uns mit weisen Worten und barmherzigen Taten eint«.

Es war in jeder Hinsicht ein Gebet, das die meisten Amerikaner gerne gehört hätten, vor allem die, denen die Wahlkampfpolemik, die Wahlversprechen und das stümperhafte Gangstergehabe des Ganzen Sorgen bereitete. Auf einer subtileren Ebene wirkte das Gebet fast wie ein Seitenhieb auf die Positionen des Kandidaten in Sachen Immigration und die Bedenken bezüglich seiner Toleranz für Menschen, die anders aussehen und leben als er.

Das alles war natürlich nicht der Grund, aus dem die Trump-Kushners ihren Rabbi um dessen Mitwirken gebeten hatten. »Für Jared und Ivanka war es einfach nur eine Gelegenheit, ihren Rabbi zu ehren, mit dem sie so eine enge Beziehung hatten«, erinnerte sich ein Gemeindemitglied. Aber für alle, die mit dem Wahlkampf zu tun hatten, wurde Einfaches oft urplötzlich kompliziert, und das galt auch für Javanka.

Das Trump-Team verschickte schnell eine Rednerliste, darunter alle vier Trump-Kinder, der designierte Vizepräsident Mike Pence, der ehemalige NFL-Quarterback Tim Tebow, das ehemalige Unterwäschemodel Antonio Sabàto Jr. und Lookstein. Niemand hatte dem Rabbi gesagt, dass sein Name auf einer öffentlichen Liste stehen werde, weshalb er den Organisatoren nicht hatte sagen können, dass er gar keine Rede halten, sondern nur ein Gebet sprechen würde.

Vielleicht hätte diese Unterscheidung für die Mitglieder seiner Gemeinde eine Rolle gespielt. Vielleicht aber auch nicht, wenn man von den sofortigen Gegenreaktionen ausgeht, denen er sich nach der Bekanntgabe ausgesetzt sah. Die Gemeindemitglieder starteten eine Online-Petition, die den Rabbi dafür verurteilte, Trump seinen Segen zu geben. Beinahe 850 Personen unterschrieben.

Lookstein überlegte es sich noch einmal anders. In einem Brief an seine Gemeindemitglieder und Freunde schrieb er, dass »die ganze Angelegenheit vom Rabbinischen ins Politische gekippt ist, was nicht gewollt war«. Politik teile die Menschen, fügte er hinzu, und er habe sein Leben damit verbracht, sie zu einen. »Im Interesse der Einheit unserer Gemeinde habe ich darum ersucht, von meiner Aufgabe, das Eröffnungsgebet zu sprechen, entbunden zu werden.« Ein Anflug von Schuldgefühlen kam über Ivanka und Jared, weil sie ihrem Rabbi solchen Ärger gemacht und in ihrer Gemeinde für Aufruhr gesorgt hatten. Gleichzeitig sahen sie die Schuld jedoch nicht bei sich und hatten das Gefühl, dass man sie im Stich ließ. »Die amateurhafte Organisation hatte ein vermeidbares Problem geschaffen«, sagte ein Mitglied des Planungsteams. Aber Freunde und Gemeindemitglieder tuschelten, die beiden hätten es besser wissen müssen. »Wenn man selbst auf einmal verdammt wichtig ist, ist eben auch alles, was man macht, verdammt wichtig. Und aus irgendeinem Grund hatten die beiden das noch nicht kapiert«, überlegte ein Gemeindemitglied.

Manche im Umfeld der Trump-Kushners – Mitglieder ihrer Gemeinde, andere Eltern der Schule ihrer Kinder, andere Absolventen der modern-orthodoxen Jeschiwa-Schule in Paramus, New Jersey, die Jared besucht hatte – fanden es verdammt wichtig, dass einer von ihnen nun wiederum verdammt wichtig geworden war. Während an den Samstagmorgen während des Wahlkampfes die Rabbiner sprachen oder die Kantoren vorbeteten, tuschelten die Gemeindemitglieder, dass es etwas Tröstliches habe, dass Jared den Kandidaten beriet. Er war einer, mit dem sie gebetet hatten, der so aufgewachsen war wie sie, mit den gleichen Werten und Prioritäten, die sie alle in der Schule, zu Hause und am Sabbat in der Synagoge gelehrt worden waren. »Er ist immer noch einer, mit dem wir aufgewachsen sind, und er steht einem Mann nahe, der womöglich Präsident wird«, erklärte damals ein Bekannter aus der Highschool. »Das ist auf keinen Fall etwas Schlechtes.«

Viele teilten diese Meinung, aber hätten sie einen von ihnen auswählen dürfen, der enger Berater des Präsidentschaftskandidaten geworden wäre, hätte Jared nicht weit oben auf der Liste gestanden. Sie waren sich einig, dass es allein schon in seiner Highschoolklasse Klügere, Fähigere gegeben hätte, die in dieser Rolle absolut perfekt gewesen wären. Bei Jared lautete die vorherrschende Meinung eher: Tja, mit ihm wird es schon auch gehen.

»Er ist nicht unbedingt einer, bei dem man sagt: ›Oh, Gott sei Dank!‹, aber man freut sich trotzdem«, erklärte jemand aus seiner Highschoolklasse. »Man hätte ihn sich nicht in der ersten, zweiten oder auch dritten Runde rausgepickt. Aber trotzdem super, dass wir einen drinnen haben. Er ist absolut in Ordnung, wirklich nicht schlecht, aber vielleicht eher gerissen als intelligent.«

Auch jüdische Entscheidungsträger außerhalb seines eigenen Dunstkreises zwischen New York und New Jersey korrespondierten eifrig mit Jared, verliehen ihren Sorgen Ausdruck oder drängten ihn, bestimmte politische Positionen zu stärken. Sie freuten sich über die Aussagen seines Schwiegervaters in Bezug auf seine Unterstützung Israels. Und bei aller Aufmerksamkeit, die Steve Bannon wegen der rechtsalternativen, weiß- und neonationalistischen Ausrichtung seiner Website Breitbart News auf sich zog, war er doch ein unerschütterlicher Hardliner in Sachen Israel.

Jüdische Organisationen merkten, wie überwältigt und überarbeitet Jared war. Sein Schwiegervater hatte ihm, einem damals fünfunddreißigjährigen Immobilienunternehmer, der noch nie in einer Firma gearbeitet hatte, die nicht ihm oder seiner Familie gehörte, neben all seinen anderen Aufgaben während des Wahlkampfs aufgetragen, für Frieden im Nahen Osten zu sorgen. Allerdings hat er tatsächlich enge familiäre Verbindungen nach Israel; Ministerpräsident Benjamin Netanjahu hatte die Kushners auf seinen USA-Reisen besucht und immer mal wieder in Jareds Kinderzimmer geschlafen. Aber jahrelange politische Erfahrung und Kenntnis einer Angelegenheit, die selbst gestandenen Diplomaten Kopfschmerzen bereitet, sind nicht wie eine ansteckende Krankheit. Sie übertragen sich nicht durch geteilte Kopfkissen und lassen sich auch nicht eben mal beim Gespräch mit einem Freund des Vaters während des Sabbat-Abendessens aufschnappen.

Also verließ Jared sich oft auf Rückmeldungen und Anregungen dieser Organisationen, auch wenn er nur selten Zeit für sie hatte. »Auf E-Mails antwortete er oft mit einzelnen Buchstaben statt Worten; immer sehr kurz, fast als liefe er mit dem Blackberry in der einen Hand herum, während die andere ihm hinter den Rücken gebunden war«, erinnerte sich ein Leiter einer zionistischen Organisation. »Es kam nie ein wirkliches Gespräch zustande. Es war eher, als könnte er gerade so den Kopf über Wasser halten und erledigen, was unbedingt erledigt werden musste.«

Er beschäftigte sich allerdings während des Wahlkampfes mit dem American Israel Public Affairs Committee (AIPAC), der mächtigen pro-israelischen Lobby-Organisation, besonders nachdem sein Schwiegervater den Zorn des Komitees auf sich gezogen hatte. Donald hatte die Beziehungen zu der Organisation besonders strapaziert, als er gesagt hatte, er werde in Friedensgesprächen zwischen Israelis und Palästinensern unparteiisch bleiben, damit er fair und glaubwürdig als neutraler Vermittler auftreten könne. So eine Position, zumal bei einem republikanischen Kandidaten, ist für eine Organisation wie AIPAC natürlich ein rotes Tuch. Bei der Organisation lagen ohnehin schon die Nerven nach acht Jahren Obama-Präsidentschaft blank, die viele dort als düstere Zeit für die Beziehungen zwischen der amerikanischen und der israelischen Regierung sehen. Sie brauchten deutlichere Unterstützungsversprechen vom Präsidentschaftskandidaten, vor allem vor dem Hintergrund ihrer fragwürdigen Verbindungen zu Antisemitismus und weißem Nationalismus, wenn sie zusammen etwas erreichen wollten.

Jared sah die jährliche Konferenz des AIPAC Ende März 2016 als Gelegenheit, die Spannungen auszugleichen und Donalds Bekenntnis zu Israel deutlich auszudrücken. Ursprünglich war für die Veranstaltung eine Fragerunde mit Donald geplant, die aber bald wieder zugunsten einer Rede verworfen wurde. Jared schlug vor, er solle einen Teleprompter benutzen, was wohl einfach eine Vorsichtsmaßnahme gegen Donalds üblichen unbekümmert-assoziativen Stil war. Es stand zu viel auf dem Spiel, als dass man eine lockere, wenig sachkundige Bemerkung gebrauchen konnte, die die ganze Gemeinschaft endgültig gegen den Kandidaten hätte aufbringen können. Jared drängte seinen Schwiegervater auch, sich in der Rede auf Einzelheiten festzulegen, die das Publikum begeistern würden. Seine Worte sollten beweisen, dass Donald die Zuhörer nicht nur umgarnen und unterhalten konnte, sondern dass er auch wusste, wovon er redete, und sich vor allem klar und deutlich für ihre Sache einsetzte.

Jared holte den Rat Ron Dermers ein, des israelischen Botschafters in den Vereinigten Staaten. Dermer hatte schon mit dem Clinton-Team besprochen, was nach der Wahl mit den Vereinten Nationen geschehen könne, und er wollte beiden Seiten den Blickwinkel der israelischen Regierung in klar verständlicher Sprache näherbringen. Zunächst schickte er Stichpunkte, auf die Donald bei seiner Fragerunde zurückgreifen könne, aber als Jared erfuhr, dass das Wahlkampfteam eine Rede vorbereiten musste, bat er um ein Telefongespräch.

Während des Gesprächs erklärte Dermer, dass er in dieser Weise allen Seiten zur Verfügung stehe. Er sprach eine ganze Stunde über die UN, über den Iran, über rote Linien und eine Sprache, die den Israelis sehr wichtig sei, wie auch über viele der Menschen, die unter den Zuhörern sein würden. Es war ein solides Fundament, auf dem Jared und die Wahlkampfmitarbeiter die Rede aufbauen konnten, natürlich abgestimmt auf ihre eigenen Absichten, Strategien und breiteren außenpolitischen Ziele.

Allerdings waren diese Absichten, Strategien und Ziele zu diesem Zeitpunkt bestenfalls einfache Entwürfe. Als Dermer also ein bis ins Detail ausgearbeitetes politisches Konzept ausformulierte, war es für Jared so, als hätte er am Abend vor der alles entscheidenden Abschlussprüfung den Antwortschlüssel bekommen. Dermer legte Stück für Stück, Satz für Satz, die Position der israelischen Regierung und deren Wunschvorstellungen dar, wie ein US-Präsident sich ihr und dem restlichen Nahen Osten gegenüber verhalten sollte, und Jared schrieb fleißig mit.

Am nächsten Tag schickte Jared einen Redeentwurf an den milliardenschweren Casinobesitzer, Königsmacher der Republikaner und großen jüdischen Philanthropen Sheldon Adelson, der sie prompt an Dermer weiterleitete. Dermer las einen Text, der beinahe eine direkte Mitschrift von dem war, was er Jared am Vortag am Telefon erzählt hatte, bis hin zu den Witzen. Er war fast vollständig geklaut.

Das Wochenende über polierte Jared die Rede weiter auf. Er war begeistert. Als Jared Dermer anrief, um ihm einen Vorgeschmack zu geben, sah es aus, als hätte das Wahlkampfteam Dermers Worte eins zu eins übernommen und nur ein paar vertraute Trump-Ausschmückungen eingebaut – ein paar »Das könnt ihr mir glauben« – und Erwähnungen seines Buches *Die Kunst des Erfolges*. Es war fast wörtlich Dermers Substanz, die jedoch durch eine Trumpsprech-Maschine gejagt und dann wieder in einen Teleprompter gesteckt worden war, damit Donald sie der Menge vorlesen konnte.

Die Rede bestand aus drei Hauptbotschaften, die alle genau den Vorstellungen des AIPAC entsprachen. Donalds erste Priorität werde sein, »den desaströsen Deal mit Iran aufzukündigen«, den er als »katastrophal für Amerika, Israel und den ganzen Nahen Osten« bezeichnete. Er führte einen ungewohnt spezifischen Plan aus, was er als Präsident tun werde und welche Probleme im Speziellen der Deal unbeachtet gelassen habe. Zweitens schwor er, die amerikanische Botschaft nach Jerusalem zu verlegen. Drittens empörte er sich über »die erbärmliche Schwäche und Inkompetenz der Vereinten Nationen«, die weder ein Freund der Freiheit noch der Vereinigten Staaten und erst recht nicht Israels seien. Er schwor, die Gespräche über eine mögliche Resolution des Sicherheitsrates über die Bedingungen einer späteren Einigung zwischen Israel und Palästina zu unterbinden. »Die Vereinigten Staaten müssen gegen diese Resolution eintreten und unser Veto einsetzen, was ich als Präsident hundertprozentig tun werde.« Als Nächstes erklärte er dem Publikum, die Palästinenser müssten aufhören, Judenmörder als Helden zu feiern und in Schulbüchern und Moscheen Hass zu lehren.

Aber trotz der Warnungen seines Schwiegersohnes konnte der Kandidat sich nicht bremsen. Er las das Publikum wie ein aufgeschlagenes Buch – das war sein einziges natürliches Talent –, also gab er ihm etwas Saftiges. »Wir schreiben das letzte Jahr Barack Obama«, fing er an und unterbrach sich mit einem »Yay!« Wie jeder gute Showman ließ er die Menge in Ruhe jubeln und applaudieren. Er lachte in sich hinein und grinste, bevor er den Kopf drehte und den Blick über die Menge schweifen ließ. Davon lebte er, das löste bei ihm Glücksgefühle aus wie bei einem Junkie, der gerade erst wieder auf den Geschmack kommt. Er hörte den Applaus und wollte mehr. Also raste er dem Teleprompter davon und stürzte sich in den Wahlkampfmodus bis hin zu der Bissigkeit, die bei seiner Basis so gut ankam. Er hielt immer wieder inne und schüttelte den Kopf, während Gedankenblasen aus diesem Rausch aufstiegen. »Der war vielleicht das Schlimmste, was Israel je passiert ist, das könnt ihr mir glauben, das könnt ihr mir glauben«, sagte er und erntete noch mehr Jubelrufe und zustimmendes Gebrüll. »Und das wisst ihr, das wisst ihr besser als alle anderen!«

Inhaltlich hatte sein Publikum nicht unbedingt etwas gegen das Gesagte. Aber die Vorstandsmitglieder des AIPAC waren in heller Aufruhr. Kandidaten benutzten die Konferenz nicht, um andere Politiker runterzumachen. Die AIPAC-Präsidentin Lillian Pinkus eröffnete die Veranstaltungen am nächsten Morgen, im Laufe derer Benjamin Netanjahu sprechen sollte, mit einer Entschuldigung für den Ton, den Donald am vorherigen Abend angeschlagen hatte. Mit Tränen in den Augen wies Pinkus darauf hin, dass der Kandidat dem neutralen Geist zuwidergehandelt habe, den sich die Konferenz erhalten wolle.

Der Aufruhr um Donalds Kommentare überschattete die eine Zeile, mit der er sich todsicher auf die gute Seite des AIPAC hatte stellen wollen. »Ich liebe die Leute hier im Saal. Ich liebe Israel«, hatte Donald am Tag davor seine Rede beschlossen. »Meine Tochter Ivanka bringt bald ein wunderschönes jüdisches Baby zur Welt. Vielleicht passiert es sogar genau in diesem Augenblick, was ganz wunderbar wäre, wie ich finde.«

EINE WOCHE VOR der Wahl gab Ivanka inmitten all dieses Trubels das Manuskript für ihr zweites Buch ab, *Women Who Work: Rewriting the Rules for Success*. Das Buch war eigentlich ein Marketingtraum. Die Kombination aus dem Unternehmen, das sie unter ihrem Namen aufgebaut hatte, und die quasi ununterbrochene Aufmerksamkeit, die ihren Erwähnungen von bezahlter Elternzeit und Kinderbetreuung im Rampenlicht des politischen Wahlkampfs geschenkt wurde, machte aus diesem Buch den Inbegriff eines Marken-Tie-ins.

Ivanka hatte schon fast ein Jahrzehnt lang Schmuck an Frauen verkauft, dann zusätzlich Kleider, Schuhe, Handtaschen und Accessoires – und schließlich noch die Vorstellung einer starken, arbeitstätigen Frau, die zwar vielleicht selbst nicht »alles hat«, aber auf jeden Fall alles über die vorstellungsgesprächsbereiten Outfits, Zeitspartipps, Rezepte, Workouts und Forderungen nach flexibleren Arbeitszeiten lesen will, die sie braucht, um sich dem heiß ersehnten »Ich besitze alles, was ich will« wenigstens anzunähern. Die Website von Ivankas Marke wurde zu einem Mekka für diese Art von aufstrebenden Inhalten, mit Blog-Posts über Lunchpakete und Frühlingslooks fürs Büro, die man in der Regel direkt vom Ivanka-Trump-Label mithilfe eines Buttons unter dem Eintrag kaufen konnte.

Ivanka hatte das Buch im Juni mit einer Videonachricht auf ihrer Seite öffentlich angekündigt. »Letztes Jahr hatte ich euch schon die ziemlich spannende Neuigkeit mitgeteilt, dass ich zum dritten Mal schwanger war und den kleinen Theodore im Bauch hatte, und heute habe ich auch wieder eine ganz wunderbare Überraschung für euch.« Sie hielt eine weiße Vier an einem Stöckchen hoch und biss sich auf die perfekt geschminkten, beerenfarbenen Lippen, als würde das Geheimnis herausschlüpfen, wenn sie es nicht mit den Zähnen zurückhielt. Echte Fans, die Frauen, die mit religiösem Eifer Ivankas Einträge lasen, unter ihren Instagram-Fotos für ihre Kinder schwärmten oder ihre Outfits katalogisierten, dürften den Trick wohl gleich wiedererkannt haben. Als sie damals ihre Schwangerschaft verkündet hatte, hatte ihr erstes Kind Arabella eine Eins in einem Video auf der Seite hochgehalten, ihr zweites, Joseph, eine Zwei, und Ivanka selbst hatte sich eine goldene Drei vor den Bauch gehalten.

»Okay, nein, ich habe nicht Kind Nummer vier im Bauch«, sagte sie und krümmte sich vor unterdrücktem Lachen über ihr schwarz-weißes Etuikleid. »Dafür habe ich ein anderes aufregendes Projekt in der Mache, und zwar auch wieder eins, das von Herzen kommt: ein Buch.«

Die Idee war ihr zwei Jahre vorher gekommen, als sie ihre erste #WomenWhoWork-Initiative angeschoben hatte. »Viele der größten Werbeagenturen rieten mir, das Wort ›Work‹ zu streichen«, schrieb sie in ihrer Ankündigung. »Eine nach der anderen erklärte mir, die Vorstellung von ›Frauen und Arbeit‹ sei nicht inspirierend und würde beim Millennial-Publikum nicht ankommen. Das sah ich anders. Wenn ihr mich fragt, gibt es nichts Größeres als eine Frau, die ihr Schicksal selbst in die Hand nimmt – und tagtäglich dafür arbeitet, ihre Träume wahr werden zu lassen. Die letzten beiden Jahre haben mein Team und ich uns fest darauf konzentriert, IvankaTrump.com zu *der* Seite für arbeitstätige Frauen zu machen. Unsere Seite ist ein Zuhause für inspirierende Vordenkerinnen, smarte Inhalte und lösungsorientierte Tipps, also handverlesen für arbeitende Frauen. Heute bin ich begeisterter denn je, die nächste Evolutionsstufe unserer Botschaft ankündigen zu können – ein Buch!«

Als sie ein Jahr zuvor mit der Idee zu ihrem Verlag Portfolio gegangen war, brauchte sie niemanden zu überreden. Zu dem Zeitpunkt hatten die Leute dort keinen Schimmer, dass sie ihre Manuskriptseiten nach über einem Jahr Wahlkampf für einen der polarisierendsten Kandidaten in der Geschichte Amerikas abgeben würde. Keiner hatte geglaubt, dass Donald es über eine Handvoll Vorwahlen der Republikaner in einigen Staaten hinausschaffen würde, und erst recht nicht bis zur Parlamentswahl selbst. Für sie war er ein Außenseiterkandidat ohne Chancen auf den Sieg. Sie kauften Ivankas Buch und verschwendeten nicht viele Gedanken an all das. Sie würden es als ein tendenziell liberales Karrierebuch eines C-Promis vermarkten.

Aber schon bevor ihnen überhaupt die Vorstellung eines Präsidenten Trump in den Sinn kam, gab es gewisse andere Schwierigkeiten. Ivanka arbeitete mit einem Autor zusammen, den der Verlag als sehr fähig einschätzte, aber Ivanka schrieb danach noch einmal alles um. Sie arbeitete die Seiten frühmorgens durch, bevor sie zum Trump Tower oder mit ihrem Vater zu einem Wahlkampftermin fuhr, tippte auf ihrem Laptop, während sie in ihrer Wohnung die Haare gestylt bekam, Jared ihr Kaffee brachte und während die Kindermädchen die Kleinen für die Schule fertig machten. Schon auf den ersten Seiten, die sie zu lesen bekamen, erkannten sie Ivankas deutlich privilegierte Perspektive. Zum Beispiel wurden die beiden Frauen, die sich um Ivankas Kinder kümmerten, nur ganz hinten in der Danksagung erwähnt. Nachdem sie ihrem Agenten gedankt hatte, allen, die zu dem Buch beigetragen hatten, ihren Schwägerinnen, ihrer Mutter, ihren Freundinnen und Freunden, ihren Kolleginnen und Kollegen und den beiden Kindermädchen, die sie und ihre Brüder mit aufgezogen hatten, nannte sie Liza und Xixi, »die mir helfen, meine eigenen Kinder großzuziehen«, und dankte ihnen dafür, »dass ihr Teil unserer erweiterten Familie seid und mir ermöglicht zu tun, was ich tue.«

Vor allem störte die Leute vom Verlag, dass das Buch ihrer Meinung nach völlig gefühlsleer war. Sie drängten Ivanka wiederholt dazu, einen Hauch Persönlichkeit beizusteuern, ein paar Anekdoten aus dem Leben mit ihren Eltern, die die Leser auf ihr eigenes Leben beziehen konnten – irgendetwas, »damit sie wirkte, als hätte sie einen Puls«, erklärte eine Person, die bei der Herausgabe des Buches involviert war. »Als wäre sie ein Mensch und hätte Gefühle.« Sie nahmen jeden Schnipsel, den sie und ihr Autor hergeben wollten, was jedoch nicht allzu viel war. Ivanka war jederzeit höflich und entgegenkommend und so fleißig, dass sie die Lektoren immer überraschte, wenn sie sie in ihrem Büro im Trump Tower besuchten (Ivanka schaute nie im Verlag vorbei; sie kamen immer zu ihr).

Der richtige Ärger brach erst herein, als Donald die Nominierung bekommen hatte. Jetzt mussten sie ihren ganzen Marketingplan überdenken, weil die Zielgruppe, für die sie das Buch ursprünglich gedacht hatten – junge Frauen zwischen zwanzig und vierzig, die an den Küsten lebten –, Ivankas Familie und alles, wofür der Wahlkampf ihres Vaters eintrat, strikt ablehnte. Also mussten sie ein ganz neues Publikum in der Landesmitte erschließen – ein Publikum, von dem der Verlag eigentlich gar nicht wusste, wie er es erreichen sollte und ihm etwas verkaufen konnte.

Sie disponierten um, und als sie dann das Manuskript in den Händen hielten, versuchten sie Stück für Stück, daraus das bestmögliche Buch zu machen. Ivanka bat Mika Brzezinski, die schon ihre eigene »Know Your Value«-Marke gestartet hatte, das Buch zu besprechen. Zu dem Zeitpunkt verstand sich die Morning-Joe-Moderatorin noch recht gut mit Ivankas Vater und half ihr mit wechselndem Erfolg im Laufe des Wahlkampfs dabei, seine Aufmerksamkeit auf Frauenthemen zu lenken. Mika glaubte, dass Ivanka den Frauen wirklich helfen wolle; wenn ein paar Worte über ihr Buch bedeuteten, dass die zukünftige First Daughter sich im Weißen Haus für Frauenrechte einsetzen würde, dann gerne.

Eine Woche später gewann Donald die Wahl, und der Plan löste sich erneut in Luft auf. Ivanka bat Jeanine Pirro, eine extravagante Fox-News-Moderatorin und alte Freundin Donalds, um den gleichen Gefallen wie Mika. Jeanines Ex-Mann, der Unternehmer und Lobbyist Al Pirro, hatte in den Neunzigern als Donalds Strippenzieher in Westchester County gedient, die drei hatten gelegentlich zusammen Golf gespielt und waren gemeinsam mit Trumps Flugzeug nach Mar-a-Lago geflogen. (Auf diesen Flügen runter nach Palm Beach bekam Donald laut eigener Aussage nie viel Arbeit erledigt. »Ich kann mich nicht konzentrieren«, sagte er mitreisenden Freunden. »Wie kann man ihr denn nicht dauernd auf die Beine starren? Hast du schon mal geilere Beine gesehen?«) Das war vor Al Pirros Gefängnisstrafe wegen Steuerhinterziehung, einem Ereignis, das Jeanines Karriere als Bezirksstaatsanwältin und ihre Kandidatur auf einen Sitz im US-Senat überschattete. Andererseits kam sie so auch zu ihrer Stelle als Moderatorin, in der sie leidenschaftlich und unbeirrt jeden Samstagabend in ihren Fernsehmonologen Stimmung für ihren alten Freund Trump machen und natürlich an anderer Stelle ein paar nette Worte über das bald erscheinende Buch seiner Tochter schreiben konnte. »Wer weiß mehr über Erfolg als Ivanka Trump?«, schrieb sie. »Kaufen Sie es, und lernen Sie etwas!«

AM TAG NACH der Wahl glichen die Mitarbeiter in den Verlagsräumen von Portfolio größtenteils Zombies. Manche weinten die ganze Zeit und gaben sich beim Abtrocknen ihrer Gesichter im Bad die Klinke in die Hand. Für sie war die Wahl eine Katastrophe. Sie waren vollkommen verzweifelt darüber, dass sie dieses Buch hatten. Teile des Managements dagegen waren begeistert. Was sie als Reality-Star-meets-Macherin-meets-Modemanagerin-meets-Mutter-meets-Ehefrau-Ratgeber gekauft hatten, war jetzt etwas ganz anderes. Sie hatten das Buch der First Daughter. Durch Zufall. Und es sollte gerade mal hundert Tage nach dem Amtsantritt ihres Vaters erscheinen. »Das Projekt aufzugeben, kam für uns nie infrage«, berichtete die Person, die an der Arbeit am Buch beteiligt war. »Es bestand die Möglichkeit, dass es ein Riesenhit werden würde, und man müsste schon selbstmörderisch veranlagt sein, das Buch einer First Daughter aufzugeben, selbst in diesem Fall.«

Es blieb jedoch die große Frage, wie man mit der Presse umgehen sollte. Ivanka hatte noch nicht festgelegt, was ihre politische Rolle sein würde, sobald sie und Jared nach Washington zogen. Sie würde wohl irgendwie eine Beraterin ihres Vaters und seiner Regierung werden. Das war aber nicht das Problem. Es ging vielmehr darum, welche Rolle sie beim Marketing des Buchs einnehmen würde. Eigentlich hatte sie keine offizielle Mitarbeiterin der Regierung werden wollen, bis ethische Bedenken sie mehr oder weniger dazu zwangen. Wie hätte sich also ihr Verlag zu der schwierigen Situation äußern sollen, bevor sie es nicht selbst getan hatte?

An Heiligabend rief sie im Verlag an und erklärte, sie sei sich nicht sicher, was ihre Rolle sein werde, ob sie offiziell oder inoffiziell sei oder wie sie sie selbst beschreiben würde. Sie fragte, ob man die Veröffentlichung nicht von März auf Mai verschieben könne. Eigentlich hätte das Buch den darauffolgenden Montag in den Druck gehen sollen. Die Arbeit war schon so weit fortgeschritten, dass es in jedem anderen Fall absurd gewesen wäre, sie zu unterbrechen. Aber Ivanka war nicht einfach nur irgendeine Autorin, die nur um einen Gefallen bat; sie war die First Daughter in spe. Also verschoben sie den Erscheinungstermin. (Nicht lange nach dem ursprünglich geplanten Termin verkündete Ivanka dann ihre offizielle Rolle innerhalb der Regierung, nämlich die einer Assistentin des Präsidenten, die ihn in puncto amerikanische Familien, Unternehmerinnen und der Ausbildung von Arbeitskräften beraten würde. Als offizielle Mitarbeiterin der Regierung konnte sie das Buch nicht selbst bewerben, also gab es keine Interviews, keine Tour, keine Lesungen, keine Auftritte. Alle Sender rissen sich darum, dass sie bei ihnen das Buch vorstellte, bevor ihre Anwälte und die des Weißen Hauses ihnen einen Strich durch die Rechnung machten. »Die Anfragenliste hätte selbst Prinzessin Diana neidisch gemacht, hätte Ivanka das Buch selbst beworben«, sagte ein Verlagsmanager. Das konnten sie sich aber alles abschminken. Und die Rezensionen verrissen das Buch, eine nach der anderen – dafür, was es aussagte, was es ausließ und was die Leute zwischen den Zeilen lasen. »Sie hat zwar nicht das ganze Jahr verdorben«, sagte ein Manager des Verlags, »aber es war ein Blutbad.«)

In den Tagen nach der Wahl ließen die Oberhäupter und Diplomaten anderer Länder die Telefonkabel im Trump Tower heiß laufen. Es gab natürlich Protokolle, wie und wann diese Gespräche angenommen und geführt werden sollten. Viele davon waren in den Massen von Ordnern kurz dargestellt, die das Trump-Übergangsteam bis zum November zusammengetragen hatte. Wenige der Mitarbeiter dieses Teams rechneten damit, dass die Ordner jemals zum Einsatz kommen würden. Donald Trump war so ein Außenseiter, dass sie eher mit der Einstellung »sicher ist sicher« arbeiteten als mit der, dass diese Unterlagen höchstwahrscheinlich zur Information des nächsten Präsidenten dienen würden. Noch weniger von ihnen hätten sich jedoch vorgestellt, dass die Ordner zerfleddert und in den Müll geworfen werden würden, als der designierte Vizepräsident Pence die Leitung des Übergangsteams übernahm. Jared und Ivanka, ihre Geschwister wie auch ihr Vater, Pence und seine Verbündeten hegten tiefes Misstrauen gegen jegliche Materialien, die irgendjemand zusammengetragen hatte, der mit Chris Christie in Verbindung stand. Außerdem waren alle so wenig in der ganzen Übergangsarbeit vor dem Wahltag involviert gewesen, dass sie keinen Anteil an den Vorbereitungen der Profis gehabt hatten – der Leute mit echter Regierungserfahrung, mit Expertise hinsichtlich der nationalen Sicherheit, Wirtschaft, Beziehungen auf Regierungsebene, Geheimdienstoperationen, Diplomatie, bürokratischen Abläufe in Washington und all dem, was diese Bereiche für einen funktionierenden Alltag brauchen. Die Trumps, die vom Büro ihres Vaters aus in einem Gebäude arbeiteten, das ihren Nachnamen trug, kannten sich nicht im Geringsten mit alledem aus. Sie wussten aber, dass sie alles in allem nur sich selbst trauen konnten. Alles, was ohne ihre Aufsicht vorbereitet worden war, vor allem von Leuten, die scheinbar Christie gegenüber loyal waren, der nicht immer ein Freund der Familie gewesen war – wie konnten sie so etwas jemals benutzen?

Die Mitarbeiter aus dem Übergangsteam erinnerten sich daran, dass Ivanka zu ihnen auf die Etage des Trump Towers herunterkam, um zu überprüfen, was vor sich ging. Sie und Jared wirkten paranoid auf die Mitarbeiter, als wären diese eher gegenüber Christie loyal als gegenüber »der Familie«, wie die Trumps sich Insidern zufolge nannten – »wie in einem Mafiafilm«, witzelte einer. Zwischendurch ging das Gerücht um, »die Familie« habe davon geredet, die ganze Sache niederzubrennen und neu anzufangen.

»Sie gingen voller Misstrauen und Groll an alles heran, was vollkommen fehl am Platz war, wenn man die Situation mit etwas mehr Erfahrung betrachtete«, erinnerte sich ein Mitarbeiter aus der Übergangszeit, der kurz nach der Wahl gefeuert wurde. »Aber das war eben ihre Einstellung.«

Diese paranoide Herangehensweise rächte sich spätestens, als die Oberhäupter und Regierungschefs anderer Länder anriefen. Während des Übergangs war von den Mitarbeitern ein Anrufbuch zusammengestellt worden, in dem aufgelistet war, welche Anrufe kommen würden, wie man sich auf diese vorbereiten konnte und welche man gemäß des traditionellen Übergangsprotokolls priorisieren sollte. All das wurde verworfen. Inwieweit das absichtlich geschah, ist allerdings unklar; vielleicht war der Trump-Betrieb nach der Wahl einfach überwältigt und zu stark unterbesetzt, um mit all den internationalen Angelegenheiten auf höchster Ebene, Entscheidungen und Abläufen Schritt zu halten, mit denen sie nun konfrontiert wurde. So groß sie sich auch aufspielte, war die Trump Organization kein Fortune-500-Unternehmen mit einem riesigen Angestelltenpool, ausgeklügelten Kommunikationssystemen und Heeren abgebrühter Assistentinnen und Assistenten, die von Büro zu Büro huschten, To-do-Listen abhakten und schauen konnten, wo es gerade brannte. Vielmehr ist sie einfach nur ein winziges Büro mit jahrzehntealten Zeitschriftencovern mit dem Antlitz des Chefs sowie einem etwas moderneren Bereich eine Etage weiter mit den Büros seiner Kinder. Eine altgediente Assistentin des Managements, Rhona Graff, die seit dreißig Jahren in der Firma entscheidet, wer mit dem Chef sprechen darf, und alle Anrufe und Nachrichten für ihn verwaltet.

Deshalb musste die britische Premierministerin Theresa May es ganze vierundzwanzig Stunden versuchen, bis sie den designierten Präsidenten der Vereinigten Staaten am Apparat hatte. Der ägyptische Präsident Abd al-Fattah as-Sisi kam ebenso früher durch wie der israelische Ministerpräsident Benjamin Netanjahu – ein diplomatischer Fauxpas, der das absolute Chaos im Trump Tower und im Übergangsbüro in den Tagen und Wochen nach der Wahl widerspiegelt. Viele klagten, hätten die Trumps sich einfach an die vorbereiteten Materialien des alten Übergangsteams gehalten, hätte man keine alliierte Macht vor den Kopf gestoßen. Andererseits ist es unmöglich, vorherzusagen, ob wirklich irgendetwas anders gewesen wäre; schließlich war gerade Donald Trump zum Präsidenten gewählt worden. Und wie allen so langsam klar wurde, war Donald Trump nicht nur unberechenbar und launisch, sondern hatte auch den Hang dazu, sich im Ton zu vergreifen, selbst wenn er sich eigentlich ans Protokoll halten wollte. »Sie zahlten alle den Preis dafür, dass sie sich nicht an unsere Pläne und Vorbereitungen hielten«, sagte der Mitarbeiter des Übergangsteams. »Dadurch sahen sie aus wie schusselige Stümper.«

Als erster ausländischer Regierungschef pilgerte der japanische Premierminister Shinzo Abe keine zehn Tage nach Donalds Wahl zum Trump Tower. Das Trump-Team ließ die Reporter genauso wenig zu dem Treffen durch wie die amerikanischen Fotografen. Keiner bekam vor oder nach dem Termin die Gelegenheit, Fragen zu stellen. Es wurden keine offiziellen Fotos veröffentlicht, bis auf einen Facebook-Post auf Donalds Seite, der ihn Schulter an Schulter mit Abe im Vordergrund zeigt, hinter ihnen die Goldschnörkel, der Marmor und die cremefarbenen Seidensofas der Trump-Residenz. »Es war mir eine Freude, Premierminister Shinzo Abe bei mir zu Besuch zu haben und eine große Freundschaft zu begründen«, schrieb Donald unter die Aufnahme.

Die japanische Regierung hatte aber andere Pläne. Abes Leute gaben aufschlussreichere Fotos vom Besuch ihres Premierministers bei Trump an die wartende Presse. Auf einem saßen Donald und Abe einander zugewandt auf besagter cremefarbener Seidencouch, flankiert von zwei Dolmetschern und einer schwindelerregenden Fülle an Kristallkron- und Wandleuchtern, Marmorstatuen und Spiegeln. Ihnen gegenüber saß hinter dem vergoldeten Sofatisch mit Goldkerzenhalter Ivanka Trump mit übereinandergeschlagenen Beinen auf einem beigefarbenen Sessel. Die Handgelenke gekreuzt saß sie zurückgelehnt in ihrem Etuikleid da und grub die Stilettoabsätze der schwarzen Pumps in den cremefarbenen Teppich. Auf einem anderen Foto stand sie neben Abe und Jared, der ein graues Jackett zugeknöpft über einer schmalen schwarzen Krawatte trug. Auf einem dritten Bild stand das Paar lächelnd hinter Donald und Abe, die sich die Hand gaben.

Sofort schrillten die Alarmglocken wegen ethischer Bedenken und der Frage, wie das alles aussah. Erstens, was hatten eine Tochter und ein Schwiegersohn ohne Regierungserfahrung – und zu dem Zeitpunkt auch ohne Pläne, die Regierung in offizieller Funktion zu unterstützen – bei dem Treffen zu suchen? Bisher hatten alle geglaubt, dass das Land weiter als Demokratie und nicht als Monarchie geführt werde, dass die First Family nicht als Königsfamilie auftreten werde. Zweitens sorgte die Tatsache für Unmut, dass weder Ivanka noch Jared die entsprechende Sicherheitsstufe hatten. Drittens, und vielleicht am problematischsten, hatte Ivanka nach wie vor mit der Trump Organization und mit der nach ihr benannten Produktlinie zu tun, die jeweils weltweite Geschäfte machten. Das Bild von ihr bei einem gemütlichen Treffen in einer diplomatischen Machtposition mit dem Regierungschef eines anderen Landes stieß somit auf Vorbehalte. Was für Grenzen würden zwischen den Geschäften im Trump Tower und den Außenbeziehungen des Weißen Hauses gezogen werden, falls dies überhaupt passierte? Würde die Familie ihre neuen politischen Umstände als Marketinggelegenheit nutzen?

Ivankas Marke war schon heftig für das Marketing kritisiert worden, das ihre Wahlkampfauftritte nutzte. Die Social-Media-Seiten der Marke hatten Kauflinks zu dem ärmellosen pinkfarbenen Kleid gepostet, mit dem Ivanka ihren Vater bei der Republican National Convention vorgestellt hatte, wie auch für den goldenen Armreif, den sie bei

60 Minutes getragen hatte, einer Sendung, bei der sie zwei Tage nach der Wahl neben ihrem Vater und ihren Brüdern aufgetreten war. Beide Male erklärte Ivanka hinter den Kulissen, dass sie nichts mit den Posts zu tun habe. Zum einen wisse sie es besser, zum anderen sei sie in ihrer neuen einflussreichen Position viel zu konzentriert auf die großen, wichtigen Themen, mit denen sie sich jetzt auseinandersetzen konnte. Der Verkauf von Kleidern und Armreifen nahm gerade nicht viel Platz in ihrem Kopf ein; die Social-Media-Posts hatten sich Mitarbeiter der Ivanka-Trump-Marke weiter unten in der Hierarchie ausgedacht. Konnte sie ihnen das verübeln? Nein; sie taten nur ihren Job. Würde sie die Schuld auf sich nehmen? Natürlich auch nicht; sie hatte jetzt ganz andere Aufgaben.

Die Bedenken ließen nicht nach. Bald darauf berichtete die *New York Times*, dass eine zweitägige Privatschau ihrer Kollektion – darunter ihr ärmelloses pinkfarbenes Kleid von der Convention – in Tokio stattgefunden habe, um ein Lizenzgeschäft mit einer japanischen Bekleidungsfirma anzuschieben, während Ivanka Abe gegenüber in der Wohnung ihrer Kindheit gesessen hatte. Gespräche zwischen der Marke Ivanka Trump und Sanei International wurden schon seit Jahren geführt, waren jedoch nicht von Ivanka persönlich gestartet worden. Zufällig ist aber der größte Investor in Saneis Mutterkonzern eine Bank, die dem japanischen Staat gehört.

Ivankas Leute stellten all dies als Anfängerfehler dar. »Wenn sie an Treffen teilnimmt, liegt das daran, dass hier die Familie im Vordergrund steht und Ivanka schon immer in jedes Meeting mit eingeladen wurde«, erklärte man. »Aber sie möchte die verschiedenen Grenzen respektieren, wobei die notwendigen Änderungen natürlich einiger Gewöhnung bedürfen. Hier wissen alle, dass jedes Detail neu überdacht werden muss, und im Laufe der nächsten Wochen werden wir in Erfahrung bringen, wie Ivanka ihre Distanz wahren kann.«

Aber die Trump-Kinder wahrten dennoch keine Distanz. Trotz monatelanger Vorbereitungen durch Profis und Politexperten sickerte das Chaos des Trump-Wahlkampfs auch in die Abläufe nach der Wahl durch. Donalds drei erwachsene Kinder machten es sich im Exekutivkomitee des Übergangs gemütlich. Beim ersten offiziellen Übergangsmeeting nach der Wahl setzten sie sich mit an den Tisch neben den Trump-Loyalisten Jeff Sessions, dessen Stabschef Rick Dearborn und einer Handvoll anderer. Nun stand die Aufgabe an, hohe Behördenposten zu besetzen und vor allem Kabinettsmitglieder zu nominieren – wohl für jeden ein mühsamer Vorgang, allerdings erst recht für einen designierten Präsidenten mit minimaler Aufmerksamkeitsspanne und ohne jegliche Regierungserfahrung.

Eric Trump arbeitete seit einem guten Jahrzehnt als Angestellter der Trump Organization für seinen Vater, und seit zweiunddreißig Jahren als Sohn. Er wusste, dass Donald die ganze Sache zum Entgleisen bringen konnte, wenn er meinte, dass er bestimmen könne, wen er wolle, zum Beispiel seine Freunde, die noch weniger an hohen staatlichen Stellen zu suchen hatten als er selbst. Es würde niemals vorwärtsgehen, wenn Donald glaubte, die Möglichkeiten seien unendlich – oder noch schlimmer, wenn er dachte, die Posten könnten an jeden gehen, den er allein für geeignet hielt. Eric ließ das Übergangsteam Auswahllisten potenzieller

Kandidaten für seinen Vater anlegen, die gute Chancen hatten, für die Stelle legitimiert zu werden. »Er muss glauben, dass er nur aus diesen Listen aussuchen darf«, erklärte er. »Er muss glauben, dass es nur diese Kandidaten gibt.«

Dies war der Ursprung einiger der Spannungen zwischen Eric und Jared. Wo Eric Donalds Schwächen sah, versuchte er, um sie herumzuarbeiten, sie auszugleichen und ihn dadurch stärker zu machen. Das tat er natürlich nicht aus rein altruistischen Motiven; schließlich hing Erics Erfolg fast vollkommen von dem seines Vaters ab. Aber hauptsächlich wollte er seinen Vater besser machen und ihn vor sich selbst beschützen. Eric hatte allerdings nicht den Eindruck, dass Jared diese Einstellung im Umgang mit Donald teilte. Vor allem während des Wahlkampfs beschwerte er sich öfter, dass Jared Donalds Schwächen ausnutze, anstatt sie zu neutralisieren.

Für das erste Übergangsmeeting nach der Wahl schoben sie diese Spannungen aber beiseite. Sie hatten gerade angefangen, die ersten Punkte der Tagesordnung zu bearbeiten, als die Generäle Mike Flynn und Keith Kellogg hereinkamen. Christie leitete das Meeting, und soweit er wusste, waren die beiden nicht eingeladen worden; es war auch nicht die Art Meeting, bei dem einfach jeder hereinschneien durfte, wie er wollte. »Meine Herren, wir sind gerade mitten in einem Meeting«, sagte Christie. »Kann ich Ihnen helfen?«

Als Ivanka dazwischenging und sagte, sie habe die beiden eingeladen, gab Christie nach. Er erklärte Flynn und Kellogg, er habe keine Ausdrucke der Tagesordnung und Materialien für sie, weil er nicht gewusst habe, dass sie kämen. Sie würden bei jemand anderem mit reinschauen müssen.

Das Meeting kam gerade wieder in Schwung, als Ivanka

es unterbrach. »General Flynn«, sagte sie und wandte sich ihm zu, »Sie haben meinem Vater gegenüber eine uneingeschränkte Loyalität an den Tag gelegt. Wir lieben Sie alle. Wie möchten Sie dem designierten Präsidenten dienen? Welchen Posten wollen Sie?« Ein paar der Leute am Tisch schauten einander an. Jeff Sessions verdrehte die Augen, zog sich die Brille von der Nase und ließ sich in den Sessel zurücksinken.

Flynn erwiderte, es gebe nur eine Handvoll Posten, für die er qualifiziert sei: Außenminister, Verteidigungsminister oder – wenn keiner der beiden infrage käme – Leiter des Nationalen Sicherheitsrats.

Eric meldete sich zu Wort. Er fragte, ob Flynn schon lange genug aus dem aktiven Dienst ausgeschieden sei, um das Pentagon zu führen. Flynn antwortete, wenn er eine Sondergenehmigung vom Kongress bekäme, würde es gehen. Eric wandte sich Sessions zu und fragte, wie oft der Kongress solche Sondergenehmigungen für potenzielle Kabinettsmitglieder ausstelle. »Nie«, antwortete dieser.

Später im Meeting stellte Ivanka Kellogg die gleiche Frage, die sie vorher Flynn gestellt hatte. Er würde gerne die Rolle des Stabschefs übernehmen.

»Des Präsidenten?«, fragte Eric.

»Ja«, erwiderte Kellogg.

»Gibt es vielleicht noch irgendeine andere Rolle, die Sie gerne übernehmen würden?«

AM DONNERSTAG KAM die ganze Familie zu einem Interview mit Leslie Stahl zusammen, das am Sonntag bei *60 Minutes* auf CBS gezeigt werden sollte. In diesem Interview auf der untersten Etage des Penthouses, in dem alle Trump-

Kinder außer Tiffany aufgewachsen waren und ein paar Abende vorher dort den Nachrichtensprechern dabei zugeschaut hatten, wie ein gewonnener Staat nach dem anderen für ihren Vater bekannt gegeben wurde, sollten Donald, Melania und alle fünf Kinder zum ersten Mal über die anstehenden Veränderungen sprechen.

Im Laufe des gleichen Tages hatte circa vierzig Etagen tiefer im neunzehnten Stock Bannon Christie in sein Büro gerufen und ihn ohne viel Aufhebens und mit sofortiger Wirkung von seinem Posten als Leiter des Übergangsteams gefeuert. Einerseits hatte die Familie das Gefühl, dass Donald, der aus Aberglauben nichts von den Übergangsformalitäten hatte wissen wollen, in dieser Sache übers Ohr gehauen worden sei, auch wenn wahre Experten dort monatelang Vorarbeit geleistet, Ordner mit nützlicher Recherche und den nötigen nächsten Schritten gefüllt hatten. All diese Arbeit war von Menschen getan worden, die die Familie als Christie-Loyalisten sah, wie konnten sie den Ergebnissen also trauen? Konnten sie nicht und warfen somit die vorbereiteten Ordneransammlungen theatralisch in den Müll – die Menschen, die sie zusammengetragen hatten, mussten dabei zuschauen. Die, die glaubten, dass es hierbei um die lang vor sich hin köchelnde Kushner-Christie-Fehde gegangen sei, fanden Jareds Annäherungsversuche während des Wahlkampfs kaltschnäuzig – vor allem sein Verhalten am Wahlabend, als er Christie in den Arm genommen hatte. Viele sahen den Schritt als Versuch, alle, die Christie die Treue hielten, mit anderen zu ersetzen, die dem Kandidaten und seiner Familie gegenüber loyal waren, weshalb das Wahlkampfteam zügig Pence als neuen Leiter und Dearborn als Executive Director einsetzte.

Es gab bereits einen Präzedenzfall, in dem der designierte Vizepräsident als Leiter des Übergangsteams eingesetzt worden war. George W. Bush hatte es vor seinem Amtsantritt so gemacht. Christie war zusätzlich in seinem eigenen Staat in einen Skandal verwickelt; zwei seiner ehemaligen Berater waren eine Woche zuvor wegen der sogenannten Bridgegate-Affäre verurteilt worden, in der Fahrspuren auf der George Washington Bridge von Fort Lee, New Jersey, nach Manhattan – als Rache an einem politischen Gegner – in New Jersey gesperrt worden waren. Dearborn würde auch als Verbindungsperson zwischen Trump Tower und Capitol Hill fungieren, wie immer würden außerdem die Trump-Kinder dabei sein, um alles zu überwachen.

Aber die Story, dass alles nur Washingtoner Alltagsgeschäft ohne jede Spur von persönlicher Abrechnung sei, wurde von Tag zu Tag unglaubwürdiger. Richard Bagger, der eine Auszeit als Christies Stabschef genommen hatte und zwischenzeitlich von New Jersey nach Washington gezogen war, um als Leiter des dortigen Übergangsteams zu fungieren, wartete auf Christie, als der hoch in den vierundzwanzigsten Stock kam, nachdem Bannon ihn gefeuert hatte. Die Trumps wollten Bagger an Bord behalten, weil er der Mann war, der jedes Planungsdetail kannte. Bagger dagegen kündigte und verabschiedete sich mit einem herzlichen »Fuck You!«

Trotzdem flog Bagger am nächsten Tag nach Washington. Er hatte ein Treffen in den dortigen Übergangsbüros geplant, in dem Bill Palatucci, Christies ehemaliger Anwaltspartner und der Justitiar des Übergangsteams, vor Hunderten von Mitarbeitern die ethischen Standards abhandeln sollte. Als Bagger Richtung Bühne ging, bekam er einen Anruf von Dearborn, er solle Palatucci aufhalten. Er habe vergessen, dem Justitiar zu sagen, dass er jeden Moment gefeuert werde. Sie wollten weder Palatucci noch Bagger auf der Bühne haben. Bagger sagte ihnen, dass sie ihn mal konnten, und er und Palatucci führten das Meeting trotzdem.

Eine Woche darauf warf Dearborn auch Mike Rogers raus, den ehemaligen Vorsitzenden des House Intelligence Committee, den Christie zur Leitung des Bereichs Nationale Sicherheit während des Übergangs angeheuert hatte. »Ich habe das alles direkt mitbekommen und mir nur gedacht: ›Verdammte Scheiße!‹«, erinnerte sich ein höhergestellter Mitarbeiter des Übergangsteams. »Wir wussten alle, dass das von der Familie kam, und es traf Leute, die mit Herzblut bei der Sache gewesen waren, und sie behandelten sie wie den letzten Dreck. Es war ein grausames Schlachtfest, und die hatten nicht mal den Anstand, selbst anzurufen. Das ließen sie Dearborn machen.«

Bannon gab später zu, dass die Entscheidung, Christie und die anderen zu feuern, die in den Augen der Familie mit ihm zusammenhingen, von Jared gekommen sei. Donald selbst beharrte darauf, Christie sei gar nicht gefeuert worden, sondern nur Teil eines größeren Teams geworden.

Die Pressemitteilung des Wahlkampfteams sprach Bände: »Gemeinsam wird diese hervorragende Beratergruppe, geführt vom designierten Vizepräsidenten Mike Pence, auf den vom Gouverneur New Jerseys, Chris Christie, geleiteten Vorbereitungen aufbauen, damit die neue Regierung ab Tag eins für ihre Aufgaben bereit ist.« Christie sollte auf die Position des zweiten Vorsitzenden des Übergangsteams umbesetzt werden. Jared, Ivanka, Don Jr. und Eric waren unter den Mitgliedern des Exekutivkomitees, neben Steve Bannon, Ben Carson, Mike Flynn, Newt Gingrich, Rudy Giuliani, Rebekah Mercer, Steven Mnuchin, Devin Nunes, Reince Priebus, Anthony Scaramucci und Peter Thiel.

Der Versuch, das alles zu entwirren, verschlang Zeit, die Jared und Ivanka eigentlich nicht hatten. Ivanka musste sich überlegen, ob und wie sie ihre Kinder deren Umfeld entreißen und mit ihnen nach Washington umziehen sollte. Als sie anfing, ernsthaft darüber nachzudenken, drängten ihre Freunde sie, es nicht zu tun. Unter denen, die sie baten, in New York zu bleiben, gab es zwei Lager – erstens die, die sagten, wenn sie sich weiter in so ein polarisierendes politisches Umfeld verwickle, werde das ihren Ruf und ihre Freundschaften ruinieren und damit auch all die kleinen und großen Annehmlichkeiten, die sie ihr ganzes Leben schon gekannt und genossen hatte; und zweitens die, die sich sorgten, was ohne sie aus ihren Unternehmen werden würde. Don Jr., Ivanka und Eric waren die drei Musketiere der Trump Organization. Menschen, die der Familie nahestanden, sagten Ivanka, wenn sie gehe, wüssten sie nicht, ob sie sich jemals wieder zusammenraufen würden. Leute im Umfeld von Jared warnten ihn, dass seine Verbindung zum Weißen Haus enorme Aufmerksamkeit auf die Kushner Companies lenken und Investoren abschrecken werde, die ihre Finanzen nicht von der Presse und der Regierung durchforstet sehen wollten. Zusätzlicher Druck kam aus der Familie Kushner selbst, obwohl sie Jared voll und ganz unterstützten und stolz auf seinen Aufstieg in den West Wing waren. Außerdem gab es praktische Fragen zur Führung des Familienunternehmens. Jareds Bruder Josh hatte eine eigene Firma. Seine Schwester Nicole war noch recht neu im Geschäft, und auch wenn sie zwar dabei war, hatte Jared doch den Laden zusammen mit seinem Vater geführt. Als verurteilter Verbrecher durfte Charlie Kushner nichts mehr selbst unterschreiben. Als ihm dies bewusst wurde, rief er manchmal mitten in Meetings vor anderen Familienmitgliedern und Geschäftspartnern: »Ich vermisse Jared!«

Ivanka erwiderte oft, sie wolle nun endlich Dinge verändern, über die sie in der freien Wirtschaft schon seit Jahren geredet hatte – und zwar so effizient und auf globaler Ebene, wie sie es sich vorher nie hätte träumen lassen. Engen Freunden gegenüber fügte sie hinzu, sie könne ihren Vater in Washington nicht alleine lassen: »Er darf doch nicht da unten ankommen und sich umschauen und niemanden bei sich haben«, erklärte sie. »Er braucht seine Leute um sich.«

Es GAB NIEMANDEN aus dem Übergangsteam, der Jared und Ivanka so nahegestanden hätte, dass er ihnen dabei hätte helfen können, Offenlegungsformulare und Sicherheitsstufendokumente auszufüllen. Sie hatten Dutzende über Dutzende von Firmen, Gesellschaften, Investitionen, Immobilien und Beteiligungen, von denen sie sich irgendwie lösen mussten. Sie mussten sich überlegen, ob sie diese gleich ganz veräußern wollten, und wenn ja, wie. Und wenn nicht, warf das eine ganze Reihe anderer Fragen auf, wie man all diese Posten zusammenlegen und von jemand anderem verwalten lassen konnte – in vielen Fällen von Jareds Mutter Seryl und seinen Geschwistern Josh und Nicole. Mit der Zeit trat Jared von 266 und Ivanka von 292 Positionen in den Unternehmen zurück. In den ersten sechs Monaten der Regierung Trump überarbeitete das Paar die Offenlegung ihrer Finanzen vierzig Mal – was seine Anwälte üblich und Regierungsethikexperten Bullshit nennen.

Dass das Paar Hunderte Millionen Dollar schwer war, und zwar weit verstreut und clever verschleiert, war einer der Faktoren. Ein anderer war eine Mischung aus Naivität und der fehlenden Anleitung. Wie ein Mitarbeiter des Übergangsteams anmerkte, war das Trump-Team unvorbereitet, haarsträubend unterbesetzt und hatte keine der alten Washingtoner Hasen an Bord, die Jared und Ivanka hätten helfen können, die Fehler zu vermeiden, die der Grund dafür waren, dass sie innerhalb von sechs Monaten ihre Offenlegungsformulare so oft überarbeiten mussten: »Wer in Hillarys Wahlkampfteam arbeitete, hatte Marc Elias, der ihm erklärte, dass diese Sachen wichtig sind und wie man mit ihnen umgeht. Jared und Ivanka hatten niemanden. Niemand sagte ihnen: ›So musst du das machen.‹ Es gab einfach weit und breit keine Fachleute.«

Freunde des Paares halfen aus. Joel Klein, der ehemalige Manager bei der News Corporation, der nun bei dem Krankenversicherungs-Start-up Oscar von Jareds Bruder arbeitet, ermahnte Jared, er müsse unbedingt jemanden anstellen, der sich mit allen Fallstricken auskannte, wenn er eine Position im Weißen Haus annehmen wolle. Interessenkonflikte mussten abgemildert und Anti-Vetternwirtschaftsgesetze umschifft werden. Klein empfahl Jamie Gorelick, die die stellvertretende Justizministerin unter Bill Clinton gewesen war, für Hillary Wahlkampfspenden gesammelt und auch für sie den Hintergrund potenzieller Kabinettsmitglieder überprüft hatte – dieser frühe Entwurf sollte jedoch nie ans Tageslicht kommen. Gorelick selbst wurde als potenzielle Justizministerin gehandelt, hätte Hillary gewonnen.

Gorelick nahm Klein beim Wort, dass Jared eine notwendige Stimme in der künftigen Regierung sein werde, überlegte es sich aber zweimal, ob sie ihn wirklich als Klienten wollte. Bedenken hatten auch ihre Partner in der Kanzlei Wilmer Hale – derselben Kanzlei, in der der spätere Sonderermittler Robert Mueller gerade arbeitete und der auch mehrere der Anwälte entstammten, die er für die Ermittlungen gegen Mitarbeiter des Trump-Wahlkampfteams anheuerte. Auch gewisse Handlungen Jareds sollten dann untersucht werden. In den großen New Yorker Kanzleien kursierten Gerüchte, dass sich einige der Partner bei Wilmer Hale wegen all der Meldungen und Unwägbarkeiten bezüglich der mutmaßlichen Russlandverbindungen des Trump-Wahlkampfs sorgten, Jared als Klient könnte sie selbst juristisch angreifbar machen.

Selbst mit kompetenter Unterstützung war die Angelegenheit ein politisches Minenfeld. Das Treffen mit Premierminister Abe hatte die Vorstellung normalisiert, dass Ivanka bei solchen Treffen nicht bloß dabeisaß, sondern womöglich selbst Diplomaten und andere Größen im Trump Tower empfing. Gegen Mittag an einem frostigen Tag Anfang Januar fuhr Königin Rania von Jordanien mit dem goldenen Aufzug hinauf, um sich mit Ivanka zu treffen, mit der sie über Frauenrechte weltweit und die Möglichkeiten, sie in Washington einzufordern, sprechen wollte. Dabei hatte Ivanka zu dem Zeitpunkt noch gar nicht bestätigt, dass sie nach Washington ziehen würde. Königin Rania, Ehrenvorsitzende der Mädchenbildungsinitiative der Vereinten Nationen und Gründerin einer nicht staatlichen Organisation, die Familien und Kinder in Armut unterstützt, tat schon länger genau die Arbeit, die Ivanka sich während des Wahlkampfes als Betätigungsfeld auserkoren hatte. Auch ihr kamen ererbte Privilegien zugute, wenn auch in ihrem Fall durch Heirat. Wenn die Oppositionsführerin Nancy Pelosi am Telefon mit Donald auf Frauenrechte zu sprechen kam, gab er das Telefon immer schnell an seine Tochter weiter. Sollten die beiden doch darüber reden.

Einen Monat zuvor, im Dezember, hatte Leonardo DiCaprio sich privat mit Ivanka getroffen, um über den Klimawandel zu sprechen. Er übergab ihr den Film *Before the Flood*, eine neunzigminütige Doku, in der der Oscargewinner über fünf Kontinente reist, um sich die Klimaauswirkungen anzuschauen, die die Menschen vor Ort heute schon spüren. Sie lud auch Al Gore in den Trump Tower ein, um mit ihm über Umweltaspekte zu reden. Er sollte sich auch mit ihrem Vater treffen, der öffentlich die Existenz des Klimawandels bestritt.

»Das ist ein wichtiges Signal, dass sie nicht komplett bescheuert ist«, kommentierte eine Person aus Ivankas Umfeld die Treffen damals. »Sie weiß, was Sache ist. Sie ist normal. Das sind vielleicht nicht alles Fragen, für die sie sich direkt einsetzt, aber sie will sich auf jeden Fall darüber informieren, alle Seiten anhören und das auch zeigen.«

Das Paar traf sich mit anderen Washingtoner Insidern, zum Beispiel im BLT Steakhouse in der Lobby des neu eröffneten Trump Hotels an der Pennsylvania Avenue mit Dina Powell, die schon im Weißen Haus unter Bush, im Außenministerium und bei Goldman Sachs gearbeitet hatte und die von gemeinsamen Freunden der Trump-Kushners als Beraterin empfohlen worden war. Ivanka führte außerdem ein langes Gespräch mit Noch-First-Lady Michelle Obama, dessen Einzelheiten die beiden aber für sich behielten. Auch

Jared telefonierte und traf sich weiter mit ausländischen Amtsträgern. Donald hatte Jared zu seinem Kontaktmann für eingehende Anfragen von Politikern, Amtsträgern und Diplomaten gemacht, die angefangen hatten, sich zu melden, als sein Wahlkampf in den Vorwahlen erste Erfolge zeigte, und Jared hatte diese Aufgabe auch über die Amtseinführung hinaus behalten. Dabei hatte er weder Erfahrung noch besonderes diplomatisches Geschick. Er war einfach ein Jasager, der tat, was sein Schwiegervater verlangte, er war umgänglich und Gespräche mit älteren, weitaus abgebrühteren Größen gewohnt. Diese Amtsträger stellten sich ohne viel Aufwand bei einem naiven Mitglied des engsten Kreises des Trump-Teams gut, der dem Kandidaten und späteren Präsidenten aus schwiegersöhnlichem Pflichtgefühl heraus verbunden war. Es war ein Schachzug auf lange Sicht, der monate-, wenn nicht gar jahrelang seine Wirkung zeigen würde. Im Laufe des Wahlkampfs und des Übergangs bekam Jared Hunderte den Wahlkampf betreffende E-Mails am Tag, darunter Dutzende von ausländischen Amtsträgern, die eine Beziehung zu seinem Schwiegervater aufbauen wollten. Er sprach mit rund einhundert ausländischen Amtsträgern aus über zwanzig Ländern, darunter auch dem israelischen Premierminister Benjamin Netanjahu, König Abdullah II von Jordanien, dem Außenminister von Mexiko, Luis Videgaray Caso, und berüchtigterweise auch dem russischen Botschafter in den USA, Sergei Kisljak.

Donald und Kisljak hatten sich mehr als sechs Monate zuvor im April 2016 bei einem privaten Empfang im Mayflower Hotel in Washington kennengelernt. Bevor Donald eine Rede über Außenpolitik halten sollte, schüttelte Jared einer Reihe von Diplomaten die Hand, von denen manche sagten, man solle sich mal zum Mittagessen treffen, woraus dann aber nie etwas werden sollte. In seiner Rede sprach Donald von »verbesserten Beziehungen zu Russland« und dem Wunsch, »einen Deal abzuschließen, der toll für Amerika, aber auch gut für Russland ist«. Kisljak sah sich das Ganze aus der ersten Reihe an.

Eine Woche nach Donalds Wahlsieg meldete sich der Botschafter wieder. Seine Leute stellten Kontakt zu Jareds Leuten her und baten um ein Treffen, das dann am ersten Dezember im Trump Tower stattfand. Michael Flynn – der für kurze Zeit Nationaler Sicherheitsberater der Regierung Trump wurde, bevor er das FBI über Gespräche mit den Russen anlog, dann später in der Mueller-Ermittlung die Seiten wechselte und Kronzeuge wurde – kam dazu. Laut Kisljaks Bericht an seine Vorgesetzten, der von den USA abgefangen wurde, wurde unter anderem über die Einrichtung eines inoffiziellen Kanals zwischen Trumps Übergangsteam und dem Kreml durch russische Botschaftseinrichtungen gesprochen. Der Botschafter sagte, der Vorschlag sei für ihn völlig unerwartet gekommen, der nicht nur Sicherheitsfragen für beide Länder aufgeworfen, sondern auch ein Gesetz der Vereinigten Staaten gebrochen hätte. Der Logan Act, der fast bis zu den Anfängen der Republik zurückreicht, verbietet es Bürgern, sich ohne Genehmigung in Streitfragen zwischen den Vereinigten Staaten und anderen Mächten einzumischen. Zwar wurde nie jemand auf Grundlage dieses Gesetzes verurteilt, aber auf die Zuwiderhandlung steht eine Gefängnisstrafe von bis zu drei Jahren. Jareds Treffen mit dem Botschafter fand vor Donalds Amtsantritt statt, und zwar ohne Wissen oder Genehmigung der Obama-Regierung.

Jared erzählte die Geschichte des Treffens anders. Kisljak habe gefragt, ob das Übergangsteam einen sicheren Kommunikationskanal habe, auf dem russische Generäle Informationen über Syrien mitteilen könnten, um der neuen Regierung zu helfen, sagte Jared Monate nach der Amtsübernahme seines Schwiegervaters vor dem Kongress aus. Daraufhin habe Jared gefragt, ob die russische Botschaft bereits einen bestehenden Kommunikationskanal für einen solchen Informationsaustausch über Syrien habe. Er behauptete, er habe niemals Gespräche über irgendetwas anderes vorgeschlagen, noch habe er sich für fortlaufende Gespräche eingesetzt. Der Großteil des Treffens, das nicht besonders denkwürdig gewesen sei, habe aus dem Austausch von Höflichkeiten und der Frage bestanden, wer die beste Kontaktperson für Wladimir Putin sei.

Jared lehnte ein Folgetreffen ab, um das Kisljak bat, aber auf Drängen des Botschafters traf er sich am dreizehnten Dezember im Trump Tower mit Sergei Gorkow, einem russischen Banker mit direkten Verbindungen zu Putin. Das Treffen dauerte nur fünfundzwanzig Minuten – Zeit genug für Gorkow, um Jared immerhin zwei Geschenke zu übergeben, ein Kunstwerk und einen Beutel Erde aus der Stadt in Weißrussland, wo Jareds Großeltern aufgewachsen waren. Und Zeit genug, um für das Misstrauen zu sorgen, ob die beiden wirklich nur über persönliche Kushner-Themen gesprochen hatten oder doch vielleicht über öffentliche Angelegenheiten, die einen Einfluss auf die russisch-amerikanischen Beziehungen haben könnten.

Aus der einen Perspektive sah Jared aus wie ein Grünschnabel, der sich erstaunlich gut schlug; aus der anderen wie das perfekte, leichte Ziel, das nur so darum bettelte, von einem Feind angegriffen zu werden, der den ganzen Wahlzyklus über wiederholt nach dem Herz der amerikanischen Demokratie gestochen hatte.

Die ethischen Bedenken, die diese Hunderte von Gesprächen mit ausländischen Amtsträgern aufwarfen, waren so ernster Natur, dass sie schließlich neben Ivankas eigenen Treffen eine Rolle in den Ermittlungen gegen das Trump-Wahlkampfteam und den Präsidentschaftsübergang spielten. Dies erhöhte natürlich den Druck, der auf dem Paar lastete, noch weiter. Das alles kam noch zusätzlich zu den zahlreichen Entscheidungen darüber, wie die beiden sich von ihren Unternehmen trennen sollten, sowie zu den persönlicheren Fragen wie der, ob sie ihre drei Kinder ihrem gewohnten Umfeld entreißen sollten, um nach Washington zu ziehen und groß ins politische Geschäft einzusteigen oder nicht.

Trotz alledem nahm sich das Paar noch Zeit für die Familie. Im Dezember gingen Jared, Ivanka und ihre drei Kinder mit einer Babysitterin auf die alljährliche Feier der Kushner Companies. Während der mutmaßliche Familienerbe und die zukünftige First Daughter überlegten, ob sie offizielle Posten bekleiden sollten, die sie zu einigen der mächtigsten Menschen der Welt machen würden, richteten die Kushners ihre Betriebsfeier im Untergeschoss von Guy Fieris American Kitchen & Bar aus – einem dreistöckigen Restaurant mit fünfhundert Plätzen, das jeder Karikatur spottet. In einer der vielleicht legendärsten Restaurantkritiken in der Geschichte der *New York Times* stellt Pete Wells dem berühmten Inhaber der American Kitchen & Bar sowie seinen Mitarbeitern eine Reihe von Fragen: »Hey, habt ihr den blauen Drink mal probiert, der schimmert wie Atommüll?«, fragte er. »Den Watermelon Margarita? Habt ihr eine Ahnung, warum der schmeckt wie eine Mischung aus Kühlerflüssigkeit und Formaldehyd?« Er schloss mit dem seit Urzeiten ungelösten Rätsel: »Warum hat das geröstete Marshmallow nach Fisch geschmeckt?«

Aber all das störte die Kushners nicht. Ihnen gehörte das Gebäude, in dem Fieri sein Restaurant eröffnet hatte, und damit genau genommen auch die Wand, auf die er seinen berühmten Slogan »Welcome 2 Flavor Town!« gemalt hatte, also bekamen sie die Räumlichkeiten zu einem vergünstigten Preis. Die Kushners konnten aber nicht mal ironisch behaupten, sie hätten die Party dort ausgerichtet, weil sie sich einmal durch »Flavor Town« kosten wollten. Dort standen Gerichte auf der Speisekarte wie Makkaroni in Drei-Käse-Soße mit knusprigen Baconflakes, Shrimps in Maismehlkruste im Sandwich, getränkt mit kreolischer Mayonnaise, und schonend gegarte Schweinshaxe, getunkt in süß-scharfe General Tso's Sauce – eine Auswahl an Leckerbissen, die allen Vorschriften der Kaschrut so extrem widersprechen, dass ein Rabbi die Speisekarte womöglich für eine Parodie halten könnte. Die Kushners sind orthodoxe Juden. Sie essen daher weder Schwein noch Shrimps und vermischen ganz sicher nichts davon mit Milchprodukten, nicht in einer Mahlzeit, schon gar nicht im gleichen Gericht. Aus diesem Grund hatten die Kushners ihren eigenen koscheren Caterer für die Party bestellt.

Etwas über ein Jahr später schloss das Restaurant; die Einnahmen reichten nicht für die Miete aus, die die Kushner Companies verlangten. »So wie ich es verstehe, war es auf lange Sicht nicht das richtige Konzept für die Räume«, erklärte eine Kushner-Sprecherin nach dem Ende des Restaurants am Silvesterabend 2017. »Ich glaube, er spricht eher eine Ästhetik des Mittleren Westens an als die der New Yorker.«

Eine gute Woche später machten die Kushners wieder Ferien. Charlie und Seryl wollten ihre Kinder und Enkelkinder in den Urlaub einladen, wie sie es oft taten, also buchten sie eine Familienvilla im Four Seasons Resort Hualalai auf Hawaii. Zuletzt waren Jared und Ivanka ein paar Monate vorher im Urlaub gewesen, nämlich als Gäste Wendi Murdochs an Bord von David Geffens Jacht, mit der sie durch das Mittelmeer vor der kroatischen Küste herumkreuzten, während Donalds Präsidentschaftswahlkampf nach seiner freudlosen Convention in Cleveland in Schwierigkeiten war und nachdem er die muslimische Familie eines gefallenen US-Soldaten angegriffen hatte, die sich auf der Bühne der Democratic National Convention gegen ihn ausgesprochen hatte. Aber in der Ära Trump wirkte jeder Tag wie ein Jahr. 2016 hatten Jared und Ivanka ihr drittes Kind bekommen; waren mit dem Wahlkampf wiederholt quer durchs Land gereist; hatten bei der Republican National Convention auf der Bühne gesprochen; hatten bei jeder wichtigeren Personalfrage mitgemischt; hatten die Medien mal beschwichtigt oder mal angeheizt, je nachdem was ihnen gerade mehr half; hatten selbst eingebrockte Krisen in ihrer Synagoge ausgestanden; hatten mit Medienmanagern und alten Freunden gestritten; hatten Treffen mit Amtsträgern aus aller Welt, mit russischen Diplomaten und CEOs der größten Unternehmen abgehalten; hatten beschlossen, nach Washington zu ziehen, und hatten versucht, sich von Beteiligungen und Posten zu trennen, aus denen Tausende Menschen ihnen einen Strick namens Interessenkonflikt drehen wollten und konnten. Da der Wegzug aus New York immer näher rückte, der mehrere Staaten zwischen sie und den Rest der Familie Kushner schieben würde, und gleichzeitig die brutale Kälte des Ostküstenwinters herankroch, wirkte die Aussicht auf eine ruhige Zeit mit der Familie und weit weg von Donald, der sich nach Mar-a-Lago zurückgezogen hatte, geradezu paradiesisch.

Der ganze Kushner-Clan stellte sich in die Schlange im Terminal 5 des JFK Airports in Queens und ging an Bord eines JetBlue-Flugs nach San Francisco. Sie flogen zweiter Klasse, wie immer, wenn sie in den Urlaub flogen. Sie waren zwar milliardenschwer und flogen Privatjets, wenn es nötig war, aber sie hatten zwei Matriarchinnen dabei, vier Kinder, vier Schwiegerkinder und ein ganzes Gewusel an Enkeln plus Babysittern. Milliarden Dollar wachsen nicht an Bäumen. Die zweite Klasse musste reichen, wenigstens für diesen Teil der Reise. In San Francisco wartete dann ein Privatjet nach Hawaii auf sie.

Ivanka sah eher wie eine normale Urlauberin aus, die schon vor dem Flug quer durchs Land mit drei Kindern unter sechs im Schlepptau geschafft war, statt wie eine zukünftige First Daughter: mit schwarzer Jeans, navyfarbener Reißverschlussjacke mit grauen Ärmeln und Puma-Slippers, das Haar verwuschelt mit Strähnen, die aus dem lockeren Pferdeschwanz heraushingen. Auf jeden Fall sah sie geerdeter aus als auf den Bildern von ihr mit vollem Make-up, Bleistiftrock oder Etuikleid und Pumps, die die Nachrichtenkanäle schon seit Monaten und ihre Social-Media-Accounts seit Jahren zeigten.

Wie konnte es anders sein: Die Mitreisenden erkannten sie trotzdem. Sie war jetzt eins der bekanntesten Gesichter in den Vereinigten Staaten, wenn nicht auf der Welt – und in New York, das ein paar Monate zuvor überwältigend gegen ihren Vater gestimmt hatte, war sie eins der verhasstesten. Dan Goldstein, ein Anwalt aus der Stadt, hielt sie beim Boarding auf. Voller Frust, der sich im Laufe des Wahlkampfes angestaut hatte, und Sorgen, die seit November hochkochten, brüllte er sie an: »Du hast unser Land ruiniert, und jetzt auch noch unseren Flug!« Die Leute um sie herum erstarrten. Das Bordpersonal keuchte. Goldstein fuhr fort: »Was will die auf unserem Flug? Die kann doch gefälligst mit dem Privatjet fliegen!« Ivanka sagte dem Personal, sie wolle keine große Sache daraus machen, aber schließlich wurden Goldstein und sein Mann von Bord geführt. »Die Entscheidung, einen Passagier von einem Flug auszuschließen, wird nicht leichtfertig getroffen«, erklärte die Airline in einer Pressemitteilung. »Wenn die Crew feststellt, dass ein Passagier an Bord einen Konflikt auslöst, wird dieser Passagier gebeten, das Flugzeug zu verlassen, vor allem wenn die Crew davon ausgeht, dass die Situation während des Fluges eskalieren könnte. In diesem Fall hat sich unser Team dafür eingesetzt, den betreffenden Passagier im nächstmöglichen Flug unterzubringen.«

Das alles hatten sie hinter sich gelassen, als sie endlich in ihrer Villa auf dem 300-Hektar-Four-Seasons-Gelände angekommen waren, wo die Zimmer bei vierstelligen Dollarbeträgen anfangen und die dreihundert Häuser in der benachbarten Wohngegend bis zu 20 Millionen Dollar wert sind. Dort gibt es zwei Golfplätze in Turnierqualität mit Rastbereichen, an denen man gratis Bourbon und Schokoriegel findet, einen Wellnessbereich mit einer Apotheke, die direkt vor den Augen der Kunden Kräuterheilmittel herstellt, und Bedienstete am Pool, die einem die Sonnenbrille putzen, gekühlte Handtücher reichen oder Evian einschenken. Milliardäre wie Ken Griffin, Charles Schwab und Howard Schultz haben hier Häuser. Zur Aufnahme in den Club haben sie 200.000 Dollar gezahlt, die jährlichen Gebühren betragen 40.000 Dollar. Hier waren die Kushners vielleicht unter den Ärmeren in diesem Teil der Tropen. Aber eins hatten sie, was all die anderen noch schwereren Milliardäre nicht hatten: eine Schwieger-First-Daughter und einen Sohn auf dem Weg in den West Wing. Das glich jedoch nicht in den Augen aller Anwesenden das niedrigere Vermögen aus.

Die Trump-Kushners fielen so sehr auf, dass andere Gäste von ihnen Fotos beim Lesen in Zeltlounges am Pool schossen. Sie erwischten Jared in Badehose mit, für so einen drahtigen Körperbau, überraschend definierten Bauchmuskeln, als er seinen jüngsten Sohn zum Strand trug. Ivanka bekamen sie in Leggings und Sneakers vor die Linse, als sie sich am Samstagmorgen mit ihrer Tochter Arabella im Café etwas zum Frühstück abholte, wobei unklar bleibt, wie sie am Sabbat dafür bezahlte. Gläubige rühren zwischen den Sonnenuntergängen am Freitag und Samstag kein Geld an. Das Schreiben, zum Beispiel, eines Namens oder einer Zimmernummer auf eine Quittung, ist auch nicht erlaubt.

Die Familie feierte auch Chanukka auf der Insel. »Wir haben eins der seltenen und besonderen Jahre, in denen Chanukka und Weihnachten auf einen Tag fallen. Wir entzünden die Kerzen, und unsere Familie grüßt eure ganz herzlich zu dieser heiligen Jahreszeit! Frohe Weihnachten

& Frohe Chanukka«, schrieb Ivanka auf ihrem Instagram-Account unter ein Foto von sich, Jared und ihren Kindern, die vor fünf Menora lächelten, für jeden eine. Gemäß jüdischer Tradition ehrt man die Mitzwa, indem man im eigenen Zuhause mehrere Menora entzündet. Je mehr Kerzen brennen, desto mehr Menschen können die Wunder sehen, die Gott für die tut, die für Gerechtigkeit und Wahrheit kämpfen, so die Vorstellung. Am Ende dieser acht Nächte, nur Wochen, bevor sie offiziell nach Washington ziehen würden, hatten die Trump-Kushners über zweihundert Kerzen angezündet.

KAPITEL 4

Geboren / verheiratet / geschieden / verheiratet / geschieden / verheiratet / zum Trump erzogen

WENN DAS SCHICKSAL Ivana Zelníčková in der tschechoslowakischen Stadt Zlín bei ihrer Großmutter unterbrachte, der Präsidentin einer Schuhfabrik, und ihrem Großvater, einem Hausmann, oder bei ihren Eltern, einem Elektriker und einer Telefonistin, die in einer zweistöckigen Regierungsanlage wohnten, die kaum mehr als ein Betonkasten war, dann erlaubte es ihr die Vorsehung, von dort emporzuschießen und drei Jahrzehnte später in einem schillernden Penthouse an der Fifth Avenue Manhattans zu landen.

Ivana wurde 1949 geboren, ein Jahr nach dem kommunistischen Februarumsturz. Ihre Familie und die meisten anderen, die in diesen Blöcken in Staatsbesitz wohnten, waren dort quasi gefangen und vergruben im Sommer Obst in ihren kleinen Gärten, damit sie im Winter noch etwas Süßes hatten. Ansonsten standen sie stundenlang Schlange, um überhaupt etwas zu essen zu ergattern. Ivanas Vater Miloš, den sie später Dedo nannte, und ihre Mutter Marie (Babi) wollten ihrer Tochter etwas anderes bieten. Ivana war ein Papakind wie ihre eigene Tochter später auch und bekam schon mit fünf Jahren von ihrem Vater das Skifahren beigebracht. Er schubste sie auch in ein eiskaltes Becken und ließ sie selbst herausfinden, wie man sich über Wasser hält. Wenn sie es da draußen schaffen wollte, brauchte sie mehr als nur eine Besonderheit und musste lernen, wie man sich schnell an neue Situationen anpasste, um zu überleben, wenn einem das Wasser bis zum Hals stand.

Mit vierzehn war Ivana schon so etwas wie ein kleiner Star und nahm an Skislalom- und Abfahrtsrennen teil. Sie wurde in den Nationalkader aufgenommen, mit dem sie nach Italien und Österreich reiste und der es ihr erlaubte, mit siebzehn nach Prag zu ziehen und neben dem Training an der Karls-Universität zu studieren. Aber die Stadt wurde bald unerträglich. 1968 rollten Tausende sowjetischer Panzer an, und Ivana tauchte wochenlang in Italien unter. Sie und ihr damaliger Freund ersannen den Plan, sie einen Österreicher, eine alte Ski-Bekanntschaft, heiraten zu lassen, um an einen österreichischen Pass zu kommen, mit dem sie die Tschechoslowakei verlassen, aber jederzeit wiederkommen konnte, um ihre Familie zu besuchen. Im Alter von zweiundzwanzig Jahren sagte sie 1971 in einem Prager Amtsgebäude: »Ich will.« Es war eine politisch aufgeladene Zweckehe, die nur so lang halten sollte, bis die misstrauischen Blicke der Regierung nachgelassen hatten. Sie bekam den Pass, und die beiden ließen sich 1973 wieder scheiden. Sie packte ihre Sachen und flog über den Atlantik nach Toronto, wo sie bei den Geschwistern ihres Vaters einzog, bevor die Scheidungspapiere überhaupt fertig ausgestellt waren.

Ivana belegte Englischkurse, fuhr am Wochenende in Vermont Ski, ließ ihre Romanze mit ihrem Freund wieder aufleben und ließ sich von einer Modelagentin vertreten, die sie für kleine Schauen in örtlichen Kaufhäusern anheuerte. Als sie siebenundzwanzig war, schaffte sie den Durchbruch: Sie und sieben andere Models aus der Stadt wurden zu einer Runway-Show mit Kleidern kanadischer Designer nach New York geschickt, um Werbung für die Olympischen Spiele 1976 in Montreal zu machen. Zunächst lehnte sie den Job ab. Ihr Vater kam sie zur gleichen Zeit besuchen, und sie wollte ihn nicht hängen lassen, nachdem er die weite Reise auf sich genommen hatte. Aber die Show war schon gebucht und für alle acht Models choreografiert. Wenn sie nicht mitkäme, würde sie die Sache auch für alle anderen kaputtmachen, sagte ihre Agentin.

Sie gab nach und kam schließlich geschafft und verschwitzt von der Julihitze Manhattans im Americana Hotel an der Seventh Avenue an. Sie vermisste ihren Vater. Sie lehnte fast ab, als die anderen Models mit ihr essen gehen wollten, aber auch da gab sie schließlich nach, ließ ihr glattes blondes Haar über ihr kirschrotes Minikleid fallen und stöckelte mit den anderen ins Maxwell's Plum.

Den acht Models verschlug es fast die Sprache, als sie in das Restaurant an der Ecke First Avenue, Sixty-Fourth Street kamen. Das Stimmengewirr hallte von den Buntglasdecken und -wänden wider, in dieser Schatzkammer aus Tiffany-Lampen, Keramiktieren und Kristallkaskaden. Hier kamen Leute wie Cary Grant und Barbra Streisand her, um sich bei Chili und Burger zu unterhalten, während junge Stewardessen und hungrige Models nach einem kostenlosen Essen und einem potenziellen reichen älteren Freund Ausschau hielten – von denen es hier viele gab, die es auf genau solche jungen Stewardessen und hungrigen Models abgesehen hatten.

Donald Trump kam auf Ivana zu, die mit den anderen Models an der Bar stand und auf einen Tisch wartete. Er bot ihnen an, dem Wirt zu sagen, er solle sich bei ihnen etwas beeilen. Ein paar Minuten später nahmen die Models an einem Tisch in der Mitte des Restaurants Platz. Der einzige Haken war, dass Donald sich zu ihnen setzte und seinen Hamburger direkt neben Ivana aß, bei der er sich kurzerhand einen zusätzlichen Stuhl hingestellt hatte. Nach dem Essen verschwand er, zahlte und wartete draußen in seiner schwarzen Cadillac-Limousine auf sie, um sie alle zurück in ihr Hotel zu fahren. Als sie ausstieg, drückte er Ivana einen Kuss auf die Wange.

Als sie nach der Probe für die Show wieder in ihr Zimmer im Americana Hotel kam, fand sie dort hundert rote Rosen und eine Karte, auf der stand: »Für Ivana, als Zeichen meiner Zuneigung«, gezeichnet Donald Trump. Augenblicke später rief er sie an und lud sie zum Mittagessen ein. Sie handelte ihn hoch auf ein Abendessen in einem Privatclub mit dem passenden Namen Le Club, und auf seine Bitte hin auch noch ein Mittagessen am folgenden Tag im 21 Club, bevor sie zurück nach Kanada flog. Danach rief er sie fast jeden Tag an und lud sie bald ein, Weihnachten mit ihm in Aspen zu verbringen. Wie Ivana es gerne erzählt, zeigte sie ihm an den ersten Tagen auf der Piste, was eine Harke ist. Er hatte nicht gewusst, dass sie früher Leistungsskifahrerin gewesen war. Sie fand es witzig, aber er fühlte sich so erniedrigt, dass er auf seinen Skiern wütend davonrauschte.

Bis Silvester hatte er sich aber wieder eingekriegt, als er – keine sechs Monate, nachdem sie sich kennengelernt hatten – eine Mischung aus Antrag und Drohung losließ, wie

Ivana sich in ihrem jüngsten Buch erinnerte: »Wenn du mich nicht heiratest, verpfuschst du dir das Leben.« Das war vielleicht kein Shakespeare, aber auch nicht ganz Don Corleone. Sie hatten noch nicht mal die Familie des anderen kennengelernt. Auch einander hatten sie erst ein paar Mal getroffen. Sie lebten in verschiedenen Ländern und wussten so gut wie nichts übereinander. Aber sie war fast dreißig, und er war reich genug, ein Ticket erster Klasse nach Aspen und ein Chalet in der Hauptsaison zu bezahlen, was für viele Frauen der perfekte, glänzende, unwiderstehliche Giftapfel ist. Sie sagte Ja. Die beiden beschlossen, im April in New York zu heiraten. Ivana flog zurück nach Montreal, packte ihre Sachen und ließ sich den Pass für einen einfachen Flug nach Manhattan stempeln.

ANFANGS KANNTE IVANA niemanden – auch nicht die Trumps. Die standen einander so nahe, dass sie regelmäßig zu Mary Trumps berühmtem Hackbraten bei Donalds Eltern in Queens zusammenkamen oder mittwochabends bei Peter Luger im Schatten der Williamsburg Bridge in Brooklyn an T-Bones nagten. Also traf sich die ganze Familie zum Mittagessen in der Tavern on the Green im Central Park, um die zukünftige Mrs. Trump kennenzulernen. Pünktlich wie immer nahmen Fred und Mary ihre Plätze ein, wie auch Donalds Brüder Fred Jr., Robert, seine Schwestern Elizabeth und Maryanne mit all ihren Ehepartnerinnen und -partnern sowie Kindern. Es war kurz vor Mittag, einer nach dem anderen gingen sie am Buffet entlang und bestellten Steak. Nur Ivana tanzte aus der Reihe und bestellte Seezungenfilet. Fred Sr. unterbrach sie und sagte dem Kellner, sie werde Steak essen wie alle anderen auch. Ivana gab nicht nach. Als ihr Fisch kam und sie ihn aß, starrte ihr zukünftiger Schwiegervater sie dabei die ganze Zeit an.

Weniger selbstsicher war sie bei der Hochzeitsplanung, da sie keine Ahnung hatte, wie sie in New York einen Floristen finden konnte, erst recht keinen, der für die Trauung eines recht wohlhabenden Immobilienunternehmers mit großen Ambitionen geeignet wäre. Genauso wenig wusste sie, wo sie die Trauung oder den Empfang ausrichten sollten und wer auf die Gästeliste gehörte. Ivana lud nur ein halbes Dutzend Leute auf ihre Sechshundert-Personen-Hochzeit ein. Donald und seine Sekretärin erledigten den Rest, buchten die Marble Collegiate Church, zwischen deren gigantischen Blöcken aus weißem Westchester-Marmor die Trumps viele Jahre gebetet hatten, unter der Wetterfahne im niederländischen Stil und der Kirchenglocke, die nach dem Tod jedes Präsidenten geläutet hatte, seit Martin Van Buren 1862 gestorben war. Der 21 Club war die naheliegende Wahl für den Abendempfang, bei dem der Komiker Joey Adams, der Mann der Tratschkolumnistin Cindy Adams, als Moderator durchs Programm führte. Immerhin wählte Ivana ihr Kleid selbst aus, das eine befreundete kanadische Designerin entworfen hatte.

Von einem Ehevertrag hatte sie auch noch nie gehört, bis Donald ihr nicht lang vor dem großen Tag einen zuschob. Er sagte ihr, sie müsse dieses Dokument unterschreiben, das das Vermögen seiner Familie schützen sollte. Sie nahm es hin und akzeptierte die 20.000 Dollar pro Ehejahr. So stand es zumindest in dieser ersten Version des Vertrags.

Am Hochzeitstag selbst waren die Floristen spät dran, aber schließlich kreuzten sie doch mit einem weißen Brautstrauß für Ivana und Ansteckblumen für die Herren auf. An diesem Morgen lernten sich auch ihr Verlobter und ihr Vater kennen. Ihre Mutter, die in der Tschechoslowakei geblieben war, lernte ihn sogar erst kennen, nachdem sie schon verheiratet waren. Die alten Pendeltüren der Kirche öffneten sich für Ivana und ihren Vater. Das Licht strömte durch das diamantgemusterte Buntglas und glitzerte auf den burgunderrot-goldenen Wänden, während Ivana an den Dutzenden über Dutzenden von Mahagonibänken voller Freunde und Geschäftspartner der Trumps vorbeischritt, darunter der New Yorker Bürgermeister Abe Beame. Sie hatte ein Kleid gewählt, das ganz und gar untypisch für sie war – weiß und schlicht, mit langen Ärmeln, die sich an den Handgelenken kumulusartig aufbauschten, blusenhaft an der Brust, verjüngt an der Taille, bevor es in einen Bauernrock überging, der sich zu einer leichten A-Linie faltete und schlug. Sie trug keine großen Diamanten. Keins der Colliers und keine der Glitzerohrringe, die ihrem späteren Stil zugrunde liegen sollten – überhaupt kein Gold oder teuren Schmuck. Auch keinen Ausschnitt. Sie zeigte insgesamt kaum Haut.

Das ganze Drama spielte sich oberhalb ihrer Schlüsselbeine ab, wo ihr butterblonder Bob ihr bis auf die Schultern fiel, der vom Gewicht eines weißen Tüllschleiers nach unten gezogen wurde. Der Schleier war mit einer weißen Blumenkrone verwoben, die sich eine Handbreit über ihren Kopf erhob. Beides bildete einen zarten Bogen, der ihr Gesicht rahmte, das sie dick mit Make-up zugekleistert hatte. Die Wangen in tiefem Rouge, die Augen oben und unten dick mit schwarzem Kajal umschmiert. Die Lippen schillernd malvenfarbig geschminkt. Sie sah älter aus als achtundzwanzig, eingeschüchtert, so als würde ihr Kopf nicht zu ihrem Körper passen und ihr Äußeres hätte sich von ihrem Inneren losgelöst. Etwas an ihr wirkte überwältigt – das Gesicht von Suzanne Somers in den Fiebertraum einer Spätsiebziger-Brautmodenboutique gestopft. Mit Donald in Frack und großer schwarzer Fliege, das halblange sandblonde Haar tief links an der Stirn bis an die Kante der Wangenknochen gescheitelt, hätte sich das Paar auf einer Hochzeitstorte sehen lassen können. Oder zumindest ganz groß auf den Seiten der New Yorker Regenbogenpresse.

Donald nahm sich zwei Tage Zeit für die Flitterwochen in Acapulco, bevor er zurück nach New York jettete, um seinen Kauf des Commodore Hotel in Midtown abzuschließen, aus dem später das Grand Hyatt werden sollte und sein erster richtiger Abstecher aus den Vorstädten, die sein Vater schon erobert hatte, nach Manhattan.

Doch diese zwei Tage reichten, um Ivana zu schwängern. Schon bevor sie geheiratet hatten, hatte Donald allen erzählt, dass er unbedingt Kinder wolle. Auch Ivana mit ihren achtundzwanzig Jahren ließ nichts anbrennen. In den Siebzigern tickten die Uhren noch etwas früher, schneller und lauter als heute. Die Schwangerschaft war aber insofern medizinisch interessant, dass Ivana behauptet, sie sei damals trotz Spirale schwanger geworden. Hinterher schrieb sie über alle drei ihrer Schwangerschaften, sie habe eine Spirale drinnen gehabt, was sie – wenn es stimmen sollte – zu einer statistischen Ausnahme oder zu einem Opfer von grober gynäkologischer Kurpfuscherei machen würde.

Auf jeden Fall schritten sie fröhlich voran und planten ihr Leben zu dritt. Ivana übernahm weitere Aufgaben in der Trump Organization und widmete sich der Innenarchitektur der Trump-Hotels. Die beiden suchten eine größere Wohnung und kauften sich schließlich eine im Olympic Tower an der Fifth Avenue, die Ivana mit beigefarbenen Samtsofas, Ziegenledertischen und einer Sammlung von Steuben-Glasfiguren auf Glasregalen ausstattete, Letztere beleuchtet von kleinen weißen Weihnachtsteelichtern, die das ganze Jahr draußen blieben. Nicht unbedingt eine kindersichere Wohnung, aber dieses Zuhause im Olympic Tower war bezeichnend dafür, wie die Trumps ihre Rolle als Eltern sahen. Ihre Kinder mussten lernen, wie sie in das Leben ihrer Eltern passten, nicht andersherum. Das ist natürlich die Prä-Kind-Fantasie, die alle Frischverheirateten sich, einander und Freunden aus Naivität und Notwendigkeit erzählen. Ansonsten würde es doch nie jemand wagen, sich fortzupflanzen. Aber mit all ihrer militanten Selbstdisziplin und Selbstbezogenheit setzten sie es tatsächlich um. Ihre Babys würden weder die weißen Polster ruinieren noch die teuren Glastierfigürchen zerbrechen. Nicht, wenn Ivana ein Wörtchen mitzureden hatte.

Ivana hasste es, schwanger zu sein. Sie nahm nur fünf Kilo zu, schonte sich bei der Arbeit nicht und trug fast bis zur Geburt Absätze. Sie hielt es bis Weihnachten 1977 aus, bevor sie die Geduld verlor. An Silvester, ein Jahr auf den Tag nach Donalds Antrag in Aspen, sagte sie ihrem Arzt, er solle einleiten, und er stimmte zu. Don Jr. erzählte später einem Reporter, es habe einen gewissen Zeitdruck gegeben. »Mein Vater wollte mich auf der Steuererklärung für 1977 als Kind angeben, also sagte er meiner Mutter, ich müsse vor Mitternacht draußen sein«, so ihr ältester Sohn 2006 gegenüber *Forbes*. »Wenn nicht, würde sie mit dem Taxi nach Hause fahren müssen.« Diesen Teil lässt Ivana in ihrem

Buch aus. Ihrer Erinnerung nach war es Mittag, und Donald sagte ihr, sie solle um fünf Uhr nachmittags ins Krankenhaus fahren. Sie ging vorher noch in ein Meeting, ließ sich die Nägel machen und schaute bei Donald rein. Minuten nach der Einleitung spürte sie die Presswehen. Donald verwies sie des Zimmers. »Ihn bei der Geburt zuschauen lassen? Niemals!«, schrieb sie. »Danach wäre mein Liebesleben vorbei gewesen.« Zwanzig Minuten später kam ihr Sohn zur Welt.

»Wie wollen wir ihn nennen?«, fragte Donald. Sie schlug Donald Jr. vor, aber ihr Mann schreckte zurück. »Was, wenn er ein Loser ist?«, fragte er. Der Name hielt sich trotzdem, und um acht war Donald wieder aus dem Gebäude raus. Ivana warf ihren Nerz und eine Boa über und besuchte eine Freundin, die auch gerade im Krankenhaus war. Es war schließlich Silvester, und so wie es ihre Freunde erzählten, hatte sie etwas zu feiern. Donald hatte sich zu einem Bonus von 250.000 Dollar pro Kind bereit erklärt, tuschelten sie. Frohes neues Jahr 1978 ihnen allen!

Am zweiten Januar wurde Don Jr., oder Donny, wie man ihn später rief, zwei Tage alt. An dem Morgen spazierte Ivana ins Grand Hyatt. Es ging ihr gut – besser als während der ganzen Schwangerschaft. Es wäre doch schrecklich langweilig, einfach zu Hause mit einem schlafenden Baby herumzusitzen, auch wenn es ihres war und sie es erst achtundvierzig Stunden vorher kennengelernt hatte. Sie stillte nicht, sondern gab allen dreien ihrer Kinder von Anfang an das Fläschchen. Wie hätte sie denn mit einem Kind an der Brust den ganzen Tag arbeiten können? Wie unsexy das gewesen wäre! Das kam nicht infrage.

Donald und Ivana ließen sich von Kleinigkeiten wie Fütterungen – oder dem restlichen Einerlei, das junge Eltern in den Schlafentzug und Wahnsinn treibt, das tiefe Loch aus Windeln, Bäuerchen, Flaschenreinigen, Babybaden und Geisterstunden, die ihnen kaum die Zeit zur eigenen Körperpflege oder zum Essenaufwärmen lassen – nicht das Leben bestimmen. Sie hatten im Grand Hyatt zu tun. Donald würde ganz sicher nicht zu Hause bleiben, wickeln und Windeldermatitis versorgen. Wie er es Gregg »Opie« Hughes und Anthony Cumia 2005 in ihrer Radiosendung berichtete, waren Windeln nicht Donalds Sache. »Klar gibt es da draußen viele Frauen, die fordern, dass ihr Mann die Hausfrau spielt, und wisst ihr was, viele Männer machen das auch wirklich mit«, erklärte er, zu dem Zeitpunkt bei Frau Nummer drei und Kind Nummer fünf. »Wenn ich eine Frau von der Sorte hätte, hätte ich wahrscheinlich gar keine Kinder gewollt, weil das einfach nicht meins ist. Ich bin wirklich ein toller Vater und so, aber manche Sachen macht man einfach und manche nicht. Das liegt mir einfach nicht.« Das hörte sich an, als hätte er es nie gelernt, weil er es nie lernen musste. Als Ivanka ihr erstes Kind bekommen hatte, erzählte sie *Redbook*, Donald passe zwar regelmäßig auf Arabella auf, aber »er wüsste nicht, was er machen soll, wenn sie anfängt zu weinen und eine neue Windel braucht«, andererseits »würde er es schon irgendwie hinbekommen.«

Donald und Ivana bekamen es mit ihren eigenen Kindern hin, indem sie Geld auf das Problem warfen und Kindermädchen anstellten. Das ist keine ungewöhnliche Lösung, erst recht nicht bei Leuten, die das nötige Kleingeld und den Platz dafür haben. Für Eltern, die beide Vollzeit arbeiten, ist eine zuverlässige Kinderbetreuung eigentlich notwendig – aber die Trumps gingen noch ein paar Schritte über das Notwendige hinaus. Zunächst holten sie ein Schweizer Kindermädchen für Don Jr. Aber da sie dem Kind einen allzu strikten Schlafplan aufzwang und Ivana wüst ermahnte, wenn sie ihn unterbrach, wurde sie schon nach Wochen gefeuert. Dann kam eine Deutsche, die fünf Jahre blieb, obwohl sie Baby Don einmal in der heißen Badewanne allein ließ, während sie den Hund spazieren führte, und ihn als Kleinkind auf den Küchentresen setzte, während sie Gemüse hackte, woraufhin er herunterfiel und sich das Bein brach.

Drei Jahre nach Donnys Geburt führte ein weiteres Spiralenversagen zu einem kleinen Mädchen, das sie nach Ivana und ihrer Mutter Ivana Marie nannten. Sie bekam den Spitznamen Ivanka, den Diminutiv von Ivana. Anderthalb Jahre später kam Eric. Diese Schwangerschaft verlief aber nicht ganz sorgenfrei. Ivana und Donald mieteten von Michael Kennedy und seiner Frau Eleonora für acht Sommer ein Ferienhaus in East Hampton. (Jahre später vertrat Kennedy bekanntermaßen Ivana bei ihrer Scheidung von Donald.) Freunde erinnerten sich, dass Ivana diese Sommertage damit verbrachte, die Kinder zum Klavierunterricht oder Tennistraining zu kutschieren. Donald verschwand, meistens mit weißem Golfhemd, wobei niemand wusste, ob er wirklich den ganzen Tag auf dem Platz verbrachte, und tauchte irgendwann am späten Nachmittag wieder auf oder wenigstens pünktlich zum Sonnenuntergang. Er war nicht dabei, als Ivana, im vierten Monat mit Kind Nummer drei schwanger, mit dem Dünenbuggy über den Strand heizte und über einen Sandhügel nach dem anderen sprang. Als sie nach

Hause kam, merkte sie, dass sie blutete, und raste sofort in die Notaufnahme. Dem Baby ging es gut, aber so wie Ivana es erzählte, vergab Eric es ihr nie. »Eric nimmt die Geschichte als Munition, wenn er behauptet, ich hätte ihn eigentlich gar nicht gewollt«, schrieb sie in ihrem Buch. Nach seiner Geburt ließ sie sich sterilisieren.

Nun mit drei jungen Kindern und dem Umzug ins Penthouse im Trump Tower verabschiedete sich Ivana von dem deutschen Kindermädchen und stellte zwei religiöse Irinnen an – Bridget Carroll, die Ivanka sofort mochte, und Dorothy Curry, die Eric als seine »zweite Mutter« bezeichnet und die bis heute als Ivanas persönliche Assistentin angestellt ist. Sie arbeiteten im Wechsel zwei Tage voll und hatten dann zwei Tage frei, sodass sie auch ein Leben außerhalb des Trump-Orbits führen konnten. In ihrer Dienstzeit wohnten sie in einem gemeinsamen kleinen Zimmer im Kinderbereich des Penthouses, der ein ganzes Stockwerk einnahm.

DIE KINDERETAGE IM achtundsechzigsten Stock des Trump Towers krönte das Penthouse. Den sechsundsechzigsten Stock dagegen, den öffentlichsten Teil der Wohnung, staffierte Ivana mit einer Megadosis des weithin bekannten, klassischen Trump-Stils aus: beigefarbene Onyxböden mit Messingeinsätzen; Polsterbänke in vierundzwanzig Karat vergoldet; niedrige Decken mit noch mehr Goldblatt und Michelangelo-artiger Malerei, die einen Streit zwischen Ivana und Donald auslöste, denn sie wollte Engel und Donald hätte lieber Krieger gehabt. Am Ende setzte er sich durch und prahlte, das Gemälde könnte es mit denen der Sixtinischen Kapelle aufnehmen. Die Treppe war verspiegelt, die Geländer in Bronze gehalten; fast alles andere war golden, aus Kristallglas oder wenigstens sehr, sehr glänzend lackiert. Außerdem gab es noch den Ausblick: Je nach Perspektive erblühte vor einem der ganze Central Park, oder die Skyline funkelte, womit das Ganze eher einem Diktatorenpalast glich als dem Zuhause einer fünfköpfigen Familie plus Personal.

Auf der Kinderetage allein hätte man mehrere normale New Yorker Wohnungen unterbringen können, aber immerhin sah man ihr an, dass dort eine Familie wohnte. Es gab eine kleine Küche, von der das Zimmer abging, in dem abwechselnd Bridget und Dorothy wohnten. Es gab zwei Gästezimmer, davon eine Suite hauptsächlich für Ivanas Eltern Dedo und Babi, die jedes Jahr monatelang die Kinder hüteten, und eins für anderen Übernachtungsbesuch. Jedes Kind hatte ein eigenes Zimmer. Don Jr. hielt sein Zimmer in blau und weiß und pflasterte die Wände mit Postern – eins von Grateful Dead und eins von *The Terminator* mit der Aufschrift »I'm back«. Der Boden lag voller Lacrosse-Schläger, Turnschuhknäule und allem, was sich bei einem normalen jungen Mann eben so ansammelt. Ivanka verzierte ihre fliederfarbenen Wände mit Madonna-Postern und Fotos der Schauspieler von *Beverly Hills 90210*, hatte Regale voller Porzellanpuppen, zierlicher Glastierfiguren und silberner Bilderrahmen, und hier und da klebten diverse Aufkleber. Ihr weißes schmiedeeisernes Bett strotzte vor Rüschen und Blumenmustern, darüber hing ein fliederfarbener Himmel. Durch die bodentiefen Fenster sah sie den Central Park, wenn sie morgens die Augen öffnete. Erics Zimmer war gelb, weiß und hell, hatte aber nicht die gleiche Aussicht wie das seiner Schwester.

Auf der Etage gab es auch einen Spielraum mit Bergen an Lego und Lincoln Logs, Spielzeuglastern und -autos, Videokassetten und einem Großbildfernseher, einer Spielkonsole, einem Sofa mit Decken, und überhaupt war genug los, dass Michael Jackson, der auch im Trump Tower wohnte, regelmäßig zum Zocken mit den Kindern reinschaute. (In Ivanas jüngstem Buch versicherte sie, dass die Kinder nie mit Michael allein gelassen wurden; entweder sie oder die Kindermädchen seien immer dabei gewesen.) Die Kinder spielten aber auch in anderen Teilen des Penthouses, fielen über Ivanas temperatur- und feuchtigkeitsgeregelten Pelzschrank her und entführten Mäntel aus Nerz und allen möglichen anderen kleinen Tieren hoch in ihr Reich. Aber wie hätten sie auch sonst eine anständige Höhle bauen sollen?

DASS DIE KINDER wie zwei kleine Prinzen und eine Prinzessin lebten, hieß noch lange nicht, dass sie auch so behandelt wurden. Ivana, Dorothy und Bridget drillten sie nach militärischem Zeitplan: im Morgengrauen für das Frühstück aufstehen, gut vierzig Stock tiefer ihren Vater im Büro besuchen, bevor die Kindermädchen mit ihnen zur Schule fuhren. Und wenn Bridget oder Dorothy sie wieder abgeholt hatten, ging es meistens direkt weiter. Eric musste zum Malkurs am Museum of Modern Art. Don Jr. hielt sich größtenteils an den Sport und alles andere, wo er draußen sein konnte, wie zum Beispiel bei Ausflügen in den Central Park. Ivanka lernte ein paar Jahre lang Klavier und spielte sogar bei einer Party, die ihre Mutter für Kathy Keeton veranstaltete, deren Mann Bob Guccione *Penthouse* ins Leben gerufen hatte. Sie versuchte sich auch im Ballett, bevor sie zu groß dafür wurde und die Weihnachtsferien der Familie nicht mehr verpassen wollte, um für die alljährliche Aufführung des New York City Ballet von *Der Nussknacker* zu proben. Zweimal spielte sie mit, einmal passenderweise als »Mädchen in Festszene« und einmal als Engel mit langem weißen Kleid mit Goldsternen, Goldborte und Goldheiligenschein um ihr zurückgebundenes blondes Haar. In dem Jahr kam auch Michael Jackson, um aus dem Backstagebereich aus zuzuschauen, was verständlicherweise für einigen Wirbel in der Theaterkompanie sorgte. Sobald die anderen Mädchen kurz vor seiner Ankunft davon Wind bekamen, beschlossen sie, als Gruß an den Prince of Pop auf der Bühne jede einen einzelnen Handschuh zu tragen. Aber die anwesenden Erwachsenen ermahnten sie und erstickten die Idee im Keim, bevor die Mädchen der Bühne auch nur nahe kommen konnten.

Dann kamen die Kinder nach Hause, legten wieder einen Stopp auf dem Stockwerk mit dem Büro ihres Vaters ein, wo sie spielten, während er Anrufe entgegennahm, bevor es zu einem frühen von den Kindermädchen gekochten Abendessen weiter nach oben ging. Wenn Ivana und Donald sich ausgehfein machten, half Ivanka ihrer Mutter manchmal dabei, ein Cocktailkleid auszusuchen, oder schaute ihr beim Schminken zu, bevor die Kinder mit Dorothy und Bridget beteten und ins Bett gesteckt wurden, während Donald und Ivana unten in die Limousine sprangen.

Ivana wachte streng über den Tagesplan ihrer Kinder; sie führte auf fast allen Gebieten ein eisernes Regiment, auch wenn sie das Tagesgeschäft größtenteils Bridget und Dorothy überließ. »Meine Mutter war viel strenger als mein

Vater, als wir Kinder waren«, erklärte Ivanka einmal einem Reporter vom *Evening Standard.* »Sie setzte die Disziplin durch. Sie ist Europäerin und eine große Sportlerin. Mit meiner Mutter legte man sich lieber nicht an.« Sie berichtete, ihre Mutter habe ihr die Hose runtergezogen und ihr vor ihren Freundinnen den Hintern versohlt, bis sie ungefähr zehn war. »Das schockiert viele, aber andererseits hat sie mich ja nicht mit der Peitsche gejagt.«

Keins von Ivanas Kindern macht einen Hehl daraus, dass sie sie gelegentlich schlug, genauso wenig wie sie selbst. »Mom hat sich damit nicht zurückgehalten«, schrieb Eric im Buch seiner Mutter. »Wenn einer von uns Mist gebaut hat, wurde er oder sie bestraft, also lernten wir, uns zu benehmen.« Ivana erzählte eine Geschichte, wie Don Jr. sich bei einem Dinner mit der ganzen Familie Trump – Fred, Mary und Donalds Geschwister mit Anhang – bei Gurney's, der Ferienanlage mit Meeresblick in Montauk an der Spitze Long Islands, danebenbenahm. Ihr Sohn habe Fratzen gezogen und mit dem Besteck geklappert. Viele Eltern von Grundschulkindern würden das wahrscheinlich als normales Verhalten in einem Restaurant betrachten. Für die Trumps war es einfach inakzeptabel, erst recht in Anwesenheit von Donalds Eltern. Ivana brachte Donny raus auf den Flur, weg von der Familie, schlug ihm ein paarmal auf den Hintern und forderte ihn auf, sich zusammenzureißen. Den Rest des Abends saß er still und mit versteinertem Gesicht da.

Etwa um diese Zeit bekam Don Jr. auch einmal eine Tracht Prügel, für die er überhaupt nichts konnte. Seine Schwester Ivanka hatte mit ihren Brüdern im Wintergarten des Hauses in Greenwich gespielt, der voller feiner, zerbrechlicher Dinge war, die viele Eltern mit kleinen Kindern einmotten würden. Die Trumps lösten das Problem lieber so, dass sie Zimmer oder Bereiche hatten, in denen die Kinder spielen, essen und sich mit Freunden treffen durften, während die restlichen Räume tabu waren, worauf die Kindermädchen achteten, wenn die Eltern arbeiteten oder ausgegangen waren. Die Kinder fanden natürlich Möglichkeiten, diese Regel zu umgehen. Die drei Geschwister warfen sich einmal gegenseitig im Wintergarten einen Tennisball zu, wo ihre Mutter zwei Porzellankronleuchter über dem Esstisch hatte aufhängen lassen. Als Ivanka einmal etwas zu stark und zu hoch warf, traf der Ball einen davon, der prompt herunterkrachte und in winzige teure Scherben zersprang. Als Ivana von der Arbeit nach Hause kam und den Schaden sah, wollte sie wissen, wer das gewesen sei. Ivanka meldete sich als Erste. Donny, behauptete sie. Und ohne ein Wort der Selbstverteidigung steckte er die Schläge ein. Alles in allem war Donny ein Glückspilz, aber auch so einer verliert mal.

So straff Ivana den Alltag ihrer Kinder durchorganisierte und sosehr diese sich vor ihren Strafen fürchteten, stand doch völlig außer Frage, wie überaus privilegiert sie waren. Sie lebten so, wie ihre Eltern immer hatten leben wollen. Kein Kind kommt auf die Welt und verlangt nach großem Luxus. Ein Eltern-, Großelternteil oder eine ganze Familie muss nach dieser Art Leben streben und es an die ahnungslosen Nachkommen weitergeben. Da diese Nachkommen es wiederum nicht anders kennen, erwarten sie es irgendwann auch selbst und entscheiden sich entweder zum Streben nach denselben materiellen Zielen wie ihre Eltern, damit sie sie an ihre eigenen Kinder weiterreichen können, oder sie lehnen das Ganze bewusst ab und bahnen sich ihren eigenen Weg.

Trotz einiger kleinerer Rebellionen blieben die Trump-Kinder in fast jeder Hinsicht der elterlichen Linie treu. Wenn man sich ihre Kindheit anschaut, kann man gut verstehen, warum sie nie weit vom Weg abweichen wollten. Mitte der Achtziger, als Eric auf die Welt kam, kauften die Trumps sich ein Haus in Greenwich, Connecticut, viel näher und verkehrsgünstiger gelegen als das Ferienhaus in den Hamptons, das sie jahrelang gemietet hatten. Damals arbeitete Donald wie verrückt, und Ivana führte die Geschäfte der Trump Organization in Atlantic City. Nach einem Wochenende in Greenwich war Donald schnell wieder in Manhattan, und Ivana konnte sich direkt vom Steg hinter dem Haus im Long Island Sound mit einem Wasserflugzeug abholen lassen, das sie zurück zu den Casinos brachte. Donald zahlte vier Millionen Dollar für das Zweieinhalb-Hektar-Anwesen auf der Halbinsel unweit der Spitze von Indian Harbor Point. Das rund 2000 Quadratmeter große Haus war 1939 von dem Direktor einer Firma für Dampfkesselanlagen gebaut worden, und die Fassade sah der des Hauses ziemlich ähnlich, das Donald im Januar 2017 mit seiner dritten Frau beziehen würde. Die Vordertür dieser weißen Georgianischen Kolonialvilla befand sich unter einem großen Säulenvorbau, der wie eine kleine Version des Weißen Hauses aussah. Auch innen war es ebenso repräsentativ. Es gab eine dreistöckige Rotunde mit ausladender Doppeltreppe, wo die Familie immer einen mindestens sechs Meter hohen Weihnachtsbaum aufstellte, wenn sie dort Thanksgiving feierte. Das Schmücken des Baums mit

Ivanas tschechoslowakischen Christbaumkugeln dauerte Wochen. Im formellen Speisesaal hatten zwanzig Personen Platz. Es gab Dutzende Bäder und Schlafzimmer, eine Bowlingbahn und eine Garage mit zehn Plätzen, obwohl Ivana berichtete, sie habe die Familienlimousine gerne mit allen Kindern, Kindermädchen und Haustieren auf den Rücksitzen selbst aus Manhattan dort hochgefahren. Donald fuhr dabei nie mit.

Wenn sie in Greenwich angekommen waren, gingen alle zu ihrer Routine über. Eric und Don Jr. streiften stundenlang durch die Wälder; Ivanka und ihre Brüder dachten sich kleine Maschen aus, um sich das Taschengeld aufzubessern. Einmal bastelten sie falsche Indianerpfeilspitzen, die sie im Wald in flachen Mulden vergruben, um sie dann vor uneingeweihten Freunden zu entdecken und ihnen diese seltenen, kostbaren Schätze für den unglaublichen Schnäppchenpreis von fünf Dollar pro Stück zum Kauf anzubieten.

Ivanka erinnerte sich, dass sie in Greenwich ein wenig Freiheit von der leichten Paranoia und Imagekontrolle ihrer Mutter genossen. In der Stadt ließ Ivana die Kinder weder an der Fifth Avenue noch in der Lobby des Trump Towers einen Limonadenstand aufstellen. (Sie durften an Halloween auch nicht allein mit ihren Kindermädchen von Tür zu Tür ziehen; die Trump-Personenschützer folgten ihnen die ganze Zeit unauffällig, wenn sie die Häuser an der Upper East Side abklapperten.) In Greenwich dagegen konnten sie nach Herzenslust Limonade verkaufen. Schließlich war hier das reiche Vorstadt-Amerika, und wenn junge Erben nicht einmal hier die Freiheit hatten, mit ein bisschen Brausepulver ihr Vermögen zu vergrößern, dann war es nicht das Land, das die Gründungsväter im Sinn gehabt hatten. Aus Ivankas Sicht bestand das einzige Problem darin, dass die Anwesen dort ein bisschen *zu* weitläufig waren, die Gegend am Ende ihrer Sackgasse *zu* zurückgezogen. »In jeder anderen Hinsicht war es der perfekte Ort, aber für werdende Limonadenmagnaten war die Gegend tot«, schrieb sie. Aber auch hier hatten sie Glück im Unglück. Die Familie hatte einen Bodyguard, mehrere Hausmädchen und anderes Personal dabei, das von der Familie finanziell abhängig war. Sie »hatten Mitleid mit uns«, erinnerte sich Ivanka, was sich wohl bezweifeln lässt, als sie »tief in ihren Taschen nach Kleingeld kramten«, bis die Kinder für den Tag genug eingenommen hatten. »Wir haben wohl das Beste aus einer schlechten Lage gemacht«, so Ivanka.

Die Kinder teilten das Haus mit Hunden, Sittichen, Hamstern und einer kleinen weißen Maus mit roten Augen, die Eric und Don Jr. eines Sommers unbedingt von der Schule mit nach Hause bringen wollten. Das durften sie unter der Prämisse, dass die Maus dann in der Garage lebte. Eines Tages brach sie jedoch aus und gründete eine ganze Familie weißer rotäugiger Wuselmäuse, die daraufhin ohne Umschweife des Geländes verwiesen wurde. Einmal nahmen sie auch eine verletzte Ente auf, die sie unweit der Villa gefunden hatten; sie lebte ein paar Wochen lang glücklich bei Don Jr. in der Badewanne, bevor sie wieder in die Natur entlassen wurde.

GREENWICH WAR NAH, praktisch, erhaben und gemütlich, wie es der örtliche Geldadel mochte, aber die Winter waren kalt und dunkel, und für New Yorker Paare, die einen gewissen gesellschaftlichen Rang anstrebten – wie Ivana es damals tat –, war Palm Beach der Sehnsuchtsort. So wie Jay Gatsby vor ihm suchte Donald die Atlantikküste runter nach seiner eigenen Villa in West Egg.

Zunächst hinterlegte er die Kaution für eine Wohnung im Breakers, dem historischen Hotel, das ein Öl- und Eisenbahnmagnat nach dem Vorbild der Villa Medici in Rom gebaut hatte, wo die älteren Sonnenanbeter der High Society unter der neun Meter hohen, mit Fresken bemalten Decke an ihrem Sonntagsbrunch knabbern. Aber die Leitung dort konnte Donalds Wunsch nicht nachkommen, zwei Penthouses zusammenzulegen und so eine Sunshine-State-Version seines Zuhauses im Trump Tower zu erschaffen. Das Problem lag darin, dass er gar nicht so recht wusste, wo er suchen sollte. Wie er später in *Trump: The Art of the Comeback* erzählte, saß er im Winter 1985 hinten in einem Wagen zu einer Dinnerparty. Während er sich durch das Fenster die Anwesen draußen anschaute, fragte er den Fahrer: »Was gibt es in der Stadt denn gerade richtig Gutes zu kaufen?«

Der Fahrer hielt vor Mar-a-Lago, dem 118-Zimmer-sieben-Hektar-Palast, den die Frühstücksflockenerbin Marjorie Merriweather Post in der Gatsby-Ära gebaut hatte – dem Inbegriff eines Neureichenluxustempels. Wie der Name nahelegt – »vom Meer zum See« auf Spanisch –, erstreckt sich Mar-a-Lago vom Atlantik bis an den Lake Worth. Post warf mit einem Potpourri an Architekturstilen und Designthemen aus einer Handvoll verschiedener Länder und Epochen um sich, bis die 118 Zimmer – 58 Schlafzimmer, 33 Bäder, ein Ball-, ein Kino- sowie ein Speisesaal – und über 10000 Quadratmeter versorgt waren. Die Tonziegel und ein Teil des Marmors, der innen verwendet wurde, stammten aus einem kubanischen Schloss. Den Torbogen zierte ein persisches Lebensbaum-Motiv, inspiriert von marokkanischen Souks. Zum Pool geht man durch venezianisch angehauchte Rundbögen, und der innen ausgestellte Steinway-Flügel wurde in den 1920ern mit Schäferszenen verziert. Post ließ eine Sammlung von 36000 handbemalten Kacheln aus dem fünfzehnten Jahrhundert im spanisch-maurischen Stil aus Spanien einschiffen, die überall im Haus Verwendung fanden, und sie ließ Florenz Ziegfelds Bühnenbildner florentinische Fresken auf Tafeln im formalen Speisesaal malen. Das Zimmer, das ursprünglich Marjorie Posts Tochter Dina Merrill gehörte und bei den Trumps später als der Ivanka Room bekannt wurde, hatte einen eigenen Steinkamin, von dem aus sich Kirschblüten aus Keramik entlang der Wände zogen. Ein achtzehn Jahre alter Walt Disney malte ein Schloss auf den Zimmerteppich wie auch die von einem Kinderreim abgeleitete Geschichte, die auf den Kacheln an der Wand zum Bad abgebildet ist.

Als Donald 1985 einen Gebäuderundgang machte, war das Anwesen schon ein Jahrzehnt lang mehr oder weniger verlassen und versauerte auf dem Markt. Post hatte das Anwesen dem Staat vermacht, bevor sie 1972 gestorben war, und es fast schon prophetisch als Wintersitz zukünftiger Präsidenten und ihrer Gäste empfohlen. Allerdings standen bei den Präsidenten zu der Zeit weder Florida noch diese Art von Prunk allzu hoch im Kurs, und dem Staat gefielen die Steuern und der Unterhalt in Millionenhöhe nicht. Also gab die Regierung Carter 1981 die Schlüssel zurück an die Post Foundation, der noch weniger an dieser finanziellen Bürde gelegen war als dem Staat. Also warf sie das Anwesen für 20 Millionen Dollar auf den Markt. Vor Donald biss niemand an.

Wie er es erzählte, kam er mit einem erstaunlich niedrigen Angebot an, das sie aber nicht ablehnen konnten. Er bot nämlich zwei Millionen Dollar für ein kleines Strandgrundstück vor Mar-a-Lago, das die Foundation zuvor für ein Fünftel dessen veräußert hatte. Laut *Washington Post* sagte Donald, er habe es über einen Strohmann gekauft und »angedroht, dort einen potthässlichen Klotz hochzuziehen und so Mar-a-Lago den Meeresblick zu verbauen.« Das Gebäude wäre seine »erste Mauer« geworden, zwanzig Jahre vor der, die er 2016 während des Wahlkampfes ankündigte. »Da haben die alle Panik gekriegt«, berichtete er. »Sie wurden das große Haus nicht los, weil mir der Strand gehörte, also sank und sank der Preis.« In Wirklichkeit schloss er den Kauf des Strandes erst ab, als der ganze Deal durch war, aber auf jeden Fall nahm die Post Foundation Donalds letztes Angebot an. Er kaufte das Anwesen mit der vollständigen Einrichtung für acht Millionen Dollar.

Der Umzug der Trumps nach Mar-a-Lago erinnerte an die *Beverly Hillbillies* und war vor allem eine große Show. Da sie nicht wusste, wie sie all die Räume geschmackvoll einrichten sollte, behielt Ivana einen Großteil der Sachen, mit denen Marjorie Post die Villa ausgestattet hatte, bis hin zu den abgewetzten Fransensofas und dem Original-Sheraton-Tisch im festlichen Speisesaal. Als persönliche Note verteilte sie im Haus Zeitschriftencover mit Donalds Foto in silbernen Bilderrahmen. Sobald sie alle in Palm Beach gelandet waren, fuhr ein Rolls-Royce Donald und Ivana die letzten Kilometer zum Anwesen. (Manchmal bestand

Donald darauf, dass sie mit verschiedenen Flugzeugen flogen, weil er Angst hatte, sie könnten alle einem Unglück zum Opfer fallen.) Ein zweites Auto – meistens ein Kombi – holte die Kinder, die Kindermädchen, die Bodyguards und jeden anderen ab, der gerade dabei war.

»In fünfzig Jahren wird man Donald und mich dem alten Geld zurechnen wie die Vanderbilts«, erklärte Ivana angeblich dem Schriftsteller Dominick Dunne. Einige ihrer Freunde bemerkten, dass die Trumps sich damals schon so aufspielten, als wäre ihr Vermögen mehrere Generationen alt. Wie Marie Brenner zu der Zeit in der *Vanity Fair* schrieb, witzelten Ivanas Bekannte, sie leide am »Kaiserpaarsyndrom«. Sie gab den Hollywood-Stil auf, den sie nach ihrem Debut in New York und der Hochzeit mit Donald angenommen hatte, um mehr dem zu entsprechen, wie sie sich eine Mrs. Trump vorstellte. Als sie in Mar-a-Lago angekommen war, »gab sie sich als Teil des Hochadels und füllte ihre Häuser mit vergoldeten Dekorationen, wie man sie auch in den Palästen Osteuropas finden würde. Sie winkte Freunden nur noch mit minimalsten Handbewegungen zu, als müsste sie sich ihre Energie einteilen. Bei ihren eigenen Wohltätigkeitsveranstaltungen bestand sie darauf, dass Donald und sie sich am Eingang aufstellten und die Gäste Schlange standen, um sie zu begrüßen.«

Ivana berichtete, sie habe Ende der Achtziger in ihrem Palast in Palm Beach auch echte Royals empfangen. Prince Charles, der als Ehrengast des International Polo Club nach Wellington, Florida, gekommen war, habe kurzfristig eine Führung durch Mar-a-Lago erbeten. Kurz darauf sei er aufgetaucht und schwer beeindruckt von ihrem Zuhause gewesen. Wie sie in ihrem Buch schreibt, hätten Don Jr., Ivanka und Eric ihm alle die Hand geschüttelt und ihm Tee und Small Talk angeboten. (Ersteren habe er abgelehnt und sich etwas Stärkeres gewünscht, schreibt sie.)

Donald dagegen hatte eigene royale Visionen. Er erzählte Freunden dauernd, was für ein tolles Paar er und Diana abgeben würden. »So denkt Donald«, erinnerte sich ein alter Freund. »Er hat das so oft erzählt, dass die Geschichte sich in seinem Kopf wandelte. Bald hieß es, Diana habe ihm Avancen gemacht, habe sich nach ihm verzehrt. Und das hat er wirklich geglaubt. Er glaubt seine eigenen Lügen und schafft sich seine eigene Realität.«

Die Realität der Kinder war auch nicht sonderlich geerdeter. An den Winterwochenenden reisten Don Jr., Ivanka und Eric oft zwischen New York und Palm Beach hin und her, vor allem in den ersten Jahren, nachdem ihre Eltern Mar-a-Lago gekauft hatten, wo sie immer die Frühjahrsferien und Ostern verbrachten. In den Winterferien dagegen ging es oft nach Aspen. Dorthin flog die Familie für die Feiertage und nahm sich drei Suiten im Little Nell, einem vornehmen Ski-in-Ski-out-Hotel am Fuße des Aspen Mountains, das den Weihnachtsschmuck der Trumps für sie aufbewahrte und sie einen Tannenbaum durch die Lobby hoch in ihre Räume schleifen ließ – eine Suite für Donald und Ivana, eine für die Kinder sowie eine für Ivanas Eltern, die Kindermädchen und Bodyguards. Wie alle wahrhaftig privilegierten Kinder lernten die kleinen Trumps das Skifahren fast so früh wie laufen – was wohl auch mit ihrer Wintersportlerin als Mutter und ihrem allgemein ehrgeizigen Vater zu tun hatte. Ihre Eltern steckten die drei in die Skischule Powder Pandas, bis sie sich gut genug hielten, um mit einem Privatlehrer die Pisten unsicher zu machen. Ihre Mutter bestand darauf, dass sie den ganzen Tag draußen blieben, egal, wie sehr sie froren, müde waren oder wie wenig sie sich, vor allem zu Anfang, für das Skifahren begeistern konnten. Eric hasste es besonders. Seine Mutter habe ihn mit Apple Pie von McDonalds zum Mitmachen bestochen, verriet er in ihrem Buch. Die liebte er so sehr, dass er für sie einiges Leid auf sich nahm.

Bis Anfang der Neunziger blieb die Familie immer bis zum Neujahrstag, also dem Ende der Schulferien, in Aspen. Zu Don Juniors Geburtstag an Silvester gab es immer Kuchen im kleinen Kreise mit den Freunden und Familienmitgliedern, die auch gerade in Aspen waren, bevor Donald und Ivana abends mit Freunden ausgingen. Wenn sie wieder in New York waren, schlossen sie den Wollman Rink – die Eisbahn im Central Park, die Donald gehörte, damit Don Jr. mit seinen Schulkameraden richtig feiern konnte. Da Eric nur eine Woche später Geburtstag hatte, legten sie manchmal beide Feiern zusammen. Ivankas Geburtstag dagegen ist am Tag vor Halloween, also bekam sie oft eine Kostümparty im Plaza Hotel. Das gehörte nämlich auch Donald – wie so vieles andere –, weshalb es leicht zu organisieren und vor allem kostenlos war. Über die Jahre feierten alle Kinder dort Geburtstag, bei Ivanka eben verkleidet, bei den anderen in kleinen Anzügen und Partykleidchen. Das Hotelpersonal schmückte dann einen Konferenzraum mit Luftballons, einer Bar und Hors d'œuvres. Gut hundert Gäste kamen, um den kleinen Trump-Erben dabei zuzusehen, wie sie die Kerzen auf der mehrstöckigen Torte ausbliesen, die die Konditoren des Plaza Hotels gezaubert hatten.

Schon lange vor seiner Grundschulzeit verbrachte Don Jr. seine Sommer in der Tschechoslowakei bei Ivanas Eltern, seinem Dedo und seiner Babi. Auch Ivanka bekam ihre Freizeit von der Familie. Ivana nahm sie mit zu Modeschauen nach Paris, zu denen ihr kleiner Kreis an New Yorker Freundinnen zweimal im Jahr flog, um zwischen den Zeitschriftenredakteurinnen und den Leuten zu sitzen, die deren Seiten zierten. Sie übernachteten im Plaza Athénée, dem berühmten, hundert Jahre alten Hotel mit Blick auf den Eiffelturm und die Champs-Elysées.

Diese Reisen waren Luxus, Fantasie und Flucht. Sie waren eine gute Gelegenheit für Ivana, etwas Zeit mit ihrer kleinen Ivanka zu verbringen, ohne die Kindermädchen, ihre Brüder, Donald, Atlantic City und das Plaza Hotel. Dort konnte Ivanka aus der ersten Reihe sehen, was für ein Leben sie sich aussuchen wollte, vielleicht das eines Models, wenn sie hart dafür arbeiten wollte, oder als Designerin, die über den Atlantik flog, um ihre handgenähten, sündhaft teuren Kleider auf gut beleuchteten Laufstegen zu sehen, wenn sie die Karten so spielte, wie ihre Mutter es hatte müssen, um dorthin zu kommen, wo sie jetzt war.

Im Sommer 1991 verlor eine Fluggesellschaft das Gepäck der beiden, sodass all die Designer-Outfits, die Ivana eingepackt hatte, in den Tiefen des Flughafens verschwanden. Nicht lang nach der Landung sollten die beiden bei einer Versace-Show sein. Zum Glück für Ivanka hatte ihre Mutter im Flugzeug eine bunte Bluse getragen, die sie sich für ihre zehnjährige Größe zurechtband und -steckte. Selbst der Designer persönlich war davon beeindruckt.

Mitte der Neunziger arbeitete Ivanka dann tatsächlich eine Weile als Model. Bevor sie das zweite Jahr an ihrem

Highschoolinternat in Connecticut anfing, moderierte sie im Sommer 1997 mit fünfzehn Jahren die landesweit ausgestrahlte Wahl zur Miss Teen USA, die auch wieder teilweise ihrem Vater gehörte. Nachdem sie vorgestellt wurde als »Teenie, das die Laufstege der Welt im Sturm erobert hat, die extravagante, süße, wunderschöne Ivanka Trump«, spazierte sie in einem glänzenden, trägerlosen, silbernen Schlangenkleid auf die Bühne, das ihre Oberschenkel kaum zu einem Drittel bedeckte, ihr Haar wie zum Abschlussball kunstvoll hochgesteckt. Ihr Co-Moderator, der dreiundzwanzig Jahre ältere Soap-Star J. Eddie Peck, schaute sie an und sagte: »So sahen die Mädchen aber nicht aus, als ich fünfzehn war.« Sie sagte, sie liebe das Modeln, überlege aber, nach dem Abschluss lieber in die Wirtschaft zu gehen. »Tja, hoffentlich kennst du da jemanden, der dir ein bisschen hilft, den Fuß in die Tür zu kriegen«, witzelte er, als die Kamera auf Donald schwenkte, der im Frack in der ersten Reihe saß, daneben Ivana im weißen Satinkleid, ein wasserstoffblonder Eric und Ivanas Mutter, Babi. Ohne jede Fernseherfahrung und mit allen Unsicherheiten jeder anderen Fünfzehnjährigen stammelte Ivanka sich als »Teen-Expertin« durch den Rest der Liveübertragung. Sie hatte noch nicht ganz die hohe Kunst des pseudonatürlichen Lächelns gemeistert, während sie vom Teleprompter ablas, und wusste auch nicht so recht, ob sie auf Pecks spontane Scherze reagieren sollte. Aber sie brachte doch ein paar Interviews mit Teilnehmerinnen über die Bühne, einen Kleiderwechsel in ein schimmerndes lavendelfarbenes Kleid und einen vorher geschriebenen Witz nach dem Bikiniwettbewerb: »Ich kann euch garantieren, dass das meinen Brüdern gefallen hat«, sagte sie in die Kamera. »Sind welche von euch da oben Single?«

Ihre Brüder nahmen verschiedene Jobs an, die weder im Fernsehen übertragen wurden, noch allzu glamourös waren. Aber auch sie wollten sich etwas Taschengeld dazuverdienen. Alle drei lernten nach Kräften die Tricks des Trump-Geschäfts, die ihnen später einen Vorsprung als Manager in der Trump Organization verschaffen würden. Es ist bezeichnend, dass Ivanka ihre ersten Jobs im Fernsehen als öffentliches Gesicht der Familie und Augapfel ihres Vaters hatte. Donny dagegen arbeitete als Dockhelfer im Trump Castle, wo er den Gästen vom und aufs Boot half, ihnen das Gepäck trug oder auch sonst jeden Job erledigte, den sein Vorgesetzter im Jachthafen sich ausdachte. Er mähte auch auf dem Anwesen in Greenwich den Rasen. Als Eric alt genug war, zogen er und sein Bruder eine Weile in der Gärtnerhütte von Donalds Anwesen Seven Springs in Westchester, New York, ein. Sie standen bei Sonnenaufgang auf und mussten um sieben Uhr früh am Haupthaus sein, das sie unter der Aufsicht der und zusammen mit den angeheuerten Experten – für die es ein Auftrag und kein Hobby war – renovierten. Ein alter Freund Donalds – ein Golf- und Geschäftspartner – erinnerte sich, wie er in den späten Neunzigern einmal an einem glutheißen Tag im August mit Donald in Westchester gespielt hatte. Davor hatte er die Kinder seines Freundes noch nicht kennengelernt. Donald fragte ihn, ob er eben mal mit bei seinem Ältesten, Don Jr., reinschauen wolle, wovon sein Freund Folgendes berichtete: »Ich weiß nur noch, wie heiß und schwül es da draußen war, und als wir auf das Haus zukamen, rutschte Donny mit Knieschonern auf allen vieren herum und pflasterte den Weg. Das hätte ich an so einem Tag überhaupt nicht von einem seiner Kinder erwartet.«

Es hat etwas Düster-Poetisches, dass all das 1990 kurz vor Don Juniors zwölftem Geburtstag ausgerechnet in dem Winterwunderland zu Ende ging, wohin Donald, Ivana und ihre Kinder immer über die Feiertage flogen – der Abschluss dieser vergoldeten Alles-ist-perfekt-und-wir-gehören-hierher-was-sind-wir-glücklich-Familienepoche.

Dabei begann der Anfang vom Ende schon Jahre vorher an der Madison Avenue. Donald sprach eine junge Blondine an, ein frommes Kleinstadtmädchen aus Georgia, das als Jugendliche ein Mutter-Tochter-Fotoshooting für den *Playboy* abgelehnt, dafür aber im Bikini den ersten Platz beim Miss Hawaiian Tropic-Schönheitswettbewerb geholt hatte. Sie war 1985 nach New York gekommen und hatte davon geträumt, eine berühmte Schauspielerin zu werden. Die Realität war weniger rosig; sie zog mit einem Ex-Bullen und ewig klammen Schauspieler zusammen, und beide hätten für eine kleine Nebenrolle in einer Seifenoper alles gegeben. Marla Maples hatte Donald Trump schon ein paarmal in der Stadt gesehen, und der platteste Anmachspruch von allen – »Kenne ich dich nicht von irgendwo her?« – ließ ihre Welt so sehr erbeben, dass all das Bibelgefasel über Treue und Keuschheit plötzlich nichts mehr bedeutete. Donald war charmant und gut aussehend, und er hatte sie *gesehen*. Aber vor allem war er reich. Er war berühmt. Er war ihr Weg nach oben.

Unpraktischerweise war er allerdings auch verheiratet. »Ich hatte nie Respekt vor jemandem, der sein Eheversprechen nicht ehrt«, sagte Marla 1990 der *Vanity Fair*. Doch bald trafen Donald und sie sich auf den Bänken der Marble Collegiate Church, in der Donald und Ivana acht Jahre zuvor ihr Eheversprechen ausgetauscht hatten. Das war allerdings vor der Zeit, als Ivana anfing, nach Atlantic City zu pendeln, um seine Hotels dort zu verwalten, was er später als schweren Fehler bezeichnete. »Die eigene Frau zum Arbeiten zu schicken, ist sehr gefährlich«, erklärte Donald später bei *Primetime Live*. »Ich glaube, das war der Hauptgrund für das, was mit meiner Ehe mit Ivana passierte.« Etwas »Sanftes verschwand«, ergänzte er, »ihre große Sanftheit«, die sie ihm früher gezeigt hatte, bevor sie Verantwortung innerhalb seiner Firma übernommen hatte. »Sie wurde eine Managerin, nicht mehr meine Frau.« Sie sei gut in dem Job gewesen, »aber wenn ich nach Hause komme und das Essen ist nicht fertig, gehe ich an die Decke.« Ivanas beruflicher Terminkalender nervte ihn bald fast so sehr wie ihr privater. Er selbst war nicht dem sogenannten Kaiserpaarsyndrom erlegen, das Ivanas Freundinnen ihr scherzhaft zuschrieben. Donald hatte schon keine Lust mehr auf den gesellschaftlichen Wettbewerb, für den sie sich gerade erst aufwärmte.

Vielleicht wusste Marlas Baptistenprediger zu Hause in Dalton, Virginia, nicht, dass das »Bis dass der Tod uns scheide« nicht einkalkuliert, wie schnell Geld, Macht und Ruhm in all die kleinen Risse einer Quickie-Hochzeit kriechen können. Wie konnte er ahnen, dass ein umherschweifendes Auge und eine heiße kleine Wasserstoffblondine mit einer billigen Anmache an der Madison Avenue einen Funken aufglimmen lassen konnten, der innerhalb von ein paar Monaten alles niederbrannte?

»Er war da – und er war verheiratet, also konnte ich mir nicht vorstellen, dass jemals mehr daraus werden würde«, sagte Marla in dem Interview, als sie die Untreue verteidigte, die ihr ganzes Moralverständnis zwar schrecklich falsch fand, bis sie ein Bild davon bekommen hatte, was für ein Leben ihr die ganze Geschichte eröffnen konnte. »Man darf wohl nicht urteilen, bis man nicht selbst in der Situation gewesen ist«, fügte sie hinzu. »Das habe ich gelernt.«

SIE TRAFEN SICH bald regelmäßig an der Madison Avenue oder vor der Kirche der Trumps. Er fuhr sie heimlich runter in seine Hotels in Atlantic City, wenn er wusste, dass Ivana nicht da war. Oder Donald und Marla machten es sich auf dem Rücksitz seiner Limousine gemütlich, während sein Fahrer mit ihnen Runden um Manhattan fuhr. Im Herbst 1987 kaufte Donald eine 86-Meter-Jacht in bar – ein Schiff mit Helikopterlandeplatz, fünf Decks, hundert Kabinen, Platz für eine zweiundfünfzig Mann starke Crew, eine Eignerkabine mit Schildpattdecke und drei Meter breitem Bett, einer Ankleide mit Frisierstuhl, die ins Bad führt, in dem es eine Dusche mit dreizehn Brausen in Form einer Jakobsmuschel gibt, die über ein Jahr hinweg aus einem einzelnen Onyx-Block gehauen worden war. Er taufte die Jacht um in *Trump Princess,* und an Bord wurde Marla eine Art Undercover-Königin.

Es hatte etwas von einem Märchen, bis auf die Tatsache, dass es genau genommen noch eine weitere Königin gab – eine, die nichts von dieser Fantasie wusste, die sich hinter ihrem Rücken abspielte und das leicht angeschlagene Märchen bedrohte, in dem *sie* eigentlich mit Donald lebte. Wie Ivana es sah, war die *Trump Princess* eine Erweiterung *ihres* Königreiches, wie auch das Trump Castle in Atlantic City. Das alles regierte sie, führte sie, es gehörte ihr. Das waren ganz bestimmt keine Freizonen, in denen ihr Mann einfach seine Südstaatengeliebte verstecken konnte. Als Donald ihr also an Heiligabend dieses Jahres einen erstaunlich hohen Papierstapel hinknallte, hatte sie keine Ahnung, dass ihr Mann eine Änderung im Ehevertrag forderte, weil ein Fotograf aus Atlantic City ihn mit Fotos von ihm und Marla erpresste. Ivana hatte in Kürze die ganze Familie in ihrem Haus in Greenwich zu Gast. Sie hatte keinen Anwalt da. Wie konnte sie da an so etwas denken? Aber Donald machte enormen Druck, und sie gab schließlich nach. Später sagte er, er habe den Vertrag so geändert, dass ihr 25 Millionen Dollar und die Villa in Connecticut zustanden, obwohl die Zahl in Wirklichkeit näher an zehn Millionen lag, plus weitere zwölf, falls sie das Haus in Greenwich vor der Scheidung verkauften. Außerdem bekam Ivana das Sorgerecht für die drei Kinder. Es dauerte noch Jahre, bis diese Zahlen wieder ausgegraben wurden, weil Donald das Ganze noch eine Weile geheim halten konnte, bis schließlich – an einem Silvestertag hoch auf einem verschneiten Berg in Aspen – alles rauskam.

Den Sommer 1989 verbrachte Marla Ann Maples größtenteils auf der *Trump Princess* und bräunte sich, während Ivana in Atlantic City arbeitete. Gelegentlich warf Donald Marla von Bord, wenn er wusste, dass seine Frau kam. Er ließ beide Frauen von derselben Crew versorgen. Wie in Atlantic City, im Plaza Hotel und im Büro der Trump Organization im Trump Tower schalteten Donalds Assistentinnen zwischen der ersten Frau des Chefs und seiner Geliebten Nummer eins hin und her, die oft falsche Namen angab, wenn sie anrief, um mit ihrem Schatz zu sprechen. Einmal flog sie sogar mit einigen aus Donalds Familie, inklusive seiner Schwester Maryanne und deren Sohn David, wie auch ein paar Freunden im Hubschrauber von Atlantic City zurück nach New York. Als David die junge Blonde ansprach, ohne zu wissen, dass sie etwas mit seinem Onkel hatte, ging der sofort dazwischen. »Die ist nicht für dich!«, ermahnte er seinen Neffen. Maryanne musste es ihrem Sohn in Ruhe erklären: »So ist dein Onkel eben.«

Donald hatte alle Mühe, die beiden Blondinen im Zaum zu halten. Marla verstand die allgemeinen Umstände der Situation: Donald war unglücklich verheiratet, aber die verwobenen Finanzen der Trumps und die unaufhörliche Aufmerksamkeit, die sie auf Schritt und Tritt verfolgte, ganz zu schweigen von den drei Kindern unter zwölf Jahren, die unter allen Eheproblemen leiden würden, verkomplizierten alles. Ivana dagegen ahnte nichts oder wollte nichts ahnen. Sicher wütete Donald oft wegen ihrer Prioritäten und gesellschaftlichen Ambitionen, aber er sagte ihr nie, wie unglücklich er war. In seinem Buch *Surviving at the Top* schrieb er, wie er nach »völlig festgefahrenen Jahren« einmal ein Telefongespräch mit seiner Frau beendete. Sie hatte ihm gerade ihre Pläne für einen weiteren Ausgehabend in New York unterbreitet. Nach dem Auflegen habe er vor sich hingesagt: »Mein Leben ist scheiße!« Ivana konnte ja nicht wissen, dass seine Abneigung gegen dieses Leben noch bitterer geworden war, seit er wusste, dass die gebräunten, unkomplizierten Arme der süßen, sechsundzwanzigjährigen Marla Ann ihm offen standen und auf ihn warteten. »Ich muss zugeben, dass ich mich vor dieser Situation gedrückt habe«, schrieb er. »Ich habe mich nie in Ruhe mit Ivana hingesetzt und über die Sache gesprochen, was ich aber wohl hätte tun sollen.«

Wenig überraschend sprachen stattdessen andere. In den Wochen vor Weihnachten 1989 hörte Ivana zum ersten Mal Getuschel über die Existenz Marlas. Zu dem Zeitpunkt wollte Donald die *Trump Princess* schon wieder verkaufen. Auch nachdem man die 30 Millionen für eine Jacht bezahlt hat, kostet sie noch Jahr für Jahr ein Vermögen – und er brauchte das Geld. Er bat Ivana, mit nach Tahiti zu kommen, wo er das Schiff asiatischen Kaufinteressenten zeigen wollte. Sie hörte Gerede über eine jüngere Frau an Bord, machte sich aber nichts daraus. Als sie wieder in New York war, sprach Cindy Adams, die Klatschkolumnistin der *New York Post*, sie bei einer Party im Waldorf Astoria an. Adams fragte, ob an den Gerüchten über Donalds Affäre etwas dran sei. Soweit Ivana wusste, nein.

Aber anscheinend wussten es alle anderen besser. Donald hatte Marla mit seinem Flugzeug oder den Flugzeugen von Freunden nach Aspen fliegen lassen, und Aspen ist ein kleines Städtchen mit einer ewig brodelnden Gerüchteküche. Man kannte Donald und Ivana dort seit Jahren, und jetzt wurde über die Neue geredet, die er und seine Freunde immer einflogen. Es hieß, Gary Triano, ein Immobilienunternehmer und ernsthafter Spieler aus Tucson, habe Marla in seinem Flieger mitgebracht. (Später trafen Gary und seine Frau Pam Phillips sich mit Donald und Marla und luden sie zu einem Spiel der Wildcats in Arizona ein, wo die vier zusammen fotografiert wurden. 1996 stieg Triano nach einer Runde Golf in seinem Club in den Wagen und wurde in unzählige Stücke gerissen, als eine von einem Auftragsmörder platzierte Rohrbombe explodierte. Die Explosion war so heftig, dass die Trümmer bis einhundert Meter hoch durch die Luft flogen. Der Fall kam erst 2014 vor Gericht, und

Phillips wurde wegen Mordes verurteilt. Sie verbüßt nun eine lebenslange Freiheitsstrafe in einem Gefängnis in Arizona.)

Nach Weihnachten holte Trumps Flugzeug Marla in Tennessee ab und flog mit ihr gen Westen nach Colorado. Er brachte sie im dreistöckigen Penthouse des Brand Buildings unter, wo sie einen Blick auf die Berge hatte, an deren Fuß Donald, Ivana und die Kinder für angeblich 10.000 Dollar die Woche im Little Nell wohnten. Im Laufe der Woche liefen sie sich an den Skiliften über den Weg, wahrten aber zumindest anfangs so viel Distanz, dass sich alle beherrschen konnten.

Der nächste Teil der Geschichte hat verschiedene Versionen, je nachdem, wen man fragt. Ivana zufolge aß sie gerade mit der Familie im Bonnie's zu Mittag, *dem* Restaurant für die Skipause damals. Plötzlich kam eine Blondine, die sie noch nie zuvor gesehen hatte, auf sie zu, während sie mit Don Jr., Ivanka und Eric am Buffet wartete. »Ich bin Marla, und ich liebe Ihren Mann«, erinnerte sich Ivana an ihre Worte.

»Ach ja?«, fragte Ivana, die daraufhin zu Marla gesagt habe, sie solle »abhauen«, schließlich liebe sie ihren Mann selbst.

Grundsätzlich passiert in Marlas Version das Gleiche, aber die Details unterscheiden sich etwas. Marla behauptet, Ivana habe sie zu dem Zeitpunkt schon gekannt und habe Donald eine Szene gemacht, als sie Marla im Bonnie's gesehen habe, sie habe laut geschrien, sodass alle anderen Gäste sie hörten. Dann sei Ivana auf *sie* zugestürmt und habe sie angebrüllt, bevor sie zu Donald zurückgerauscht sei und weitergebrüllt habe. »Sie konnte meinen Namen nicht aussprechen, aber sie fragte mich, ob ich Moola oder so sei«, berichtete Marla in einem Interview kurze Zeit später. »Und sie fragte, ob ich die wäre, die ihren Mann schon seit Jahren liebte.«

Leute aus Aspen und andere Urlauber erzählen eine Mischung aus beiden Versionen, manchmal mit dem zusätzlichen Detail, Ivana habe Marla von einer Freundin »ausrichten lassen, dass ich meinen Mann sehr liebe«, bevor sie einander direkt konfrontierten. Geschichten dieser Art und Größe sind Schwämme. Sie quellen auf, werden dichter, schwerer und stinken irgendwann. Sie werden immer weitergesponnen, bis es nicht mehr geht.

Die Zeugen dieses Tages in Aspen mögen sich vielleicht unsicher sein, wer angefangen hatte, aber sie wissen definitiv, wie es aufhörte. Es gab so viel Geschrei, dass sich alle im Restaurant Sorgen um die Kinder machten. »Es war schrecklich«, berichtete eine Frau aus Aspen, die an dem Tag dabei war. »Da flogen die Fetzen, und die Kinder taten mir leid. Die ganze Familie eigentlich, es war so schlimm.« Don Jr. wurde am nächsten Tag zwölf. Ivanka war acht und Eric fünf. Als sie Marla rufen hörten: »Es ist raus! Es ist endlich raus!«, und Ivana zurückbrüllte, sie solle ihren Mann und ihre Familie in Ruhe lassen, und wie glücklich ihre Ehe sei, wussten alle Anwesenden, dass sie sich die Geschichte einprägen mussten, weil noch jahrelang alle fragen würden, was an dem Tag passiert war.

Der Streit ging abends im Little Nell weiter, wo die Kinder sich erneut kaum davor verstecken konnten. Sie verließen Aspen nicht, wie Ivana es eigentlich gewollt hatte. Sie machten schön Wetter, und am nächsten Abend wurde Don Jr. zwölf, während seine Eltern nicht über die Tatsache sprachen, dass ihre Familie gerade unwiederbringlich zerbrach.

Zurück in New York hielten sie sich mit künstlichem Lächeln und stiller Verzweiflung über Wasser. Ivana und Donald machten weiter wie immer. Jeder ging wieder an seine Arbeit. Sie schliefen in einem Zimmer. Sie verbargen alles vor den Kindern. Marla dagegen tauchte wieder in dem Trump'schen Zeugenschutzprogramm unter, das sie schon seit Jahren über sich hatte ergehen lassen.

Auf wundersame Weise hielten all die Leute, die den Tratsch kaum für sich behalten konnten, als er gerade passierte, hinterher so dicht, dass die Zeitungen in New York die Story erst Wochen später bestätigen konnten. Ivana verschwand ein paar Wochen, tauchte rechtzeitig für eine Veranstaltung im Ballsaal des Plaza Hotels wieder auf, war aber kaum wiederzuerkennen – das Gesicht gestrafft, die Brüste vergrößert, in eine tragische blonde Jessica Rabbit verwandelt. Selbst auf ihrer eigenen Veranstaltung in ihrem eigenen Hotel erkannte sie niemand, bevor sie nicht den Mund aufmachte und der vertraute Akzent herauskam. Falls es zu dem Zeitpunkt noch jemanden in ihrem Bekanntenkreis in New York gab, der die Geschichte des Streits in Aspen zwischen Ivana und Donalds Geliebter nicht glauben wollte, änderte sich das, als er sah, was sie alles an sich hatte machen lassen. Sie sah so anders und geradezu sensationell aus, dass die Gerüchte einfach wahr sein mussten.

Ende Januar gab Donald dem *Playboy* ein Interview, und die wacklige Wand, die sie um sich hochgezogen hatten, begann zu bröckeln. Auf die Frage des Interviewers hin antwortete Donald, seine Ehe sei »vollkommen in Ordnung« und er lobte Ivana als »sehr liebe, gute Frau« mit

»den Instinkten und dem Eifer einer guten Managerin«. Und als Ehefrau? »Zu romantischen Dingen gebe ich grundsätzlich keinen Kommentar. Sie ist eine tolle Mutter, eine gute Frau, die gute Arbeit leistet.« Aber gehörte für ihn die Monogamie zu einer Ehe? Er wich aus. »Darauf habe ich keine Antwort.«

Er fuhr fort, er spreche nie über seine Frau, »was einer der Vorteile davon ist, dass ich kein Politiker bin. Meine Ehe ist Privatsache, und so soll es auch sein.«

Das hielt aber nicht lang. Liz Smith von der *New York Daily News*, die zwar Gerüchte, aber nichts Handfestes von den Geschehnissen in Aspen gehört hatte, biss sich an diesem Interview fest. Smith kannte die Trumps schon seit Jahren, war mit ihnen zu Partys in Städten im ganzen Land gejettet und hatte mittags wie abends mit ihnen gespeist. Freunde waren sie jedoch nicht unbedingt. Sie war eine Klatschkolumnistin, die einen Balanceakt meistern musste, weil sie einerseits spannendes Material brauchte, es sich andererseits aber nicht mit den Menschen hinter diesem Material verscherzen durfte. Sie rief Donald an. Sie fragte ihn geradeheraus, ob die Gerüchte um seine Affäre wahr seien. Wenn sie es waren – und das wusste sie mittlerweile mit Sicherheit –, dann würde sie voller Rücksicht auf die Familie über das Thema schreiben. Er stritt die Affäre nicht ab. Er sagte, er werde darüber nachdenken, und legte auf.

Danach schrieb Smith Donald und warnte ihn, die Sache könne noch weitaus schlimmer für ihn werden, wenn er sie die Story nicht schreiben lasse. Schließlich rief Ivana Anfang Februar Smith an. Sie müssten sich treffen, sagte Ivana, privat und schnell, und sie gab ihr die Nummer einer Suite im Plaza Hotel, wo sie warten solle. »Sie warf sich schluchzend in meine Arme«, schrieb Smith Jahre später über das Treffen. Ivana gab zu, dass Donald eine Affäre habe, dass er sie nicht mehr liebe und dass er sich zu keiner Frau hingezogen fühlen könne, die ein Kind zur Welt gebracht hatte. Nicht einmal ihre Schönheitsoperationen hätten geholfen. »Hauptsächlich weinte sie«, schrieb Smith über Ivana. Ivanas andere Freundinnen von damals erinnerten sich daran, wie sehr sie für die Kinder stark bleiben wollte. Aber jedes Mal wenn sie sie sahen, »war Ivana am Boden zerstört, vollkommen fertig. Was für eine Unterstützung konnte sie den Kindern da noch sein?«, berichtete eine enge Vertraute aus dieser Zeit.

Donald war gerade in Japan und sollte am Sonntag, den elften Februar nach Hause fliegen. An dem Morgen stand die Story auf der Titelseite der *New York Daily News* mit der fetten Schlagzeile »Liebe am Ende«. Darunter hieß es: »Ivana Trump ist erschüttert, ›dass Donald sie betrogen hat.‹« In einem schwarzen Kasten ganz oben auf der Seite erklärte die Zeitung die Angelegenheit zum »Trump: Der Krieg«. Smith begann ihre Kolumne damit, dass Ivana Donald noch liebe und weiter seine Frau sein wolle. »Aber am Ende läuft es darauf hinaus: Sie ist nicht bereit, dafür ihre Selbstachtung aufzugeben. Aus diesem Grund hat Ivana trotz allem Luxus, allen Partys und Reichtümern und dem Stellenwert, eine Hälfte der Trumps in New York City zu sein, den Schlussstrich gezogen.«

Sie fuhr fort: »Vertraute sagen, sie habe die Gelegenheit gehabt, weiterhin Mrs. Trump zu bleiben, wenn sie ihrem Mann eine offene Ehe gestatte, damit er sich mit anderen Frauen treffen könne. Aber Freunden zufolge hatte sie keine Ahnung, dass er sich überhaupt mit einer anderen

Frau traf, und die Enthüllungen kamen für Ivana als großer Schock.«

Donald rief Smith aus dem Flugzeug an, das ihn mitten in den riesigen Medienwirbel nach New York zurückbrachte – aber selbst das Mediengenie Donald, wie er sich selbst und Millionen andere ihn sehen, konnte den Orkan vorhersagen, der kontinuierlich an Kraft zunahm. Er gratulierte Smith zu dem Knüller und gab eine eigene Stellungnahme ab: »Es ist zu diesem Zeitpunkt für Ivana und mich besser, wenn wir uns trennen. Ich gehe, weil ich gehen will. Ivana ist eine wunderbare Frau und eine sehr gute Frau, und ich mag sie. Vielleicht finden wir auch irgendwann wieder zusammen. Das kann ich nicht ausschließen. Wer weiß, was passieren kann?« Er bestritt, dass seine Verstrickungen mit irgendwelchen anderen Frauen mehr als platonisch seien. »Nur Freunde, mehr ist da nicht.«

Donald und Ivana trafen sich am nächsten Tag für eine Stunde im Plaza, wo Ivana ihm sagte, sie wolle das Hotel als Teil der Einigung. Beide Seiten nahmen sich sodann Anwälte. Donald bestand darauf, die letzte Version ihres Ehevertrags sei unanfechtbar. Ivanas Anwälte argumentierten, der Vertrag sei aufgrund der Marla-Situation nichtig. Die *New York Post* berichtete, Ivana drohe mit einer Anklage, nachdem sie aus ihrem Büro im Plaza Hotel ausgesperrt worden sei und Donalds PR-Leute ihre Arbeit für die Trump Organization schlechtgeredet hätten.

In den New Yorker Boulevardblättern entwickelte sich ein Ping-Pong-Match: an einem Tag ein saftiger Leckerbissen als Schlagzeile der *Post*, am nächsten Tag eine noch viel obszönere in der *Daily News*. Das Ganze war Gold für den Boulevardjournalismus der Neunziger, und die Zeitungen verkauften sich großartig. »Sie haben sich in der Kirche kennengelernt!«, lautete eine Überschrift. »Getrennte Betten«, eine andere.

So abgehoben Ivana mit den Jahren als Mrs. Trump auch geworden war, tat sie einem nach dieser öffentlichen Erniedrigung doch leid, vor allem nachdem Fotos von Marla auftauchten. Die *Daily News* zum Beispiel ging mit ihrer Berichterstattung in diese Richtung. »Ivana ist jetzt eine Mediengöttin wie Princess Di, Madonna und Elizabeth Taylor«, schrieb Smith in einer ihrer Kolumnen. Smith war an ihrer Seite, als Ivana das La Grenouille unweit der Fifth Avenue in Midtown verließ, in dem ihre Freundinnen am Valentinstag einen Geburtstagslunch veranstaltet hatten. Alle geladenen Damen, darunter Donalds Mutter Mary und seine Schwägerin Blaine hatten dem Geburtstagskind herzförmige Geschenke mitgebracht (beide Trump-Frauen hatten einen Toast auf Ivana ausgesprochen, die in ihrem roten Kleid zwischen Lachen und Weinen schwankte). Während es drinnen emotional wurde, wuchs draußen der Andrang. Die Polizei entfernte Autos von der Straße und hielt die Menschenmassen zurück, als die Frauen Arm in Arm herauskamen und Ivanas Gesicht im Blitzlichtgewitter aufblitzte. »Vergiss nicht, wie Jackie Onassis zu lächeln!«, rief ihr eine Freundin zu, als sie sich draußen ins Getümmel stürzte. Sie konnte das kaum über den Lärm hören, den die Menge veranstaltete, die ihren Namen rief und brüllte: »Hol dir das Geld!« Tage später brachte die *New York Post* ihre »Der beste Sex meines Lebens«-Schlagzeile, angeblich ein Zitat Marlas über Donald, das sie aber abstritt. Als Don Jr., Ivanka und Eric an dem Morgen zur Schule kamen, hielten die Paparazzi, die ihnen gefolgt waren, die Zeitung hoch und fragten die Kinder, was sie von der Schlagzeile hielten. In der Schule wurden sie von manchen Klassenkameraden den ganzen Tag über an die Zeile erinnert.

Don Jr. gab sofort seinem Vater die Schuld. »Wie kannst du sagen, dass du uns liebst?«, schrie der Zwölfjährige seinen Vater an, wie es Freunde der Familie der *Vanity Fair* berichteten. »Du liebst uns nicht! Du liebst dich nicht mal selbst! Du liebst nur dein Geld!« Donald schwor, er werde sich nicht mehr mit Marla treffen, aber als Fotos von den beiden zusammen bei einem Elton-John-Konzert auftauchten, brach Don Jr. in Tränen aus. Ivana sagte Liz Smith, dass ihre Kinder litten. »Die Kinder sind am Ende. Ivanka kommt jetzt von der Schule nach Hause und weint: ›Mama, heißt das, dass ich jetzt nicht mehr Ivanka Trump bin?‹« Und ihr Sechsjähriger? »Der kleine Eric fragt mich: ›Gehst du jetzt wirklich weg und kommst nie wieder?‹« Mary Trump gab sich vor Ivana zerknirscht: »Was für einen Sohn habe ich erschaffen?«

Aber nicht das Leid der Kinder bereitete Donald Sorgen, wie ein alter Freund erzählte. Er machte keine Anstalten, um das Sorgerecht zu kämpfen oder sich womöglich nicht mehr mit Marla zu treffen, um den Schmerz der Kinder zu lindern. Ihn verletzte vielmehr, dass die Presse sich so deutlich auf Ivanas Seite gestellt hatte. Und Ivana würde ihm nicht nur seine Kinder wegnehmen, sondern, viel schlimmer, auch sein Geld. Die Kombination war tödlich. Sein Antrieb war damals wie heute sein Bedürfnis, gemocht und akzeptiert oder wenigstens respektiert oder allermindestens für sehr, sehr reich gehalten zu werden. Die Fehde mit Ivana, ihre Klage und die lückenlose Berichterstattung von beidem nagten an ihm. Donald wütete vor jedem, der – ob willentlich oder nicht – zuhörte, dass das Ganze Bullshit sei. Unfair. Und es müsse aufhören.

»Warum gehen wir nicht einfach zusammen für die Fotografen an der Fifth Avenue spazieren und tun so, als wäre der ganze Skandal nur ein PR-Trick gewesen?«, fragte er Ivana ein paar Wochen nach Bekanntwerden der Affäre am Telefon. »Wir können doch sagen, wir wollten nur mal sehen, wer auf deiner Seite sein würde und wer auf meiner.«

Sie war dagegen. Stattdessen griff sie vermehrt seine Schwachpunkte an. Sie belastete seine Kreditkarte mit Tausenden von Dollar für Pratesi-Bettwäsche – eine nötige Ausgabe für die achtjährige Ivanka, erklärte sie. »Warum braucht eine Siebenjährige Bettzeug für siebentausend Dollar?«, wütete er vor seinem Anwalt. Sie ließ ihre Anwälte Druck machen, der Ehevertrag sei nichtig, und ihr stünde eine knappe Milliarde Dollar zu, wie Freunde sich erinnerten. »Sie will eine Milliarde, aber die haben wir einfach nicht«, berichtete Marla später der *Vanity Fair*.

Und damit lag sie nicht falsch. Zu dem Zeitpunkt war Donald bis über beide Ohren verschuldet. Er hatte Millionen über Millionen an persönlichen Schulden für das Taj Mahal, für das Plaza Hotel, für die Villa in Greenwich wie auch für Mar-a-Lago, die *Trump Princess* und das Trump Shuttle, plus persönliche Schulden bei Bear Stearns für seine American-Airlines- und Alexander's-Aktienverluste. Das *Wall Street Journal* berichtete, seine Privatschulden überstiegen möglicherweise sechshundert Millionen Dollar. Im Jahr seiner öffentlichen Trennung erlitt Donald also noch einen für ihn möglicherweise ebenso schweren Schlag: *Forbes* strich sein geschätztes Vermögen auf 500 Millionen Dollar zusammen, das ein Jahr vorher noch mit 1,7 Milliarden angegeben worden war. Damit war er raus aus dem Milliardärsclub, vielleicht dem einzigen Club, in dem er jemals wirklich hatte Mitglied sein wollen.

Während in New York aller Augen auf dem ehemaligen Goldpaar lagen, blieb die blonde Geliebte, die die Risse in der Ehe erst aufgezeigt hatte, so gut wie verschwunden. Was hätte sie auch sonst tun können? Ivana hatte sich über Jahre an die Scheinwerfer gewöhnt, auch wenn sie noch nie so scharf und unerbittlich geblendet hatten wie im Winter 1990. Bei ihrem geplanten Aufstieg in die höchsten Kreise hatte sie die Presse hofiert und sich mit Reportern und Kolumnistinnen angefreundet, auf deren Klatschseiten sie auftauchen wollte. Sie pflegte einen engen Kreis an Freundinnen, die das Rampenlicht genauso wenig scheuten und wussten, wie man es nutzte, um seine beste Seite zu zeigen. Es half, dass sie zwei Kindermädchen hatte, die die Kinder zur Schule bringen konnten, Personenschützer und Fahrer, um sie abzuschirmen, wenn sie ausging, Restaurantinhaber als Freunde, die sie trotz allen Medienspektakels willkommen hießen und – wenn all das nicht mehr war – ein Penthouse an der Fifth Avenue und ein Hotel am Central Park, in denen sie sich trösten konnte, sowie drei Kinder, die sie dort brauchten. Es ist wahr, dass sie nie damit gerechnet hatte, so in den Medien zu landen wie nach dem Bekanntwerden der Scheidung. Sie war niedergeschlagen, erniedrigt und am Boden zerstört. Aber sie hatte einen Plan, wie alles so normal wie möglich weiterlaufen konnte, nach Jahren in der Regenbogenpresse ein dickes Fell bekommen und einen sturen, ehrgeizigen Zug, in dem sie Donald nicht unähnlich war, sodass wegducken und verstecken für sie nicht infrage kam.

Marla war zu der Zeit noch nicht so gut konditioniert, als ihr Bild wochenlang auf den Seiten der Zeitschrift *People* und jeder Zeitung New Yorks prangte. Vorher hatte sie nur etwas Aufmerksamkeit in Dalton erregt, in den Vorhügeln der Blue Ridge Mountains. Sie war eine Star-Volleyballerin an der Northwest Whitfield High und war in ihrem Abschlussjahr zur Ballkönigin gewählt worden. Ihr Studium an der University of Georgia schmiss sie nach ein paar Jahren, bevor sie nach Atlanta zog, um Model zu werden. Zwischendurch gewann sie die Wahl zur Miss Resaca Beach, einem lokalen Schönheitswettbewerb der Teppichindustrie, und nahm ein Preisgeld von 2000 Dollar mit nach Hause wie auch die Gelegenheit, für 150 Dollar am Tag Teppichmessen zu moderieren. Bei der Wahl zur Miss Teen Georgia wurde sie Vierte, gewann aber trotzdem den Preis als fotogenste Teilnehmerin. 1985 nahm sie im Alter von einundzwanzig Jahren an der Wahl zur Miss Hawaiian Tropic International in Daytona Beach, Florida, teil. Als Marla wie die anderen jungen Frauen mit Bikini im Koffer und leerem Konto das Teilnahmeformular ausfüllte, kritzelte sie für die Jurymitglieder auch ihr »langfristiges Ziel« hin: »Ich möchte eine erfolgreiche Filmschauspielerin werden und auch auf dem Broadway auftreten«, schrieb sie in ihrer geschwungenen Schrift. An dem Tag siegte sie und posierte mit ihrer Schärpe über dem winzigen schillernd blauen Bikini und den weißen Kitten-Heels, ihr perfektes Farrah-Fawcett-Haar wogte dabei in der Brise, die vom Ozean hinter ihr heraufwehte.

In dem Jahr kam Marla auch nach New York, landete in einem anderen Bikini auf einer Delta-Airlines-Werbetafel, hatte einen Einzelauftritt in einer Folge *Dallas* und tauchte für einen Sekundenbruchteil in dem Stephen-King-Streifen *Rhea M. – Es begann ohne Warnung* auf, wo sie von einer Wassermelonenlawine zerquetscht wurde, die aus einem Lastwagen auf ihren Wagen niederging. Sie hatte weder das dicke Fell noch den Kreis an Unterstützern, den Ivana sich über die Jahre als Trump-Ehefrau aufgebaut hatte, und jetzt war überall ihr Gesicht als Trump-Geliebte zu sehen. »Trumps Geliebte dem Selbstmord nah«, lautete eine Schlagzeile. Andere versprachen Details ihrer geheimen »Hotelabenteuer« und Rendezvous hinter Ivanas Rücken.

Als die Affäre bekannt wurde, brachte Donald sie schnell nach Southampton. Dort stand das Strandhaus seines Kumpels Larry Russo leer, also versteckte sie sich in der Villa eines Mannes, den sie nie kennengelernt hatte (später, nachdem sie sich einmal getroffen hatten und sie die ganze Episode als ein kurzfristiges Chaos abtun konnte, scherzte sie mit Freundinnen, er habe das Haus in »Marla Lago« umgetauft). Als die Fotografen und Reporter ihren Aufenthaltsort herausfanden, zog sie runter an die Küste New Jerseys und kam bei einem anderen von Donalds Freunden vor den Toren Atlantic Citys unter. Zwei Monate lebte sie dort wie eine Methodenschauspielerin, die sich auf eine Rolle vorbereitet, wobei es aber um keine Fernsehrolle ging. Es ging um ihr wirkliches Leben, ob sie dazu bereit war oder nicht. Wenn sie ausging, setzte sie sich eine rote Perücke und einen Strohhut auf, obwohl Donald einen Personenschützer für sie anstellte und sie durch Personalaufzüge und dunkle Garagen kam und ging, sodass sie sowieso niemand gesehen hätte. Sie benutzte Namen ihrer Freundinnen, wenn sie Donald anrief – worüber Donalds Assistentinnen die Augen verdrehten.

Es war die größte Rolle einer Nachwuchsschauspielerin, und sie gab alles. Es ging aber nicht nur um kokette Spielchen und die Selbstverletzungen, die aufgeflogene Liebhaberinnen mächtiger Männer so oft ertragen müssen. Es tat weh, als sie durch ihre neue Berühmtheit erfuhr, wie viel sie Leuten wert war, denen sie einst vertraut hatte. Ihr Ex-Freund verkaufte seine Story dem *National Enquirer* für 11 000 Dollar, wie sie glaubte. Hartnäckige Paparazzi verfolgten ihre Familie durch ihre kleine Stadt. Highschoolfreunde und Nachbarn plauderten mit jedem Reporter über sie, der fragte – und es waren viele. Vor lauter Stress verlor Marla fünf Kilo, bevor sie flüchtete und sich für einen Monat zu einer Freundin nach Guatemala City absetzte, die im Peace Corps gedient hatte. Endlich konnte sie sich entspannen. Niemand klopfte. Keine Kameracrews filmten durch die Fenster. Aber ihre Abwesenheit ließ kein Gras über die Sache wachsen; vielleicht steigerte sie die Neugier nur. Ende März sagte Donald zu ihr, es sei Zeit, zurückzukommen und sich der Sache zu stellen.

Von dem Moment an hob die große PR-Romanzen-Offensive ab wie eine Rakete. Sie traten zum ersten Mal als Paar in Atlantic City auf – Ivanas früherem Reich –, als Donald sein neues Trump Taj Mahal Anfang April eröffnete. Mitte des Monats erklärte Marla sich zu einem Interview mit Diane Sawyer bereit, das zu der meistgesehenen Ausstrahlung von *Prime Time Live* in der bisherigen Geschichte der Sendung auf ABC wurde. Sie filmten in dem Haus in Atlantic City, wo sie untergetaucht war, und Marla trug ein pfirsichfarbenes Kleid, die Locken zu einem Neunziger-Heiligenschein gebürstet, ein Goldring an ihrem linken Ringfinger – möglichst weg von den eingeölten String-

Bikini-Fotos, die die Presse in den Wochen und Monaten vorher von ihr gebracht hatte. »Ich wollte nicht noch mehr Chaos über das Leben meiner Freunde bringen«, erklärte sie ihre Wochen als Einsiedlerin. »Ich musste einfach weg. Ich musste den Fernseher abschalten, durfte keine Zeitung lesen, mich nicht von den Worten beeinflussen lassen. Ich musste zurück zu den wahren Dingen.« Sie habe Millionenangebote für ihre Story abgelehnt, weil sie das Gefühl habe, sie müsse »ein wenig Würde behalten«, und die Story habe vor allem mit den Problemen anderer zu tun. »Dann könnte ich nicht mehr in den Spiegel schauen. So eine Art von Aufmerksamkeit will ich nicht. So habe ich mir mein Leben nicht vorgestellt.«

Besagte »Probleme« hätten nichts mit ihr zu tun, versicherte sie. »Menschen leben sich einfach auseinander«, sagte sie über Donald und Ivana. »Das sehe ich als eine sehr traurige und sehr ernste Sache zwischen zwei Menschen, und ich hätte mir nur gewünscht, dass es leiser vonstattengegangen wäre. Alles ist so schnell passiert, dass ich mit meinen Entscheidungen vorsichtig sein wollte.«

Zu diesen vorsichtigen Entscheidungen wie der, die Sache noch weniger leise zu machen, indem sie mit Sawyer sprach, erklärte sie der Moderatorin, dass Donald auf dieses Interview bestanden habe, denn »er fand es schlimm, dass ich das Gefühl hatte, mich verstecken zu müssen. Ich meine, er versteht, wie schwer es für mich ist, dass wir so belagert werden, und ich glaube, er will, dass ich aus der ganzen Sache unbeschadet rauskomme. Es tut ihm sehr leid.« Auch sie selbst wolle sich selbst und ihre Familie verteidigen. »Meine Familie ist schrecklich von der Presse bedrängt worden, also ist es wohl Zeit, dass ich mich zeige und ein bisschen die Aufmerksamkeit auf mich ziehe, damit sie das nicht mehr durchmachen müssen.« Sie drückte ihr Mitleid mit Ivana aus, die sie eine »absolut wunderschöne Frau« nannte.

»Ich glaube, dass sie eine Menge Leid erfahren hat«, sagte sie über Ivana. »Ich, ich kann da ja nicht lügen.« Sie wurde rot. »Oh, ja. Ich liebe ihn wirklich.« Würden sie heiraten? »Ich lebe von einem Tag auf den anderen«, wich sie aus. »Ich meine, wer weiß schon, was das Leben in Zukunft bringt?«

Marla wollte ungern Einzelheiten ihrer Beziehung mit Donald erzählen, zum Beispiel, wie sie sich kennengelernt hatten, oder die Ausmaße ihrer Affäre, die sie ohnehin herunterspielte. »Ich fände es unangemessen, zu diesem Zeitpunkt darüber zu sprechen«, sagte sie und berief sich auf das »ausstehende Verfahren« zwischen Donald und Ivana, in dem sie möglicherweise selbst würde aussagen müssen.

Als Donald in der Woche bei Larry King auf CNN ein Interview gab, wollte er über seine Beziehung zu Marla auch nicht mehr preisgeben als sie und nannte die Presse »sehr unehrlich«, denn vieles von dem, was über sie beide geschrieben werde, sei gelogen und ausgedacht. Er schreckte aber nicht vor der Aufmerksamkeit zurück, die diese Geschichten verursachten. Er wies darauf hin, dass die Neuigkeiten über den Zustand seiner Ehe am gleichen Tag veröffentlicht wurden, an dem Nelson Mandela aus dem Gefängnis kam. Mandela, sagte Donald, »fragt sich bestimmt, ›Wer ist dieser Kerl überhaupt? Der hat mich von der Titelseite geworfen!‹«

Nach ihrem Debut nahm Marla auch eine Einladung von *Time* zum White House Correspondents' Dinner in Washington an. Sie war ein Leckerbissen für die ausgehungerte Washingtoner Presse, die endlich etwas von dieser Story wollte, von der sie bis zu diesem Frühlingsabend ausgeschlossen gewesen war. Mehr als zweihundert Leute zwängten sich in den Vorempfang der *Time* im Washington Hilton, eine Veranstaltung, bei der die meisten Leute sich irgendwann mitten im Gespräch nach einem besseren Gesprächspartner umschauen. An diesem Abend konnte keiner seinen Blick von der Tür abwenden, durch die Marla kommen sollte. Als sie da war, scharten sich alle um sie. Ed McNally, der Redenschreiber, der für die Rede des damaligen Präsidenten George Bush an diesem Abend verantwortlich war, ließ sich ihr vorstellen. Der Komiker von *Saturday Night Live*, Dennis Miller, der Hauptact des Dinners, erwähnte Marla in seinen Sprüchen vor den 2500 Leuten im Ballsaal. Er riss einen Witz über Donald, bevor er dessen Freundin im Publikum anschaute und sagte: »Nicht ernst gemeint, Marla, ich liebe ihn doch auch!« Die Menge tobte, als er auf ihr kürzlich bei ABC ausgestrahltes Interview anspielte: »Ich finde, sie hätte Diane Sawyer fragen sollen, ob Mike Nichols der beste Sex ihres Lebens war.«

Warum *Time* Marla als Gast wollte, war klar. Die Frage lautete eher, warum Marla zugesagt hatte. Sie hatte sich noch nie live der Presse stellen müssen. Ansonsten ist der ganze Abend eigentlich selbst für die Leute trocken und langweilig, deren ganzer Terminkalender sich darum dreht und die sich sonst nie fein herausputzen, um einen Komiker und einen Präsidenten im Amt zu sehen, die sich und die Anwesenden auf die Schippe nehmen. »Es ist eine sehr elegante Angelegenheit«, erklärte sie den Reportern. »Ich hatte den Eindruck, dass ich hier die Gelegenheit habe, Leute im direkten Gespräch kennenzulernen und mich zu zeigen, wie ich bin. Der Präsident ist hier. Mrs. Bush. Was gibt es für eine bessere Gelegenheit?«

Wie sich herausstellte, war Mrs. Bush genauso fasziniert von Marla. Am nächsten Morgen plauderte sie nach dem Sonntagsgottesdienst in der St. John's Episcopal Church gegenüber vom Weißen Haus mit den Reportern und gab zu, dass sie enttäuscht sei, Marla beim Correspondents' Dinner nicht gesehen zu haben. Vom Ehrentisch aus, wo sie mit ihrem Mann und den Leitern der White House Correspondents' Association gesessen habe, habe sie keine Möglichkeit gehabt, »einen Blick« auf diese Kuriosität der Regenbogenpresse »zu erhaschen«, wie sie es gehofft habe, scherzte sie.

Als Donald sah, dass Marla sich langsam zum Medienliebling entwickelte, versuchte er, das Spektakel fortzuführen. Er handelte einen Deal für eine angeblich siebenstellige Summe mit dem *Playboy* aus, aber Marla ließ ihn platzen. Sie wollte nicht nackt posieren, also war der *Playboy* nicht interessiert. Marla war in winzigen Bikinis in jedem Magazin und jeder Zeitung gewesen; solche Summen zahlten sie nicht für etwas, was jeder andere schon kostenlos bekommen hatte.

Gegen Ende des Sommers verteilte Marla schon manches gratis. Obwohl Madonna persönlich in der Loge der Trump Organization bei den US Open in Queens saß, war immer noch Marla die große Story, zumindest für die New Yorker Presse, und sie war viel zu beschäftigt, um es zu merken. Während der Popstar sich draußen das Spiel anschaute, saß Marla drinnen und signierte Fotos von sich mit Bauarbeiterhelm und abgeschnittenen Shorts für die Horden von Fotografen und Kindern, die bei ihr Schlange standen.

Zwischen den Wochenenden in Mar-a-Lago, Atlantic City und auf Martha's Vineyard lernte Marla auch die Familie Trump kennen. Ihrer Meinung nach lief alles super. »Es war einfach wie ein Besuch bei meinen Großeltern – sehr bodenständig, sehr entspannt«, berichtete sie bei einem Interview der *Vanity Fair* im Herbst. Das sahen die Trumps ein bisschen anders. Donalds Schwester Maryanne und seine Schwägerin Blaine unterstützten Ivana während des ganzen Spektakels um die Trennung und spätere Scheidung, und beide kritisierten Marla häufig öffentlich. Die Trumps nannten Marlas Familie bald nur noch die »Clampetts«, nach der von ihrem plötzlichen Reichtum völlig überforderten Hinterwäldlerfamilie aus *The Beverly Hillbillies*. Auch die Maples hatten ihre Bedenken. Öffentlich waren sie freundlich, einig und unterstützten Marla. Aber engen Freunden gegenüber sagten sie, Donald sei natürlich ein Narzisst und der ganze Zirkus mit Marla ein Symptom dessen. Sie brachten ihren Unmut Donalds Vertrauten gegenüber zum Ausdruck. »Erinnerst du deinen Freund bitte daran, seine Mutter anzurufen?«, wiederholten sie oft in dem scherzhaften, passiv-aggressiven Ton, den alle Verwandten bekommen, wenn es ihnen todernst ist. Fred Trump, Donalds Vater, der an Demenz litt, sagte in seinen luziden Momenten, Donald solle bei der Mutter seiner Kinder bleiben.

Anfangs waren die Maples verzaubert von den Reichtümern und dem Luxus, den Donald ihrer Tochter bot, aber als sie sich daran gewöhnt hatten und ihnen klar wurde, wie sehr dieser wüste Großkotz aus der Stadt, der fünfzehn Jahre älter war als ihre Tochter, ihr ruhiges Leben in Georgia durcheinandergebracht hatte, wurden sie sauer.

So lauwarm Marla von den meisten Trumps empfangen wurde, so viel kühler reagierten Donalds Kinder verständlicherweise auf sie und auf ihren Vater selbst. Dass Ivana das Sorgerecht für die drei Kinder bekam, war der eine Teil des Ehevertrags, den Ivana an dem Heiligabend Jahre vorher unter großem Druck Donalds unterschrieben hatte, den keiner von beiden anfocht. Nach ihrem angespannten Treffen im Plaza Hotel nach Smiths Story über ihre Trennung in der *Daily News* und nachdem Donald zahlreiche Stockwerke vom Penthouse nach unten in eine andere Wohnung im Trump Tower gezogen war, setzte sich Ivana mit den Kindern einzeln zusammen und erklärte ihnen, was jetzt passieren würde, auch wenn sie sich bei den Details selbst noch nicht ganz sicher war. Eric erzählte sie am wenigsten. Er war noch so klein und brauchte eigentlich nur zu hören, wie sehr er geliebt wurde und dass sich für ihn kaum etwas ändern würde. Größtenteils stimmte das ja auch. Anders als die meisten Kinder, deren Eltern sich trennen, wohnten sie weiter unter demselben Dach, wenn auch auf unterschiedlichen Etagen. Und die Trump-Kinder hatten ja ohnehin schon ihr eigenes Stockwerk innerhalb des Penthouses. An den meisten Abenden waren ihre Eltern unterwegs gewesen, also änderte sich auch an der abendlichen Routine wenig. Außerdem hatten beide Eltern unabhängig voneinander so viel gearbeitet, dass sie nach der Trennung auch nicht weniger von ihnen sahen. Sie würden weiterhin vor und nach der Schule bei ihrem Vater im Büro vorbeischauen, genau wie vor den Eheproblemen. Die Trump-Scheidung wurde wohl so öffentlich zerfleddert wie noch kaum eine zuvor. Aber Donald und Ivana waren als Eltern immer schon eher selten anwesend gewesen, und ihr Leben würde sich weiterhin hauptsächlich im Trump Tower abspielen. Was Veränderungen im Alltag der Kinder anging, war die Trennung recht leicht zu verdauen.

Die emotionale Seite – dass ihr Vater ihre Mutter für eine Jüngere verließ und die Konfrontation vor ihren Augen in Aspen, die dann monatelang in allen schlimmen Details von der Presse wieder aufgewärmt wurde – war aber eine andere Geschichte, vor allem für die beiden älteren Kinder. Ivanka hatte Freundinnen, deren Eltern geschieden waren, also kannte sie die Vorstellung, aber sie fragte trotzdem, ob ihre Eltern vielleicht irgendwann wieder zusammenkommen könnten. Es dauerte eine Weile, bis sie diese Hoffnung aufgegeben hatte. Selbst ein Jahrzehnt nach der Trennung noch sagte Ivanka in einem Interview der *Mail on Sunday*, sie wäre nicht vollkommen schockiert, wenn ihre Eltern irgendwie noch zueinander fänden. »Ich weiß, dass wohl jedes Scheidungskind hofft, dass die Eltern sich wieder vertragen, aber ich bin alt genug, dass ich der Sache nicht mehr hinterherhänge«, sagte sie im Jahr 2000. »Ich finde aber, dass sie in vielerlei Hinsicht ideal füreinander waren. Vielleicht gab es auch so oft Streit, weil sie sich in ihrer Sturheit einfach zu ähnlich waren, aber ich glaube, wenn sie in den nächsten zehn oder zwanzig Jahren noch einmal heiraten würden, würde es diesmal halten, weil sie alles über einander wissen – das Beste und das Schlechteste.«

Zur Zeit der Scheidung klammerte sich die achtjährige Ivanka noch mehr an ihren Vater. Sie hat zugegeben, dass sie jede andere Frau im Leben ihres Vaters als Konkurrenz sieht, und die Angst, dass er sie ersetzen oder nicht mehr für sie da sein könnte, ließ sie noch öfter bei ihm im Büro reinschauen und ihn von der Schule aus anrufen. »Ich war sauer auf ihn«, verriet sie der *Daily Mail* 2006, aber sie zeigte ihm nicht die kalte Schulter – nicht unbedingt, weil sie ihm vergab oder fand, dass er ihre Aufmerksamkeit verdient hätte, sondern weil sie nicht anders konnte. »Ich bin so eine Quasselstrippe, dass ich eher mich selbst bestraft hätte als ihn, wenn ich nicht mehr mit ihm geredet hätte«, sagte sie.

Don Jr. hatte mehr Willenskraft und auch eine größere Wut auf seinen Vater. Vielleicht lag das auch daran, dass Ivana ihm die ganze Wahrheit erzählt hatte: Sein Vater hatte eine Geliebte, und die Scheidung war Donalds Schuld. Ab sofort ignorierte er seinen Vater. Er verprügelte ein paar Klassenkameraden in der Buckley School, die ihn mit den Schlagzeilen über seine Mutter hänselten. Ivana hielt die Kinder so gut es ging von Zeitungen fern, während ihnen auf dem Schulweg Paparazzi die Titelseiten hinhielten, um ihre Reaktion zu sehen, aber sie schauten trotzdem hinein, wenn sie bei Freunden zu Besuch waren. Selbst Erics kleine Freunde wussten so viel, dass sie in der Schule darüber redeten.

Keine Strategie konnte ihnen den Zirkus ersparen, nachdem die »Der beste Sex meines Lebens«-Schlagzeile gedruckt worden war. Wenige Tage später ließ Ivana die Sachen ihrer Familie packen und bat alle Lehrer der Kinder, ihre Aufgaben nachzuschicken. Als Ivana, Don Jr., Ivanka, Eric, Babi, Dedo, Dorothy und Bridget mit dem Aufzug den Trump Tower herunterkamen und in die Limousine mit ihrem Gepäck stiegen, wartete Donalds Flieger schon aufgetankt auf sie. Sie flogen nach Palm Beach und fuhren nach Mar-a-Lago, wo sie für drei Monate blieben – drei Monate, in denen Marla aus Guatemala nach New York und in die Öffentlichkeit zurückkehrte. Jeden Tag lösten die Kinder die Aufgaben, die ihre Lehrer ihnen pflichtbewusst schickten; dann bekamen sie Tennisunterricht, gingen schwimmen, mit Ivanas Vater angeln oder planschten am Strand herum. Manchmal flogen Hubschrauber vorüber, um Fotos von der aus New York geflohenen Familie zu schießen, aber alles in allem fanden Ivana und die Kinder Frieden in Palm Beach, während ihnen der Trubel in New York keine ruhige Minute gelassen hätte. Dafür sorgte Ivana. Auch hier fernab von dem Chaos, das sie seit dem Valentinstagsessen bei La Grenouille verfolgte, blieb die Paranoia, die diese Wochen bei ihr ausgelöst hatten. Sie nahm in der Villa nur ein Minimum an Personal in Anspruch – was nicht heißen soll, dass sie auf die Zimmermädchen, Personenschützer, Kindermädchen, Gärtner und das Wartungspersonal verzichtete, die sie gewohnt war –, um die Anzahl der Personen zu begrenzen, die Storys an die Presse verkaufen konnten.

Sie blieben bis Mai dort und flogen rechtzeitig zurück, sodass die Kinder noch in New York das Schuljahr beenden konnten. Auch wenn Don Jr. eigentlich nichts mehr mit Donald zu tun haben wollte, mussten sie doch etwas Zeit mit ihrem Vater verbringen, da Ivana ihm die drei an manchen Wochenenden überließ.

Und irgendwann war an diesen Wochenenden auch Marla dabei. »Anfangs habe ich Marla gehasst«, gab Ivanka Jahre später in einem Interview zu. Sie drehte durch, als Marla sich die Haare so hochgesteckt hatte, wie es ihre Mutter auch oft tat, und die Fotografen sie von hinten für diese hielten. »Ivana! Ivana!«, riefen sie, damit sie sich für ein Foto umdrehte. »Das ist *nicht* Ivana!«, zischte Ivanka zurück. Zusammen spionierten die drei Geschwister die Freundin ihres Vaters aus, ein Gespann aus kleinen Hardy

Boys und Nancy Drew, die Beweise von Marlas Fehltritten und Missetaten sammeln und Donald vorlegen wollten, um ihn gegen sie aufzubringen und sie für immer loszuwerden. »Wir schnüffelten ihr stundenlang hinterher und wollten sie dabei erwischen, wie sie am Telefon etwas Böses über meinen Vater sagte … damit er dann wieder mit meiner Mutter zusammenkam.« Ein ähnliches Spiel spielten die Kinder auch mit Ivana und drückten die Ohren an Türen, um Gespräche mit Freunden und Anwälten zu belauschen, weil sie wissen wollten, wie die Lage in Sachen Scheidung war.

Da alles im Umbruch, Ivana untröstlich und Donald mit sich selbst beschäftigt war, wandten die Kinder sich Babi und Dedo zu. Als die Kinder im Frühling von Mar-a-Lago zurück nach New York gezogen waren, waren auch die beiden wieder in die Tschechoslowakei geflogen, aber Ivana besuchte sie im Juli ein paar Wochen mit den Kindern. Sie kam erst wieder, als Don Jr. zu seinem ersten Jahr am Internat nach Pottstown, Pennsylvania, zog.

Es ist nicht schwer zu verstehen, warum Don Jr. von alldem weg wollte. In einem Jahr waren sich seine Eltern in Aspen am Tag vor seinem Geburtstag an die Gurgel gegangen, dann hatte sich das Ende ihrer Ehe so öffentlich abgespielt, dass er von Klatschreportern zur Schule verfolgt und von seinen Mitschülern so sehr geärgert wurde, dass er sie verprügelte. Für einen Trump war es keine ganz neue Idee, aufs Internat geschickt zu werden; schließlich hatten schon Fred und Mary den frechen kleinen Donald auf die Kadettenschule geschickt, und auch Ivana war als Jugendliche von zu Hause fortgegangen, um der Unterdrückung in der damaligen Tschechoslowakei zu entfliehen. Donny führte zwar ein hochprivilegiertes Leben, war aber trotzdem oft der Pechvogel der Familie. Sein erstes Kindermädchen ließ ihn erst alleine in der Badewanne sitzen, dann vom Küchentresen fallen, wobei er sich das Bein brach; seine Schwester schob ihm den kaputten Kronleuchter in Greenwich in die Schuhe, sodass er von Ivana den Hintern versohlt bekam; der öffentliche Streit seiner Eltern verdarb ihm den Geburtstag.

Bis Don Jr. aufs Internat kam, war seine einzige Erfahrung vom Leben außerhalb des goldenen Käfigs seine Zeit mit seinem Dedo. In Greenwich hatten sie sich ein Zelt am Ufer des Long Island Sound aufgestellt und geangelt. Auf Anregung ihres Großvaters streiften Don Jr. und Eric stundenlang durch die Wälder. In Mar-a-Lago fingen sie direkt vom Clubgelände aus Thunfische und kleine Haie aus der Lake Worth Lagoon. Seit er ein kleiner Junge gewesen war, verbrachte Don gut seine halben Sommerferien bei Ivanas Eltern in der Tschechoslowakei und unterhielt sich so viel mit ihnen in ihrer Muttersprache, dass vor allem in den ersten Schuljahren hinterher viele andere Mütter sich fragten, wer denn der kleine Junge mit den Sears-Klamotten und dem tschechischen Akzent war. Von Dedo lernte Don jagen, angeln, Luftgewehr und Bogen schießen, klettern und die Schönheit daran schätzen, sich stundenlang im Wald zu verlaufen und erst im Dunkeln nach Hause zu kommen.

»Mein Großvater war ein einfacher Elektriker in der damals kommunistischen Tschechoslowakei«, erklärte Don Jr. einer Jagdzeitschrift in der Frühphase der Kandidatur seines Vaters und merkte an, dass sein Großvater natürlich auch den Reiz einer Kindheit in einer wohlhabenden New

Yorker Familie gesehen habe. »Während er eindeutig einige der Vorteile davon erkannt hat, sah er wahrscheinlich auch viele der Nachteile.« Seit seinen Jugendjahren teilte Don diese Sichtweise seines Großvaters, und der Stress seiner engeren Familie und das ganze Chaos lasteten auf ihm. »Es war ziemlich schlimm, dass ich als Kind jeden Tag davon gelesen habe, in dieser Phase, in der man sich schon für einen Mann hält, aber eigentlich noch keiner ist«, erinnerte er sich. »Also war es toll, aus New York rauszukommen.«

Dass die Buckley School, seine Schule in Manhattan, ihm den Schulwechsel nahelegte und seinen Eltern sagte, anderswo werde er besser hinpassen, vereinfachte die Entscheidung. Er konnte die Geister zurücklassen, die ihn im Trump Tower heimsuchten – die Medien, seine leise Wut auf seinen Vater und das neue blonde Model an dessen Arm –, und den Frieden, die Ruhe und relative Normalität an seinem neuen, vergleichsweise bodenständigen Internat genießen.

Die Trumps wählten die Hill School im ländlichen Stahlindustriegebiet in Pottstown, Pennsylvania, einem Städtchen mit 22.000 Einwohnern rund sechzig Kilometer außerhalb von Philadelphia und knapp zweihundert entfernt vom Trump Tower. Die 1951 als Family Boarding School for Boys and Young Men eröffnete Schule, die ihren Namen ein Vierteljahrhundert später zu The Hill School änderte, befindet sich auf einem 80-Hektar-Gelände. In den ersten Jahren berechnete sie den Schülern, von denen manche dort wohnten und einige einfach Englisch, Griechisch und Latein belegten, zweihundert Dollar im Jahr. Heutzutage liegen die Kosten für die Internatsschüler fast 285-mal so hoch. Es ist eine Schule für Jungen und Mädchen, und die Jungen müssen zum Unterricht Jackett und Schlips tragen. Zweimal die Woche gab es einen verpflichtenden ökumenischen Gottesdienst. Die Schulfarben – blau und grau – waren als Symbol der Versöhnung zwischen Norden und Süden nach dem Bürgerkrieg gewählt worden. Die Schüler leben nach dem Motto: »Was wahrhaftig ist.«

Es war ein Neuanfang für Don Jr., der die meisten seiner zwölf Jahre als reicher Sohn eines reichen Vaters mit vornehmer Mutter, vornehmer Wohnung und einem berühmten Nachnamen gesehen wurde, der zumindest in New York und Palm Beach für einen ulkig öffentlichen und opulenten Lebensstil stand. Nichts davon machte ihn glücklich, sondern er wollte gerade deshalb New York zurücklassen und, so gut es eben ging, an der Hill School einen Neuanfang versuchen.

Seine Eltern fuhren ihn mit der Limousine hin, was diesem Vorhaben wohl nicht unbedingt zuträglich war. Er wollte die beiden so schnell wie möglich vom Campus und somit weit weg von seinen neuen Klassenkameraden haben, also schlug er vor, dass sie außerhalb zum Abendessen gingen. In und um Pottstown gab es Anfang der Neunziger nicht viele Möglichkeiten, aber die Trumps taten ihr Bestes. Als der örtliche Taco Bell Ivana informierte, dass sie den Chablis nicht vorrätig hatten, den sie zu ihren Tacos bestellt hatte, nahm sie es genauso hin wie die Tatsache, dass die Kasse nicht auf den Hundert-Dollar-Schein herausgeben konnte, mit dem sie bezahlen wollte. Zum Glück erklärte ihr Fahrer sich bereit, in einem anderen Laden wechseln zu gehen. Sosehr Don Jr. gehofft hatte, dass die Klatschpresse ihn nun nicht mehr auf Schritt und Tritt verfolgen und die Eskapaden seiner Eltern auf ihn beziehen würde, bekamen die Reporter doch irgendwie Wind davon, dass Ivana bei einem örtlichen Kmart reingeschaut hatte, um ihrem Sohn ein paar Sachen zu besorgen, die sie noch vergessen hatten, wie Bettwäsche, Handtücher und Shampoo – Sachen, die ein Kind eben braucht, das in ein Internat zieht, die aber irgendwie vergessen wurden. Auf der Titelseite brachten sie ein Foto des Supermarktes. Die Story verbreitete sich sogar bis zum *Houston Chronicle*, der eine Woche später berichtete, die Familie habe »bei einem Kmart Halt gemacht und zwei Einkaufswagen mit Sachen für ihren Sohn gefüllt«. Donald und Ivana seien im Laden »sehr höflich« miteinander umgegangen, und »an der Kasse gab Donald der Kassiererin eine American-Express-Karte, die aber abgelehnt wurde«. Damals wurde American Express bei Kmart wohl nicht angenommen, also zahlte er bar. Dem Artikel zufolge »verriet der stellvertretende Marktleiter nicht, wie viel die Trumps ausgegeben hatten«.

Als Don Jr. Jahre später auf den Campus der University of Pennsylvania kam, hatte er seine Lektion gelernt. Seine Kommilitonen erinnerten sich noch daran, wie er im dreckigen Pick-up vorfuhr. »Er hat auf Krampf einen auf nicht reich gemacht«, scherzte einer. »Das war eben sein Statement, nicht dass es nicht sofort alle durchschaut hätten«, erinnerte sich ein anderer.

Im Oktober, ungefähr einen Monat nachdem Don Jr. an der Hill School angefangen hatte und auch seine Geschwister wieder in der Schule waren, bekam Dedo einen Herzinfarkt, gefolgt von einem zweiten gleich am nächsten Tag. Er starb mit dreiundsechzig Jahren in Ivanas Heimatstadt. Sie sprang mit den verstörten Kindern in Donalds Flugzeug, und als der Pilot sie abgesetzt hatte, kehrte er sofort wieder um und holte Donald mit dessen Mutter Mary ab, die rechtzeitig zur Beerdigung dazustießen. Paparazzi versteckten sich auf dem Friedhof und schossen Bilder von ihnen am Grab – die Jungs mit blondem Topfschnitt, Anzug und Schlips, Ivanka mit Flechtzopf, der Größe nach neben ihren Eltern und dem Pfarrer aufgereiht, alle mit Blumen in der Hand und Tränen in den Augen. Der Schmerz zog ihnen die Babyspeck-Wangen hinunter, als sie ihre Kränze auf Dedos Grab legten und den Mann ehrten, der ihnen viel mehr ein Vater im konventionellen Sinn gewesen war als ihr eigentlicher. Für den Augenblick legte Donald den Arm um Ivana, aber bald würde er wieder in New York bei Marla sein. Dedo hatte viel mit ihnen unternommen. Er hatte ihnen vieles beigebracht. Er hatte mit ihnen zu Abend gegessen und ihnen erklärt, dass man sie später nicht wegen, sondern trotz ihres Geldes lieben werde, wenn sie freundlich, dankbar und bodenständig blieben. Zum zweiten Mal in diesem Jahr verließ sie ein Mann, den sie verehrt hatten, und nichts blieb, wie es war. Und wieder verdarb es einen ihrer Geburtstage. So wie der Streit in Aspen sich kurz vor Don Juniors zwölftem Geburtstag abgespielt hatte, fand Dedos Beerdigung an Ivankas neuntem statt.

Etwas über zwei Monate später, in einem weihnachtlich rausgeputzten Manhattan, in dem sich Millionen Menschen um Kaufhausschaufenster und Dreißig-Meter-Tannenbäume voller Lichter und Kristalle drängten, trafen Donalds und Ivanas Anwälte vor Richterin Phyllis Gangel-Jacob am New York State Supreme Court aufeinander. Nach dreizehn Jahren Ehe und ein knappes Jahr nach dem Zwischenfall bei Bonnie's in Aspen sprach die Richterin die

Scheidung der beiden aus und gab als Grund die grausame und unmenschliche Behandlung durch Donald an. Donald war nicht anwesend, aber sein Anwalt Jay Goldberg sagte, die Scheidungsgründe basierten auf seinem sehr öffentlichen Jahr mit Marla Maples, in denen die Grausamkeit der Situation liege. »Das habe bei Mrs. Trump Angstzustände und Schlaflosigkeit ausgelöst. Die Behauptung lautete, die Medienaufmerksamkeit wegen der etwaigen Beziehung zwischen Mr. Trump und Miss Maples im Jahr 1990 – das ist wichtig, 1990 – habe Mrs. Trump Schmerz und Leid bereitet, der auf grausame und unmenschliche Behandlung hinauslaufe.«

Richterin Gangel-Jacob sagte, sofern das Paar sich nicht über eine gleichmäßige Aufteilung ihres Eigentums und die Gültigkeit ihres Ehevertrags einigen könne, wären sie gezwungen, vor Gericht zu ziehen, wo für sie entschieden werden würde. Anfangs lagen die beiden Seiten so weit auseinander, dass eine Gerichtsverhandlung durchaus wahrscheinlich war. Ivanas Anwälte forderten die Hälfte von Donalds angegebenem Vermögen, zu dem Zeitpunkt über fünf Milliarden Dollar. In Wahrheit lag diese Zahl natürlich viel niedriger, und das Scheidungsjahr hatte Donalds Unternehmen fast in die Knie gezwungen, sodass er Kredite hatte aufnehmen müssen, um seine Rechnungen zu bezahlen. Donalds finanzielle Realität ließ sich nicht einfach schönreden. Eine Kuh ohne Milch lässt sich nicht melken. Da sie selbst wenig Geld und viele Schulden hatte, sah Ivana ein, dass sie lieber gleich das wenige Geld nehmen sollte, das sie kriegen konnte, statt auf mehr zu warten, das später vielleicht kam – oder eben auch nicht. Dann bestünde die Gefahr, dass Donald Privatkonkurs anmeldete, woraufhin sie sich hinter seinen vielen gierigen Gläubigern anstellen müsste.

An einem Samstag Ende März 1991 einigten sie sich. Am Ende bekam Ivana kaum mehr als das, was ihr die Version des Ehevertrags zugestand, den Donald ihr an dem Heiligabend Jahre vorher vorgelegt hatte. Sie bekam vierzehn Millionen Dollar – zehn Millionen direkt und vier als Wohnungszuschuss – nebst dem Anwesen in Greenwich. Außerdem musste Donald ihr 650 000 Dollar im Jahr an Unterhalt zahlen, davon 350 000 für sie persönlich und 100 000 für jedes der drei Kinder. Außerdem wurde festgelegt, dass Ivana ein Monat im Jahr Mar-a-Lago zustand. Donald bekam das Penthouse im Trump Tower, wobei Ivana und die Kinder noch einige Jahre dort wohnen blieben, bevor Ivana schließlich ein eigenes Stadthaus fand und Donald mit Marla wieder einziehen konnte. Donald hatte so wenig verfügbares Geld, dass er angeblich wegen des Zehn-Millionen-Schecks für Ivana bei seinen Bankern anfragte, aber sofort abgelehnt wurde. Er bekam es dann aber doch geregelt, und an diesem Tag Anfang Frühling wurde alles unterschrieben und abgesegnet.

Ivana war in Palm Beach, als sie die Papiere unterschrieb, gar nicht weit weg von Donald. Sie bereitete eins der Damenwochenenden vor, die sie seit ihrer Scheidung gern ausrichtete – ein kleines Grüppchen fein frisierter Damen, die ihre besten Jane Fondas in Lycra und Stulpen gaben, tagsüber am Pool schwitzten und im Laufe des Nachmittags an härteren Sachen nippten. Ivanka war oft dabei und bastelte Tischsets aus Muscheln oder Tonpapier für Ivanas Gäste. Im Buch ihrer Mutter erinnerte Ivanka sich, wie sie im Kino in Mar-a-Lago als Madonna verkleidet auf die Bühne stieg und zu großem Jubel »Express Yourself« und »Vogue« zum Besten gab.

Während Ivana ihren Freundinnen zuprostete, als die Tinte auf ihrer Scheidungsvereinbarung trocknete, gab Donald eine vorher angekündigte Pressekonferenz, in der er seinen Plan verkündete, seine Anteile am Trump Plaza of the Palm Beaches zu liquidieren, über sechzig Wohnungen, die er 1986 für vierzig Millionen Dollar gekauft hatte. Er hatte sich sechzig Millionen geliehen, um Renovierungen zu finanzieren – alles Geld, das er jetzt brauchte. Ende April stieß er alle dreiundsechzig Wohnungen an der Küste ab. Er sagte damals, er sei bei dem Geschäft auf null rausgekommen.

Donald war nun offiziell Single und verbrachte viel Zeit mit Marla in einer Wohnung im Trump Park, einem anderen Gebäude an der East Side Manhattans mit seinem Namen drauf. Da Ivana nun juristisch aus dem Weg war, konnten sie nach sechs Jahren nun zum ersten Mal ganz offen zusammen sein, was sicher eine Erleichterung war. Aber es gab der Beziehung wohl auch etwas Handfestes, und das ist nicht unbedingt Teil der Anziehungskraft, die ein blauäugiges Model Mitte zwanzig auf einen verheirateten Lebemann über vierzig ausübt. Wenn es handfest wird, wo bleibt denn da der Spaß?

Das wussten Donald und Marla. Vielleicht stritten sie sich deswegen und trieben sich gegenseitig immer wieder auseinander. Sie wollten nicht in den langweiligen, stetigen Rhythmus der meisten Paare verfallen, denn Donald wusste, was das aus seiner ersten Ehe gemacht hatte, und Marla war der lebende Beweis dafür, was passiert, wenn einem Ehemann langweilig wird. Also gab es Streit. Sie trieben sich gegenseitig auf die Palme. Nach allem, was Marla wusste, wurde sie paranoid, was er hinter ihrem Rücken anstellen könnte, und er beruhigte sie da auch nicht gerade. Ihm ging es nur um sich. Er hatte einen Star aus ihr gemacht, und wenn ihr nicht klar war, was für ein Glück sie hatte, konnte er sie jederzeit ersetzen. Nimmt man dazu noch Donalds selbstzerstörerische Tendenzen, fast erwischt werden zu wollen, ergaben die beiden das perfekte Horrorpaar. Aber darauf standen sie beide auch wieder.

Sie trennten sich, als eine Ausgabe der *New York Post* gedruckt wurde, und waren schon wieder zusammen, als die nächste erschien. Freundschaftsringe und Diamantringe wurden getragen und abgelehnt. Und dann kam ein Anruf von einem gewissen John Miller, der drohte, alles für immer zu beenden.

Am sechsundzwanzigsten Juni druckte die *Post* ein Foto von dem lächelnden Paar unter der Schlagzeile: »Es ist vorbei!« Die fette Bildunterschrift lautete: »Donald wirft Marla aus seiner East-Side-Wohnung.« Angeblich hatte Donald Marla für ein italienisches Model namens Carla Bruni abserviert. Das Gerücht ging um, Donald fühle sich eingesperrt. Er war so lange verheiratet gewesen, dass der Druck von Marla und ihrer Familie zu viel für ihn wurde. Es war zu früh. Außerdem glaubte Donald wirklich, Carla Bruni, jedes andere Model und jede Schauspielerin der Stadt sei hinter dem frischgebackenen Single her, warum sollte er sie also alle enttäuschen? Unter einer Bedingung natürlich. Donald als bekannter Mysophobier hatte schreckliche Panik, sich irgendetwas einzufangen. Er erzählte, dass er alle seine Liebschaften vorher bei seinem Arzt einen Aids-Test machen ließ.

Eine Reporterin vom *People Magazine* fragte bei Donald wegen einer Stellungnahme zum Tausch von Marla gegen Carla an, und Minuten später rief sie ein Mann zurück, der sich John Miller nannte. Miller war natürlich Donald selbst, der sich als sein Pressesprecher ausgab. Die Stimme war nicht zu verwechseln, und alle von Donalds Freunden und Mitarbeitern wussten, dass er so etwas tat. Also legte Donald alias John Miller der Reporterin gegenüber los. Es sei ihm wirklich egal, was Marla zu sagen habe. Andere Liebschaften seien gut möglich. »Dauernd rufen ihn wunderschöne Frauen an«, sagte er über sich, und wenn es zu einer Hochzeit komme, »dann kann sich diese Frau sehr glücklich schätzen.« Bruni war nicht die Einzige, der er eine Affäre mit sich nachsagte, er schuf sich einen richtigen Fightclub, in dem Frauen um seine Aufmerksamkeit und Zuwendung kämpften. »Es ist ein knallharter Wettbewerb. Das war hart für Marla, und für Carla wird es auch hart sein.«

In den Monaten darauf dementierte Carla alles. »Trump ist ganz offensichtlich ein Irrer«, sagte sie. »Das alles ist vollkommen unwahr und mir schrecklich peinlich. Ich habe ihn nur einmal bei einer großen Benefizveranstaltung vor einem Jahr in New York getroffen.« Die spätere First Lady Frankreichs dementiert die Sache bis heute.

People spielte Marla die Aufnahmen vor, die sofort Donalds Stimme identifizierte. Sie ging schon nicht mehr ans Telefon, wenn er anrief. »Ich bin schockiert und tief getroffen«, sagte sie, als sie Donald so über sich reden und zugeben hörte, dass er sich mit anderen Frauen traf. Zweifel an Donald waren mit der Zeit gewachsen, während sie als Donalds Geliebte öffentlich beim unwahrscheinlichen ewigen Liebesglück mitgespielt hatte. Das hatte ihr auch die letzten Illusionen genommen. »Ich fühle mich vollkommen verraten. Meine Freunde und meine Familie beten schon lange für mich, vielleicht war das jetzt die Antwort darauf.« Als Antwort an Donald legte sie eine gewisse für die Südstaaten berühmte Entschlossenheit an den Tag: »Baby, jetzt bist du auf dich allein gestellt!«

Sie selbst fing an zu beten, als sie aus der Wohnung im Trump Park floh und in Connecticut bei Frank und Kathie Lee Gifford untertauchte. Donald ertrug es nicht, dass sie ihm so sehr die kalte Schulter zeigte. Also knickte er ein und gab Marla, was sie seines Wissens nach wollte. Als die Giffords zu einem Staatsdinner im Weißen Haus waren, tauchte Donald in Connecticut auf und überreichte Marla eine kleine Schachtel von Harry Winston mit einem großen 7,45-Karat-Diamanten in Smaragdschliff, in Platin eingefasst mit sechzehn eingelassenen Baguette-Diamanten entlang des Ringes. Marla sagte: »Ja, ja, ja.« (1999 verkaufte sie den Ring für 110 000 Dollar. Im Juni 2016 wurde er wenige Wochen vor Donalds Ernennung zum republikanischen Kandidaten für 300 000 Dollar an einen Privatsammler weiterverkauft.)

Am nächsten Morgen verkündete Gifford die Neuigkeiten in ihrer Sendung auf ABC *Live with Regis and Kathie Lee*, und Donald rief an. »Sie ist wirklich etwas ganz Besonderes. Es ist toll mit ihr«, sagte er. »Wir haben beschlossen, dass es das Richtige ist.«

In Wirklichkeit war der Ring aber ein glitzerndes, teures und vor allem leeres Versprechen. Selbst nach der Verlobung war Donald weder von einer zweiten Ehe noch von Marla besonders überzeugt. Das ließ sie ihm aber nicht durchgehen.

Donald trennte sich manchmal von ihr, ging aus, sorgte dafür, dass er mit einem hübschen jungen Ding fotografiert wurde, und vor allem, dass das Bild in die Zeitung kam. Er hackte öffentlich auf Marla herum. Ein Freund, der eines Abends mit ihnen in Mar-a-Lago beim Dinner saß, erinnerte sich, dass Donald sich ihm zuwandte und fragte: »Findest du nicht auch, dass Marla heute schrecklich aussieht?« Der Freund erstarrte. Marla sei doch wunderschön, außen wie innen, bekam der Freund schließlich heraus, und Donald habe großes Glück mit ihr. »Ja, ja, ja, aber du musst schon zugeben, dass sie wirklich schrecklich aussieht.« Das war zwar zum Teil Donalds trockener Humor, andererseits meinte er es aber auch ernst. Marla hatte abgenommen, weil sie sich davon bessere Chancen als Schauspielerin und vielleicht endlich mal eine richtige Rolle erhoffte. Dabei hatte sie auch etwas an Oberweite verloren, was Donald als persönlichen Angriff wertete, wie sich der Freund erinnerte. »Donald sieht alles als Transaktion und ist extrem besitzergreifend. Er war wegen ihres Körpers mit ihr zusammen, und sie veränderte ihr Aussehen auf eine Art und Weise, die ihm nicht gefiel, also dachte er: ›Wie kannst du mir das antun?‹ Er ist ein Narzisst und kann nicht verstehen, dass er nicht unbedingt ein toller Partner ist, wenn er so etwas sagt.« Marla verließ unter Tränen den Tisch.

Aber auch Marla konnte bissig sein. Sie machte sich vor Freunden über ihn lustig, er sei dick und unsportlich. Ein Kollege erinnerte sich an die gemeinsame Fahrt zum Abend einer Preisverleihung. Es war in der Woche, als in New York die Vereinten Nationen tagten – wie jedes Jahr –, weshalb alle Straßen verstopft waren. Als sie ewig im Stau standen, wurde es still im Wagen. Donald und Marla redeten allgemein nicht viel miteinander, weil sie wenig gemeinsam hatten, wie Freunde anmerkten. Worüber sollten sie sich auch unterhalten? Also machte der Freund Marla ein Kompliment zu ihrer neuen Frisur. Sie hatte Tage vorher eine gute Handbreit abschneiden lassen, und er sagte, es stehe ihr wunderbar. »Danke!«, sagte sie und strahlte. »Das ist jetzt drei Tage her und dem Mann, mit dem ich schlafe, noch nicht aufgefallen.«

Donald ätzte zurück: »Tja, ich habe mir die Haare färben lassen, das ist *dir* auch nicht aufgefallen.« Der Wagen verstummte wieder.

Dieses Maß an Misstrauen fraß die Beziehung auch von innen auf. Marla hatte jahrelang zugeschaut, mit welcher Leichtigkeit Donald Ivana anlog, also kannte sie sich aus. Sie wusste, wie er sie betrügen würde, und mit diesem Wissen wehrte sie sich dagegen. Donald sagte Ivana oft, er gehe den Tag über Golf spielen, aber in Wirklichkeit fuhr er zum Midtown Hotel, wohin er alle seine anderen Frauen brachte – ein vollkommen unbedeutender Laden, wo sich nie jemand blicken lassen würde, den er kannte, erst recht nicht mitten am Tag.

Donald hatte ein System entwickelt, mit dem Marla zutiefst vertraut war. Wenn er Ivana erzählt hatte, er gehe auf den Golfplatz, hielt er meistens kurz seine Socken unter den Wasserhahn, bevor er nach Hause kam, damit es wirklich wirkte, als hätte er seinen Tag draußen auf dem Rasen verbracht und nicht mit Marla oder einer anderen drinnen in einem Hotelzimmer, Haus, in einer Limousine oder einem Hubschrauber. Als die Scheidung durch war, beschloss Marla, immer mitzukommen, wenn Donald sagte, er gehe golfen. Donalds Freunde erinnerten sich daran, dass sie sie immer auf dem Beifahrersitz in ihrem Golfwagen mitnehmen mussten. »Das ließ Donald sich nur gefallen, weil sie immer ihre ultraknappen Jeansshorts und eins ihrer hautengen Tops anhatte«, berichtete ein Freund, bei dem sie mehrmals mitgefahren war. »Sie wusste, dass ihm nur das wichtig war, und damit lag sie goldrichtig.«

Sie wusste auch, wie sehr er immer sein Revier verteidigte. Sie hatte ja gesehen, wie er reagiert hatte, als sein Neffe sie im Hubschrauber von Atlantic City nach New York ansprach, während Donald noch mit Ivana verheiratet gewesen war. Wenn irgendeiner seiner Freunde etwas über sie sagte, auch wenn es nur als Kompliment an Donald gemeint war, dann rückte er näher an sie heran. Wenn es sein musste, übernahm sie dann seine Strategien. Wenn er ausging und Fotos von sich mit Models und Schauspielerinnen machen ließ, weil sie sich gestritten hatten, zog sie los und verdrehte jüngeren, besser aussehenden oder berühmteren Männern den Kopf.

Donald erzählte gerne die Geschichte, wie sich einmal Michael Bolton während einer längeren Trennungsphase Hals über Kopf in Marla verliebt hatte. Bolton lud sie ein, sie ging mit, und wie es so läuft, erfuhr Donald davon. Einerseits war es eine Bestätigung für Donald. Ein Rockstar auf der Höhe seines Ruhmes war hinter *seiner* Marla her. Dass einer wie Michael Bolton es auf eine abgesehen hatte, der Donald den Laufpass gegeben hatte, gab seinem ohnehin schon übergroßen Ego noch einen zusätzlichen Schub. Andererseits, wenn einer wie Michael Bolton hinter ihr her war, warum hatte Donald sie dann überhaupt abserviert? Wenn sie gut genug für Michael Bolton war, dann müsste sie doch auch ihm reichen, wenigstens fürs Erste. Aus dieser

Bestätigung wurde bald rasende Eifersucht. »Also sage ich mir: ›Moment mal! Das gefällt mir gar nicht. Michael Bolton – der hat verdammt noch mal das größte Album der Welt, *Time, Love and Tenderness*, und ein ehrgeiziger Kerl wie ich sagt sich dann, das Mädchen muss ja toll sein, wenn der größte Sänger der Welt sich in sie verknallt hat. Sie trifft da keine Schuld. Ich habe sie ja verlassen. Und nicht nur das. Ich habe sie sogar verlassen wie ein Straßenköter‹«, sagte er damals.

»Und dann sage ich mir: ›Scheiße, was ist hier los?‹ Ich verpasse ihr das volle Trump-Programm. Ich gebe alles. Ich rufe sie an. Sie sagt: ›Wie konntest du mich einfach so verlassen?‹ Sie fliegt mit mir nach Hawaii statt mit Michael Bolton nach Europa. In Maui findet er raus, wo wir sind, und fängt an, ihr Blumen zu schicken. Gelbe Rosen mit einer Karte: ›I've got Georgia on my mind. In Liebe, Michael.‹ Sie ist hin- und hergerissen. Ich habe sie schon zweimal verlassen. Aber dann serviert sie ihn ab und kommt zu mir zurück.«

In der Zwischenzeit hatte Marla sich mit einem Coach auf das Casting für die Rolle der sexy Freundin des reichen Showmans Florenz Ziegfeld in *The Will Rogers Follies* auf dem Broadway vorbereitet. Marla war perfekt für die Rolle. Sie spielte sie ja sowieso schon. Die Schlagzeilen der New Yorker Zeitungen schrieben sich wie von selbst. Es wäre schon grober Pfusch gewesen, wenn der Produzent eine wie Marla, die zu der Zeit brandheiß war, für diese Rolle nicht gecastet hätte, nachdem die Show schon ein Jahr lief. Es war glasklar, dass ihr Name auf der Werbetafel den Saal bis zum letzten Platz mit Donalds Freunden füllen würde, mit jedem Kritiker der Stadt und allen Neugierigen, die die Frau nie vor Augen bekommen würden, die das goldene Paar der Achtziger auseinandergerissen hatte, wenn er oder sie sich nicht eine Eintrittskarte kaufte.

Marla probte ein paar Wochen, und am Premierenabend in den Hundstagen des Sommers 1992 lud Donald gut dreihundert Freunde und Geschäftspartner ein, sich das Broadway-Debüt seiner Verlobten anzuschauen. Er sagte Freunden, er sei erstaunt, wie gut Marla mit dem Druck im Vorfeld dieses Abends umgegangen sei. Donald dagegen brachte die Spannung um. Kurz nachdem das Licht im Saal gedämpft wurde, stand er von seinem Platz auf und stapfte hin und her, den Blick auf den Boden. In goldenen Glitzer-Cowboystiefeln mit passendem Cowboyhut, unter dem ihre goldenen Locken hervorquollen, wurde Marla von einer Hebebühne emporgeschoben. Der Rezension der *New York Times* zufolge flüsterte ein mit Donald befreundeter Finanzberater seiner Frau zu, dass Marlas goldene Hotpants zu eng seien. »Das ist Absicht«, habe sie erwidert. Alle waren in den Witz eingeweiht, selbst Marla. Die Regie hatte extra eine Originalzeile wieder eingebaut, in der eine der anderen Figuren Marla fragte: »Wie hast du denn die Rolle gekriegt?«, weil klar war, dass das Publikum sich sofort über diesen wenig subtilen Seitenhieb kaputtlachen würde, wenn die Kunst die Realität spiegelte. Am ersten Abend tobte der Saal, womit Marla gerechnet hatte, sodass sie direkt die Augen verdrehte.

Sie verfehlte keinen Ton, vergaß keinen Vers und scheiterte auch sonst in keiner Weise, wie es viele der Zuschauer wohl erwartet oder gar gehofft hatten. Auf der Western-Party hinterher im Ballsaal des Plaza Hotel, zu der Donald fünfhundert Gäste eingeladen hatte, darunter Mike Wallace, Maury Povich, La Toya Jackson, Regis Philbin und Kathie Lee Gifford, legte er den Arm um sie. Für den Augenblick waren sie wieder ganz und gar zusammen. Nicht lange vorher waren sie auseinander gewesen, nicht lange davor zusammen. Bald würden sie wieder auseinander sein, dann wieder zusammen und auseinander und zusammen und auseinander und zusammen, als liebten sie das Drama genauso sehr, wie es die Regenbogenpresse tat.

Aber im Frühling darauf veranstalteten sie im Theater ein noch größeres Spektakel. Es war die erste Aprilwoche, und als die beiden vor Marlas Auftritt ankamen, erwartete sie eine Reihe von Kameras. Donald trug einen Anzug, Marla ein weißes One-Shoulder-Kleid, die Lippen hatte sie kirschrot geschminkt. Er lehnte sich für die Kameras vor, legte Marla die Handfläche auf den Bauch und bestätigte das Gerücht, dass sie schwanger war. Es stimmte – der nächste kleine Trump würde im Oktober zur Welt kommen.

So stolz Donald die Neuigkeiten in der Öffentlichkeit auch feierte, so wenig gefielen sie ihm zunächst hinter den Kulissen. Bei einem Interview mit Howard Stern zehn Jahre später sagte er, er habe geglaubt, Marla verhüte, und er sei fassungslos gewesen. »Damals habe ich gesagt: ›Bitte, was ist passiert?‹ Und dann: ›Tja, und was machen wir dagegen?‹«, womit er wohl andeutete, dass er Marla zu einer Abtreibung drängen wollte. Marla habe geantwortet: »›Spinnst du? Das ist der glücklichste Tag unseres Lebens!‹ Und ich habe gesagt: ›Na toll!‹«

Donald versicherte später, er sei »keiner, der ein uneheliches Kind zeugt, dann nicht heiratet und dem Kind keinen Namen gibt. Und ich persönlich glaube nicht an Abtreibung.« Aber so ganz konnte er sich noch nicht an die Vorstellung einer erneuten Hochzeit gewöhnen. Marla war für ihn nicht das Problem, auch wenn seine Familie sich immer noch dagegen sträubte, dass sie sich juristisch mit ihrem Clan verbandelte, selbst wenn ein Baby-Trump auf dem Weg war. Mary Trump erinnerte ihn daran, dass Ivana ihn immer noch liebte und ihn wahrscheinlich zurücknehmen würde. Das wäre nicht die schlechteste Entscheidung, urteilte sie. Das wusste Donald auch. Er rief sie immer noch regelmäßig an und liebte sie selbst noch. Aber Marla hatte zu ihm gehalten. Sie war loyal und geduldig gewesen, sie war auch im Angesicht seiner vielen Sünden fast immer freundlich und nachsichtig geblieben. »Es war bei mir die falsche Zeit für eine Beziehung«, sagte Donald. »Gleichzeitig war es toll zu wissen, dass jemand da war, und sie war da wie noch nie jemand zuvor.«

Er wusste, dass es das Richtige war und dass Marla es mehr wollte als alles andere. Er befragte seine Familie dazu, was er tun solle, seine Freunde, jeden, der ans Telefon ging und ein bisschen interessiert tat. Er wiederholte immer, dass er nur eine Option habe, weshalb sie ihm vielleicht umso unattraktiver erschien. Viele Leute bringt man schnell zum Einknicken, wenn man sie in die Ecke treibt, aber Donald bringt man so nur dazu, sich so schnell wie möglich aus der Situation zurückzuziehen. Er nannte die Ehe (»marriage«) nur noch »das Wort mit M« und das »Monster«. Öffentlich erklärte er diese Phobie durch seinen Streit mit Ivana um den Ehevertrag, den ganzen Ärger und die Anwaltskosten. Marla wusste, wie sie das umschiffen konnte. Sie sagte ihm immer und immer wieder, dass sie alles unterschreiben würde, wenn ihm das die Angst nahm. Bei einem Interview in der *Today Show* sagte sie, dass Donald »ein bisschen Panik« bekomme, wenn das Thema angesprochen werde, dass sie »das Angstmonster« aber irgendwie zähmen werde. Und für den Fall, dass sie ihn in einem schwachen Moment erwischte, nahm sie auf alle gemeinsamen Reisen ein Brautkleid mit. »Ich habe Donald schon immer gesagt, dass ich mache, was immer sein muss«, sagte sie.

Während er über der Entscheidung brütete und Marla für das neue Trump-Baby plante, wurde das Leben von Donalds drei Kindern schon wieder erschüttert. Es war der Freitag des Memorial-Day-Wochenendes 1993, und Don Jr. kam von der Hill School nach Hause, um die Zeit mit Ivanka und Eric in Greenwich zu verbringen. Ivana war in Tampa und nahm ein Segment für das Home Shopping Network auf, wo sie Waren anpries, seit sie ihren Job in der Trump Organization aufgegeben hatte. Ivanka war ins Bett gegangen und wartete auf Bridget, die jeden Abend mit ihr betete, aber sie kam nicht. Das Telefon klingelte, aber Bridget ging nicht ran, wie sie es sonst immer tat und häufig so Journalisten abwimmelte. Ivanka ging zu Donny und Eric, die zusammen fernsahen, und fragte, ob sie wüssten, wo Bridget sei. Die Jungs gingen sie suchen und sahen auch im Keller nach, wo sie das Telefon vielleicht nicht gehört hatte. Als sie sie fanden, war Bridget bewusstlos. Ein Krankenwagen kam, und der Notarzt erklärte der Familie, Bridget habe einen Herzinfarkt gehabt und sei bald gestorben. Die Kinder waren erschüttert. Innerhalb von drei Jahren hatten sie zugeschaut, wie die Ehe ihrer Eltern öffentlich in die Brüche ging, wie ihr Großvater, ihre eigentliche Vaterfigur, mit dreiundsechzig an einem Herzinfarkt starb und Bridget, ihr Kindermädchen und eigentliche Mutterfigur, mit siebenundsechzig ebenfalls an einem Herzinfarkt starb. Sie bekamen das Liebesleben ihres Vaters unter die Nase gerieben, und seine Geliebte, die sie überhaupt nicht mochten, bekam ein Baby, während sie alle die ganze Zeit von der Presse gejagt wurden.

Auch als bei Marla im Oktober 1993 die Wehen einsetzten, war immer noch kein Hochzeitstermin festgelegt. Es war ihr erstes Kind und Donalds viertes, aber auch für ihn in jeder Hinsicht absolutes Neuland. Don Jr. war auf die Welt gekommen, bevor Ivana auch nur eine PDA gelegt werden konnte. Ivana konnte ihren Mann gerade noch aus dem Raum scheuchen, weil sie Angst hatte, dass er sonst nie mehr mit ihr schlafen wollte. In Anbetracht seiner großen Angst vor allen vermeintlichen Unappetitlichkeiten des Körpers hatte er sich nicht lang bitten lassen. Bei Ivanka und Eric war es nicht viel anders; er blieb draußen, bis das Baby gewaschen war und auch Ivana sich wieder frisch gemacht hatte.

Als zweite Frau hat man es oft mit einem weicheren Mann zu tun als dem, der er in seiner ersten Ehe war. Er hat viel durchgemacht, Schwüre gehalten oder gebrochen und konnte in Ruhe darüber nachdenken, was er beim ersten Mal alles verpasst hat oder wie er es diesmal anders machen möchte. Wenn der Mann erfolgreich ist und die Frau jünger und schöner, wie es vor allem in New York häufig vorkommt, hat sie ein Druckmittel. Sicher hat der Mann äußerlich die Macht, aber die Frau hat ihren Mann auf ihre Weise in der Hand. Zwar war Marla trotz des Reisehochzeitskleids und Donalds eigener Ansprüche noch nicht verheiratet, aber als sie die Wehen bekam, wusste sie, dass Donald da sein würde, ob er es wollte oder nicht. Donald, der die Geburten seiner ersten drei Kinder verpasst hatte, kam. Er war in New York, als um zwei Uhr früh in Mar-a-Lago Marlas Fruchtblase platzte. Eine Stunde später saß er im Flugzeug nach Palm Beach. Um sechs war er an Marlas Seite im Kreißsaal.

Vielleicht hätte er sich stattdessen lieber Don Juniors Blitzentbindung aussuchen sollen. Marla lag zehn Stunden lang in den Wehen, und als überaus spirituelle Person hatte sie ihren Geburtsraum in ein New-Age-Wunderland umgewandelt. Überall brannten Kerzen. Sanfte New-Age-Musik spielte im Hintergrund. Sie hatte die Verlobte ihres Managers eingeladen, die indianischer Abstammung war und als Heilerin arbeitete, um sie zu massieren und zu beten, damit die Geburt für Mutter und Kind möglichst friedlich vonstattenging. »Betet jetzt für mich!«, schrie Marla immer, wenn eine Wehe heranrollte. Donald war mit den Nerven am Ende. Auch Marlas Mutter Ann und Marlas beste Freundin waren im Raum, um Ruhe für Marla zu schaffen und aufzupassen, dass Donald nicht durchbrannte oder frustriert alle Kerzen auspustete. »Er mochte das ganze Hippiezeugs nicht, auf das Marla stand«, erinnerte sich ein alter Freund. »Es machte ihn wütend, vor allem wenn es um sein Kind ging. Man muss bedenken, dass wir von einem Mann sprechen, der am liebsten Steak mit Kartoffeln isst, dazu Massen an Eis, Fast Food und eine Dose Cola nach der anderen trinkt. Kann man sich da vorstellen, dass er etwas davon hielt, dass sein Kind mit Indianergebeten bei Kerzenlicht ins Leben gebracht wurde?«

Er hielt mehr davon, dass der Frauenarzt Marla Schmerzmittel gab, und zwar starke. Mittel, die die Schreie aufhören ließen, weil sie ihn verrückt machten. »Ich war ganz unruhig, weil sie solche Schmerzen hatte«, sagte Donald. »Ich habe auf sie eingeredet, dass sie etwas nehmen soll, aber sie wollte nicht. Ich bat den Arzt, sie zu überzeugen, aber er wusste, dass Marla sich gegen Schmerzmittel entschieden hatte. Sie ist so stark, so eine starke Frau. Ich bin schwer beeindruckt.« Marla ergänzte: »Wir haben uns viel geküsst, während ich das Baby zur Welt brachte«, und als es da war, schnitt Donald die Nabelschnur durch.

Ein weiterer Vorteil einer zweiten Frau, oder einer zweiten Mutter des eigenen Kindes, ist der, dass man dem Kind vielleicht diesmal einen Namen geben darf, den die erste Frau nicht wollte. Donald hatte seinen geliebten Trump Tower gebaut, nachdem er für fünf Millionen Dollar dem berühmten Juwelier nebenan, Tiffany and Co., das Recht abgekauft hatte, weiter in die Höhe zu bauen. »Alles, was mit dem Trump Tower zu tun hat, war immer ein großer Erfolg«, sagte er der *Times*. »Und der Trump Tower wurde mit den Höhenbaurechten von Tiffany's gebaut. Aber der Name hat mir schon immer gefallen.« Tiffany war auch der Name, den Donald Ivanka bei ihrer Geburt hatte geben wollen, aber Ivana hatte ihn sofort abgeschmettert.

Tiffany Ariana Trump, ein blondes kleines Mädchen von 3,4 Kilogramm, kam am frühen Nachmittag des dreizehnten Oktober im St. Mary's Hospital in Palm Beach auf die Welt. Zwanzig Minuten später rief Donald eine Reporterin der *New York Times* an. »Wir haben ein perfektes kleines Mädchen, vom Aussehen her eine Kombination aus uns beiden, sie passt wunderbar zu meinen drei anderen wunderbaren Kindern«, sagte er.

Wo Marla schon bei seinem lang favorisierten Namen nachgegeben habe, würde er bei Marlas Hochzeitswunsch nachgeben, zumal nun ein neues, kleines Baby-Trump da sei? Auf die Frage der Reporterin hin hielt Donald kurz inne. »Das wird ernsthaft in Erwägung gezogen.«

Da war er ehrlich. Selbst nach Tiffanys Geburt hatte er noch seine Zweifel, die sich aber immer wieder mit von der Ehe überzeugten Momenten abwechselten. Und das in einem recht schnellen Tempo. Marla hatte sich als loyal erwiesen, aber seine Familie fand sie nicht so toll. Tiffany verdiente Eltern, die zusammen waren, aber er konnte sich nicht noch so einen Scheidungskampf leisten, wie ihn gerade einer an den Rand des Ruins getrieben hatte. Donalds Soll-ich-oder-soll-ich-nicht-Unentschlossenheit – die ihn auch heute noch plagt – hätte ewig so weitergehen können, hätte es da nicht eine von Marla gezogene rote Linie gegeben, eine zweite von seinen Geschäftsberatern gezogene und einen Amoklauf in ihrer Nähe, die ihm gemeinsam den letzten Schubs gaben.

Marla, die sich mit ihrer Mutter als treuem Kindermädchen und Donalds Marlaflüsterin nach Tiffanys Geburt in Mar-a-Lago eingelebt hatte, stellte ihm ein Ultimatum: Entweder heiratete er sie bis Weihnachten, oder sie zog aus und nahm seine Tochter mit. Sie hatte genug. Ohne Ehering wollte sie nicht noch ein Weihnachten mit Donald verbringen, ob in Mar-a-Lago oder sonst irgendwo. Selbst in New York wohnten Donald und Marla nicht durchgängig zusammen; er übernachtete mal in seiner Wohnung im Trump Tower unter dem Penthouse, mal mit Marla in der Wohnung im Trump Park. Mit so einem Vater wollte sie ihre Tochter nicht aufziehen, der mal da war, mal nicht und deren Mutter er nicht heiraten wollte, weil er Angst um sein Geld hatte und lieber regelmäßig anderen Frauen hinterherjagen wollte.

Ann, die die Hochzeit vielleicht noch mehr wollte als Marla, beschwichtigte Donalds finanzielle Sorgen, so gut sie konnte. Marla wollte einen Monat nach Tiffanys Geburt keinen Ehevertrag unterschreiben. Weniger als das Geld beschäftigte sie dabei die obligatorische Vertraulichkeitsvereinbarung. Sie wollte nicht die Macht aufgeben, die ihr das Wissen über Donalds Geheimnisse verlieh. Was hätte sie sonst für Druckmittel übrig gehabt? Aber ohne eine solche Vereinbarung kam eine Hochzeit für Donald nicht infrage. »Ein Ehevertrag ist ein schreckliches Dokument«, sagte Donald der *Vanity Fair*. »Wenn man an positives Denken glaubt, ist er nicht gut. Aber heutzutage ist er eine Notwendigkeit.«

Bis Ende November gab Marla nach. Auch Donald beugte sich dem Druck seiner Berater. Sie planten den Börsengang von Donalds Casinos für Anfang des nächsten Jahres und wollten deshalb nicht, dass Donalds Privatleben in der Klatschpresse breitgetreten wurde, womit jedoch zu rechnen war, wenn er Marla nicht den heiß ersehnten Ehering ansteckte. Kein Investor bei Verstand würde sein Geld in ein Unternehmen stecken, dessen Chef Woche um Woche mit seinem Liebesleben in der Zeitung stand. »Wir erklärten ihm immer wieder, dass er zur Ruhe kommen musste«, erklärte ein Berater. »Dann sagte Donald immer: ›Ich weiß, ich weiß, es muss sein. Es ist das Richtige‹«, aber sie wussten alle, dass es das nur noch schwerer machte.

Als ein New Yorker in einem Zug der Long Island Rail Road, der am siebten Dezember gegen sechs Uhr abends in den Bahnhof Garden City einfuhr, seine Neun-Millimeter-Pistole vom Typ Ruger P89 zog, rückwärts den Gang entlangging und den Passagieren in die Augen starrte, während er dreißig Schuss abfeuerte, wusste Donald, was er zu tun hatte. In den folgenden Tagen gaben die Behörden die Opferzahlen bekannt: sechs Tote und neunzehn Verletzte. »Das Leben ist kurz, habe ich mir überlegt«, sagte Donald hinterher, was stimmt, wenn auch unklar bleibt, warum ihn ausgerechnet diese Tragödie so traf. Es ist kaum vorstellbar, dass Donald selbst jemals in der Rushhour mit der Long Island Rail Road fahren würde. Dennoch informierte Donald die New Yorker Zeitungen am zehnten Dezember morgens, dass er Marla noch vor Weihnachten heiraten werde.

Marla wurde aktiv. Schon seit Wochen trainierte sie sich mit vollem Einsatz die Schwangerschaftspfunde ab, für alle Fälle. Carolina Herrera kreierte ihr Kleid, und die erste Anprobe fand exakt zwei Monate nach Tiffanys Geburt statt. Mitte Oktober wog sie mit ihren 1,78 Metern 68,5 Kilogramm, und mit dem Wissen, dass ihr Ultimatum und der innere wie äußere Druck auf Donald ihn möglicherweise nachgeben lassen würde, setzte sie sich auf eine strikte Diät, um so schnell wie möglich in Hochzeitsform zu kommen. Sie aß die ganze Zeit nur noch Hülsenfrüchte, Gemüse, Nüsse, Salat und Obst. »Nichts im Übermaß«, erklärte sie der *Vanity Fair*. Auch das Stillen half. In Mar-a-Lago stillte sie Tiffany, wo es eben passte, beim Frühstück im Speisesaal, nachmittags am Pool. Ein regelmäßiger Gast des Privatclubs erinnerte sich daran, wie Marla vom Personal eine Milchpumpe auf dem Silbertablett gebracht bekam, während sie sich im Liegestuhl sonnte. Ein paar Tage vor der Anprobe war sie auf 58 Kilogramm runter. Wenn sie sich ranhielt, konnte sie ihr Ziel von 125 Pfund, also 57 Kilogramm, erreichen, bis sie am dreizehnten Dezember bei Herrera hereinkam.

Die Hochzeit war für den zwanzigsten Dezember angesetzt, sodass die Designerin weniger als eine Woche für ein Kleid hatte, das einer Trump-Hochzeit angemessen sein musste – und vor allem dem damit einhergehenden Medienspektakel. Es würde also doch nicht das Kleid sein, das Marla das Jahr über immer im Koffer mit sich herumgeschleppt hatte. Das alte Kleid war sofort vergessen, als sie offiziell grünes Licht bekam, Donalds Kreditkarte und einen Termin bei Ms. Herrera, die Kleider für die britischen und auch für die amerikanischen (die Kennedys) Royals kreiert hatte. Marla spazierte in ihren Salon und wählte Satin Double Face vom berühmten Hersteller Maison Bucol – einem Luxus-Stofffabrikanten in Lyon, der schon beinahe ein Jahrhundert lang Stoffe fertigt – in einem strahlenden Weiß, was die Tatsache Lügen strafte, dass ihr kleines Baby Tiffany auch dabei sein würde (in einem eigenen Designerkleidchen mit Perlenstickerei). Das Kleid war schulterfrei, hatte einen leichten Herzausschnitt und war um die Brust straff geschnürt, sodass Donalds Lieblingsbereich wenig subtil akzentuiert wurde. Den Rücken hinunter verliefen die traditionellen stoffverdeckten Knöpfchen, die zu einer abtrennbaren weißen Schleppe ebenfalls in weißem Satin führten. Sie wählte einen sehr zeitgemäßen, vertikal voluminösen Tüllschleier, den sie bei Carolina Herrera im Salon gefunden hatte. Sie trug Schuhe von Manolo Blahnik.

Donalds Frack stand fest; er trug wie immer Brioni. Er machte sich viel größere Sorgen darum, wer überhaupt auftauchen würde, um Marla in Weiß zu sehen. Es blieb keine Zeit für richtige geprägte Einladungskarten. Es blieb überhaupt keine Zeit für offizielle Einladungen. Am Tag, als

Marla zur Anprobe ging, klemmten sich Donalds Assistentinnen hinter die Telefone. Es war eine Woche vor dem großen Tag, der kurz vor Weihnachten in New York stattfinden sollte. Die A-Promis und Mogule, die Donald dabeihaben wollte, wenn seine zukünftige zweite Frau zum Altar ging, hatten zu tun, waren unterwegs oder hatten einfach keine Lust auf das ganze Spektakel (für manche roch es eher nach Täuschungsmanöver, weshalb manche der tratschfreudigeren Einträge des Trump-Telefonbuchs gerne kamen, aber dadurch die an Privatsphäre interessierteren vergraulten). Michael Jackson, Liza Minelli und Whitney Houston sagten ab. Ebenso Donalds drei ältere Kinder. Don Jr., Ivanka und Eric blieben lieber bei ihrer Mutter, die wie immer die letzten Wochen des Jahres in Aspen verbrachte, wo sie vier Jahre zuvor den Anfang vom Ende der Ehe ihrer Eltern erlebt und seine Zukünftige zum ersten Mal kurz zu Gesicht bekommen hatten. In einer Stellungnahme, die den Medien zugefaxt wurde, ließen sie verlauten: »Im gemeinsamen Gespräch haben wir beschlossen, in Aspen bei unserer Mutter und Großmutter zu bleiben.« Am Abend vor seinem großen Tag schickte er ausgerechnet Ivana ein Dutzend rote Rosen zu. Die hatte aber ihren jüngeren italienischen Freund dabei. Sie verbrachten den zwanzigsten Dezember mit Donalds Kindern, während Donald und Marla das Plaza Hotel betraten, das einst Ivana geleitet hatte, um sich gegenseitig das Jawort zu geben.

Mit einer Woche Vorlaufzeit hatte Donald 1100 Leute zusammenbekommen, die an dem Samstagabend ins Plaza Hotel strömten, vom New Yorker Bürgermeister David Dinkins bis zum Senator Al D'Amato, Bianca Jagger und Robin Leach, Howard Stern und Rosie O'Donnell,

O. J. Simpson und Susan Lucci, Carl Icahn und Randall Cunningham, Don King, Evander Holyfield und Joe Frazier. Manche schauten aus professioneller Höflichkeit kurz rein, wie der Milliardär Ron Perelman, der beobachtet wurde, wie er in letzter Sekunde ankam und wenige Minuten später schon wieder nach seinem Auto schicken ließ. Wie Donald befürchtet hatte, fehlten auf der endgültigen Gästeliste die Größen, die er und andere Anwesende erwartet hätten. »Genau davor hatte ich Angst«, erklärte Howard Stern den Reportern am Abend. »Ich bin der größte Name hier. Ich sehe keine echten Stars.«

Die Zeremonie fand im Mezzanin des Hotels statt, wo der Altar mit Orchideen und Birken geschmückt worden war, von denen Kristallglastropfen hingen. Das waren aber auch die einzigen Tränen an dem Abend, schrieb die Hochzeitskolumne der *New York Times* am nächsten Tag: »Wie die Autorin Julie Baumgold anmerkte: ›Weit und breit kein feuchtes Auge.‹«

Auch wenn sie vielleicht sonst keiner spürte, genoss Marla »all die Wärme im Saal«, wie sie sagte. Sie freute sich darüber, wie sie »in die Menge schauen und unsere Freunde und Verwandten sehen konnte, die durch dick und dünn für uns da waren. Wie aus ›Der Prophet‹ gelesen wurde. Dass ich einfach ganz fest seine Hand halten konnte und wusste, dass wir zu Hause angekommen waren.«

Fred Trump, Donalds Vater, der nie viel von Marla gehalten hatte, war Donalds Trauzeuge. Marlas Trauzeugin war Janie Elder, deren Namen Marla oft angenommen hatte, als sie während des Chaos um die Scheidung von Ivana untergetaucht war. Sie hatten eine Sängerin von der Metropolitan Opera angeheuert, und der Pfarrer der Marble Collegiate

Church, in der Ivana und Donald geheiratet und Marla und Donald während ihrer Affäre geflirtet hatten, vollzog die Trauung.

Nachdem sie geschworen hatten, in guten wie in schlechten Tagen füreinander da zu sein, in Krankheit und Gesundheit, in reichen und in armen Zeiten, bis dass der Tod sie scheide, brachen die tausend Gäste in Applaus aus. Schließlich war es alles eine große Show, und jeder von ihnen hatte einen Logenplatz mit bester Sicht auf diesen speziellen Moment amerikanischer Geschichte. »Er ist unser P. T. Barnum«, sagte der Redakteur des *Spy Magazine*, der *Vanity Fair* und ewige Trump-Feind Graydon Carter. Und über den Abend fügte er hinzu: »Es war der Triumph der Romantik über das Geld.« Bürgermeister Dinkins teilte den Reportern seine rosige Sicht auf die Ereignisse mit: »Die Frau war eine Erscheinung in Weiß«, sagte er. »Donald strahlte. Es war eine wunderwunderschöne Zeremonie.« Als alles so weit war, lüftete Fred Trump Marlas Schleier und enthüllte ihr Gesicht wie auch die Zwei-Millionen-Dollar-Tiara, die sie bei Harry Winston ausgeliehen hatte und deren 325 Diamanten im Einklang funkelten. Donald zwinkerte seiner Frau Marla zu und drückte ihr einen winzig kleinen Kuss auf die Wange.

Am nächsten Morgen brachte jede New Yorker Zeitung die Feier auf die Titelseite, so auch die *New York Times*, und die hochgezogenen Augenbrauen und abfälligen Bemerkungen des letzten Abends spiegelten sich in den Artikeln wider. »Die Braut nimmt den Namen ihres Mannes an«, schrieb die *Times* in ihrer Hochzeitskolumne. »Der Bräutigam behält seinen, The Donald, ein Erbe seiner Ex-Frau Ivana.«

Gegenstandslos waren diese Sprüche nicht. Eine Hochzeit ist kein Heilungszauber, eigentlich nicht mal ein Pflaster. Also bluteten die Wunden ihrer Affäre noch lange weiter, nachdem sie »Ich will« gesagt hatten, vielleicht auch gerade deshalb umso mehr. Donald hatte überhaupt nicht heiraten wollen; er hatte sich dem Druck gebeugt, die Frau zu heiraten, die er begehrte, aber eigentlich nicht so recht liebte. Wie ein alter Freund Donalds erklärte, liebte Donald immer schon mit ganzem Herzen eigentlich nur Donald; alle anderen waren nur Anhängsel, die eine Weile sein Interesse weckten oder seinen Zwecken dienten. Marla erwartete einen liebe- und hingebungsvollen Vater, der Donald nie gewesen war und nie sein würde. Die Kluft zwischen dem, was beide vom jeweils anderen wollten, hatte wieder und wieder zur Trennung geführt, bevor sie sich ebenso oft wieder zusammenrauften. Aber da sie jetzt juristisch aneinandergebunden waren, stritten sie sich einfach – über alles.

Marlas New-Age-Neigungen nervten Donald endlos. Tiffanys Geburt war da nur der Anfang. Freunde erinnerten sich, dass Marla mit ihrem Jeep – selbst ihre Autowahl störte ihn – oft hoch zu einem Haus nach Westchester fuhr, das ihm gehörte, um eins mit der Natur zu sein. »Sie erklärte ihm, sie fahre da raus, um sich die Sterne und den Mond anzuschauen und die Nacht über draußen zu bleiben, und er hasste es aus tiefstem Herzen«, erinnerte sich ein Freund. »Zum Teil glaubte er ihr vielleicht nicht, dass sie wirklich alleine dort hochfuhr, aber zum anderen Teil hasste er auch einfach die Vorstellung, dass sie so ihre Zeit verbringen wollte.« Donald, bei dem es immer Steak und Kartoffeln oder mal Frikadellen oder Fast Food gab, ekelte sich, wenn sie im Restaurant nur Sachen in unterschiedlichen Grüntönen bestellte. In Mar-a-Lago brühte sie sich immer einen speziellen Tee auf, den er angewidert beäugte. »So was würde ich niemals trinken«, giftete er sie an. Dass sie die gemeinsame Tochter auch so erzog, machte ihn wütend. »Sie gab Tiffany nicht mal Vollmilch, und sie war mit meinem Vater verheiratet, dem größten Fast-Food-Fan aller Zeiten«, sagte Ivanka 2000 in einem Interview. »Ich weiß noch, wie er Tiffany einen Big Mac mitbrachte, und Marla sagte: ›Gib ihr das nicht, sie mag lieber Karotten.‹ Also hat mein Vater ihr mit dem Big Mac und der Karotte vor der Nase herumgewedelt und sie gefragt, was sie wolle, und sie hat sich den Big Mac ausgesucht.« Die Trumps griffen ein, als Marla Tiffany nicht impfen lassen wollte. Donalds Schwester Maryanne ging an die Decke. Sie rief Donalds beste Freunde an und flehte sie an, ihm gut zuzureden. »Die Gesundheit des Babys steht auf dem Spiel«, schimpfte sie am Telefon. Danach ließ Donald Tiffany hinter Marlas Rücken impfen. (Bis zum Wahlkampf war er jedoch näher an Marlas Position gerückt. »Ich bin absolut für Impfungen, aber für kleinere Dosen über einen längeren Zeitraum«, sagte er 2015 bei einer Debatte im Rahmen der republikanischen Vorwahlen. »Wir hatten schon so viele Fälle, auch Leute, die für mich arbeiten … [in denen] ein Kind, ein wunderschönes Kind, zum Impfen ging und wiederkam, dann eine Woche später hohes Fieber kriegte, sehr, sehr krank wurde, und jetzt ist es autistisch.«)

Donald ärgerte sich mit der Zeit auch immer mehr über Marlas Mutter Ann, über die er Freunden erzählte, sie sei herrisch und immer da, wobei Letzteres stimmte. Sie kümmerte sich um ihre Tochter und Enkelin und leistete Marla Gesellschaft, die sie dringend nötig hatte, da ihr Mann fast die ganze Zeit arbeitete. Donald sagte, er habe nie Ruhe vor seiner Schwiegermutter, die sich dauernd einmische und ihren Senf überall dazugebe, wenn Donald einfach nur entspannen wolle. Sie sei eine Schnorrerin und solle sich lieber mal um ihr eigenes Leben kümmern und seins in Ruhe lassen.

Seine Arbeitszeiten belasteten Marla. »Warum kannst du nicht um fünf zu Hause sein?«, habe sie ihn einmal gefragt, schreibt Donald in *Art of the Comeback* – eine Bitte, die Donald als »sehr egoistisch« betrachtete. Andererseits störte Donald sich auch an Marlas Schauspielkarriere, die sie immer wieder mit Reisen nach Los Angeles und Castings an beiden Küsten anschieben wollte. »Er hat wirklich diesen Wunsch, eine traditionellere Ehefrau aus mir zu machen«, sagte sie in einem Interview – eine Erwartung, die er schon bei Ivana gehabt hatte, die aber lieber in Atlantic City und im Plaza Hotel für ihn gearbeitet hatte. »Er will, dass das Essen pünktlich um sieben auf dem Tisch steht, und wenn er schon um halb da ist, hat es das Essen auch zu sein.«

Dass Marla ihrem Mann nicht so recht traute, machte das Ganze nicht einfacher. Zu jeder Runde Golf konnte sie ja auch nicht mitkommen, erst recht nicht mit einer kleinen Tochter im Schlepptau. Donald tat wenig, um sie zu überzeugen, dass er sich geändert hatte – weil es einfach nicht stimmte. Einmal führte er einen Autor des *New Yorker* durch Mar-a-Lago, und sie schauten im Wellnessbereich rein. Er stellte seinem Besuch die angestellte Ärztin vor – einer Frau namens Dr. Ginger Lea Southall, die kürzlich ihren Abschluss an einem chiropraktischen College gemacht hatte. Donald wusste nicht mehr, wie das College hieß. »Baywatch Medical School?«, witzelte er. »Könnte doch sein, oder? Ich sage es Ihnen ganz ehrlich. Als ich das Foto von Dr. Ginger gesehen habe, brauchte ich ihren Lebenslauf gar nicht mehr zu lesen, und auch keinen weiteren. Wenn Sie fragen: ›Haben wir sie angestellt, weil sie fünfzehn Jahre am Mount Sinai Hospital gelernt hat?‹, dann lautet die Antwort: Nein. Und ich sag Ihnen auch, warum: Wenn sie nämlich fünfzehn Jahre am Mount Sinai Hospital gelernt hat, dann wollen wir sie nicht mehr anschauen.«

Nach anderthalb Ehejahren hatte auch Marla eine Liebschaft, die Donald ihr nie ganz vergab. Der *National Enquirer* brachte eine Story darüber, wie ein Polizist Marla und ihren Personenschützer Spencer Wagner, der groß, gut gebaut und fünfzehn Jahre jünger als Donald war, mitten in der Nacht hinter einem Rettungsschwimmer-Hochsitz erwischt hatte, während ihr Mann in New York war. Am sechzehnten April um vier Uhr morgens sah ein Polizist einen geparkten Wagen an einem Strandabschnitt zwanzig Kilometer südlich von Mar-a-Lago. Wie Marla es erzählte, war sie mit Freunden in Fort Lauderdale essen und danach in einem Jazzclub gewesen. Auf der Heimfahrt hatte sie mal gemusst. Sie hielt es nicht mehr aus und ließ den Bodyguard rechts ranfahren, damit sie sich am leeren Strand erleichtern konnte. Aber der Polizist sah Marla zunächst nicht, als er auf dem Strand nachschaute. Wagner behauptete, er sei alleine, bis der Polizist Marla in Lycra-Hose und Sport-BH hinter dem Rettungsschwimmer-Stuhl sah. Wie der *Enquirer* berichtete, versuchte sie sofort, den Polizisten zu bequatschen, es müsse doch eine Möglichkeit geben, die Angelegenheit aus der Welt zu schaffen. Sie flehte ihn an, ihren

Namen nicht über Polizeifunk durchzugeben. Er ließ sie mit einem Strafzettel wegen Falschparkens gehen und forderte sie auf, direkt nach Hause zu fahren. Als die Story rauskam, nannte Donald sie Blödsinn: »Wie die ganzen Geschichten über Elvis-Sichtungen und Marsmenschen-Invasionen hat der *National Enquirer* sich mal wieder eine völlig unglaubwürdige Story für die aktuelle Ausgabe ausgedacht«, gab er in einer Stellungnahme bekannt. Aber im Privaten traute er Marlas Version der Geschehnisse nicht. Dabei spielte der Wahrheitsgehalt ihrer Erklärung eine weniger große Rolle als der öffentliche Eindruck, Marla würde Donald zum Narren halten. »Es sah aus, als hätte sie ihm die Hörner aufgesetzt, und das machte ihm zu schaffen«, bemerkte ein Freund. »In ihrer Beziehung und auch sonst allem sollte es immer um ihn gehen, darum, wie sehr er geliebt und begehrt wurde, und wenn es mal anders war, ertrug er das nicht.«

Um es ganz einfach zu formulieren: Sie mochten einander eben nicht besonders. Von jedem Charakterzug des einen hätte der andere lieber das Gegenteil gehabt. Bis auf ihre Tochter hatten sie nichts gemeinsam. Aber das endgültige Scheitern der Ehe lag, wie immer bei Donald, am Geld. Nach ein paar Ehejahren mit Marla hatte Donald endlich mal welches. Mitte der Neunziger, als Donald sich seinem fünfzigsten Geburtstag näherte, war die »Trump is back«-Story in allen Zeitungen und Magazinen. 1996 setzte *Forbes* ihn wieder auf die Liste der 400 reichsten Amerikaner, nämlich auf Platz 376. (Er behauptete, er verdiene eigentlich eine viel höhere Platzierung und die 450 Millionen Dollar, mit dem das Magazin sein Vermögen angab, seien nur rund ein Achtel der tatsächlichen Summe.)

Der Rest der Welcome-Back-Donald-Geschichten war zum großen Teil von seinen Einnahmen durch den Verkauf seiner Anteile am Grand Hyatt Hotel angestoßen worden – sein erster großer Deal in Manhattan, für den er von seinen Flitterwochen mit Ivana zurückgekommen war –, die er an seine Geschäftspartner der Familie Pritzker veräußert hatte. Mit dem Großteil des Geldes beglich Donald direkt diverse andere Schulden, aber trotzdem blieben ihm am Ende noch rund 25 Millionen.

Das war neu für Donald. Er konnte sich abends in sein Riesenbett in seinem Trump-Tower-Penthouse legen und ohne Gedanken an Schulden und andere Finanzprobleme einschlafen, die ihn Jahr für Jahr geplagt hatten. Dafür bereitete ihm etwas anderes Sorgen. Der Ehevertrag, den er Marla 1993 hatte unterschreiben lassen, gestand ihr bis zu fünf Millionen Dollar zu, wenn sie sich vor ihrem fünften Hochzeitstag scheiden ließen. Danach stieg die Summe rapide auf ein Vielfaches an. Der Festbetrag, der aus einem Anteil seines Vermögens bestand, hätte ein bedeutendes Loch in seine Finanzen reißen können, die er gerade erst wieder in Ordnung gebracht hatte.

Aber wieder hatte Donald Glück mit dem Zeitpunkt, an dem seine Ehe in die Brüche ging. Bei Ivana hatte das Unglück in Aspen seinen Lauf genommen, als er gerade so pleite gewesen war, dass Ivana ihm nicht mehr abnehmen konnte, als im Ehevertrag ausgemacht worden war; und jetzt hatte er wenige Monate vor diesem nächsten Meilenstein genug von Marla. »Ich weiß noch, wie er mich einmal in der Lobby des Trump Towers beiseitenahm und mir all die Gründe auflistete, warum er vielleicht die Scheidung einreichen wollte«, erinnerte sich ein Freund. »Und ich habe ihm direkt ins Gesicht geschaut und gesagt, er solle mir den Quatsch ersparen. Ich wusste doch, dass es ums Geld ging, und er wusste, dass er mir da nichts vormachen konnte. Ich habe ihm dann gesagt, er solle machen, was er wolle, aber diesmal bitte mit etwas mehr Würde.«

Marla ahnte es, verbarg es aber, solange sie konnte. Sie hatte das wilde Spektakel einer Trump-Scheidung ja schon einmal miterlebt. Sie wusste genau, was ihr bevorstand, und wenn sie das Ganze abmildern konnte, wollte sie es tun. Ende April 1997 reisten Marla, ihre Mutter Ann und die dreijährige Tiffany hinunter nach Dalton zur Feier des 150. Geburtstags der Stadt. Als sie vor dem Bridge Club der Stadt sprach, tat sie die offensichtliche Abwesenheit ihres Mannes ab. »Er arbeitet die ganze Zeit«, sagte sie und lächelte die neugierigen Frauen an, die sie für ein Leben im goldenen Penthouse und der weitläufigen Villa am Meer verlassen hatte. »Dieser Mann!«

Keine Woche später veröffentlichten sie und Donald gemeinsam die Erklärung ihrer Trennung. »Nach dreieinhalb Jahren Ehe haben wir beschlossen, freundschaftlich auseinanderzugehen«, stand dort. »Um unserer Familie willen bitten wir die Mitglieder der Presse, diese Erklärung anzunehmen, unsere Privatsphäre zu achten und sich lieber wichtigeren Themen zu widmen.« So eine Forderung von Donald – einem Mann, der auf der Hochzeit für die Hunderte Fotografen beim Tanzen zahlreiche Fallfiguren mit seiner Zukünftigen vorgemacht hatte, der nach seiner ersten Scheidung selbst bei der Presse angerufen und Storys zum Besten gegeben hatte – triefte vor Ironie. Auch wenn die Paparazzi vor manchen Ausgängen des Trump Towers lauerten und Hubschrauber über Mar-a-Lago flogen, erblasste das Presseecho im Vergleich zur Scheidung Nummer eins. Soweit man wusste, waren keine andere Frau und kein anderer Mann im Bilde, weshalb die Trennung von Anfang an weit weniger Tratschpotenzial hatte. Es gab keine heiße Spur einer Affäre, kein monatelanges Geflüster über die bevorstehende Trennung. »Ich hatte vor der Trennung keine Gerüchte gehört«, verriet Liz Smith, die Donalds Trennung von Ivana bis auf die Sekunde mitgeschrieben hatte. »Sehr schade, es ist eine tolle Story!«

Schon von der Sache her ist eine zweite Scheidung nie so spannend wie die erste, selbst wenn diese zweite Ehe protokolliert wurde wie eine finstere Episode im Liebesleben der Royals. Zwar hatten die Trumps in den frühen Neunzigern wochen- und monatelang die Schlagzeilen dominiert, aber niemand ist allzu schockiert, wenn die andere Frau schlechthin mit der Zeit zu einfach nur einer anderen von Donalds vielen Frauen wird. Howard Stern hatte es schon bei der Hochzeit gesagt. Diese Beziehung hatte von Anfang an ein Ablaufdatum. Aber als jetzt ein kleines Kind im Bilde war, konnte sich niemand allzu sehr für ein Ich-habs-gewusst oder Das-hat-sie-davon begeistern.

Was nicht heißen soll, dass die Boulevardblätter nicht den letzten Tropfen aus der Trennung molken. »Donald will raus. Er sucht die Freiheit«, berichtete die *Post*. »Marlas *Beverly-Hillbillies*-Familie hat Donald verrückt gemacht«, verriet eine Quelle der Zeitung. Eine andere deutete an, die ganze Trennung sei nur eine Finte, um noch mehr Zuschauer für die Miss-Universe-Wahl zu gewinnen, die Donald gehörte und zwei Wochen nach der gemeinsamen Erklärung gesendet werden sollte. Schon nach wenigen Tagen hatten die Zeitungen die Hauptrollen in Donalds romantischem Melodrama neu besetzt – zum Beispiel mit Dr. Ginger Southall, der Chiropraktikerin von Mar-a-Lago, die er wegen ihres fiktiven Abschlusses von der Baywatch Medical School gelobt hatte. »Der Name Sharon Stone wurde genannt«, gab er vor Freunden mit den Gerüchten an. »Ich habe auch Princess Di gehört! Wild, das Ganze!«

Wie Ivana hatte Marla zunächst den Ehevertrag angefochten, den sie widerwillig unterschrieben hatte, um »das kleine Angstmonster« unschädlich zu machen, das Donald von seinem Jawort abgehalten hatte. Sie behauptete, sie habe nur unter extremem Druck unterschrieben und der Vertrag gehe gegen alles, was ihr Mann ihr und ihrer Tochter in dreieinhalb Jahren Ehe versprochen habe. Weder Marla noch Donald kamen zur Anhörung am Manhattan Supreme Court am 8. Juli 1999 – nach zwei Jahren juristischem Tauziehen. Trumps Anwalt nannte den Ehevertrag hieb- und stichfest, er argumentierte, Marla habe genau gewusst, worauf sie verzichtete und wozu sie sich bereit erklärte, als sie unterschrieb. Dem widersprach Marla. »Nachdem ich Donald zwei Jahre Zeit gelassen habe, die mündlichen Versprechen einzulösen, die er während unserer zwölfjährigen Beziehung gegeben hatte, habe ich beschlossen, mich gemäß der Bedingungen des Ehevertrags zurückzuziehen, der mir erst fünf Tage vor unserer Hochzeit im Jahr 1993 vorgelegt worden war«, gab sie bekannt. Sie war zu der Zeit in Los Angeles, da sie wieder im ganzen Land vorsprach, um an eine Schauspielrolle zu kommen. Nach zwei Jahren Rechtsstreit bekam sie angeblich nur rund zwei Millionen Dollar plus Unterhalt für Tiffany. Das war nicht ansatzweise genug, um den Lebensstil zu halten, an den sie und ihre Fünfjährige sich gewöhnt hatten. Donald fand aber nicht, dass das sein Problem sei. In einer eigenen Erklärung ließ er verlauten, er sei glücklich, dass die Trennung so »freundschaftlich« über die Bühne gegangen sei, und er wünsche seiner Ex-Frau alles Gute.

Diese Wünsche kamen zehn Monate, nachdem Donald Trump in einem Club in Midtown ein achtundzwanzigjähriges slowenisches Model kennengelernt hatte, aus dem er bald »seine Spezialität des Monats« machte, wie seine Freunde es nannten. Nach seiner Trennung von Marla hatte Donald kaum Luft geholt und traf sich schon seit Monaten überall in der Stadt mit Models und Damen der feinen Gesellschaft in ihren Zwanzigern. Eine Weile ging er mit dem Model Kara Young aus. Auch die norwegische Kosmetikerbin Celina Midelfart wurde mit ihm gesichtet. Sie kam an einem Septemberabend 1998 mit ihm in den Kit Kat Club an der Forty-Third Street, der nach dem Club aus dem Musical *Cabaret* benannt worden war. Es war mitten in der Fashion Week, also waren noch mehr Models vor Ort als sowieso schon immer. Unter ihnen war Melania Knauss, die zwei Jahre zuvor von Mailand nach New York gezogen war, um zu schauen, ob sie dort mit kommerzieller Arbeit mehr verdienen konnte. Paolo Zampolli, ein italienischstämmiger Geschäftsmann, dem damals ID Models gehörte, hatte sie Jahre vorher bei einem Casting kennengelernt und ihr ein H-1B-Visum beschafft, das normalerweise hochspezialisierten Experten wie Ingenieuren und Informatikern vorbehalten ist, aber manchmal auch Models zugeschanzt wird, die nicht mal einen Highschoolabschluss und eine Uni nie betreten haben. (Im Wahlkampf wütete Donald über den »weitverbreiteten Missbrauch von H-1B-

Visa«, bei dem »ausländische Zeitarbeiter zu dem ausdrücklichen Zweck rangeschafft werden, amerikanische Arbeiter billiger zu ersetzen.«) Sie zog in eine WG in den Zeckendorf Towers nahe des Union Square, für das die Agentur den Großteil der Miete übernahm, aber sie kam nicht ganz so leicht an Aufträge, wie Zampolli gemeint hatte. In Paris und Mailand war sie erfolgreicher gewesen. In Manhattan schnappten ihr zehn Jahre jüngere Models die Tabak- und Alkoholwerbungen weg, zu deren Castings sie ging. Sie modelte schließlich für eine Armbanduhrenfirma, machte ein paar Unterwäsche-Fotoshootings, trat in einem Panasonic-Werbespot auf, der im Fernsehen lief, und war auf einer Camel-Werbetafel zu sehen, die mitten im Times Square unweit des Kit Kat Clubs stand.

Als Melania an dem Septemberabend in Midtown ausging, spielte sie mit dem Gedanken, wieder nach Europa zu ziehen, da ihr Konto fast leer war. Normalerweise ging sie eigentlich lieber ins Kino oder Fitnesscenter. Manchmal verbrachte sie den Abend auch in ihrer Wohnung und nähte sich Kleider. Sie war schon als Kind eher zurückgezogen und fleißig gewesen. Geboren wurde sie 1970 in Novo mesto im damaligen Jugoslawien, und sie wohnte mit ihren Eltern und ihrer Schwester in einem Plattenbau im Städtchen Sevnica an der Save. Die Familie hatte mehr als viele andere. Ihre Mutter Amalija entwickelte Muster in einer Textilfabrik, und ihr Vater Viktor Knavs war Chauffeur des Bürgermeisters einer Stadt in der Nähe und später Autoverkäufer in einem Staatsbetrieb. (Es soll angeblich einmal den Verdacht gegeben haben, er hätte zu Melanias Grundschulzeit Steuern hinterzogen, aber seine Tochter dementierte die Berichte später.) Als sie jung war, wusch Viktor am Wochenende seinen antiken Mercedes – ein Ritual, das ihm sehr wichtig war –, und Amalija brachte von ihren Geschäftsreisen für ihre Töchter Modezeitschriften aus Frankreich und Deutschland mit. Als Melania zweiundzwanzig wurde, kam sie durch einen Look-des-Jahres-Wettbewerb in eine slowenische Zeitschrift. Den drei besten wurden Verträge in Städten in ganz Europa versprochen. Melania war wütend, als sie nur zweite wurde. Später behauptete sie, sie hätte den Wettbewerb gewonnen, eine kleine Lüge, die sich bald in mehrere kleine Ungenauigkeiten über ihre Jugend einreihte. Sie wandelte natürlich ihren Namen Melanija Knavs um in Melania Knauss; sie verließ schon nach einem Jahr die Universität Ljubljana, um in Mailand zu modeln, aber während der Präsidentschaftskampagne 2016 gab ihre Website an, sie habe dort einen Abschluss in Design und Architektur erlangt.

Trotz dieser kleinen Lügen beschreiben Freunde sie als jederzeit umgänglich und in keinster Weise an Streit interessiert. In einem Interview mit der Autorin Charlotte Hays verglich eine frühere Modelfreundin Melania mit »Erdbeereis«. »Süß«, sagte sie, »und sie riecht gut.« Sie traf sich kaum mit Männern, ging selten in Bars oder Clubs, aber die Party im Kit Kat Club richtete Zampolli aus, und seine Partys waren legendär. Er organisierte Tigerbabys und Mode-Fernsehkameras und sogar einmal einen Alligator, und auch Männer wie Donald Trump waren oft dort, die mit einer Blondine ankamen und später am Abend schon wieder einer anderen hinterherlechzten. Als Midelfart an dem Abend einmal zur Toilette ging, machte Donald sich an Melania heran. »Ich bin durchgedreht«, berichtete er Larry King später in einem Interview darüber, wie sie sich kennengelernt hatten. »Neben Melania saß so ein großes Supermodel. Eigentlich sollte ich mich mit der treffen. Aber dann habe ich gesagt: ›Die ist ja ganz okay, aber was ist denn mit der links daneben?‹« Die links daneben hatte eine grobe Vorstellung, wer Donald war – er war reich und bekannt –, aber das hätte auch jeder mit ein bisschen Bauchgefühl daran erkennen können, wie er auftrat. »Ich hatte mein Leben. Ich hatte meine Welt«, sagte Melania später über ihr erstes Treffen. »Ich habe Donald Trump und sein Leben nicht näher verfolgt.«

Beide erzählen gerne die Legende, als Donald sie nach ihrer Nummer gefragt habe, habe sie ihm vorgeschlagen, ihr lieber seine zu geben. Das sei ein Test gewesen, sagte sie. Hätte er ihr seine Büronummer gegeben, hätte er es nicht ernst gemeint. Sie wollte nämlich nicht mit ihm Geschäfte machen, auch wenn Donalds Beziehungen, ob romantischer oder anderer Natur, immer darauf hinauslaufen. Er gab ihr seine Büronummer, seine Nummer zu Hause im Penthouse und die für Mar-a-Lago. Melania erzählte Freunden, sie habe kein Interesse an Donald, vor allem auch, weil sie wusste, dass er sich auf einer Party an sie herangemacht hatte, zu der er mit einer anderen Frau gekommen war. Zampollis damalige Freundin, ein ungarisches Model, das im gleichen Gebäude wohnte wie Melania, berichtete Reportern, Melania sei die ganze Sache »zuwider«, und die Vorstellung, sie könnte Donald anrufen, sei »vollkommen undenkbar«.

Sie rief dann aber doch an, nachdem sie von einem Fotoshooting in der Karibik zurück in New York war. Donald ging mit ihr auf ein Date ins Moombah, dem damals angesagtesten Club in Downtown, und bald danach flogen sie gemeinsam übers Wochenende nach Mar-a-Lago. Nicht viel später stellte Donald sie auch seinen Kindern vor, die nun älter waren und sich nicht mehr so sehr von seinen Beziehungen bedroht fühlten wie bei Marla. Melania hatte ihre Eltern nicht auseinandergebracht und war weder die erste, zweite noch die zehnte hübsche junge Frau, mit der sie seinen Vater gesehen hatten. »Als ich jünger war, war für mich der Umgang mit seinen Freundinnen schwerer, weil ich eigentlich jede Frau, die ins Haus kam, als persönliche Herausforderung betrachtete«, gab Ivanka Jahre später dem Klatschkolumnisten Chaunce Hayden gegenüber zu. Ivanka und ihren Brüdern passte auch nicht, wie offensichtlich die Frauen alle hinter dem Geld ihres Vaters her waren und dass sie in der Regel halb so alt waren wie er. »Solange seine Freundinnen nicht irgendwann jünger sind als mein ältester Bruder, ist alles okay«, witzelte Ivanka in einem Interview mit der *Mail on Sunday* und fügte hinzu, da Don Jr. nun Anfang zwanzig war, »schränkt es seine Optionen jetzt langsam etwas ein.« Daran, dass ihr Vater sich mit jüngeren Frauen einließ, störte sie eigentlich nur, dass deren Absichten so eindeutig waren. »Bei einem Mädchen, mit dem er sich traf, wusste ich, dass sie kein guter Mensch und nur hinter seinem Geld her war, und das habe ich ihr auch mehrfach ins Gesicht gesagt«, erklärte sie in dem Interview und ergänzte, sie habe »sie erfolgreich vergrault«, wobei sie sich noch manchmal über den Weg liefen, weil sie damals beide modelten.

Bei Melania machte Ivanka sich aber keine großen Sorgen, dass sie nur auf Geld aus sei. Sie hatte erkannt, dass Melania »einen guten Charakter« habe, und sie kannte ihren Vater schon lange genug, dass Melania wohl schon das

Handtuch geworfen hätte, wenn es ihr nur ums Geld gegangen wäre. »Dad ist zu anstrengend, als dass man es ewig mit ihm aushalten könnte, wenn man es nicht ernst meint.« Außerdem fügte sie hinzu: »Auch eine Fünfundvierzigjährige kann ihn ausnehmen wollen. Wenn das das wahre Problem ist, spielt das Alter keine Rolle.« Als im Juni 1999 Donalds Vater Fred starb, saß Melania einige Reihen hinter den Kindern und Ivana in der Marble Collegiate Church, wo Bürgermeister Rudolph Giuliani vor Leuten wie Joan Rivers und Al D'Amato die Grabrede hielt. Die Paparazzi erwischten Melania, die die Kirche allein verließ, in einem Trägerkleid aus schwarzer Spitze, dessen tiefen Ausschnitt sie gerade eben mit einer schwarzen Strickjacke bedeckte, und mit einem Silberkreuz um den Hals. Marla kam nicht zu der Zeremonie in der Kirche, in der sie sich heimlich mit Donald getroffen hatte, und mit dem Pfarrer, der sie sechs Jahre vorher getraut hatte. Zehn Tage nach der Beerdigung war ihre Scheidung rechtskräftig.

Ungefähr zur gleichen Zeit fing Donald auch an, mit dem Gedanken zu spielen, als Präsidentschaftskandidat der Reform Party anzutreten. Ihm war die Sache sogar so ernst, dass er sich im November live vor 1200 Studenten von Chris Matthews interviewen ließ, der eine Folge *Hardball* an der University of Pennsylvania aufnahm, wo beide Männer ihr Grundstudium absolviert hatten. Matthews eröffnete mit der Frage, was für Donald Leben, Freiheit und Streben nach Glück bedeuteten. Donald sprach sofort von Leuten, die Großes in der Welt bewegen würden, und zeigte auf seinen Sohn Don Jr. im Publikum. Matthews bat ihn, seinen Sohn einmal aufstehen zu lassen. »Er sieht viel besser aus als ich«, witzelte Donald.

Matthews erwähnte, Donald habe noch einen besonderen Gast im Publikum. »Mein Supermodel«, sagte Donald und grinste. »Wo ist mein Supermodel? Melania. Da ist Melania Knauss. Steh auf«, befahl er. Sie gehorchte, und die Kameras filmten alles.

»Eins kann man über Sie mit Sicherheit sagen, Donald: Sie kennen den Unterschied zwischen Slowenien und der Slowakei«, stichelte Matthews.

»Das stimmt«, erwiderte Donald. »Den kenne ich absolut.«

Während Donald sich überlegte, was in seiner politischen Zukunft als Nächstes kommen sollte, trieb er auch Melanias Karriere voran. Er setzte sich dafür ein, dass seine Freundin bei einem Fotoshooting für die Januarausgabe der britischen *GQ* posierte – einer Spezialausgabe mit der Aufschrift »Naked supermodel special!« auf dem Cover und dazu der Ergänzung: »Sex auf 30,000 Fuß: Melania Knauss verdient sich ihre Flugmeilen.« Donald gab für das Fotoshooting seinen Boeing-Jet her, der auf dem Rollfeld des LaGuardia Airport in Queens stand. Das Konzept sah so aus, dass Melania in eine Mischung aus Bond Girl und eventueller First Lady verwandelt wurde. Wie es die Story zu den Fotos vielsagend ausdrückte, sei Melania »eine Expertin der Bordunterhaltung. Und als seine persönliche Stewardess könnte sie sogar unsere nächste First Lady werden.« Weiter lautete es: »Miss Knauss freut sich auf die Gelegenheit enger Staatskontakte. ›Ich werde alles geben und den Mann an meiner Seite unterstützen.‹«

Diese Unterstützung zeigte sie minimal bedeckt bis nackt. Auf einem Foto liegt sie nur mit einem Diamantchoker um den Hals und Diamantarmreifen an den Handgelenken bekleidet auf einer braunen Felldecke, wo sie mit Handschellen an einen Aktenkoffer gekettet ist. Auf einem anderen Bild wühlt sie in dem mit weiterem Diamantschmuck gefüllten Koffer und fällt fast aus ihrem goldenen Pailletten-Négligé, das gerade so an ihr hängen bleibt. In einer Aufnahme steht sie mit knallrotem Pythonmuster-BH, abgestimmtem Tanga und schwarzen kniehohen Stiefeln auf dem Flügel des Jets und hält gleichzeitig ihren blanken Hintern und eine silberne Pistole in die Kamera. Sie posierte auch mit gespreizten Beinen auf dem Pilotensessel, wobei ein Bodysuit aus Metallgliedern kaum ihre Brust bedeckt, dafür aber ein silberner Cyborghelm den halben Kopf. Was ihr auf den Bildern an Kleidung fehlte, machte sie durch avantgardistische Brillen und ein expressives Make-up wieder wett. Es war nicht unbedingt eine traditionelle Fotoserie für eine potenzielle First Lady, doch es deutete vielleicht auf die unkonventionelle Natur der Rolle hin, in die sie siebzehn Jahre später rutschen würde. Beim Fotoshooting selbst war Donald nicht dabei, aber er bestand darauf, die Bilder ins Büro geliefert zu bekommen. Die Zeitschrift ließ das Cover und einige andere Aufnahmen rahmen und schickte sie so schnell wie möglich an ihn raus.

Freunde erinnerten sich, dass er absolut begeistert war, dass seine Freundin auf den Fotos für so eine große Zeitschrift so aussah. »Für ihn wurde ein Traum wahr, als sie solche Bilder hatte und dadurch noch berühmter wurde«, erinnerte sich ein Freund. Schließlich war er ein Mann, der dauernd damit angab, dass er Stars aus Ivana und Marla gemacht habe, auch wenn die Aufmerksamkeit oft negativ ausfiel, die ihnen zuteilwurde. Und doch trennte sich das

Paar ungefähr zu der Zeit, als die Zeitschrift an den Kiosken ankam. Am 11. Januar 2000 brachte die *Post* eine Story unter der Schlagzeile »Trump wirft Knauss raus«. Dem Boulevardblatt zufolge finde Donald Melania zwar toll, doch habe sich wieder das kleine alte Angstmonster aufgebäumt, das sich schon damals gezeigt hatte, als er sich wegen Marla von Ivana hatte scheiden lassen. »Donald muss eine Weile frei sein. Er wollte sich nicht schon wieder binden«, verriet eine Quelle der *Post*. »Er hatte die Trennung von Marla noch nicht verkraftet und brauchte Gesellschaft, und dann kam Melania und war schön und nicht vergeben.« Der Zeitung zufolge war sie dann vor Liebeskummer vollkommen am Boden zerstört. Zwei Tage später zeigte Donald sich den Kameras im One 51, einem Club in Midtown, in dem er eine Party für seine Miss-USA-Wahl veranstaltete. Auf die Trennung angesprochen, sagte Donald: »Melania ist eine wunderbare Frau, eine tolle Frau, eine großartige Frau, und sie wird vermisst werden.«

Melanias Freunde erzählten die Geschichte der Trennung anders. Wie Marla vorher traute Melania ihm nicht. Er trieb sich wieder herum wie früher, und das wollte sie nicht mitmachen. Sie war bald darüber hinweg, und er musste sie nicht lange vermissen, weil sie ein paar Monate später wieder zusammenkamen.

Melania zog sich tiefer in seine Welt zurück, weg von ihren Freunden und tiefer in das Loch, das jeden verschlucken kann, der Donald Trump nahekommt. Sie hatte ihre Eltern lange nicht mehr besucht, bis Donald und Melania im Sommer 2002 nach einem Zwischenstopp in London mit seinem Flugzeug weiter nach Slowenien flogen, wo zwei schwarze Mercedes und Melanias Eltern am Flughafen auf sie warteten. Sie kamen gerade rechtzeitig zum Abendessen, zu dem sie eine halbe Stunde zum Grand Hotel Toplice fuhren, wo sie einen Tisch mit Blick über den Bleder See bekamen. Melania musste dolmetschen; Donald sprach natürlich kein Slowenisch, und ihre Eltern sprachen nicht gut genug Englisch (Melania dagegen spricht fünf Sprachen). Der ganze Besuch dauerte nur wenige Stunden. Das reichte Donald. Dann stiegen sie wieder in den Flieger. »Ich war nur so eine Viertelstunde da«, berichtete er Larry King einige Jahre später über den Besuch und lachte über die Kürze des Besuchs. »Ein wunderschönes Land«, ergänzte er. »Ich bin gelandet, habe gesagt: ›Hi Mom, hi Dad! Bye!‹«

Im Winter und Frühjahr 2004 lief die Premiere von *The Apprentice* auf NBC. Donald zeigte seine Freundin bei jeder Gelegenheit: als er den Teilnehmern eine Führung durch sein Penthouse gab; als die Sieger eines Wettbewerbs mit dem Paar am Tisch seines Vaters im 21 Club essen durften; als sie im Finale mit dem Hubschrauber zum Trump Taj Mahal nach Atlantic City flogen (ein Teilnehmer sprach ihren Namen falsch aus, und sie sagte in der kompletten einstündigen Folge acht Wörter: »Das ist so süß! Das ist richtig süß!«).

Zwei Wochen, nachdem das Finale, mit besten Einschaltquoten, Ende April gezeigt worden war, machte Donald Melania einen Antrag. Es war fünfeinhalb Jahre, nachdem sie sich im Kit Kat Club kennengelernt hatten, und sein dritter offizieller Antrag. Er wusste also, wie man es am besten angeht. Er überraschte Melania, bevor sie zur Costume Institute Gala im Metropolitan Museum of Art fuhren – der heiß begehrten Veranstaltung der großen Stars und Fashion Insider jedes Jahr am ersten Montag im Mai.

Es war das erste Mal, dass Melania eine Einladung ergattert hatte, und am Finger trug sie einen Fünfzehn-Karat-Brillanten in Smaragdschliff, dazu Baguette-Diamanten auf beiden Seiten, das Ganze eingefasst in Platin. Als sie ankam, funkelte der Ring vor dem schwarzen trägerlosen geschnürten Kleid, das sie für das Thema der Gala ausgewählt hatte – passenderweise »Gefährliche Liebschaften« –, als sie neben ihrer zukünftigen Stieftochter Ivanka auf dem Teppich posierte, die ein pfirsichfarbenes Trägerkleid in Seide und Spitze trug. Bei der Gala selbst fiel der Ring niemandem auf. Aber am nächsten Tag teilten sie der *Post* die Neuigkeiten mit. »›Brillanter‹ Deal – Trump schenkt Verlobter 2-Millionen-Dollar-Diamanten«, lautete die Schlagzeile. »Es war eine tolle Überraschung«, verriet Melania dem Blatt. »Wir sind sehr glücklich zusammen.« Donald erzählte Larry King später, sie seien »seit fünf Jahren zusammen« und »hatten nicht ein einziges Mal Streit. Also habe ich gesagt: ›Weißt du was? Es ist Zeit. Es ist Zeit.‹«

Einen kleinen Fehler hatte die Schlagzeile der *Post* aber. Donald erklärte der *Times* später, er habe nur halb so viel bezahlt. Graff Diamonds – Oprah Winfreys Juwelier, wie er King erinnerte – habe ihm einen bedeutenden Rabatt angeboten. »Nur ein Trottel würde da sagen: ›Nein, danke! Ich will eine Million mehr für den Diamanten bezahlen.‹« Auch für den Londoner Juwelier lohnte sich das Geschäft, das in seinen Filialen gestiegene Umsätze verbuchen konnte, nachdem Melanias Ring im Rahmen der Berichterstattung über die Verlobung eine gewaltige Werbewirkung entwickelte. (Anfang 2018 berichtete der Vorsitzende von Graff's gegenüber *Forbes*, Donald habe auf keinen Fall solch einen »Gefallen« bekommen.)

Donalds vorherige Ehen hatten sich jeweils ums Geld gedreht. Ivana hatte gedroht, ihn ausbluten zu lassen, als sie den Ehevertrag anfocht, nur dass er zu dem Zeitpunkt sowieso schon blutleer war; Marla war dabei, als er sich ein Vermögen zurückverdiente, stritt aber jahrelang mit ihm um einen größeren Anteil, als ihr der Ehevertrag zugestand. Für die Hochzeiten hatte Donald Hunderttausende Dollar ausgegeben – wenn nicht sogar mehr –, um Gäste zu bewirten, die sich eigentlich weder für die Frischvermählten groß interessierten noch für das Erlebnis, ihnen beim Austausch des Eheversprechens oder dem Anschnitt der Hochzeitstorte unter einem Blätterdach aus importierten weißen Blumen zuzuschauen.

Auch beim dritten Mal forderte Donald natürlich einen Ehevertrag, aber diesmal wollte er mit der Hochzeit lieber Geld verdienen als welches ausgeben. Nachdem er den angeblichen Sonderpreis von Graff angenommen und Graff das Geld so schnell wieder eingenommen habe, hätten sich sofort andere Angehörige der Hochzeitsindustrie bei ihm gemeldet, um an dem neuesten Trump-Heiratsspektakel mitzuverdienen. Sobald das Paar sich für Palm Beach als Hochzeitsort entschieden hatte, seien die Angebote reingekommen. Donald erzählte der *Times*, er habe Offerten mehrerer hochkarätiger Floristen abgelehnt, den Versaille-artigen Ballsaal Mar-a-Lagos mit einer Kaskade jeder beliebigen Art von Blumen zu schmücken, die sie beide sich aussuchten. Und ein halbes Dutzend Spitzenköche hätten sich für das Dinner gemeldet. Ein Privatjetunternehmen habe sich bereit erklärt, am Flughafen Champagner an die Hochzeitsgäste auszuschenken, und eine andere Firma habe ein großes Feuerwerk für den Empfang spendieren wollen. Um nicht zu Star Jones zu werden – der ehemaligen Moderatorin von *The View*, die aus ihrer Hochzeit ein Gratis-Wunderland gemacht und sich damit den Spitznamen Bridezilla verdient hatte, lehnte Donald das Feuerwerk ab, und Melania wollte auch nichts von der Idee wissen, das Ganze zu filmen und für alle Welt auszustrahlen. »Buchstäblich alles von Fotos über Blumen, Jets, Flughäfen bis Diamanten«, berichtete Donald der Zeitung. »Und für jeden Posten gibt es fünf Leute, die ihn machen wollen. Und keiner von denen will Bezahlung, sondern alle nur, dass man ihren Namen nennt.«

Anfangs verkündeten Donald und Melania, zumindest öffentlich, dass sie eine kleine, einfache Hochzeit wollten. »Wer braucht schon so ein Riesentheater? Davon habe ich genug«, erklärte Donald der *Us Weekly*. »Ich mag es lieber klein und vertraut«, berichtete Melania der *People*. Es war schließlich Donalds dritte Hochzeit, und die ersten beiden waren schon so riesig gewesen, mit Hunderten von Leuten, endlosem Blitzlichtgewitter, gigantischen Hochzeitstorten, raffinierten Hochzeitskleidern, Kristallglas, Kaviar und Kritikern, die kaum außer Hörweite des Paares nach Lust und Laune tratschten. Andererseits war es Melanias erste Hochzeit, und diesmal gab es so viel umsonst. Auch Donalds Kinder würden dabei sein. »Ich freue mich so für meinen Dad«, sagte Ivanka der *Palm Beach Post* über die bevorstehende Hochzeit. »Wenn er glücklich ist, bin ich glücklich«, verriet sie Chaunce Hayden.

Donald hatte auch eine Fernsehsendung zu vermarkten. Er war jetzt landesweit bekannt, und zwar nicht mehr nur bei den Lesern der Boulevardpresse. Wenn er diese Hochzeit richtig hinbekam, war sie nicht bloß eine Sensation für die Klatschblätter, sondern sie konnte eine amerikanische Royal Wedding werden, die es auf die Cover der respektierten Zeitschriften schaffte und auf der ganzen Welt Thema war. Sie würde nicht nur sein Ego füttern, sondern ihm auch die Taschen vollstopfen. So eine Werbegelegenheit gab es nicht alle Tage, schließlich schnappte er als Achtundfünfzigjähriger sich ein umwerfendes, vierundzwanzig Jahre jüngeres Model, und zwar mit einer Feier, die eines Königs würdig war. Als ihm dieser Gedanke kam, war jeder weitere Gedanke an klein und schlicht wie fortgeblasen. Es würde also eine Riesensache werden.

Diesmal hatte Donald Zeit, richtige Einladungen zu verschicken – geprägte von Tiffany's. Sie luden Hunderte von berühmten Freunden und Bekannten ein und überhaupt jeden mit einem Namen, der sich auf der öffentlichen Gästeliste gut machen würde. Die traditionelle Trauung sollte am 22. Januar 2006 in der Episcopal Church of Bethesda-by-the-Sea stattfinden und der Empfang hinterher in Mar-a-Lago. Während Donald seine erste Hochzeit von seinen Assistentinnen hatte planen lassen, während Ivana sich in New York einlebte, bestimmte Melania bei jedem Detail mit. Am Abend der Hochzeit selbst hörte ein Reporter des *New Yorker* Donald auf der Toilette jemandem erzählen, dass es endlich Zeit gewesen sei, eine ehrbare Frau aus Melania zu machen, und der Abend gehöre ihr, nicht ihm.

All die A-Promis, die Donalds Einladung zur Hochzeit mit Marla in New York ausgeschlagen hatten, strömten nach Palm Beach, um der Trauung mit der Glückszahl drei beizuwohnen. Gegen sieben Uhr abends am zweiundzwanzigsten Januar füllten sie die Bänke der Episcopal Church of Bethesda-by-the-Sea und atmeten den Duft der Gardenien und Rosen, die in Kühllastwagen von New York nach Florida geschafft worden waren. Politiker waren da – Hillary und Bill Clinton, Chris Christie, Rudy Giuliani, George Pataki, Steve Wynn. Die Welt des Sports war vertreten – Derek Jeter, Shaquille O'Neal, Don King. Das Reich der Musik – Billy Joel, P. Diddy, Paul Anka, Usher, Simon Cowell. Und die großen Namen der Medienwelt – Jeff Zucker, Barbara Walters, Katie Couric, Matt Lauer, Kelly Ripa, Chris Matthews, Kathie Lee Gifford, Les Moonves. »Hätte dort jemand eine Bombe gezündet, hätte er auf einen Schlag eine ganze Generation berühmter Amerikaner ausgelöscht«, berichtete die Frau des Bandleaders einer Reporterin.

Tiffany hatte die Programmkarten verteilt, bevor sie neben ihrer Halbschwester Platz nahm. Don Jr. und Eric bezogen am Altar Stellung. Eine Sängerin von der Metropolitan Opera – dieselbe, die auch bei Donalds zweiter Hochzeit aufgetreten war, sang »Ave Maria«, als Donald sich zu seinen Söhnen vorne in der neugotischen Kirche gestellt hatte, die von Laternen aus dem Spitztonnengewölbe ausgeleuchtet wurde. Die Türen öffneten sich, und Melania schritt hindurch. Oder sie versuchte es. Sie hatte mit ihrem Kleid nicht laufen geübt, das mehr als halb so viel wog wie sie. Sie wäre wohl in vollem Blick all ihrer berühmten Gäste zu Boden gegangen, hätten sie nicht ein paar schnelle Helfer gestützt und ihr auf den Weg zum Altar geholfen. Sie stockte auch nicht, als das Handy eines Gastes klingelte. Sie fixierte ihren zukünftigen Ehemann, der fast demütig wirkte – wenn nicht vor der Frau, die er gleich heiratete, dann vor all den echten Stars, die gekommen waren, um sich Melanias erstes »Ich will!« anzuhören. Melania trug mehrere Rosenkränze, die sich schon lange in Besitz ihrer Familie befanden, und als Teil der traditionellen Zeremonie entzündete das Paar gemeinsam eine Kerze, die sie ihre Mutter hatte aus Slowenien mitbringen lassen. Die hatte bisher nur einmal gebrannt, Jahrzehnte vorher bei Melanias Taufe. Ivanka las aus der Bibel, Donald und Melania tauschten ihr Eheversprechen aus, ihre Gäste applaudierten, jubelten wild und warfen weiße Rosenblütenblätter in die Luft. Während Donald Marla zum Abschluss der Zeremonie nur flüchtig auf die Wange geküsst hatte, drückte er seiner jüngsten Frau drei dicke Schmatzer auf. »Es war schnell, aber schön und perfekt«, berichtete Simon Cowell hinterher einem Reporter. »Ich gebe dafür eine Neun.«

Gut einhundert Chauffeure warteten mit Limousinen, um die Gäste zum Empfang nach Mar-a-Lago zu fahren, wo fünfundvierzig Köche Berge an Kaviar und blattgoldverzierte Horsd'œuvres vorbereitet hatten.

Eric und Don Jr. sprachen Toasts auf ihren Vater und ihre neue Stiefmutter aus. »Ich weiß, dass ich zum letzten Mal hier oben stehen muss«, sagte Eric. »Ich freue mich auf viele Jahre, die ich euch beide nerven kann«, witzelte Donny. Donald sprach auch selbst einen Toast aus und verriet der Menge, seine bisherige Zeit mit Melania seien »in jeder Hinsicht die besten sechs Jahre meines Lebens gewesen«. Eine dieser Hinsichten war zweifellos, dass er in dieser Zeit eine Persönlichkeit von beneidenswertem öffentlichem Erfolg und Status geworden war. Billy Joel, Paul Anka und Tony Bennett sangen, bevor das Paar nach Mitternacht die Torte anschnitt. Die war ein 1,80 Meter hoher siebenstöckiger

Koloss aus Biskuitteig in Gold und Weiß, gesprenkelt mit Orangenschale, getränkt mit Grand Marnier, mit Buttercreme gefüllt und mit zweitausend Zuckerblumen verziert. Das Ganze wog neunzig Kilo und wurde unter all der Butter, dem Zucker und Mehl von einer raffinierten Drahtkonstruktion zusammengehalten, sodass man es gar nicht vollständig zerteilen und an die Hunderte Gäste ausgeben konnte. Stattdessen wurden andere Torten serviert, während sich nach der Feier das Personal an dem Original bediente.

Die Party ging bis spät in die Nacht. Melania legte später das Brautkleid ab und zog stattdessen ein viel leichteres Seidentüllkleid von Vera Wang mit Rüschen und Seitenschlitz bis zu den Knien an, das ihre Formen eng umschmeichelte. Am Pool spielte ein DJ, es wurde getanzt, und gegen vier Uhr morgens trug Donald seine dritte Frau in ihre gemeinsame Suite.

Die beiden blieben für die Flitterwochen in Mar-a-Lago. »Warum sollten wir unser wunderschönes Zuhause verlassen und uns auf irgendeine Tropeninsel verdrücken, wo es doch nicht sauber ist?«, rechtfertigte er sich einige Monate nach der Hochzeit gegenüber Larry King.

MELANIA PASSTE SOFORT in die Rolle der dritten Mrs. Trump. Im April führte sie schon den Vorsitz der Saisoneröffnungs-Benefizgala der Martha Graham Dance Company in der Tavern on the Green in New York, zu der sie in einem trägerlosen cremefarbenen Dior-Kleid mit kleinen Pastellblütenstickereien und Empire-Taille kam. Das war eine außergewöhnlich luftige Silhouette für ein Model, was sofort die Gerüchteküche anheizte, sie verstecke vielleicht schon ein Babybäuchlein. Aber in Wirklichkeit war sie zu dem Zeitpunkt noch nicht schwanger. Doch im Sommer, ein gutes halbes Jahr nach der Hochzeit, hatte sie Neuigkeiten für ihren Gatten. »Als er an einem Tag im August nach Hause kam, sagte ich ihm, dass er Vater werden würde«, berichtete sie Monate später der *People*. Dabei war er natürlich schon vierfacher Vater. Seine drei Kinder mit Ivana waren schon über zwanzig, und Tiffany war elf. Wie Melania seine Reaktion beschrieb, zeigte er ungefähr den Begeisterungsgrad, den man bei einem fast sechzigjährigen, bald fünffachen Vater erwarten würde. »Anfangs brauchte er ein bisschen Zeit«, sagte sie. »Es war eine große Überraschung, aber dann war er überglücklich.« Donald unterbrach sie, ganz so überrascht sei er nun auch wieder nicht gewesen: »Ich hatte ja damit gerechnet, dass wir Kinder haben würden, überrascht hat mich nur, wie schnell es ging. Es kam sehr plötzlich.«

Ende September verkündeten sie der *Post* die Neuigkeiten. »Baby Trump«, lautete die Schlagzeile. »Ein Baby-Donald wird im Frühjahr erwartet.« Zwischenzeitlich stand Melania jeden Morgen um sieben auf und überwachte die Einrichtung des Kinderzimmers im Trump-Tower-Penthouse. Donald half seiner Frau nicht groß bei den Vorbereitungen, aber das war ihr nur recht. Anfang 2006, Monate vor dem Geburtstermin, stellte sie schon ein Kindermädchen ein (später stritt sie *Harper's Bazaar* gegenüber ab, je ein Kindermädchen gehabt zu haben, was Donald wiederum in einem eigenen Interview korrigierte, als er zugab, dass sie tatsächlich jemanden hatten, der beim Versorgen des Babys half). Melania wusste, was für eine Art Vater sie bei Donald zu erwarten hatte, denn sie hatte ihn ja schon mit seinen vier älteren Kindern erlebt. »Ich erwarte nicht unbedingt, dass er den Kinderwagen die Fifth Avenue entlangschiebt«, sagte sie. Was die Geburt anging, nahm Donald wieder den Posten an, auf den Ivana ihn damals gesetzt hatte – draußen vor dem Kreißsaal. Das Erlebnis von Tiffanys Geburt in Marlas Hippie-Zaubersetting hatte ihm gereicht. »Ich glaube, es ist einfacher für Melania, wenn ich nicht dabei bin«, erklärte er der *People*.

Er kam aber mit zu der Ultraschalluntersuchung, um herauszufinden, ob es ein Junge oder ein Mädchen war – das Einzige, was sie innerhalb dieser neun Monate geheim hielten. Und Donald war bei der Babyparty dabei. Im Februar reservierte das Paar den berühmten Spielzeugladen FAO Schwarz an der Fifth Avenue, um das Trump-Baby zu feiern. Melanias Freundinnen ließen einen Kuchen backen, auf dem mit Zuckerguss »Trumpette« geschrieben war, und sie machten sich über die vielen Gänge und Etagen des Ladens her – all die Riesenplüschtiere, der knallrosafarbene Barbiebereich, die Legoecke, bis hin zu den Bastelprojekten und Brettspielen und Kostümen. Eigentlich hatten Donald und Melania aber schon alles für ihr Baby – die Geschenke, die die Gäste an dem Tag im Laden aussuchten, wurden den Kindern im nahen New York Presbyterian Hospital geschenkt. Melania trug ein geschlechtsneutral gelbes ärmelloses Kleid und sagte, ihr Mann »liebt das Baby« und ist »sehr aufgeregt« wegen der ganzen Sache.

Genauso begeistert wie von dem Baby war Donald wohl von der Tatsache, dass NBC ihn gerade für zwei weitere Staffeln *The Apprentice* unter Vertrag genommen hatte. Auch was die Schwangerschaft mit Melanias Körper anstellte, war für ihn nicht weiter schlimm. Im Dezember beschrieb er in Howard Sterns Radiosendung, wie Melania sich verändert hatte, seit sie die Neuigkeiten erfahren hatte. »Die werden einfach ein bisschen aufgeblasen, weißt du?«, sagte Donald auf Sendung. »Wie ein Luftballon, aber nur an den richtigen Stellen.« Also wenigstens passiere es bei *ihr* nur an den richtigen Stellen, präzisierte er. Später im Laufe der Sendung sagte er, er finde Heidi Klum, die auch auf der Hochzeit mit Melania zu Gast gewesen war, seit der Geburt ihrer beiden Kinder nicht mehr attraktiv. »Ich habe sie neulich gesehen und das passt nicht mehr«, urteilte er.

Aber Melania sei anders, ganz besonders. »Also, sie ist echt ein Monster geworden, an genau den richtigen Stellen.« Er erwischte sich und erklärte, er meine »Monster im besten Sinne«. Er führte weiter aus: »Sie ist genau an den richtigen Stellen sehr, sehr dick geworden.« Das durfte ein paar Monate später die ganze Welt beurteilen. Eine Melania im siebten Monat posierte bei einem Fotoshooting von Annie Leibovitz für die Aprilausgabe der *Vogue* und trug nichts als einen goldenen Bodypaint-Bikini und hohe goldene Pumps. Sie stand auf den Stufen eines Flugzeugs auf dem Rollfeld, den Bauch stolz im Profil präsentiert, der selbst in diesem Stadium kaum etwas von einem Luftballon hatte. Donald saß auf dem Foto abseits in dem silbernen 600 000-Dollar-Mercedes-SLR McLaren, den er seiner Frau ein Jahr zuvor geschenkt hatte. »Ich finde es sehr sexy, wenn eine Frau schwanger ist«, sagte Melania der Zeitschrift, die um den errechneten Termin erschien. »Ich finde, es ist wunderschön, ein Baby in sich zu tragen.« Zu ihren Erziehungsplänen für das Kind sagte sie, sie werde als Mutter »streng, aber nicht zu streng sein, und ich glaube, bodenständig. Sehr bodenständig.«

Melanias Stichtag war erst Ende März, also glaubte Donald am achtzehnten, er könne noch in Ruhe ein Wochenende in Mar-a-Lago verbringen, während Melania in New York blieb. Er hatte den Talkshowmoderator Regis Philbin und seine Frau Joy einfliegen lassen, damit er sich nicht langweilte. Nicht lang nach der Abreise rief Melania Donald an und sagte, er müsse nach Hause fliegen. Sie ging Sonntagabend ins Krankenhaus, und am Montagmorgen, den zwanzigsten März, brachte Melania nach acht Stunden Wehen, neun Tage vor dem Stichtag, einen Jungen von 3800 Gramm zur Welt. Beim Namen hatten sie sich noch nicht festgelegt, als Donald bei *Imus in the Morning* auf NBC anrief, um der Welt die Neuigkeiten mitzuteilen. Philbin war schockiert, als sein Produzent ihn über die Ankunft des kleinen Trump informierte, während er gerade bei *Live with Regis and Kelly* auf Sendung war, also griff er zum Telefon und rief Donald an, der prompt dranging. »Sie hat mir einen hübschen Sohn geschenkt«, sagte Donald seinem Freund. Der Associated Press gegenüber schwärmte er am gleichen Tag weiter – doch diesmal über sich selbst. »Ich bleibe einfach jung, okay?«, sagte der Neunundfünfzigjährige. »Ich mache Kinder. Ich bleibe jung.«

Schließlich entschieden sie sich für einen Namen – Barron William Trump (Barron war eins von Donalds Pseudonymen, wenn er sich als sein eigener Pressesprecher ausgab und Reportern Kleinigkeiten oder ganze Storys über sich erzählte). Zwei Wochen nach der Geburt trat Melania bei *The View* auf ABC auf und berichtete den Moderatorinnen, die Geburt sei »toll« und »sehr, sehr leicht« gelaufen. Ob sie eine PDA bekommen habe, fragte Joy Behar. »Natürlich«, erwiderte Melania und lachte ganz und gar nicht wie Marla.

Drei Wochen später luden sie die *People* in ihr Penthouse ein, wo die Reporter einen exklusiven Blick auf den kleinen Erben erhaschen konnten, das »Billion Dollar Baby«, wie sie ihn tauften. »Ich bin am liebsten jede Sekunde bei ihm«, sagte Melania. »Ich füttere ihn. Ich wickle ihn. Ich spiele mit ihm.« Manchmal ließ sie ihn auch in einem Korbkinderwagen bei sich und Donald schlafen, obwohl der Kleine natürlich ein ganzes Stockwerk für sich – und natürlich das Kindermädchen – direkt über dem seiner Eltern hatte. Das Paar hatte die ehemalige Etage von Don Jr., Ivanka und Eric umgebaut, als Melania schwanger gewesen war. Barron schaute in seiner Kindheit durch dieselben bodenlangen Fenster im siebenundsechzigsten Stock wie vor ihm seine Geschwister. Donnys Grateful-Dead-Poster, Ivankas lavendelfarbenes Himmelbett und Erics Zimmer mit Seefahrtsthema waren alle nicht mehr da. Über ein Dutzend Jahre vorher war Ivana mit ihren Kindern aus dem Penthouse ausgezogen; auch Marla und Tiffany hatten vor knapp zehn Jahre ihre Sachen gepackt. Jetzt waren Melania und Barron an der Reihe, und sie stattete das Kinderzimmer mit einer Nerztagesdecke aus, die dem kleinsten Trump der Kürschner Dennis Basso geschenkt hatte, sowie mit einem weichen langgezogenen Hund von FAO Schwarz, mit besten Grüßen von Barbara Walters.

Dass der Kleine manchmal mit im Elternzimmer schlief, war Donald anscheinend nur recht – wenigstens vor den Kameras und einem Reporter. »Ich schlafe sowieso nicht viel, also ist es auch nicht schlimm, wenn er weint. Ich füttere ihn auch gerne, nicht weil ich muss, sondern weil ich das liebe«, sagte er. »Oft kümmere ich mich früh am Morgen um ihn.« Beim Windelwechseln hörte es dennoch auf, was seine Frau ihm aber nicht übelnahm. »Manche Frauen wollen, dass der Mann die halbe Hausarbeit macht«, erklärte er. »Aber nicht Melania – zu meinem Glück.« Sie ließen ein offizielles Porträt von sich machen – Melania im ultratief ausgeschnittenen schwarzen Satincocktailkleid, Donald in seinem typischen kantigen schwarzen Anzug mit kobaltfarbenem Schlips, seinen Sohn auf dem Arm, der in einem weißen Strampler eingeschlafen war. Kein Elternteil lächelt oder schaut das Kind an. Sie starren beide intensiv in die Linse, als gäbe es gar kein Kind und sie würden für eine Reklame für ein Trump-Casino oder die neue Staffel von *The Apprentice* posieren. Auch auf den meisten anderen Bildern verschwand Barron eher im Hintergrund – wie dem, auf dem Melania vor der vergoldeten Eingangstür des Penthouses unter der vergoldeten Decke den goldenen Kinderwagen mit eigenem Kronleuchter schiebt, den Ellen DeGeneres dem Baby ein paar Tage zuvor geschenkt hatte. Barron hält sie im anderen Arm, aber er ist kaum zu sehen. Dafür befindet er sich im Mittelpunkt eines Fotoshootings in seinem Kinderzimmer, in dem Melania ihm auf dem Boden das Fläschchen gibt, obwohl der Fokus eindeutig auf dem gigantischen Plüschhund von Walters, dem noch größeren Plüschlöwen, Elefanten, Eisbären und Teddybären liegt, die kunstvoll vor dem Ausblick über den Central Park arrangiert sind, um die Geschichte der Privilegien dieses nicht mal einen Monat alten Kindes zu erzählen. Auf einem letzten Foto ist er aber der Star. Eigentlich hatte darauf nur das Baby in seinem Burberry-Bademantel zu sehen sein sollen, die winzigen Zehen von Slippers bedeckt, an denen Stoffbärchen hängen. Während der Kleine umgezogen wurde, stand Donald in der Nähe. »Komm, Barron«, sagte er seinem jüngsten Sohn. »Jetzt hast du deinen ersten Auftritt.«

KAPITEL 5

Die Mini-Voltrons

VOR ETWA ZEHN Jahren stolperten Donalds drei älteste Kinder in eines ihrer Büros auf der fünfundzwanzigsten Etage des Trump Towers. Sie hatten gerade ihr wöchentliches Geschwister-Lunch beendet, für das sie sich vor den Glastüren ihrer Büros trafen, die alle nebeneinander lagen, um gemeinsam mit dem Aufzug nach unten zu fahren und schließlich den mit Marmor ausgekleideten Flur, dessen Farbe an rosa Erbrochenes erinnerte, entlang in Richtung Trump Grill zu laufen.

Sie beendeten gerade ein Gespräch, als ein paar Bürokollegen vorbeischauten. Wie aus dem Nichts nahm Don Jr. sich plötzlich seine Schwester vor. Mit ausgestrecktem Arm warf er sie zu Boden. Ivanka trug noch das Kleid, das sie den ganzen Tag lang in ihren Meetings getragen hatte. Dann kniete er sich hin und setzte sich geradewegs auf ihren Kopf. »Als wir klein waren, habe ich das ständig gemacht«, sagte er. »Ständig.«

Sprachlos beobachteten die Kollegen Ivankas tomatenrotes Gesicht, das immer roter wurde. Eric kicherte in seiner Ecke, bevor auch er sich auf seine am Boden liegende Schwester stürzte. Während Don Jr. weiterhin auf ihrem blonden Ring aus Haaren saß, fing Eric an, sie zu kitzeln.

»Sobald ihr von mir runter seid, töte ich euch beide«, presste Ivanka mit Mühe durch ihren Lachanfall raus. Als ihre Gesichtsfarbe ein tiefes Purpurrot erreicht hatte, sagte ein Kollege den Jungs, sie sollten Ivanka in Ruhe lassen. »Das Ganze war lustig und ich nehme an, irgendwie niedlich«, erinnerte sich ein Kollege kürzlich. »In jedem Fall war es nichts, was in jedem x-beliebigen Büro vorkam, aber es war ja auch nicht jedes x-beliebige Büro.«

Die drei waren nur eine Aufzugfahrt von ihren Kinderzimmern entfernt und nur eine Etage unter dem Büro ihres Vaters. Sie waren die Stammhalter. Wenn sie das Büro in einen Wrestling-Ring verwandeln wollten, sollte es halt so sein.

DASS SICH DIE Geschwister so nahestehen, kommt hauptsächlich durch die Bunker-Mentalität, die sie während ihrer prägenden Jahre angenommen hatten, um alle Klatschspalten, Mar-a-Lago-Exilaufenthalte, Marla, Melania und mehr Boulevardpressefiaskos, als gut für ein Kind sind, zu überstehen. Niemand sonst kann sich vorstellen, wie das war. Genauso kann sich niemand wirklich vorstellen, wie es ist, für ihren Vater zu arbeiten. Man hat ihnen einen goldenen Schlüssel ausgehändigt, doch die goldenen Handschellen hingen mit am Bund.

Schwer vorstellbar, dass sich Donald genau diese Art Verbundenheit, diese gemeinsame Mentalität ausmalte, als er beschloss, dass er eine große Familie haben wolle. Bevor Don Jr. zur Welt kam, erzählte Donald Freunden, er wolle mindestens fünf Kinder. Nicht um seiner eigenen Familie zu gleichen. Nicht als Statussymbol, wie es bei manchen

Familien in Manhattan der Fall ist (bis zum heutigen Tag gilt das vierte Kind als das ultimative New Yorker Statussymbol – mit all den zusätzlich erforderlichen Quadratmetern, Schulgeld und zweiten Taxis, die es mit sich bringt –, mehr noch als ein Haus in den Hamptons oder eine Birkin Bag aus irgendeinem seltenen Leder im Schrank). Er wollte viele Kinder, weil dadurch die Wahrscheinlichkeit stieg, dass eines davon genau wie er werden würde.

»Ich will fünf Kinder, genau wie in meiner eigenen Familie, denn bei fünf kann ich sicher sein, dass eins garantiert genauso wird wie ich«, sagte er. Narzisstische Eltern sehen in ihren Kindern häufig Spiegel ihrer selbst. Die Begabungen und Schwächen der Kinder reflektieren Mutter und Vater, sodass diese häufig Perfektion verlangen. Donald bezeichnet sich selbst öfters als den Schlausten von allen mit dem höchsten IQ, als den ultimativen König der Deals mit den besten Genen, als ruhmreichen Sportler mit Ivy-League-Abschluss und einer Firma, die mehr wert ist, als alle detaillierten und respektablen Berechnungen ihm zugestehen wollen. Wenn nur eines seiner Kinder all das in sich vereinen würde, nun, das wäre der Traum eines jeden Elternteils.

Doch sein Traum ging nicht ganz so in Erfüllung, wie er es sich erhofft hatte. Fragt man Michael Cohen, Donalds Anwalt, der seit einem Jahrzehnt eng mit der Familie zusammenarbeitet, so meint dieser, jedes der Kinder zeige einen der Charakterzüge, die zusammen Donald Trump ergeben: »Sie sind wie kleine Super-Bots, Mini-Voltrons. Zusammen ergeben sie ein Ganzes.«

Ivanka ist die hochbegabte, medienkundige Botschafterin. Sie bringt die Presse dazu, ihr beste Dienste zu leisten, und wenn die Kameras laufen, läuft auch sie zu Hochform auf. In Don Jr. wütet die »Provozier mich und ich schlage härter zurück«-Sensibilität seines Vaters. Eric ist der Bauherr, der das Bauen lebt und atmet, ein Naturtalent, was räumliches Denken und den Umgang mit Materialien betrifft, ebenso wie die Zusammenarbeit mit anderen Bauunternehmern und den Jungs auf der Baustelle.

»In ihren unterschiedlichen Bereichen sind sie genauso gut wie der Boss«, sagte Cohen, »aber wenn sie den Job des anderen ebenso gut erledigen sollten – das ist einfach nicht ihr Ding.«

Tiffany und Barron wurden zunächst nicht genauso in eine Kategorie gesteckt, auch wenn bei beiden schnell offensichtlich wurde, dass sie wie Donald gerne von der Seitenlinie das Geschehen beobachten.

Ob nun bewusst oder unbewusst, die Trump-Kinder haben ihr gesamtes Leben damit verbracht, ihre jeweiligen Rollen im Orbit ihres Vaters zu perfektionieren. Und es ist erstaunlich, wie tief sie sich in diese Rollen hineingegraben haben.

KAPITEL 6

Ivanka – Voltron Nummer eins: Das mediale Mastermind

REGEN PRASSELTE AUF die Windschutzscheibe der Limousine und rann den gesamten Weg durch Midtown Manhattan die Scheiben entlang, bis sie den Lincoln Tunnel durchfuhr und schließlich durch die glatten verschlafenen Straßen einer Pendlerstadt in New Jersey kurvte. Ein ehemaliger Geschäftspartner Donalds befand sich auf dem Heimweg von der Arbeit. Es war 1997, und Autotelefone waren noch so groß wie Ziegelsteine, doch sie funktionierten bereits gut genug, um zwanzig Minuten lang Donalds Gejammer zu übertragen. Glücklicherweise legte dieser endlich auf, als der Fahrer in die richtige Straße einbog.

Der Geschäftsmann hatte seinen Aktenkoffer noch nicht abgestellt, da sagte ihm seine Frau bereits, Donald sei am Apparat.

»Aber wir haben gerade erst ein Gespräch beendet«, antwortete er.

In all den Jahren, in denen er Donald gekannt hatte, waren dessen Bedürfnisse ein Fass ohne Boden gewesen – er war wie ein zeitraubender Vampir, der die Menschen in seiner Umgebung anzapfte, um seine Eitelkeiten zu speisen.

Mit ihm zu arbeiten, bedeutete, angerufen, herbeizitiert oder -gebrüllt zu werden, teilweise alles gleichzeitig, um nicht vorhandene oder auch tatsächliche Krisen zu managen, um sein Ego zu tätscheln, seinen Ärger abzumildern, eine Unsicherheit aufzubauschen oder häufig ganz einfach, um den gelangweilten und notorisch unaufmerksamen Mann im Trump Tower zu unterhalten.

Sie bedienten sich kleiner Tricks, mit denen sie ihn schneller wieder vom Telefon bekommen oder leichter abweisen konnten. Wie während der Zeit, als Donald vor dem Börsengang seines Casinos in Atlantic City unaufhörlich seine Anwälte und Berater anrief. Die Finanzen waren eine Katastrophe, die Zeit drängte, und rein theoretisch befanden sie sich in der Schweigephase – der Zeit vor dem Börsengang, in der eine Firma keine Statements machen, News herausgeben oder sich überhaupt in irgendeiner Weise öffentlich äußern darf –, doch Donald konnte einfach seine Klappe nicht halten. Er machte sich Sorgen darüber, wie er in der Presse bei der ganzen Geschichte wegkommen würde, und so rief er wiederholt und ohne absehbares Ende an, wegen jeder Anmerkung, Frage oder Gedankenblase, die in seinem Kopf geplatzt war. Die Tinte auf den Scheidungspapieren von Ivana und ihm war schon lange getrocknet, und er lebte mit Marla zusammen, die sich gerade in Mar-a-Lago sonnte.

»Ich muss mir diese Schminke aus dem Gesicht wischen«, sagte er ins Telefon. In der Leitung befanden sich gleich zwei Zuhörer, die nun beide fragten, warum er denn unter der Woche Make-up trug. Das war Mitte der Neunziger, noch vor *The Apprentice*, und sicherlich hätten sie geplante Auftritte vor der Presse vor dem Börsengang absegnen müssen.

»Ich habe mit Ivana einen Werbespot für Pizza Hut gedreht, der wird aber erst am Wochenende ausgestrahlt«, sagte Trump. (In dem heute berühmt-berüchtigten Spot sieht man das damals schon getrennt lebende Paar, sie mit Diamanten und er mit schwarzer Krawatte, bei einem äußerst doppeldeutigen Dialog: »Es fühlt sich falsch an, oder?« – »Aber trotzdem auch so richtig.« – »Dann haben wir einen Deal?« – »Ja! Wir essen unsere Pizza falsch rum, den Rand zuerst.«) Natürlich verstieß dies gegen die Schweigephase, aber einer der beiden Männer am anderen Ende der Leitung witterte die Chance auf eine gewisse Ruhezeit für sich selbst.

»Ich hoffe sehr, Marla weiß davon«, sagte er zu Donald. »Ruf sie besser gleich an, wenn sie es nicht durch dich erfährt …«

Kurz darauf rief Donald wieder an. »Das arme Ding«, berichtete er. »Sie ist krank. Sie hat mir gesagt: ›Ich kotz gleich.‹«

»Sie ist nicht krank, Donald«, erwiderte einer der Geschäftspartner, »du kotzt sie an. Du solltest jetzt sofort in einen Flieger zu ihr nach Palm Beach steigen.«

Das schenkte ihnen ein paar ruhige Stunden ohne lästige Anrufe.

Als der Geschäftspartner seine Frau nun fragte, wie es sein könne, dass Donald schon wieder telefonieren wolle, zuckte sie nur mit den Achseln und deutete auf das Telefon, das neben einem wackligen Briefstapel auf dem Tisch stand. Er wählte Donalds Privatnummer im Trump Tower Penthouse und wartete darauf, dass das Tuten durch den kehligen Bariton ersetzt wurde, der vor wenigen Minuten erst aus der Leitung verschwunden war.

Ivanka ging ran, mit ihrer rauchigen Stimme, die Donalds in nichts nachstand.

»Oh, ich weiß, er wollte dich sprechen, aber das dauert jetzt ein paar Minuten.« Also betrieben sie Small Talk, sprachen über die Dinge, über die man auch mit der heranwachsenden Tochter des Arbeitskollegen sprechen konnte: Sie hasste Mathe, aber ansonsten lief es gut in der Schule. Er sah sich gleichzeitig die Post durch, um die Zeit totzuschlagen.

»Das glaubst du mir nie«, sagte er zu ihr, »aber ich habe hier Werbung in der Post für einen Laden, der ›Ivanka's‹ heißt.« Eine Frau namens Ivanka Eror hatte ein Geschäft eröffnet, das sie Ivanka's Country Barn getauft hatte und das bis heute noch Antiquitäten, Kunstdrucke und Accessoires in Wyckoff, New Jersey, verkauft, fünfundvierzig Kilometer vom Trump Tower entfernt. Ebenjene Ivanka posierte mit breitem Lächeln für einen Fotografen der Lokalzeitung, wobei sie – mit ihrem Ehemann und dem Bürgermeister neben sich stehend – Ende des Sommers 1996 eine rote Einweihungsschleife durchschnitt.

Am anderen Ende der Leitung wurde es still. »Ich habe meinem Dad ja gesagt, dass wir meinen Namen als Marke eintragen müssen«, zischte Ivanka durch ihre zusammengebissenen Zähne. »Er hört mir nie zu. Nie hört er mir zu, aber ich hab's ihm gesagt.« Der Geschäftspartner lächelte vor sich hin. Donald musste gar nicht an den Hörer kommen. Sein Mini-Me war bereits dran.

Am 17. September 1997 flatterte der Antrag für den Markennamen »Ivanka« in die Poststelle des Patent- und Markenamts. Das Dokument, dessen Absender Ivanas Wohnung auf der Sixty-Fourth Street war, meldete das Vorhaben an, den Namen als internationale Marke für die

Klassifikationen 3, 14 und 25 zu gebrauchen: Kosmetik (Lippenstift, Lipgloss, Lipliner, Lidschatten, Eyeliner, Augenbrauenstift, Mascara, Concealer, Foundation, Kompaktpuder, loses Puder, Rouge, Bronzecreme, nicht medizinisch wirksame Hautprodukte wie Tagescreme, Nachtcreme, Mini-Lift-Peelingmaske, Feuchtigkeitscreme, Hautaufhellungscreme, Repair-Lotion, Hautreiniger, Porenverfeinerer, Hautstraffungscreme, Augencreme, Anti-Falten-Creme, Augengel, Anti-Pickel-Creme, Körpercreme, Bodylotion, schäumendes Badeöl), Schmuck und Uhren sowie Kleidung (Hosen, kurze Hosen, Skorts, Röcke, Kleider, Blusen, T-Shirts, Hemden, Pullover, Joggingpullover, Jogginghosen, Jeans, Leggins, Bodys, Socken, Strumpfhosen, Jacken, Mäntel, Anoraks, Windbreaker, Hüte, Schuhe, Stiefel, Slipper, lange Nachthemden, kurze Nachthemden, Bademäntel, Dessous, also BHs, Panties, Slips, Unterhemden und kurze Pluderhosen).

Ivankas übernatürliche Fähigkeit, sich selbst zu promoten, liegt eindeutig in ihren Genen. Schließlich fußt das Immobilienimperium ihres Vaters zwar auf einer Millionen-Dollar-Finanzspritze von dessen Vater, aber auch jeder Menge Imponiergehabe. Jahrelang spielte er Reportern unter verschiedensten Pseudonymen am Telefon etwas vor, gab sich als sein eigener Pressesprecher aus, um schmeichelhafte Storys über sich selbst in die New Yorker Presse zu bekommen, und ebenso oft rief er als Donald Trump an. Eine Zeit lang erlegten sich die Journalisten der *New York Post* selbst eine Zitatsperre für Donald Trump auf. Denn man durfte ihn gerne zitieren, jederzeit, zu jedem Thema, es war zu einfach, ihn zu einem Zitat zu bewegen. Er würde den Lesern irgendwann zum Hals raushängen. Doch es gab diesen amerikanischen Hunger nach übertriebenem Pomp mit New Yorker Adresse und einsilbigem Namen am Gebäude – in Gold. Er sei das, was sich ein armer Mann unter einem reichen Mann vorstelle, wie Fran Lebowitz sagte, und so kam sein Name auf Krawatten aus China, Hotels, Wasserflaschen, Steaks oder jedwedem inzwischen gescheiterten Produkt, das er in Auftrag gab, irgendwie an. »Der ganze Kram, den er dir in seinem Haus zeigt – die vergoldeten Armaturen –, genau das würde sich jemand kaufen, der im Lotto gewonnen hat.«

Dies schlug sich auch in den Einschaltquoten nieder. Seine Sendung *The Apprentice* beruhte auf diesem Konzept und lief fünfzehn Staffeln lang, später kam eine Celebrity-Ausgabe hinzu. Häufig wurde gesagt, der neueste Auswuchs – die Präsidentschaftskandidatur – sei einfach eine Erweiterung von Donalds Marke gewesen. Natürlich spielten zahlreiche Faktoren bei seinem überraschenden Wahlerfolg eine Rolle, der noch viele Jahrzehnte lang diskutiert und untersucht werden wird. Doch die Leichtigkeit, mit der er sich zu vermarkten und die Medien zu manipulieren wusste, gehört zweifelsohne dazu.

Ivanka ist wahrhaftig die zweite Generation dieser Geschäftstüchtigkeit. Sie hat ein Gespür für Eigenwerbung – allerdings ohne das aufdringliche Gehabe. Sie ist der Löffel Zucker, der das bittere »Du bist gefeuert!« oder »Gräßliche Frau!« ihres Vaters versüßt. Während der Schlüssel zu Donalds Marketingerfolg wohl im Credo »Es gibt keine schlechte Presse« lag, galt für Ivanka seit ihrer Kindheit: »Kontrolliere jedwede Presse, damit sie so gut wie möglich ist.«

Die Psychologie dahinter ist einfach. Der Narzissmus ist vererbt, wenn auch in abgeschwächter Form. Eine komplette Wand in Ivankas Büro war mit den Covern vollgehängt, die sich während ihrer kurzen Jahre als Model während der Highschoolzeit angesammelt hatten und ihren Wandel zur Geschäftsfrau dokumentierten, die den Massen fortan Mist verkaufte.

»Sie wurde dazu geboren! Sie ist eine Trump!«, erzählte ihre enge Freundin aus Kindheitstagen, Christina Floyd, vor zehn Jahren der *Vogue*. »Das Mädchen weiß, wie man sich vor einer Kamera verhält, seit sie sprechen kann.«

Teils liegt dies an ihrer angeborenen Vorliebe für Aufmerksamkeit. »Ich glaube, ihre Schönheit ist daran schuld, aber sie ist wie ich«, sagte Donald einmal über seine Tochter. »Sie liebt die Öffentlichkeit. Sie liebt es da draußen.«

Vermutlich ist das auch der Grund, warum einige ihrer Freunde und Bekannten glauben, dass sie eines Tages selbst für das Präsidentschaftsamt kandidieren wird. »Ich bin mir hundertprozentig sicher, dass es so kommen wird«, sagte eine Kollegin nach Ivankas Umzug nach Washington. »Sie liebt diese Aufmerksamkeit. Sie ist quasi süchtig danach.« Das Ganze war natürlich auch gut fürs Geschäft. Auf Titelseiten abgelichtet zu werden und neben ihrem Vater in *The Apprentice* aufzutreten, war kostengünstige PR an breiter Front. »Welcher andere Bauherr bekommt so viel Publicity umsonst?«, fragte sie die *New York Times*, als sie zur Trump Organization zurückkehrte und für ein Cover der mexikanischen *Elle* posierte.

Dies liegt zum Großteil wohl daran, dass lange Zeit das meiste von Ivankas Leben nicht nur außerhalb ihres eigenen Kontrollbereichs gelegen hatte, sondern es auch noch von der Presse dokumentiert und dominiert worden war. Sie war nicht einmal im Teenageralter gewesen, als sie hatte zusehen müssen, wie ihr medienverrückter Vater sie, ihre Mutter und ihre Brüder für Marla verließ, sie also Zeugin dessen geworden war, wie sehr er aufblühte oder explodierte, je nachdem, wie die Presse ihn gerade darstellte. Sie beschäftigte sich viel mit der Frage, ob ihr Vater sie wieder verlassen oder noch immer lieben würde, und wusste sehr wohl, dass ein Weg, um ihn für immer für sich einzunehmen, war, dass er etwas über sie in den Medien lesen konnte, ganz besonders, wenn es ihm sowohl Geld als auch seinen Namen in die Zeitungen brachte.

Dieser Gedanke nahm während der Präsidentschaftskandidatur überdimensionale Proportionen an. Und dabei war das ganz und gar nicht das, was Ivanka sich zu diesem Zeitpunkt in ihrem Leben herbeigewünscht hätte. Sie war Managerin in der Firma ihres Vaters, saß am Kopf ihrer eigenen, nach ihr benannten Fashion-Linie und hatte soeben einen Buchvertrag gelandet: Sie schrieb darüber, Frau und gleichzeitig Mutter in der Arbeitswelt zu sein (zu dem Zeitpunkt schwebte ihrem Verleger das Ganze als Selbsthilfebuch eines C-Sternchens für das Lesepublikum der Küstenregionen vor). Sie und Jared hatten gerade eine weitere Wohnung im Trump-Gebäude auf der Park Avenue gekauft, auf der sie lebten, und sie befand sich wohl, wenn überhaupt schon, in der ersten Schwangerschaftswoche mit dem dritten Kind, als ihr Vater im Juni 2015 seine Kandidatur verkündete. Sie hatte eine Einladung zur alljährlichen Met Gala sowie Urlaube auf David Geffens Jacht geplant und hatte zwei fröhliche Kleinkinder, die in der City zur Schule gingen. Ihre Terminkalender waren bereits derart vollgepackt, dass sie ein Zeitfenster vereinbaren musste, um zusammen mit ihrem Sohn Joseph mit Autos zu spielen und um ihre Tochter einen Tag mit ins Büro zu nehmen. Ihr Trainer führte nun immer ein Notizbuch und einen Stift mit sich, sodass Ivanka all das aufschreiben konnte, was sie nach ihrem Workout zu tun hatte und ihr währenddessen einfiel. Sonst konnte sie sich nicht auf den Sport konzentrieren.

Ivankas Leben bot keinen Platz für einen Wahlkampf für das Präsidentschaftsamt, ganz besonders nicht für einen, in dem sie sozusagen die First Lady vertrat. Ihre Stiefmutter glänzte bei all dem hauptsächlich durch Abwesenheit, was bewies, dass ihr Vater Frauen doch respektierte, trotz all der Dinge, die er über ihr Äußeres vom Stapel gelassen hatte oder die ihm zwei Dutzend Frauen über die Jahre hinweg vorgeworfen hatten. Doch es stand außer Frage, dass sie tun würde, was sie tun musste, sollte sich ihr Vater für die Kandidatur entscheiden, selbst wenn es nicht das war, was sie selbst wollte oder was für ihr eigenes Leben, ihr Business und ihre Familie das Beste war. Das ist einfach die Art Dynamik, die zwischen den beiden herrscht.

Trotz allem behielt Ivanka die Kontrolle über diese Situation, die doch auf jede nur erdenkliche Art dazu einlud, unkontrollierbar zu werden. In sämtlichen öffentlichen Äußerungen – den Wahlreden, den Fernsehinterviews, den Telefonaten mit Journalisten – hielt sie sich an ein einziges Thema. Sie nutzte die einleitende Rede für ihren Vater bei der republikanischen Nationalversammlung dazu, über bezahlte Elternzeit zu sprechen. Sie warb für bezahlbare Kinderbetreuung. Sie erzählte ihren Interviewern, ihr Vater habe ihr immer wieder gesagt, aus ihr könne alles werden, was sie wollte, wenn sie nur hart genug arbeitete. Sie vermied sämtliche politischen Diskussionen, die nicht mit ihrer Eigenmarke und ihrer Vision übereinstimmten, die sie ihren Kunden seit Jahren anpries. Ihre Rolle half ihrem Vater – natürlich –, doch vor allem war sie das ideale Sprungbrett für ihr Leben nach dem Wahlkampf.

Die Fähigkeit, Botschaften derart gekonnt zu vermitteln, fällt nicht mal eben während eines Wahlkampfs vom Himmel, ganz besonders nicht bei bereits erwachsenen Kindern eines Präsidentschaftskandidaten. Chelsea Clinton, eine Bekannte, die Ivanka bei Dinnerpartys über den Weg lief, bevor die Präsidentschaftswahl dem Ganzen einen Riegel vorschob, bemerkte einmal gegenüber der *Vogue*, Ivanka sei »sich jederzeit aller Menschen um sie herum bewusst und äußerst bemüht darum, dass sich alle amüsieren. Dieses Gewahrsein erinnert mich auf eine Art an meinen Vater.«

Genau dieser Charakterzug wurde später Donalds vermutlich größte politische Stärke, und, in einer ungewollten politischen Wende, ebenfalls Ivankas. Ohne es zu wissen, hatte sie sich ihr gesamtes Leben lang auf diesen Moment vorbereitet – sie hatte gelernt, das Unzähmbare zu zähmen und es zu ihrem Vorteil zu gereichen. »Alle kennen mich als eine Art Kontrollfreak«, gab sie mit sechzehn bei *Good Morning America* zu. »Ich habe gerne alles in der Hand, um nicht angreifbar zu sein.« Mit dreiundzwanzig sagte sie dem *W Magazine*: »Wir können nur sehr wenige Dinge im Leben kontrollieren, doch eines davon ist das Bild von uns, das wir vermitteln.« Sie nahm also das, was ihr Vater ihr mitgegeben hatte, angetrieben von kindlicher Unschuld und der fehlenden Privatsphäre, die sie ihm ebenfalls zu verdanken hatte, und fertigte daraus das Image, das ihrer Meinung nach am besten für sie war: eine ehrgeizige Erbin, privilegiert, aber nicht verwöhnt, schön, aber nicht dumm. Diese Ivanka tanzte nicht auf Tischen, trank und rauchte nicht, blieb abends nicht lange weg. Sie wollte all die Aufmerksamkeit nicht, doch wenn sie sie zum Wohl der Familie nutzen konnte, würde sie sich der Herausforderung stellen. Sie arbeitete rund um die Uhr und nahm so denjenigen den Wind aus den Segeln, die behaupteten, sie sei mit dem goldenen Löffel im Mund aufgewachsen oder eine nichtssagende Blondine mit dickem Konto. Jahrelang konnte ihr Umfeld sie dabei beobachten, wie sie eine durchkalkulierte Marketingstrategie verfolgte und dabei sicherstellte, dass es genau dieses Bild von Ivanka Trump war, das hängen blieb.

Es gibt eine Angewohnheit, die sie sicher von ihrem Vater hat: Es gab eine Handvoll Dinge, die man ihrer Meinung nach über sie wissen sollte, und die wiederholte sie unablässig über die Jahre. Diese Strategie ließ sie in den Ohren ihrer Interviewpartner hölzern klingen. »Mit ihr zu sprechen war so, als würde man sich mit einer äußerst durchdachten Pressemittteilung unterhalten«, sagte 2009 ein Journalist der *National Post*. »Sie öffnet einem die Tür zu ihrer Arbeitswelt, wenn davon sowohl das Familienerbe als auch ihre eigenen unabhängigen Geschäftsmodelle profitieren, und verhindert Zugang zu persönlichen Details, um ihr Innenleben zu schützen.« Reportern fiel auf, dass sie große Mahlzeiten vor ihnen zu sich nahm, um dem Eindruck entgegenzuwirken, sie mache sich zu viele Gedanken um ihre Figur, und brachte eigenhändig den Müll raus, damit man nicht über sie schrieb, sie sei verwöhnt.

»Ich hatte das Gefühl, nur ihre Arbeitsfassade vorgesetzt zu bekommen, eine Art taffer Lady-Boss, den sie einem vorspielt, um wiederum etwas anderes zu kompensieren«, las man zwei Jahre zuvor in einem Artikel der *New York Times*. »Aus dieser Rolle fiel sie nie wirklich raus.«

Diese strategischen Wiederholungen sagen einiges über sie aus. Die Dinge, die Menschen bewusst betonen, zeigen gleichzeitig die Dinge auf, die sie sein wollen, die ihrem Ehrgeiz am besten dienen. Und es funktioniert. Beinahe zwanzig Jahre lang betonte Ivanka fortwährend, sie sei eine zurückgezogen lebende, bodenständige Streberin, die rund um die Uhr schuftet, sich nicht fürs Fernsehen oder eine Modelkarriere interessiert und die einfachen Freuden im Leben genießt.

Paris Hilton diente ihr als permanentes Gegenstück. Beide wuchsen zur selben Zeit in Upper Manhattan auf. Beide waren blondierte Erbinnen eines Immobilienimperiums, im selben Jahr von reichen Eltern geboren worden, die nur das Beste für ihre Töchter wollten, selbst wenn ihre Definitionen von »das Beste« eventuell auseinanderklafften. Donald hatte sie beide öffentlich für attraktiv befunden. Als Paris' Reality Show *The Simple Life* 2003 anlief, war die Sendung ein Hit. Eine neue Ära berühmter Debütantinnen wurde eingeläutet, und plötzlich spuckten die Diskotheken regelmäßig die Eloises und Little Lord Fauntleroys der realen Welt aus, die es immer wieder in die Klatschspalten schafften und die komplette TMZ-Homepage bevölkerten. Das war nicht die Art Image, die sich Eltern gewöhnlich für ihre Kinder wünschten, doch Donald war eben kein gewöhnlicher Vater. Freunde von Ivanka erinnerten sich, dass Donald in jener Zeit ständig vor seiner Tochter erwähnte, wie berühmt und attraktiv Paris war, und dass er ihr ihre eigene Reality-Show im Stil von *The Simple Life* nahelegte.

Stattdessen betonte Ivanka wiederholt, dass sie anders sei als ihre Altersgenossen, die öffentlich über die Stränge schlugen. »Es macht mich traurig«, sagte sie 2004 über Paris. »Eines der häufigsten Vorurteile über wohlhabende junge Leute ist, dass sie alle gleich sind – dass sie mit denselben Werten aufgewachsen sind und sich alle gleich verhalten.« Später im selben Jahr sagte sie bei *20/20*: »Leute fragen mich, ›Warum bist du eigentlich nicht wilder und gehst aus, machst bonzige Sachen und feierst Partys und so?‹, und ich glaube, der Unterschied ist, dass wir das nicht durften. Ganz einfach.« Zwei Jahre später hielt sie fest: »Paris und ich hängen nicht miteinander ab«, obwohl sie einander kannten. »Wir stammen beide aus reichen Familien, aber mehr verbindet uns nicht. Ich denke, ich bin ein wenig nahbarer«, sagte sie und fügte hinzu, wie nervig es sei, ständig in die »reiche Erbinnen«-Schublade gesteckt zu werden, da sie »rund um die Uhr arbeite«.

Und auch ohne dass ihre Interviewer auf Paris zu sprechen kamen, betonte sie immer, wie hart sie arbeite und wie wenig sie ausging. »Ich weiß, dass ihre Garderobe das vielleicht nicht vermuten lassen würde, aber eigentlich ist sie eine Stubenhockerin«, sagte Alexis Zimbalist, ihre Mitbewohnerin in den letzten beiden Jahren an der University of Pennsylvania. Sie teilten sich in Philadelphia in einem Gebäude namens Left Bank eine Wohnung mit Blick auf den Schuylkill River, was einerseits weit genug von den Verbindungshäusern entfernt, aber andererseits teuer genug war, um sie von der typischen Collegeszene abzuschotten. »Sie leiht sich komplette Staffeln von Serien auf DVD aus. Sie ist voll der *Law & Order*-Junkie.« Ivanka reagierte auf die Kommentare ihrer Freundin, indem sie witzelte, das sei das letzte Interview gewesen, dass sie sie geben ließe, bestätigte die Aussagen allerdings, indem sie sich selbst als »abgeschottet« bezeichnete. In Interviews für Lokalzeitungen in Palm Beach und New York schwärmte sie von dem, was sie selbst unter Spaß verstand: Strandspaziergänge, nicht nur als sportliche Betätigung, sondern auch, um sich mit Freunden auszutauschen. Sie möge Dinners mit sechs bis zehn Freunden, Golf, Tennis, die Rollschuhbahn in Staten Island, eine Bar, in der sie ihre Freunde bei Big Buck Hunter schlagen konnte, da sie sich an Wasser hielt, während die anderen mehr als genug Alkohol für sie mittranken. Ob sie jemals etwas Rebellisches getan habe, fragte sie ein Journalist 1999. »Oh Gott, nein. Ich habe noch nie geraucht, Drogen genommen oder Alkohol getrunken.« Nun, sie gab zu, ihn einmal probiert zu haben, doch er habe ihr nicht geschmeckt.

Im Gegensatz zu Paris, einem Disko-Stammgast im dicken Diamantcollier, die ihre Marke darauf aufgebaut hatte, sich ihrer Privilegien nicht bewusst zu sein und nicht einmal eine vage Vorstellung vom Konzept »Arbeit« zu haben, stellte sich Ivanka als die Erbin dar, die mit Geld umgehen konnte. Zunächst einmal nahm sie Linienflüge. Sie bloggte darüber, wie man beim Lunch Geld sparen konnte, bei einer unerwarteten Zwischenlandung in Salt Lake City 2006 übernachtete sie in einem Quality Inn und aß bei Little Caesars zu Abend, da die Airline einen 18-$-Gutschein ausgeteilt hatte, bevor sie dann nach Aspen weiterreiste – womit sie es irgendwie in die Promi-Presse schaffte.

Ihre Modelkarriere als Teenagerin mit diesem Bild der abstinent lebenden, stubenhockenden Workaholic-Frau unter einen Hut zu bekommen, war nicht einfach – den

Schmollmund, die leicht bekleideten Cover-Fotos, die barbusigen Walks auf dem Runway. Doch ihre Arbeit als Model lohnte sich. Es fütterte das Trump-Ego und produzierte die Art Aufmerksamkeit um sie herum, nach der sich ihr Vater verzehrte und die am Ende dem Familiengeschäft weiterhalf, indem auch ihr Name überall bekannt wurde. »Ich wollte Model werden, seit ich zehn oder elf oder so war«, sagte sie kurz vor ihrem fünfzehnten Geburtstag. »Ich meinte immer so: ›Da ist Cindy! Da ist Claudia!‹ Und ich glaube, irgendwie wollte ich immer, dass Leute das auch über mich sagen würden.« Das Modeln hatte den zusätzlichen Vorteil, dass sie häufig auf Reisen war und so dem üblichen Drama entkam, dem jeder normale Highschoolschüler ausgesetzt wird.

Sie bediente sich ihres Gespürs für gute PR, um auf alles Einfluss zu nehmen, was ihren eigenen Botschaften zuwider lief. Dass sie beinahe 1,80 Meter groß war und schon bei Fashion-Shows neben ihrer Mutter in der ersten Reihe gesessen hatte, bevor sie auch nur lesen konnte, machte das Modeln irgendwie zum logischen Schritt. Häufig beschrieb sie es als Mittel zum Zweck, nicht als Endziel. »Das Modeln war für mich nie das Ende der Fahnenstange«, sagte sie mit zwanzig, ein Gefühl, das sie wieder und wieder zum Ausdruck brachte. »Das war nie mein Traumberuf. Ich wollte einfach nur raus aus dem Internat, weil ich mich dort zu Tode langweilte.«

Abgesehen davon war es ein richtiger, bezahlter Job, der es ihr jahrelang ermöglichte, darüber zu reden, wie wirklich unverhätschelt die Millionenerbin nicht nur nach eigener Aussage war und wie viele Tränen sie bei Fashion-Shows vergossen hatte. Ihre Eltern, so erzählte sie, seien nicht wie die anderen Eltern der Rich Kids, die ihnen Kreditkarten, Couture und auf Verlangen auch dicke Geldbündel in die Hand drückten, ohne Fragen zu stellen. Eine Geschichte in ihrem Arsenal war, dass es ihr übel aufstieß, als sie bemerkte, dass ihre Eltern auf einer Reise nach Europa in der ersten Klasse flogen, während sie und ihre Brüder Plätze in der zweiten Klasse hatten. Ihre Mutter hatte gesagt, wenn sie ein teureres Ticket wolle, sollte sie doch ihr Geld aus den Modelaufträgen nehmen und selbst bezahlen.

Tatsächlich war Ivanka die Blaupause für heutige junge Topmodels mit berühmten Nachnamen. Sicher, die Kendall Jenners und Kaia Gebers im zweiten Jahrzehnt des 21. Jahrhunderts sind weitaus erfolgreicher – sowohl in der Kritik als auch finanziell –, als es Ivanka je war. Doch Ivanka war Pionierin der Idee, eine Familienmarke mit einer Karriere auf Titelbildern und Runways weltweit zu verbinden. Sie testete aus, ob Designer und Marken bereit wären, Fashion mit großem F hintenan zu stellen, wenn ein Promi-Sprössling Publicity einbrachte. Thierry Mugler war es in den 1990ern wichtiger, Donald und Ivana bei einer Show im Publikum zu haben – auf der Höhe ihrer zweifelhaften Bekanntheit –, als bei typischeren Models zu bleiben (zum Beispiel bei einem, wie die Presse anmerkte, das keine Hüften hatte und tatsächlich in High Heels laufen konnte). Kurz darauf posierte Ivanka in Versace für eine Fotostrecke in der *Elle*, Tommy Hilfiger heuerte sie an, um seine neue Jeans-Kollektion zu promoten, gefolgt von Cover-Shoots für *Seventeen* und die britische *GQ*. Letzteres war freizügiger als die anderen Jobs, sie wurde als »Nymphet« bezeichnet, mit »einer Leidenschaft für alles, was groß und aufgerichtet ist, zumindest, wenn es um Architektur geht.« Ihr

Vater sagte, diese Fotos, die sie in einem durchsichtigen Top und Bikinihöschen zeigten, seien »nicht unbedingt seine Lieblingsbilder«, doch er verteidigte sie als »einen Job für ein höchst angesehenes Magazin«.

Als sie erst einmal auf die Wharton School ging, hörte sie größtenteils mit dem Modeln auf. Die Immobilienwelt war nun in greifbare Nähe gerückt, schon bald posierte sie für die Trump Organization und später dann für *The Apprentice*. »Dass ich in die Immobilienbranche gehe, habe ich gewusst, seit ich denken kann. Daran bestand nie der geringste Zweifel.«

Sie sagte, sie habe nicht einmal mit der Wimper gezuckt, als Anna Wintour sie eines frühen Morgens angerufen habe, während sie in ihrem Abschlussjahr mitten in der Prüfungsphase an der Penn State steckte. Laut ihrer Erzählung war sie am Abend zuvor lange wach geblieben, um zu lernen, und von dem Anruf um acht Uhr morgens geweckt worden. Ivanka hatte die Chefredakteurin der *Vogue* Jahre zuvor über ihre Eltern kennengelernt, und in ihren Jahren als Model hatten sich ab und an ihre Wege gekreuzt. Wintour, so Ivanka, rief an, um ihr eine Stelle bei ihrer Zeitschrift anzubieten, sobald sie den Abschluss in der Tasche hätte. Sie lehnte das Angebot sofort ab. Sie hatte bereits fest zugesagt, für Forest City Realty Trust zu arbeiten, einer weiteren Immobilienfirma ihrer Familie in New York. Die Idee dahinter war, ein paar Jahre im Business zu sein, mit einem Boss, der nicht ihr Vater war, um sich ihre Sporen zu verdienen und ein Gefühl für das Business zu bekommen, bevor sie zweifelsohne als Managerin zur Trump Organization stoßen würde – und das alles, bevor sie Mitte oder gar Ende zwanzig war. Sie bedankte sich bei Wintour für die großartige Möglichkeit, doch sosehr sie auch die Mode liebte, gab es für sie keine Alternative zur Immobilienwelt.

Sobald sie aufgelegt hatte, rief sie ihren Vater an, um ihm von dem Angebot zu erzählen, das sie gerade abgelehnt hatte. »Ich denke, du solltest darüber nachdenken«, sagte er ihr. »Bei der *Vogue* zu arbeiten, klingt ziemlich aufregend.« Die Worte ihres Vaters waren für sie von jeher wie das Amen in der Kirche gewesen. Sofort setzte ein Gedankenkarussell ein: Dachte er, sie sei nicht gut genug für die Trump Organization? War sie nicht schlau oder taff genug oder irgendwie nicht für dieses Business gemacht? Die Moral dieser Geschichte sah sie in der Erkenntnis, dass die Antwort ein cleverer Trick ihres Vaters gewesen war. Er wollte, dass sie in die Immobilienbranche einstieg, weil *sie* es wollte, nicht weil sie dachte, er wolle es für sie. »Er wollte sichergehen, dass dort wirklich meine Leidenschaft lag – dass mir nicht andere unglaubliche Möglichkeiten für mein persönliches und berufliches Wachstum entgingen, weil ich mit Scheuklappen herumlief«, schrieb sie in ihrem aktuellsten Selbsthilfebuch mit dem ihr so eigenen Pathos.

Die Reality-Show war ein weiterer Weg für Ivanka, um deutlich zu machen, wie wenig ihr an Publicity lag, und zu zeigen, dass sie ein Team-Player war und der Familie half. »Ich wurde gefragt, ob ich bei der Show mitmachen würde, und eine Zeit lang lehnte ich ab«, sagte sie. »Doch als ich in der Firma meines Vaters einstieg, wurde ich mir der Macht des Fernsehens als Medium bewusst.« Es war eine Stunde zur Prime Time, in der sie ihre weltweiten Projekte promoten konnten, sagte sie. Hätte die Sendung nicht so eine hohe Priorität im Unternehmen, würde sie nicht mitmachen. Sie interessierte sich für Hochhäuser, verdammt noch mal! Sie mochte Rollschuhbahnen und Strandspaziergänge! Und nichts davon beinhaltete Fernsehen zur Hauptsendezeit! Doch das Ganze war eine zu gute Plattform für ihre Marke, um eine solche Gelegenheit auszuschlagen.

Allerdings war sie auch ein Naturtalent. Sie und Jared hatten 2006 einen Cameo-Auftritt beim Serienhit *Gossip Girl*, für den sie die Gastgeber einer *Observer*-Party mimten. »Sie haben es fürs Geld gemacht«, sagte der Erfinder der Sendung kürzlich über ihren Auftritt, und dass er bereue, Jared keine größere Sprechrolle gegeben zu haben, da man dessen Stimme heutzutage kaum zu hören bekäme. Ivanka trat häufig in diversen Business-Sendungen auf, um den Immobilienmarkt zu besprechen. Sie traf sich mit Managern bei CNBC, um zu fragen, wie sie es anstellen könnte, häufiger als Expertin für Immobilienmärkte angefragt zu werden. Auch auf anderen Sendern verbrachte sie nicht wenig Zeit. Als Gast beim Business Network von Fox, *Happy Hour*, war sie der Publikumsliebling. »Wir bekommen extrem viele Reaktionen, wenn sie dabei ist«, sagte Roger Ailes über sie. »Für jemanden, der so jung ist, hat sie eine ziemlich große Anhängerschaft. Sie hätte definitiv [die Möglichkeit, sich statt Immobilien den News oder der Entertainmentbranche] zuzuwenden.«

IVANKA LIEBÄUGELTE SCHON früh mit der Filmindustrie. 2003 stand sie für den Dokumentarfilm *Born Rich* ihres Freundes Jamie Johnson vor der Kamera, einem Erben des Johnson-&-Johnson-Vermögens, für den eine ganze Reihe hyperverwöhnter Rotzgören wie Georgina Bloomberg, Si Newhouse IV, Stephanie Ercklentz oder Luke Weil gefilmt wurden. Viele von ihnen wirkten hemmungslos und waren sich ihrer Privilegien nicht im Geringsten bewusst. Dass sie genauso rüberkommen würden, wenn sie bereit wären, Johnsons Filmprojekt zu unterstützen, war der Mehrheit wohl durchaus klar, was vermutlich auch der Grund war, dass circa fünfzig junge Krösusse eine Teilnahme ausschlugen. Diejenigen, die zugesagt hatten, sahen in dem Film entweder eine Gelegenheit, ihr Image aufzupolieren, oder sie vertrauten darauf, dass die Situation nicht aus dem Ruder laufen würde.

Ivankas Interview wurde teilweise in ihrem Kinderzimmer auf der achtundsechzigsten Etage des Trump Towers gefilmt, dessen Fensterfront am Fuß ihres lavendelfarbenen Himmelbettes gen Norden den Blick auf den gesamten Central Park freigibt. Die damals Einundzwanzigjährige trug ein silbernes Kreuz um den Hals. Sie führte Johnson durch das Zimmer – zeigte ihre Madonna-Uhr, die Poster von Motley Crew, Bon Jovi und *Beverly Hills 90210* – und sagte, sie sei »absolut stolz darauf, eine Trump zu sein«, da ihre Eltern hart für all das gearbeitet hätten. Sie erzählte eine Geschichte, die sie der Presse schon in Kindertagen vorgebetet hat und heute noch immer verwendet: Dass sie immer lieber mit Lego- und Holzklötzen gespielt habe als mit Barbies und immer Dinge bauen wollte. »Ich liebe es, mir die Skyline von New York anzusehen und herauszufinden, wo ich etwas hinzufügen werde und in welchen Teil des Himmels einmal eines meiner Gebäude reichen wird.«

Bei der Filmpremiere auf dem Sundance Festival lobten Kritiker, dass Ivanka »ausgeglichen«, »wohlerzogen« und für ihre Position dankbar sei. »Ich kann nicht sagen, dass ich jemand anderes in unserem Alter und aus unserer Schicht kenne, der auf diesem oder einem ähnlichen Level agiert«, sagte Johnson über die Fähigkeit seiner Freundin, hart zu arbeiten und dabei so greifbar zu bleiben.

Das Problem bei dieser Vermarktungsstrategie ist, dass sie eine komplette Seite von Ivanka außen vorlässt, die realere. Große Teile ihres jungen Lebens waren die Geschichte der zwei Ivankas – die erste, die sie minutiös genau vor der Öffentlichkeit herunterbetete, um das Bild zu vermitteln, von dem sie meinte, dass es ihrer Marke am meisten zuträglich ist, und die zweite, reale Ivanka. Manchmal stehen sich diese beiden vollkommen widersprüchlich gegenüber. Die Fassade der Ivanka als Vorkämpferin für arbeitende Frauen – ein absoluter Grundpfeiler ihres Images als private Geschäftsfrau und auch in ihrem neuen politischen Leben – bekommt erste Risse, wenn sich herausstellt, dass ihre gleichnamige Marke nur dürftige Regelungen zum Thema Elternzeit hatte und sich auf Unterhändler stützte, deren Regelungen noch schlechter waren.

Nur manchmal, wenn sie es tatsächlich zulässt, sie selbst zu sein – und das ist etwas, das Personen aus ihrem Freundeskreis unter vier Augen immer wieder betonen –, zeigt Ivanka sich deutlich nuancierter, nahbarer und vorbildlicher als diese künstlich erschaffene Maske – und hat auch eine herrlich rebellische Seite.

Bei den meisten berühmten Menschen ist die Wahrheit eine ganze Ecke bodenständiger als die aufgeblasene Version, mit der sie sich nach außen präsentieren. Bei Ivanka ist das unverkennbar der Fall. Tatsächlich war sie ein relativ normaler Teenager, eine relativ normale junge Erwachsene, eingeschlossen in die prestigereiche Chapin School auf der Upper East Side und später die Choate, das Internat in Wallingford, Connecticut. Ihre Eltern warfen gerne mit Geld um sich, und sie modelte bereits in der Schulzeit, ganz anders als die meisten ihrer reichen Klassenkameraden. Sosehr sie auch davon sprach, bei McDonald's zu essen und lieber ein Taxi zu nehmen als eine der Limousinen ihres Vaters, wuchs sie doch im vergoldeten Penthouse ihrer Eltern in Manhattan auf, wenn sie nicht gerade zwischen dem Haus in Greenwich und dem Privatanwesen in Palm Beach pendelte. Die Stickerei auf ihrem Kissen lautete: »Wenn eine Frau das Plaza satthat, hat sie das Leben satt.« (Das Plaza, das ihrem Vater in den 1990ern gehörte und von ihrer Mutter geführt wurde, war ihr ureigener, riesiger Spielplatz.) Ihre Freundinnen an der Chapin gaben sich selbst den Namen des Funny Pink Bunnies Club, eine bedeutungslose, selbst ins Leben gerufene kleine Clique, die sich nicht sonderlich von einer Gruppierung der strebsameren Klassenkameraden unterschied, dem Eraser Club. Eine andere Gruppe nannte sich Fearsome Five. Später wurden Ivanka und ihre Freundinnen die Lindseys genannt, ein Name, der ganz wörtlich zu verstehen ist: außer Ivanka hießen alle Lindsey.

Sie hatte eine ungewöhnlich freundliche Seite. Auf ihrem Weg zur Chapin kam sie häufig an einem Obdachlosen vorbei. Er sah so aus, als könne er nicht laufen, und bat die Passanten um ein wenig Kleingeld, damit er sich etwas zu essen kaufen und seine Beine verarzten könne. Jahrelang gab sie ihm all ihr Kleingeld oder kleine Dollar-Scheine, die sie bei sich trug. Eines Abends kam sie später als sonst dort vorbei. Die Menschenmassen aus Midtown hatten sich bereits aufgelöst, und als der Mann glaubte, niemand sähe gerade hin, stand er behände auf und lief davon. Jahrelang erzählte

Ivanka ihren Freunden, was für einen Stich es ihr versetzt hatte, von jemandem betrogen zu werden, von dem sie geglaubt hatte, dass er ihre Hilfe benötigte. Die ganze Zeit hatte er aber alle getäuscht, und sie war auch auf ihn reingefallen.

Und sie konnte tatsächlich so tadellos höflich sein, wie oft von ihr behauptet wurde. Als Ivanka aufs College ging, besuchte sie eine Freundin aus Chapin-Zeiten, die nun an der Emory studierte. Die Freundin arrangierte einen Schlafplatz im Wohnheim bei einer Kommilitonin, die an diesem Wochenende nicht auf dem Campus war. Die Zimmer waren so winzig, dass eine weitere Person – vor allem mit einem vollen Koffer – sie beinahe unbewohnbar machten, sodass die jungen Frauen den zusätzlichen Schlafplatz durchaus zu schätzen wussten. Als Ivanka nach den paar Tagen in Atlanta ihre Sachen packte, legte sie großen Wert darauf, der Kommilitonin, deren Zimmer sie hatte nutzen dürfen, eine kleine Dankesnotiz zu hinterlegen.

Es STIMMTE, DASS Ivanka keine Paris Hilton war, wie sie häufig betonte, doch auch sie war Versuchungen gegenüber nicht völlig immun. Einmal wurde sie bei einem Familienurlaub in Aspen vermisst, ihre Eltern waren krank vor Sorge. Nachdem die Polizei verständigt worden war, tauchte sie wieder auf – mit einem Skilehrer.

Einige Menschen an der Chapin School erinnerten sich an einen »Skandal« in ihrem letzten Schuljahr dort. Die Mädchenschule, die 1901 von einer Suffragette gegründet wurde, befindet sich auf der Eighty-Fourth Street Ecke East End Avenue, und einzig der Carl-Schurz-Park trennt sie vom East River. Ihr Motto lautet *Fortiter et recte* (»Tapfer und rechtschaffen«). Die zukünftige Jackie Kennedy ging dort zur Schule, zusammen mit anderen Töchtern anderer High-Society-Familien aus Upper Manhattan. Die Mädchen, in ihren Schuluniformen aus grünem Faltenrock und weißer Bluse, kümmern sich um die Pflanzen im Gewächshaus und werden in der Grundschule in zwei Teams aufgeteilt, Grün und Gold, die während ihrer gesamten Zeit dort gegeneinander antreten. Da die Schule in Manhattan liegt, ergab es sich, dass ein freundlicher älterer Herr einen Hotdog-Stand am Rand des Parks aufgebaut hatte, gleich gegenüber der Schule. Einige Klassenzimmer hatten direkten Blick auf ihn, und in einem von ihnen beschlossen Ivanka und eine Freundin, die beide in die achte Klasse gingen, eines Tages, vor dem Hotdog-Verkäufer die Blusen zu lüften.

Doch dafür flog sie nicht von der Schule. Im selben Jahr reiste sie runter nach Mar-a-Lago, um ihre Modelmappe zusammenzustellen, und log die Schulleitung über die Gründe des verpassten Unterrichts an. Das verärgerte diese mehr als der *scandale du hot dog*. An der Chapin School wurde die Versetzung in die neunte Klasse dazu genutzt, Schülerinnen auszusortieren, die aus unterschiedlichen Gründen nicht mehr an der Schule erwünscht waren. »Wir sind uns sicher, dass du woanders glücklicher wärst«, lautete dann der Standardspruch.

Ivanka wählte die Choate als Highschool, wo sie zwar von jedem erkannt wurde, aber dennoch einigermaßen normal wirkte. Woran sich manche erinnerten, die mit ihr zur Schule gegangen waren, war das übliche Teenagerverhalten, und es braucht nicht viel Fantasie, um sich vorzustellen, wie sich einige Mädchen aus der zehnten Klasse im Wohnheimzimmer einer Freundin versammelten und eine unter ihnen

Ivanka mithilfe einer Banane zeigte, wie man einen Blowjob gibt. Ivanka lud die anderen Mädchen im Wohnheim zu sich ein, um *Beverly Hills 90210* zu schauen.

In ihrem Jahrgang gab es die typischen Cliquen – die Austauschschüler, die Tagesschüler, die nicht im Wohnheim wohnten, die Sportskanonen –, was bedeutete, dass ihr näherer Bekanntenkreis aus etwa dreißig bis vierzig Kids bestand, Trump aber nicht der einzige bekannte Nachname war. Ivanka schlenderte gern untergehakt mit anderen Mädchen die Wege zwischen den Gebäuden entlang. »Das war ein bisschen ihr Catwalk«, erzählte eine ehemalige Mitschülerin. Da sie so groß war, größer als die meisten Jungs auf dem Campus, und ihre Beine so lang, bewegte sie sich schnellen Schrittes von Gebäude zu Gebäude und Klasse zu Klasse. »Vielleicht wirkte sie dadurch für Leute, die sie nicht gut kannten, ein wenig unnahbar«, erinnerte sich eine andere Mitschülerin. »Es war nicht, dass sie ihnen aus dem Weg ging. Sie war einfach nur schlaksig. Aber sie wirkte auf Menschen, als käme sie aus einer anderen Welt, als sei sie irgendwie unantastbar.«

Diese Aura hatte zum Teil auch damit zu tun, dass sie ihre Modelkarriere vorwiegend aufbaute, während sie zur Choate ging. Sie bekam immer wieder die Erlaubnis, den Campus für Fotoshootings zu verlassen. Ivanka behauptete, für sie sei es ein Weg gewesen, der endlosen Langeweile zu entkommen. Für ihre Klassenkameradinnen war es eine Extrawurst, die sie nur ihrem berühmten Nachnamen zu verdanken hatte. Was viele Schülerinnen nicht wussten, war, dass sie unterwegs ihre Hausaufgaben und Übungen machte. Sie faxte die Hausaufgaben rechtzeitig zur Schule, damit die Lehrer sie begutachten konnten. Wenn sie Unterricht verpasste, erledigte sie dennoch ihr Lesepensum, was sicherlich mehr war, als die meisten Schüler taten, die keinen Nebenjob hatten. Sie hatte einen Deal mit ihren Eltern: Sie dürfte modeln und einige Stunden verpassen, solange ihre Noten weiterhin gut waren. Sie musste eine Einserschülerin bleiben. Alles darunter würde zum sofortigen Entzug der Erlaubnis für jegliche Modelaktivitäten führen.

Wenn sie die Stadt nicht gerade für einen Model-Job verließ, fuhr sie an den meisten Wochenenden zurück nach New York, manchmal in Begleitung einiger Freundinnen von der Choate. Manchmal nahmen sie den Zug. Ein kurzes Stück bis Grand Central, nicht weit vom Trump Tower entfernt, doch manchmal schickte ihr Vater ein SUV samt Fahrer seines Security-Teams, um sie nach Hause zu fahren.

Eine ihrer Klassenkameradinnen, die ein paarmal mit ihr nach New York gefahren war, erinnerte sich, Ivanas Wohnung betreten zu haben, wo der Wohnzimmertisch mit Juwelen bedeckt war. »Oh, Tiffany's hat wohl Zeug rübergebracht, das meine Mom anprobieren soll«, sagte Ivanka zu ihren Freundinnen. Dann schauten sie im Büro ihres Vaters vorbei, um Hallo zu sagen, und manchmal kommentierte er dabei ihr Aussehen. »Sie hatte ihre Haare für ein Shooting braun gefärbt, und er sagte ihr, sie müsse sich die Haare wieder blondieren«, erinnerte sich eine Freundin. »Es war das erste Mal, dass ich mitbekam, wie ein Elternteil so entschieden das Äußere seines Kindes kritisierte.« Um Donald jedoch ein wenig in Schutz zu nehmen: Auch auf dem Campus sorgte sie für Aufregung, als sie als Brünette wiederkam. Blond war ihr Ding, und sie hatte niemanden über die Veränderung vorgewarnt oder sie dann erklärt.

Sie ging in New York mit Freundinnen zum Abendessen, mit denen sie darüber quatschte, kein Obst zu essen, da es zu viel Zucker enthielte. Sie fuhren mit der Limousine zu Clubs, wo sie aus der Reihe geholt und geradewegs hineingelotst wurden, obwohl sie gerade einmal fünfzehn Jahre alt waren. Eine Freundin sagte ihr, nachdem sie mitbekommen hatte, wie Ivanka mit den Angestellten ihrer Eltern umging, sie sei genau wie Eloise, das freche kleine Blondchen aus dem Kinderbuch, das im Plaza lebte und alles auf den Kopf stellte, deren Eltern nie zu Hause waren und um die sich die Nanny liebevoll kümmerte. »Wenn sie nach Hause kam, lief direkt ihr normales Familienleben ab, nur war es eben nicht das normale Familienleben, das ich kannte«, erinnerte sich die Freundin. Ivanka hatte Dinge fürs Modeln zu tun, sie ging zum Friseur oder ließ sich die Nägel machen, sicher. Doch sie nahm sich immer Zeit, all den Menschen Hallo zu sagen, die im Umfeld ihrer Eltern arbeiteten, und stand ihnen offensichtlich sehr, sehr nahe – dem Mann am Aufzug, dem Putzpersonal, ihrer Nanny. »Zu ihnen hatte sie immer eine sehr warme, liebevolle Beziehung.« Und wie war die Beziehung zu ihren Eltern? »Nicht liebevoll im traditionellen Sinne«, erinnerte sich die Freundin. »Sie redeten viel miteinander. Sie sagten ihr, ihre Noten müssten sich in diesem oder jenem Fach verbessern, kritisierten sie für etwas anderes oder gaben ihr Tipps, wie sie mit einer gewissen Situation umgehen sollte. Ihre Mutter hatte ihr eigenes Leben, sie war eine einzigartige Frau, und ihr Dad arbeitete viel.«

Donald rief Ivanka nicht sehr häufig an, während sie zur Schule ging, doch ein paarmal pro Woche schickte er ihr Post. Fast immer waren es Zeitungsausschnitte – über ihn, häufig jedoch über sie – mit ein paar Notizen, die er mit

Edding darauf kritzelte. Ein paar Zeilen oder einen Brief steckte er selten mit in die Umschläge, doch die Häufigkeit, mit der er sie ihr schickte, fiel den anderen Schülern auf dem Campus auf.

Während ihrer Aufenthalte in Wallingford fuhr sie mit ihren Klassenkameraden in ein Café in der Stadt, dessen Besitzer den Kids Zigaretten verkauften und sie drinnen rauchen ließen. (An der Wharton nutzte sie die viertelstündige Pause während des Statistikunterrichts um neun Uhr dazu, Huntsman Hall zu verlassen und hastig zwei Zigaretten hintereinander weg zu rauchen. Sie trug immer komplettes Make-up, Khakis ohne Bügelfalte und einen Burberry-Trenchcoat.) Bei ihrer Abschlusszeremonie fiel ihr Vater nicht nur durch seinen Personenschützer auf, auch seine neue Frau Melania zog die Blicke auf sich. Viele von Ivankas männlichen Kommilitonen und deren Väter drehten sich während der Zeremonie immer wieder nach ihr um. »Ich erinnere mich nur, dass wir alle an ihr vorbeiliefen und langsam die Köpfe drehten«, berichtete später ein männlicher Student aus Ivankas Jahrgang. »Mein Dad musste darüber ziemlich lachen.«

Donald und Ivana fuhren nicht oft zur Choate, doch es gab ein paar wenige Gelegenheiten, zu denen sie ohne viel Tamtam mit anderen Eltern auf Besuch in der Dining Hall aßen. Mit ein Grund dafür war sicherlich, dass Ivanka so häufig nach Hause fuhr. Eine Zeit lang behielten ihre Eltern beide früheren Zimmer von ihr bei – eines bei Ivana und eines in Donalds Penthouse –, als wäre dort die Zeit stehen geblieben: dasselbe Madonna-Poster an der Wand, dasselbe Himmelbett mit den Rüschen und sämtliche Möbelstücke mit Blümchenstoff bezogen.

Ihre Klassenkameraden haben Ivanka nicht als politisch aktiven Menschen in Erinnerung, doch sie belegte freiwillig einige Kurse in Politikgeschichte und Verfassungsrecht. Im Unterricht sagte sie offen ihre Meinung, wie es Choate-Schülern beigebracht wurde. In einem Jahr machte sie mit Kommilitonen einen Trip nach Washington, D. C. Sie trafen sich mit Abgeordneten und sahen sich die Sehenswürdigkeiten an. Sie nahm an einer Simulation des Kongresses der Vereinigten Staaten teil und schlug dort ein Gesetz vor, das HIV-erkrankten Sozialhilfeempfängern ermöglichen sollte, das Medikament AZT umsonst zu erhalten. Vielen ist sie als durchweg höflicher und ungewöhnlich freundlicher Mensch in Erinnerung geblieben, ganz besonders für jemanden aus ihren Kreisen. »Viele von diesen Kids wurden von Wölfen aufgezogen, und viele reiche Kids, die ich kenne, haben einen ziemlichen Schaden davongetragen«, erinnerte sich ein Kommilitone. »Sie nicht.«

Dass sie bei extrem ehrgeizigen Eltern aufwuchs, färbte fraglos auf sie ab. Ivana war schließlich eine beinahe professionelle Skifahrerin und Donald egozentrisch und umtriebig genug, um sich einen Namen in der New Yorker Immobilienbranche zu machen. Ivanka hatte ihre eigene Form des Ehrgeizes, die etwas weniger masochistisch ausfiel. »Sie selbst war eine richtig gute Skifahrerin, hasste es zu verlieren oder das Rampenlicht zu teilen«, sagte eine Kindergartenfreundin. Eine andere langjährige Freundin bemerkte, dass sie mit zunehmendem Alter gern ins Kino ging. Sie rekrutierte Freunde und später Jared, bevor sie Kinder hatten, um jeden Sonntag in New York mit ihr einen Film anzusehen. Jedes Mal kaufte sie Popcorn, nur wollte sie ihre Beute nicht mit den anderen teilen. Sie ersann also die Taktik, das

Popcorn völlig zu versalzen, sodass niemand mehr in ihre Tüte greifen mochte. »Man kann sich nicht vorstellen, wie das Zeug geschmeckt hat, wenn sie damit fertig war!«, erinnerte sich eine ihrer Begleitungen.

Einer von Ivankas Schulkameraden an der Choate litt an einer Krankheit namens Prosopagnosie, oder Gesichtsblindheit, die es ihm sehr schwer machte, Gesichter wiederzuerkennen. Er merkte sich bestimmte Details, jemandes Haarfarbe oder die Form der Lippen, um zu wissen, mit wem er es zu tun hatte. Eine Highschool zu besuchen, und ganz besonders die Choate, ist schon schwer genug, doch bei 220 Menschen im Jahrgang, die sich ziemlich ähnlich anzogen und alle im selben versnobbten Ostküstenakzent sprachen, machte die Krankheit ein Sozialleben so gut wie unmöglich. Er fühlte sich fehl am Platz und isoliert, und je frustrierter er wurde, desto schlechter wurden seine Noten.

Er hatte einige Kurse mit Ivanka zusammen, verglichen mit ihr fühlte er sich wie ein Niemand, ganz besonders im Tennisunterricht, den sie verpflichtend belegen mussten. Sie beide wurden in den Kurs für diejenigen gesteckt, die nicht unbedingt zu den begabtesten Athleten gehörten, und eines Nachmittags mussten sie gegeneinander spielen. Sie zwang ihn in die Knie, zum Teil, weil sie seit Jahren in Palm Beach und Greenwich spielte, aber auch, weil sie ihn dermaßen einschüchterte. Er verließ beschämt den Platz und machte sich auf einen langen, einsamen Gang zu einem anderen Teil des Campus gefasst. Doch Ivanka trödelte, plauderte darüber, was für ein laues Lüftchen wehte, und stellte ihm interessierte Fragen. Ab dem Tag grüßte sie ihn jedes Mal, wenn sie ihm im Klassenzimmer oder im Flur über den Weg lief, auch wenn es niemand sonst tat.

Sie war ebenfalls höflich genug, ihrem Date für Choates Version des Abschlussballs, genannt »The Last Hurrah«, nicht den Laufpass zu geben, einem kanadischen Athleten, der groß, gut aussehend und so wenig leichtfüßig war, wie man es vom Star des Hockeyteams der Schule vermuten würde. Die beiden tanzten beinahe den kompletten Abend miteinander, wie alle um sie herum – ein wenig wie bei den Bällen in früheren Zeiten. Er trat ihr im Laufe des Abends so häufig auf die Füße, dass sie zurück zu ihrem Wohnheimzimmer humpeln musste. Glücklicherweise war das Krankenzimmer ganz in der Nähe, und sie konnte der Nachtschwester noch nach der Party einen Besuch abstatten.

Ivanka war auf dem Campus bei Weitem nicht die einzige Tochter aus einer berühmten und schwerreichen Familie. Carl Icahns Tochter Michelle ging in ihre Klasse. Wenige Jahre nach Ivanka ging auch die Erbin des Hearst-Medienimperiums, Amanda Hearst, zur Choate. Doch Klassenkameraden erinnerten sich, dass nur Ivanka immer wieder die Gerüchteküche zum Brodeln brachte, nie die anderen. Eine Geschichte über eine Party bei einem Lehrer der Schule hielt sich hartnäckig. Der fragliche Lehrer, Charles »Chuck« Timlin, war ein langjähriges Mitglied des Kollegiums, unterrichtete Ivanka in Englisch und trainierte einige Teams, bevor er Sportdirektor der Schule, Dekan für eine Klassenstufe und Beratungslehrer für eines der Häuser wurde. Timlins Sohn ging mit Ivanka in eine Klasse, war jedoch vor allem im Sport aktiv, die beiden waren nicht unbedingt miteinander befreundet. Mit dem älteren Timlin verstand sie sich besser, wie auch viele andere Schüler zu der Zeit. Als er also eine Gruppe Schüler, inklusive Ivanka, zu sich nach

Hause einlud, ging sie hin. Die Party, wie es nun einmal so passiert, wurde von der Polizei gesprengt. Man kann es Glück oder Intuition nennen, in jedem Fall ging Ivanka nach Hause, bevor es dazu kam. Trotzdem wurde sie von ihren Kameraden schnell verpfiffen, die ausplauderten, dass sie dort gewesen sei. Wie die anderen Gäste bei Timlin musste sie einen Drogentest machen. Er war negativ, und sie kam mit einem Klaps auf die Finger à la Choate davon: Sie wurde zu ein paar Wochen Nachsitzen verdonnert. Von Choate-Schülern wird tadelloses Verhalten gefordert. Selbst wenn man sich nicht danebenbenimmt, wird es einem bereits zur Last gelegt, wenn man dabei war.

Andere Schüler wurden wesentlich härter bestraft. Manche wurden zeitweilig aus der Schule ausgeschlossen. Andere ganz rausgeworfen. Dies könnte natürlich damit erklärt werden, dass Ivanka nichts Schlimmes getan hatte, sie war lediglich zu einer Party gegangen, hatte jedoch keine Drogen konsumiert. Doch das sahen manche ihrer Mitschüler anders. Auf wundersame Art und Weise war die Model-Tochter eines großmäuligen New Yorker Bauherren einer Sache entkommen, für die sie nun wiederum den Kopf hinhalten mussten. Das Gerücht ging um, dass ihr Vater die Schule angerufen, sich lauthals beschwert und den Karren somit für seine Tochter aus dem Dreck gezogen hatte. Die Wahrheit ist häufig nicht so wichtig, wenn es an einem abgeschotteten Privatinternat in Connecticut darum geht, jemandes Ruf durch den Fleischwolf zu drehen: Die einzig wichtige Wirklichkeit ist die Wahrnehmung. (Jahre später, 2013, informierten zwei Alumni die Schule über sexuelle Übergriffe, die ihnen während ihrer Schulzeit widerfahren waren. Der Choate-Stiftungsrat gab Nachforschungen in

Auftrag, um festzustellen, ob es sich wirklich um ein Muster sexueller Misshandlungen an der Schule handelte, das bis in die 1960er zurückreichte. 2016 veröffentlichte das Spotlight-Team des *Boston Globe* ein Exposé zu den Vorwürfen der sexuellen Misshandlung und löste damit eine unabhängige Untersuchung einer Anwaltskanzlei aus. In ihrem Bericht wurde festgestellt, dass mindestens zwölf frühere Lehrer Schüler und Schülerinnen sexuell belästigt und, in einem Fall, vergewaltigt hatten. Einer der in dem Bericht genannten Lehrer war Timlin, der Lehrer, der die Party geschmissen und dem Ivanka als Schülerin nahegestanden hatte. Zwei Schülerinnen waren später an die Schule herangetreten. Eine von ihnen hatte er zu sich nach Hause eingeladen, wo er sie geküsst und begrapscht hatte, die andere hatte er im Campus Health Center besucht, geküsst, ihr die Hand gestreichelt und gesagt: »Ich wünschte, ich könnte genau jetzt mit dir schlafen« und »Ich fand dich immer richtig sexy ... das heißeste Mädchen in der Klasse«. 2010 wurde er entlassen.)

Die Gerüchte über Ivanka brodelten aber auch jenseits des einen Partythemas. Es hieß, ihr Vater miete Limousinen, um ihr Essen aus New Yorker Restaurants bringen zu lassen – der Fahrweg betrug etwa zwei Stunden –, sodass sie auch auf dem Campus ihr Lieblingsessen bekäme. Jahr um Jahr wurde behauptet, Donald versuche die Verwaltung seit jeher zu überzeugen, einen Hubschrauberlandeplatz zu bauen, damit Ivanka an Wochenenden heim nach New York fliegen könne. Auch rankten sich Gerüchte um ihre Entscheidung, nicht auf die University of Pennsylvania zu gehen, auf der sowohl ihr Vater als auch ihr Bruder Don Jr. seinen Abschluss gemacht hatte. Manche Klassenkameraden waren der festen Überzeugung, die Schule habe sie abgelehnt, andere glaubten, sie habe anderswo einen Freund. Tatsächlich sollte sich herausstellen, dass die Wahrheit mit Don Jr. zu tun hatte. Seine Schwester hatte ihn für ein Wochenende auf dem Campus besucht, den er ihr zeigen sollte, bevor sie entschied, wohin sie sich bewarb. Donny war ein Partylöwe. Seine Kumpels waren bonzige Verbindungsbrüder wie aus dem Bilderbuch, die selbst dann noch Feuer und Flamme für die Aufnahmerituale waren, als sie schon längst der Verbindung angehörten, und die sich regelmäßig bis zur Besinnungslosigkeit volllaufen ließen. Das Wochenende hinterließ bei Ivanka einen bitteren Nachgeschmack. Dass sie bereits müde und schlecht gelaunt angekommen war, hatte nicht geholfen. Sie war mit einer langjährigen Freundin von der Chapin zusammen runtergefahren, deren ältere Schwester ebenfalls mit Don Jr. auf die Penn State gegangen war. Ivanka fuhr, und sie beschlossen, irgendwo auf dem Weg einen kurzen Abstecher zu einem Rastplatz zu machen. Jemand musste aufs Klo, sie wollten einen Happen essen. Dann fuhren sie weiter und widmeten sich direkt wieder ihrem Teenagertratsch. Sie gingen nicht mehr auf dieselbe Schule, und bei Jugendlichen türmt sich der Gesprächsbedarf in Windeseile auf, es gab viel zu besprechen. Sie redeten ohne Punkt und Komma, bis sie beide die Twin Towers sahen, die wieder vor ihnen in der Windschutzscheibe in die Höhe ragten. Erst da dämmerte ihnen, dass Ivanka die falsche Auffahrt genommen, sie in die falsche Richtung gefahren waren und sich zu diesem Zeitpunkt beinahe wieder an ihrem Ausgangsort in Manhattan befanden. Eine Fahrt, die ursprünglich weniger als zwei Stunden von Tür zu Tür hätte dauern sollen, zog sich plötzlich über den ganzen Tag. Als sie den Campus in Philadelphia endlich erreichten, war die Stimmung im Keller.

Eine völlig andere Erfahrung machte sie beim Besuch von Georgetown, wo sie Freunde von der Chapin, Choate und der City im Allgemeinen hatte. Ihre Freunde, die ein paar Jahre älter waren, mochten es dort und luden sie nach den wenig ansprechenden Tagen bei ihrem Bruder an der Penn State für ein Wochenende zu sich ein. Hier gefiel es ihr wesentlich besser. Sie liebte Washington, das nahe genug an New York lag. Schließlich entschied sie, es sei die richtige Uni für sie – und so war es dann auch. Sie kam mit Greg Hersch zusammen, einem City Boy, der zuvor nach Buckley und auf die Horace Mann gegangen war, bevor er nach Georgetown kam. Er hatte eine Wohnung jenseits des Campus, und die beiden schafften sich einen Hund an, einen Labrador namens Tyler, der wie ein kleiner Mensch schlief, ausgestreckt auf dem Rücken. Hersch und Ivankas ältere Freunde machten ihre Abschlüsse, als sie jedoch noch im ersten Jahr steckte, und ihr wurde bewusst, dass sie wenig getan hatte, um Freunde unter ihren Altersgenossen zu finden. Sie entschloss sich, die Uni zu wechseln, und liebäugelte auf Anraten ihres Vaters nun doch wieder mit der Penn State. Sie wollte ohnehin Business studieren, nicht Politik. Wharton School wäre also nicht so übel.

Wenig überraschend hielten sich die Gerüchte auch nach der Highschool sowie über die gesamte Unizeit hinweg und auch noch, als sie nach dem Abschluss zurück nach New York zog. Nun ging es weniger um kleine Partys und Aufnahmeskandale als um ihr Liebesleben und angebliche Experimente mit Koks. »Es war New York City, sie war Model oder Ex-Model und hing mit sehr reichen, sehr ausgehfreudigen Leuten rum«, erinnerte sich eine Freundin, die behauptete, sich mit ihr »die Nase gepudert« zu haben. Ivanka hat immer vehement abgestritten, jemals gekokst zu haben, gab jedoch zu, auf Partys gewesen zu sein, wo die Menschen um sie herum es getan hätten.

Diese Gerüchte ebbten selbst dann nicht ab, nachdem sie Jared kennengelernt hatte, auch nicht nach ihrer Hochzeit. Die Idee an sich war jedoch nicht neu. Sie bewegten sich in betuchten Promikreisen, und Menschen tratschen nun einmal gerne über berühmte Freunde, die miteinander abhängen und Dinge tun, die besser nicht in den Schlagzeilen landen sollten. Es liegt ein gewisser Genuss darin, zu hören, dass sich Stars genauso verhalten wie jeder andere normale Mensch, selbst wenn dieses Verhalten äußerst banal ist. Darin sind sich alle einig, und *Us Weekly* widmet diesem Thema in jeder Ausgabe zahlreiche Seiten, zeigt Celebritys dabei, wie sie Einkaufstüten in Trucks hieven oder ihr Mittagessen auf den Pulli kleckern. Die News müssen noch nicht einmal schlüpfrig sein, auch wenn das dennoch nie schadet. Vielmehr vergnügt und erleichtert uns der Gedanke, dass diese perfekten Stars von ihrem hohen Ross eine Stufe in unsere Richtung heruntergestoßen werden.

Natalie Portmans Hochzeit mit dem Tänzer und Choreografen Benjamin Millepied im Sommer 2012 ist ein perfektes Beispiel dafür. Alles klang nach Hollywood-Märchen: Eine preisgekrönte Schauspielerin trifft den Mann ihres Lebens, der ihre Rolle als geisteskranke Ballerina in *Black Swan* choreografierte, für die sie später einen Oscar abräumte. Er machte ihr einen Antrag, und wenig später brachte sie einen Jungen zur Welt. Sie luden ihre engste Verwandtschaft und besten Freunde zu einem Wochenende in ihrem Privatwohnsitz nahe des Pacific Coast Highways in Kalifornien ein. Diane Sawyer und Mike Nichols waren zugegen, ebenso Macaulay Culkin und eben auch Ivanka und Jared. Ivanka und Culkin kannten einander seit Jahren. Als Elfjährige hatten sie sozusagen ein Kiddie-Date. Culkin stand gerade für *Kevin allein zu Haus II* im New Yorker Plaza für etwa eineinhalb Monate vor der Kamera, und zu dieser Zeit gehörte das Gebäude Donald. Ivanka tauchte im roten Kleid auf und stromerte durch die Flure, machte Fotos und schaute bei den im Hotel aufgebauten Läden vorbei. Als Andenken schenkte Culkin ihr eine signierte Videokassette seines Klassikers *Kevin allein zu Haus*. In weniger ferner Vergangenheit waren Jared und Portman gemeinsam an der Harvard Universität gewesen, und zur Hochzeit in Bedminster kam sie als Gast. Es gab kein Halten bei der Gerüchteküche ihrer Freunde aus Harvard, wenn es um die Hochzeit Jahre später geht. Worüber sie noch immer lästern, besonders was Jareds und Ivankas Anwesenheit auf der Hochzeit angeht, ist die Tatsache, dass sie wie die anderen jungen Leute jener Harvard-meets-New-York-Crew an jenem Abend Gras rauchte. Ein Grund zu feiern – und natürlich Würze für die Gerüchteküche.

Andere böse Zungen um Ivanka sprachen weniger von ihr als von ihrem Vater. Eltern an beiden Schulen tratschten darüber, wie legendär knauserig Donald war. An der Chapin spendeten viele Eltern großzügig an den alljährlichen Büchermarkt der Schule – Zeit, Wein, Horsd'œuvres. Manch einer erinnerte sich an Donalds angewiderte Reaktion auf diesen Gedanken. »Ich zahle schon genug Gebühren für diesen Ort. Mehr bekommen sie nicht«, sagte er. Natürlich grassieren an der Upper East Side ebenfalls Gerüchte, dass Donald am Ende noch nicht einmal die Rechnung für all die Jahre beglichen hatte, in denen Ivanka dort zur Schule gegangen war, und noch immer Gebühren offenstünden, auch wenn es keine öffentlichen Aufzeichnungen darüber gibt. Einige Choate-Kameraden erinnerten sich an ähnliche Geschichten. Carl Icahn spendete riesige Summen an die Schule – ein Science-Center, Stipendienprogramme, Gebäude, die seinen Namen trugen. Als das Development-Center kürzlich Alumni aus Ivankas Abschlussklasse anrief, scherzten sie, Trump habe im Grunde nichts für die Schule getan.

Ivanka wurden überraschenderweise in ihrem Jahrbuch ihres Abschlussjahres auf dem Campus einige Superlative zugeschrieben. Einer davon war: »Wird den größten Erfolg haben«, die universelle Visitenkarte, mit der jeder Streber, der etwas auf sich hält, noch jahrzehntelang angibt und sicherlich auch die Kategorie, die am besten dem Trump'schen Ethos entspricht. Eine weitere Kategorie war: »Wird der Choate am ehesten eine Million spenden« – was, wenn man ihre Familiengeschichte bedenkt, ihre Klassenkameraden noch immer zum Kichern bringt.

UNTER IVANKAS FREUNDEN wurde ebenfalls spekuliert, dass ihr bejubelter Auftritt in *Born Rich* nicht nur auf ihre disziplinierte Botschaft und ihre gute Erziehung zurückzuführen war. Zu der Zeit datete Ivanka James »Bingo« Gubelmann, ein junger Salonlöwe mit rabenschwarzem Haar und markantem Kiefer, dessen Eltern ebenfalls auf der Achse zwischen New York und Palm Beach beheimatet waren und der zufällig als Produzent des Filmes fungierte. Nachdem sie den Film gesehen hatten, waren einige der darin interviewten Teilnehmer mehr als offen darüber, dass Ivanka vermutlich auch so gut in dem Film weggekommen war, weil sie Einfluss auf die Bearbeitung gehabt hatte.

Auch wenn es ihr im Film erspart blieb, brachte Gubelmann ihr dennoch eine öffentliche Szene ein, in der sie aus dem perfekten Image fiel, das sie sich aufgebaut hatte. Im Sommer 2004 verließ sie fluchtartig das Stephen Talkhouse, eine Institution im East End, gleich bei der Route 27 in Amagansett, Long Island, wo verschwitzte, beschwipste Mitbewohner in geknöpften Hemden miteinander ausgingen, um sich Coverbands anzuhören und ein wenig auf dem Klo zu koksen. Offenbar waren drinnen mit Gubelmann die Fetzen geflogen, und ein paar Ortsansässige sahen, wie sie in eine nahe gelegene Tankstelle rannte und Gubelmann ihr hinterherjagte. Sie wurden laut, dann gab sie ihm eine ordentliche Ohrfeige, bevor sie sich wieder vertrugen und zurück in die Bar gingen. Sie blieben bis etwa halb drei.

Auch bei Ivankas Modelkarriere war nicht alles, wie es schien. Donald wünschte es sich so sehr für sie, dass er Freunden gegenüber erwähnte, dass Ivanka sich vielleicht die Brüste vergrößern lassen sollte, um dem Erfolg ein wenig auf die Sprünge zu helfen. Ein Freund erinnerte sich, einen hysterischen Anruf von Maryanne Trump, Donalds Schwester, erhalten zu haben, er solle ihm dahingehend ins Gewissen reden, dass Donald seiner Tochter in so jungen Jahren keine OP nahelegen solle. »Das wird sie kaputtmachen«, sagte sie am Telefon. Als sein Freund dann Donald konfrontierte, sagte dieser, sie würde sich nicht unters Messer legen. Am Ende des Gesprächs sinnierte er allerdings: »Aber, warum eigentlich nicht?«

Bei Shootings legte sie beste Manieren, Pünktlichkeit und Dankbarkeit für jede Chance an den Tag. Als sie allerdings mit sechzehn von einem Fotografen gebeten wurde, mit einem Staubsauger zu posieren, hatte sie keine Ahnung, wie man diesen bediente. Bei einem anderen Shooting im Chelsea Pier 59 am Hudson River musste der berühmte Fotograf Patrick DeMarchelier das Konzept abändern, das ihm ursprünglich vorgeschwebt war. DeMarchelier wollte die Männer oben ohne und die Frauen ohne Hose fotografieren. Ivanka trug jedoch keine Unterhose – wie sie den Betreuern am Set mitteilen musste.

KAPITEL 7

»Bashert«

»Es ist Bashert.« »Sie sind Bashert.« »Bashert.« Unabhängig voneinander wiederholen Freunde, Kollegen und Geschäftspartner von Ivanka und Jared Kushner dieses hebräische Wort, wenn man sie fragt, warum die beiden so gut zueinander passen. Übersetzt bedeutet es in etwa »vorherbestimmt«, »schicksalhaft«, »unausweichlich«, und bezogen auf eine Liebesbeziehung so viel wie »seelenverwandt«. Wenig verwunderlich, dass dieses Wort so häufig in Bezug auf Javanka fällt: Natürlich war diese Beziehung vorherbestimmt, schicksalhaft und unausweichlich, ganz besonders für zwei so ehrgeizige und medienkundige Menschen.

Auf eine Art sind alle Verbindungen zwischen wohlhabenden jungen Männern und Frauen unausweichlich – zumindest die wirklich guten Verbindungen. Schließlich gibt es nur eine Handvoll Menschen auf dem Single-Markt, die mit dem goldenen Löffel im Mund aufgewachsen sind, in diesem hyperspezifischen sozioökonomischen Segment, bei denen Alter, Post-Elitecollege-Freundeskreis und Berufswahl übereinstimmen. Dieser probate, der heutigen Welt entsprechende Algorithmus bringt nur selten glückliche, langlebige wahre Liebe hervor, doch oft sorgt er für echte Arrangements. Für viele dieser Menschen dreht sich im Leben alles darum, die richtigen Deals abzuschließen, und eine Ehe – zumindest die erste – unterscheidet sich nicht von diesem Prinzip. Von außen betrachtet war Javankas Beziehung der Goldstandard dieser Art von Deal. Beide sind Erben eines beeindruckenden Immobilienimperiums; seines ist, was die Zahlen angeht, jedoch weitaus größer als ihres. Sie sind im selben Alter, beide sind groß und haben Grübchen, ihr Bildungsweg führte über die Ivy League, und sie sind von ihrer Arbeit besessen. Sie legen gegenüber ihren Familien blinde Loyalität an den Tag und setzen alles daran, ihre Imperien zu vergrößern.

Doch das ist nur der harte Kern. Schaut man dahinter, kann man sehen, dass ihre weichen Innereien auf genau dieselbe Art zermalmt wurden. Sie beide sind Opfer des schlechten, egoistischen Verhaltens ihrer Väter. Donald betrog Ivankas Mutter in aller Öffentlichkeit und verscherbelte die Scheidung an die Presse. Jareds Vater, Charles Kushner, wurde in achtzehn Fällen wegen Steuerhinterziehung, Zeugenmanipulation und illegalen Spendengeldern zu zwei Jahren Gefängnis verurteilt, als Jared vierundzwanzig Jahre alt war. Sowohl er als auch Ivanka mussten das Ruder rumreißen und die Köpfe für ihre Väter hinhalten. Jared übernahm das Familienunternehmen, während sein Vater hinter Gittern saß, in einem Alter, das Jahrzehnte vor dem lag, bevor die meisten Sprösslinge in der Immobilienbranche auch nur daran hätten denken können, einen Deal abzuschließen, ohne dass Daddy ihnen dabei die Hand hält. Seit Ivanka im Teenageralter Pressearbeit für ihre Modelkarriere machte, warb sie öffentlich für ihren Vater und seine Firma, sie verteidigte seine Bemerkungen in *The View* darüber, dass er sie daten würde, wenn sie nicht seine Tochter wäre, und pries seinen Respekt für Frauen während des gesamten Wahlkampfs an – selbst nach dem *Access-Hollywood*-Tape. Auch privat nutzte Donald seine Tochter als menschlichen Schutzschild. Kurz nachdem er mit Melania zusammengekommen war, vertraute er einem Freund an, dass ihm eventuell ein neuerlicher öffentlicher Skandal bevorstünde. Er hatte früher am Tag im Penthouse des Trump Towers mit Model Kara Young rumgemacht und im Schlafzimmer zerwühlte Bettlaken sowie im Badezimmer mit Schminke beschmierte Handtücher hinterlassen. Vergessen hatte er, dass Melania bereits Zugang zur Wohnung hatte. Als Melania ihn über das Make-up an den Handtüchern ausfragte, erzählte er ihr, Ivanka sei an jenem Tag nach einem Shooting vorbeigekommen. Die Schminke, sagte er, sei von ihr. Sie könne sie ruhig fragen.

Im Sommer 2006 ließ Jared einen Trip zur Fußball-WM nach Deutschland sausen, um ein Gebot von zehn Millionen Dollar auf den *New York Observer* machen zu können, die lachsfarbene Wochenzeitung, in der sich alles um das Auf und Ab der einflussreichen Oberschicht Manhattans dreht. Nachdem ihr Familienname jahrelang durch den Schmutz gezogen worden war, erkaufte sich Jared für die Kushners ein wenig Kontrolle und Zugang zu jener elitären Welt, in der er mitspielen wollte. Ivanka machte für ihre Marke einen weniger risikobehafteten Move und trat nun bei *The Apprentice* auf, um die Besitztümer ihrer Familie zu stützen.

Die vielleicht stärkste Ähnlichkeit der beiden ist allerdings ihre Fähigkeit, Dinge voneinander zu trennen. Beide kennen die Wahrheit über ihren jeweiligen Vater – ein angeberischer Schürzenjäger auf der einen Seite und ein rücksichtsloser, verurteilter Krimineller auf der anderen – und haben ihr Leben damit verbracht, sich dennoch in den Augen ihrer Väter beweisen zu wollen und ihnen ewige Treue zu schwören. Ivanka und Jared haben ihren Vätern dabei zugesehen, wie sie ihre Familien zerstört und allen den Rücken gekehrt haben. Sie haben geschworen, einander oder ihrer gemeinsamen Familie niemals etwas Ähnliches anzutun oder es ihren Vätern heimzuzahlen.

Sosehr Jared und Ivanka auch die aufpolierte, erträglichere Version ihrer jeweiligen Eltern sind, bricht im Privaten manchmal durch, woher sie dann doch kommen. Menschen, die für sie gearbeitet haben, geben anderen häufig denselben Ratschlag, wenn jemand Javanka als Klienten oder Bosse annehmen will: Sei dir darüber bewusst, in wen sie sich in Windeseile verwandeln können. »Diese Leute fressen ihre Jungen«, erinnerte sich ein früherer Mitarbeiter des Paares an die Warnung, die er damals erhalten hatte, bevor er den Job angenommen hatte. »Die machen mit fünfzehn ein Praktikum bei Goldman Sachs. Das können Leute wie du und ich nicht verstehen. Sie wurden einfach so erzogen.«

Ein Gemeinplatz der höheren Gesellschaft besagt, man heirate am Ende immer das eigene Spiegelbild, ein anderer, man heirate häufig seinen Vater. »Nun, er ist ein ehrlicher, liebevoller, hart arbeitender Mann«, sagte Ivanka 2006 in einem Interview um die Zeit, als sie Jared kennenlernte, auf die Frage, ob sie am Ende jemanden wie ihren Vater abbekäme. »Und da all das wünschenswerte Charakterzüge eines Menschen sind, würde ich mich vermutlich von jemandem angezogen fühlen, der ihm sehr ähnelt.«

Bei Jared finden sich zweifelsohne Züge von Donald, der ebenfalls von einem niemals zufriedenen, monsterhaften

Patriarchen großgezogen wurde, der mit seinem Geld ein Netz spann, mit dem er seine Kinder auf immer und ewig an sich band – trotz seiner offensichtlichen Aggressionen. Beide wuchsen als Outsider auf, die nach Manhattan gierten – Donald von Queens aus, Jared von New Jersey. Angetrieben von jener speziellen Mischung aus Unerfahrenheit und Konsequenz, die nur wahrhaftige Möchtegerne mit Daddys Brieftasche haben, wurden sie beide anfänglich von Gebäuden angezogen, die eher Aufsehen erregten, als dass sie wirklich überlegte Investitionen waren.

Donald und Jared unterscheiden sich jedoch, wenn es um die Presse geht. Donald liebte es, seinen Namen abgedruckt und sein Gesicht auf den Titelblättern zu sehen – selbst wenn es ein Fake war wie die Cover des *Time Magazine*, die auf verschiedenen Trump'schen Golfplätzen die Wände zieren. In der Zeit vor TiVo sagte er Dinner-Gästen häufig, er würde sich verspäten oder müsse früher weg, um ein Interview von sich aufzunehmen (im Weißen Haus hat er, wie er selbst behauptet, ein »Super-TiVo«, sodass er große Teile seines Tages damit verbringen kann, durch die Berichterstattung seiner Präsidentschaft auf den Kabelkanälen zu zappen). Jared dagegen ist eher daran gelegen, dass er die Industrie kontrolliert, als dass über ihn berichtet wird. Ihm war es wichtiger, die Hände der Mogule zu schütteln und einer der ihren zu werden statt nur ihr Gesprächsthema.

Dies wird nirgendwo deutlicher als in Jareds Beziehung zu Rupert Murdoch. Nachdem Jared den *Observer* gekauft hatte, rief er den fünfzig Jahre älteren News Corporation Manager unverfroren an, weil er mit ihm zu Abend essen wollte. Murdoch war einverstanden, und in Midtowns Nobu Restaurant hofierte und schmeichelte Jared fleißig.

»Ich will so werden wie Sie«, sagte er Murdoch, der sich gern bauchpinseln ließ. Sie begannen schließlich, mehrmals die Woche miteinander zu telefonieren.

Die Verbindung wurde noch enger, nachdem Jared mit Ivanka zusammengekommen war. Murdoch und seine dritte Frau Wendi spielten eine Art Milliardärsversion Amors und intervenierten, als sich Javanka 2008 kurzzeitig trennte. Im Gegenzug fungierten die Murdoch-Töchter Chloe und Grace 2009 als Blumenmädchen bei der Trump-Kushner-Hochzeit. Ein Jahr später zählten Jared und Ivanka zu den ausgesuchten Gästen von Chloes und Graces Taufe im Jordan, wo sich angeblich bereits Jesus selbst jener Zeremonie unterzogen hatte. Die Gäste – unter ihnen Tony Blair, Nicole Kidman und Keith Urban, Larry Page, Hugh Jackman, Königin Rania von Jordanien, Kathy und Tom Freston sowie Burt Sugarman – trugen allesamt Weiß für die Zeremonie. Wendi, die auf Seite zwölf des neunzehnseitigen Berichts im britischen Boulevardblatt *Hello!* als »sehr reservierte und ruhige Person« beschrieben wird, arrangierte den restlichen Trip, einschließlich einer Tour durch die Felsenstadt Petra, einer Nacht im Beduinenzelt und einem Bad im Toten Meer. »Bin heute mit meinem Ehemann eine Runde im Toten Meer geschwommen, unser Auftrieb fiel noch kräftiger aus als erwartet!«, twitterte Ivanka hinterher.

Zu Hause näherten sich Wendi und Ivanka weiter an. Eine Zeit lang zogen die Murdochs in das Trump-Gebäude auf der Park Avenue, in dem auch Javanka wohnten, während ihr eigenes Penthouse auf der Fifth Avenue renoviert wurde. Da sie nun nicht mehr nur den Ehrgeiz, sondern auch noch die Adresse teilten, verbrachten die Frauen zusehends mehr Zeit miteinander. Im Countdown zur Präsidentschaftswahl 2008 überlegte MySpace, das damals Rupert gehörte und der die Idee ins Spiel gebracht hatte, Ivanka als Moderatorin für eine Sendereihe von Diskussionen mit den Kandidaten an verschiedenen Colleges im ganzen Land einzusetzen. Diese Reihe kam nicht zustande, doch Ivanka sah sich die Auszählung der Wahl gemeinsam mit dem Paar in Ruperts Kinoraum an. Am Abend vor dem errechneten Geburtstermin ihres ersten Kindes saß Ivanka in der Premiere des Filmes *Snow Flower and Secret Fan*, den Wendi produziert hatte. Sie arbeiteten auch gemeinsam an einem von dem Film inspirierten Entwurf eines Armreifs für Ivankas Schmuckkollektion – ein breiter Reif aus schwarzem Edelharz, besetzt mit weißen Diamanten oder aus perlmuttfarbenem Edelharz mit schwarzen Diamanten, jeweils eingraviert mit dem chinesischen Zeichen für Freundschaft. Sie bewarben es als Symbol für Verbundenheit unter Freundinnen oder Schwestern, der Preis lag bei 650 Dollar. Wendi empfahl den Innenarchitekten für die Trump-Kushner-Wohnung. Im Gegenzug stellte Jared nach Ruperts und Wendis Scheidung für seinen Freund die Verbindung zu einem Architekten für dessen neue Junggesellenwohnung her.

Wendi und Ivanka fanden auch über die Mutterschaft zueinander. Grace und Chloe unterhielten sich mit Ivankas Kindern auf Mandarin, sie lernten die Sprache mithilfe ihrer Nachbarin, einer chinesischen Nanny, und Tutoren, also nur kurz nachdem sie angefangen hatten, Englisch zu sprechen. Arabella Kushners Mandarin war Wendis besonderer Stolz, sie brachte dem Mädchen bei, bereitwillig vor Publikum einige Worte auf Chinesisch zu sprechen, sodass Arabella manchmal für ihre Tochter gehalten wurde. Wendi und ihre Töchter kamen häufig zum Essen am Sabbatabend, da Wendi eine besondere Schwäche für das Challah-Brot entwickelt hatte, das Ivanka immer zu diesem Anlass servierte. »Sie nennt es nur ›dieses Brot‹«, sagte Ivanka der *New York Times*. Eines Samstagsmorgens tauchte Ivanka mit ihren zwei ältesten Kindern bei Ivana auf. Da Sabbat war, durfte sie als gläubige Jüdin nicht mit Geld hantieren und brauchte die Hilfe ihrer Mutter. Chloe und Grace verkauften auf der Fifth Avenue Cupcakes für eine neue Umkleidekabine an ihrer Schule, ein Dollar das Stück, also schleifte sie ihre Mom nach draußen, damit diese die Dollars rüberwachsen lassen konnte. Sie standen auf der Straße in einer Runde und aßen das Gebäck. Bevor Ivanka mit ihrem Mann und ihrem Vater nach Washington zog, war sie eine von fünf Treuhändern für einen Batzen Aktien der 21st Century Fox and News Corporation sowie zusätzlicher Anteile an Murdoch-Firmen gewesen, die Chloe und Grace gehörten und mehr als zwei Milliarden Dollar wert waren. Sie trat am 28. Dezember 2016 von diesem Amt zurück, was ihre Anwälte ihr empfohlen hatten, um finanzielle und berufliche Interessenkonflikte zu vermeiden.

Wendi war eine der wenigen aus ihrem sozialen Umfeld in New York, die während des Wahlkampfs öffentlichen Beistand leistete, ein Personenkreis, der sich noch verringerte, nachdem Ivanka ihre Arbeit im Weißen Haus angetreten hatte. Als das Wahlkampfteam von Ivankas Vater im August 2016 auseinanderzubrechen drohte, lud sie Jared und Ivanka zu einem gemeinsamen Kroatienurlaub auf die Jacht des milliardenschweren Geschäftsmagnaten David Geffen ein. Bevor sie nach Washington zogen, richtete sie ein Dinner für sie in ihrem Penthouse aus, und sie saß am Abend vor der Amtseinschwörung bei einem Ball für republikanische Schwergewichte in der Union Station neben Ivanka. Sie unternahm weiterhin Trips nach Washington, während ihre restlichen Freunde öffentlich darüber den Kopf schüttelten, wie sie die Trumps weiterhin unterstützen könne. Im Januar 2018 wurde berichtet, dass amerikanische Spionageabwehr-Beamte Jared bereits Anfang des Jahres 2017 gewarnt hatten, Wendi könne die Freundschaft zu ihnen ausnutzen, um die Interessen der chinesischen Regierung zu fördern. Diese Nachrichten wurden zuerst im *Wall Street Journal* abgedruckt, Ruperts Kronjuwel. Zu diesem Zeitpunkt erzählte Rupert Freunden schon seit Jahren, seine Frau sei eine chinesische Spionin.

Die Beziehung zwischen Jared und Rupert war weitaus gradliniger. Sie verstanden sich gut – sicher, auf eine Mentor-Schüler-Art –, doch es bestand nicht der geringste Zweifel daran, dass es zwischen ihnen keine andere Ebene als die geschäftliche gab. Es stand auch außer Frage, dass es an Jared wäre, während des Wahlkampfs die Wogen zwischen seinem Schwiegervater und seinem Medien-Ziehonkel zu glätten. Zwischen Donald und Rupert hatte seit Jahren eine Fehde geköchelt, auf die Art, wie vielfach geschiedene, skandalaffine Medienmogule sie führen. Rupert, der tatsächlich jede Menge Geld besaß, erzählte herum, Donald sei ein »Poser«, der seinen Reichtum künstlich aufblähe. Donald verklagte Murdoch, der Donalds heiß geliebte *New York Post* besitzt, wegen übler Nachrede, nachdem das Blatt die Story gebracht hatte, die Trumps seien im vornehmen Maidstone Club abgelehnt worden – einem hundertsechsundzwanzig Jahre alten privaten Golfclub in den Dünen von East Hampton mit Blick auf einen 27-Loch-Golfplatz auf der einen und den Atlantik auf der anderen Seite.

Der Wahlkampf fachte die Flammen noch an. »Wann wird Donald Trump endlich aufhören, seine Freunde zu blamieren, ganz zu schweigen von diesem ganzen Land?«, twitterte Rupert, nachdem Donald vom Stapel gelassen hatte, er könne Senator John McCain nicht leiden, er möge nur Soldaten, die sich nicht hatten gefangen nehmen lassen. (McCain, ein dekorierter Kriegsgefangener des Vietnamkrieges und jahrelanger Senator, hatte das Trump'sche Lager kritisiert. Donald seinerseits war wegen Knochenspornen nicht eingezogen worden.) Die *Post* brachte Titelseiten, auf denen »Don Voyage« und »Trump ist Toast« prangte, während Ruperts andere Zeitung, das *Wall Street Journal*, den Kandidaten im Editorial als »eine Katastrophe« bezeichnete.

»Murdoch hat mir sehr geschadet«, sagte Donald dem *New York Magazine*. Auf dem Sender Fox News, der ebenfalls Murdoch gehört, wurde er hauptsächlich verschont. In den Vorwahlen traten ein Dutzend ernsthaftere, wahrscheinlichere republikanische Kandidaten an, doch niemand schnitt ganz so gut ab wie »The Donald«. Zu diesem Zeitpunkt arbeitete Roger Ailes noch an der Spitze des Senders, später wurde er wegen Vorwürfen sexueller Belästigung rausgeschmissen und beriet das Trump-Wahlkampfteam hinter verschlossenen Türen.

Erst nachdem Donald durch Megyn Kelly bei einer Vorwahl-Debatte unter Druck geraten war, wurde Jared losgeschickt, um zu tun, was er am besten kann: alternden Titanen die Wunden lecken, ihre übergroßen Egos streicheln und zu seinen Gunsten arbeiten lassen. Er bekam Rupert dazu, mit seinem Schwiegervater zu reden. Im Juni 2016, als Donald bereits als Favorit für die republikanische Nominierung gehandelt wurde, saßen Rupert und seine vierte Frau, das Supermodel Jerry Hall, auf dem Trump International Golf Links, Donalds Golfplatz in Schottland, mit bei ihm im Golfwagen. Rupert saß jedoch hinten auf der Rückbank, während seine Frau vorne neben Donald saß.

Der Vorfall mit Megyn Kelly war einer von zwei Momenten während des Wahlkampfs, in denen Ivanka der Meinung war, die Presse läge ganz einfach falsch, was ihren Vater anging. Würden die Journalisten seinen Charakter samt seiner Ticks so kennen wie sie, so ihre These, dann wären diese Storys niemals zu Storys geworden.

Der erste Vorfall ergab sich während der ersten republikanischen Vorwahl-Debatte im August 2015, die um neun Uhr abends Eastern Standard Time auf Fox News gesendet wurde. Laut Nielsen Data sahen sich 24 Millionen Zuschauer die Debatte an, sodass es nicht nur die meistgesehene Vorwahl-Debatte aller Zeiten war, sondern die meistgesehene Sendung in der zwanzigjährigen Geschichte von Fox News überhaupt. Zum Vergleich: Die erste republikanische Vorwahl-Debatte der Präsidentschaftswahl 2012 auf demselben Sender hatte 3,2 Millionen Zuschauer.

Die Moderatoren – Chris Wallace, Megyn Kelly und Bret Baier – gingen die Kandidaten der Reihe nach durch, befragten sie zu verschiedenen Standpunkten und lieferten Vorlagen dafür, wie sie gegnerische Kandidaten abkanzeln konnten. Schließlich war Kelly an der Reihe, um Donald eine Frage zu stellen. Zunächst schmeichelte sie ihm, sein größter Pluspunkt als Kandidat sei, dass er kein Blatt vor den Mund nähme, doch dann kippte die Situation. »Sie haben Frauen, die sie nicht mögen, als fette Schweine, Hunde, Tölpel und ekelhafte Tiere bezeichnet«, sagte sie. Donald korrigierte: »Nur Rosie O'Donnell.« Kelly korrigierte nun wiederum, es sei nicht nur Rosie O'Donnell gewesen. Donald kicherte. »Ja, sicher.«

Kelly fuhr fort: »Auf Ihrem Twitter-Account finden sich einige geringschätzige Kommentare zum Aussehen verschiedener Frauen. Einmal haben Sie zu einer Kandidatin bei *Celebrity Apprentice* gesagt, es wäre sicher ein schönes Bild, sie auf den Knien zu sehen. Klingt dieses Temperament angemessen für einen Mann, den wir zum Präsidenten wählen sollten, und wie reagieren Sie auf Hillary Clintons Vorwurf, die vermutlich die demokratische Kandidatin wird, Sie seien Teil des ›Kriegs gegen Frauen‹?«

»Ich wurde von so vielen Menschen angegriffen, und offen gesagt habe ich keine Zeit für Political Correctness«, antwortete er, ein Tenor, der vermutlich Musik in den Ohren seiner Befürworter war. »Und wenn ich ehrlich sein soll, hat dieses Land auch keine Zeit für so was. Dieses Land steckt in großen Schwierigkeiten. Wir gewinnen nicht mehr. Wir verlieren gegen China. Wir verlieren gegen Mexiko sowohl im Handel als auch an der Grenze. Wir verlieren gegen alle.«

Er fügte dann hinzu: »Und ehrlich, wenn ich was sage, ist das häufig ein Spaß, ich mache Witze. Man amüsiert sich. Was ich sage, ist, was ich sage. Und ehrlich, Megyn, wenn Ihnen das nicht gefällt, tut es mir leid. Ich war sehr nett zu Ihnen, obwohl ich allen Grund hätte, es vielleicht nicht zu sein, wenn man bedenkt, wie Sie mich hier behandelt haben. Aber das würde ich nie tun.«

Doch natürlich tat er es. Am nächsten Abend rief er live bei Don Lemons *CNN Tonight* an, der Sendung, die parallel zu Kellys auf Fox News ausgestrahlt wurde. Lemon erwähnte, Kelly habe Donald provoziert, genau wie sie viele Leute am Vorabend provoziert hatte, die mit ihm auf der Bühne gestanden hatten. Nach gewohnter Art nutzte Donald nun seine Chance, um in Sachen Provokation noch eine Spur schärfer zu werden. »Sie geht da raus und fängt an, mir alle möglichen lächerlichen Fragen zu stellen. Meiner Meinung nach war sie total im Unrecht. Und das denke im Übrigen nicht nur ich – so denken auch hunderttausend Leute auf Twitter. Sie wurde sehr kritisiert.«

Nun kritisierte er sie deutlich. »Ich respektiere sie einfach nicht als Journalistin. Ich habe keinen Respekt für sie. Ich finde nicht, dass sie sehr gut ist. Ich denke, sie wird ziemlich überschätzt … Sie geht da raus und stellt mir diese ganzen lächerlichen Fragen. Wissen Sie, man konnte doch sehen, wie sie aus den Augen geblutet hat, wie sie da sonst wo geblutet hat.« Noch bevor den Produzenten klar wurde, was passiert war, wurde der Moment aufgegriffen, geschnitten, getwittert, geGIFt und tausendfach aufbereitet. Die Mehrheitsmeinung lautete, Donald habe angedeutet, Kelly, die ihm eine Frage dazu gestellt hatte, wie er mit und über Frauen sprach, habe offensichtlich menstruiert. Am nächsten Morgen stritt Donald dies ab, mit »sonst wo« habe er ihre Nase gemeint. Der Wahlkampf folgte mit einer Stellungnahme, Donald habe »sonst wie« und nicht »sonst wo« gesagt, und überhaupt, gemeint habe er ihre Nase.

Dieser Moment nagte an Ivanka. Nicht aus denselben Gründen, aus denen er allen anderen aufstieß, sondern weil sie ihren Vater gut genug kannte, um zu wissen, dass er niemals, nicht in tausend Jahren, über die Regel einer Frau sprechen würde. Er war Mysophobier und hatte in seinem ganzen Leben noch keinen Witz über Körpersekrete gemacht. Sie und ihre Brüder hatten nichts gegen derlei Humor. Sie konnten sich immer wieder *Tommy Boy – Durch dick und dünn* ansehen und sich dabei schlapp lachen, doch ihr Vater fand nichts Lustiges an Fäkalhumor. Es war irrsinnig, auch nur anzunehmen, er könne öffentlich über so etwas wie eine menstruierende Frau sprechen. Er fand so etwas eklig.

Der zweite Moment, der ihr übel aufstieß, ereignete sich ein paar Monate später, im November 2015, nach einer Wahlveranstaltung in South Carolina. Zu der Zeit machte Donald noch immer ein Shitstorm zu schaffen, der seiner Äußerung gefolgt war, er wolle alle Muslime des Landes in einer Datenbank erfassen. Um seine Position zu verteidigen, setzte er auf seine Aussage, er habe am 11. September 2001 in Jersey City »Abertausende« Menschen gesehen, die applaudierten, während die Twin Towers fielen.

Die Faktenchecker, die alles fieberhaft überprüften, was die Kandidaten auf ihrem Weg quer durchs Land sagten, fanden keinerlei stichhaltige Beweise für Donalds Erinnerung. Also zauberte der Kandidat zum Beweis einen Artikel der *Washington Post* aus dem Ärmel, der am achtzehnten September desselben Jahres von Serge Kovaleski geschrieben worden war. Allerdings stützte der Artikel Donalds Aussage nicht. Kovaleski hatte berichtet, »binnen Stunden, nachdem zwei Linienflugzeuge in das World Trade Center gerast waren, nahm die Polizei mehrere Menschen fest und verhörte sie, da sie angeblich dabei gesehen wurden, wie sie den Anschlag feierten oder Gafferpartys auf Dächern veranstalteten, während sie auf die Zerstörung auf der anderen Seite des Flusses blickten.« Kovaleski sagte in einem Statement, sein Bericht spräche noch nicht einmal von »Hunderten« Menschen, geschweige denn Tausenden. Und die *Washington Post* sagte, eine ausführliche Untersuchung von Nachrichtenauszügen aus jener Zeit habe nichts ergeben, was Kovaleskis Aussagen (und somit auch Donalds) stützen könnte.

Einen Tag vor der Wahlveranstaltung in South Carolina hatte Kovaleski Ähnliches in einem Interview auf MSNBC gesagt, das Donald wohl gesehen haben musste. Auf der Bühne machte er sich über den Journalisten lustig: »Also, der arme Kerl – den sollten Sie sich mal ansehen: ›Äh, ich weiß nicht, was ich gesagt habe. Ich erinnere mich nicht‹«, sagte Trump, wobei er seine Arme verdrehte und mit ihnen wackelte, eine Geste, von der viele später meinten, er habe sich über die körperliche Behinderung Kovaleskis lustig gemacht.

Diese Kontroverse hielt sich in der Zeit der Vorwahlen und bis in den nächsten Sommer. Ivanka störte daran, dass die Medien und die entsetzten Wähler vermutlich völlig falsch lagen. Hätten sie ihren Vater so gut gekannt wie sie, hätten sie gewusst, dass er mit dieser Bewegung seiner Arme nicht die Behinderung des Journalisten nachäffte. Er hatte diese Bewegungen schon immer benutzt, um jemanden nachzumachen, der sich unterwürfig verhielt, erklärte sie den Menschen. Sie hatte ihn häufig so gesehen. Und, wie ihr Vater nach der Veranstaltung auf Twitter argumentierte, zeigte er ganz einfach »eine Person, die unterwürfig ein Statement von vor langer Zeit zurücknimmt!«

Rupert Murdoch war sicherlich nicht der einzige Medienmacher, der in den Genuss der Jared-Spezialbehandlung kam, während dessen Schwiegervater als Präsident kandidierte. Ein Trump-Berater erklärte: »Deine Beziehungen zu den Medien sind für Trump von Wert.« Das war eine der vielen Arten, auf die Jared reich war. Auch Joe Scarborough und Mika Brzezinski bekamen ihr Fett weg. Die Moderatoren aus *Morning Joe* verband eine lange Geschichte mit Donald sowie eine kurzlebige Live-TV-Liebesaffäre zu Beginn seiner Kandidatur. Er rief wiederholt in ihrer MSNBC-Morgenshow an und plauderte mit ihnen, als sei es ein lockeres Gespräch am Frühstückstisch mit alten Freunden. Dabei nannte Donald sie seine »Unterstützer«, und auch wenn sie das doch nicht ganz waren, so konnte man durchaus zumindest meinen, dass sie »an ihn glaubten«. Das änderte sich, als der Sommer 2016 anbrach und das Duo anfing, in den Live-Sendungen zu bezweifeln, dass Donald hatte, was es brauchte, um die Wahl zu gewinnen oder gar danach zu regieren.

Das stieß dem Kandidaten sauer auf, einem Frühaufsteher, der stundenlang die Nachrichtensendungen der Kabelkanäle sah, in die Kissen seines Trump-Tower-Bettes gelehnt. Er twitterte, Mika sei »völlig durchgeknallt, ein neurotischer und nicht sehr schlauer Totalausfall«. Er drohte, er würde, »wenn sich die Dinge beruhigt haben«, die »wahre Geschichte« über seinen Freund Joe und »seine total verunsicherte Langzeitfreundin Mika« ausplaudern. »Zwei Clowns!« Mika hatte soeben die Scheidung eingereicht, und um ihre und Joes Familien zu schützen, hielten sie ihre Beziehung zueinander so privat wie möglich, obwohl das Ganze zu dem Zeitpunkt nur noch ein relativ schlecht gehütetes Geheimnis war.

Das Moderatoren-Team kochte vor Wut. Mikas Töchter, die beide aufs College gingen, wurden in den News auf Dauerschleife mit dem Liebesleben ihrer Mutter bombardiert. Die Angriffe und deren Konsequenzen verstrickten auch Joe tiefer, einen beschützerischen, temperamentvollen Kollegen, der im Kongress gesessen hatte und das Ausmaß des Jobs als Präsident kannte und nun umso mehr der Überzeugung war, Donald sei dem nicht gewachsen.

Es dauerte nicht lange, bis Jared anrief, wie er es so häufig tat. Für gewöhnlich bat er um Rat oder gab ein paar Infos aus dem Wahlkampf weiter, lieferte ein Update oder wollte selbst eines hören. Doch diesmal wusste er, dass es um reine Schadensbegrenzung ging. Er bettelte die beiden an, sich mit seinem Schwiegervater zu treffen und zu sehen, ob das Kriegsbeil begraben werden könne. Zunächst sträubten sie sich. Was sollte das bringen? Zum einen waren sie der Meinung, sein Verhalten wäre zunehmend unverständlich und unangemessen. Zweitens zeigte sich hier eine Art Muster. Er beleidigte sie, dann verstrich ein wenig Zeit, bis er sich wieder anbiederte, um zu sagen, »Schwamm drüber«. Wenn sie sich zusammensetzten und redeten, würde Donald wieder weggehen und denken, sie seien dicke Freunde, und wäre beim nächsten Mal wieder schockiert und verletzt, wenn er hörte, dass sie in ihrer Show etwas Kritisches über ihn sagten. Dann gäbe es wieder gemeine Tweets, und alles ginge von vorne los – wie immer.

Doch Jared fragte immer wieder, vier oder fünf Mal, sodass sie schließlich nachgaben. Sie ließen sich auf ein Treffen ein, zu viert, im Trump Tower. Das Treffen begann damit, dass Donald zu Joe sagte, er sei ja schon hart zu ihm, Donald, doch im Vergleich zu Mika sehe er, Joe, »aus wie ein kleines Baby.« So hart könne sie sein. »Mika, warum bist du so hart zu mir?«

Sie wich aus. Stattdessen erklärte sie, was für einen Schaden seine Tweets bei ihren Kindern angerichtet hätten und wie verletzt ihre Familie gewesen wäre.

In einer völlig untypischen Geste entschuldigte sich Donald daraufhin.

Jared, der hinter ihm saß, sah so aus, als würde er gleich vom Stuhl fallen. »Er sagte schnell, ›Okay, wir sollten das hier genau jetzt beenden, denn das habe ich noch nie von ihm gehört‹«, erinnerte sich Joe. Ein letzter Moment der Leichtigkeit, bevor sich die Beziehung zwischen den langjährigen Freunden extrem verschlechtern sollte.

Jared kümmerte sich nicht nur während des Wahlkampfs um den Medien-Fallout seines Schwiegervaters. Er geriet auch selbst in die Schusslinie. Etwa um dieselbe Zeit, als es mit seiner Beziehung zu der Morning-Joe-Crew bergab ging, wuchs Donalds Wut auf CNN. An einem Junitag 2016 rief Donald äußerst schlecht gelaunt nach seinem Schwiegersohn, der den CNN-Präsident Jeff Zucker anrufen und sich über eine ganze Reihe – in Donalds Meinung – voreingenommener und unfairer Sendebeiträge beschweren sollte. Zucker befand sich gerade in Südfrankreich beim jährlichen Cannes-Filmfestival, zusammen mit Dutzenden anderen Senderchefs, Studiogrößen und Entertainment-Bossen, als er via Jareds Anruf Donalds Nachricht erhielt. Zucker hatte, als er noch NBC leitete, *The Apprentice* ins Programm aufgenommen, doch wie es mit so vielen von Donalds Beziehungen geht, hatten sie sich überworfen, als CNN seinem Wahlkampf gegenüber kritisch blieb und Donald sich damit brüstete, Zucker dessen Job bei CNN beschafft zu haben.

»Das ist wohl ein Scherz«, sagte Zucker zu Jared. »Fick dich.« Dann legte er auf.

Die verletzten Gefühle köchelten in den ersten Tagen des Sommers weiter, beruhigten sich allerdings im Laufe der Wochen wieder. Niemand glaubte, dass Donald gewinnen würde, und Jared sprach davon, die während des Wahlkampfs gesammelten Datenmengen zu nutzen, um irgendein Medienunternehmen hochzuziehen, deren Zielgruppe die Abermillionen Menschen waren, die ganz offensichtlich von der Trump-Botschaft begeistert waren. CNN wurde vom Wahlkampf weiterhin boykottiert, sodass Zucker ein gewisses Interesse daran hatte, die Wogen, so gut es ging, zu glätten.

Hinzu kam, dass Jared nicht gern streitet. Er machte einen Schritt auf Zucker zu, um zu sagen, »Lass uns das aus der Welt schaffen«. Mitte Juli, am Tag bevor Donald offiziell Mike Pence als Vizekandidaten nominierte, durchquerte Jared den Central Park auf dem Weg zu den CNN-Büros im Time Warner Center am Columbus Circle. Hinter verschlossenen Türen, in einem der Direktionsbüros, entschuldigten sich Zucker und Jared beieinander für ihre Wortwahl. Sie kamen überein, dass CNN den Trump-Wahlkampf brauchte und umgekehrt. Doch weder die Berichterstattung CNNs noch die Meinung des Trump-Teams änderte sich daraufhin. Sie würden einander nie wirklich mögen. Doch Jared wusste, wie man einen Kniefall machte, und die hohen Tiere der Geschäftswelt wussten, dass Jared bereit war, wenn doch nicht den guten Cop zu spielen, so gezwungenermaßen zumindest den vernünftigen.

Die Beziehung zwischen Jared und Ivanka begann rein geschäftlich. Moshe Lax, mit dessen Familienunternehmen, einem Diamantengeschäft, Ivanka zusammenarbeitete, um ihre Schmuckkollektion herauszubringen, arbeitete Mitte der Nullerjahre auch an einem Immobilien-Deal. Er lud sie beide zum Lunch in den Prime Grill, ein edles kosheres Steakhaus in den Fünfzigern der Madison Avenue, mit Sushi auf dem Menü und Kunstdrucken in Primärfarben von Rabbis im Stil Andy Warhols an den Wänden. »Ich wollte nicht den ›Schadchen‹ [Yiddish für Kuppler] spielen«, sagte Lax in einem Interview. »Es ging um eine geschäftliche Chance.« Für Jared und Ivanka war es, wie so häufig, vermutlich ein wenig von beidem. Nach dem Lunch mailte Ivanka einer ihrer besten Freundinnen, sie wisse, dass es nur um die Arbeit gehe, doch dass sie ihn wirklich irgendwie gemocht habe. Die Freundin, die für Ivankas frühere Dates wenig übriggehabt hatte, war sofort sehr angetan.

Jared hatte Laura Englander gedated, Tochter eines milliardenschweren Hedgefonds-Managers namens Israel Englander, während Ivankas Liebesleben die Klatschseiten füllte. Da war Bingo Gubelmann gewesen, Topher Grace, Lance Armstrong und – in einem von ihrem Vater in die Welt gesetzten Gerücht, der vor Journalisten versicherte, es sei die Wahrheit – Tom Brady. Ihr Vater, so sagte sie gegenüber Journalisten, würde sich freuen, wenn sie mit einem Sportler zusammenkäme, »denn er wäre selbst gern Sportler geworden.« Sie gab jedoch zu, jemanden zu wollen, der intellektueller, klüger, fleißiger sei. »Meine Freunde witzeln immer, dass ich einen neunzigjährigen Pulitzer-Preis-Gewinner heiraten werde«, sagte sie einem Interviewer, bevor sie mit Jared zusammenkam.

Jared war nicht unbedingt ein Intellektueller. Seine ersten Unijahre studierte er in Harvard, bevor er an der New York University einen Doppelabschluss in Jura und BWL machte. Seine Aufnahme an beiden Schulen, die vom Pulitzer-Preis-Gewinner Daniel Golden in dessen Buch *The Price of Admission – How America's Ruling Class Buys Its Way Into Elite Colleges – and Who Gets Left Outside the Gates* thematisiert wurde, zog einige Aufmerksamkeit auf sich. Die Kushners spendeten Harvard 1998 2,5 Millionen Dollar, ein Jahr, bevor Jared dort sein Studium begann. Laut Golden bat Charlie Kushner Frank Lautenberg darum, seinem Kollegen im Senat, Ted Kennedy, ins Gewissen zu reden, denn dieser sollte wiederum beim für die Zulassungen zuständigen Dekan der Universität ein gutes Wort für Jared einlegen. 2001 spendete Charlie der New York University drei Millionen Dollar, später saß er im Kuratorium. In dem Jahr, als Jared Harvard verließ und sich nach einer Uni für sein Hauptstudium umsah, vermietete Charlie der Universität unter der marktüblichen Miete einige Etagen im Puck Building, das er vier Jahre zuvor gekauft hatte.

Doch Jared war freundlich, höflich, gut aussehend und im Business, also ein »Power Player« mit eigenem Kapital. Seine Familie, trotz all ihrer Fehler, hielt zusammen und war milliardenschwer. Genau wie Ivanka hielt er Loyalität innerhalb der Familie für das höchste Gut, was nach der Scheidung ihrer Eltern schwerer wog als Intelligenz, wenn es darum ging, welche Qualitäten sie in einem Mann suchte. »Ich könnte nie mit jemandem zusammen sein, dessen Motive ich ständig hinterfragen müsste, und ich könnte es sicherlich nicht ausstehen, mir Sorgen darüber zu machen, ob er mit der nächstbesten Blondine durchbrennt, sobald ich meine erste Falte bekomme«, sagte sie mit neunzehn in einem Interview. All das sah sie in dem Mann, den sie einen »großartigen New-Jersey-Boy« nennt. Ihre Freunde sahen, wie glücklich er sie machte und wie perfekt sie zueinander passten, und alle legten ihr nahe, ihn nicht wieder loszulassen. Sie sah, wie er sich anbot, den Eltern oder Geschwistern von Freunden Mietverträge auszuhandeln oder Büroräume zu finden. Sie war dankbar, dass er bereit war, mit ihr zu den sieben Partys zu gehen, auf denen man sie an einem Abend erwartete, und dann den restlichen Abend damit zu verbringen, Mails zu beantworten, bevor er am nächsten Morgen vor Sonnenaufgang aufstand, um ins Büro zu gehen. Er verlor nie den Kopf, so wie sie. »Er ist unglaublich ruhig«, sagte sie bei *Redbook*. »Ich glaube, er ist ein Mutant.«

Selbst während des Wahlkampfs war ihm häufig daran gelegen, die Menschen um ihn herum ruhig zu halten. Katrina Pierson, die von der Tea-Party-Aktivistin zur nationalen Sprecherin des Trump-Wahlkampfs avancierte, erinnerte sich, dass Jared zu Menschen hinging oder sie anrief, über die in den Medien wenig schmeichelhaft berichtet worden war. »Er gab sich große Mühe, um ihnen zu sagen, ›Mach dir keinen Kopf darüber, vergiss es einfach‹«, erzählte sie. »Ihm war bewusst, dass Menschen für seinen Schwiegervater alles aufs Spiel setzten, und er wollte sie wissen lassen, dass ihre Arbeit von der Familie und den Wahlkampfleitern wertgeschätzt wurde.« Das schloss sie selbst mit ein. Piersons vierzigster Geburtstag fiel ausgerechnet auf die republikanische Nationalversammlung in Cleveland Ende Juli 2016. »Ich war so enttäuscht, an dem Tag in Cleveland sein zu müssen«, sagte sie. »Niemand will seinen vierzigsten Geburtstag auf einer Konferenz in Cleveland verbringen.« Sie maulte gegenüber Jared herum, obwohl sie wusste, dass er gerade mit hundert verschiedenen Dingen gleichzeitig beschäftigt war. Das Abendprogramm stand unter dem Motto »Möglichkeiten und Wohlstand«, mit dem Untertitel »Make America First Again«. Das Wahlkampfteam mühte sich mit der zusammengeflickten Rednerliste des Abends ab. Auf die Bühne sollten unter anderem Jareds Schwager Eric, der Ölbaron Harold Hamm, Newt und Callista Gingrich, die konservative Radioikone Laura Ingraham, die Senatoren Marco Rubio und Ted Cruz, Floridas Generalstaatsanwältin Pam Bondi, Scott Walker, der Gouverneur von Wisconsin, die im Ruhestand befindliche Astronautin Eileen Collins und der nominierte Vizepräsident Mike Pence, um nur die Wichtigsten zu nennen.

Doch als Pierson spät am Abend zurück in ihr Hotelzimmer kam, warteten dort zahlreiche Präsente auf sie. Ein Dutzend Mini-Cupcakes, Schokolade und Vanille, mit rot-weiß-blauen Zuckerstreuseln und einem Sticker des Wahlkampfs auf der Plastikverpackung. Eine schwarze Tasche mit dem goldenen Trump-Winery-Logo darauf, ausgestopft mit blau-weiß-rotem Tüllpapier und einigen der erlesensten Tropfen der Familie. Ein Trump-Pence-2016-Autoaufkleber, zwei Jutebeutel, ebenfalls mit patriotischem Papier ausgestopft, die eine mit einem »Make America Great Again«-Aufdruck, die andere mit horizontalen Linien und kleinen republikanischen Elefanten, beide gefüllt mit Goodies der Marke Trump. Von Jared gab es eine handgeschriebene Glückwunschkarte mit vielen Ausrufezeichen und guten Wünschen. »Trotz dem ganzen Druck und Chaos gab mir

Jared dennoch das Gefühl, an meinem Geburtstag nicht komplett allein zu sein«, sagte sie.

Nach dem ersten Lunch mit Ivanka war er genauso beharrlich. Kurz nachdem sie ihrer Freundin geschrieben hatte, wie gut sie sich verstanden hätten, schrieb er ihr noch am Kennlerntag eine E-Mail. Er lud sie auf eine Party ein, die Freunde von ihm Downtown schmissen, und sie wusste sofort, dass sie Ja sagen würde. »Oh mein Gott. Oh mein Gott. Oh mein Gott«, sagte eine ihrer besten Freundinnen, die sie an der Penn State kennengelernt hatte und mit der sie nach dem Abschluss immer enger befreundet war, nachdem sie Jareds E-Mail gelesen hatte. »Sie stand so offensichtlich von der ersten Sekunde an auf ihn. Und dass er sich so schnell meldete, musste bedeuten, dass es ihm auch so ging.« Ivanka nahm die Einladung also an und schleppte auch besagte Freundin mit in ein atemberaubendes Loft in SoHo. Eine Band spielte, seine Freunde waren dort, und sie alle gingen zusammen noch weiter in eine andere Bar in der Gegend, damit Ivanka und Jared an jenem Abend so viel Zeit wie möglich miteinander verbringen konnten. »Ich kannte die Art, wie sie mit anderen Männern umging, die sie mochte, oder sogar mit ihren festen Freunden«, sagte die Freundin, »und das war etwas ganz anderes an dem Abend. Sie kamen sich nah, und dann ging alles ziemlich schnell.«

Jared und Ivankas Flirtphase, die im Frühling 2007 an Fahrt aufnahm, lief relativ öffentlich ab. Sie wurden knutschend in den Bowlmore Lanes gesehen. Sie machten eine Führung durch die Redaktion des *Observers,* und sobald sie in Jareds Büro waren, ließen sie die Tür offen stehen, sodass neugierige Blicke die beiden zusammen sahen. Sie machten Urlaub auf St. Barth, und einige Tippgeber spielten Gawker

Details zu ihrem Flug zu, Ivanka flog erster Klasse, während Jared in der zweiten den *Observer* und ein Buch von Michael Chabon las. Sie trafen sich nach der Landung am Gepäckband.

Jareds Familie, moderne orthodoxe Juden, waren nicht gerade angetan von Jareds neuer Partie. Ivanka, die abgesehen von den Gebeten, die sie mit ihrer irischen Nanny gesprochen hatte, nicht religiös erzogen war, war Presbyterianerin. Bei den Aufnahmen für *Born Rich* hatte sie immerhin das kleine silberne Kreuz um den Hals getragen. Jareds Mutter Seryl hatte besonders große Schwierigkeiten mit dem Gedanken und legte ihrem Sohn nahe, auf die Bremse zu treten. Die Trennung 2008 ließ Ivanka am Boden zerstört zurück. Obwohl das Paar vor Freunden behauptete, dass die Religion nicht der Trennungsgrund gewesen sei, schrieb Ivana Trump in ihrem neuesten Buch, ihre Tochter habe ihr erzählt, dass Jareds Familie ihn Ivanka nicht habe heiraten lassen wollen, weil sie keine Jüdin war.

Während eines Hubschrauberflugs nach Atlantic City, wo ein Meeting im Casino ihres Vaters stattfinden sollte, heulte sich Ivanka bei einer Geschäftskollegin aus. »Ich sagte ihr, dass ich genau wusste, dass sie wieder zusammenkommen würden, und wettete mit ihr um hundert Dollar, dass er in ein paar Monaten angekrochen käme.« (Die Kollegin bekam ihren Wetterlös nie ausgezahlt. Ivanka ist schließlich eine Trump.) Viele ihrer Freunde dachten, die Trennung würde nicht lange währen – die beiden ergänzten sich zu gut. Doch Ivanka war pragmatisch und bog sich die Dinge zurecht, wie immer. Ihr Herz war gebrochen, ja, aber es gab jede Menge Arbeit zu tun, und wenn andere Männer sie um ein Date baten, sagte sie nicht Nein.

Um die zwei wieder zusammenzubekommen, brauchte es die exklusivste, verrückteste Kuppelmethode aller Zeiten. Wendi Murdoch, damals noch mit Rupert Murdoch verheiratet, rief Jared an und lud ihn für ein Wochenende auf ihre 56-Meter-Jacht ein, die Rosehearty. Er arbeite zu viel, sagte Wendi, und könne ein Wochenende auf dem Wasser mit ihnen gut gebrauchen. Er sagte zu und erkannte bei seiner Ankunft, dass Wendi dasselbe mit Ivanka veranstaltet hatte. (Ivanka und Jared haben sich seitdem oft genug selbst als milliardenschwerer Amor betätigt. Sie haben sieben Pärchen verkuppelt, die vor dem Traualtar endeten. Ivanka bezeichnete dies als ihr »verstecktes Talent«, auch wenn manche Freunde Scherze darüber machten, dass sie nur sicher ging, dass es einen bombenfesten Freundeskreis um sie und Jared gab, der ihnen gegenüber, wenn schon nicht loyal, zumindest ewig dankbar wäre.)

Ivanka erklärte sich bereit, zu konvertieren, wobei sie selbst sagte, der Aufwand hielte sich in Grenzen: »Ich komme aus New York. Ich arbeite in der Immobilienbranche. Ich bin quasi schon von Natur aus zur Hälfte jüdisch.« Sie fing an, mit Rabbi Haskel Lookstein von der Kehillath-Jeshurun-Gemeinde zu arbeiten, einer modernen orthodoxen *schul* auf der Eighty-Fifth Street, obwohl selbst das Freunde der Kushner-Familie nicht überzeugte. Der Prozess ist lang und zermürbend, und da sich Charlie Kushner einmischte, wurde es Ivanka besonders schwer gemacht. Sie studierte die Thora, erklärte sich bereit, den Sabbat mit Jareds Familie einzuhalten, und widmete sich dem Erlernen von jüdischen Gesetzen und Traditionen. Mitten in diesem Prozess nahmen sie und Jared an dem gefürchteten Inner-Circle-Dinner teil – einem Küsschen-rechts-Küsschenlinks-Fest mit Krawattenpflicht im Sheraton, auf dem New Yorker Politiker und Journalisten widerwillig die Runde machen. Eine zu der Zeit entfernte Bekannte erinnerte sich, dass Ivanka darüber plauderte, dass sie gerade kochen lerne. Der Bekannten erging es zu der Zeit ebenso, und sie fragte, ob Ivanka hilfreiche Kochbücher empfehlen könne. »Ja! Ein ganz großartiges«, sagte sie. »Es heißt *Kosher Cooking*!« Sie legte der Bekannten nahe, mal einen Blick reinzuwerfen.

»So ist Ivanka«, sagte eine Geschäftspartnerin über ihr Engagement bei so etwas Wichtigem wie einem Glaubenswechsel. »Sie ist so eine Perfektionistin und nimmt alles, inklusive sich selbst, sehr ernst. Wenn sie sagt, dass sie konvertieren wird, wird sie jedes Buch lesen, jedes Rezept lernen, sich in seine Familie einbringen und all die Feiertage einhalten.« Für viele ihrer langjährigen Freunde, besonders die, die sie mal bekocht hatte oder die jüdischen Glaubens waren, war dies eine Überraschung. »Sie konnte einfach nicht kochen. Konnte sie wirklich nicht«, erinnerte sich jemand. »Und sobald sie dann konvertierte, machte sie sich ständig darüber lustig, wie wenig wir über die Religion und die Traditionen wussten. Ich war so beeindruckt davon, wie sehr es ihr gefiel, etwas darüber zu lernen.« Doch genau so ging Ivanka Dinge an, erinnerte sich der Freund. Plus: Sie bekam als Belohnung eine mit Swarovski-Steinen besetzte Mesusa in Leopardenoptik geschenkt.

Die Prozedur endete damit, dass Ivanka vor einem dreiköpfigen religiösen Gremium, dem Beth Din, vorsprach und im religiösen Bad, der Mikwe, untertauchte, in der man sich vor wichtigen und großen Lebensereignissen reinigte. Sie wählte den hebräischen Namen Yael, was wörtlich übersetzt »Steinbock« heißt. In anderen Übertragungen liegt der

Sinn eher bei »emporsteigen«. Es ist auch der Name einer biblischen Figur, die das jüdische Volk rettete, indem sie einen verfeindeten General mit ihren weiblichen Vorzügen in ein Zelt lockte, bevor sie ihn mit einer Zeltstange in seine Schläfe rammend tötete.

Jared machte ihr mit einem 5,22-Karat-Ring in Kissenschliff den Antrag. Der Diamant war in Platinum gefasst und stammte aus Ivankas Schmuckkollektion. Er hatte beim Design geholfen, bevor er schließlich in der Ivanka Trump Fine Jewelry Collection nach ihr benannt wurde. »Ich bin seit gestern Abend verlobt – wirklich der glücklichste Tag meines Lebens!!!«, twitterte sie im Juli 2009. So begannen einige stürmische – und sehr öffentliche – Planungsmonate. Sie beauftragten den bekannten Wedding-Planner Preston Bailey für die Koordination des Events und Brian Marcus, dessen Familie über die Jahre über fünfzig Familienfeiern der Kushners festgehalten hatte – genau wie eine von Donalds Hochzeiten sowie auch die der Murdochs –, sollte die Fotos machen. Ivana war in die Vorbereitungen wenig involviert, doch Ivanka erwähnte Freunden gegenüber, ihre Mutter sei während der gesamten Zeit ein Alptraum gewesen, sie habe ihr jede Woche eine neue Gästeliste und neue Anliegen geschickt.

Sie versandten Tiffany-Einladungen (ihr »etwas Blaues«) an fünfhundert Gäste. Die traditionelle jüdische Hochzeit sollte im Oktober auf dem zwei Quadratkilometer großen, inmitten der sanften Hügellandschaft von Bedminster, New Jersey, gelegenen Golfclub ihres Vaters stattfinden (ihr »etwas Geborgtes«). In dem Umschlag fanden die Gäste des Weiteren einen Werbeflyer für eine Runde Golf auf einem der Plätze der Familie (ihr »etwas eindeutig Trump«), obwohl Ivanka später abstritt, Werbematerial beigefügt zu haben. Sie entschied sich für ein Kleid von Vera Wang im Stile Grace Kellys (ihr »etwas Altes«) und lehnte Angebote für die Rechte an den Hochzeitsfotos ab. Sie wollte dasselbe tun wie John F. Kennedy Jr. und Carolyn Bessette ein Jahrzehnt zuvor und nach der Hochzeit nur ein einziges Foto veröffentlichen.

Auf ihrer Geschenkliste bei Williams-Sonoma, Crate & Barrel und Tiffany's befanden sich fünfundsiebzig Artikel, das Porzellan kam jedoch von einem anderen Hersteller. Die Gegenstände waren schlicht gehalten – hauptsächlich Silber und Glas – und spiegelten wider, was die beiden wohl für ein normales Leben verheirateter junger Leute hielten, die lange Nachmittage in der Küche verbrachten und abends gemeinsam zu Hause aßen. Die Gäste stürzten sich auf die Pfannenwender für zehn Dollar und ein dunkelblaues Platzdeckchenset mit passenden Servietten für jeweils 4,95 und 3,95 Dollar. Ein Ofenblech, ein Nudelholz, eine Napfkuchenform für 34 Dollar. Von Tiffany's befanden sich Flaschenstopfen für 175 Dollar auf der Liste, nebst Tortenheber für 325 Dollar, für etwa 100 Dollar weniger gab es Suppenkellen oder Tranchiermesser, für 200 Dollar mehr mit Sterling versilberte Bilderrahmen. Der heiß begehrte Dauerbrenner auf derartigen Listen, die Küchenmaschine von Kitchen Aid, war auch dabei, doch der teuerste Artikel war eine ebenfalls mit Sterling bezogene Schüssel mit Dekofüßen von Tiffany's für 1350 Dollar. Ursprünglich hatten sie sich zwei davon gewünscht, sich dann aber wieder gemäßigt.

Der Junggesellinnenabschied beinhaltete eine Bootsfahrt auf dem Hudson River mit einer Braut mit Augenbinde sowie Karaoke und Champagner bis in die frühen Morgenstunden. Am Tag vor der Hochzeit klarte das Wetter auf – Ivanka meinte, das sei ein gutes Omen –, und am Hochzeitstag selbst unternahm sie morgens eine Wanderung. Pünktlich um drei Uhr nachmittags ging es mit Familienfotos los, die Zeremonie begann eine Stunde später.

Sie hatten in einer ruhigen Ecke des geräumigen Grüns Zelte mit durchsichtigen Wänden aufbauen lassen. So konnten die Gäste die Bäume mit ihren farbenprächtigen herbstlichen Blattkronen sehen. Das Kastanienbraun, Gelb und Weinrot wäre ein grandioser Hintergrund für das Ja-Wort eines jeden Paares gewesen. Doch die Trump-Kushners setzten noch eins drauf. Für die Zeremonie wurden hunderte goldener Stühle aufgestellt, für Gäste wie Cory Booker, Russell Crowe, Andrew Cuomo, Rudy Giuliani, Jamie Johnson, Jim McGreevey, Natalie Portman, Ed Rendell, Emmy Rossum und Adam Duritz, Barbara Walters und Anna Wintour. Auch in die Zelte hatte man Bäume gebracht. Das Paar stand unter einem grün bewachsenen und mit Tausenden weißer weidenkätzchenartiger Blüten überzogenen Bogen, der die traditionelle – wenn auch besonders aufwändige – Chuppa formte. Die Brautjungfern Tiffany und Vanessa Trump, Don Juniors Ehefrau, trugen matt lavendelfarbene Roben von Carolina Herrera, ihre Mütter trugen pfirsichfarbene Kleider. Melania, die ein tief ausgeschnittenes lila Satinkleid trug, rettete Barron, den Ringträger, als er sich verlief. Chloe und Grace Murdoch warfen als Blumenmädchen die Blütenblätter auf den Gang. Ivankas Kleid von Vera Wang bedeckte ihre Schultern, wie es der jüdische Brauch für orthodoxe Frauen verlangt, zeigte jedoch ein wenig Dekolleté, wie es der Brauch Trump'scher

Frauen verlangt. Der Rock des Kleides bestand aus etlichen Schichten Chantilly- und Lyoner-Spitze. Ivanka hatte einige Freundinnen in die Ateliers und Geschäfte der City mitgenommen, um Brautkleider anzuprobieren, sich dann jedoch für Vera entschieden. Ihre Freundinnen kamen zu jeder Anprobe mit, und zur letzten lud sie all ihre Brautjungfern und eine *Vogue*-Redakteurin ein, um jedes Detail zu inspizieren. Nach dieser Zeremonie fiel einer ihrer Freundinnen, die selbst im Atelier von Vera Wang nach einem eigenen Kleid Ausschau hielt, ein Kleid mit dem Namen »Esther« ins Auge, das dem von Ivanka zum Verwechseln ähnlich sah. Aufgeregt rief sie bei ihr an und gab die Info weiter. »Weißt du«, sagte Ivanka, »Vera hat immer und immer wieder gefragt, ob sie mein Kleid rausbringen darf, und ich habe für das Kleid bezahlt und alles.« Sie fügte hinzu, sie habe einen ordentlichen Rabatt eingeräumt bekommen. Das Kleid würde in den Medien natürlich viel Aufmerksamkeit bekommen, und am Ende war die junge Trump-Erbin niemand, die einen guten Deal ausschlug. Ohnehin weiß jeder Prominente, ganz gleich, auf welchem Bekanntheitsniveau er sich befindet, dass man immer weniger Geld ausgeben muss, je mehr man davon hat.

»Wir haben es genauso entworfen, wie ich es haben wollte. Ich habe jedes Detail mit ihr gemeinsam ausgesucht. Es war perfekt«, erinnerte sich die Freundin, von Ivanka gehört zu haben. »Und nach der Hochzeit hat Vera dann noch ein wenig am Kleid herumgedoktert, um eine billigere Version zu kreieren, eine Kopie mit etwas weniger teuren Details.« Die Freundin wusste noch, dass sie den Hörer aufgelegt und Angst hatte, Ivanka schon wieder wegen des Kleides auf die Nerven gegangen zu sein.

Dass auch ihr Schmuck ihren Namen tragen würde, war abzusehen. Sie trug Schmuck im Wert von mehr als einer Viertelmillion Dollar – alles aus ihrer eigenen Kollektion –, darunter ein diamantbesetztes Diadem für 45 000 Dollar, ein 26-Karat-Art-déco-Vintage-Armband aus Platin und Diamanten sowie zwei 9,67-Karat Cluster-Ohrringe aus Diamanten verschiedener Schnitte, die jeweils 130 000 Dollar wert waren. Ihr auf Old-Hollywood gestyltes Haar hatte sie in sanften Wellen hinter die Ohren gestrichen. Jared trug einen maßgeschneiderten schwarzen Anzug und eine traditionelle Fliege, sein Haar war gescheitelt und nach links gekämmt, ein wenig plattgedrückt von seiner Kippa.

»Es war atemberaubend. Grandios, selbst für New Yorker Verhältnisse«, erinnerte sich ein Gast. »Das einzig Merkwürdige war der Teil, als der Rabbi zu Beginn der Zeremonie anfing, über all das Leid zu sprechen, das den Juden weltweit widerfahren ist. Das war nicht gerade romantisch.«

Ihr Glaube stand über weite Teile des Abends im Vordergrund. Im Empfangszelt hingen ausladende Kronleuchter über den weißen Tischen. Als der Raum in die traditionelle Hora ausbrach, wurden Männer und Frauen voneinander getrennt, da es sich schließlich um eine orthodoxe Hochzeit handelte. Später vollführten die Männer einen weiteren traditionellen Tanz, und die Frauen wurden gebeten, die Tanzfläche zu verlassen, was einige Gäste der New Yorker High-Society irritierte, die noch nie auf einer ganz so orthodoxen Hochzeit gewesen waren. Nicole Kushner, Jareds Schwester, nahm einige von Ivankas Freunden zur Seite und erklärte ihnen die Tradition, ihre Wurzeln und warum es ihnen wichtig war. »Ich fand das sehr freundlich von ihr, bis sie uns darum bat, von der Tanzfläche zu gehen, und mir klar wurde, dass sie von Braut und Bräutigam geschickt worden war, damit sich die Gäste nicht unwohl fühlten und das Zelt verließen, während die Männer tanzten.«

Ivanka nahm alles mit links. »Sie tat den ganzen Abend lang so, als gehöre sie definitiv zum auserwählten Volk«, erinnerte sich ein Gast. »Sie wirkte noch nicht einmal wie eine jüdisch-amerikanische Prinzessin. Es war, als sei sie zur jüdisch-amerikanischen Königin gekrönt worden.«

Das Paar hatte auf Twitter Vorschläge für ihren Hochzeitssong gesammelt, da es ihnen schwerfiel, selbst einen zu wählen, und landeten schließlich bei David Grays Tränendrüsensong »This Year's Love«. Eine melancholische Ballade, von der einige Gäste bemerkten, sie passe zum Paar. »Singt er nicht darüber, von jemandem belogen und verletzt zu werden, und über das Bedürfnis nach Sicherheit, bevor man die Kontrolle verliert?«, lachte einer der Gäste. »Perfekt für die beiden.« Die Torte war ein riesiges Kunstwerk von Sylvia Weinstock: Beinahe 1,80 Meter Durchmesser, dreizehnstöckig und mit Prärie-Enzianen, Rosen, Pfingstrosen, Maiglöckchen und Schleierkraut aus Zucker, die jeden Stock der Torte weiß, pink, elfenbein- und cremefarben zierten.

Donald gab einen, wie sich die Gäste erinnerten, kurzen und liebevollen Toast, in dem er auch Ivana respektvoll anerkannte und ein paar Witze riss. »Seid glücklich und genießt euer Leben«, sagte er.

»Ihre Eltern hielten sich zurück und sprachen nicht viel«, erinnerte sich ein Gast. »Charlies Toast war der Moment, über den später alle sprachen.« Gäste erinnerten sich, dass dieser in seinem Toast bemerkte, er habe zunächst gezögert, als er hörte, sein Sohn wolle jemanden heiraten, der nicht jüdischen Glaubens sei, obwohl dies seiner Familie so wichtig sei. Doch dann habe er gesehen, wie sie seinen Sohn behandelte, wie sehr sie sich ihrem Glaubenswechsel widmete und wie verliebt die beiden seien, sodass er mit der Zeit doch ein gutes Gefühl bekommen habe.

Der Abend war lang. Die einstündige Fahrt von Manhattan nach Bedminster, die Fotos, die traditionelle Zeremonie, die ausgiebige Hora, die jüdischen Gebräuche, die Reden machten das Ganze für manche zu einer achtstündigen Geschichte. Doch fast allen war das recht, und die meisten Gäste ließen sich voll und ganz darauf ein, inklusive dem einen oder anderen Drink mehr, als sie es sonst in ihren schwarzen Krawatten gewöhnt waren, um sich die Zeit zu vertreiben. Was in Bedminster passiert, bleibt in Bedminster; es sei denn, es passiert bei einer Trump-Hochzeit und neugierige Augen behalten alles im Blick, merken es sich und zerreden es über Jahre. Alle waren am Ende des Abends glücklich. Als Gastgeschenk bekam jeder ein kleines jüdisches Buch und ein paar weiße Flip-Flops, an denen ein Schild baumelte mit der Aufschrift: »Ivanka und Jared – was für ein perfektes Paar.«

Bevor sich das Pärchen auf seine Hochzeitssafari nach Afrika aufmachte, beschenkten die Kushners sie mit einem Wochenende im Mayflower Inn in Washington, Connecticut, das kurioserweise Finanzminister Steven Mnuchins Vater Robert gehörte. Sie verbrachten ein Wochenende im Wellnessbereich und erholten sich, bevor sie mehrere Flüge in Richtung Südafrika nahmen – einer verspätete sich in Amsterdam, auf einem anderen ging ihr Gepäck verloren.

Etwa ein Jahr nach der Hochzeit hatten sie sozusagen zweite Flitterwochen – oder Urlaub vom Urlaub, wenn man so will. Ein Gast ihres Hochzeitsempfangs war Besitzer eines Hotels auf Sardinien und schenkte ihnen einen Aufenthalt mit fünf Nächten. Am ersten Abend schrieb Ivana ihrer Tochter eine SMS, dass sie gehört habe, Ivanka und Jared seien in der Stadt. Ivana war gerade auf dem Boot eines Freundes in der Nähe und beschloss, im selben Hotel einzuchecken. Sie verbrachten die Tage ihrer zweiten Flitterwochen mit Ivankas Mutter. Sie ging abends feiern, wenn die noch einigermaßen frisch Vermählten sich schon schlafen legten.

Nachdem die Hochzeit unter Dach und Fach war, tauten die Kushners gegenüber Ivanka auf, die die Wochenenden im Kushner'schen Strandhaus an der New Jersey Shore verbrachte. Am Sabbat entschleunigte Ivanka wie alle anderen auch, meldete ihre Kinder in jüdischen Kitas an, kochte und räumte nach den großen Mahlzeiten der Feiertage genau wie die anderen Frauen der Familie auf. Die Kushners waren Stolz auf Ivankas Mode- und Accessoirekollektionen, die eigentlich auf eine jüngere Käuferschicht abzielten, die in großen Einkaufszentren wie Macy's oder Discountern wie T.J.Maxx von der Stange kaufte. Hierzu gehören gläubige Milliardärinnen mit Immobilien-Imperien in der Tristate-Area wirklich nicht, doch die Kushner-Frauen haben sich angewöhnt, Schuhe der Marke Ivanka wie Trophäen zu tragen.

»Diese Leute sind aus Geld gemacht, und sie alle tragen Ivanka-Trump-Schuhe. Jeden Tag«, sagte eine Geschäftspartnerin. »Und dann sagen sie: ›Oh, die musst du dir auch kaufen. Diese Schuhe sind einfach die besten.‹«

Ivanka fand einen gewissen ihr nicht ganz unbekannten Charme in diesen Marotten der Kushners. Die Familie, milliardenschwer, versorgte ihre Büros auf der fünfzehnten Etage des 666-Fifth-Avenue-Gebäudes mit Snacks von Costco, mit riesigen Plastikcontainern voll Brezeln sowie Mandeln mit Schokoladenglasur. Als Ivanka noch klein gewesen war, hatte ihre Mutter sie und ihre Brüder ins Auto gepackt und war mit ihnen zum Großmarkt gefahren, ein Ausflug, den die Frau, die kein Kleid zweimal anzog und alles in ihrem Penthouse vergoldete, was nicht niet- und nagelfest war, sichtlich genossen hatte. »Sie freute sich so sehr darauf. Das können Sie sich nicht vorstellen«, erzählte Ivanka einmal über einen dieser Ausflüge mit Ivana. »Und dann sagte sie immer: ›Warum sollte ich etwas teurer einkaufen, wenn ich das gleiche Produkt für weniger haben kann?‹«

Diese Sparsamkeit ist ein Charakterzug, den auch Jared und Josh geerbt haben. Ein Unternehmer in der Technikbranche auf der Suche nach Investoren traf sich einmal mit den Kushner-Brüdern und erinnerte sich noch genau an das Entsetzen auf deren Gesichtern, als sie sich den Businessplan ansahen. Der Firmengründer hatte ab dem dritten Monat einen Assistenten eingeplant, sobald das Geschäft auf festen Füßen stand. Beiden Kushners fiel die Kinnlade runter. »Sie sagten mir, sie würden nur in Firmen investieren, deren Gründer bereit waren, beim nächstgelegenen Starbucks Klopapier zu klauen, bis sie schwarze Zahlen schrieben«, erinnerte sich der Unternehmer, der sich schließlich ein E-Commerce-Imperium ohne Kushner-Geld aufbaute. »Diese Art Firmengründer wollten sie haben.«

Natürlich waren die Kushners in der Lage, mit Geld um sich zu schmeißen, ganz besonders, was ihre Enkel anging.

Als diese geboren wurden, kauften Charlie und Seryl jedem eine Wohnung in Manhattan für mehrere Millionen Dollar und überschrieben sie in einen Fonds, den sie »Kinderlach« tauften, das yiddische Wort für Kinder. Das bedeutet, dass die kleine Arabella sowie Joseph und Theodore und all ihre Cousins und Cousinen auf der Kushner-Seite bereits Immobilien haben, die auf sie warten, bis sie das im Fonds angegebene Alter erreichen.

Ihre Großeltern riefen auch eine Tradition für die Bar und Bat Mitzwas ihrer Enkel ins Leben. Jeder der Zwölf- oder Dreizehnjährigen darf sich einen Ort auf der Welt aussuchen, an den seine Großeltern mit ihm reisen werden. Einzige Voraussetzung ist, dass jede Reise in Novogrudok starten muss, der 30000-Einwohner-Stadt im Westen Weißrusslands, in der Charlies Mutter Rae aufgewachsen war, die später dem Nazighetto nur um Haaresbreite entkam. Was ihre Kinder und Enkelkinder betraf, sind die beiden uneingeschränkt großzügig, und diese wiederum bringen immer wieder zum Ausdruck, dass sie alles von ihren Eltern oder Großeltern bekommen haben.

So bewusst sich Charlies und Seryls Kinder auch der Großzügigkeit ihrer Eltern sind, verstehen sie ebenfalls, wie verkommen die beiden sein können. Kollegen nennen Charlie einen »Psychopathen«, einen »Folterknecht«, die »absolut schlimmste Person auf dieser Welt«, mit einem so explosiven Gemüt, dass sich Menschen bei seinen Wutanfällen fragen: »Wie kann ein Mensch so wütend werden?« Seryls dunklere Seite hat ihr bei gewissen Menschen, die mit ihrer Familie zusammengearbeitet haben, den Spitznamen »Lady MacBeth« eingebracht.

Nicht lange nachdem Jared den *Observer* gekauft hatte,

lud er ein paar Journalisten des Blattes zu einem Lunch in das Haus auf der Fifth Avenue ein. Im Grunde war es eine Art Vortragsreihe, und einige Lektoren und Journalisten durften sich vor dem offiziellen Teil unter die Kushners und ihre Investorenfreunde mischen. Als eine der Journalistinnen Seryl zum ersten Mal traf, gab es keine freundliche Plauderei. Sie schüttelte der Frau nicht einmal die Hand. Sie sagte kein einziges Wort. Ihr fiel jedoch ein Haar auf dem schwarzen Pullover der Journalistin auf, sie zupfte es ungeniert ab und ging weg.

Nicht dass Jared und seine Geschwister Dara, Nicole und Josh davor die Augen verschließen würden. Wenn Charlie bei Meetings explodierte und wild um sich brüllte, tippte ihm Jared häufig auf die Schulter und flüsterte: »Dad, hör auf. Hör auf, Dad. Hör auf.« Ein Mitarbeiter verglich Jared und Josh mit den Menendez-Brüdern, zwei gut aussehenden wohlhabenden Brüdern aus Beverly Hills, die ihre Eltern umbrachten und in den vielen Jahren hinter Gittern ständig davon sprachen, wie sehr sie ihre Eltern liebten. »Ihre Eltern sind gaga in der Birne, sie wissen es, und trotzdem sagen sie: ›Ich liebe sie. Ich habe ihnen alles zu verdanken.‹«

Sie sind Blutsverwandte, und eine gewisse Art kranker Loyalität ist sowohl aus der Natur als auch der Erziehung heraus erwachsen. Für gewöhnlich fehlt Beziehungen zur Schwiegerfamilie der Genetikfaktor, sodass sie umso schwerer zu navigieren sind, ganz besonders, wenn die angeheiratete Familie, zumindest den Geschichten nach, aus Monstern besteht. Ivanka jedoch hegt tiefe Zuneigung zu Charlie und Seryl, die sie »Mom und Dad« nennt. Wie ein naher Familienfreund so schön anmerkte: Ivanka wurde als

Kind von ihren Eltern eigentlich vernachlässigt, sodass es vielleicht durchaus angenehm ist, plötzlich Eltern zu haben, die daran denken, ihr und ihren Kindern lange Unterhosen zu kaufen, wenn sie längere Zeit draußen in der Kälte sein wollen: Wie es eben Seryl für Ivanka, Jared und ihre Kinder getan hatte, als der Tag der Amtseinschwörung gekommen war.

KAPITEL 8

Die Kushners – Du bist, wen du heiratest

UM ZU VERSTEHEN, warum die Kushners Ivanka letztendlich akzeptierten, obwohl sie aufgrund ihrer nicht-jüdischen Abstammung Vorbehalte hatten, muss man verstehen, wie Jared zum Goldjungen der Familie in misslicher Lage aufstieg. So konnte er sich seinen eigenen Spielraum erarbeiten, und das alles aufgrund einer Rivalität unter Geschwistern, die katastrophal endete: die teils an Shakespeare, teils an Kain und Abel erinnerte, aber finsterer war, mit einem Schuss von *Dallas* und *Der Pate*. Man muss die Wurzeln der bitteren Kushner-Familiengeschichte von ihrem Dreck befreien, eine Geschichte, die in Tinte geschrieben und in Buchform gebunden die Lobby der Büroräume der Kushner Companies ziert, um zu verstehen, welche Ereignisse dazu geführt haben, dass Charlie sechzehn Monate in einem Gefängnis in Montgomery, Alabama, absitzen musste.

The Miracle of Life ist die Lebensgeschichte von Rae Kushner, Charlies Mutter und Matriarchin der Familie. Die Nazis kamen 1941 nach Novogrudok, wo sie aufgewachsen war, und exekutierten jüdische Anwälte, Ärzte und Intellektuelle auf dem Marktplatz, während ein Orchester spielte. Die Soldaten trieben etwa fünfzig junge Frauen zusammen, darunter auch Rae, damit diese das Blut vom rot getränkten Kopfsteinpflaster schrubbten. Danach wurden Zehntausende Juden in ein Ghetto geschickt, das als Arbeitslager diente. Am Tag der Bombardierung von Pearl Harbor, dem 7. Dezember 1941, teilten die Nazis die Einwohner des Ghettos in zwei Gruppen auf: Wer nach rechts geschickt wurde, musste sterben, wer aber nach links geschickt wurde, blieb am Leben. Raes Schwester Esther war eine der über fünftausend Jüdinnen und Juden, die an jenem Tag ermordet wurden, da sie zu einem nahegelegenen Gebäude rannte, um sich zu verstecken. Am Vorabend von Rosh ha-Schana 1943 waren nur noch wenige Hundert Juden am Leben. Monate zuvor hatten sie entschieden, dass es nur eine einzige Möglichkeit für ihr Überleben gab: einen Tunnel nach draußen. Spätabends nahmen sie leidlich geeignetes Werkzeug zur Hand, um zu graben. Eine Menschenkette half, indem sie die Säcke voller Erde einander weiterreichten und an einem versteckten Ort auf dem Dachboden ausleerten.

Am Vorabend des neuen Jahres stürmte es, und eine Gruppe der Überlebenden, unter ihnen auch Rae, ihr Vater, ihre Schwester und ihr Bruder, entschied sich zur Flucht. Sie entfernten einige Nägel vom metallenen Dach, damit es im Wind klappern und ihre Fluchtgeräusche übertönen würde, und krochen schließlich durch den über hundert Meter langen Tunnel, der in die nahe gelegenen Wälder führte. Rae und ihre Familie hatten ein wenig auf ihren Vater warten müssen, sodass sie zu den Hinteren der Gruppe gehörten. Sie hatten darauf gehofft, einen Bauern zu finden, von dem gesagt wurde, er habe eine jüdische Widerstandsarmee aufgebaut, die sich auf der anderen Seite versteckt hielt. Doch die Deutschen bekamen Wind von dem Plan und warteten schon am Tunnelausgang. Als die ersten Juden herauskrochen, eröffneten sie das Feuer. Raes Bruder Chanon, nach dem Charlie benannt wurde, rannte in die falsche Richtung. Er starb, und mit ihm fünfzig weitere Menschen.

Rae schaffte es zu dem Bauern im Wald, wo sie noch andere Geflüchtete vorfand, die in Bunkern auf Strohbetten schliefen. Dort traf sie einen Mann namens Yossel, einen Zimmermann, der aus einem Arbeitslager geflohen war und drei Jahre lang in einem Loch im Wald gelebt hatte, das er nur verlassen hatte, um nach Nahrung zu suchen. Sie blieben im Bielski-Camp, bis die Russen kamen. Rae heiratete Yossel und die beiden liefen zu Fuß, Schritt um Schritt, nach Italien, wo sie über drei Jahre in einem Camp für Vertriebene blieben, während sie auf die Visa warteten, die ihnen die Immigration in die Vereinigten Staaten ermöglichen würden.

Sie kamen 1949 nach New York. Aus Yossel wurde Joseph und die Familie zog nach Brooklyn. Sie bekamen zwei Söhne – zuerst Murray, dann Charles – sowie zwei Töchter, Linda und Esther. Joseph arbeitete in New Jersey auf dem Bau, bis er genug Geld gespart hatte, um mit zwei Partnern, den Brüdern Harry und Joe Wilf, drei Stück Land in Union County zu kaufen (der Wilf-Familie gehören mittlerweile die Minnesota Vikings). Joseph wurde Teil einer Gruppe Überlebender des Zweiten Weltkriegs, die als die Holocaust-Bauer bekannt wurden, und spezialisierte sich auf den Bau und die Vermietung von Wohneinheiten mit geteiltem Außenbereich. Auch seine Söhne stiegen ins Geschäft mit ein. Murray war der intellektuell begabtere der beiden und machte seinen Abschluss an der University of Pennsylvania mit summa cum laude, an den er auch seinen Doktor in Jura anschloss. Charlie war ein durchschnittlicher Student an der New York University und machte zur selben Zeit seinen Master, danach einen Juraabschluss an der Hofstra.

Bis 1985 hatte Joseph viertausend Wohnungen gebaut, und Charlie fragte, ob er mit ins Geschäft einsteigen dürfe. Sie arbeiteten neun Monate zusammen bei Kushner Companies, bis Joseph einen Schlaganfall erlitt und starb. Charlie, der zweitgeborene Sohn, stieg auf den Familienthron auf und überschrieb seinen Geschwistern einen Anteil von dem, was er schon bald in ein Imperium verwandeln würde.

Finstere Zeiten brachen an, als der Rubel ernsthaft zu rollen begann, aber die Abneigung innerhalb der Familie nahm überhand, da der Patriarch fehlte, um seine Hände über die vollen Töpfe zu halten.

Charlies Geschäfte explodierten. Nach weniger als einem Jahrzehnt besaß die Firma mehr als 22 000 Wohnungen, eine Bank und gewerbliche Immobilien-Holdings, wodurch Charlie, der in etwa eine Milliarde Dollar schwer war, zu einem der größten privaten Landeigentümer des Landes wurde. Seine Energie versiegte niemals, und seine Disziplin grenzte ans Übermenschliche. Er lief zweistellige Strecken oder, wenn er nicht draußen war, schwamm hundertachtzig Runden im Short Hills Sheraton, erst dann fuhr er ins Büro, wo ein Schrank bereitstand, der gefüllt war mit makellosen

Hemden in Blau und Weiß, die mit je zwei Zentimetern Abstand auf der Stange hingen. Genau wie seine Eltern bekam er zwei Söhne, Jared und Josh, sowie zwei Töchter, Dara und Nicole.

Charlie verstand es, einen Raum voller Menschen zu durchschauen, und viele haben schon bemerkt: Wenn er seinen Charme einsetzte, fraßen ihm alle aus der Hand. Ebenso geschickt verstand er es, im richtigen Moment sein Scheckbuch zu zücken. Er wurde ein Macher in der Welt jüdischer Philanthropie und Politik, und, in seiner eigenen Vorstellung, ein Königsmacher und jüdischer Kennedy. In New Jersey gab es nun die Joseph Kushner Hebrew Academy und die Rae Kushner Yeshiva High School, deren Rabbis gar nicht schnell genug seine Hand schütteln konnten, wenn er zur Tür hereinkam. In den Jahren zwischen Mitte 1990 und Mitte der 2000er ließ er Politikern der Demokraten fast 1,5 Millionen Dollar zukommen, von Chuck Schumer über Jon Corzine. Im Juli 2000 reiste Vizepräsident Al Gore nach Livingston, um an einer Spendengala chez Kushner teilzunehmen, wodurch der Feierabendverkehr gänzlich zum Erliegen kam, durch den sich seine Eskorte quetschte. Jared, damals noch ein Teenager, wurde von Charlie dazu aufgefordert, bei diesem Anlass ein paar Worte zu sagen, und überraschte die älteren Gäste im Saal mit seiner erwachsenen und unaufgeregten Art. Auch Hillary Clinton stattete Charlie einen Besuch ab, nachdem sie im selben Jahr einen Platz im Senat ergattert hatte. Sie leistete der Familie am Sabbat in deren Strandhaus zum Abendessen Gesellschaft.

Charlie setzte auf Jim McGreevey, erst als Bürgermeister von Woodbridge Township und dann, im Jahr 2002, bei dessen Antritt zur Wahl zum Gouverneur von New Jersey. McGreevey dankte Charlie all seine Jahre der Unterstützung, indem er ihn nur wenige Monate nach seiner Amtseinschwörung für den Vorstand der Hafenbehörde von New York und New Jersey nominierte. Der Job war aus vielerlei Gründen ein Zuckerstück, nach dem sich jeder Bauherr der Tristate-Area in jener Zeit die Finger geleckt hätte. Er bedeutete, über milliardenschwere staatliche Verträge zum Wiederaufbau des World Trade Centers nach dem Elften September mitzuentscheiden.

Doch alles kam anders als geplant. Charlie zog seine Bewerbung zurück, nachdem die Öffentlichkeit von seinen Familienzwisten und geschäftlichen Missetaten Wind bekommen hatte. Geld und langjährige Fehden waren dicker als Blut, aber nicht ganz so klebrig wie die Galle zwischen zwei Brüdern und einer Schwester. Am Ende zerstörte es sie alle.

Der Absturz hatte bereits ein paar Jahre zuvor seinen Lauf genommen, im Jahr 1999. Murray hatte sich bei einigen Deals gesträubt oder einen Rückzieher gemacht, die Charlies Firma in ein neues Universum katapultiert hätten, sowohl in Bezug auf die Größe seiner Holdings als auch auf den Wert seines Unternehmens. Doch es gab auch noch eine persönliche Ebene, wie so häufig in Familienfirmen. Charlie hatte Murrays Frau Lee nie akzeptiert, weil sie ihm nicht gläubig genug war. Schon bald kamen die Brüder nach einer Reihe öffentlicher Streitigkeiten überein, nicht mehr miteinander zu arbeiten, sodass sich Freunde und Mitarbeiter für einen der beiden entscheiden mussten. Ihre Schwester Esther und deren Mann Billy Schulder schlugen sich auf Murrays Seite. Dieser Schlag ins Gesicht machte

Charlie rasend, zumal er Schulder, seinen früheren Geschäftspartner, ohnehin nicht leiden konnte, der einige Jahre zuvor eine Affäre mit einer ihrer Angestellten gehabt hatte. Schulder kündigte die Stelle in Charlies Büro und arbeitete von nun an für Murray.

Murray reichte am Tag vor McGreeveys Wahl Klage gegen seinen Bruder ein, ein Timing, das zu perfekt war, um rein zufällig zu sein. Er warf seinem Bruder vor, er habe in ihrer Firma Missmanagement betrieben und schulde ihm Geld. Kurz darauf, im November 2002, reichte ein Buchhalter der Kushner Companies ebenfalls eine eigene Klage ein, dann eine weitere im Februar, da er Charlie vorwarf, Firmengelder benutzt zu haben, um philanthropische und politische Spenden zu tätigen, inklusive eines Honorars über 125.000 Dollar für Bill Clinton, der eine kurze Rede in einer Bank der Kushner Companies gehalten hatte.

Die Klagen waren ein gefundenes Fressen für Chris Christie, damals noch republikanischer US-Staatsanwalt des Staates New Jersey. Auch der Traum von Charlies Traumjob bei der Hafenbehörde löste sich in Luft auf, als Christies Ermittlungen an die Öffentlichkeit gerieten. Die bereits angeschlagene Familie brach entzwei, als Charlie der Verdacht kam, seine Schwester kooperiere mit dem Büro des Staatsanwalts. Charlie holte sich seinen Kumpel Jimmy O'Toole zu Hilfe, der damals kurz davor gestanden hatte, Polizist zu werden, und den er beim morgendlichen Laufen kennengelernt hatte. Charlie erzählte ihm von einer Idee, wie er Esther und Schulder ihre fehlende Loyalität heimzahlen könnte. O'Toole holte noch seinen Bruder ins Boot, und Charlie heckte mit ihnen einen Rachefeldzug aus. Eine Prostituierte und ein Video sollten ausreichen. Er bot O'Toole 25.000 Dollar an und schob einen Teil davon in einem Umschlag über den Tisch. Er enthielt ebenfalls die Nummer einer Frau namens Suzanna, einer osteuropäischen Blondine, die anfangs Skrupel hatte, sich dann aber doch breitschlagen ließ. Charlie bot ihr zwischen 7.000 und 10.000 Dollar bar auf die Hand, wenn sie sich dazu bereit erklärte, sich beim Sex mit seinem Schwager filmen zu lassen.

Thanksgiving rückte näher, und an einem kalten Morgen, als Schulder sein übliches Frühstück im Time to Eat Diner in Bridgewater zu sich nahm, kam Suzanna in einem hautengen Businessoutfit herein. Sie sei für ein Vorstellungsgespräch in der Stadt und ihr Auto sei liegen geblieben, erzählte sie Schulder. Ob er sie zurück in ihr Motel fahren könne? Er lehnte die Einladung ab, auf ihr Zimmer zu kommen, nahm jedoch ihre Telefonnummer entgegen. Am nächsten Morgen schneite es, als er von der Route 22 abbog und vor dem Red Bull Inn hielt. Er parkte, ging hinein, und Suzanna gab ihm vor einer Mini-Videokamera, die im Funkwecker des Zimmers eingebaut war, einen Blowjob.

Die O'Tooles, die die gesamte Angelegenheit überwacht hatten, riefen prompt bei Charlie an und brachten ihm das Video in sein Büro in Florham Park, New Jersey. Er und Seryls Bruder, Richard Stadtmauer, der für ihn arbeitete, bedeckten die Fenster im Konferenzraum der Kushner Companies mit Zeitungspapier und legten die Videokassette ein. Sobald sie aufgehört hatten, über Schulders im Überschwang ausgerufenen »Ich fühl mich wie im Film« zu lachen, gab Charlie Kopien in Auftrag. Das Ganze funktionierte so gut, dass er es ebenfalls bei seinem früheren

Buchhalter versuchte, der ihn wegen seiner Spenden für politische Aktionen angeklagt hatte, doch dieser sprang nicht auf die Avancen von Charlies Lockvogel an, einer Frau, die vorschlug, ein paar Drinks auf ihrem Motelzimmer einzunehmen. Für ihre Mühen bekam sie dennoch 2.000 Dollar.

Charlie hielt das Video von seinem Schwager bis Mai unter Verschluss, als polizeiliche Ermittler anfingen, seine engsten Vertrauten ins Visier zu nehmen. Er gab den Auftrag, dass das Video und einige Standbilder daraus in einem gepolsterten Umschlag, der sich nicht zurückverfolgen ließ, an Esther geschickt wurden. Als Erstes rief Esther Murray an. Sie sagte ihrem Bruder, er solle nicht nach Hause fahren. Esther und Lee waren beide überzeugt davon, jemand wolle sie umbringen. Esther gab den Umschlag und dessen Inhalt an die Bundespolizei weiter.

Im Juli 2004 hörte das FBI Charlie ab und erwischte ihn dabei, wie er über das Komplott gegen seinen Schwager sprach, und das nur wenige Tage, bevor er seine Tochter Nicole vor zweihundert Gästen bei der Hochzeit auf ihrem Grundstück am Strand zum Traualtar führen sollte. Binnen einer Woche bekam er Wind davon, dass er verhaftet werden würde. An einem Morgen kurz darauf textete Josh Kushner seinem Bruder Jared, dass ihr Vater nicht beim üblichen Meeting ihrer Firma erschienen war. Jared machte zu der Zeit ein Praktikum beim Bezirksstaatsanwalt von Manhattan und war gerade auf dem Weg zur Arbeit aus der U-Bahn gestiegen. Er rief seinen Vater an, um zu sehen, ob es ihm gut ginge. Weniger als eine Stunde, nachdem Charlie ihm bei dem Gespräch eröffnet hatte, dass man ihn verhaften würde, verließ Jared seine Arbeit und nahm ein Auto zurück nach New Jersey. Noch bevor er dort ankam, hatte sein Vater sich der Polizei gestellt.

Charlie erklärte sich der achtzehn Anklagepunkte gegen ihn schuldig, die von Steuerhinterziehung über Zeugenbeeinflussung zu illegalen Spendengeldern reichten – oder mit den Worten von Christie gesagt: »Verbrechen aus Gier, Machtmissbrauch und Maßlosigkeit.« Er wurde zu zwei Jahren Gefängnis verurteilt, und Jared besuchte ihn in dieser Zeit jedes Wochenende. Jeden Sonntag flog er hinüber, den Rest der Woche verbrachte er damit, die Zügel in einer Firma zu übernehmen, von der er noch nicht wusste, wie er sie führen sollte.

Sowohl Charlie als auch Jared stellten die anderen Kushners als die wahren Übeltäter dieser Geschichte hin. »Weder Gott noch meine Eltern werden meinem Bruder und meiner Schwester jemals vergeben, dass sie eine polizeiliche Ermittlung der Regierung gegen ihren Bruder angestoßen und dabei mitgefiebert haben, wie er aus Neid, Hass und Missgunst hinter Gittern landete«, sagte Charlie in einem Interview mit *The Real Deal.* Auch Jared hielt seinen Vater für das Opfer von faulen Geschwistern, die seinen Vater erst ausgenommen und dann hinterrücks mit vergoldeter Waffe erdolcht hatten. »Seine Geschwister haben jedes einzelne Blatt Papier aus seinem Büro geklaut und der Regierung übergeben, Geschwister, die durch ihn reich geworden sind, ohne auch nur selbst einen Finger zu rühren«, sagte er dem *New York Magazine*. »Alles, was er getan hat, war, das Video in Auftrag zu geben und es abzuschicken. Ob das richtig war? Im Endeffekt war es nur seine Art zu sagen, ›Ihr versucht, mir das Leben schwer zu machen? Tja, das kann ich auch.‹«

Was nun vor Jared lag, war sowohl die Chance seines Lebens als auch eine übermenschliche Aufgabe. Er kam frisch von der Uni und sollte nun ein abermilliardenschweres Unternehmen führen, während seine Familie zusätzlich erwartete, dass er es nun in ihrem Namen der ganzen Welt zeigte. Er sah sich also nach etwas um, das über Apartmentkomplexe in Jersey hinausging, in Richtung Manhattan. Und er wartete auf den Tag in naher Zukunft, wenn sein Vater wieder zurück wäre, neben ihm in den wöchentlichen Meetings.

Der Tag kam nicht so schnell, wie es Jared und der Rest der Kushners erwartet hatten. Charlie sollte achtundzwanzig Tage früher entlassen werden. Objektiv betrachtet sind achtundzwanzig Tage keine Ewigkeit – gerade einmal vier Wochen, weniger als jeder andere Monat außer Februar, kürzer als die Zeit zwischen Thanksgiving und Weihnachten, zumindest in den meisten Jahren. Doch für eine Familie, die ihren Patriarchen noch immer für das Opfer hielt, war jeder Tag ein Albtraum. Eine Ungerechtigkeit. Und so waren die ersparten achtundzwanzig Tage nicht nur eine kleine Erleichterung, sondern eine riesige Hoffnung, die sie einem rechtschaffenen Neuanfang näher bringen sollte.

Chris Christie jedoch hatte andere Pläne. Er bestand darauf, dass Kushner auch diese achtundzwanzig Tage hinter Gittern verbrachte, er sorgte dafür, dass es keine Woche, keinen Tag, keine Minute kürzer dauern würde. Damit goss er Benzin auf die brennenden Wunden der Kushners. Ein Freund von Jared erzählte, dies sei damals für Jared so schmerzlich gewesen, dass er den Groll bis zu diesem Tag mit sich herumträgt: »Diesen Teil kann er einfach nicht verzeihen.«

Charlie kam in den offenen Vollzug in Newark, wo Jared ihn bezüglich seines dicken Deals in der City um Rat fragte. Als Charlie endlich entlassen wurde, hatte Jared ein Angebot für das Gebäude der 666 Fifth Avenue gemacht, einen Wolkenkratzer mit einundvierzig Stockwerken zwischen der Fifty-Second und Fifty-Third Street in Midtown Manhattan. Das Hochhaus, 1957 ganz aus beigem Stein und Aluminiumverkleidung erbaut, war von denselben Architekten entworfen worden, die nur wenige Straßenblocks entfernt auch am Rockefeller Center gearbeitet hatten. Der Deal, den Jared ausgehandelt hatte, belief sich auf eine Kaufsumme von 1,8 Milliarden Dollar, sodass es zum damals teuersten Bürogebäude der gesamten Vereinigten Staaten wurde. Die Kushners finanzierten es mit nur wenig Eigenkapital, stattdessen nahmen sie hohe Kredite auf. Jared und Charlie mussten sich wieder einen Namen machen und das Imperium ausbauen. Der Deal ähnelte ein wenig Donald Trumps Umbau des Commodore Hotels dreißig Jahre zuvor, das ein Dutzend Blöcke in Richtung Downtown lag. Beide Investitionen trugen die Immobilien-Träume der Väter über den Fluss, die des einen aus Queens und die des anderen aus New Jersey. Beide Gebäude fungierten als Signal dafür, dass nun die Benutzer der Brücken und Tunnel auf dem Weg in die City waren. In den Augen der Kushners waren ihr Immobilien-Wunderkind und sein frisch entlassener Ganovenvater bereits angekommen.

Das Problem war jedoch, dass sie zum denkbar ungünstigsten Zeitpunkt ankamen. Es war das Jahr 2007, und der Immobilienmarkt, ganz besonders in New York City, taumelte an einem Abgrund, der kurz davorstand, in sich selbst zusammenzubrechen und den restlichen Finanzmarkt mit sich in die Tiefe zu reißen. Als das Jahr 2008 anbrach, verlor das Gebäude so viel Geld, dass die Schulden nicht zurückbezahlt werden konnten. Um sich über Wasser zu halten, verkaufte die Firma die Ladenlokale des Gebäudes. Vornado Realty Trust, ein börsennotiertes Unternehmen, kaufte 49,5 % des Aktienkapitals.

Bevor Jared seine Sachen packte, um bei seinem Schwiegervater im Weißen Haus zu arbeiten, hatte er ein Eckbüro auf der fünfzehnten Etage des 666, nur einen Katzensprung von den Büros seiner Mutter, seines Vaters und seiner Schwester Nicole entfernt (ihr Ehemann, Joseph Meyer, ist Generaldirektor bei Observer Media). Josh, der die Wagniskapitalgesellschaft Thrive Capital besitzt, und Dara leben in Livingston mit ihrer Familie. Charlie bestand darauf, Jared das nach Süden gelegene Büro zu geben, mit Blick auf die Spitzen der St. Patrick's Cathedral, die in den Himmel über der Stadt reichen – ein Zeichen seiner tiefen Dankbarkeit dafür, dass sein Sohn eine so schwere Last hatte tragen müssen, während er selbst hinter Gittern gesessen hatte, und auch eine Art zu sagen, an wen er die Fackel weiterreichte. Die Familie funktioniert nach dem Motto: »Alles, was Jared braucht.« Er ist der Goldjunge, dank dem das Unternehmen überlebt hatte, wie die Geschäftspartner sagen – aber dies umschreibt seinen eigentlichen Status nicht einmal annähernd.

Beim wöchentlichen Meeting der Firmenleiter im riesigen Konferenzraum jeden Dienstagmorgen um acht Uhr sitzt Jared am Tisch, an dem gut zwei Dutzend Menschen Platz finden. Flankiert wird er von Charlie und Seryl, während die dreistündige Agenda durchgegangen und über Käufe, Finanzierung und Bauvorhaben gesprochen wird. Wenn ein Familienmitglied den Raum betritt, ganz gleich wie spät es ist, wer sich sonst noch im Raum befindet oder wie intensiv sich gerade die Diskussion gestaltet, stehen alle Kushners auf und begrüßen denjenigen mit einer Umarmung und einem Küsschen. Tatsächlich ist dies jedes Mal Usus, wenn ein Kushner einen Raum betritt oder verlässt.

Und die Meetings boten Raum für jede Menge Gesprächsstoff, seit Jared die Zügel in die Hand genommen hatte. Die Firma kaufte Grundstücke an der gesamten Ostküste, inklusive des beinahe 70.000 Quadratmeter großen früheren Hauptquartiers der Zeugen Jehovas am Wasser in Brooklyn – ein absolutes Highlight für jeden Bauherren, für das sie 340 Millionen Dollar hinblätterten.

Der Deal kam zustande, als Brooklyn bereits seit Jahren angesagt war. Am Horizont schimmerte ein Bio-Supermarkt, die besten Makler aus Manhattan schwärmten aus, um sich bei den Sandsteinhäusern zu überbieten, und obsessive Helikoptereltern kreisten über Privatschulen mit endlosen Wartelisten. Einige Staffeln der HBO-Serie *Girls* waren bereits hier gedreht worden, und die ersten SoulCycle-Filialen hatten ihre nach Grapefruit duftenden Pforten im Viertel geöffnet. Jared allerdings war überrascht von der Nachbarschaft. »Ich habe mich in der Firma meines Bruders und anderen Tech-Firmen umgehört, und irgendwie lieben alle Leute Brooklyn«, sagte er einem befreundeten Immobilienexperten einige Jahre zuvor. »Die *wohnen* da.« Der Freund versuchte während des restlichen Gesprächs, seine Gesichtszüge unter Kontrolle zu behalten. »Ich betrachtete diesen Typen, der aussah wie ein Zwölfjähriger, aber Dinge sagte, die höchstens ein Baby-Boomer vom Stapel lassen würde.«

ALLE KUSHNER-KINDER SPRECHEN jeden Tag mit ihren Eltern. Die Großeltern verbringen viel Zeit mit ihren Schwiegertöchtern, -söhnen und den Kindern, im Strandhaus, am Sabbat, auf Familienausflügen und während der Winterferien. Josh, der jüngste Sohn, ist seit vier Jahren mit Karlie Kloss liiert, einem der bestbezahlten Supermodels der Welt. Charlie und Seryl haben sie jedoch noch nie persönlich kennengelernt.

Kloss ist keine Jüdin, obwohl sie seit einiger Zeit brav mit Josh zu Unterrichtsstunden und jüdischen Vorträgen geht. Die Familie hat schon oft gesagt, dass die zwei noch keine feste Bindung zueinander eingegangen seien, also warum sollten sie die Zeit investieren, um Karlie kennenzulernen? – Eine nur kaum verhohlene Art, um zu sagen, dass Karlie keine Jüdin sei und sich noch nicht festgelegt habe, dass sie konvertieren wird. Freunde von Charlie meinen ohnehin, selbst dann würde es ihm schwerfallen, sie zu akzeptieren. Viele von Joshs Freunden regt diese Verlogenheit auf. Sie haben Ivanka aufgenommen. Sie haben ihr durch den Prozess des Religionswechsels geholfen. Warum sollten sie Josh und Karlie anders behandeln?

»Josh ist nicht gleich Jared«, sagte ein Familienfreund. »Jared hat Vorteile in der Familie, weil er seinem Vater aus der Patsche geholfen hat.« Manche meinen sogar, es wäre noch mehr als das. Sie sagen, dass Karlie den Kushners nicht intellektuell genug sei, sie sei ein Mädchen aus dem Mittleren Westen, sie kommt aus einer Familie im Mittleren Westen, und sie ist ein Model, das in Unterwäsche posiert und halb nackt den Catwalk für die Victoria's Secret Fashion Show hinuntergelaufen ist. »Ihnen ist Anstand sehr wichtig«, sagte der Familienfreund. »Charlie sagt, sie habe Fotoshootings gemacht, bei denen sie so gut wie nackt war, und dass er sich damit niemals abfinden könne.«

KAPITEL 9

Don Jr. – Voltron Nummer zwei: Der Kampfhund

Das Herrenteam der Basketballmannschaft der University of Pennsylvania war bei der NCAA-Championship 1999, der nationalen Hochschulmeisterschaft im College-Basketball, in seiner Division an elfter Stelle gesetzt. Diese alljährliche Hochphase des College-Basketballs, die während der letzten Märzwochen läuft und dazu führt, dass die Studenten der Basketballteams landesweit gegeneinander antreten und der Rest des Landes im Büro oder in der Familie fröhlich Geld darauf setzt, welches der jugendlichen und studentischen Teams es bis zur Trophäe schaffen wird, wird auch »March Madness« oder »The Big Dance« genannt. Alle Teams werden in ein einfaches K.-o.-System geordnet: In jeder Region wird in der ersten Runde jedes Team gegen ein anderes gesetzt. Von Anfang an steht fest, auf wen dann der Sieger der ersten Runde in der zweiten treffen wird, auf wen in Runde drei und so weiter.

1999 nahmen vierundsechzig Teams am Wettkampf teil. Wie der Zufall es wollte, wurde in diesem Jahr Geschichte geschrieben. Nach einem engen Sieg gegen die Duke University war es das erste Jahr, in dem die University of Connecticut den Pokal abräumte. Auch war es das Jahr, in dem die Gonzaga University sich erstmalig als NCAA-Turnier-Superpower etablierte. Das damals relativ unbekannte Team stand schon beinahe im Finale, als das UConn-Team in allerletzter Minute ein Comeback einleitete. Seit diesem Jahr hat es kein Turnier mehr ohne Gonzaga gegeben.

Das Team der University of Pennsylvania ging mit einer Bilanz von einundzwanzig Siegen und fünf Niederlagen ins Rennen – nicht schlecht für die Eliteuni, die für gewöhnlich nicht als Turnierfavorit gehandelt wurde. Die Quakers mussten in der ersten Runde gegen das Team aus Florida antreten, das auf Platz sechs gesetzt war. Das Spiel fand am ersten Tag des »Big Dance« in Downtown Phoenix statt, am elften März, also mitten während des Spring Breaks der University of Pennsylvania. Zeitgleich zu den unter dem Druck schwitzenden Spielern des Basketballteams in Phoenix schwitzten ihre Kommilitonen anderswo den Alkohol aus, die meisten in südlicheren Gefilden: In den Villen beliebter Resorts in Mexiko, den Florida Keys oder in den schützenden vier Wänden von All-Inclusive-Hotels in der Karibik. Dort war auch Don Jr. an dem Tag, als sein Team gegen Florida auf dem Platz stand. Er befand sich in einem relativ durchschnittlichen – gemessen an den Standards von Rich-Penn-Kids – Spring-Break-Urlaub auf Jamaika, wo Scharen anderer Rich-Penn-Kids oder Studierende von Eliteunis und anderen Hochschulen oder Schulen der schönen Künste mit ähnlichen Ferienzeiten einfallen, um sich einen Sonnenbrand zu holen und mit einer Alkoholvergiftung zu liebäugeln.

Warum machte Don Jr. bei so etwas mit? Sicher, er war mit Reisen nach Palm Beach und Aspen großgeworden und hatte seine Sommer an Bord der *Trump Princess* auf dem Mittelmeer verbracht. Aber Spring Break in einem schäbigen Resort mit anderen Kids vom College? Das war nicht gerade die Art Spring Break, die seinem Vater für ihn vorschwebte, für den es nichts Besseres als Mar-a-Lago gab, den Privatclub, in dem er den König und seine Kinder die Prinzen und Prinzessinnen im Schloss am Strand mimten. Don Jr. erzählte dem *New York Magazine* 2004, sein Vater habe regelmäßig entsetzt reagiert, wenn er sagte, er wolle angeln gehen. »Warum willst du das ganze Wochenende lang angeln?«, fragte er seinen Sohn, der doch ebenso gut golfen gehen könne. »Ich versteh's nicht! Du bist verrückt!« Seine Geschwister machten die gleichen Erfahrungen mit ihren eigenen Varianten an Aktivitäten und Trips außerhalb Trump'scher Tempel und Trump'scher Hobbys (soll heißen: Golf), die ihm völlig schleierhaft waren und weshalb er darauf nur mit Abscheu reagierte. »Ich bin nach Hawaii geflogen, und er sagte nur, ›Oh, fahr nicht nach Hawaii!‹ Mit einer totalen Abneigung«, fügte Eric hinzu. »Ich bin vor zwei Wochen aus Hawaii zurückgekommen, und er hat genauso reagiert«, unterbrach Ivanka, und alle drei brachen in Gelächter aus. Eric fing spontan an, seinen Vater nachzumachen – eine Imitation, die Dutzende Late-Night-Comedians, sowohl Profis als auch Amateure, über die Jahre perfektioniert haben. »Warum fährst du nicht einfach nach Palm Beach?«, sagte er im heiseren Ton, der für seinen Vater typisch ist. »Wir haben doch Mar-a-Lago!«

Don Juniors Jamaika-Sause war also insofern mehr als eine typische Spring-Break-Tour. Er brach bewusst mit den Traditionen seines Vaters. Die Reise bedeutete mehr als einmal ordentlich die Sau rauszulassen, auch wenn Don Jr. niemand war, der zu so etwas Nein sagte – und sei es nur ein Nachmittag oder Abend, an dem sich alle vollllaufen ließen. Vielleicht fiel niemandem auf Jamaika in jenem März auf, dass der Typ, dessen Vater reich und berühmt war, einfach nur genauso wie sie abhängen wollte. Doch irgendwo tief im Inneren war Don Jr. klar, dass es sich um eine subtile Entscheidung gegen die Ideale und Identität seines Vaters handelte – eine von vielen solcher Entscheidungen, die er seit annähernd zehn Jahren, ab seinem Eintritt in die Hill School, getroffen hatte. Eine davon war gewesen, dass er darauf bestand, nicht beim Essen im Restaurant in der Nähe des Campus mit seinen Eltern gesehen zu werden, als er gerade frisch aufs Internat gezogen war. Dass er mit einem Pick-up an der University of Pennsylvania angekommen war, gehörte ebenfalls dazu. So etwas hatten die Schüler nicht erwartet, als sie hörten, dass ein Trump-Erbe in ihrem Jahrgang sein würde. Sie hatten mit einer Limousine gerechnet. Oder wenigstens einem Auto mit Chauffeur, auch das lag im Bereich des Möglichen. Aber auf jeden Fall einem Mercedes oder einem BMW. Viele auf dem Campus fuhren so einen, und er war schließlich ein *Trump*. »Wir gehörten nicht zu den Kids, die, Sie wissen schon, auf dem College mit einem Ferrari vorfuhren«, sagte Don Jr. zu Barbara Walters 2015 in einem Interview für *20/20*, nachdem sein Vater für die Präsidentschaft kandidierte – und gab somit indirekt zu, dass der Pick-up zu einer neuen Werbestrategie für seine Eigenmarke gezählt hatte.

»Ich weiß noch, dass alle ein bisschen aufgeregt waren, als herauskam, dass er mit uns studieren würde, gemischt mit ein bisschen ›Boah nee‹«, erinnerte sich ein Mitschüler. »Aber ich sagte mir: ›Okay, er ist nicht sein Vater. Gib ihm eine Chance.‹ Sein Vater hatte seinen Ruf weg, mit den ganzen Affären und den Frauen, dem Glanz und Gloria und was weiß ich, aber darin war er ja nicht involviert.«

Don Jr. versuchte, folgende Geschichte unters Volk zu bringen: Klar, er stammte aus einer schillernden, vergoldeten Welt, doch tief im Innern kannten seine Eltern den Unterschied zwischen »seine eigenen Kinder völlig verwöhnen« und »ihnen Dankbarkeit für das, was sie hatten, beibringen«. »Zu sagen, dass wir als Kinder nicht verwöhnt wurden, wäre natürlich idiotisch«, sagte er 2012 dem *Esquire*-Magazin. »Wir sind viel gereist. Wir haben Sprachen gelernt. Wir waren von faszinierenden Menschen umgeben, die Geschichte schrieben. Wir haben Dinge erlebt, die andere Menschen niemals erleben werden. Aber wir wurden nicht finanziell verzogen.« Er fügte hinzu: »Dadurch haben wir weniger Mist gebaut.«

Die Wahrheit ist allerdings, dass er ziemlich viel Ärger machte. Und sosehr er auch versuchte, zu beweisen, dass er nicht das typische verwöhnte, arrogante Rich-Kid war, das gerne mal die Trump-Karte ausspielte, zog er sie immer und immer wieder. In regelmäßigen Abständen trank er bis zur Besinnungslosigkeit. Er trank so lange weiter, bis er unvermeidlich in Prügeleien mit anderen betrunkenen Kids auf dem Campus geriet, die genauso verwöhnt und arrogant waren. Der Mix aus Alkohol, Privilegien, überkochendem Testosteron und dem Fehlen jedweder Konsequenzen bei ungebührlichem Verhalten führte zu Schubsereien. Manchmal kamen sich die roten, verschwitzten Köpfe sogar nahe genug, um gegenseitig den Hefegeruch der Biere einsaugen zu können, die man gemeinsam gebechert hatte. Durch ein Anheben seines kantigen Kinns sagte Don Jr. ständig, wenn auch lautlos, »Weißt du, wer ich bin?« So ist er seinen Kommilitonen im Gedächtnis geblieben. »Du weißt ja gar nicht, mit dem du dich anlegst.«

Doch natürlich wussten sie das. Zumal er sie ständig daran erinnerte. Weil er als Komasäufer auf dem Campus und, um es mit den offenen Worten eines seiner Kommilitonen zu formulieren, »zweifelsohne als Arschloch« galt.

»Er war versnobbt und mit Vorsicht zu genießen«, erinnerte sich jemand aus seinem Jahrgang. »Er war ziemlich außer Rand und Band, aber das konnte man über viele an der Penn sagen.«

Er nahm bereitwillig an den Initiationsriten seiner Studentenverbindung Phi Gamma Delta, meist nur FIJI genannt, teil – auch noch lange nachdem er in seinem ersten Jahr selbst als Fuchs die Rituale durchgestanden hatte. Kommilitonen erinnerten sich an einen angriffslustigen Don Jr. in einer Art Barbarenkostüm, der vor dem FIJI-Haus zum Amüsement zahlreicher Studenten aus vollem Halse brüllte. Das war eine Aufgabe, zu der die älteren Burschen normalerweise die Füchse zwangen. Ein Trick, den sich viele Verbindungen zu eigen machen: Diejenigen erniedrigen, die später zu Brüdern werden, damit sie ihre Loyalität unter Beweis stellen und die peinlichen Rituale überleben, die sämtliche Verbindungsmitglieder zuvor ebenfalls über sich ergehen lassen mussten. So werden Bande jenseits der Logik geknüpft, eine Erfahrung, die angeblich Gold wert ist, für die trotzdem niemand auch nur einen Pfifferling bezahlen würde und die vermutlich nur etwas für Achtzehnjährige jenseits ihres Wohlfühlbereichs auf der Suche nach Anerkennung ist. Doch Don Jr. *wurde* bereits akzeptiert. Er hatte bereits Bande geknüpft, war bereits erniedrigt worden, hatte sich seine Sporen bereits verdient. Dennoch machte er auch weiterhin mit, freiwillig, weil es ihm einfach Spaß machte.

Zweifelsohne hatte Alkohol ziemlich viel mit derlei Spaß zu tun. Seine Kommilitonen erinnerten sich, ihn ohnmächtig in der Ecke liegen zu sehen, vollgekotzt, vermutlich mit seinem eigenen Mageninhalt, aber wer wusste damals schon, welche Kotze von wem stammte. Und das nicht nur einmal, wie sie sich auch erinnerten. Das war Routine. Genau wie seine Angewohnheit, regelmäßig so besoffen zu sein, dass er sich auf anderer Leute Betten zusammenrollte, ohne etwas darauf zu geben, wo er sich befand oder wer sich nun einen anderen Schlafplatz suchen musste. Ganz offensichtlich stellte er auch nicht sicher, dass er vorher nochmal zur Toilette gegangen war, bevor er es sich bei jemandem bequem machte. Schnell kam er so zu seinem Spitznamen »Don Pampers«, da er zu diesen Gelegenheiten scheinbar allzu häufig ins Bett pinkelte. Ins Bett *anderer Menschen*, wohlgemerkt. Doch statt sich in Grund und Boden zu schämen, trank er am nächsten Abend munter weiter und am Abend darauf auch. »Don Pampers« wachte in seiner eigenen Pisse im Wohnheimzimmer eines Fremden auf, in einer Wohnung abseits des Campus oder in seinem Verbindungshaus, lief zurück zu seinem Zimmer und betrank sich am selben oder am nächsten Abend wieder. Kaum verwunderlich, dass aus dieser Zeit nicht die Art Freundschaften blieben, auf die er sich später im Leben verlassen konnte, obwohl er in Kontakt mit einigen Kommilitonen blieb, mit denen es nun in seinem neuen politischen Leben auch zum Schulterschluss kam. »Ein Freund von mir vom College, mit dem ich ziemlich hart gefeiert habe, ist jetzt Gehirnchirurg – darin liegt ziemlich viel Ironie«, sagte er dem *Esquire* 2012. »Du gehst mit jemandem zur Uni, du feierst mit ihm, und jetzt denkst du dir, ›Das ist mir völlig egal, selbst wenn du verdammt noch mal der beste Gehirnchirurg der Welt bist, ich leg mich trotzdem nicht bei dir unters Messer.‹«

Vermutlich denken Don Juniors Kommilitonen genauso über ihn. »Ich habe ziemlich viel getrunken und viel gefeiert, und ich war nicht sonderlich gut darin«, gab Don Jr. gegenüber dem *New York*-Magazin zu. »Beziehungsweise, ich war zu gut darin. Ich konnte mich nur nicht mäßigen.«

Dass sein Vater auf dem Campus auftauchte, rief natürlich die familiäre Verbindung zwischen den beiden neu ins Gedächtnis. Scott Melker, ein weiterer Student aus Donnys Jahrgang an der Penn, hat öffentlich darüber geschrieben, dass er im Wohnheim gerade im Zimmer neben Don Jr. abhing, als Donald plötzlich durch den Flur lief. Er kam, um Don Jr. zu einem Basketballspiel abzuholen, was in jeder anderen Vater-Sohn-Beziehung vermutlich ein recht normales und recht unerhebliches Ereignis gewesen wäre. Die anderen Studenten auf dem Campus wussten aber, wer Donnys Vater war, und als sie ihn bei seinem Sohn anklopfen sahen, lugten neugierige Köpfe aus einigen der winzigen Zimmer heraus, um einen Blick zu erhaschen. Sie sahen, wie Don Jr. seinen Vater begrüßte, bereit fürs Spiel, in seinem Yankees-Trikot. Laut Melker warf Donald einen einzigen Blick auf seinen Sohn und verpasste ihm dann eine schallende Ohrfeige. Don Jr. fiel vor den Augen seiner Kommilitonen zu Boden. »Zieh dir einen Anzug an«, zischte Donald. »Ich warte draußen.«

Es war ein Teufelskreis. Don Jr. trank, weil er auf so verzweifelte Art versuchte, dem Trump-Namen zu entkommen und nicht als typischer Reichensohn zu gelten, aber die Tatsache, dass er sich ständig volllaufen ließ, sorgte dafür, dass alle um ihn herum glaubten, er verkörpere alle Klischees des typisch reichen Trump-Sprösslings.

Dies zeigte sich besonders stark an jenem elften März im Jamaikaurlaub, als Don Jr. und einige andere Kids von der Penn in eine Bar einfielen, die NCAA-Spiele übertrug, um zu sehen, wie sich ihr Team in der »March Madness« schlug. Denselben Gedanken hatten Studenten aus Florida, gegen deren Team die Penn in der ersten Runde antreten musste. Auf beiden Seiten machten Anfeuerungsrufe, kleine Pöbeleien und jede Menge Schnaps die Runde. Zu einer vernichtenden Niederlage kam es nicht, aber die Penn erlag dem Gegner. Florida gewann 75 zu 61, und für das Team der Penn war somit der Spaß zu Ende, bevor er richtig angefangen hatte. Die angetrunkenen Fans beider Lager wurden laut. Man klopfte sich gegenseitig auf den Rücken. Gab sich wacklige High-Fives. Kippte ein paar Schnäpse, um den Sieg zu feiern oder den Schmerz der Niederlage zu betäuben. Doch Don Jr. ging noch weiter. Er kletterte auf einen Tisch in der Bar und skandierte einen Slogan, von dem er hoffte, die restlichen angesäuerten Quakers-Fans würden mit einstimmen. »Schon okay, dass ihr gewinnt – weil wir bald eure Chefs sind!«, rief er in Richtung der Studenten aus Florida.

»Das waren Leute von einer öffentlichen Uni«, sagte einer der Penn-Studenten, der an jenem Tag in der Bar mit dabei war. »Der Spruch war nicht gerade subtil. Und er kam ihm so leicht über die Lippen.«

Dass dieser Satz ebenso gut von Donald Trump hätte stammen können, liegt daran, dass Don Jr. sein ganzes Leben lang versucht hatte, seinem Vater nachzueifern, wenn er auch dabei eine andere Richtung einschlug. Er wurde von seinem Vater im Stich gelassen, gleichzeitig hat er alles von ihm bekommen. Zeitweise war er so wütend auf Donald, dass sie jahrelang nicht miteinander redeten; aber gleichzeitig war er so besessen darauf, ihm zu gefallen, dass er alles sagen würde, um seinen Vater glücklich zu machen. Eine Mischung aus Veranlagung, Erziehung und tiefen Wunden, die sein Vater ihm zugefügt hatte, machte aus Don Jr. einen kläffenden Kampfhundwelpen, der seinem Senior mit dem weitaus lauteren Bellen auf Schritt und Tritt folgte. Wenn Donald während des Wahlkampfs 2016 zu einer verbalen Keule ausholte, dauerte es nicht lange, bis Don Jr. mit einem Stöckchen hinterherschlug. Er nannte sich selbst den »Rohling«, um sein rhetorisches Gebaren während der Wahlkampfstopps zu beschreiben (manchmal schloss er seinen Bruder Eric mit ein, dann nannten sie sich in Gesprächen »die Rohlinge«). »Er war wie versessen darauf, zu zeigen, dass er denselben Killerinstinkt besaß wie sein Vater«, stellte ein langjähriger Freund der Familie fest. »Er profitierte davon, auch wenn es sicherlich nicht *derselbe* Instinkt war und definitiv lange nicht so effektiv.« Seine Versessenheit war dabei so umfassend, dass sie den Unterschied beinahe wettmachte.

Und so zog Don Jr. 2015 und 2016 während des Wahlkampfs als einer der besten Ersatzmänner seines Vaters kreuz und quer durchs Land. Donny wurde überall hingeschickt: vom viertausend Quadratmeter großen Vogelschutzgebiet der High Prairie Farms in Iowa über die

Neshoba Country Fair zum Fox News Studio in Midtown Manhattan und zum Rednerpult auf der Bühne der Western Hunting and Conservation Expo. Er stieg in seine Jagdstiefel und machte die Menschenmassen darauf aufmerksam, wie ausgelatscht sie waren. Seine Haare gelte er noch immer zurück, ein Stil, wie er scherzte, der nicht gerade nach einem Jäger aussah, geschweige denn nach jemandem, der die Stimme des Mittleren Westens sein wollte. Er redete davon, wie all das Essen auf den Märkten und das viele Fast Food während der Wahlkampftour es ihm schwer mache, noch in den Anzug zu passen, den er jahrelang als Manager in der Immobilienfirma seines Vaters getragen hatte. Vielleicht sollte er die Anzüge einfach ganz aussortieren. Das Leben auf Achse, in Flanellhemd und Jeans, manchmal sogar mit der orangefarbenen Signalweste eines Jägers oder mit einem Bauarbeiterhelm auf dem Kopf, schien ihm gut zu bekommen, was dazu beitrug, dass die Funktionäre des Wahlkampfs ihn auf Tour sehen wollten. Ivanka, in ihren maßgeschneiderten Etuikleidern und ihren Pumps, kam nur bei einem Teil des Publikums an – bei den Bewohnern der Küstenregionen und skeptischen Frauen, denen aufmunternd zugezwinkert werden musste, damit sie auch nur in Betracht zogen, einmal auf das zu hören, was ihr Vater während des Wahlkampfs an Dreistigkeit und Größenwahn hinausposaunte. Dem Fundament an Wählern, die genau diese Dreistigkeit und diesen Größenwahn als Donalds größtes Plus empfanden, sicherte Don Jr. zu, dass er von derlei Rhetorik immer wieder Gebrauch machen würde. Er war ein Kind der City, das in Internaten, Palm Beach und Penthouses aufgewachsen war, doch er hatte all das hinter sich gelassen. Stattdessen nahm er sich

Hillary Clinton vor, schwadronierte von der Notwendigkeit, den Sumpf trockenzulegen, und diente als loyaler Pitbull, der selbst die gröbsten Ausfälle in der Sprache seines Vaters verteidigte. Sicher, sein Vater sagte zu Frauen, sie seien fett und sollten keine Süßigkeiten mehr essen, doch so etwas sagte er auch zu seinem Sohn. So war er eben. War die Aussage politisch korrekt, dass Vergewaltiger aus Mexiko herüber in die USA kamen? Nein. Aber das wollte das amerikanische Volk hören, und nun hatten sie endlich jemanden, der mit ihnen sprach, wie sie selbst untereinander sprachen, in einer Zeit, da sie sich verlassen und ignoriert fühlten. Endlich jemand, der ihre Sprache sprach und der auf eine Art für sie kämpfen würde, die sie sich so bitterlich wünschten.

»Manchmal darf man kein Blatt vor den Mund nehmen, und wenn man solche Probleme hat, wie wir sie in diesem Land haben, muss man eben die schweren Geschütze auffahren«, sagte Don Jr. 2016 auf der Bühne der Western Hunting and Conservation Exposition. »Es ist schön und gut, weich zu sein, wenn man es sich erlauben kann, aber man darf keine Angst davor haben, seine Meinung zu sagen und die Dinge beim Namen zu nennen.«

Und er nannte die Dinge beim Namen, immer und immer wieder, in Interviews und Reden, am häufigsten auf seinem Twitter-Account. In einem Interview für einen Radiosender in Philadelphia jammerte er 2016 darüber, dass die Massenmedien Hillary Clinton hofierten und ihr alles durchgehen ließen, während sie seinen Vater ständig in die Mangel nahmen. »All ihre Diskrepanzen haben sie ihr durchgehen lassen«, sagte er. »Wenn die Republikaner Ähnliches tun würden, würden die Medien jetzt schon einmal die Gaskammern anschmeißen.« Kurz darauf twitterte er ein Foto mit einer Schüssel voller Skittles-Bonbons und verglich sie mit syrischen Flüchtlingen. »Wenn ich eine ganze Schüssel voller Skittles hätte und dir sagen würde, nur drei davon wären tödlich, würdest du eine Handvoll nehmen? Genau das ist das Problem mit den syrischen Flüchtlingen.«

All diese Vorfälle sorgten für Entrüstungswellen. Kritiker nannten Don Jr. rassistisch, antisemitisch, dumm, intolerant, eine Zumutung. In jedem anderen Wahlkampf hätten seine Bemerkungen dafür gesorgt, dass er des Teams verwiesen oder zumindest auf die Ersatzbank geschickt worden wäre. Doch genau wie sein Vater schien er Teflon-Don zu sein. Statt Reue zu zeigen, blieb er angriffslustig. Was er tat und sagte, war nicht das Problem, das Problem war die Entrüstung selbst. Das amerikanische Volk wollte Kämpfer wie sie, die sich nicht um politische Korrektheit scherten und keine Angst hatten, ihre Meinung kundzutun. Genau deshalb brauchte Amerika einen Führer wie seinen Vater und einen »First Son« wie ihn. Seine Selbstverteidigungsreflexe wurden in jenen zwei Jahren während des Wahlkampfs derart überstrapaziert, dass er nach dem Amtsantritt seines Vaters sozusagen Entzugserscheinungen zeigte – obwohl er natürlich weiterhin alles und jeden angriff, der scheinbar gegen ihn oder seine Familie war. »Ich hatte gedacht, dass ich einfach in meinen alten Job zurückkehren würde«, sagte er vor einer Menschenmenge, die beim Reagan Day Dinner der Dallas County Republican Party 2017 gekommen war, um ihn sprechen zu hören. »Aber sobald du erst einmal Blut geleckt hast, ist es schwer, wieder zu gehen. Hören Sie, Sie wissen, dass es aufregend ist, Deals abzuschließen, aber wenn du irgendwie der Typ bist, der da draußen rund um die Uhr für diese Sache kämpft – das ist wie ein großartiger Kampf, diese Intensität.«

Don Jr. hatte die zwei Dutzend Jahre, bevor sein Vater beschloss, es mal mit der Präsidentschaft zu versuchen, damit verbracht, von einem großen Kampf zum nächsten zu wechseln. Als Barbara Walters Donald fragte, wer sein schwierigstes Kind gewesen sei, dauerte es keine zwei Sekunden, bevor er antwortete: »Don Jr.«

Zweifelsohne wurde Donalds Antwort von der Tatsache beeinflusst, dass dieser als einziges seiner Kinder sowohl dickköpfig als auch alt genug gewesen war, seinem Vater nach dem Marla-Vorfall in Aspen und dem darauffolgenden Auszug aus dem Penthouse Vorwürfe zu machen. Es war Donny, der ihn anbrüllte, seine Kinder seien ihm, Donald, doch schließlich egal, ihn interessiere nur das Geld. Don Jr. hatte einen siebten Sinn dafür, Streithähne aufzuspüren, und sprang ihnen alsbald in den Weg. Er ging seinem Vater damit auf die Nerven, ständig wissen zu wollen, wann er von der Arbeit nach Hause käme, schrieb Donald in *Die Kunst des Erfolges.* »Ich sage Donny, ich werde heimkommen, sobald es geht, doch er besteht darauf, dass ich ihm eine Uhrzeit nenne«, schrieb Donald. »Vielleicht hat er meine Gene abbekommen: Das Kind lässt jedenfalls nicht locker.« Auf dem Höhepunkt des Scheidungschaos, das seine Eltern verursachten, als er von Paparazzi auf dem Schulweg verfolgt wurde, verprügelte Don Jr. zwei Jungs aus seiner Klasse auf der Buckley, weil sie über die Schlagzeilen zur Affäre seines Vaters und dessen Sexleben mit Marla gekichert hatten. An der Penn schreckte er vor keiner betrunkenen Rauferei und keinem Wettsaufen zurück – eine Angewohnheit, die er auch in späteren Jahren beibehielt.

Wenige Tage vor seinem fünfundzwanzigsten Geburtstag saß Don Jr. mit zwei Frauen im Comedy Cellar an einem Tisch in der Nähe der Bühne. Der kleine Club befand sich auf der McDougal Street in Greenwich Village. Am Wochenende reicht die Schlange um den halben Block, vorbei an den Löchern in der Wand kurz hinter dem Campus der NYU, wo Falafel, Bongs und Alkohol verkauft werden, während die Menschen anstehen, um ein paar Stufen hinunter in den Club zu gehen und sich Stand-up-Comedians anzusehen. Gegen zwei Uhr morgens hatten die Leute genug, die in Don Juniors Nähe saßen. Er war stundenlang laut, überheblich und störend gewesen. Drei Pärchen hatten ihn bereits gebeten, leiser zu sein, doch er hatte sie geflissentlich ignoriert, wie die *New York Post* damals berichtete. »Die Gäste an den umliegenden Tischen waren der Meinung, dass Trump etwas zu begeistert über den ethnischen Humor des einen Performers lachte«, so die *Post*. Die Dinge eskalierten vom genervten Augenrollen zu einem richtiggehenden Kampf, als Don Jr. sein Glas hob und eine Frau am Tisch nebenan mit Bier vollspritzte. Ob es Absicht oder ein Unfall war, ist nicht sicher – ein bösartiger Racheakt oder ein betrunkener Fehler im Eifer des Gefechts. Den zwei Männern, die sahen, wie das Bier aus seinem Glas auf die Frau schwappte, war das Motiv auch völlig egal. »Findest du das witzig?«, brüllte ein Typ. Ehe sich Don Jr. versah, warfen die beiden Männer ihre Bierkrüge nach ihm, die an seinem Kopf mit den zurückgegelten Haaren zerbrachen und zu Boden fielen. Jemand rief die Polizei, die Don Jr. ins

St. Vincent's Hospital brachte, wo die Ärzte die Schnittwunde an seinem Kopf mit achtundzwanzig Stichen nähten. Angezeigt wurde er nicht. Wohl aber die beiden Männer, die ihre Krüge nach ihm geworfen hatten – zwei Dreiundzwanzigjährige aus Staten Island und Brooklyn. Sie wurden verhaftet und wegen Körperverletzung angeklagt, bevor sie gegen eine Kaution von 5000 Dollar auf freien Fuß gesetzt wurden.

Ein Angehöriger von einem der Männer sagte der *Post*, bei seinem Verwandten handele es sich bei Weitem nicht um einen Hitzkopf. »Er muss schon provoziert worden sein«, sagte er. »Man muss ihn schon ziemlich auf die Palme bringen … damit er zurückschlägt.« Ein langjähriger Freund der Trump-Familie, der Don Jr. bereits kannte, bevor sich Donald und Ivana scheiden ließen, kommt immer wieder auf diese Geschichte zu sprechen, wenn er nach Don Jr. gefragt wird. »Ich habe einige Schlägereien in meinem Leben gesehen, und ich muss Ihnen sagen, dabei hat niemand ein Glas übergezogen bekommen«, sagte er. »Ein Faustschlag auf die Nase? Jemanden auf den Boden schubsen? Okay. Selbst einen Stuhl kaputtschlagen. Aber wissen Sie eigentlich, was für ein Arsch man sein muss, damit man einen Bierkrug übergebraten bekommt? Das sagt einem alles, was man über diesen Kerl wissen muss.«

Donald nahm seinen Sohn öffentlich in Schutz. »Er wurde überrumpelt«, sagte er der *Post* über Don Jr. »Ich werde ihre Ärsche mit Klagen überhäufen. Ich werde auch den Club verklagen, weil die zugelassen haben, dass so etwas passiert.« Der damalige Club-Besitzer nahm die Drohungen nicht allzu ernst. »Vielleicht verklage ich dann Don Jr., weil er im Club gestört hat.«

Das war nicht Don Juniors erster Kontakt mit der Justiz. Weniger als ein Jahr zuvor war er nach New Orleans gereist, um dort ein paar Tage Mardi Gras zu feiern. Vielleicht hatte er an jenem 25. Februar 2001 etwas zu tief ins Glas geschaut, als die Polizei ihn ansprach und anschließend wegen Trunkenheit in der Öffentlichkeit verhaftete. Der Immobilienerbe, dessen Eltern damit angaben, dass sie ihren Kindern jeden Morgen vor der Schule sagten, sie dürften nicht trinken, keine Drogen nehmen oder Ärger machen, und die sich damit rühmten, dass ihre Kinder tatsächlich auf sie hörten, verbrachte elf Stunden hinter Gittern, bevor er wieder auf freien Fuß kam.

Der Vorfall im Comedy Cellar war auch nicht der erste gewesen, bei dem sich Don Jr. nach einer Rangelei in der Notaufnahme wiederfand. Er sagte dem *Esquire* 2012, er habe sich »schon jeden größeren Knochen im Körper gebrochen. Jetzt gerade habe ich fünfzehn Nägel und eine Platte in mir. Ich habe mir den Oberschenkel gebrochen, beide Handgelenke, beide Knöchel – den Linken zweimal. Mein Schlüsselbein. Meine Rotatorenmanschette war gerissen. Ganz zu schweigen von Fingerknöcheln und Nasen, davon fange ich besser gar nicht erst an.« Und es blieb auch nicht der letzte Vorfall dieser Art.

Einige Jahre später knallte es zwischen dem achtundzwanzig Jahre alten Don Jr. und einer vierundvierzigjährigen Frau, die am Riverside Boulevard 220 lebte, in einem Hochhaus mit vierhundertzwanzig Wohneinheiten auf Manhattans West Side. Im Herbst 2006 sandte Eugenia Kaye den anderen Hausbewohnern einen Brief, in dem sie dem Aufsichtsgremium des Gebäudes vorwarf, 500.000 Dollar veruntreut oder falsch investiert zu haben, die sich aus den Gasrechnungen der letzten sechs Monate zusammensetzten, die noch nicht ausbezahlt worden waren, obwohl der Preis für Gas bereits in der monatlichen Wohnungsmiete enthalten war. Auch enthielt ihr Brief den Vorwurf, der Sponsor des Gebäudes müsse noch immer eine Viertelmillion Dollar zurückzahlen, die er sich aus Geldern des Hauses geliehen hatte, ohne zuvor vom Aufsichtsgremium grünes Licht erhalten zu haben. Kays Brief führte dazu, dass die Anwohner sieben der Gremiumsmitglieder ihres Amtes enthoben, darunter auch Don Jr. Damals schwieg er über diesen Coup, doch sein Vater setzte sich für ihn ein, als die *Post* Wind von der Geschichte bekam. Genau wie bei seiner Reaktion, als der Streit in der Bar an die Öffentlichkeit geriet, behauptete Donald, sein Sohn sei »überrumpelt« worden, diesmal nicht von Typen mit Bierkrügen, sondern von »einer Frau, die es offenbar auf einen Sitz im Gremium abgesehen hat.« Doch diesmal drohte er nicht nur rechtliche Schritte an – Don Jr. verklagte Kaye auf 50 Millionen Dollar Schadensersatz und kämpfte auch darum, seinen Sitz im Gremium wiederzubekommen. »Er ist ein guter Junge und arbeitet hart. Er hat in diesem Gremium einen richtig guten Job gemacht«, fügte Donald hinzu. Die Dinge spitzten sich gegen Ende des Jahres auf einer Hausfeier zu. In Kayes damaliger Version kam Don Jr. bereits geladen auf die Party. Er suchte sie, bäumte sich vor ihr auf, brüllte sie an, fluchte und beleidigte sie. Don Jr. dagegen behauptete, Kaye selbst hätte die Kontrolle verloren und dem Gebäudemanager vor aller Augen ins Gesicht geschlagen. »Willkommen in der New Yorker Immobilienbranche«, sagte Donald daraufhin der *Post*.

Don Juniors Kampfhundinstinkte zeigten sich an anderer Stelle noch deutlicher. Freunde haben ihm den Spitznamen »Fifth Avenue Redneck« gegeben, weil er seine Wochenenden so häufig mit Fliegenfischen in Alaska, mit Elchjagden in Kanada oder dem Abknallen von Präriehunden in Montana verbringt. Angefangen hatte er mit dem Jagen, als er einige Sommer mit seinem Großvater in Slowenien verbrachte, weit weg von seinen Eltern und der Gefangenschaft im Penthouse auf der Fifth Avenue. Nachdem er nach Pennsylvania gezogen war, um nach Donalds und Ivanas Scheidung aufs Internat der Hill School zu gehen, nahm er das Hobby wieder auf. Er fing klein an – Tontaubenschießen auf einem Schießplatz auf dem Campus –, dann lernte er andere Jungs in der Stadt kennen, mit denen er zum Fliegenfischen fuhr, raus in die Kälte, warm eingepackt, um sechs Uhr morgens auf einem Parkplatz nahe dem Campus. »Ich war einfach angefixt, und dann habe ich einfach alles gelesen, was es über die verschiedenen Arten der Jagd zu lesen gab. Mich hat das einfach so interessiert, ich habe jedes Buch gelesen, ich habe mit jedem gesprochen, der willens war, mir zuzuhören, ich fuhr mit jedem mit, der bereit war, mich mitzunehmen«, sagte er während des Wahlkampfs in einem Interview mit der Online-Jagdzeitschrift *Bowsite*.

Das war auch einer der Gründe, warum Don Jr. nach dem Wharton-Abschluss seine Klamotten packte und nach Colorado zog. »Vermutlich war ich der erste Absolvent der Wharton School of Finance, der erst mal Barkeeper wurde«, sagte er dem *Bowsite* in Bezug auf seinen Entschluss, nach dem College ein Jahr in Aspen zu leben. Donald und Ivana kochten vor Wut, als sie von dieser Entscheidung hörten. Sein Vater bot ihm einen Job in der Trump Organization an;

Ivana sagte Don Jr., sie würde ihm kein Geld mehr geben, wenn er sein Leben als saufender Ski-Loser mitten im Nirgendwo verpfuschen wolle. Er lehnte das Angebot seines Vaters ab und ignorierte seine Mutter – und setzte sich so gegen beide durch. Er wollte sicherstellen, dass er genau wusste, worauf er sich einließ, bevor er ins Familiengeschäft und den damit einhergehenden Stress einstieg, sagte er. Er wollte nichts bereuen, bevor er sich einem Leben widmete, das er mit geschlossenen Augen führen könne. Obendrein herrschte zwischen seinem Vater und ihm noch immer Eiszeit. Donalds Scheidung von Marla war ein Jahr her, und er hatte gerade angefangen, mit Melania auszugehen, sodass Don Jr. noch jede Menge Trinkgelage geplant hatte, bevor er fünfzehn Stunden am Tag für seinen hitzköpfigen, niemals zufriedenen alten Herrn arbeiten würde, der jedoch selbst keinen Alkohol anrührte. Er ließ also eine Zeit lang alles hinter sich und mietete von einer ortsansässigen Familie eine kleine Wohnung in Aspen, am Roaring Fork Drive. Sie lag nur eine Meile vom Little Nell entfernt, dem Hotel, in dem er und seine Geschwister früher mit ihren Eltern während der Familienurlaube gewohnt hatten, doch irgendwie lagen Welten zwischen seinem jetzigen und ihrem damaligen Leben. Er war Barkeeper im »Tippler«, einer Après-Ski-Kneipe am Fuße des Aspen Mountain, die am westlichen Rand der Skipiste des Little Nell eröffnet worden war. Die Einwohner nannten die Kneipe »Crippler«, da sie dort gemeinsam mit den Urlaubsgästen ihre höhenkranken Lebern in Alkohol einlegten und in gleichem Maße betrunkene Singles für den Abend klarmachten. Menschen konnten in voller Skimontur hereinkommen und auf die Sonnenterrasse gehen, oder sie kamen herausgeputzt für den Abend und schmiegten sich in die braunen Polstersofas oder nahmen an den eingebauten Backgammon-Tischen Platz. In jedem Fall drehte sich alles um die ovale Theke, von der aus Don Jr. ihnen ein Jahr lang dabei half, sich zu betrinken.

Er war selbst kein Kind von Traurigkeit, doch das Jagen half ihm dabei, sich ein wenig zu zügeln. Das Jagen »war eine große, wertvolle Lektion in meinem Leben und hat mich vermutlich aus jeder Menge Ärger rausgehalten«, sagte er dem *Bowsite*. »Wenn du um vier Uhr morgens aufstehst, um auf einen Hochsitz zu klettern, auf die Pirsch zu gehen oder Wasservögel zu jagen, was auch immer, ist das viel härter, wenn man bis drei Uhr morgens wach gewesen war, also schulde ich Mutter Natur einiges.« In Colorado ging er mit Freunden aus, die er dort gefunden hatte – frühere Mitglieder des US-Ski-Teams, die weitaus besser in Form waren als er selbst – und die recht passable Bogenschützen waren. Als er im August mit drei Kumpels auf öffentlichem Land Elche jagen ging, wusste er bereits, dass seine Zeit in Aspen ablief. Er war beinahe pleite, und vermutlich würde sein Vater ihm nicht ewig ein Büro im Trump-Tower reservieren – nicht wenn er sich weiterhin gegen ihn auflehnte. Doch für einen letzten Versuch reichte die Zeit noch. Seine drei Freunde und er hielten drei Wochen lang erfolglos nach den Elchen Ausschau. Von der Saison blieben noch zwei Tage – zwei Tage, bevor Don Jr. entschied, dass es Zeit war, seine Sachen zu packen, zurück nach New York zu gehen und die Rolle des Trump-Erben zu spielen, die jeder von ihm erwartete –, da sahen sie plötzlich Hufabdrücke im Dickicht zu ihren Füßen. Der Hügel war so steil, dass sie weder vor noch zurück konnten, als der

Elch aus einer Biegung im Niederholz vor ihnen auftauchte, nur etwa sieben Meter entfernt. »Es war einfach unglaublich«, sagte Don Jr. dem *Bowsite*. »Ich meine, es gibt wohl kaum eine intensivere Erfahrung als so etwas.«

Aber es ging doch noch intensiver. Er und Eric unternahmen häufig Jagdausflüge zusammen, unter anderem zu Erics Junggesellenabschied (»besser als ein Trip nach Vegas, bei dem man nur verliert«, sagte Don Jr. später und fügte hinzu, dass er seinen kleinen Sohn auf die zehn Kilometer lange Wanderung mitgenommen hatte, ebenso wie einige Freunde, die noch nie jagen gewesen waren. Nicht gerade Mar-a-Lago oder Karaoke an den Chelsea Piers, wie es Ivanka Jahre zuvor für ihren Junggesellinnenabschied gemacht hatte). Sie hatten Donald nicht gesagt, dass sie auf einen einwöchigen Jagdausflug gehen würden, der so weit in den Busch führte, dass es Tage dauerte, um zum Abschuss zu kommen. Don Jr. hatte zu der Zeit bereits zehn Jahre Jagderfahrung gesammelt, doch diesmal ging etwas schief. Durch den Rückstoß schlug ihm das Zielfernrohr gegen die Stirn und schnitt in seine Haut wie ein heißes Messer durch Butter, beinahe bis auf den Knochen. Die Gruppe war zu weit entfernt von jedweder Zivilisation, um einen Arzt aufzusuchen, selbst wenn Don Jr. es gewollt hätte. Donald konnte er nicht anrufen, da sein Telefon keinen Empfang hatte. Und der wusste ja ohnehin nicht, wo sie steckten. Also kramte er in seinen Sachen herum und zog eine Tube Sekundenkleber hervor, die dort seit vielen Trips vergraben war. Er klebte seine Hautstücke zusammen, bevor sie weiterzogen, sodass eine kleine Linie auf seiner Stirn zurückblieb, die sich zu Hause zweifelsohne durch Chirurgen hätte verhindern lassen können.

Ebenso hätte der scharfe Shitstorm verhindert werden können, der 2012 über Don Jr. und Eric hinwegfegte, als im Internet Fotos ihrer Jagdsafari auftauchten, die sie zwei Jahre zuvor in Zimbabwe unternommen hatten. Eines zeigte einen grinsenden Don Jr. in einer weiten grünen Jacke und schmutziger Khakihose, die von einem Patronengürtel gehalten wurde, dessen noch ungenutzte Hülsen bald in weiteren Wildtieren stecken würden, dazu trug er dreckverkrustete Stiefel und eine rückwärts gedrehte Camo-Kappe auf den pechschwarzen Haaren. Er lehnte an einem leblosen Schwarzbüffel, den er soeben geschossen hatte, sein Gewehr trug er in der linken und sein rechter Arm ruhte auf den Hörnern des Tieres. Ein anderer Schnappschuss zeigte ihn mit dem Messer in der einen und dem Schwanz eines Elefanten in der anderen Hand – dort, wo er ihn dem Tier abgeschnitten hatte, an der Wurzel, sah man das knallrote, blutige Fleisch. Auch Dons Hände waren blutverschmiert, das Haar trug er noch immer zurückgegelt wie ein Banker von der Wall Street aus den Achtzigerjahren, sein bevorzugter Stil während des Wahlkampfs seines Vaters um die Präsidentschaft. Auf einem anderen Foto posierten er und Eric beide mit breitem Grinsen und passenden Khakihosen mit einem riesigen Gepard, ein wenig wie die riesigen Plüschtiere von FAO Schwarz, mit denen ihr kleiner Bruder Barron kurz nach seiner Geburt für ein Magazin-Shooting in seinem Kinderzimmer auf der Fifth Avenue posiert hatte. Doch dieser Gepard war echt, und nun hing er frisch erschossen über Erics Arm. Eric ließ sich mit seinen Gewehren, einer Kudu-Antilope und dem Büffel ablichten, die er zuvor geschossen hatte. Auf einem Foto, das im Schein eines riesigen Feuers aufgenommen wurde, sitzt er auf dem toten Büffel, als handle es sich um einen Stuhl, seine zotteligen blonden Haare fallen ihm ins Gesicht, auf seinem Mund liegt das gleiche verhaltene Lächeln, wie man es sonst bei Abercrombie-Models sieht. Drei Gewehre lehnen am Körper des Tieres, an eines seiner Hörner hatte Eric seinen Hut gehängt.

»Von Anfang an war klar, dass diese zwei großartigen jungen Männer alles andere als die ›Stadtkinder‹ sind, für die sie alle halten!«, schrieb ihr Reiseführer später, als die Fotos an die Öffentlichkeit kamen. Die meisten anderen Reaktionen waren sehr viel negativer. Sie riefen PETA und andere Tierrechtsorganisationen auf den Plan. Beinahe augenblicklich verlor *The Apprentice* einen seiner Werbeverträge. Der Firmenchef von Camping World sagte gegenüber TMZ, dass einer ihrer Werbespots bereits während einer Episode auf NBC gelaufen sei, dass er jedoch »nicht einen weiteren Cent« an Donalds Reality-Show vergeben würde, nachdem die Fotos aufgetaucht waren. Selbst einige ihrer Freunde, die über ihre Jagdaktivitäten Bescheid wussten, konnten nicht glauben, wie geschmacklos die Bilder waren. Dass sie diese Tiere töteten, war vielleicht herzlos, doch so waren sie nun einmal. Dass sie so fröhlich mit ihnen posierten, ließ sich weniger leicht entschuldigen. Dass sie es jedoch taten, obwohl sie sich darüber im Klaren sein mussten, dass sie für die Fotos jede Menge schlechte Presse bekämen – zumal sie die Medien-Gene ihrer Trump'schen Eltern hatten –, war unverzeihlich. Donald versuchte die Fotos und seine Söhne zu verteidigen. »Sie sind Jäger, und sie sind gut darin geworden«, sagte er TMZ damals. »Ich glaube nicht an die Jagd, und es überrascht mich, dass sie das mögen.« (Donald verbot Don Jr. und Eric, Interviews zum

Thema Jagd zu geben, bis zu dem Moment während seines Wahlkampfs, da ihm Berater sagten, nun sei der perfekte Zeitpunkt gekommen, dass jemand mit Erfahrung zum Zweiten Zusatzartikel der Verfassung an seiner Stelle sprach, um ihm im Rennen ums Weiße Haus zu helfen. »In den frühen Tagen des Wahlkampfs war die Basis starr vor Angst, Obama könne ihnen alle ihre Waffen wegnehmen, also hielten wir den perfekten Zeitpunkt für gekommen, Don auf die Bühne zu bringen«, erinnerte sich ein Berater.)

Don Jr. konnte auf die lauwarme Reaktion seines Vaters auf die Fotos verzichten. Diesmal griff er seine Kritiker selbst scharf an. »Ich werd mich nich' entschuldigen, nur weil 'n paar Öko-Spinner das wollen«, schrieb er in einem Tweet. »Ich werde mich nicht verstecken, nur weil die Verrückten von PETA mich nicht leiden können«, antwortete er einem Kritiker in einem Tweet. Einem anderen Twitter-Nutzer schrieb er: »ICH JAGE & ESSE WILD.« Einer weiteren Person auf Twitter, die Anstoß an den Fotos genommen hatte, versicherte er, es sei »nicht verschwenderisch gewesen«, da die »Dorfbewohner so dankbar für das Fleisch waren, das sie nicht oft zu essen bekommen. Sehr dankbar.« Auch verteidigte er sich zur selben Zeit in einem Interview mit dem *Forbes Magazine* gegen Leute, die ihn und seinen Bruder als »blutrünstige Idioten« bezeichnet hatten. Diese Leute hätten keine Ahnung von der Jagd, sagte er – und vor allem würden sie niemals verstehen, was die Jagd Don Jr. bedeutete. »Wenn du im November lange, kalte Stunden in den Wäldern verbringst, mit einem Bogen in der Hand, und darauf wartest, dass sich ein Bock zeigt, oder du tagelang auf der Suche nach Kaffernbüffeln durch den afrikanischen Busch läufst, während die Löwen brüllen, dann lernst du ganz sicher, dass es bei der Jagd nicht ums Töten geht«, erklärte er. »Die Jagd zwingt den Menschen dazu, durchzuhalten, sich selbst zu beherrschen und die wilde Umgebung wirklich kennenzulernen. Tatsächlich sorgen die Jagd und das Angeln mit der Zeit dafür, dass man sich in die Natur verliebt.«

Trotz all der Verhätschelung, dem Reichtum, Luxus, den grenzenlosen Möglichkeiten und dem weit geöffneten goldenen Tor hatte Don Jr. jedoch ein paar wirklich miserable Karten zugeteilt bekommen. Auf gewisse Art, vor allem in seiner Kindheit und frühen Jugend, hatte das Leben ihn runtergezogen. Im Grunde ist es verständlich, dass er mit dem Gefühl aufgewachsen war, ständig austeilen zu müssen.

Die Jagd gab ihm die Möglichkeit dazu. Don Jr. besaß so viele außergewöhnliche Sachen, doch ihm fehlten die ganz normale Sicherheit und die bedingungslose Unterstützung, mit der normale Kinder aufwachsen, ohne sich dessen überhaupt bewusst zu sein. Diese Leerstellen füllte er mit dem Sport. Zunächst einmal war er hier anonym, was er neben seinen berühmten Eltern im alltäglichen Leben nie sein konnte, auch wenn er sich nichts sehnlicher wünschte. »Als ich jünger war, war es mir sehr wichtig, anonym zu bleiben«, sagte er 2002 gegenüber der *New York Post*. »Ich hielt mich im Hintergrund, ließ meine Eltern ihr Ding machen und hatte kein Problem damit. Ich wollte da nicht mit reingezogen werden.« Häufig erzählte er, dass er mit manchen Männern schon jahrelang auf die Jagd gegangen war, die keine Ahnung hatten, wie sein Nachname lautete. Und selbst wenn sie es herausfanden, kannten sie ihn schon gut genug als ganz normalen Kerl in der Warnweste, der weiß, wie man eine Waffe bedient, sodass es auch keine große Rolle mehr spielte, dass er ein Trump war. Auch war es ein Bereich in seinem Leben, der ihm das Gefühl gab, alles unter Kontrolle zu haben. Schon immer hatten seine Eltern entschieden, auf welche Schule er gehen würde, von der Grundschule übers Internat bis hin zur University of Pennsylvania. »Nach der Highschool hatte ich den kompletten Ivy-League-Lebenslauf«, sagte er im *Esquire*. »Meine Noten stimmten. Die Internate stimmten. Ich war Sportler im Varsity-Team. Ich war Redakteur der Schulzeitung, des Jahrbuchs und des Literaturmagazins. Aber ich überlegte, ob ich vielleicht auf die University of Colorado in Boulder oder die University of Vermont gehen und Skifahren sollte.« Sein Dad hatte jedoch andere Pläne, als Don Jr. andeutete, dass die Alma Mater seines Vaters vielleicht nicht das Richtige für ihn sei. »Hör zu, sei kein Idiot«, sagte er. Und so ging Don Jr. zur Penn, um Finanzwesen und Marketing an der Wharton zu studieren, wie es sein Vater vor ihm getan hatte. Seine Eltern entschieden, dass es eine schlechte Idee gewesen war, nach dem College nach Aspen zu ziehen. Sie entschieden, welche Arbeit angemessen für ihn wäre, auf welche Art er arbeiten sollte, wo er seine Urlaube verbringen und, später, wen er heiraten sollte. Doch in den Wäldern war er es, der zielte und abdrückte. Es war ein Bereich, in dem sein Vater sich nicht auskannte und auch gar kein Interesse dran hatte, also gehörte er Don Jr. ganz allein. Zum ersten Mal im Leben hatte er etwas gefunden, wo er der Boss war, ohne einen Vater im Nacken sitzen zu haben, von dem alle glaubten, dieser wüsste es besser.

Die klaffende Lücke, die das Jagen füllte, war hauptsächlich von Donald hinterlassen worden. Genau wie sein eigener Vater verbrachte Donald nur nach eigenem Ermessen Zeit mit Don Jr., als dieser noch klein war. Donalds Kinder durften in sein Büro kommen und auf dem Boden spielen, während er arbeitete, bis er sie wieder in den privaten Aufzug scheuchte, der vom sechsundzwanzigsten Stock des Trump Towers hoch zum Penthouse vierzig Stockwerke drüber fuhr. Wenn sie ihn am Wochenende sehen wollten, mussten sie mit ihm Baustellen besichtigen – wobei sie diese Ausflüge von sich aus lieben lernten. Wenn sie gemeinsam etwas unternahmen, fuhren sie an Orte, die ihrem Vater gehörten, was bedeutete, dass die Reisen kein wirklicher Urlaub waren, sondern ausgelagerte Geschäftsmeetings. Ein langjähriger Geschäftspartner von Donald erinnerte sich an ein Treffen mit ihm und einem Journalisten des Büros der *New York Times* in Los Angeles, der gerade an einer Story über die Trump Organization und ihren presseverrückten Boss schrieb. Das Dinner fand in Atlantic City in einem von Donalds Casinos statt. Das war Mitte der Neunziger, kurz nachdem die Scheidung von Donald und Ivana durch war. Don Jr. arbeitete im Trump Marina, um sein Taschengeld aufzubessern. Sein Vater bestand darauf, dass er ebenfalls am Abendessen teilnahm, was bedeutete, dass er die langweilige Show aussitzen musste, die sein Vater für den Journalisten hinlegte – dieselben Prahlereien, die er vermutlich schon millionenfach gehört hatte. Er war wegen der Scheidung noch immer wütend auf seinen Vater – und er war schließlich ein Teenager. Vermutlich war es der letzte Ort, an dem Don Jr. an einem Wochenendabend sein wollte. Er saß schmollend und schweigend am Tisch, erinnerte sich der Geschäftspartner, nahm kaum am Gespräch teil, was hauptsächlich daran lag, dass Donald kaum Anzeichen machte, dass er noch wusste, dass sein Sohn mit am Tisch saß. Als ein anderer dreizehnjähriger Junge sich dem Tisch näherte, gab er sich allerdings überaus charmant. Es sei sein Geburtstag, sagte der Junge, und seine Eltern hätten gesagt, er dürfe sich einen Ausflug wünschen, ganz egal wohin – eine Reise nach Disney World, ein Essen in jedem nur erdenklichen Restaurant – doch er wollte ins Taj Mahal, nur für den Fall, dass Donald Trump in der Stadt sei. Donald war sichtlich angetan und warnte den Jungen und dessen Familie davor, das Casino zu betreten. »Der Einzige, der in diesem Casino Geld verdient, ist der Besitzer«, also er, sagte er ihnen. »Also an Ihrer Stelle würde ich nicht da runtergehen.« Die Familie lächelte schüchtern, bekam ihr Foto und schlich sich von dannen. Nach der Mahlzeit bestand Donald darauf, mit dem Journalisten und seinem Partner durch das Casino zu gehen, obwohl er wusste, dass Don Jr. noch nicht alt genug dafür war. Er schickte seinen Sohn also eine separate Treppe hinunter. »Den restlichen Abend bekamen wir ihn nicht mehr zu Gesicht«, erinnerte sich der Geschäftspartner. »Ich musste Donald fragen, ob er nicht schauen wolle, ob Don gut zurückgefunden hatte. ›Ach, dem geht's gut‹, gab er lapidar zurück.«

Zunächst machte Don Juniors Großvater Dedo es sich zur Aufgabe, diese Lücke zu füllen. Schon als Don Jr. noch in den Kindergarten ging, schickte Dedo ihn stundenlang zum Spielen in den Wald. Der Junge ging allein nach draußen oder mit Eric, als dieser dann alt genug war, doch er wusste immer, dass sein Großvater nur sein Bestes wollte und dass er immer dort am Waldrand auf ihn wartete. Er wusste auch, dass er andere Jungs in seinem Alter treffen würde, wenn er draußen spielte, Jungs, die in einer ganz anderen Welt aufgewachsen waren, weit weg von Villen, Privatschulen und Jets, auf deren Flügeln in dicken Goldbuchstaben sein Nachname stand. Jungs, die stattdessen in der damals kommunistischen Tschechoslowakei aufgewachsen waren und sich den Reichtum, der für Don Jr. ganz normal war, noch nicht einmal vorstellen konnten. »Ich habe wirklich gelernt, was es bedeutet, die andere Seite zu sehen«, sagte Don Jr. Jahrzehnte später vor dem Publikum der Western Hunting and Conservation Exposition, während sein Vater als Präsidentschaftskandidat antrat. »Je öfter ich dorthin fuhr und Freunde fand, desto mehr lernte ich, dass nicht alles im Leben von materiellen Dingen abhängt. Sondern von Beziehungen.«

Eine dieser Beziehungen entwickelte sich erst Jahre später, als er nach Pottstown, Pennsylvania, auf die Hill School kam. Der Schülerdekan des Campus, der zufällig erfahrener Schütze war, mochte Don Jr., von dem er nicht erwartet hatte, dass dieser viel Zeit damit verbracht hatte, von seinem Großvater den Umgang mit Pfeil und Bogen oder einer Waffe zu erlernen oder wie man stundenlang im Freien überlebte, ohne Security-Männer, Hausmädchen oder Limousinen. Er weckte ihn um sechs Uhr morgens und nahm ihn mit zu seinen Jagdfreunden in die Stadt. »Von dem Zeitpunkt an verliebte ich mich einfach in den Jagd-Lifestyle«, sagte Don Jr. auf der Messe. »Ich liebte es. Auf meinem Weg habe ich so viele Menschen kennengelernt, die zu meinen Mentoren wurden.«

Dass er schnell feststellte, wie sehr er sich auf diese Menschen verlassen konnte, war ein starker Faktor in seinem Faible für das Hobby. So viele Leute wollten etwas von ihm – sein Geld, den Ruhm und die Macht seiner Familie, sein Geschäft –, und seit er klein gewesen war, hatten seine Eltern ihm eingebläut, dass es genau aus diesem Grund niemanden gab, auf den er sich wirklich verlassen konnte, selbst innerhalb seiner eigenen Familie. 2008 erzählte er Talkmaster Donny Deutsch in einer Episode von CNBCs *The Big Idea*, sein Vater habe jeden Morgen dieselben Leitsätze wiederholt, wenn er um sieben Uhr morgens vor der Schule hinunterkam, um ihm einen Kuss zu geben und kurz Hallo und Tschüss zu sagen, bevor er seinen Tag begann. »Keine Zigaretten, kein Alkohol, keine Drogen«, sagte sein Dad ihm dann. »Doch dann fügte er noch hinzu: ›Vertraue. Niemals. Irgendjemandem.‹ Und wissen Sie, zwei Sekunden später fragte er dann: ›Und? Vertraust du mir?‹ Und ich sagte dann: ›Klar, du bist mein Dad.‹ Und er sagte: ›Was habe ich dir gerade …‹ Wissen Sie, er hielt mich für einen totalen Versager. Er meinte: ›Tja, mein Sohn ist wohl ein Verlierer‹, weil ich damals nicht einmal verstand, was er mir zu sagen versuchte. Ich meine, so etwas sagt man doch keinem Vierjährigen, oder? Aber ihm ist das wirklich wichtig. Er kennt so viele Leute, die ausgenutzt wurden, zum Beispiel von Kollegen oder sogar von der Familie.« Doch wenn man irgendwo im Nirgendwo in einem Unterstand sitzt oder man einen Monat lang vergeblich nach einem Elch sucht und plötzlich Hufe hört, zwei Tage, bevor man zurück nach New York ziehen muss, aber der Abhang so steil ist, dass man sich nicht bewegen kann, oder wenn einem das Zielfernrohr die Haut an der Stirn aufschlitzt, obwohl weit und breit kein Arzt erreichbar ist, nun, dann muss man seinen Begleitern vertrauen. Und meist konnte er das. Sie wollten nichts von *ihm*. Irgendetwas trieb sie alle nach draußen, auf eine Mission, in die Flucht vor dem Alltag, in die Kameraderie, auf der Suche nach Frieden. Die Gründe waren bei jedem andere, und Dons waren sicherlich außergewöhnlicher als bei den meisten. Der Großteil der Leute, mit denen er jagte, wollten nicht annähernd derlei Dingen entkommen wie Don Jr. Vielleicht war ihnen schleierhaft, was einen reichen Sohn, der in einem gläsernen mit Marmor und Gold überzogenen Turm aufgewachsen war, tief in den Busch führte, in dreckigen Jagdstiefeln und schlecht sitzenden Khakihosen. »Ich glaube, der Unterschied zwischen diesen beiden Leben erdet mich«, verriet er *Bowsite*. »Ich kann aus dem Büro in den Wald fahren und bekomme genau das Gegenteil von dem, was ich die ganze Woche lang getan habe. Man könnte sagen, das ist meine Form der Meditation.«

Diese ureigene Meditation hatte nicht nur für ihn selbst Vorteile. Während des Wahlkampfs lud der damalige Gouverneur von Iowa, Terry Branstad, Donald zu einem Jagdausflug in seinen Staat ein. Nicht um alles in der Welt hätte sich Donald darauf eingelassen, ganz gleich, welchen politischen Vorsprung es ihm eingebracht hätte. Also rief er seinen Sohn an und bat ihn, an seiner statt zu dem Ausflug zu fahren. »Don, endlich kannst du mir einmal nützlich sein«, sagte er zu seinem Sohn.

DON JR. DISTANZIERTE SICH noch auf andere Art von der engstirnigen Welt seines Vaters – wenn auch nur ein wenig. Donald zielte in seinen Zwanzigern und Dreißigern auf eine ganz bestimmte Form von Erfolg ab – Glamour. Er wollte auf der Fifth Avenue sein, am Strand in Palm Beach, erst in den Hamptons, dann in Greenwich. Er und Ivana gingen an den meisten Abenden mit Menschen aus, die ebenfalls auf der Fifth oder in der Gegend wohnten, die den Winter in

Palm Beach verbrachten und den Sommer in den Hamptons oder in Greenwich und die entweder im Privatjet oder mit Chauffeur anreisten. Alles war das Größte, Teuerste, das mit dem meisten Gold und Marmor – und vor allem gelangte alles irgendwie an die Presse. Er war die Zeichentrickversion eines reichen Mannes in Manhattan, und er malte sich die Dinge genau so aus, dass er dieses Klischee bis ins kleinste Detail erfüllte. Sobald er all diese Dinge besaß, würde er endlich wissen, dass er es geschafft hatte, und dank der nachrichtenhungrigen Presse, die er so aggressiv hofierte, wüssten es dann auch alle anderen. Dass Don Juniors Lebensentwurf im gleichen Alter weitaus weniger glamourös ausfiel, war der Tatsache geschuldet, dass er in alldem aufgewachsen war. Er musste niemandem etwas beweisen. Er kannte Palm Beach, er kannte Gold und Marmor, er kannte Jets und Chauffeure. Don Jr. hatte es schon allein dadurch zu etwas gebracht, dass er geboren wurde; all diese Dinge waren also nicht sonderlich aufregend, neu oder ein Zeichen seines Erfolgs. Dies ist nicht untypisch für Rich Kids der zweiten oder dritten Generation, war jedoch bei Don Jr. besonders ausgeprägt, da ihm einige Entscheidungen seines Vaters zuwider waren, die ihm nur zu mehr persönlichem Reichtum und Bekanntheit verholfen hatten. Auf seine Art schlug er von daher in seiner frühen Jugend eine andere Richtung ein.

»Ich bin definitiv nicht so exzentrisch wie er«, sagte er 2005. »Mein Privatleben sieht sehr anders aus. Ich meine, ich mag Fliegenfischen und die Natur. Er mag Partys und Golf, und er hört nie auf zu arbeiten – niemals.« Was die öffentliche Aufmerksamkeit angehe, sagte er: »Die will ich nicht. Das ist sein Ding, und er ist sehr gut darin.«

Man muss dazu sagen, dass Don Jr. trotz allem ein relativ privilegiertes, leichtes und entspanntes Leben führte. Sein Vater half ihm dabei, eine Wohnung zu kaufen. Gleich nach dem verlorenen Jahr in Aspen verschaffte er ihm eine Führungsposition in einer Immobilienfirma, die seinen Namen trug. Obwohl Dons einzige Arbeitserfahrung die Jahre als Hafenarbeitsaushilfe für das Trump Marina waren und das, was er mitbekommen hatte, als er als Kind mit seinem Vater Baustellen besichtigte. Wenn er geschäftlich unterwegs war, nahm er Linienflüge, es sei denn, er flog mit seinem Vater, und dann nahm er wenigstens die zweite Klasse, auch wenn er ab und an die erste Klasse nutzte, wenn es nicht sehr viel teurer war oder er ausnahmsweise besonders viel reisen musste. »Wir sind zu geizig«, sagte er 2007 der *New York Times*, »wir versuchen zu sparen, wo wir nur können … Ich versuche Upgrades durch meine Vielfliegermeilen zu bekommen, aber das wird immer schwieriger.« Er passierte die Sicherheitskontrolle wie alle anderen auch – da war er in seiner Kindheit drum herumgekommen, wenn er das Flugzeug seines Vaters von privaten Flughäfen aus nahm, wo man einfach an Bord ging, ohne den Fluglotsen am Boden auch nur zuzuwinken. Er erzählte der *Times*, er habe in etwa zur Zeit des Interviews einen Flug nach Boston verpasst, da ihm ein Missgeschick mit einem batteriebetriebenen Wecker unterlaufen war, den er ein paar Monate zuvor für zwanzig Dollar an einem Flughafenkiosk gekauft hatte. Er hatte ihn ins Handgepäck getan, der durch die Röntgenkontrolle musste, bevor Don durch den Metalldetektor ging. Die Beamten der Flugsicherheit, die seine Tasche checkten, fanden den Wecker verdächtig und trotz des berühmten Nachnamens auf dem Ticket und seinen Beteuerungen, es handle sich nur um einen kleinen Reisewecker, wurde die Schlange geschlossen und die Polizei gerufen. Nach ein paar Minuten wurde festgestellt, dass es sich tatsächlich um einen Wecker handelte. Währenddessen stand Don Jr. in der Schlange – ohne Schuhe – und sah zu, wie der Zeiger der Uhr der Startzeit seines Fliegers entgegentickte. »Ich kam mir idiotisch vor«, sagte er der *Times*. Das Flugzeug flog ohne ihn los, da die gesamte Prozedur in etwa eine halbe Stunde gedauert hatte. Doch am Ende durfte er den Wecker behalten. »Manchmal lohnt es sich, ein Trump zu sein«, witzelte er.

Das Penthouse im Trump Tower, in dem er aufwuchs, ist angeblich etwa 3000 Quadratmeter groß (auch wenn, wie bei vielen materiellen Besitztümern Donald Trumps und ihrem Wert, einige Debatten darüber geführt werden, wie groß es tatsächlich ist, nicht für wie groß Donald es hält). Die erste Wohnung, die er sich mit seiner Frau Vanessa geteilt hatte, hatte etwa 140 Quadratmeter. Zwei Schlafzimmer und Parkettboden, ein Zimmer himmelblau gestrichen und das andere tiefrot, mit einem Teppich in Zebraoptik im Gästezimmer. Sie hatten zumindest in den ersten Jahren keine Putzfrau, im Gegensatz zu dem vollbesetzten Haushalt, in dem er aufgewachsen war. Sie richteten die Wohnung mit vererbten Möbeln ein – einem alten Himmelbett, in dem Vanessas Mutter zwanzig Jahre lang geschlafen hatte, und braunen Ledersofas aus Dons Junggesellenwohnung. Sie besaßen auch sentimentale Gegenstände, die Donald und Ivana niemals in ihr Heim gelassen hätten – Ölmalereien von Vanessas dänischem Großvater und einen Teddy, den sie bekommen hatte, als sie sechs Monate alt gewesen war, sowie eine Captain-Pickle-Puppe, die Don Jr.

noch aus Kindheitstagen besaß. In der Küche, in der Don Jr. viel Zeit verbrachte, bewahrte er seine Sammlung zum Fliegenfischen auf, ebenso wie eine alte gusseiserne Pfanne, in der seine Großmutter Mary sämtliche Familienessen der Trumps zubereitet hatte, als sie noch in Queens gewohnt hatten. Auch Don Jr. und Vanessa kochten zu Hause. Das taten sie lieber, als auswärts essen zu gehen. »Ich habe das als Junge gelernt – mit acht oder neun … und stand drauf«, erinnerte er sich bezüglich seiner Liebe zum Kochen. Er beobachtete die Köche in Mar-a-Lago, lernte, wie man Meeresfrüchte, Currys und italienische Gerichte zubereitete, die er später seiner Frau servierte. Sie füllten ihr Zuhause mit Familienfotos und Schnappschüssen von ihrer Hochzeit und Fotoalben. Don sagte, wenn ihr Gebäude in Flammen aufginge und sie es fluchtartig verlassen müssten, wären die Fotos das Einzige, was er mitnehmen würde. »Wobei es hier niemals brennen würde«, stellte er klar, »denn das hier ist ein Trump-Gebäude.« (Früh im April 2018 brach im fünfzigsten Stockwerk des Trump Towers ein Feuer aus. Es gab keine Deckensprinkler, und ein Bewohner starb in den Flammen.) Ihre zwei kleinen kläffenden Havaneser-Welpen – Fraggle und Faluffa – durften nach Lust und Laune durch die Wohnung toben, und zu Weihnachten bekamen sie von ihren Herrchen einen eigenen Weihnachtsbaum, »weil wir Idioten sind«, erinnerte sich Don Jr. 2008. Was Geschenke für seine Geschwister betraf, war er weniger freigiebig: »Sehen Sie, ich habe von meiner Familie Geschenke zurückgeschenkt bekommen«, erzählte er im selben Jahr. »Die sagen so, ›Oh, cool, danke!‹, und im nächsten Jahr bekommst du es zurück!«

Sosehr Don Juniors konfrontatives Wesen und seine Entscheidung zu einem unauffälligeren Lebensstil auch eine Gegenreaktion zu seinem Vater gewesen sein mögen, waren sie ihm zum Teil auch angeboren. Sein Vater gab einige Züge an ihn weiter, die wesentlich schwerer abzustreiten sind. »Ich glaube, mein Vater hat mir ziemlich viel Selbstsicherheit mitgegeben oder ein großes Ego, oder wie auch immer man das nennen will«, sagte Don dem *New York Magazine*. »Ich kann ich selbst sein und muss nicht in seinem Schatten stehen. Ich sehe definitiv in gewissen Dingen zu ihm auf – ich wünschte, ich wäre genauso geschäftstüchtig wie er –, doch ich finde, ich bin so ein anderer Mensch, man kann uns nur schwer vergleichen. Er ist im Grunde die eine Person, die er im Arbeitsleben ist. Ich bin zwei Personen, eine bei der Arbeit und eine andere in meinem Privatleben.«

In Bezug auf das Privatleben ist das vielleicht der Bereich, wo sich Vater und Sohn doch recht ähnlich sind. Vor allem, wenn es um Frauen geht. Seine Schwester verbrachte Jahre damit, sich von Paris Hilton abzusetzen, der anderen blonden Erbin aus New York, indem sie deren Partymaus-Image zum Negativ ihres eigenen blankpolierten, hart arbeitenden Ivanka-Bilds machte. Doch Don Jr. war Hilton gegenüber gnädiger. Anfang 2000 tauchte Chris Wilson, ein Amateur-Reporter für *Page Six*, auf einer Rooftop-Party auf dem *Playboy*-Hauptgebäude an der Fifth Avenue auf. Hilton war dort, in einem maßgeschneiderten Kontrastprogramm aus bauchfreiem Top und Diamantcollier, und im Laufe des Abends schlug auch Don Jr. dort auf, dessen üblicher zurückgegelter Bob für den Anlass besonders glänzend aussah. Wilson kannte Don Jr. nicht, nur seinen Vater hatte er ein paar Mal getroffen, in dessen Haus, von dem er dachte, es sähe aus wie ein von Saddam Hussein designtes Casino. Don Jr. war bereits betrunken, als es aus unerfindlichen Gründen dazu kam, dass die drei sich für den Heimweg ein Taxi teilten – Hilton links, Don Jr. rechts, Wilson als Puffer dazwischen. Den brauchte Hilton auch, denn Don Jr. beugte sich fortwährend über Wilson, um die Erbin zu betatschen und über ihren blanken Bauch zu streicheln, als ginge es darum, einen Dschinni aus der Wunderlampe zu reiben, der ihm seinen nächtlichen Wunsch erfüllte. Paris war nicht interessiert, hielt sich an Wilson und warf ihm nicht eben subtile »Hilf mir«-Blicke aus ihrem solariengebräunten Gesicht zu. Irgendwie gelang es ihnen, ein Foto von sich zu dritt zu machen, das *Page Six* unter dem Titel »Die Kunst der Tuchfühlung« bringen wollte. Am Ende wurde es nicht gedruckt.

Don Jr. hatte bei einem anderen Model mehr Erfolg, auch wenn es etwas länger dauerte. Sein Vater hatte ihn 2003 zu einer New Yorker Fashion Show mitgeschleppt – nicht unbedingt seine Szene, doch kam er brav mit. Es war eine der angenehmeren elterlichen Bitten für den sechsundzwanzigjährigen Single, der zu dem Zeitpunkt eine leitende Stelle in der Firma seines Vaters innehatte. Donalds Blick fiel auf eine Blondine mit langen Haaren und langen Beinen, die in der Show mitlief. Er sprach Vanessa Haydon an, die ebenfalls von der Upper East Side stammte, Privatschulen besucht hatte und gerade zunehmend ins Rampenlicht rückte. Donald stellte sich vor und sagte, er wolle sie mit seinem Sohn bekanntmachen, Donald Trump Jr. Bevor die Show losging, versuchten sich die beiden jungen Menschen in der Art unbeholfenem Small Talk, der entsteht, wenn der eigene Vater danebensteht und alle Leute zugucken. In der Pause näherte sich Donald erneut Vanessa, als habe das erste Gespräch nie stattgefunden. Er stellte sich vor und sagte, er wolle sie mit seinem Sohn bekannt machen, Donald Trump Jr. »Ja, wir haben uns eben kennengelernt«, gab sie zurück und sah Don Jr. dabei an, als habe sein Vater den Verstand verloren.

Das Schicksal – oder die Intimität jenes sehr kleinen Kreises zwanzigjähriger Bewohner der Upper East Side, je nachdem, wie sehr man auf Romantik steht – brachte die beiden weniger als zwei Monate später erneut zusammen, bei einer Geburtstagsparty im Butter, einem archetypischen New Yorker Restaurant und Club in Downtown. Sie fanden zueinander und unterhielten sich beinahe den ganzen restlichen Abend lang, bevor sie begriff, wer er war und dass sie ihn bereits Wochen zuvor bei der Modenschau kennengelernt hatte. »Moment mal«, sagte sie später. »Du bist der mit dem grenzdebilen Vater!«

Die Art, wie die Presse über Vanessa schrieb – die Story, die um sie gestrickt wurde –, war der von Melania nicht unähnlich, als diese anfing, mit Donald auszugehen: sonniges Gemüt, erfolgreich, gutes Elternhaus und kein Drama. Zu Beginn wurde ihre wahre Vergangenheit völlig außen vor gelassen. Melania wurde als Uni-Absolventin mit zwei Abschlüssen und einer beeindruckenden Modelkarriere beschrieben, deren Mutter Modedesignerin war, während Vanessa der Welt durch die *Times* und andere Zeitungen als junge Frau vorgestellt wurde, die in Stadthäusern großgeworden war und an der Dwight School zum Tennis-Ass aufstieg, »die mit ihrem athletischen Körper, ihrer butterig goldenen Haut, den blonden Haaren und dem sonnigen Lächeln einem Brian-Wilson-Traum gleicht.« Sie machte

Späße, trug Jeans, hielt nichts vom sozialen Aufstieg und kam bei der beeindruckenden Modelagentur Wilhelmina unter Vertrag, obwohl ihre Mutter selbst eine Agentur leitete. Vanessa Haydon, so die *Times*, war »wie geboren« für die Rolle der nächsten Trump.

Und so wie später über Melania bekannt wurde, dass sie keine Abschlüsse in Architektur und Design besaß, sondern das Studium nach einem Jahr abgebrochen und ihre Mutter in einer Textilfabrik gearbeitet hatte, blieb auch Vanessas Vergangenheit nicht lange im Dunkeln. Zwar mochte Vanessa aussehen wie die Muse eines Beach Boys – im Innern aber war sie eher ein Scorsese-Girl. Vanessas erster öffentlichkeitswirksamer Auftritt ereignete sich 1998, als man sie auf einer Party in Soho mit Leonardo DiCaprio knutschen sah, der sich gerade im Zenit seines Post-*Titanic*-Ruhms befand. Das Paar ging nur ein paar Wochen miteinander aus, lange genug, dass die Klatschmäuler von ihr hörten, wie der große Star es fand, ein »bodenständiges« Mädchen wie sie zu daten, und ihre Agenten auf ihre fünfzehn Minuten Flirt-Fame aufspringen konnten, indem sie Modelfotos von ihr an ausländische Zeitungen verkauften. Ihre Liebeleien jenseits von DiCaprio machten Schlagzeilen und fesselten die schärferen Zungen derjenigen, die sie damals an der Dwight gekannt hatten. Sie war jahrelang immer mal wieder mit einem Mann zusammen, der sich Vallantine nannte und den sie als Teenager kennengelernt hatte. Man munkelte, dass Vallantine, ein Mitglied der Latin Kings aus Astoria, wohl für keine Mutter eines aufstrebenden Models von der Upper East Side der Schwiegersohn in spe ihrer Träume wäre. Doch für Vanessas Klassenkameraden, Bekanntenkreis und all die Eltern, die von ihrer Beziehung

Wind bekamen, war das Thema ein gefundenes Fressen. Gerüchte machten die Runde, sie habe zeitweilig bei ihm gewohnt, gelbe Trainingsjacken getragen – die Farbe der Latin Kings – und vielleicht sogar ein Treffen der Latin Queens besucht. Sie besuchte Vallantine einmal im Rikers-Island-Gefängnis, wo er wegen Drogen- und Waffenbesitz einsaß, auch wenn die Häufigkeit ihrer Besuche heiß diskutiert wurde. Ihr damaliger Pressesprecher sagte gegenüber der *New York Post*, die natürlich nur zu gern über all das berichtete, nachdem Vanessa anfing, mit Don Jr. auszugehen, dass sie das Rikers nur einmal besucht habe, und zwar nachdem Vallantine und sie bereits nicht mehr zusammen waren, um für seine Mutter zu dolmetschen, die kein Englisch konnte. Ihr Sprecher dementierte ebenfalls, dass sie mit den Latin Queens involviert gewesen sei oder aus Solidarität Gelb getragen habe. »Früher machte sie auf Hard-Rock in Leder und Baggy-Hosen«, sagte eine Teenager-Freundin von Vanessa dem *New York Magazine* in einer Story über DiCaprio. »Sie war die totale Gangster-Bitch.« Eine andere Freundin nannte sie »einen üblen Rowdy«. *New York* erwähnte auch, in ihrem Jahrbuch hätten ihre Klassenkameraden sie mit der Kategorie »Wird am wahrscheinlichsten in Ricki Lakes Talkshow auftauchen« bedacht.

Was den Heiratsantrag betraf, folgte Don Jr. seinem Vater auf dem Fuße. Donald hatte 2004 für Melanias Dreizehn-Karat-Klunker einen äußerst großzügigen Rabatt von Graff Diamonds akzeptiert. Der Juwelier, der ebenfalls in einer Folge von *The Apprentice* auftauchte, bemerkte einen Anstieg seiner Verkaufszahlen, nachdem er mit den Trumps assoziiert wurde, und Donald gab vor der Presse damit an, dass er den Preis ordentlich runtergehandelt habe. Als es also für Don Jr. Zeit wurde, vor Vanessa auf die Knie zu gehen – nur sechs Monate nachdem sein Vater Melania einen Antrag gemacht hatte –, gab es ebenfalls einen Juwelier, der bereit war, die Rechnung zu übernehmen, und einen Trump, der das Angebot dankend annahm.

Der Unterschied lag natürlich darin, dass Donald den Antrag mit dem vergünstigten Ring unter vier Augen machte, bevor das Paar für die jährliche Met Gala über den roten Teppich lief. Don Jr. ging die Sache anders an. Nachdem sie nun seit anderthalb Jahren zusammen waren, fuhr er mit seiner Freundin nach New Jersey. Die beiden kamen an der Short Hills Mall an, wo bereits Fernsehteams und Paparazzi auf sie warteten. Der Immobilienerbe hatte sie eingeladen, da dies Bestandteil einer Übereinkunft mit dem Juwelier Bailey Banks & Biddle war. Don Jr. hatte sich bereit erklärt, seinen Antrag vor laufenden Kameras zu machen sowie einige zusätzliche Werbeauftritte für den Juwelier wahrzunehmen. Im Gegenzug erhielt er den Ring – mit einem vierkarätigen Diamanten im Smaragdschliff, in Platin-Fassung und mit zwei weniger großen trapezförmigen Diamanten, die von sechsundfünfzig noch kleineren umgeben waren – im Wert von 100.000 Dollar umsonst. Und so ging Don Jr. im November 2004 mitten im Einkaufszentrum einer Kleinstadt in Jersey vor laufenden Fernsehkameras auf die Knie und fragte Vanessa, ob sie ihn heiraten wolle. Sie sagte aufgeregt Ja für die Kameras, auch wenn sie später zugab, dass Don Jr. bereits einige Wochen zuvor in ihrer Wohnung die Frage gestellt hatte. Wahrscheinlich hatte die *Times* also mit der Einschätzung recht, sie sei die geborene Trump.

Am Tag nach dem Antrag titelte die *Post* »Trump Jr. ist der wohl milliardenschwerste Geizhals überhaupt – Immo-Erbe bekam 100 000-Dollar-Ring umsonst!« und befand die Angelegenheit als »einen der geschmacklosesten Anträge aller Zeiten«. Donald war über die Berichterstattung nicht erfreut. Ein paar Wochen später sagte er auf CNN zu Larry King, er sei »nicht gerade begeistert« über die Art gewesen, wie sein Sohn die Dinge angegangen war. »Vor allem nicht, wenn es um einen Verlobungsring geht«, sagte er, wobei er seinen eigenen Rabatt auf den Ring für Melania unter den Tisch fallen ließ. »Ich sagte, ›Du trägst eine große Verantwortung. Dein Nachname ist ein heißes Eisen. Mit solchen Sachen musst du sehr vorsichtig sein.‹«

Was die Hochzeitsfeier anging, hielten Don Jr. und Vanessa sich ebenfalls an das Vorbild von Donald und Melania. Sie wählten Mar-a-Lago als Austragungsort, wo auch Vater und Stiefmutter im Januar ihren Empfang abgehalten hatten, und entschieden sich für einen Tag im November 2005. Für Geschenke registrierten sie sich bei Bloomingdale's, Barneys und natürlich Tiffany. Gleichzeitig fingen sie still und leise an, die exklusiven Fotorechte und die Berichterstattung ihres großen Tages anzubieten, wie es Donald mit Getty und Melania mit der *Vogue* getan hatten. Vanessa verzichtete auf einen Hochzeitsplaner, und wie auch ihre Stiefmutter Monate zuvor habe sie Tausende von Dollar für Brautzeitschriften ausgegeben, erzählte sie dem *OK! Magazine*. Ihren Junggesellinnenabschied feierte sie in Miami, und Ivanka flog extra ein, um mit ihr im angesagten Mansion-Club in South Beach zu feiern.

Nicht lange vor dem Hochzeitstermin von Don Jr. und Vanessa war der Orkan Rita über Florida hinweggefegt und in Mar-a-Lago fiel tagelang der Strom aus. Wasser gab es ebenfalls nicht. Die Wiese vor dem Anwesen, wo die Zeremonie stattfinden sollte, war vom Sturm zerstört worden. »Ich dachte schon, wir müssten die Hochzeit bei Kerzenlicht feiern«, sagte Donald der *Post*. Doch der Strom wurde wieder angestellt, das Wasser ebenso. Das Rehearsal-Dinner am Freitagabend vor der eigentlichen Feier konnte also wie geplant stattfinden. Das Paar lud ihre Gäste zum Luau ein, mit einem ganzen Spanferkel, einer Martini-Bar und einem DJ, den Vanessa bei der Hochzeit ihrer Cousine in New Jersey erlebt hatte. Am Samstag, dem zwölften November versammelten sich dreihundertsiebzig Gäste in Mar-a-Lago, um zu hören, wie der älteste Trump-Erbe sagte: »Ja, ich will.«

Die Gästeliste bot nicht gerade das gleiche »Who is Who« an Prominenz, das zu Jahresbeginn anlässlich Donalds und Melanias Zeremonie erschienen war. Joan Collins, die Songwriterin Denise Rich und Reality-TV-Sternchen Brittny Gastineau nahmen neben dem Pool Platz, wohin die Zeremonie vom Paar verlegt worden war, nachdem der Orkan den Rasen verwüstet hatte. Donald im Anzug führte Melania den Mittelgang hinunter, deren champagnerfarbenes trägerloses Kleid mit Empire-Taille ihren wachsenden Babybauch kaum mehr kaschieren konnte (vier Monate später kam Barron zur Welt). Ivana trug ein pfirsichfarbenes schulterfreies Satinkleid, dessen V-Ausschnitt ihre Kette mit auffälligen pastellfarbenen Diamanten betonte, während die Glockenärmel mit aufwendigen Seidenblumen verziert waren. Sie ließ zwischen sich und ihrem Ehemann einen Platz frei, nachdem sie ihren Sohn zum Altar gebracht hatte, unter einen Baldachin aus weißen und lilafarbenen Blumen. Ihre Mutter, Babi, in einem rosaroten Kleid, füllte diesen Platz dann. Don Juniors Haare waren beinahe lang genug, dass sie bis zu seiner breiten silbernen Krawatte reichten. Wieder trug er sie zurückgegelt, die äußeren Locken strich er hinter die Ohren – eine Mischung aus Surferboy und Rachel Green aus der Serie *Friends*. Sein Bruder Eric trug eine etwas dunklere, aber ebenso breite graue Krawatte und kam an seine Seite, als nacheinander Vanessas zehn Brautjungfern, darunter auch Ivanka, in blassrosa Seidenroben den Gang hinunterschritten. Tiffany befand sich nicht unter ihnen.

Vanessa wurde von ihrer Mutter zum Altar geführt, da ihr Vater Jahre zuvor verstorben war. Die Braut hatte gemeinsam mit Reem Acra ihr eigenes Kleid entworfen – strahlend weiß und hauteng, an den Trägern und dem Mieder über und über mit Perlen verziert. Zur Zeremonie quoll ein bauschiger Schleier aus der funkelnden Tiara auf ihre fließenden, federnden Locken, die kaschierten, wie tief das Kleid am Rücken ausgeschnitten war. In den Händen hielt sie einen Brautstrauß aus Callas und kleinen Rosen, um den Hals trug sie eine Kette mit einem diamantenen Kreuz. Der DJ aus New Jersey, der am Vorabend aufgelegt hatte, war auch der Bandleader, der zur Zeremonie ein zehnköpfiges Orchester leitete sowie eine sechzehnköpfige Band für den Empfang (alles in allem ließ er sich vom Brautpaar 20 000 Dollar auszahlen, mehr als doppelt so viel, wie er gewöhnlich bekam). Für den ersten Tanz des Hochzeitspaares im großen Ballsaal spielten sie ein Cover von Bryan Adams' »Heaven«. Im Ballsaal bekamen die Gäste Filet serviert und konnten sich an der aufgetürmten Torte von Sylvia Weinstock bedienen, derselben berühmten Konditorin, die auch für Donalds Hochzeiten ihre Meisterwerke entworfen hatte. Diesmal überzogen handgemachte rosa Blümchen aus Fondant und Zucker die Torte. Vanessa überraschte Don Jr. mit einer fischförmigen Torte für den Bräutigam – der Traum eines jeden Naturfans. Als er sich beim Toast an seine Braut wandte, stiegen ihm Tränen in die Augen, und er erinnerte sich noch einmal daran, dass es sein Vater gewesen war, der sie zusammengebracht hatte. »Mit so einem Mädchen solltest du zusammen sein«, habe sein Vater gesagt, erzählte er den Gästen. Unter den Gästen wurde gemunkelt, Vanessa sei exakt die Art Mädchen gewesen, mit der Donald selbst gerne zusammen gewesen wäre, hätte es Melania zu der Zeit nicht gegeben. Auch Donald prostete dem Paar zu, ebenso wie Ivana, die scherzte, die künftigen Kinder des Paares müssten sie nicht mit »Grandma« anreden, sondern mit »Glam-ma.«

Ivana musste nicht lange warten, bis ihr Wunsch in Erfüllung ging. Zwei Tage nach ihrem ersten Hochzeitstag luden Don und Vanessa einige ihrer engsten Freunde und einige Familienmitglieder zu sich in die Wohnung ein. Erneut gab es eine Runde Toasts, um nicht nur ihr erstes Jahr als Ehepaar zu feiern, sondern auch den nächsten Meilenstein. Im Frühling würde das Paar zum ersten Mal Eltern werden. Dies machten sie am nächsten Abend bei einer Party in der 460 Degrees Gallery auf der Fifth Avenue publik, bei der Vanessa dafür gefeiert wurde, dass sie das Cover des *Hamptons Magazine* zierte, und das, obwohl das Paar die Hamptons mied, ganz besonders während der Saison (Don Jr. fuhr manchmal bei Montauk zum Angeln, wenn im Herbst die restlichen Anwohner Manhattans ihre Zweithäuser auf Long Island verlassen hatten). Barron Trump, Don Juniors jüngster Bruder, war acht Monate alt. Im Frühling würde er Onkel werden. »Die beiden werden eher wie Brüder sein – oder Bruder und Schwester«, scherzte Vanessa gegenüber der Presse.

Barrons Schwester-Nichte kam am 12. Mai 2007 zur Welt. Am Vorabend fuhr Vanessa zu einem Charity-Event in die City, lief mit ihrem angeschwollenen Bauch über den roten Teppich und betrat gerade noch rechtzeitig das Gebäude, als ihre Fruchtblase platzte. Die Geburt dauerte einundzwanzig Stunden, Don Jr. war die meiste Zeit bei ihr. Nach der Geburt von Kai Madison Trump, die mit drei Kilogramm zur Welt kam, benannten sie sie nach Vanessas Vater. Doch etwas hatte sie auch von Donald. »Jeder, der sie sieht, staunt über ihre Haare«, sagte Vanessa dem *People Magazine*, das die ersten exklusiven Fotos von Kai bringen durfte, wie damals schon von Barron, die einen Monat nach der Geburt abgedruckt wurden. »Wir mussten ihr direkt die Haare waschen!« Jahre später gingen Kai und Barron in denselben Kindergarten auf der Upper East Side, nur ein Jahr voneinander getrennt.

Im Winter 2009 kam Donald J. Trump III – oder D3, wie er später genannt wurde – zur Welt. Tristan Milos Trump folgte im Oktober 2011, dem sein Zweitname in Erinnerung an Don Juniors geliebten Großvater Dedo gegeben wurde. Als Nächstes kam Spencer Frederick zur Welt, genau ein Jahr nach Tristan, *dessen* Zweitname wiederum an Don Juniors *anderen* Großvater erinnerte. Im Juni 2014 begrüßten die Geschwister Chloe Sophia. »#FullHouse« twitterte Don Jr. nach ihrer Geburt. Genau wie sein Vater und der Vater seines Vaters bekam er fünf Kinder – drei Jungs und zwei Mädchen.

2017 wurde klar, dass Don Jr. noch auf eine andere Art in die Fußstapfen seines Vaters treten würde. Vanessa begleitete Don Jr. und die Kinder nicht zur Silvesterparty in Mar-a-Lago, obwohl es ebenfalls der vierzigste Geburtstag ihres Ehemannes war. In ihrem kleinen Kreis schnalzte man mit der Zunge und fragte sich nicht, ob sie sich scheiden lassen würden, sondern vielmehr, wann. Die meisten glaubten, sie würden die Ehe noch bis zur Wahl 2020 aussitzen, wenn sie so weit kämen. Doch die Trump-Geschichte wiederholte sich: Im März 2018 berichtete *Page Six*, das Paar ließe sich scheiden. Einen Tag später reichte Vanessa beim Manhattan Supreme Court die Scheidung ein. »Nach zwölf Jahren Ehe haben wir beschlossen, von nun an getrennte Wege zu gehen«, sagte das Paar in einem Statement. »Wir werden voreinander und vor unseren Familien immer großen Respekt haben.« Etwa nach einer Minute geisterten Gerüchte über Don Juniors Untreue durch die Presse und Geschichten darüber, dass Vanessa etwas gegen seine Tendenz zum Geizkragen und Hitzkopf hatte. Die Leute sagten, dass Don Jr. nun dasselbe Verhalten an den Tag legte, wegen dem er seinen Vater jahrelang gemieden hatte.

Fünf Kinder, genau wie sein Vater, aber nur eine Frau, keine Vollzeit-Nanny, geschweige denn zwei. Andere Mütter erinnerten sich an Vanessa als überaus gestresst, ihre Kinder seien beständige Wirbelwinde gewesen, ganz besonders, als sie älter wurden und fünf verschiedene Tagesplanungen eingehalten werden mussten. Unter den Privatschul-Moms wurde eine Geschichte zur Legende, die als Warnung gegen ein Dasein mit zu vielen Kindern und zu wenig Hilfe diente: An einem Tag, der warm genug war, dass Mütter, Nannys und sonstige Aufsichtspersonen vor der Spence stehen konnten, einer Mädchenschule am östlichsten Block der Ninety-First Street, und darauf warteten, dass ihre kleinen Mädchen in babyblauen Pullovern, Faltenröckchen, weißen Hemden und mit Schleifen im Haar in singender, schnatternder Freude des endenden Lerntages durchs Schultor strömten. Als sie jedoch alle auf einmal aus dem Gebäude kamen, ertönte ein völlig anderes Geräusch. Es klang wie eine schräge Sirene – der Feueralarm. Das ist komisch, dachten sich alle. Warum sollte die Schule einen Feueralarm proben, wenn die Kinder bereits die Schule verließen?

Doch es war keine Probe. Vanessa Trump war mit ihren kleineren Jungs zur Spence gekommen, um ihre älteste Tochter Kai abzuholen, die dort im Kindergarten angefangen hatte. Vanessa hatte draußen ein Gespräch mit jemandem angefangen. Ohne ihr Wissen rannte einer ihrer Jungs in die Schule und zog direkt im Eingang an dem grellroten Hebel des Feueralarms. »Das darf doch nicht wahr sein«, dachte sich eine der Mütter. Ihre Tochter, die in Kais Klasse ging, hatte damals große Angst vor lauten Geräuschen. »Natürlich hatte diese Frau so viele Kinder, sie konnte einem leidtun. Und sie hatte keine Nanny. Aber sie konnte ihre Jungs nicht im Auge behalten, um sie davon abzuhalten, die gesamte Schule und die anderen Mütter und Leute, die ihre Kinder abholten, in Aufruhr zu versetzen? Es herrschte Chaos. Absolutes Chaos.«

Kurze Zeit später startete die Schule – wie so viele Privatschulen in Upper Manhattan – eine Kampagne, um Geld zu sammeln, und wieder einmal kam Don Juniors knausrige

Seite durch. Damals entschied die Spence sich dafür, ein brandneues Sportzentrum zu bauen, um alle Sportangebote in einem Gebäude anbieten zu können. Zu jener Zeit mussten Schüler noch für diverse sportliche Aktivitäten während oder nach der Schulzeit zu verschiedenen Sporthallen in der Stadt chauffiert werden – nicht gerade attraktiv für Eltern, die pro Jahr 50 000 Dollar für die Grundschulausbildung ihrer Töchter rüberwachsen ließen. Für so viel Geld sollte doch eine vernünftige Sporthalle drin sein. Doch wenn man die Sache schon anging, dann auch richtig. Und für die Spence bedeutete richtig, dass sie auf der Ninetieth Street ein achtstöckiges Gebäude hochziehen wollten, mit einer riesigen Sporthalle über zwei Etagen, Trainingsräumen und Umkleiden, Squashplätzen, Klassenzimmern, einem Café und einem Gewächshaus.

50 000 Dollar pro Schülerin sind eine Menge Geld, doch für ein achtstöckiges Fitness-Megazentrum an der Upper East Side reicht selbst das nicht. Glücklicherweise hatte die Schule genügend Adressen großzügiger Eltern, die nicht nur ausreichend Geld besaßen, um sich diese Schule leisten zu können, sondern auch genug Anreiz, das Geld springen zu lassen. Es ging schließlich um die Bildung ihrer Kinder, vielleicht sogar ihrer Kindeskinder. Hinzu kam ein bisschen freundliche Konkurrenz, welche Familie jeder Klasse am meisten spenden würde. Das Geld würde schon zusammenkommen, kein Problem.

Doch für derlei Dinge gibt es ein Prozedere. Die Schule fing mit ein paar taktischen kleinen Abendessen an, indem sie ihre reichsten Eltern bat, andere reiche Eltern zu sich einzuladen, damit sie gemeinsam mit der Schulleitung über die Pläne sprechen konnten und über die Wege, wie sie finanziell helfen konnten. Für eines dieser Abendessen kamen Don Jr. und Vanessa infrage, es fand an einem Abend in einem weitläufigen Apartment auf der Fifth Avenue statt, als Kai gerade ein paar Jahre auf die Spence ging. Vier Pärchen aßen neben der Direktorin und ihrer Assistentin an einem runden Tisch zu Abend, bevor sie ins Wohnzimmer wechselten, um die Sporthalle zu besprechen. Es gab eine Präsentation, gefolgt von einem Pitch, und den Eltern wurde gesagt, sie würden in den folgenden Wochen und Monaten noch einmal zu privaten Meetings auf dem Spence Campus eingeladen werden, wo man sie fragen würde, ob sie bereit wären, etwas zu spenden.

Die restlichen Eltern nickten. Sie hatten nichts anderes erwartet. So liefen diese Dinge nun einmal. Doch ihr Nicken wurde von Don Juniors Stimme unterbrochen. »Ich finde, das klingt super«, sagte er laut genug, dass sich die anderen Eltern noch jahrelang genau daran erinnern konnten. Kai liebe Sport, wie er sie wissen ließ, und so würde sie sicher von dieser Neuerung profitieren, von daher wollten sie helfen, wo sie konnten.

»Ich meine, nicht mit Geld«, sagte er vor der Gruppe. »Aber ich bringe mich gerne mit meiner Expertise in den Bauprozess ein.« Die restlichen Eltern liefen knallrot an. Die Schulleiterin dankte Don für sein Angebot und bemerkte, die Schule sei sehr dankbar für eine Trump'sche Meinung, was jedoch wirklich wichtig wäre, war die Finanzierung. »Denken Sie darüber nach. Sie müssen jetzt noch nicht antworten«, sagte sie. »Das muss keiner von Ihnen.«

KAPITEL 10

Eric – Voltron Nummer drei: Der Bauherr

ALS DIE EHE seiner Eltern in die Brüche ging, gewährte die Upper West Side dem jungen flachsblonden Eric Trump ein wenig Schutz vor der Presse, die seine älteren Geschwister auf ihrem Schulweg zur East Side verfolgte, zumal der gesamte Central Park zwischen seinem Zuhause und seiner Schule lag. Ivana hatte Jahre zuvor die Trinity School für ihr jüngstes Kind auserkoren. Die Schule, fünftälteste im Land, hatte 1709 ihre Tore geöffnet, mit Klassenzimmern im alten Rathaus und im Glockenturm der Trinity Church. Ihr Gründer, William Huddleston, schlug einer Organisation von Missionaren der Church of England eine öffentliche Schule in New York City vor, wo armen Kindern die kirchlichen Traditionen beigebracht werden sollten, ohne dass Schulgeld gefordert würde. Sie willigten unter der Bedingung ein, dass der Bürgermeister und der Ratsherr jedes Jahr nachwiesen, dass die Schule tatsächlich mindestens vierzig arme Kinder unterrichtete. All das änderte sich nach dem Bürgerkrieg. Die Trinity zog aus der Kirche aus und befand sich von nun an in einigen, extra dafür in Auftrag gegebenen Gebäuden am westlichen Zipfel von Manhattan, auf der Ninety-First Street und der Columbus Avenue. Aus der öffentlichen Schule wurde eine Privatschule, und Jahrhunderte später durften auch Mädchen dort unterrichtet werden. Seither hat die Schule, deren Gründungsideal die kostenfreie Bildung unterprivilegierter Kinder war, unter anderem Eric Schneiderman sowie John und Patrick McEnroe beherbergt. Eine Zeit lang liefen auch Truman Capote, James und Lachlan Murdoch, Humphrey Bogart, Yo-Yo Ma, Ansel Elgort und Oliver Stone durch die Flure der Trinity. Im Schuljahr 2017/18 stellte die Schule den Eltern für ein Kindergartenkind 49 795 Dollar in Rechnung, wobei die Schule betonte, darin enthalten seien das Mittagessen und andere Ausgaben. Schulbücher und Ausflüge kosteten jedoch extra.

Die Schule nahm den jüngsten Trump-Sprössling jedenfalls an, und das war alles, was in diesem Bildungswettkampf zählte. Auch das Schulmotto *Labore et virtute* – »Fleiß und Tugend« – kam bei den Trumps gut an, zumindest der erste Teil. Das untere Schulgebäude – ein massives Brownstone-Haus mit großen Fenstern, die viel Licht in die Klassenzimmer fallen lassen, Rasenflächen ringsum, auf denen die Schüler spielen können, und ein Steinkreuz auf einem der Türme – bot Eric in der stürmischsten Phase seines Lebens Schutz.

Eine Scheidung erschüttert jeden Sechsjährigen. Sie lässt die kleine Blase zerplatzen, in der das Kind sich sicher fühlte, die einzige, die es kennt. Für Eric war es von Vorteil, dass seine Eltern nicht die einzigen Erwachsenen waren, die er kannte und die sich um ihn kümmerten. Dass sein Vater im Trump-Tower nun einige Stockwerke tiefer zog, zerrüttete seine alltägliche Routine nicht so sehr, wie es vielleicht bei anderen Kindern der Fall gewesen wäre. Doch die meisten anderen Kinder werden nicht Zeugen, wie ihre Familie auf einem Berg in Aspen vor ihren Augen auseinanderbricht, und schon gar nicht, wie der Skandal anschließend über Wochen in die New Yorker Klatschspalten schwappt. Glücklicherweise bleibt manchen Kindern der Anblick erspart, wie sich die Eltern öffentlich anschreien, sich verfluchen und beleidigen, ebenso wie der offensichtliche Ehebruch, der seinen Vater so öffentlich viel zu früh in die Arme einer anderen Frau trieb. Die Geschichte war so schlüpfrig und omnipräsent in New York, dass selbst Erics Kindergartenkameraden, die zu dem Zeitpunkt noch nicht einmal lesen konnten, die Gerüchteküche ihm gegenüber in der Schule erwähnten.

Wenig überraschend zeigte Eric in der Schule schlechtes Benehmen, was den Lehrern alsbald auffiel. Traditionell fordert die Trinity von ihren Schülern die Teilnahme an einem Freiwilligendienst für die Gemeinde sowie ehrenamtliches Engagement innerhalb und außerhalb der Schule. Dies bedeutete, dass ältere Schüler den Lehrern dabei halfen, die jüngeren Kinder in Schach zu halten. Im Jahr von Donalds und Ivanas Scheidung wurde einer Highschoolschülerin aufgetragen, der Tanzlehrerin bei ihrem Unterricht für kreative Bewegung bei den Fünf- und Sechsjährigen auszuhelfen. Eines Nachmittags bat sie alle Kinder am Ende der Stunde, ihre Spielmatten wegzuräumen. Natürlich brach Chaos aus, und sie dirigierte die kleinen Kinder zumindest annähernd zu einer Art Aufräumarbeit, damit der Raum ein bisschen weniger wie ein Schlachtfeld aussah, und alle Kinder versuchten es zumindest, alle außer einem. Eric stand einfach nur da, während seine Klassenkameraden versuchten, ihre Matten so sorgsam wie möglich zusammenzufalten und zu stapeln.

Der Aushilfe dämmerte, dass Eric vielleicht noch nie zuvor gebeten worden war, seine Sachen selbst wegzuräumen, zumal sie viel über seine Familie gehört hatte. Vielleicht brauchte er etwas mehr Motivation oder weitere Instruktionen. Sie erklärte ihm noch einmal, sehr genau, sehr freundlich und sanft, was er tun sollte, zeigte ihm die richtige Richtung, in die auch seine Klassenkameraden liefen. »Eric, bitte räum deine Matte mit den anderen Kindern weg«, sagte sie zu ihm.

Er zögerte kaum, schien nicht einmal Luft zu holen, sondern sah sie geradewegs an, vor den Augen aller anderen Kinder, und brüllte so laut er nur konnte: »Du bist eine Nutte!«

Sie wurde rot, das Blut schoss ihr in den Kopf, und sie schluckte die Wut im Bauch runter, die man einem Sechsjährigen gegenüber nicht rauslassen konnte. Doch die Wut wurde schon bald durch Mitleid ersetzt. Wie kam ein sechsjähriger Privatschüler, der in einem Penthouse auf der Upper East Side wohnte, zu solch einem Sprachgebrauch? Offenbar hatte die Schülerin die verbitterte Trennung Donalds und Ivanas nicht wirklich verfolgt. Allerdings war die Story so aufsehenerregend gewesen, dass sie nicht umhin konnte, ein wenig darüber zu wissen. »Ich konnte mir schon vorstellen, dass sein schlechtes Benehmen von der Scheidung verursacht wurde«, erinnerte sie sich. »Aber vielleicht war er auch einfach nur ein Arschloch.«

Eric wurde für sein Verhalten nicht gemaßregelt. Jahre später »beriet ihn die Trinity in Richtung Tür« (ein Euphemismus der Privatschulen dafür, dass einem Schüler nahegelegt wurde, die Schule zu verlassen, wenn er dem akademischen oder kulturellen Standard nicht genügte, ohne die Eltern zu sehr vor den Kopf zu stoßen), wie es auch die Chapin mit Ivanka und Buckley mit Don Jr. getan hatten. Niemand hat je bestritten, wie stark sich die Trump-Gene auswirken und wie weitreichend ihre Konsequenzen für die Leben aller Familienmitglieder waren.

Eric Trump war fünf Jahre alt, als Marla und Ivana einander wegen eines verdorbenen Lunches im Skiurlaub auf dem Aspen Mountain ankeiften. Er war sechs, als seine Klassenkameraden ihn wegen der darauffolgenden Sex-Schlagzeilen hänselten und seine Mutter ihn für ein paar Monate von der Trinity nahm, um ihm ein wenig Abstand und Sonnenschein in Palm Beach zukommen zu lassen. Er war neun, als sein Vater zum ersten Mal eine neue Frau heiratete. Auch seine Mutter hatte zu diesem Zeitpunkt wieder einen festen Freund. »Ich hegte einen starken Groll, vor allem gegen diese Leute«, sagte Eric über seine Gefühle, als seine Eltern nach der Scheidung andere Partner hatten.

Dass Eric Marla ablehnte, war verständlich. Seiner Meinung nach hatte sie sein Familienleben auf den Kopf gestellt, noch bevor er die Grundschule angefangen hatte. Wäre sie nicht gewesen, wäre sein Vater im Trump Tower nicht umgezogen, und Eric hätte einige Jahre später nicht sein Penthouse ganz oben im Gebäude verlassen müssen, um mit Ivana in ein Stadthaus ein paar Blöcke weiter nördlich zu ziehen, damit Marla und Tiffany einziehen konnten – wenn auch nur für kurze Zeit. Natürlich war es nicht wirklich Marlas Schuld, dass Donalds Ehe in die Brüche gegangen war. Damit so etwas geschehen kann, muss eine Ehe marode sein, und in der Beziehung der ersten Mr. und Mrs. Trump gab es bereits Risse, die nur darauf warteten, dass eine Marla dort eine Kerbe schlug, als Eric noch im Kleinkindalter gewesen war.

Allerdings war es ja nicht so, dass seine Eltern vor der Scheidung sonderlich präsent in seinem Leben gewesen wären. Als Workaholics und gesellschaftliche Emporkömmlinge überließen sie es hauptsächlich ihren fleißigen Nannys, Personenschützern, Chauffeuren, Hotel- und Clubangestellten sowie diversen Verwaltern ihrer Anwesen, sich um Eric und die anderen Trump-Sprösslinge zu kümmern, ganz gleich, ob dies tatsächlich Teil ihres Jobs war oder notgedrungen aus Herzensgüte oder reiner Notwendigkeit von ihnen übernommen wurde. »Meinen Vater liebe und schätze ich, aber er hat immer vierundzwanzig Stunden am Tag gearbeitet«, sagte Eric der *New York Times*. Die Nannys der Familie, Bridget und Dorothy, kümmerten sich rührend um die Kinder, ebenso wie Ivanas Eltern, Dedo und Babi. Doch ein paar Monate nachdem Don Jr. aufs Internat gezogen war, im selben Jahr, in dem sich seine Eltern trennten, verstarb Dedo ganz plötzlich, und dann fanden Eric und Don Jr. eines Tages auch noch ihre geliebte Nanny Bridget leblos auf dem Boden ihres Domizils in Greenwich.

Nach diesen beiden Verlusten sprangen seine älteren Geschwister ein. Der sechs Jahre ältere Don Jr. und die zwei Jahre ältere Ivanka kümmerten sich nicht nur um Eric, wie es sorgsame ältere Geschwister nun einmal tun, sondern eher wie ein richtiggehendes Team Trump. Sie waren ihre eigene kleine Einheit, sie waren eine wichtige Konstante füreinander, als sich alles um sie herum veränderte und sich nichts und niemand in ihrem Umfeld mehr als verlässlich oder sicher entpuppte. Donny und Ivanka nahmen ihre Rolle als Teamchefs, die sich um ihren jüngsten Bruder kümmerten, ziemlich ernst. Eine Klassenkameradin, die mit Ivanka die Choate besuchte und am Wochenende ebenfalls ihr Internat in Connecticut verließ, um nach New York zu fahren, erinnerte sich daran, dass Eric außer Rand und Band war, wie es kleine Jungs nun einmal manchmal sind, und Ivanka eingriff, um ihn zu beruhigen. »Was ihre Geschwister anging, war irgendwer immer sauer über irgendwas oder jemand rannte durchs Haus«, erinnerte sie sich. »Ivanka regelte dann für gewöhnlich die Dinge. Keine Frage, sie beschützte ihn total, mehr noch, als ich es je bei einem anderen Geschwisterkind gesehen habe, das gar nicht mal *so* viel älter ist.« Wenn sie in der Schule war, rief sie Eric an, um sicherzugehen, dass bei ihm alles in Ordnung war. Sie bat Freunde darum, auf ihn achtzugeben, ihm Ratschläge für Schulbewerbungen, Praktika, Sport oder Mädchen zu geben. »Ich stehe Ivanka [aufgrund der Scheidung] definitiv näher«, sagte er dem *New York Magazine* und erklärte, sie habe ihn »unter ihre Fittiche genommen, zum Shopping, damit ich cooler wurde«. Was Don Jr. anging, nahm er seinen Bruder, als Eric ebenfalls zur Hill kam, vom Campus runter und tourte mit ihm die Umgebung ab, damit sie zusammen zum Fliegenfischen oder Jagen gehen konnten. »Donny ist auf eine Art über die Jahre mein Mentor gewesen. Er hat mit der Zeit viel von meinem Großvater gelernt, als ich noch zu jung dafür war.« Im selben Jahr sagte er zur *Times*, ja, Donny sei sein Mentor, und auch sein bester Freund – dieser habe ihn jedoch auch »erzogen«.

Dass Eric die erste Zusammensetzung der Trump-Familie am kürzesten mitbekam, und als er klein war, nicht sehr viel Zeit mit seinem Vater verbringen konnte, wenn dies über den Besuch im Büro nach der Schule hinausging, bedeutete nicht, dass er nicht auch etwas von den markanteren Charakterzügen seines Vaters annahm. Sie waren ja nicht sehr schwer zu bemerken. Vor der Scheidung, als Donald, Ivana und die Kinder oft übers Wochenende nach Greenwich fuhren, ging die Familie häufig zum Abendessen in das Steakhouse Manero's Restaurant – eine örtliche Institution mit holzvertäfelten Wänden, weißen Tischtüchern und roten Kunstlederstühlen, das seit jeher mit dem Slogan warb: »Manero's: Bringen Sie immer die Kinder mit.« Das Restaurant bot Platz für sechshundert Personen, und an der Wand hing ein Bild von seinem Besitzer, Nick Manero, mit einer großen weißen Kochmütze auf dem Kopf und einem Schild, das versprach, dass jede Frau, die ihr Baby im Restaurant auf die Welt brachte, dort ihr Leben lang Steak umsonst essen würde. Die Kellner servierten Steak-Dinners – Filet, Ofenkartoffeln, Zwiebelringe, Knoblauchbrot, Salat, Nachtisch und ein heißes Getränk am Ende der Mahlzeit – in den 70ern und 80ern für zehn Dollar. Sie versammelten sich auch um den Tisch, um »Happy Birthday« zu singen und eine Torte mit Kerzen zu servieren, wenn sie wussten, dass es der besondere Tag war. In seinen besten Zeiten konnten sie mit der Nachfrage kaum mithalten, und das, obwohl der Metzger gleich nebenan war. Auf der Spitze des Erfolgs wurden bei Manero's an einem beliebigen Samstagabend über 1100 Abendessen serviert.

Dies bedeutete, dass am Wochenende eine Schlange bestehend aus Greenwichs feinster Gesellschaft unvermeidbar war. Andy Rooney wartete. Ebenso wie Arnold Palmer. Der Moderator von *Der Preis ist heiß*, Johnny Olson, stand herum und wartete geduldig auf seinen Tisch wie jeder andere auch. Doch Eric Trump, ein kleiner Grundschüler, der gerade einmal einen Meter groß war, sah es nicht ein, geduldig in einer Schlange auf einen Tisch zu warten. Seine Familie kam jedes Wochenende hierher. Sie bestellten immer dasselbe – einen riesigen Caesar Salad, ein Steak für jeden und Ofenkartoffeln mit so viel Sour Cream, wie die Küche finden konnte. Ein Stammgast erinnerte sich, dass sich der kleine blonde Junge einmal seinen Weg zwischen den zehnmal älteren Menschen hindurch bahnte, die dreimal länger auf ihre Tische gewartet hatten. Er erreichte die Dame mit dem Reservierungsbuch und sagte ihr ohne Zögern oder sich darum zu scheren, wer ihn sonst noch hörte, sein Name sei Trump und er erwarte, auf der Stelle einen Platz zu bekommen. Die Erwachsenen, die den jüngsten Trump hörten, machten – zumindest zu der Zeit – große Augen. Der pure Schneid des Jungen schockierte und amüsierte sie, doch darunter mischten sich Abscheu und ihr eigener Hunger, was am Ende keine gute Kombination war – und wir sprechen hier immerhin von Greenwich. Was Privilegien anging, konnten diese Leute mitreden. »Du kannst, wie wir alle, in der Schlange warten, mein Lieber«, sagte eine häufige Besucherin von Manero's zu ihm. Er sah ihr in die Augen, starrte sie ausdruckslos an und wandte sich dann prompt ab.

DIESER HUNGER – DER Drang, sich endlich zu setzen und zu essen – war tatsächlich ein typisch Trump'scher Zug, der von Donald auf Eric überging – und im Grunde auf alle Geschwister. Als Teenager auf der Hill School klaute Eric seinen Mitschülern ständig Essen vom Teller, am liebsten von der frittierten Sorte. Als Kind und Jugendlicher war er pummeliger, sodass er immer wirkte wie ein fröhlicher Kerl. Während der Ferien um Thanksgiving herum prahlte er in seinem letzten Jahr am College gegenüber dem *New York Observer* über das opulente Familienmahl und die Veranlagung zum großen Appetit. Die Familie verbrachte den Feiertag in jenem Jahr in Mar-a-Lago, nicht in Greenwich, wie es vorher jahrelang der Fall gewesen war, als er noch klein gewesen war und die Truthähne »manchmal ... gar nicht in den Ofen passten, so groß waren sie.« Und sie ertränkten alles in Soße, jeder Soße, die ihnen in die Finger kam – sie waren »große Fans von Soßen«, erklärte Eric. Eine Sache, über die sie in jenem Jahr glücklich waren, obwohl es nicht ganz der Tradition entsprach, in Palm Beach zu sein, war, dass das Personal das Essen in Mar-a-Lago als Buffet aufgebaut hatte, wo sie alle in festlicher Kleidung an einem Tisch Platz nahmen. »Wir waren dankbar, dass es ein Buffet war, sonst hätten wir ständig Soße nachbestellen müssen, und das wäre irgendwie peinlich gewesen.« Er war auch dankbar dafür, dass er sich die Süßkartoffeln, die Truthahnfüllung, die Cranberry-Soße, die Erbsen und Möhren, die der Mar-a-Lago-Chefkoch in jenem Jahr für sie zubereitet hatte, fast mit niemandem teilen musste. Don Jr. und Vanessa machten Urlaub in Mexiko und feierten ihren Hochzeitstag, Ivanka war ebenfalls auf einem Ausflug, sodass von den Trump-Kindern nur Eric und sein kleiner Bruder Barron anwesend waren, und der war zu jenem Zeitpunkt erst acht Monate alt. Trotzdem gab Eric mit dessen gesundem Appetit an. »Er ist ein echter Trump«, berichtete er stolz. »Der Kleine hat jede Menge Kartoffelbrei verputzt. Die ganze Familie besteht aus Vielessern, und ich habe keinen Zweifel daran, dass Barron diese Tradition aufrechterhalten wird.« Über die Jahre kostete diese Tradition seine Eltern wohl eine beträchtliche Summe. »Meine Mutter machte immer Witze darüber, dass es teurer sei, mich satt zu kriegen, als mein Schulgeld zu bezahlen.«

Was seinen Bildungsweg anging, nahm Eric eine andere Abzweigung als die restlichen Trumps. Er entschied sich, nicht wie sein Vater, Don Jr. und schließlich auch Ivanka, auf die Wharton zu gehen. Stattdessen entschied er sich für Georgetown, wo Ivanka ihr Studium begonnen hatte, bevor sie zur Penn gewechselt war. (Dass Eric an der Georgetown angenommen wurde, ließ einige seiner Klassenkameraden an der Hill School zu der Zeit große Augen machen, die in etwa wussten, was für ein Schüler er eigentlich war und welche Noten er dafür bekam.) Doch er stellte sein Können nach dem Abschluss unter Beweis, als er nach New York zog. Genau wie seine Geschwister kaufte er seinem Vater eine Wohnung ab – mit dessen Hilfe, versteht sich. Er entschied sich für eine einhundertfünfundzwanzig Quadratmeter große Dreizimmerwohnung auf der obersten Etage eines vierzehnstöckigen Gebäudes, 100 Central Park South, das auch als Trump Park East bekannt war. Er legte dafür zwei Millionen Dollar auf den Tisch – ein Preis, den er mit seinem Vater ausgehandelt hatte. »Es ging ein bisschen hin und her«, erinnerte er sich. »Sonst wären wir keine Trumps. Mein Großvater ist mit ihm genauso umgegangen. Übrigens, wäre ich in sein Büro gekommen und hätte nicht gefeilscht, hätte er mich rausgeschmissen und mir die Wohnung nicht verkauft.« (Etwa ein Jahr später machte er mit der Wohnung nebenan ein weiteres Schnäppchen – eine Einzimmerwohnung für 540.000 Dollar, die Anfang des Jahres für 649.000 Dollar auf den Markt gekommen war. »Das ist vermutlich mehr, als ich zu diesem Zeitpunkt in meinem Leben brauche, als junger Single. Ich mag Ledersofas, ich mag gemütliche Sofas. Ich mag eine warme Atmosphäre, große Teppiche«, sagte er über seinen Einrichtungsgeschmack.)

Im Gegensatz zu Don Jr., der nach dem Abschluss an der Wharton ein Jahr in Aspen versoff, und Ivanka, die von sich behaupten wollte, sie habe unten angefangen und sich bei einer New Yorker Immobilienfirma ihre Sporen verdient, die nicht ihren Familiennamen trug, bevor sie schließlich für ihren Vater zu arbeiten anfing, übersprang Eric diesen ganzen ein Jahr andauernden Beweise-dich-und-finde-dich-selbst-Schritt. Immerhin war er der Jüngste der drei, und unter ohnehin privilegierten Kindern ist die Position des Jüngsten vermutlich die privilegierteste überhaupt. Alle Verrenkungen, die die Trump-Kinder über sich hatten ergehen lassen müssen, waren von Don Jr. und Ivanka bereits ausgeführt worden, als Eric so weit war. Musste sich das nächste Trump-Kind ebenfalls wieder verbiegen, obwohl klar war, dass das Ganze gar nicht so wichtig war?

Und so machte Eric seinen Abschluss in Finanzwesen und Management auf der Georgetown University, ausgerechnet mit Psychologie im Nebenfach, und stieg dann auf direktem Wege in der Trump Organization ein. Früher konnte Don Jr. seinen kleinen Bruder zerquetschen, doch nun war dieser zu einer wahren Präsenz herangewachsen. Als Eric anfing, mit Don Jr. zu arbeiten, war er in etwa zehn Zentimeter größer und gute zehn Kilo schwerer als sein älterer Bruder. Doch Don Jr. hatte beinahe ein Jahrzehnt Arbeitserfahrung voraus, als Eric sich in seinem gläsernen Büro neben ihm und Ivanka einrichtete, wodurch Don Jr. zumindest eine Zeit lang sozusagen sein Chef wurde. »Das ist er«, antwortete Eric einem Reporter des *New York Observer*, der danach fragte. »Übergangsweise«, fügte er hinzu, »solange das alles noch neu für mich ist. Ähm, ich bin sicher, dass wir mit der Zeit dieselben Arbeiten erledigen werden. Aber er ist extrem intelligent, genau wie Ivanka, und ich werde sicher viel von den beiden lernen.«

Eric lernte schnell, und wie die meisten Trumps vor seiner Zeit liebte auch er es, mit seiner Familie zusammenzuarbeiten. Ein langjähriger Freund und Geschäftspartner von Donald erinnerte sich an eine Stippvisite bei Donald im Trump Tower, kurz nachdem Eric in sein neues Büro gezogen war. Er befand sich im Büro seines Vaters, als der Freund ankam, und eine geschlagene Viertelstunde lang saßen sie beide hinter Donalds mit Papieren übersätem Schreibtisch, da sie gerade Pläne für einen neuen Tower irgendwo schmiedeten, und blätterten zusammen durch ein telefonbuchdickes Verzeichnis weltbekannter Architekten. Don Jr. kam herein, sodass der Freund hoffte, ihm würde mehr Architektengerede erspart bleiben, doch der älteste Sohn machte direkt mit und gab seinen Senf dazu. Sie wurden vom Klingeln des Telefons unterbrochen, und Donald schaltete auf Lautsprecher. Es war Ivanka, die gerade mit einem Bankier einen anderen Deal abschließen wollte und die Einwilligung ihres Vaters bezüglich der Konditionen brauchte. »Ich sah, wie Donalds Augen aufleuchteten, als sie ihn alle um Rat fragten, und ich dachte bei mir, er hat diese drei Kinder, zwei Brüder und eine Schwester, die alle zusammenarbeiten, für ihn«, erinnerte sich der Freund. »Ich dachte damals wirklich, dass Donalds Kinder nun an einem Punkt angelangt waren, an dem er genug Vertrauen in sie hatte, dass sie, mit ihren einzigartigen Verhaltensweisen und demselben Stammbaum, in der Lage waren, das Geschäft zu übernehmen.«

Andere Freunde von Donald behaupteten, Donald sei sich dieser »einzigartigen Verhaltensweisen« seiner Kinder überaus bewusst gewesen und dass er nicht unbedingt dasselbe Maß an Vertrauen in die Fähigkeiten der drei legte. Als Donald Berichten zufolge im Frühling 2014 schlappe 63 Millionen Dollar – in etwa 37,5 Millionen Pfund – für ein hundertelf Jahre altes Golfanwesen in Schottland hinblätterte, sahen Experten darin eine Art Schnäppchen. Leisurecorp, eine Firma mit Sitz in Dubai, hatte das Resort vor weniger als zehn Jahren, nämlich 2008, Berichten zufolge für 52 Millionen Pfund gekauft, zu dem einige Golfplätze, ein Fünfsternehotel mit Lodge und Cottage und eine Golfschule gehörten – ganz zu schweigen von den weiteren 40 Millionen Pfund, die sie auch noch in Renovierungen gesteckt hatten.

Der Golfclub würde ein Kronjuwel in Trumps Golfplatzsammlung sein. Der Trump Organization gehörten bereits ein Dutzend Plätze auf der ganzen Welt, doch Turnberry brachte Prestige mit sich. Es war ein historischer Ort. Es war atemberaubend schön. Und in der Golfwelt galt das Ganze als eine Art Bravourstück. Erbaut auf einem ehemaligen Luftstützpunkt der Air Force aus dem Ersten Weltkrieg, golfte man mit Blick über die Irische See, die Isle of Arran und eine Steinformation, aus der Curlingsteine gefertigt wurden, die Ailsa Craig. Viermal war dort die Open Championship ausgetragen worden, bevor die Trumps sich bereit erklärten, das Anwesen zu kaufen. »Was mich betrifft, halte ich das Ganze für eine günstige Geschäftsmöglichkeit«, sagte Donald damals in einem Interview für Golf.com. »Turnberry gilt als einer der besten Golfplätze der Welt. Es ist ein besonderer Ort. Ein wichtiger Ort.«

Für diesen besonderen Golfplatz, dessen Preis sowohl ein Schnäppchen als auch eine ganze Stange Geld für die Trumps darstellte, wandte sich Donald nun an seine Söhne, um das Grundstück zu bebauen, wobei sie sich hauptsächlich auf das etwas marode Hotel konzentrieren, einige kleine Änderungen am existierenden Golfplatz vornehmen und einen zweiten auf dem Grundstück eröffnen sollten. Beide Söhne, Eric und Don Jr., würden involviert sein. Es gab genug für beide zu tun. Doch Donald wusste, dass er einen Projektleiter brauchte, und er wusste, dass hierfür nur einer dieser zwei Söhne infrage kam.

Während der republikanischen Vorwahlen, zu Beginn des Jahres 2016, vertraute sich Donald auf einem anderen Golfplatz einem seiner Freunde bezüglich seiner Söhne an und bat um etwas elterlichen Rat. Er fragte seinen Freund, was er tun würde, wenn er einen Sohn hätte, der so viel talentierter war als der andere. Der Freund sagte ihm, er würde dem sehr talentierten Sohn so viele Herausforderungen geben, wie er konnte, und dem anderen Sohn so viele Herausforderungen, wie dieser packen konnte. Donald gab zu, dies sei theoretisch ein guter Ratschlag, jedoch weitaus schwerer praktisch umzusetzen, »weil die beiden dahinterkommen, dass es das ist, was du tust.«

Er erklärte, dass Don Jr. wütend geworden war, als er Eric zum Hauptverantwortlichen für Turnberry gemacht hatte. »Aber wie hätte ich Donny das Turnberry-Projekt überlassen können?«, fragte er seinen Freund. »Das ist so ein wichtiges und historisches Projekt, dass es einfach gut werden muss.«

Eric, mittlerweile leitender Vizepräsident für Bau und Erwerb der Trump Organization, meisterte die Herausforderung mit Bravour. Mehrere Jahre lang flog er beinahe jeden Monat nach Schottland, um die Renovierungen zu leiten. Er sah dabei zu, wie die Arbeiter das Hotel bis auf Stahl und Beton niederrissen und wieder in seinem alten Glanz auferstehen ließen. Er beauftragte die renommierten Golfplatz-Architekten Mackenzie & Ebert damit, den Golfplatz mit seinen achtzehn Löchern neu zu designen. Das bedeutete, den Abschlag für das erste Loch zu verlängern, den Bereich zu vergrößern, wo der Ball landete, und das vierte Loch für besseren Blick aufs Meer näher zur Küste zu verlegen. Das Resultat wurde von den wichtigsten Kritikern als »außergewöhnlich« und »der Geschichte des Golfplatzes würdig« bezeichnet. Dann wurde auch ein zweiter Platz eröffnet, der nach der schottischen Ikone Robert the Bruce benannt wurde.

Trotz der Renovierung, oder vielmehr aufgrund der Renovierung, war die Welt, für die Eric verantwortlich war, zwar vielleicht schön, doch gleichzeitig führte sie die Firma an den Rand der Pleite. 2016, während sein Vater mit dem Wahlkampf durchs Land zog, verlor die Trump Organization 23 Millionen Dollar, oder 17 Millionen Pfund – doppelt so viel wie im Jahr davor. In einem Statement der Firma las man, dies läge teils daran, dass der Golfplatz geschlossen bliebe, bis die Renovierung standesgemäß abgeschlossen sei. »Die Leitung glaubt, das Resort werde kurz- bis mittelfristig profitabel werden«, schrieb Eric in die Finanzakte. Zu dem Zeitpunkt war Donald bereits im Amt und hatte theoretisch die Verantwortung für all diese geschäftlichen Dinge abgegeben, selbst das Recht, mit seinem Sohn darüber zu reden – einer der vielen Vorteile dieses ungewöhnlichsten aller Arrangements, das je von einer First Family ausgeheckt worden war.

Für Eric und diejenigen, die um ihn herum aufwuchsen, bestand keine Frage, dass er wie gemacht für den Job war. Genau wie seine Geschwister spricht er häufig von den ausgetüftelten Legotürmen und -städten, die er als Kind gebaut hatte, und den zahlreichen Baustellen, die er mit seinem Vater besuchte, sobald er das Grundschulalter erreicht hatte. Es lag ihm im Blut, sagte er, das Trump-Gen, und die Neigung war umso stärker, da er ständig Bauvorgängen beiwohnte. »Ich glaube, jedes Kind wollte eine Zeit lang F14-Maschinen fliegen und Kampfpilot werden, doch sehr schnell danach, da war ich vielleicht zehn, elf oder zwölf Jahre alt, habe ich gesagt, ›Ich will bauen‹«, erzählte Eric dem *Las Vegas Review Journal.* »Mit elf habe ich mit unseren Jungs Stacheldraht verlegt. Ich habe Betonstahl verschweißt. Ich habe Bäume gefällt. Ich bin Bagger gefahren, habe Marmor und Steinplatten verlegt und Wände eingerissen. So haben wir die Grundlagen des Bauens erlernt. Und ich habe tatsächlich Narben an meinen Händen, die all das beweisen.« Während Don Jr. sich in die Natur verliebte, besaß Eric eine angeborene Zuneigung zu allem, was zum Abreißen oder Aufbauen benutzt werden kann. »Werkzeuge haben mich schon immer fasziniert«, erinnerte er sich. »Zu Weihnachten wünsche ich mir Einkaufsgutscheine für den Baumarkt.« Auf die Frage, was sein Lieblingswerkzeug im Werkzeugkasten sei, fand er nur schwer eine Antwort, tendierte jedoch zu etwas, das mit Holzarbeiten zu tun hatte. »Ich mag meine Meißel sehr«, legte er sich nach einiger Zeit und einigem Hin und Her fest.

So wie Don Jr. die Lücke, die sein Vater hinterlassen hatte, mit Jagdkumpanen füllte, suchte Eric sich Vorbilder auf dem Bau. Einer davon war Vincent Stellio, der 1990 als Security-Mann im Plaza gearbeitet hatte, als Donald noch dessen Besitzer gewesen war. Als Tiffany 1993 zur Welt kam, banden Donald und Marla Stellio noch enger in ihr Familienleben ein und machten aus ihm so etwas wie einen Personenschützer für das kleine Mädchen. Donald schätzte seine Loyalität und harte Arbeit. »Ich setze großes Vertrauen in dich«, sagte Donald zu Stellio, nannte ihn einen »schlauen Kerl«, der »sehr zuverlässig« war und wusste, »wie man Sachen regelte«. Am Ende weitete er Stellios Verantwortungsbereich auf die Aufsicht sämtlicher Bauarbeiten auf den Trump'schen Golfplätzen aus. Neben all seinen anderen Aufgaben in dieser deutlich erweiterten Rolle beaufsichtigte Stellio den eifrigen Eric, der sich die Finger nach neuen Projekten leckte, um nebenbei etwas Geld zu verdienen.

Als Ivana das Wochenendhaus in Greenwich auf den Markt warf, hatte Donald bereits ein Anwesen in Westchester gekauft, Seven Springs, wo Eric und Don Jr. in ein ehemaliges Hausmeisterhaus einzogen, als Eric zwölf oder dreizehn war. Stellio holte sie mit seinen anderen Jungs um sieben Uhr ab, um sich an die Arbeit zu machen. Er setzte sie auf Rasenmäher und Traktoren. Er drückte ihnen Kettensägen, Laubbläser und Hacken in die Hand. Wenn er jemanden brauchte, um ein Loch zu graben, gruben sie es. Wenn er einen Straßengully brauchte, setzten sie einen ein. »Wir saßen da und arbeiteten den ganzen Tag auf den Feldern. Wir fällten Bäume. Wir halfen den Maurern bei allen Veranden, beim Verlegen der Kacheln im Haus, bei jedem Abriss«, sagte er. »Wir halfen ihnen, als sie im ganzen Haus die Elektrik verlegten ... Du bist noch ein Kind und reißt für diese Jungs Wände mit einem Vorschlaghammer ein, du hilfst ihnen dabei, Marmor zu verlegen, und dann arbeitest du an solchen Sachen auch noch mit ihnen zusammen ... Das war eine der wichtigsten Lektionen meines Lebens.«

Um diese Zeit herum kam Eric auf die Hill School, wo es ihn augenblicklich zur Tischlerei auf dem Campus zog. Er verbrachte Stunden in diesem Raum, über Werkbänke gebeugt, zwischen großen quadratischen Fenstern in der weiß gestrichenen Ziegelwand, die Licht hereinließen. Er stand auf dem kühlen Betonboden, sägte und schnitzte Holzstücke zurecht, polierte sie, gravierte sie mit Holzbrennkolben und malte sie an, bis eine Bank entstanden war – ein Foto davon ziert eine Seite im Jahrbuch der Abschlussklasse. Ein von ihm gefertigtes Ruderboot und eine dreieckige Skulptur wurden auf dem Campus ausgestellt, nachdem Eric sie angefertigt hatte. Was ihm im akademischen Bereich fehlte, machte er in jener Tischlerei wett, und die Schule erkannte, dass hier seine Stärke lag. Während seiner Jahre an der Hill wurde er mehrfach dafür ausgezeichnet. Eric reichte häufig seine Hausaufgaben vor dem Abgabetermin ein, was, wie einer seiner früheren Lehrer bemerkte, für einen jungen Schüler äußerst ungewöhnlich war, zumal man seinen männlichen Altersgenossen häufig hinterherrennen musste, damit sie die Aufgaben überhaupt bearbeiteten, von Pünktlichkeit ganz zu schweigen. Der Lehrer berichtete Donald von dieser unerwarteten, wunderbaren Angewohnheit, und dieser fragte seinen Sohn, warum er denn seine Arbeit früher als nötig erledige. Eric antwortete, er mache dies, um Zeit zu haben, etwas über Dinge zu lesen, die ihn wirklich interessierten. Freunde aus jener Zeit berichteten, dass zweifelsohne alles, worüber er mehr erfahren wollte, mit Handwerkskunst zu tun hatte.

Was nicht heißen soll, dass Eric sich in der Schule nicht auch wie ein normaler Teenager verhielt. Er hatte ganz normale Freunde, was ungewöhnlich für ein Internat ist. Doch die Hill war nicht die Choate, auf die Ivanka gegangen war. Sie war auch nicht die St. Paul's, Phillips Exeter, Deerfield, Groton, Hotchkiss oder Taft, auf denen junge Erben und künftige Titanen Däumchen drehten, bis sie ganz selbstverständlich ihren Weg in die Ivy League fanden, um dann in den Schoß ihrer superreichen Familien zurückzukehren, einen Analysten-Job an der Wall Street anzunehmen oder was auch immer ihre Eltern für sie vorgesehen hatten. Trump war einer der berühmtesten Nachnamen, als Eric auf die Schule ging, obwohl Don Jr. bereits Jahre zuvor bei seiner Ankunft auf dem Campus der Annahme einen Riegel vorgeschoben hatte, bei ihnen handle es sich um typische Rich Kids. Manchmal bekam die Schule eben einen Eric Trump, weitaus häufiger kamen die Schüler jedoch aus der Region oder waren Kinder von ehemaligen Schülern. Die meisten stammten nicht aus reichen Familien, noch nicht einmal aus New York City, obwohl dies natürlich vorkam. Manche hatten Stipendien, manche kamen, weil die Schule nahe an ihrem Zuhause lag und besser war als die öffentlichen Schulen ringsum. Die Familienmitglieder waren in Pottstown geboren und aufgewachsen, im Schatten der Stahl- und Eisenindustrie mit ihren Gießereien und Walzwerken und Fabriken, dazwischen gab es Molkereien, und es wurden Weihnachtsbäume herangezogen.

An seinem ersten Tag zu Beginn des Schuljahres 1997 brachten Donald und Ivana Eric zum Campus, wie sie es Jahre zuvor mit Don Jr. gemacht hatten. Diesmal vergaßen sie nicht seine Bettwäsche und machten keinen Zwischenstopp im örtlichen Kmart, wo Paparazzi sie dabei ablichten konnten, wie sie einen vollen Einkaufswagen nach draußen rollten. Eric packte all seine Sachen in zwei Koffer, die er kaum schließen konnte, alles andere stopfte er in einen Seesack, den er in sein Zimmer trug. Das nächste Mal kam Donald erst bei seiner Abschlussfeier 2002 zurück – und Ivana schaffte selbst das nicht. Als die Zeremonie stattfand, bei der die Schule Eric mit einem Preis für seinen Charakter, seine schulischen Fortschritte und seinen Ehrgeiz auszeichnete, befand sich Ivana mit ihrer Jacht, der *Ivana*, auf einem Kurztrip zu den 55. Filmfestspielen in Cannes. Sie schmiss sich selbst eine verspätete Geburtstagsparty im VIP-Bereich eines Nachtclubs und blies in Anwesenheit ihrer Gäste, darunter Naomi Campbell, Sean Penn und Harvey Weinstein, drei Kerzen aus. Zu jener Zeit kümmerte sie sich primär darum, dass ihre Belegschaft den Journalisten nicht ihr richtiges Alter verriet. Um einen Rückflug, der sie rechtzeitig nach Hause brachte, wenn ihr jüngster Sohn sein Highschooldiplom überreicht bekäme, kümmerte sie sich nicht rechtzeitig.

Dass die extravagantesten Mitglieder seiner Familie sich hauptsächlich von Pottstown fernhielten, machte es Eric vermutlich leichter, einfach Eric zu sein, nicht Eric Trump – ja, *der* Trump. (Freunde von seiner Uni erinnerten sich, dass er es häufig verneinte, wenn er gefragt wurde, ob er ein Verwandter sei, wenn jemand seinen Namen auf der Kreditkarte sah oder in der Schule hörte, wenn der Lehrer die Anwesenheitsliste durchging.) Außerhalb der Tischlerei machte er gemeinnützige Arbeit. Er arbeitete als Archivar der Hill-Schülerzeitung. Er fand auch zu seinem Schwung beim Golf – was ihm später zugutekam, als er versuchte, Gemeinsamkeiten mit seinem Vater zu finden, dessen Schläger er schließlich übernahm, nachdem dieser Präsident der Vereinigten Staaten geworden war. Er testete auch seine Fähigkeiten als Schlittschuhläufer, die er auf der Eisbahn im Central Park trainiert hatte, die ebenfalls seinem Vater gehörte, wenn auch mit nicht ganz so durchschlagendem Erfolg. Er schaffte es immerhin ins zweite Hockeyteam der Schule. Allerdings bekam er dort seinen Spitznamen verpasst, der sofort hängen blieb. Während eines Spiels brüllte Eric einem gegnerischen Spieler zu, er sei ein »Choad«, ein abwertender Slangbegriff für einen sehr kleinen, aber besonders dicken männlichen Körperteil. Seine Teamkollegen waren ziemlich erstaunt und drehten den Spieß um, indem sie ihn von nun an nicht mehr Eric Trump nannten, sondern während seiner restlichen Zeit auf der Hill School Choad. Tatsächlich zierte sogar die oberste Ecke eines Fotos auf Erics Seite im Jahrbuch, die überzogen war mit Fotos von ihm, seiner Familie und Klassenkameraden in förmlichen Outfits auf dem Weg zum Abschlussball, und von ihm in der Tischlerei, wo er die aufwendige Bank fertigstellte, das gedruckte Wort »Choad«.

Er wurde auch zum größten Schnorrer auf dem Campus

gewählt, denn er bat ständig Leute, ihm für Kleinigkeiten Geld zu leihen, und stibitzte Essen von ihren Tellern, wenn jemand etwas ins Wohnheim bestellt hatte. Ein früherer Klassenkamerad, der Eric und einige andere Hill-Schüler 2017 für einen Artikel in der *City & State New York* interviewte, erinnerte sich, dass die Schüler im Wohnheim ihn damit ärgerten, dass sie Fotos seiner Schwester und seiner Mutter retuschierten, sie dann an die Wände hängten oder auf seinem Computer als Desktop installierten. Ganz im Stile normaler Teenager im Internat klärte sich alles mit ein paar Raufereien. »Mitschüler erinnern sich an einen schlaksigen blonden Jungen, der meist eine alte Baseball-Mütze, ein T-Shirt und eine schwarze Fleecejacke trug, dazu abgewetzte Khakihosen«, schrieb sein früherer Mitschüler Frank Runyeon. Eric war relativ still, manchmal unbeholfen und die meiste Zeit ungewöhnlich gutherzig. Er machte immer Mätzchen und verbreitete gute Laune – Charakterzüge, die er zum Großteil beibehielt. Noch heute sagt er zu Freunden und ihm nahestehenden Arbeitskollegen, dass er plant, ihnen »mal ordentlich die Haare durchzurubbeln«, wenn er sie das nächste Mal sieht. Er war nicht darauf aus, Freundschaften mit den beliebtesten, attraktivsten oder reichsten Leuten auf dem Campus zu schließen, erklärte Runyeon. Als er einmal im bescheidenen Zuhause eines Schulkameraden zu Besuch war, sagte er zu dessen Mutter, er sei ja schon in vielen Häusern gewesen, doch bei ihnen sei es »so richtig gemütlich«. Aber so sanftmütig und schmeichelhaft er auch sein konnte, manchmal brach seine nicht so vollständige Allgemeinbildung durch. Runyeon schrieb, Eric habe einmal einen Schulkameraden gefragt, ob Fidel Castro der König von Spanien sei.

Auch wenn seine Mitschüler Eric manchmal aufgezogen, war er ganz offensichtlich sehr dankbar dafür, dass sie ihn so normal behandelten. In seinem Jahrbuch dankte er seinen Freunden für all die guten Erinnerungen und schönen Zeiten, die sie über die Jahre miteinander geteilt hatten. »Genauso wie euch werde ich das alles nie vergessen.« Er pries seine Lehrer für die Weisheit und das Fundament, das sie ihm vermittelt hatten. Er dankte auch seiner Familie, bzw. deren Initialen – DT (Donald), IT (Ivana), DTR (Don Jr.), IMT (Ivanka), MZ (Ivanas Mutter) und DC (Dorothy, seine Nanny). Er dankte ihnen dafür, ihn »fünf tolle Jahre lang unterstützt zu haben«, und fügte hinzu: »Ohne euch hätte ich es nicht geschafft.« In echtem Jahrbuch-Stil beendete er das Ganze mit einem Led-Zeppelin-Zitat aus »Stairway to Heaven«: »There's two paths you can go by / but in the long run there's still time to change the road your on.« (Der Highschoolabsolvent auf dem Weg nach Georgetown benutzte im Zitat tatsächlich die grammatikalisch falsche Form »your«.)

Der Weg, den Eric an der Georgetown einschlug, war der, den sein Vater sich für ihn gewünscht hätte. Er ging auch feiern – aber nicht so hart, wie Don Jr. es an der Penn getan hatte – und lebte im ersten Jahr im Wohnheim, sein dortiger Mitbewohner spielte im Football-Team, und er blieb auch noch im zweiten Jahr dort. Eric wurde Mitglied einer BWL-Verbindung und nahm an Wettschießen mit dem Gewehr teil. Am Wochenende reiste er nach New York zu seiner Familie. Als er 2006 den Abschluss machte, reservierte Donalds Security drei Reihen, wo sich Donald genau in der Mitte auf einen Stuhl fallen ließ. Ivana schaffte es immerhin zu dieser Zeremonie, ebenso wie Melania, Don Jr., Vanessa und Ivanka. Barron, der zu der Zeit noch ein Baby war, blieb daheim in New York, und nachdem Eric sein Abschlusszeugnis in Empfang genommen hatte, flogen sie nach Atlantic City, wo Donald sich selbst zu seinem bevorstehenden sechzigsten Geburtstag eine Party schmiss.

Der Weg führte Eric zu ein paar Reisemonaten, bevor er in New York sesshaft wurde, um schlussendlich für seinen Vater zu arbeiten. Als er die Stelle in der Firma antrat, hatte er wenig Arbeitserfahrung vorzuweisen, was die Welt außerhalb der Trump Organization betraf, auch wenn er argumentierte, er arbeite seit zehn Jahren für seinen Vater und habe seit seiner Geburt von ihm gelernt. Natürlich hatte er viel über Baustellen erfahren, doch er erzählte den Leuten, sein Vater habe ihm in all den Jahren weit mehr über die Geschäfte beigebracht. »Glücklicherweise«, sagte er 2009 gegenüber *Construction Today*, »hat er uns alles gezeigt und darin wirklich einen guten Job gemacht«, wobei er noch hinzufügte, er und seine Geschwister hätten ihre ersten Arbeitserfahrungen auf Baustellen gesammelt. Ihr Vater habe ebenfalls »Geschäftsstrategien erklärt und uns die Feinheiten der Finanzierung beigebracht, wie man mit Banken zusammenarbeitet, und viele weitere wertvolle Lektionen, die er wiederum von seinem Vater gelernt hatte und natürlich aus erster Hand im Laufe seiner Karriere«.

Gleich zu Beginn seiner Karriere fiel den Menschen Erics Liebe zum Detail auf und wie hart er schuftete, um alles richtig zu machen, selbst denjenigen, die es gewohnt waren, mit anderen Immobilien-Tycoons zusammenzuarbeiten. Ein früherer Angestellter erinnerte sich, dass Eric sich ständig nach seinen Leuten erkundigte. »Er wollte wissen, wie es mir ging, was so los war, was ich brauchte, ob ich im

Zeitplan lag, wie ich mich fühlte«, erinnerte er sich. »Das war beinahe wie ein Tick. Er fragte und fragte.« Ein Freund der Familie sagte, Eric hätte nicht nur unheimlich hohe Ansprüche, sondern auch ein gutes Auge, genau wie Ivana, nur dass sein Temperament sehr viel sanftmütiger war und er selbst mit anpackte. (Ivana galt unter ihren Angestellten in Atlantic City als eiserne Herrscherin, die zwar durchaus Respekt einflößte, aber ebenso Angst und Schrecken.) Dass er jahrelang mit seinen Eltern in Privatclubs ein- und ausgegangen war, ließ ihn die Dinge sehen, wie Mitglieder sie sahen, nicht bloß wie ein Besitzer dachte, dass sie aussehen müssten. Dies sei ein entscheidender Vorteil, wie der Freund erzählte. »Wenn er in einen seiner Clubs geht und sieht, dass etwas nicht richtig ist oder dass etwas verändert werden muss, ist er sich nicht zu fein, das selbst zu erledigen«, sagte der Freund. »Ich bin sicher, wenn Eric einen Restaurantbereich betreten würde, auf dem nicht genug Kellner bedienen, würde er nicht lange fackeln und mitarbeiten. Er sorgt dafür, dass etwas erledigt wird, wenn Not am Mann ist.«

Auffällig war ebenfalls, dass Eric so gut wie nie aufhörte, nach etwas zu suchen, das noch erledigt werden musste. »Eric rief mich manchmal um acht oder neun Uhr abends an und sagte: ›Wir müssen über Fenster reden‹«, erinnerte sich der Geschäftsführer einer Baufirma aus New York, der über drei Jahre an verschiedenen Projekten mit der Trump Organization zusammengearbeitet hatte. Eric beschrieb bauliche Veränderungen, die er vornehmen wollte, während sie die Baustellen besuchten, oder machte auf Feinschliffe aufmerksam, die noch nicht gut genug waren. Für Eric war es nie zu früh, und er blieb trotzdem lange im Büro. »Das waren mit die am härtesten arbeitenden Klienten, mit denen ich je zusammengearbeitet habe. Nicht gerade etwas, was man von einem Milliardärssohn vermuten würde.«

Zweifelsohne war auch dies etwas, das Eric von seinem Vater hatte, der es wiederum von seinem Vater übernommen hatte. Fred Trump sagte früher zu Donald, die Rente sei der Tod. Das Konzept Urlaub war ihm fremd, und wenn er am Wochenende Zeit mit seinen Enkeln verbrachte, fand er kaum Bezug zu ihnen und wusste nicht viel mit ihnen anzufangen. Arbeit verstand er. Arbeit mochte er. Also nahm er die Kinder seiner Kinder, darunter auch die von Donald, mit zu seinem Job. Sie fuhren auf der Rückbank mit ihm durch Queens und trieben bei Leuten, die im Verzug waren, die Miete ein, sie klopften also mit an die Tür und kämpften um die Schecks. Donald war weniger zupackend, und er konnte durchaus auf Ausflügen nach Palm Beach, Westchester oder Bedminster entspannen. Doch die Arbeit ging ihm nicht aus dem Kopf, eine Angewohnheit, die seine Kinder übernahmen. »Wir lieben die Arbeit«, sagte Eric zu Anderson Cooper, einem Journalisten von CNN, als eine Ratssitzung während der Präsidentschaftskandidatur übertragen wurde und er aus dem Publikum gefragt wurde, was ihn mit seinem Vater verbinde. »Das bringt uns wirklich zusammen. Wir lieben es, zu bauen. Wir beide lieben einfach Maschinen. Wir lieben das Bauen. Wir lieben Beton. Wir lieben Arbeit. Wir sitzen um sechs Uhr morgens am Telefon und sprechen über unsere liebsten Jobs.« Dann fügte er noch hinzu, dass sie beide Golf mochten.

Donald bittet Freunde und Kollegen bei kleinen und großen Angelegenheiten um Rat, sei es bei persönlichen oder geschäftlichen Problemen, und er saugt, wie seine Entourage bemerkte, genau das auf, was er als Letztes gehört hat – diesbezüglich ähnelt Eric ihm und hat auch immer ein offenes Ohr. Allerdings versteht Eric den subtilen Unterschied zwischen hören und zuhören. Wenn er jemanden nach seiner Meinung oder um Rat fragt, besonders im geschäftlichen Rahmen, nimmt er sich die Antwort zu Herzen und denkt darüber nach. Vielleicht liegt es daran, dass er im Allgemeinen sehr viel ruhiger ist als sein Vater. Oder es hat etwas damit zu tun, dass er in so jungen Jahren und mit so wenig Erfahrung eine derart hohe Position in der Firma übernommen hatte, sodass er früh viel Verantwortung bekam und tatsächlich Ratschläge von älteren, weiseren und weltgewandteren Menschen mit mehr Know-how brauchte, um seinen Job gut zu machen. Ein Freund der Trump-Familie, der im Golfclub-Sektor arbeitet, erinnerte sich an eine Golfpartie am Freitagabend mit Eric in ihrem Doral Club. Eric hielt mitten beim Ausholen für seinen nächsten Schlag inne, als ihm etwas aus dem Club einfiel, bei dem er Rat brauchte. »Wir blieben einfach zehn Minuten lang stehen, weil er mich nach meiner Meinung fragte«, erzählte der Freund. »Wir standen da, und er fragte mich aus, um zu sehen, wie ich über die Angelegenheit dachte. Er hörte mir sehr genau zu.«

Was Frauen betraf, wirkte es so, als gelte für Eric: wie der Vater, so der Sohn. Beinahe ab dem Moment, da er seinen Uniabschluss in der Tasche hatte und für die Trump Organization arbeitete, sprachen die Journalisten darüber, dass er der letzte Trump-Junggeselle und somit wohl bereit sei, New York zu erobern, wie es schließlich Donald und Don Jr. vor ihm getan hätten. Zu dem Zeitpunkt war Donny bereits mit Vanessa sesshaft geworden, und Donald war seit beinahe einem Jahr mit Melania verheiratet. Somit blieb nur noch Eric als Single-Trump übrig, der vom Alter her in Frage kam und gerade die Karriereleiter in der Familienfirma emporklomm. »Ich denke, ich komme damit klar«, sagte er gegenüber den *Daily News* zu seinem Status und dem Ruf seiner Familie, dem er gerecht werden musste. Trotz seines Namens hinkte er ein wenig hinterher, was den Coolness-Faktor betraf. Mit Anfang zwanzig kam er in den Light Club im Bellagio in Las Vegas nicht rein, um seinen Geburtstag zu feiern, da er die oberste Nachtclub-Regel brach: Er kam mit einer munteren fünfzehnköpfigen Gruppe an – die nur aus Männern bestand. Auch der auf seine Kreditkarte gekritzelte Name »Trump« half da beim Türsteher nach Mitternacht nicht weiter.

Einige Jahre später fiel ihm in einem Club in New York eine Blondine auf, die die Menge um einen Kopf überragte – sie war beinahe eins achtzig groß und trug hohe Absätze. Die anderen Frauen in ihrem Grüppchen reichten ihr gerade einmal bis an die Brust. Lara Yunaska war die Art Frau, die Donald in Erics Alter gedated hatte (und offen gesagt sogar, bis er Melania kennenlernte). Sie wuchs in Wrightsville Beach in North Carolina auf, einem Städtchen an der Carolina Coast, wo sie die Highschool besuchte, auf der Michael Jordan seinen Abschluss gemacht hatte. Sie lebte bei ihrer Mutter Linda Ann Sykes, ihrem Vater Robert, der große Segelboote baute, und ihrem kleinen Bruder Kyle. Sie studierte Kommunikationswissenschaften – insbesondere interessierte sie sich für Fernsehjournalismus – und blieb auf der North Carolina State ganz in der Nähe ihrer Eltern. Sie machte Praktika bei lokalen Fernsehsendern und arbeitete nebenher als Personal Trainerin, um etwas Geld zu verdienen. Wie ihre zukünftigen Stiefmütter und Don Juniors Frau Vanessa modelte Lara ebenfalls ein wenig. Auf ihrer früheren Homepage bei One Model Place wird sie als Model für Fashion, Editorial, Runway, Sport, Bademode, Haare und Make-up gelistet. Ihre Augen seien grün. Ihre Schuhgröße dreiundvierzigeinhalb. Zusätzliche Fähigkeiten waren Schauspielern für Film und Fernsehen, Musik, Extremsport und Gesang. »Ich bin ein sehr vielseitiges Model«, schrieb sie auf ihrem Profil. »Da ich so viel Sport treibe, habe ich einen athletischen Look.« Das zeigt sich auch auf den fünf Fotos in ihrem Profil – eines in zerrissenen Hüftjeans und einem weißen Unterhemd, das eingelaufen genug war, um ihr silbernes Bauchnabelpiercing zu zeigen, vier weitere in zwei verschiedenen Bikinis – rot und schwarz – und verschiedenfarbigen Muschelketten. »Ich bin verantwortungsbewusst und seriös«, schrieb sie. »Bei mir müssen Sie sich keine Sorgen machen, dass ich zu einem Job nicht auftauche. Meine Zeit ist mir wichtig, Ihre ebenso.« Sie merkte an, sie habe den Hammerjax Bikini Contest 2004 und den Aaron Chang Bikini Contest 2005 gewonnen, sei 2005 in der Juli-Ausgabe des Männermagazins *Stuff* abgelichtet worden und habe bei *Maxims* Hometown Hotties mitgemacht. Dann fügte sie noch hinzu, sie sei von 2000 bis 2004 ein Hooters-Girl gewesen.

Was das Modeln, die Nebenjobs und ihre Studienkredite anging, wollte sie über alles die Kontrolle haben – nicht irgendein Agent, der ihr die Jobs an Land zog. »Ich beantworte alle E-Mails und kümmere mich selbst ums Booking sowie die Angebote«, schrieb sie. Schon damals steckte eine Trump in ihr.

Lara zog 2007 nach New York City, obwohl ihre Eltern ihr nahelegten, nicht so weit weg von zu Hause zu wohnen. Sie arbeitete weiter als Personal Trainerin und belegte zusätzlich Konditoreikurse am Culinary Institute. Irgendwann gelang es ihr, ihren Lebenslauf einigen Leuten bei *Inside Edition* zuzuspielen, einer von CBS lizensierten Nachrichtenshow, wo sie als Aufnahmeleiterin und Story Supervisor angestellt wurde. All die Jobs, zwischen denen sie hin und her sprang, ergaben nicht das Bild von jemandem mit einer eindeutigen Identität oder einem klaren Weg nach vorn. Sie war ein Personal-Trainerin-Konditoren-Hooters-Girl-Fernsehproduzentin-Maxim-Model, das alle Anfragen selbst beantwortete. Für gewöhnlich sagte man über derlei Menschen, sie schlügen sich so durch. Als ihr Blick also eines Abends in New York auf einen groß gewachsenen blonden Mann mit zurückgegelten Haaren fiel, einen City Boy, der in seinem ganzen Leben nur in einem einzigen Job gearbeitet und für den es immer nur einen Weg gegeben hatte, traf sie auf ihr genaues Gegenteil. Dass dieser Weg mit Gold gepflastert war – nun, das war der Traum eines jeden Menschen, der sich so durchschlagen musste. Laras Lebenslauf und die schicksalhafte Begegnung erinnerten stark an Marla Maples – auch wenn Eric über diesen Vergleich sicher das Gesicht verziehen würde.

In Laras Version kamen die beiden ins Gespräch, da Eric einer der wenigen oder vielleicht sogar der einzige Mann im Raum war, der größer war als sie selbst. »Ich wünschte, unser Kennenlernen wäre ein lustigeres, lieblicheres Szenario gewesen, aber wir waren einfach zufällig am selben Abend am selben Ort in New York aus«, erinnerte sie sich. Sie behauptet, seinen Nachnamen erst erfahren zu haben, nachdem sie an jenem Abend mit ihren Freunden den Club verlassen hatte. Sie erzählten ihr, wer er war. Da Eric so häufig reiste, dauerte es drei Monate, bis sie ein Date vereinbaren konnten, ein Date, auf das sie offen gesprochen keine allzu großen Hoffnungen setzte. »Irgendwie rechnete ich mit einem miesen Date«, sagte sie, »was man eben von einem Date mit einem Reichensöhnchen vermuten würde.« Sie wollte »nur mit ihm ausgehen, um davon erzählen zu können.« Doch als sie sich zum Dinner trafen, redeten sie zwei Stunden, bevor sie überhaupt die Speisekarte öffneten und etwas bestellten. »Am Ende war es das beste Date meines Lebens.«

Dann ging alles recht schnell. Etwa drei Monate nach ihrem ersten Date, im Spätsommer 2008, lud Eric Lara zu den US Open ein (den Ort, an dem Marla und Donald fünfzehn Jahre zuvor für Furore gesorgt hatten). Die Tatsache, dass sein Vater und Melania ebenfalls dort sein würden, hatte er nicht erwähnt, sodass Lara die berühmte Familie ihres neuen Freundes völlig überraschend kennenlernen sollte. Sie brutzelte nicht nur unter der Augustsonne, sondern auch unter dem unerwarteten Druck der Situation. Für Donald jedoch war das Ganze keine große Sache. Er begrüßte sie knapp und bot ihr ein Eis an, das sie dankend entgegennahm. »Es war ganz normal«, und sie atmete erleichtert aus. Sie wurde nicht auf dem Präsentierteller serviert und auch nicht auf die Probe gestellt. »Wie es bei normalen Leuten läuft. Sie löcherten mich nicht mit tausend Fragen. Einfach eine nette Begrüßung und ein Eis.«

In Wahrheit lernte Donald Lara nie wirklich kennen. Freunden gegenüber äußerte er sich herablassend über sie. Er glaubte, ihre Gefühle seien nicht ehrlich – eine Lektion, die er in seinem eigenen Leben und durch eigene Beziehungen gelernt hatte, und etwas, das in ihm mit der Zeit eine regelrechte Paranoia verursacht hatte. »Er sagte so fiese Sachen über sie«, erinnerte sich ein enger Freund von Donald. »Hauptsächlich hatte er das Gefühl, sie erwähne den Namen Trump häufiger als er selbst, und es war immerhin *sein* Name.« Der Rest der Familie wurde schneller mit ihr warm. Sie führte weiterhin ihr Tortengeschäft – Lara Lea Confections – und kreierte für Don Juniors und Vanessas Kinder elaborierte Konstruktionen zum Geburtstag: eine mehrstöckige blaue Torte mit einer essbaren Elmo-Figur neben einer Eins und »DTJIII« in roten Buchstaben als krönenden Abschluss und eine Dora-Version für Kai. Auch Vanessa wurde die Lara-Spezialbehandlung zuteil, sie bekam eine Torte in Form einer Tiffany-Schachtel. (Auf ihrer Website kann man auch noch andere beeindruckende Torten bewundern: geformt wie Pumps von Christian Louboutin oder Taschen von Chanel, eine Torte in Form eines Blackberry-Handys für einen Fünfzigsten, ein Werkzeugkoffer für einen Vierzigsten. Eine der Torten ist wie ein weiblicher Oberkörper in einem L.A. Lakers-Trikot modelliert, ihr Titel: »Trikot-und-Titten-Torte«.) Jahre nach der Hochzeit taute Donald Lara gegenüber schließlich auf, als sie ein weiteres Gesicht seines Wahlkampfteams wurde und vermehrt Interviews für Fox News gab. Freunde sagen, Donald habe nicht viel von ihr gehalten, bis er sie im Kabelfernsehen gesehen habe. »Er sagte, ›Habt ihr sie gesehen? Sie ist *großartig*‹«, erinnerte sich ein Freund. Plötzlich wurde er auf seine Schwiegertochter aufmerksam.

Ganz gleich, wie sehr sein Vater zu Beginn der Beziehung zur Vorsicht mahnte, Eric fiel dies nicht auf oder er ignorierte es einfach. Am 4. Juli 2013 fuhren er, Lara und ihr Hund Charlie – ein Beagle, den sie aus dem Tierheim adoptiert hatten – für den Feiertag nach Seven Springs in Westchester. Er lud sie zu einem Spaziergang über das Anwesen ein. Zunächst sah sie nur eine Picknickdecke, auf der eine Flasche Champagner wartete. »Oh mein Gott«, dachte sie. »Was ist das denn?« Als sie sich näherte, sah sie eine kleine weiße Schatulle. Darin lag ein Ring mit einem Diamanten im Smaragdschliff – natürlich aus Ivankas Schmuckkollektion. »Es war ein gefühlvoller Antrag«, erzählte sie. Sie sagte Ja.

Das Paar beschloss, dem Beispiel von Erics Vater und seiner dritten Frau sowie seinem Bruder und dessen erster Frau zu folgen. Sie würden sich im Herbst 2014 in Palm Beach, auf Mar-a-Lago, das Jawort geben. Auf einer Hochzeits-Homepage hielten sie die 450 geladenen Gäste auf dem neusten Stand, was den feierlichen Anlass betraf. Die Hochzeit würde im November gefeiert werden, auf dem Anwesen seines Vaters, und eine Weinprobe von Trump Winery's Finest beinhalten (die Virginia-Weinstöcke waren Erics Baby, eine seiner größten Verantwortlichkeiten und sein Lieblingsprojekt innerhalb der Trump Organization) sowie ein förmliches Dinner mit anschließendem Tanz im Privatclub mit seinen einhundertachtzehn Zimmern. Die Beschreibung des Bräutigams auf der Homepage lautete augenzwinkernd, er stamme »aus einer relativ unbekannten New Yorker Familie« und habe schon früh »deren Leidenschaft für Bausätze, Monopoly und Jenga geteilt, was schließlich zu einer sehr steilen Karriere im Baugewerbe und dem Immobiliengeschäft geführt hat«. Wer die Braut noch nicht kannte, las dort, Lara sei ein gebürtiges »Südstaatenmädchen«, aus dem ein »Breaking-News-Guru« geworden war, sowie »Konditorin extraordinaire«. Trotz Erics »steiler Karriere« fehlte noch etwas zum Glück. »Von der Weltherrschaft gelangweilt, wurde Eric schnell klar, dass Erfolg nicht alles ist, wenn man niemanden an seiner Seite hat, den man liebt.«

Sie stellten sowohl eine Hochzeitsplanerin als auch einen Event-Designer ein – es war derselbe Designer von Ivanka und Jareds Hochzeit –, die mit dem Paar zusammenarbeiteten, um eine Balance herzustellen, die Eric als »Eleganz mit Spaßfaktor« beschrieb. Nicht geplant war, dass Lara wenige Wochen vor der Hochzeit einen Reitunfall haben würde, der sie im freien Fall vom Pferderücken zum Röntgengerät katapultierte. Sie brach sich beide Handgelenke, was bedeutete, dass sie vor, während und nach ihrer Hochzeit beide Unterarme fixieren musste. Lara ließ sich davon nicht entmutigen. Sie postete ein Foto, auf dem sie beide eingegipsten Handgelenke hochhielt und einen Schmollmund zog: »Hochzeits-Countdown: T minus 2 Wochen und 2 Gipsarme!« Am siebenundzwanzigsten Oktober, weniger als zwei Wochen vor der Vermählung, postete sie ein Foto, auf dem sie gerade mit einem Pferd über ein Hindernis sprang, ihre Stiefel steckten in braunen Steigbügeln, auf dem Kopf trug sie einen schwarzen Helm. »Wir alle gehen im Leben gewisse Risiken ein«, schrieb sie darunter. »Wenn man etwas wirklich liebt, ist es das Risiko wert. Ich würde keinen einzigen Tag zurücknehmen, an dem ich geritten bin – Dinge passieren nun mal. Ich werde wieder reiten, und dann wird es noch besser als vorher. Noch wichtiger: Am achten November darf ich noch immer die Liebe meines Lebens heiraten!«

Glücklicherweise konnte sie bereits am Tag ihrer Hochzeit den Gipsverband durch gepolsterte Schienen ersetzen, die sie während der Zeremonie abnehmen durfte. Zum Empfang musste sie sie wieder tragen, kaschierte sie jedoch mit fingerlosen, gerafften und mit Steinen besetzten Handschuhen, die eigens dafür angefertigt worden waren.

Die Sonne nahm ihren Weg über den Horizont, als Ivana, wieder einmal in einem rosafarbenen schulterlosen Kleid mit Meerjungfrauensilhouette, ihr jüngstes Kind zum Altar geleitete. Eric trug einen schwarzen Anzug, eine weiße Fliege und Manschettenknöpfe von Tiffany's, sein blondes Haar trug er zurückgegelt, was seine wachsenden Geheimratsecken betonte. Er schritt an jenem Samstagabend neben seinem Trauzeugen Don Jr. durch die herbstliche Wärme Floridas zum Altar, vor den Augen von Gästen wie Jill Zarin aus *The Real Housewives of New York*, Howard Lorber von der Maklerfirma Douglas Elliman oder dem Radiomoderator Elvis Duran. Ivanka reihte sich seitlich bei Laras Brautjungfern ein und trug deren einheitliche kobaltblaue Robe. Ivankas Tochter und Don Juniors Sohn folgten ihr als Blumenmädchen und Ringträger. Erics Neffe teilte sich diese Rolle mit Laras adoptiertem Hund Charlie. Lara schritt an der Seite ihres Vaters zum Altar, in den Händen trug sie einen Strauß aus zartrosa Rosen, während die stilisierten Blütenblätter am Rock ihres Vera-Wang-Kleides in der leichten Brise flatterten. Ein schlichter Tüllschleier umgab ihr blondes mit Strähnchen durchzogenes Haar sowie die Diamantohrringe aus Ivankas Schmuckkollektion, die sie für diesen Tag ausgewählt hatte.

Sie hatten Jared gebeten, die Trauung unter dem mehrere Meter hohen Traubaldachin vorzunehmen. Von dem weiten

Bogen, den Hunderte dicht gebundene elfenbeinfarbene Blumen zierten, hingen stufenweise Kristalle, die das Paar vor den Palmen im Hintergrund einrahmten. Sie hatten den Mann ihrer Schwester darum gebeten, die Zeremonie abzuhalten, da »Jared uns so gut kennt, dass das, was er gesagt hat, von Herzen kam und für uns besonders bedeutsam war«, wie Eric damals in einem Interview sagte. Jared sprach in das Mikrofon, das vor ihm aufgebaut war, um dem Paar bei ihrem Jawort behilflich zu sein, und sagte zur Braut: »Du gewinnst nicht nur eine neue Familie hinzu. Du bekommst auch noch zusätzlich sechs Millionen Twitter-Follower.« Eric und die neueste Mrs. Trump küssten sich und schritten dann gemeinsam den Gang zwischen ihren Gästen entlang, an elfenbeinfarbenen Vasen vorbei, die mit ebenfalls elfenbeinfarbenen kugelförmigen Gestecken gefüllt waren.

Der Ballsaal schimmerte in goldenem Licht, er war in noch mehr Gold, blassen Rosatönen und Elfenbein gehalten, die Tischmitte zierte jeweils ein weißer Orchideenbaum mit vergoldeten Ästen. Anders als Donald und Melania, die ein Spektakel daraus gemacht hatten, dass sie den Koch für ihren Empfang extra einfliegen ließen, sowie Don Jr. und Vanessa, die ihren Gästen ein formelles Dinner servieren ließen, hatten sich Eric und Lara für ein Buffet entschieden. »Unsere Gäste konnten nach Herzenslaune schlemmen«, sagte Lara damals in einem Interview, »ohne die ganze Zeit an einem Tisch sitzen zu müssen.« Auch ihre Südstaatenwurzeln wurden bedacht, es gab einen Grill und ein für die Landesregion typisches Shrimp-Gericht. Donald sprach einen Toast für das Paar, in dem er auch seine erste Frau Ivana erwähnte, der er dafür dankte, einen so wunderbaren Sohn aufgezogen zu haben. Don Juniors Trauzeugenansprache, die ziemlich saftig ausfiel, ließ die Gäste Tränen lachen.

Nach dem ersten Tanz als Mann und Frau, bei dem Eric Lara rücklings eine hinreißende kleine Beuge vollführen ließ, verließen sie die Tanzfläche so gut wie nicht mehr. Ihre Geschwister leisteten ihnen Gesellschaft, gemeinsam mit all ihren Kindern. »Alle Geschwister waren mittendrin und tanzten«, erinnerte sich ein Gast. Eine fünfzehnköpfige Band spielte auf. Schließlich schnitt das Paar die sechsstöckige Torte an – ein Kunstwerk mit unterschiedlicher Beschaffenheit in verschiedenen Weiß- und Rosatönen. Nicht so detailverliebt wie die Sylvia-Weinstock-Meisterwerke vergangener Trump-Hochzeiten, doch immerhin konnte man diese tatsächlich essen.

Die After-Party wurde an den Pool verlegt, wo ein DJ Lara begleitete, die kurzum eine Karaoke-Party draus machte: Die Braut sang jeden einzelnen Song mit, den er spielte.

KAPITEL 11

Tiffany – Der Voltron von einem anderen Stern

TIFFANY TRUMP SASS eines Dienstagabends Ende Juli 2016 allein auf einer Couch im Backstagebereich der Quicken Loans Arena in Cleveland, Ohio. Früher am Abend waren bei der Republican National Convention auf der anderen Seite der Bühne offiziell die Delegiertenstimmen abgegeben worden. Donald Trump wurde am einundzwanzigsten Juli um 19:12 Uhr zum republikanischen Präsidentschaftskandidaten nominiert, nachdem er sich in fünfundsechzig innerparteilichen Vorwahlen gegen dreizehn Konkurrentinnen und Konkurrenten durchgesetzt und mehr als 600 Millionen Dollar für seinen Wahlkampf hingeblättert hatte. Er hatte die Grenze von 1237 Delegiertenstimmen erreicht. Im Grunde war es Don Jr. gewesen, der Delegierte für den Staat New York, der seinen Vater mit seiner Stimme über die Ziellinie gebracht hatte. »Ich fühle mich geehrt, meinem Vater Donald Trump im Delegiertenvotum geholfen zu haben, die Grenze zu knacken!«, erklärte er vor den Abertausenden applaudierenden Menschen, die an jenem Abend in der Arena im Publikum saßen, und vor den Millionen zu Hause am Bildschirm. »Herzlichen Glückwunsch, Dad«, sagte er aus der ersten Reihe der New Yorker Sektion, wo er neben seinen Geschwistern Ivanka, Eric und Tiffany saß. »Wir lieben dich.« Eine Instrumentalversion von Frank Sinatras »New York, New York« erklang aus den Lautsprechern. Die übrigen Zuschauer mit ihren roten Mützen sprangen aus ihren Sitzen, klatschten in die Hände, umarmten ihre Sitznachbarn und machten Selfies vor der Kulisse einer Arena, die in tosenden Beifall ausbrach.

Später am Abend sollte Don Jr. auf der Bühne eine Rede halten, einem Abend, für den das republikanische Nationalkomitee den Slogan »Make America Work Again!« auserkoren hatte. Weitere Rednerinnen und Redner waren Mitch McConnell, Paul Ryan, Jeff Sessions, Chris Christie, Ben Carson, Chris Cox von der National Rifle Association, die Golferin Natalie Gulbis, Kimberlin Brown von *Reich und Schön* sowie der Präsident der Ultimate Fighting Championship, Dana White. An jenem Abend, an dem sich thematisch alles um einen Neustart und die Stärkung des amerikanischen Arbeitsmarktes drehen sollte, war nun auf der neunzehnköpfigen Rednerliste auch Tiffany vorgesehen, obwohl ihr Collegeabschluss gerade einmal zwei Monate zurücklag und sie außer bei einem von ihrer älteren Halbschwester organisierten Sommerpraktikum bei der *Vogue* nie im Leben Vollzeit gearbeitet hatte. Dass sie zu diesem Thema nicht viel sagen konnte, spielte keine Rolle – niemand konnte das so wirklich. Der Rest der Liste nutzte die Reden allenfalls dazu, verbal gegen Hillary Clinton auszuteilen, Donald zu hofieren und ihm in jenem historischen Moment zu seinem neuen offiziellen Status zu gratulieren.

Das Timing für Tiffanys Rede war dreifach ungünstig. Zunächst einmal war sie nach Christie eingeplant, einem begnadeten Redner mit jahrelanger Übung als US-Staatsanwalt, Gouverneur und Präsidentschaftskandidat. Tatsächlich waren seine Auftritte bei einigen Vorwahl-Debatten unter anderem ein Grund dafür gewesen, dass Donald ihn überhaupt an Bord seines Wahlkampfteams hatte haben wollen. Zweitens würde Tiffany als erstes Mitglied der Familie Trump wieder eine Bühne betreten, nachdem ihre Stiefmutter tags zuvor vor der Nationalversammlung geredet hatte. Melania hatte erfolgreich eine wunderbar eloquente und nachdenkliche Rede gehalten. Dumm nur, dass große Teile dieser wunderbar eloquenten und nachdenklichen Rede von einer Rede abgekupfert waren, die Michelle Obama 2008 beim Nominierungsevent ihres Ehemanns in Denver vorgetragen hatte. Die Medien stürzten sich auf die Story. Melania war bis auf die Knochen blamiert. Polit-Profis aus den Reihen beider Parteien fragten sich verblüfft, wie ein derart peinlicher und völlig vermeidbarer Fehler den vielen Augen entgangen sein konnte, die ebenjene Rede eigentlich bis aufs letzte Adverb und Komma hätten durchplanen sollen. Eingeweihte des Trump'schen Orbits und seines Wahlkampfs waren dagegen nicht ganz so überrascht über den monströsen Fauxpas, wenn man bedachte, wie sehr dieses schmucklose Chaos, das sich Wahlkampf nannte, eher wie ein kopfloses Hühnchen wirkte. Dennoch war eine Vielzahl Menschen wütend, dass das Geheimnis, *wie* kopflos das Hühnchen tatsächlich herumrannte, nun aufgrund dieses Patzers nach außen gedrungen war. Irgendwie hing somit die Messlatte für Tiffany nun ein klein wenig niedriger. Alles, was sie tun musste, um sich besser anzustellen als ihre Stiefmutter, war, eine nicht geklaute Rede zu halten. Dass Melania eine derartige Bruchlandung hingelegt hatte, bedeutete allerdings auch, dass wenigstens Tiffany ein vernünftiger Start gelingen musste, sie konnte sich keinen Fehler erlauben, ihre Rede musste etwas bedeuten. Das Wahlkampfteam und ihr Vater konnten keinen Fehltritt mehr verkraften – vor allem nicht durch die eigene Familie, so viel stand fest. Da die Gefühle, die seine Frau in der Rede zum Ausdruck gebracht hatte, größtenteils im darauffolgenden Chaos untergegangen waren und ohnehin aufgrund des Plagiats abgetan wurden, wäre es nun an Donalds jüngster Tochter, ihn menschlich und nahbar darzustellen, als Familienvater, also mit allen Amerikanern die kleinen Details zu teilen, die nur eine Tochter kennen konnte und die der Öffentlichkeit etwas über den wahren Donald Trump verraten würden, über ihre Vater-Tochter-Beziehung, in der sich die Wählerschaft wiedererkennen würde, etwas Universelles. Jenna und Barbara Bush hatten dies getan, wie auch Chelsea Clinton.

Doch hier lag Tiffanys drittes Problem. Der Entwurf dieser Rede, die sie immer wieder las und einstudierte, schließlich in- und auswendig kannte und laut vor sich hin sprach, enthielt keine einzige erhellende Anekdote über ihren Vater, die nötig gewesen wäre, um seinem öffentlichen Image ein klein wenig Menschlichkeit einzuhauchen. Im Gegensatz zu Melania war Tiffany nicht an schlechte Redenschreiber geraten, und es ging ihr auch nicht darum, jene Momente mit ihrem Vater für sich zu behalten. Die Wahrheit war ganz einfach, dass sie in ihrem Leben nicht viele einzigartige intime Momente mit ihrem Dad erlebt hatte.

Als Tiffany geboren wurde, lebten ihre Mutter und ihr Vater nicht zusammen, sie heirateten erst zwei Monate später, als Donald dem geschäftlichen Druck und Marlas Ultimatum nachgab, das da lautete, sie würde Tiffany nehmen und gehen, wenn er sie nicht bis Weihnachten geheiratet hatte. Selbst nach der Hochzeit verbrachten Marla, Tiffany und Marlas Mutter Ann die meiste Zeit in Mar-a-Lago, bei ihrer Familie in Georgia oder in Kalifornien, wo Tiffanys Mutter versuchte, als Schauspielerin durchzustarten, während Donald in New York zurückblieb. Eine Zeitlang lebten sie auch in getrennten Wohnungen in Manhattan, bevor Ivana und die Trump-Kids 1.0 das Penthouse im Trump Tower räumten, sodass Donald seine zweite Frau und Tochter dort einquartieren konnte. Die Ehe hielt nicht lange. Marla und Donald trennten sich noch vor Tiffanys drittem Geburtstag, und noch bevor die Scheidung durch war, war Marla bereits mit ihr nach Calabasas, Kalifornien gezogen, in die Heimatstadt der Kardashians, eine komplette Landeslänge von Tiffanys Vater entfernt.

Die Osterferien verbrachte sie bei ihm in Palm Beach. Manchmal rangen sich ihre Eltern auf ihrer Geburtstagsparty ein gemeinsames Lächeln ab. In unregelmäßigen Abständen besuchte er sie für Schulevents in Kalifornien, oder er war geschäftlich in Los Angeles und Marla fuhr sie durchs Valley in die Stadt, um sicherzugehen, dass sie ein wenig Zeit mit ihrem Vater verbringen konnte. Gelegentlich reiste sie auch nach New York. Und genau wie ihren älteren Geschwistern, denen er kleine Nachrichten ins Internat geschickt hatte, schrieb er auch ihr – ein paar hastige Worte, mit Filzstift geschrieben. Er rief sie auch an, nicht nur auf ein Schwätzchen, sondern zu besonderen Anlässen, wenn ein Anruf angemessen schien. »Sie würde ihren Vater gerne besser kennenlernen und Zeit mit ihm verbringen wie seine anderen Kinder, ihm bei seiner Arbeit im Büro auf die Finger schauen«, sagte Marla der *New York Times* während des Wahlkampfs in einem Interview. »Ich hatte das Glück, sie beinahe allein aufziehen zu können.«

Donalds Freunde hörten regelmäßig von ihm, wie wenig er über seine jüngste Tochter wusste und wie beeindruckt er war, dass sie die fehlende Vaterfigur offenbar recht gut verkraftet hatte. »Er sagte dann, dass Tiffany ein ziemlich schweres Leben gehabt habe. Sachen wie ›Ich hatte überhaupt keine Zeit für sie. Nie habe ich Zeit mit ihr verbracht.‹«, erinnerte sich ein Freund. »Er sagte dann, ›Wirklich ein Wunder, dass sie so gut zurechtkommt und dass sie überhaupt *irgendetwas* erreicht hat.‹ Ihm ist klar, dass er in Bezug auf Tiffany Mist gebaut hat, und wir sprechen hier schließlich von einem Mann, der niemals zugibt, etwas falsch gemacht zu haben.«

Diese Distanziertheit war während des Wahlkampfs für jeden geschulten Beobachter offensichtlich, und es wurde – andauernd – darüber berichtet. Manche News-Reportagen sahen in ihr die Jan Brady, die mittlere Tochter der Brady-Familie aus *Drei Mädchen und drei Jungen*, der Trump Familie. Als Fox News im Frühjahr 2016 eine einstündige Sondersendung laufen ließ – *Meet the Trumps* –, für die Melania, Don Jr., Eric und Ivanka allesamt bei Greta Van Susteren für Interviews bereitsaßen, wurde Tiffany nicht nur nicht befragt, sie wurde noch nicht einmal großartig erwähnt. »Und dann gibt es da noch Tiffany Trump«, sagte Van Susteren aus dem Off, »die das Rampenlicht meidet.« Tatsächlich wurde die Sendung in einer Zeit ausgestrahlt, als Tiffany gerade an der University of Pennsylvania ihren Abschluss machte und vermutlich mit ihren letzten Klausuren und den Festivitäten der Senior Week auf dem Campus mehr als beschäftigt war. Doch derlei Kränkungen zogen sich durch den Sommer und den Herbst, nachdem sie mit ihrer Familie nach New York gezogen war. In einem Interview bei *Fox & Friends* sagte Donald zu den Moderatoren, dass er recht stolz auf alle seine Kinder sei. »Ich bin sehr stolz, denn Don und Eric und Ivanka und – sie wissen schon, in etwas geringerem Ausmaß, da sie gerade erst die Schule, die Uni fertig gemacht hat … äh … auf Tiffany, die auch ganz toll war.« In einer biografischen Dokumentation, die während des RNC in Cleveland ausgestrahlt wurde, fehlte sie völlig.

Die einzigen Anekdoten, die Tiffany insofern in ihre Rede einstreuen konnte, ließen die Tiefe vermissen, die sich viele Zuhörer von der Tochter eines Präsidentschaftskandidaten erhofften, was Bände über die Art von Beziehung sprach, die sie zueinander hatten. Ihr Vater schrieb ihr »liebevolle Zettel« zu jedem Zeugnis, das sie als Kind bekam – nicht nur über ihre Noten, wie man es wohl vom Moderator von *The Apprentice* erwarten würde, auch über ihr Verhalten inner- und außerhalb des Klassenzimmers – und sie hatte jede einzelne aufgehoben. Als der Verlobte ihrer Großmutter zwei Jahre zuvor verstorben war, hatte ihr Vater sie angerufen. Sie pries seine »unerschütterliche Unterstützung« an.

Tiffany saß also hinter der Bühne und versuchte, zu atmen. Marla, die zur Nominierungsveranstaltung ihres Ex-Mannes mitgekommen war, weil sie seit der Geburt ihrer Tochter so ziemlich überallhin mitgekommen war, wo diese sich aufhielt, rannte in dem Versuch durch die Gegend, jemanden zu rekrutieren, der ihre Tochter beruhigen könnte. »Ich bin ziemlich aufgeregt«, gestand Tiffany einem dieser

Rekruten, der ihr sagte, das Einzige, was sie tun müsse, um ihren Vater mit Stolz zu erfüllen, wäre, auf der Bühne nicht in Ohnmacht zu fallen. »Ich glaube, das kriege ich hin«, scherzte Tiffany.

Sie hielt mit der Panik nicht hinterm Berg, die an jenem Abend in ihr aufstieg, als sie in einem kobaltblauen Kleid mit Gürtel die Bühne betrat, das sie tags zuvor bei Bloomingdale's von der Stange gekauft hatte, und sich in nudefarbenen Lederpumps dem Podium näherte. Ihr durchgestylter barbieblonder Lockenkopf sah mehr nach Südstaaten-Beautyqueen aus als nach Washingtoner Oberschicht, wodurch vermutlich nicht nur die unterschwellige Wahlkampfbotschaft ihres Vaters, sondern auch die Schönheitsköniginnenvergangenheit ihrer Mutter in Georgia anklingen sollte. Hinter dem Mikrofon sammelte sie sich noch einmal – eine Millennial-Version der Kewpie-Puppe. Eine Bratz-Puppe, deren blaue Kulleraugen mit lila Lidschatten überzogen und mit fingerlangen falschen Wimpern beklebt waren, ein geschürzter Kussmund unter einer winzigen Skischanzennase und mit Rouge und Highlighter prominent betonte Wangenknochen.

»Bitte entschuldigen Sie, wenn ich etwas nervös wirke«, begann sie ihre Rede. »Als ich vor ein paar Monaten das College abgeschlossen habe, hätte ich nie damit gerechnet, an diesem Abend zur gesamten Nation zu sprechen. Ich habe bereits ein paarmal vor einem Raum voller Studenten gesprochen, aber nie in einer Arena vor mehr als zehn Millionen Zuschauern.«

Jeder normale Mensch wäre vor einer derartigen Kulisse nervös gewesen. Jeder durchschnittlichen Zweiundzwanzigjährigen hätten die Knie geschlottert, wenn sie nicht gerade ihre prägenden und definitiv verstörenden Jugendjahre als Popstar auf Tour oder bei Privatstunden in irgendeinem Trailer hinter einer Soundstage in Hollywood verbracht hätte. Tiffany war aus Gründen nervös, die jeden nervös gemacht hätten. Im Gegensatz zu ihren Geschwistern, die ihre Kindheit sozusagen in den Klatschblättern verbracht hatten, von Paparazzi auf der Straße verfolgt worden waren und später am Set von *The Apprentice* gemeinsam mit ihrem Vater gearbeitet hatten, war Tiffanys Leben relativ gewöhnlich gewesen. Und auf ihren Schultern lastete der übliche Druck, einen Vater beeindrucken zu wollen, der dafür berühmt war, unbeeindruckt zu bleiben, und der sie auch noch so gut wie gar nicht kannte.

Nur selten bekommt man das Argument zu hören, ein Kind habe Glück gehabt, dass seine Eltern sich haben scheiden lassen, als es noch sehr jung war; ganz besonders nicht, wenn dies bedeutet, dass das Kind so gut wie keine Erinnerung an ein Leben in einer Kernfamilie hat und ausschließlich weiß, wie es sich anfühlt, wenn ein Elternteil am anderen Ende des Landes wohnt und so gut wie keine Zeit mit ihm verbringt. Tiffany Trump dürfte hier die Ausnahme sein, die die Regel bestätigt. Wie Bakterien unter dem Mikroskop wuchsen Donalds und Marlas Gefühle zueinander aufgrund der permanenten Aufmerksamkeit der Boulevardpresse. Da war zunächst die Affäre, die über Wochen bis ins kleinste Detail ausgeleuchtet wurde, das Versteckspiel, der große Knall, die Trennung. All diese Aufmerksamkeit folgte ihrem ursprünglichen Outing als Paar, der schmutzigen Scheidung von Ivana, den geschäftlichen Problemen.

Jede Facette ihrer Flirts, das Hin und Her ihrer Verlobung, die außereheliche Schwangerschaft, gefolgt von Tiffanys Geburt und schließlich zwei Monate später die Hochzeit nur wenige Tage vor Weihnachten 1993 spielte sich auf den Seiten der Boulevardpresse und Frauenzeitschriften ab. Dasselbe passierte bei ihrer Trennung im Mai 1997, bei ihren anschließenden Querelen bezüglich des Ehevertrages und, einige Jahre später, bei ihrer endgültigen Scheidung.

Als sich Donald und Ivana auf so spektakulär öffentliche Weise trennten – sie selbst lieferten der Presse die Storys übereinander –, waren Don Jr. zwölf, Ivanka acht und Eric sechs Jahre alt. Die beiden Älteren wussten, was vor sich ging. Wie hätte es auch anders sein können – ihre Klassenkameraden hielten ihnen die Schlagzeilen unter die Nase, und die Paparazzi wichen nicht von ihrer Seite, sondern versuchten sogar, ihnen auf dem Schulweg Reaktionen zu entlocken. Selbst für Eric, der noch nicht einmal zur Grundschule ging, gab es kein Entkommen. Er konnte bereits lesen, und die Trennung führte zu einem Bruch zwischen seinem Vater und seinem älteren Bruder, was es Eric zusätzlich erschwerte, die Folgen der Scheidung zu ignorieren.

Ganz im Gegensatz zu ihren Geschwistern war die Scheidung ihrer Eltern für Tiffany kein prägender Moment, der sich in ihre Erinnerung einbrannte und der künftig viele ihrer Entscheidungen beeinflussen würde. Sie trug dadurch keine Wunden davon, die im Laufe ihres Lebens immer wieder aufbrechen würden. Mit ihren dreieinhalb Jahren würde sich Tiffany nicht an die Schlagzeilen und die Paparazzi erinnern. Sie ging noch nicht wirklich zur Schule. Sie konnte nicht lesen. Sie lebte nicht mit ihren älteren Geschwistern unter einem Dach, sodass deren Reaktionen auf

Donalds und Marlas Trennung sie nicht beeinflussten (da die älteren Trump-Kinder mit Marla ohnehin nie warm geworden waren, weinten sie sich über die Trennung vermutlich nicht gerade die Augen aus).

Auch an die Zeit vor der Trennung ihrer Eltern blieben ihr keine Erinnerungen, als sie noch eine unkonventionelle Kernfamilie gewesen waren. Von all den glücklichen Zufällen, die Tiffany Trump in ihrem bisherigen Leben zuteilgeworden sind, ist dies vermutlich der glücklichste.

Marla und Donald, Baby Tiffany und manchmal auch Donny, Ivanka und Eric, pendelten zwischen verschiedenen Wohnungen. Da war zunächst Trump Tower, dann Trump Park, die Zweitwohnung in Manhattan, in der Marla und Tiffany wohnten, und Mar-a-Lago. In keinem ihrer Domizile war irgendwer von ihnen besonders glücklich – nicht im Sinne einer konventionellen Familie. Das lag größtenteils daran, dass Donald und Marla als Köpfe dieser ziemlich modernen Familie nicht sonderlich glücklich miteinander waren. Marla, die ganz zufrieden mit ihrem esoterisch-hippen Dasein war, mit ihrer hauptsächlich veganen Ernährung und ihrer Abneigung gegenüber Schimpfwörtern, ganz besonders in Tiffanys Anwesenheit, stand in krassem Gegensatz zu so ziemlich jedem Charakterzug, der ihren frisch angetrauten Ehemann ausmachte. Um seinen fünfzigsten Geburtstag herum gab Donald ein Interview für den *Playboy*, und der Journalist bemerkte, er habe wohl durch die, wie er es nannte, »Anti-Marla-Diät« ein wenig abgenommen. Bei so ziemlich allem, was sie ihm vorsetzte, verzog er das Gesicht. »Was ist denn das für ein Scheiß? Will das jemand?« Und schon schob er den Teller an seine

Sitznachbarn weiter. Durch die neue Ernährungsweise verlor er zehn Kilo – eine Veränderung, gegen die er bei sich selbst nichts einzuwenden hatte, wohl aber bei Marla. Wie sich Freunde erinnerten, mochte er sie mit etwas mehr auf den Hüften. Sie dagegen fühlte sich durch die zusätzlichen Pfunde »mollig« und »konnte es gar nicht abwarten, sie endlich loszuwerden«. Sie fühlte sich nicht mehr wie sie selbst. Doch das war nun einmal die Variante, die Donald attraktiv fand, selbst wenn seine Frau sich dadurch unansehnlich und nicht wohl in ihrer Haut fühlte. Auch bei Marlas Spiritualität gerieten sie aneinander. Donald hatte nichts dagegen, in die Kirche zu gehen – immerhin war das der Ort, an dem sich das Paar auf dem Höhepunkt ihres heimlichen Anbandelns ab und an getroffen hatte. Doch Donald wollte seinem Gott in Kirchen huldigen, in dem auch ihm selbst ein wenig gehuldigt werden musste, aus Dankbarkeit über seine sonntägliche Anwesenheit. »Ich will nicht in deine hinterwäldlerische Dorfkirche gehen«, sagte er Marla. »Wenn ich schon in die Kirche gehe, will ich, dass man mich dort kennt.«

Als Donalds Boeing 727 an einem Frühlingstag den Flughafen LaGuardia mit einem *Playboy*-Reporter an Bord verließ, um hinunter nach Mar-a-Lago zu fliegen, nahm Donald in einem der mit butterbeigem Leder bezogenen Riesensessel Platz. Marla hatte Essen für alle mit an Bord gebracht und alle Sachen für Tiffany. Das Mädchen lief im Karokleidchen umher, als sei es das Normalste auf der Welt, mit einem Flugzeug, das ihren Nachnamen trug, in eine 118-Zimmer-Villa am Meer zu fliegen, als handle es sich um einen Ausflug in den Park oder den Zoo – und das war es auch, für sie in ihrer noch sehr jungen, eigenen Realität.

Donald war mies gelaunt und wollte eines der Videos einlegen, die er in seinem Jet in einem Regal aufbewahrte. Freunde erinnerten sich, dass seine Wahl oft auf *Zulu* fiel, einen Film aus den 60ern, in dem britische Soldaten während des Zulu-Krieges vor über hundert Jahren viertausend Zulu-Krieger in einer blutigen Schlacht besiegten (»Er liebte die Szene, in der sich der Berg im Hintergrund zu bewegen beginnt und einem klar wird, dass es sich um Tausende Zulu-Krieger handelt«, erinnerte sich ein Freund). Doch bei diesem Flug fiel seine Wahl auf *Pulp Fiction*. Marla wies ihren Mann zurecht, allerdings auf ihre sanfte Südstaatenart. Sicherlich gäbe es dort im Regal einen Film, der sich besser für Klein-Tiffany eignete als *Pulp Fiction*. Vielleicht etwas mit den Muppets. Er schob die Kassette in den Rekorder, als hätte er Marla nicht gehört. Sie zog ihre Tochter weiter nach vorne ins Flugzeug, weg von ihrem Vater und dem Fernsehbildschirm, und kaum hatte der Film begonnen, hagelte es bereits das F-Wort. (Der Rückflug verlief glimpflicher, der Reporter erinnerte sich, dass Donald Tiffany auf den Schoß nahm und seiner kleinen Tochter befahl, ihm mit ihren Ärmchen zu zeigen, wie sehr sie ihren Daddy lieb hatte. Ihre Armlänge gab jedoch nicht sonderlich viel her. »Nur so wenig?«, witzelte er.)

In Mar-a-Lago fiel es Marla schwer, Donalds ältere Kinder, die keinen Hehl aus ihrer Abneigung gegen sie machten, in die neue Familie zu integrieren. Das Unterfangen stand von Anfang an unter keinem guten Stern. Wenige Tage nach Tiffanys Geburt sagte Ivana Trump in einem Interview mit Geraldo Rivera, sie müsse ihren Kindern versichern, dass ihre Beziehung zu ihrem Vater nichts mit Marla und dem neuen Baby zu tun habe. »Ich habe mich mit ihnen hingesetzt und gesagt, dass sich nichts in ihrem Leben verändern werde«, sagte sie. »Sie werden weiterhin ihren Vater haben, und er wird sie genauso lieben wie vorher, doch wir müssen es ihnen erklären, damit sie sich nicht von dem neuen Baby bedroht fühlen.«

Marla machte es ihnen nicht immer einfach. Der *Playboy* merkte an, dass ihr das Ölporträt in Donalds Büro ein Dorn im Auge war, das Ivana, Don Jr., Ivanka und Eric zeigte. Donald wiegelte nur ab, daher nahm sie die Dinge selbst in die Hand und gab ein neues Porträt in Auftrag, um das alte zu ersetzen. Natürlich saß keines von Donalds Kindern für dieses Bild Modell. Stattdessen gab sie ein idealisiertes Porträt von all seinen Kindern in Auftrag, inklusive Tiffany, die auf Ivankas Schoß saß. Ein meisterhaftes Manöver, dessen Resultat Donald an seinem fünfzigsten Geburtstag als Geschenk akzeptierte. Das alte Bild wurde rausgeworfen und durch das neue ersetzt.

Es gab auch gute Zeiten, ganz besonders, als Marla in Donalds Augen noch das aufstrebende Starlet in New York gewesen war und nicht die spindeldürre Hippie-Ehefrau, die er eigentlich gar nicht hatte haben wollen. Das war im Sommer 1992, als Marla einige lange Wochen damit verbrachte, ihre Rolle am Broadway einzustudieren. Donald war von Marlas Coolness beeindruckt. Sie ließ sich nicht nur auf die Konfrontation mit ihren Kritikern ein, sondern lieferte auch noch eine Performance ab, die gut genug war, um die Leute zum Schweigen zu bringen, die sozusagen geifernd auf den Rängen saßen und es gar nicht abwarten konnten, sie mit Spott zu überhäufen. Was ihre Karriere ankurbelte, kurbelte auch seine an. In dieser Zeit war Marla weder seine Affäre noch ein Risiko oder ein Wachhund, der ihn vom Junggesellenleben abhielt, das er hätte führen können, hätte es sie nicht gegeben. Sie war eine Schauspielerin am Broadway – und eine gar nicht mal so schlechte. Sie ließ Donald *gut* aussehen. Und diese eine Tatsache brachte ein wenig Licht in ihre gewohnt finstere Stimmung. Tiffany war noch nicht auf der Welt, als ihre Mutter zum ersten Mal für die *Will Rogers' Follies* die Broadway-Bühne betrat, doch sie wurde während dieses kurzen Intermezzos gezeugt. Tatsächlich verkündeten ihre Eltern eines Abends, bevor Marla auf die Bühne musste, vor einem Pulk hungriger Fotografen und Journalisten, die schon für den neuesten Publicity-Coup des Paares parat standen, dass sie ein kleines Trump-Baby erwarteten. Dies war einer der wenigen Momente in ihrer Beziehung, in dem Donald bezüglich Marla großen Stolz empfand.

Weder als Baby noch als Kleinkind kann Tiffany gewusst haben, dass die eine Qualität Marlas, die Donald für sie brennen ließ, ihre Fähigkeit war, ein selbstbewusster, lässiger Star zu sein. Doch schon allein aufgrund ihrer genetischen Voraussetzungen hatte sie mit Sicherheit ein wenig von den Showqualitäten ihrer Mutter geerbt. Und natürlich auch von ihrem Vater, der das Bad in der Menge von jeher geliebt hatte. Das war schon so, lange bevor er ins Rennen um die Präsidentschaft ging. Er war der Mann, der Marla bei ihrer Hochzeitszeremonie im Plaza keinen wirklichen Kuss gegeben hatte, wohl aber vor den Kameras und Schaulustigen vor dem Hotel, nach den Feierlichkeiten – und das gleich viermal. Er war der Star einer Reality-Show und genoss es jedes Mal, auf einem Cover abgebildet zu sein, er tapezierte sein Büro damit und hängte die Titelseiten an die

Wände in Mar-a-Lago, in Silberrahmen, die Ivana für ihn kaufte. Er gab unzählige Interviews fürs Kabelfernsehen, er saß bei Howard Stern, kleisterte seinen Namen an Hochhäuser, auf Steaks, Wasserflaschen, Krawatten, Parfums und Matratzen. Dass Tiffany einen Hang zur Dramatik im Blut hat, überrascht wohl wenig. Weitaus überraschender wäre es, wenn es nicht so wäre.

Doch natürlich kommt auch die Erziehung mit ins Spiel. Sie war noch zu klein, um zu realisieren, dass ihr Vater ihre Mutter nur für ihre Starqualitäten bewunderte, doch Kinder sind aufmerksam genug, um zu merken, wann ihre Eltern liebevoll miteinander umgehen und wann der Haussegen schief hängt. Und dieses Thema tauchte so häufig auf, dass es wohl niemanden schockieren würde, dass das kleine Mädchen, das immerhin eigentlich als Einzelkind im Trump-Haushalt aufwuchs, davon Wind bekommen hätte, ob nun bewusst oder unbewusst.

Selbst in jungen Jahren ließ Tiffany keine Möglichkeit zu einer Performance aus, und dieser Charakterzug hielt sich – abgesehen vom Lampenfieber, das sie überfiel, bevor sie bei der Republican National Convention während der Präsidentschaftskandidatur ihres Vaters auf die Bühne musste. Doch diese Performance war etwas ganz anderes. Hier ging es nicht darum, berühmt zu werden; es ging darum, ein politischer Rettungsanker zu sein, und diese Art der verborgenen Starqualität war Tiffany weder angeboren, noch war sie in die Rolle hineingewachsen. Ihr Debüt machte sie für die Agentur Lois/USA im Sommer 1995 für Minolta in einem Werbespot, der in Long Island City gedreht wurde. Tiffany, gerade einmal drei Jahre alt, ein weißblonder Lockenkopf mit strahlend blauen Knopfaugen, kicherte beinahe während des gesamten Drehs. »Mit Minoltas Freedom Family Zoom bleibt mein kleines Mädchen immer so alt, wie es mir gefällt«, sagte Marla, während sie Tiffany mit dem japanischen Apparat fotografierte, die neben ihrer Mutter saß und mit einem winzigen Teeservice spielte. Ein Jahr später stapften Donald und Marla mit ihrer Tochter Downtown zur großen Eröffnung seines neuen Prachtgebäudes, 40 Wall Street, erbaut von J. P. Morgan, noch bevor irgendjemand ahnen konnte, dass die Wall Street einmal zum Epizentrum des weltweiten Finanzsektors werden sollte. Donald gab sich an jenem Juniabend 1996 vor der Menge gewohnt großmäulig, er war wieder auf dem Weg an die Spitze, fühlte sich triumphal. Er hatte einhundert Leute eingeladen, verkündete er, und vierhundert waren aufgetaucht. Alle Blicke waren auf Tiffany gerichtet, die damals Dreijährige, die von ihrer Mutter gehalten wurde wie eine Trophäe. Ihre Eltern ließen sie das Lotterielos ziehen, das einem glücklichen Gewinner ein Wochenende in Mar-a-Lago bescheren würde. Unbeeindruckt von der Aufmerksamkeit und ohne auch nur eine Sekunde zu zögern, zog sie das Los.

Auch bei Donalds fünfzigstem Geburtstags zuckte sie kaum mit der Wimper, als Marla vierhundert Gäste ins Trump Tower Penthouse einlud, um ihren Ehemann und sein halbes Jahrhundert ganz oben zu feiern. Sie hatte eine Statue ihres Mannes aus Zucker in Auftrag gegeben, die ihn als zahnschmerzsüßen Superman zeigte, dessen Brust ein Dollarzeichen zierte. Sie bestellte Kellner, die Champagner und Erdbeeren servierten, und als Eartha Kitt »Happy Birthday« schnurrte, segelten sechshundert goldene Luftballons von der Decke in die Menge. All das, bevor die kleine

Tiffany aufstand, um vor Hunderten von Menschen in ihrem pompösen Zuhause ein Liedchen für ihren Vater zu trällern und einen kleinen Tanz aufzuführen. »Ein bisschen sonnig und ein bisschen traurig«, beschrieb der *Playboy* die Szene.

Derlei Auftritte wurden für Tiffany zur Gewohnheit. Als sie im Sommer 1997 mit Marla zu einem Film-Festival nach Nantucket fuhr, setzte sie sich im Chancellor's Restaurant des Point Breeze Hotels neben den Pianisten, der ein wenig zur Seite rückte, damit die Dreijährige ebenfalls auf dem Hocker Platz nehmen konnte. Sie stimmten »Somewhere over the Rainbow« aus dem *Zauberer von Oz* an, danach »Tomorrow« aus *Annie*, gefolgt von »A Whole New World« aus *Aladdin.* »Sie hat eine hübsche Stimmlage«, erzählte der Pianist, Bob Ford, dem *Boston Herald* kurz nach ihrem Duett. Das Mutter-Tochter-Gespann ging nur, da Marla Hunger hatte – auf Kaviar, wie ihre Tochter sicher auch. Das Restaurant entließ sie mit einem Essenspaket nach Hause, in dem genug von der Delikatesse enthalten war, um die Mutter und das kleine Mädchen zu erfreuen.

Als Tiffany sechs Jahre alt war, hatte sie mit Marla ihren ersten Fernsehauftritt auf dem Lake Tahoe International Spring SnowFest 2000. Marla und Tiffany traten in einer Promi-Challenge auf, die in jenem Frühjahr auf PAX television laufen sollte und für die sie Berghänge hinunterrodeln sowie durch Schnee und Eis laufen mussten. Mit vierzehn hatte sie ihre erste Fashion-Show im Beverly Hills Hotel für Anand Jon, einem Designer, in dessen Shows bereits Ivanka mitgelaufen war, ebenso wie Nicky und Paris Hilton sowie Elizabeth Jagger. (Zu dem Zeitpunkt, als Tiffany ihren Auftritt auf seinem Laufsteg hatte, saß der Designer jedoch gerade aufgrund diverser Anzeigen wegen sexuellen Missbrauchs in einem Gefängnis in Los Angeles, die Kaution war auf 1,2 Millionen Dollar festgelegt worden. »Donald wird es zum Kotzen finden, wenn er hört, dass Tiffany da mitmacht«, sagte ein Freund der *New York Post*. Tatsächlich ist schwer zu sagen, ob Donald überhaupt etwas von der Sache mitbekommen hätte, hätte die *Post* nicht darüber berichtet.)

Marla stand Tiffanys Aufstieg nie im Weg. Im Gegenteil, sie half fleißig mit. 2011, als Tiffany gerade ihr letztes Jahr auf der Highschool verbrachte, wandte Marla sich an ihren Freund Steban Demari, einen Songwriter, der unter dem Künstlernamen Sprite arbeitete. Die beiden hatten sich beinahe zwei Jahrzehnte zuvor kennengelernt, nachdem Marla und Tiffany nach Los Angeles gezogen waren. Sie schrieben zusammen an Songs und gingen gemeinsam zu Musikveranstaltungen in der Gegend. 2010 posierten sie beispielsweise auf dem roten Teppich vor dem House of Blues am Sunset Strip in West Hollywood, für ein »Artists for Peace and Justice und We.The.Children«-Spendenevent für Haiti. Demari legte eine Hand auf Marlas golden glitzerndes, mit Pailletten besetztes Minikleid, den anderen Arm hatte er um ihre Lederjacke gelegt, seine Nase rieb über ihre Wange. Marla bat ihn, dabei zu helfen, einen Song für ihre Tochter zu schreiben, und der Freund willigte ein. Er brachte einen Produzenten mit, den Marla ebenfalls kannte, um an dem Track zu arbeiten, und der holte wiederum einen Rapper aus Antigua namens Logiq mit an Bord, der eine Strophe für den Song aufnehmen sollte. »Sie wollten eine Hip-Hop-Strophe, weil ich Hip-Hop-Künstler bin und Songs schreibe«, sagte Logiq in einem Interview dazu, wie sich die

Zusammenarbeit mit der Teenage-Trump-Tochter und seinem Beitrag zu ihrer beginnenden Karriere im Musik-Business ergeben hatte. »[Der Produzent] ist ein Freund von mir und gemeinsamer Freund von Marla Maples, also rief er mich an und meinte so: ›Yo, ich will dich auf diesem Track.‹« Er berichtete, er habe sich den Song angehört, er habe ihm gefallen, »und daher war es eine gemachte Sache.«

Der Track, den sie produzierten, war »Like a Bird«, eine synthetische Dance-Pop-Nummer, bei der die Singstimme aufgrund von Autotune und anderen Postproduktionstricks kaum noch als menschlich zu identifizieren ist. »Like a Bird« war der einzige Song, den Tiffany rausbrachte, obwohl Logiq im Interview erwähnte, sie hätten noch zwei oder drei Songs zusammen aufgenommen, von denen er hoffte, dass auch sie irgendwann das Licht der Welt erblicken würden. Als der Song rauskam, generierte er nicht viel Aufmerksamkeit, abgesehen von einer Erwähnung bei *Oprah*, als Tiffany und Marla 2013 dort auftraten. Darin nahm Tiffany die Kameras mit in ein Aufnahmestudio und sprach zum ersten Mal über ihre beginnende Karriere als Sängerin. »Ich liebe Musik«, sagte sie in einem Interview in ihrem Kinderzimmer in Calabasas. »Das habe ich schon immer. Im Moment ist es eher noch ein Hobby, aber in ein paar Jahren würde ich gerne Nägel mit Köpfen machen und das Ganze professioneller vorantreiben.« Ganz ähnlich hatte Ivanka über ihre Karriere als Model gesprochen, auch wenn Tiffanys ältere Schwester Fotoshootings und Modeschauen deutlich fleißiger an Land zu ziehen versuchte, als Tiffany Studioaufnahmen oder Songwriting betrieb. Ivanka hatte allerdings auch eine Agentur und einen Vater, der sie pushte, damit aus ihr die Art Prominenz wurde, die er wollte.

Freunde von ihm haben behauptet, es bestünde kein Zweifel daran, dass er sich auch für Tiffany diese Art Ruhm wünschte, allerdings ist mehr als fraglich, ob er sich für ihre Karriere so sehr interessierte wie für Ivankas. Davon abgesehen ist für eine echte Popstar-Karriere sehr viel mehr Fleiß erforderlich, und, für die Tochter eines Milliardärs, sehr viel mehr finanzielle Zuwendungen als für die Karriere eines stinknormalen Models.

Tiffanys Popsternchen erlosch, bevor es richtig aufgegangen war. Das Ganze blieb ein Hobby, und sie ging nie den nächsten Schritt, das Ganze zum Beruf zu machen, wie sie es Oprah gegenüber behauptet hatte. Dass ihre Mutter bei diesem kurzen Ausflug ins Musikerdasein an ihrer Seite war, dass sie ihr half und alles arrangierte, zeigt sehr deutlich, wie dieses Mutter-Tochter-Gespann seit Tiffanys Geburt funktionierte. Da Donald so viel arbeitete, waren Marla und Tiffany, genau wie seine Kinder aus erster Ehe, häufig sich selbst überlassen. Vor der Trennung nahm sie Tiffany mit in den Central Park, sie kraxelte hinter ihrer kleinen Tochter die Leiter eines Holzhäuschens hoch, um nach unten die Rutsche zu nehmen (ein Bodyguard aus dem Plaza, den Donald aus seinem Sicherheitsteam angeheuert hatte, um auf seine jüngste Tochter aufzupassen, folgte ihnen auf dem Fuße und lungerte auf dem Spielplatz herum, während die beiden herumtobten). Der Presse schwärmte Marla in höchsten Tönen von ihrem rosigen Zuhause vor, das sie sich mit ihrer Tochter in Donalds 24-Karat-Leben als eigene kleine Kumbaya-Existenz eingerichtet hatte. »Tiffany und ich stehen gegen acht Uhr auf und knuddeln erst einmal ausgiebig, während wir ›You Are My Sunshine‹ oder ›Oh What a Beautiful Morning‹ singen«, erzählte sie dem *Guar-*

dian in einem Interview, als sie nach ihrer täglichen Routine mit ihrer Tochter gefragt wurde. »Meistens mache ich ihr dann ein Bio-Spiegelei. Ich schneide die Mitte aus einem Stück Toastbrot und brate ein Ei in Bio-Butter. Das Ei ist dann das Gesicht vom Brot. Danach machen meine Mutter, Tiffany und ich ein kleines Workout. Tiffany hat sogar einen Kindertennisschläger.«

Natürlich war dies nur ein Schnappschuss, ein winziger Augenblick aus ihrem Leben, und zwar aus der aufgeräumten Alles-ist-gut-Version, die sie perfektionierte und nun verkaufte, nach dem Motto: Ertrag es mit einem Lächeln. Es war die Fassade, die ihr die Presse über sich und ihre Tochter abnehmen sollte, und vielleicht sagte sie all das, weil sie es selbst glauben wollte, obwohl die Realität nicht ganz so idyllisch war. Doch wenn sie dieses Image projizierte und die Geschichte nur oft genug wiederholte, konnte sie sie vielleicht wahr werden lassen. Vielleicht würden ihr wirklich alle für einen Moment abkaufen, auch Marla selbst, dass ihr marodes Märchen so enden würde.

Und es war sehr viel maroder, als sie jahrelang zugeben wollte. Als sie und Donald schließlich im Frühjahr 1997 ihre Trennung bekannt gaben, quollen all die Wahrheiten über ihr Leben und die Beziehung zum Vater ihrer Tochter, die sie so lange hinuntergeschluckt hatten, geradezu aus ihr heraus. In einem Interview in jenem Sommer sagte Marla, die Ehe habe nicht funktioniert, weil sich ihre Werte und ihre Vorstellungen von einem Partner und Vater so gravierend von Donalds unterschieden. Marla, die von der Geliebten zur festen Freundin und schließlich zur Verlobten geworden war, hatte gegenüber Donalds früheren Freundinnen und Ivana den klaren Vorteil, dass sie bereits erahnen konnte, was für ein Vater er sein würde, als sie schließlich beschloss, mit ihm zusammenzuleben; sie wusste, wie er in Sachen Mühe und Aufmerksamkeit mit seinen drei älteren Kindern umgegangen war, lange bevor Tiffany zur Welt kam. Doch entweder scherte sie sich nicht darum, oder sie dachte, beim zweiten Mal würde alles anders kommen. Der Fairness halber muss man sagen, dass manche Männer mit ihrer ersten Frau in einer Zeit Kinder bekommen, in der sie noch jung sind und wie verrückt schuften, und dann später dankbar für die Möglichkeit sind, mit einer zweiten Frau und weiteren Kindern alles anders, alles besser zu machen. Doch so war Donald nicht. »Nach all diesen Jahren habe ich gemerkt, dass er sich nicht ändern kann«, erinnerte sich Marla. Und es stellte sich heraus, dass er genau das war, was sie sich nicht für ihre Tochter gewünscht hatte – aus vielerlei Gründen. »Ich wollte einen Mann, der mit mir dem Baby Geschichten vorliest«, sagte sie. »Ich wünsche mir so sehr, er wäre in den Leben all seiner Kinder präsent gewesen. Ich hätte es toll gefunden, wenn er die Art Dad hätte sein können, der mit uns allen einen Ausflug nach Disney World macht und mit uns beim Abendbrot sitzt, ohne dass die Finanznachrichten im Fernsehen laufen.« Es wurmte sie, dass Donald die Arbeit wichtiger war als seine Kinder und er sehr viel mehr Zeit damit verbrachte, »auf der ganzen Welt die schönsten Gebäude zu bauen«, als zu Hause seine Familie zu umsorgen. »Für ihn ist das Geldverdienen am wichtigsten, und darin unterscheiden wir uns enorm«, sagte sie. »Ich glaube, das ist nicht das richtige Leben, um ein Kind aufzuziehen. Meiner Meinung nach sind grundsätzliche Werte sehr viel wichtiger. Die kann man mit Geld nicht aufwiegen.«

Als die Scheidung erst einmal eingereicht war, kämpfte Marla jedoch sehr dafür, ihrer Tochter Tiffany das gute Leben finanzieren zu können, in das sie hineingeboren worden war. Besonders wenn es darum ging, sicherzustellen, dass sich Tiffanys Vater im selben Maße um sie kümmerte wie um seine älteren Kinder. Freunden und Anwälten gegenüber beklagte sie sich, Ivana habe durch ihren Ehevertrag und ihre darauffolgende Einigung in der Scheidung einen sehr viel besseren Deal für Ivanka, Don Jr. und Eric erhalten als sie für Tiffany. Wie Ivana argumentierte auch Marla, sie habe den Vertrag unter Druck unterschrieben – wenige Tage vor der Hochzeit – und nur aufgrund der tickenden Uhr nachgegeben, als der große Tag unmittelbar bevorstand. »Ich stand mit dem Rücken zur Wand«, sagte sie in einem weiteren Interview im Herbst 1997 der *Daily Mail*. »Ich hatte damals wirklich das Gefühl, dass mir keine Wahl blieb. Ich wollte nur das Richtige für mein Baby tun.« Donald räumte ein, Tiffany sei ihm »sehr, sehr wichtig« und dass sie sich »um nichts zu sorgen brauche«. Auf die Frage, ob er seine jüngste Tochter abspeise, sagte er der Presse: »Ich denke nicht, dass das ein Thema sein sollte.« Marla antwortete darauf, sie hoffte, er sage die Wahrheit. »Ich bete, dass er fair mit ihr umgehen wird. Sie ist ein berühmtes Kind, und ich möchte ihr ein sicheres Zuhause in einer guten, sicheren Wohngegend bieten, im Einzugsbereich für gute Schulen. Mehr will ich nicht.«

Nach der Scheidung versuchte Marla eine Zeit lang, ihr dieses sichere Zuhause in New York zu bieten. Sogleich richteten sie sich in einem etwas normaleren Alltag außerhalb des Trump Towers ein – sehr viel bodenständiger, weniger vergoldet und ohne gewisse Zahlen auf dem Konto. »Wir genießen jetzt die kleineren Dinge«, sagte Marla damals in einem Interview. »Als Kind, das mit Limousinen groß geworden ist, sieht Tiffany jetzt die Busse und Taxis und sagt: ›Ich will mit denen fahren.‹ Unser Leben ist jetzt sehr viel normaler. Es geht um pure, bedingungslose Liebe.« Wenn sie auch einiges in ihrem Leben runterschraubten, war es doch unauflöslich mit Donald in Manhattan verbunden, wo der Name Trump Gebäude und Titelseiten zierte und für etwas stand, mit dem Marla nicht mehr unbedingt in Verbindung gebracht werden wollte. Er ging bereits mit Melania aus, was bedeutete, dass sein Name wieder die Klatschspalten füllte. Auch wollte Marla ihre Schauspielkarriere neu starten. Vom Unterhalt konnte sie nicht leben, doch das war von New York aus schwerer als gedacht. Wenn sie zu Vorsprechen reiste, nahm sie Tiffany mit und behielt zunächst eine kleine Wohnung in Hollywood, wo die beiden wohnten, wenn sie für Fernsehauftritte oder Filmrollen dort sein musste. Doch langsam hatte Tiffany ein Alter erreicht, in dem sie auf eine richtige Schule gehen musste und nicht mehr mit ihrer Mutter nach Los Angeles und zurück reisen konnte. Da sie ohnehin nicht die halbe Zeit mit ihrem Vater verbringen würde, traf Marla die Entscheidung, mit Tiffany nach Kalifornien zu ziehen.

Zunächst sollte es eine Zwischenlösung sein. »Wenn ich die richtigen Rollen bekomme, bleibe ich«, sagte Marla damals. Obwohl es nicht so kam, blieb sie trotzdem. Im November 1999 kaufte sie ein fünfhundert Quadratmeter großes Zuhause für sich und Tiffany in einer umzäunten Nachbarschaft namens Mountain View Estates. Eines von dreihundertfünfundachtzig mediterranen Häusern, die

Anfang der Neunziger hinter steinernen Toren gebaut worden waren, die von zwei angelegten Teichen mit Brunnen gesäumt wurden, aus denen Wasserfontänen gen Himmel spritzten. Das Grundstück wird säuberlich gepflegt und die Nachbarschaftsgebühr wird für den Erhalt der Tennisplätze, für die Sicherheit und den Zugang zu den Wanderwegen der umliegenden Santa Monica National Recreation Area ausgegeben.

Für das sonnige Zuhause mit fünf Zimmern und sechs Bädern, dem terracottafarbenen Dach und Blick auf die Berge, zahlte Marla 1,349 Millionen Dollar. Das Anwesen war groß genug für einen Basketballplatz und einen Swimmingpool mit speziell angefertigter Wasserrutsche und eingebauter Bar, deren Hocker im Wasser standen. Wenn man durch die Flügeltür ins Haus gelangte, führte eine beidseitige schmiedeeiserne Treppe im rund gebauten und mit hohen Decken ausgestatteten Eingangsbereich hinauf zu Marlas Schlafzimmer mit steinernem Kamin und Balkon und zu Tiffanys Zimmer mit rosa Plüschteppich und gerüschten Gardinen.

Es war opulent, sicherlich, aber bodenständiger als das Penthouse oder Mar-a-Lago. Marla steckte Tiffany auf die Viewpoint School in Calabasas, die 30000 Dollar im Jahr kostete, wo sie ein relativ durchschnittliches Rich Kid mit bekanntem Nachnamen war. Als sie ihren Führerschein in der Tasche hatte, fuhr sie einen schwarzen Audi A5. Im letzten Schuljahr fuhr sie zum Coachella Festival, um es sich mit ihren Freunden Rihanna und Calvin Harris anzusehen, zum Abschlussball trug sie ein knallpinkes bodenlanges Kleid. Donald kam hauptsächlich für alles auf, war darüber hinaus jedoch nicht in ihren Alltag involviert, sodass ihre Trump'sche Seite dort endete. »Sie ist nicht in der Trump-Welt aufgewachsen«, sagte Marla in einem Interview, als Tiffany ein Teenager war. »Sie ist als relativ normales Kind groß geworden, das Fußball oder Basketball spielt, das zum Training fährt. Ganz durchschnittlich. Ich war die Soccer Mom, ich habe das SUV gefahren.« Tiffany sagte, der Umzug nach Kalifornien habe ihr eine relativ normale, komfortable Existenz ermöglicht – die Art Kindheit, die ihren älteren Geschwistern nie vergönnt war. »Da ich an der Westküste aufgewachsen bin, unterscheide ich mich definitiv von ihnen allen, die an der Ostküste groß geworden sind«, bemerkte sie bei *Oprah*. »Für mich war es großartig, die Möglichkeit zu haben, als normales Kind außerhalb des Scheinwerferlichts groß zu werden, im Gegensatz zu ihnen in New York. Sie standen immer so sehr im Fokus der Medien und im Rampenlicht.«

Natürlich führte Marla Beziehungen, aber hauptsächlich waren es sie und Tiffany, die zusammen zu Abend aßen, Tennis spielten, zum Training fuhren oder Zeit mit ihrer Familie in Georgia verbrachten. Nachdem Tiffany die Highschool beendet hatte, begleitete Marla sie auf eine Europareise nach Paris, London, Wien und Amsterdam. »Es war wirklich ein Segen, Tiffany als Single-Mom aufziehen zu können«, sagte sie. Donald kümmerte sich, wie sie sagte, um das Schulgeld und einige ihrer Bedürfnisse, aber »was die alltägliche Erziehung anging, war ich hier. Ich hatte nie Geheimnisse vor Tiffany.« Tiffany schwieg nicht darüber, wie viel ihre Mutter für sie getan hatte. »Wir haben uns immer schon sehr nahegestanden, da sie mich allein aufgezogen hat«, sagte sie bei *Oprah*. »Meine Freunde sagen immer, ›Wow, ihr beide versteht euch echt gut.‹ Die meiste Zeit begleitet sie mich, und irgendwie finden die Leute das schockierend.«

Was nicht heißen soll, dass Tiffany gar keine Beziehung zu ihrem Vater hatte. Es gab Ferien in Palm Beach, und manchmal flog er für eine schulische Veranstaltung zu ihr. Doch weder durchschaute sie ihn richtig noch er sie. Ihre Geschwister perfektionierten jahrelang die Kunst, um ihn herum zu manövrieren und Donalds Denkweise zu interpretieren – wie man ihm ein paar Dollar zusätzlich aus den Rippen leiern konnte für eine neue Jeans oder einen Ausflug, den man machen wollte, wann man ihn am besten fragte, welche Launen es zu vermeiden galt. Tiffany hatte keine Jahre damit verbracht, diese emotionalen Daten zu sammeln. Und so fragte sie, mit etwa fünfzehn Jahren, als sie zur Highschool ging, Ivanka nach ein paar Insider-Tipps. Tiffany hatte keine Kreditkarte, für die ihr Vater aufkam, und wusste nicht, wie sie es anstellen sollte, ihn darum zu bitten. Wie Ivanka in ihrem Buch *The Trump Card* schreibt, ergaben sich Tiffanys »relativ gemäßigte finanzielle Bedürfnisse« nicht daraus, »dass sie verwöhnt war«, sondern weil sie mit ihren Freunden an der Uni mithalten wollte. Tiffany hatte sich eine Strategie überlegt. Sie fragte ihre Schwester um Rat, die ihr sagte, das Ganze sei keine große Sache, und sie solle ihn einfach fragen. Doch Tiffany gelang es nicht, den nötigen Mut aufzubringen. Ihr fehlte die Kaltschnäuzigkeit. »Natürlich sagte ich ihr nichts davon«, schrieb Ivanka, wobei es nun aber jeder, inklusive ihrer Halbschwester, wusste, der ihr Buch las, »doch ich ging zu unserem Vater und schlug vor, Tiffany zu Weihnachten mit einer Kreditkarte zu überraschen, mit der sie über ein kleines monatliches Taschengeld verfügen konnte. Und genau so kam es auch. Tiffany war überglücklich und erleichtert. Und so dankbar.« (Donald musste sich nie Sorgen darüber machen, dass Tiffany die Karte ausnutzte. Genau wie ihr Vater hatte auch sie unter Freunden den Ruf weg, sparsam zu sein. Gewisse Gruppen von Penn-Studenten hielten jede Woche denselben Freizeitplan ein. Am Donnerstagabend gingen große Cliquen miteinander essen – üblicherweise in ein Restaurant, bei dem man seine eigenen Getränke mitbringen durfte, mehrere Blöcke vom Campus entfernt in Richtung Downtown –, bevor sie weiter in Richtung eines Clubs zogen, den jede Woche eine andere Verbindung für Penn-Studenten mietete, wo jeder zehn Dollar an der Tür bezahlte, um mit Leuten Party zu machen, mit denen man auch einfach in ihren Verbindungshäusern Party machen könnte. Tiffany schloss sich ihnen manchmal an, und Freunde erinnerten sich, dass sie eine Angewohnheit hatte, die den anderen wohlhabenden Ivy-League-Studenten auffiel. Für gewöhnlich kam die Rechnung, und der Betrag wurde durch die Anzahl der Leute geteilt, die beim Dinner dabei gewesen waren, ganz gleich, wessen Vorspeise teurer gewesen war, wer nur einen Salat gegessen hatte, wer nur Wasser oder eine Beilage bestellt hatte. Wenn Tiffany mitkam, war sie dafür bekannt, die Rechnung durchzugehen und bis auf den letzten Cent zusammenzurechnen, was sie zahlen musste, um anschließend genau diesen Betrag dazuzugeben. Sie erklärte dann, ihr Vater stelle ihr ein Budget von 500 Dollar im Monat zur Verfügung.)

Tiffany war sich darüber im Klaren, dass sie aus der Schusslinie gebracht worden war, indem sie auf der anderen Seite des Landes aufwuchs, weit weg von ihrem Vater. All das änderte sich, als sie Kalifornien am 27. August 2012 den Rücken kehrte, um für das Studium in Richtung Osten nach Philadelphia zu ziehen. Zum ersten Mal schnupperte sie in ein Leben hinein, in dem sie so wie ihre Geschwister behandelt wurde, wenn die Menschen um sie herum hörten, dass sie eine Trump war. Wie so viele Studenten im ersten Jahr schloss sich Tiffany ihren Freundinnen an, als diese die Verbindungen und andere Gesellschaften auf dem Campus erkundeten. Die öffentliche Aufnahmewoche für neue Mitglieder in den Studentinnenverbindungen war erst im zweiten Semester vorgesehen, doch bereits im Herbst ihres ersten Jahres an der Penn besuchte sie einige Veranstaltungen der Tabard Society, einer semi-geheimen Gruppe, die ausschließlich Studentinnen offen stand. Im Gegensatz zu den offiziellen Verbindungen saß die Tabard Society nicht auf dem Campus und wurde von der Universität nicht offiziell anerkannt. Sie hatte keine nationalen Ableger oder weitere Sitze an anderen Hochschulen. Ihr Auswahlprozess begann Monate vor dem der Studentinnenverbindungen und zog sich über Monate hin, anders als die große »Auswahlwoche«, die auch wirklich nicht sehr viel länger dauert, als der Name suggeriert. Die Anzahl an Frauen, die der Tabard Society beitreten möchten, beläuft sich üblicherweise etwa auf zweihundert, wobei die Gruppe am Ende nur etwa zehn bis zwanzig Frauen einen Platz anbietet. Die früheren Veranstaltungen im Herbst stehen jeder interessierten Frau auf dem Campus offen, doch nachdem sie sich alle an ein paar Abenden kennengelernt haben, werden nur noch exklusive Einladungen verschickt, sodass die Gruppe der Kandidatinnen mit jeder Einladungsrunde kleiner und kleiner wird. Tiffany Trump ging mit ihren Freundinnen zum ersten oder zweiten Event, doch als die erste Einladungsrunde anstand, hatte sie es nicht auf die Liste geschafft. Die Tabard Society befand sie als überaus freundlich, hatte jedoch Angst, jemand mit ihrem Nachnamen könne andere Mädchen davon abhalten, der Society beitreten zu wollen. Das Risiko war größer als der Gewinn.

Ein großer Teil dieses Risikos ergab sich dadurch, dass Tiffany zu einem Zeitpunkt an die Uni kam, da ihr Vater mehr war als ein berühmter Immobilienhai aus Manhattan, der für seine experimentierfreudige Frisur, seinen Erdnussflip-Teint, eine Reihe kostspieliger Scheidungen, Supermodelfrauen und das häufig imitierte »Sie sind gefeuert!« aus seiner Prime-Time-Reality-Show bekannt war. 2011, ein Jahr bevor Tiffany an der Penn anfing, stellte Donald Trump öffentlich die Echtheit von Barack Obamas Geburtsurkunde infrage. Zu jener Zeit war Obama so eine beliebte Person auf dem Campus, dass Studenten noch Shepard Faireys »Hope«-Poster an die Wände ihrer Wohnheimzimmer hängten. Am Abend seiner Wahl zum ersten schwarzen Präsidenten strömten Studierende aus ihren Wohnungen, Arbeitszimmern und der Van Pelt Library, feierten und umarmten einander, trommelten trotz der kühlen Novemberluft auf Motorhauben von Autos, aus deren geöffneten Fenstern laut Musik schallte.

Hunderte liefen die Walnut Street in Richtung Stadtzentrum hinunter. Nicht weil dort eine öffentliche Feier auf sie wartete, sondern weil es in ihnen brodelte, weil sie so sehr vor Freude platzten, dass es sie nicht in ihren Zimmern hielt, sondern unter Leute zog. Sie mussten sich bewegen. Ihnen war klar, dass sie Zeuge dessen waren, wie Geschichte geschrieben wurde, und sie mussten fast schon die Menschenmengen da draußen sehen, um es glauben zu können. Bei vielen von Tiffanys Kommilitonen sorgte insofern die Tatsache, dass der Mann, der ihren Nachnamen trug, ständig im Kabelfernsehen zu sehen war oder twitterte, Barack Obamas Geburtsurkunde sei »eine Fälschung«, und ihm riet, sich und sein Amt öffentlich zu erniedrigen, indem er das Gegenteil bewies, nicht gerade für viel Wohlwollen ihr gegenüber.

Dass der Name Trump Tiffany nicht schon früher geschadet hatte, lag einzig an Marlas monumentaler Entscheidung, sie aus New York herauszuholen und weit weg von Donald aufzuziehen. Als Tiffanys Geschwister aufs College gingen, hatten sie bereits so viele Jahre in der Öffentlichkeit gelebt und waren wegen ihres Nachnamens anders behandelt worden – sowohl im positiven als auch negativen Sinne –, dass sie nun bewusst davon Abstand nahmen. Für Don Jr. bedeutete dies, an der Penn in einem Pick-up vorzufahren, um möglichen Vorurteilen vorzubeugen (auch wenn er sich ab und an in Raufereien à la »Weißt du überhaupt, mit wem du es zu tun hast?« wiederfand). Ivanka setzte alles daran, sich als Anti-Paris-Hilton darzustellen, die ständig betonte, was für eine hart arbeitende Stubenhockerin sie sei, die nur zu gerne zu Hause einen Film anschaute oder Schlittschuh laufen ging oder ihre Zeit im Büro verbrachte, statt durch die Clubs zu ziehen. Eric ging sogar so weit, es zu leugnen, wenn Leute fragten, ob er tatsächlich einer von *den* Trumps sei. Sie hatten miterlebt, wie Menschen ihre Familie ausnutzen wollten, und hatten somit gelernt, in ihrem Sozialleben all dem den Rücken zu zukehren, sie blieben in Kontakt mit alten Freunden, denen sie vertrauen konnten, die sich nicht um ihren Nachnamen scherten oder darum, wie sie aufgewachsen waren.

Tiffany war der Verbindung mit dem Namen Trump noch nicht überdrüssig, da man sie in der Vergangenheit kaum damit verbunden hatte. Sicher, sie lebte ein bequemes Leben in Calabasas mit Marla, doch man ließ sie größtenteils in Ruhe, es war relativ normal und behütet, ohne die ständige Kamerapräsenz, der Marla hinterhergetrauert hatte, nachdem sie sich von Donald hatte scheiden lassen. Tiffany war noch nicht von Menschen benutzt oder ausgestoßen worden wie ihre Geschwister. Und anders als Don Jr., Ivanka oder Eric war sie zu jung gewesen, um sich an den höllischen Tumult zu erinnern, den die Scheidung ihrer Eltern ausgelöst hatte, und so hatte sie nie gelernt, dass sich diese Art Aufmerksamkeit im Nullkommanichts gegen einen wenden konnte.

Abgesehen davon war Tiffany die Definition eines privilegierten Millennials, der jeden Aspekt seines Lebens posten wollte, als handle es sich um einen Wettbewerb: Wessen Beiträge wurden am meisten geteilt, bekamen die meisten Likes, wer hatte die meisten Follower? Sie bekam schnell den Dreh raus, postete Fotos von sich im Privatjet ihres Vaters oder am Pool in Mar-a-Lago, im Glitzerkleid vor einem riesigen Weihnachtsbaum, umgeben von Dutzenden Geschenken, in der ersten Reihe einer Modenschau, hinter den Kulissen bei einem Fotoshooting oder in einem Seidenbikini an einem Pool in Southhampton tanzend, mit einer Tiara auf dem Kopf und einem Pelz-Cape um die Schultern und dabei aus pooltiefen Schüsseln Kaviar schlemmend.

Die Klatschpresse bekam schnell Wind davon. In der *New York Post* wurde 2013 berichtet, man habe sie in einem glitzernden Matrosenkleid bei der Boom Boom Room Halloween-Party gesehen, die vom *V Magazine* geschmissen wurde. Laut *Newsday* war sie an einem Samstagabend im Juni im 1 Oak in Southhampton. Im Herbst schrieb die *Post* über ihre Geburtstagsparty zum Einundzwanzigsten, die im Trump Soho – wo auch sonst? – mit einem von ihrem Vater organisierten Dinner begann, gefolgt von einer Nacht im Club Up & Down im Meatpacking District. Ein Jahr später, im Spätsommer 2015, brachte MailOnline eine Story darüber, dass Tiffany bei einem Jason-Derulo-Konzert so wild getanzt habe, dass ein Sicherheitsmann ihr und ihren Freunden sagte, sie sollten ihre Moves etwas mäßigen.

Etwa zur selben Zeit brachte das Magazin *DuJour* ein Feature über Tiffany und eine Gruppe anderer Rich Kids, mit denen sie gerne herumhing und die unablässig für Fotos posierten, um sie anschließend auf ihren Instagram-Accounts oder bei Snapchat zu veröffentlichen. Zusammen wurden sie als »the rich kids of Instagram« oder »Snap Pack« bekannt, und zwar dafür, dass sie in den sozialen Medien Bilder posteten, deren offen zur Schau getragene Dekadenz beinahe schon wieder etwas Bewundernswertes an sich hatte. Da sah man eine Blondine mit redlich verdienter Sonnenbräune, die gerade eine 200 Dollar teure Flasche Cristal-Champagner angesetzt hatte, darunter stand: »Auf der Insel wird das Wasser knapp, also müssen wir improvisieren.« Vor riesigen Pools wurde an gekühlten Gläsern Rosé genippt, man posierte vor Privatjets oder auf Penthouses mit Blick auf den Eiffelturm. »Love«-Armbänder von Cartier und diamantenüberzogene Rolexuhren wurden aufgetürmt. Derlei Feeds wurden zu einem beliebten heimlichen Laster, während andere Millennials und weitaus ältere Schaulustige hasserfüllt jeden neuen widerwärtigen Post ansahen. Dies war sicher ein neues Phänomen: Hunderttausende Menschen folgten den Accounts dieser Kids, um sie gleichzeitig zu verabscheuen und zu beneiden – diese Kids, die in ihrem Leben noch keinen einzigen Tag gearbeitet hatten und derart schamlos und frech über all die unvorstellbar grandiosen Dinge angaben, die sie so offenkundig konsumierten. Während ihre Eltern sich der Maxime »über Geld spricht man nicht« verschrieben hatten, war diese neue Generation von Rich Kids dem Gedanken aufgesessen, dass Reichtum vom Dach herunterposaunt werden sollte, in der Hoffnung, dass Hunderttausende Menschen es hören würden.

Zu dieser neuen, medienversierten, auf Hochglanz polierten Truppe gehörten auch Andrew Warren, Enkel des Modemoguls der siebziger Jahre, David Warren, ebenso wie Gaïa Jacquet-Matisse, Urenkelin von Henri Matisse, Peter Brant Jr., Sohn von Model Stephanie Seymour und Kunstsammler Peter Brant, Kyra Kennedy, Robert Kennedy Juniors Tochter, und Reya Benitez, Tochter des Studio-54-DJs John »Jellybean« Benitez.

Da sie als Phänomen Mitte des zweiten Jahrzehnts der Nullerjahre auftauchten, einer Zeit, in der den Kardashians und *Real Housewives* weitaus mehr Aufmerksamkeit geschenkt wurde als dem Krieg im Irak oder der bevorstehenden Präsidentschaftswahl (das heißt, bevor sich diese in ein realityshowartiges Spektakel verwandelte), eilte der Gruppe ihr zweifelhafter Ruf schnell voraus. Tatsächlich wurden sie von Produzenten angesprochen, die ihre Social-Media-Feeds in eine Art Reality-Show verwandeln wollten und ihnen noch andere lukrative Angebote machten. Gemeinsam lehnten sie zunächst ab. »Man muss längerfristig denken. Es ist leichtes Geld, aber …«, sagte Tiffany gegenüber

DuJour. Matisse unterbrach sie: »Aber es passt nicht zu unseren vielen unterschiedlichen persönlichen Zielen. Abgesehen davon geht es uns nicht um Geld oder Ruhm. Uns geht es um unsere Freundschaften. Darum, dass wir verdammt großartige Persönlichkeiten sind und einander lieben.« In einem Interview, das die Gruppe einige Monate später der *New York Times* gab, sagte Matisse, ihr beständiges Posten habe noch einen anderen Grund: »Ich sehe auf Bildern, die ich selbst mache, einfach gut aus.«

In den überaus vielen Storys, die über das »Snap Pack« geschrieben wurden, war Tiffany häufig abwesend oder hielt sich im Hintergrund. »Etwas unerwartet – wenn man ihren Trump'schen Stammbaum bedenkt – ist, dass Tiffany, die gerade ihren Abschluss an der University of Pennsylvania gemacht hat, die am wenigsten protzige von ihnen allen ist«, schrieb der *Evening Standard* 2016. *DuJour* berichtete, sie habe einen Abschluss von einer Ivy-League-Universität und besitze »eine Art Südstaaten-Noblesse, die sich in Äußerungen wie ›Ach du großer Gott‹« zeige, und dass sie sich, im Gegensatz zu ihren Freunden, fragte, ob sie Geschäftsfrau werden oder sich für einen Doktor in Jura bewerben solle. Ganz ähnlich wurde über Ivanka gesprochen, als sie als Teenager mit ihren prahlerischeren Zeitgenossen aus der Dokumentation *Born Rich* verglichen wurde. Auch wenn die beiden Schwestern in ihrer Jugend nicht viel Zeit miteinander verbracht hatten, so gab es doch die genetisch vererbte, bei beiden vorkommende Tendenz dazu, Freunde als Kontrastfiguren zu benutzen.

Während des Wahlkampfs ihres Vaters distanzierten sich Tiffanys Freunde ein wenig von ihr. »Bei Tiffany ist einfach zu viel los«, sagte Warren der *Times* 2016. »Die mediale

Aufmerksamkeit war super, aber sie hat von meinen Designs abgelenkt. Ich will mich nicht in Politik einmischen.« Manche von ihnen wurden während der heißen Wahlphase in zahlreichen negativen Kommentaren bedroht und beleidigt, wenn sie Fotos mit Tiffany posteten. Doch sie kickten sie nicht völlig aus ihrer Gruppe. Im August 2016, Monate vor der Wahl, posteten sie auf dem offiziellen Account der Rich Kids of Instagram ein Foto von Tiffany und Warren, die an einem Pool in einem Club in Southhampton tanzten, darunter: »Hamptons im Sommer. Weißes Haus im Herbst!«

NACHWORT DER AUTORIN

Die Idee zu diesem Buch und meine anfängliche Einstellung dazu waren vermutlich den Gefühlen der späteren First Family nicht unähnlich, als Donald Trump entschied, sich für die Wahl zum Präsidenten der Vereinigten Staaten von Amerika aufstellen zu lassen. Genau wie bei den Trump-Kindern war das alles nicht meine Idee. Aus dem Blauen heraus bekam ich eines Nachmittags Ende September 2016 eine E-Mail von Jane von Mehren, einer Literaturagentin (und meiner Meinung nach äußerst geduldigen Namenspatronin), mit dem Betreff: »Interesse, mal über ein Buch zu reden?« Sie stellte sich vor und präsentierte ihre Idee für ein »pikantes«, aber »hervorragend recherchiertes« Buch über Trump, aber vor allem über seine Kinder. Zu dem Zeitpunkt berichtete ich als Journalistin für *Vanity Fair* gezwungenermaßen ständig über die Trump-Familie. Wie die Trump-Kinder hatte ich damals bereits die Schnauze voll davon (ich hatte ja keine Ahnung!), doch ich war neugierig genug, die Einladung zum Meeting anzunehmen.

Wir trafen uns an einem sonnigen Montagnachmittag in der ersten Oktoberwoche, und ich sagte ihr, ich bräuchte eine Woche Zeit, um darüber nachzudenken, würde mich dann aber wieder bei ihr melden. In Wahrheit wich ich nach dem Meeting jeglichem Kontakt mit ihr aus. Alle dachten, Donald Trump würde verlieren und seine Familie würde in einem Monat wieder dazu übergehen, die eigene Marke mit geringfügig gesunkener oder gestiegener Nachfrage zu verkaufen – je nachdem, wen man fragte. Ich wusste nicht, von welchem Interesse dieser Mann, der die Welt seine Ruhmesminute lang fesselte und erzürnte, nach dem achten November sein würde. Ganz offen gesprochen wusste ich nicht einmal, wie interessant er für mich werden würde. Die Trumps waren eine berühmte New Yorker Familie mit einem zweifelhaften Reichtumsniveau, die ihr Leben so öffentlich lebte, dass ich mir nicht sicher war, ob es noch irgendetwas gab, das man nicht über sie wusste. Diese Menschen füllten *Page Six*, als sie noch in den Windeln steckten. Alles, was man über sie wissen musste, war vermutlich bereits rausgekommen. Genau wie die Trump-Kinder mochte ich mein Leben. Ich hatte so viel zu tun, dass mir der Gedanke, ein zusätzliches Projekt anzunehmen, unnötig erschien.

Am darauffolgenden Freitag kam das *Access-Hollywood*-Tape raus, am Sonntag sah es bei der Debatte der beiden Präsidentschaftskandidaten auf der Bühne so aus, als würde Donald Trump Hillary Clinton stalken. Ich wich Jane weiterhin aus und checkte den Countdown, den ich auf meinem Handy eingestellt hatte, der die Tage, Stunden, Minuten und Sekunden bis zum Ende der Wahl heruntertickte.

Etwa eine Woche vor der Wahl fing ich an, für eine Story für *Vanity Fairs* »The Hive« darüber zu recherchieren, was Ivanka Trump plante, um ihre Marke zu retten, und wie sie nach der Niederlage ihres Vaters wieder zurück auf den Erdboden finden würde. Etwas später also als die Trump-Kinder widmete ich mich diesem Thema, denn genau darüber diskutierten sie gerade. Ich rief einige Leute an, die mit Ivanka zusammenarbeiteten und die auch weiterhin mit ihr zusammenarbeiten würden, wenn die Dinge nach dem neunten November wieder ihren normalen Gang fanden. Generell hatten alle das Gefühl, Ivanka würde erst einmal durchatmen und sich beruhigen lassen. Sie würde zunächst abtauchen und sich aufs Geschäftliche konzentrieren, später vielleicht ruhig und unter vier Augen mit Journalisten sprechen. Die Leute sagten mir, Ivanka gehe bei der Frage, was sie wann sagte, äußerst strategisch vor, und während der Kampagne hatte sie ausschließlich über Themen gesprochen, die mit Frauen, Familie und der generellen Unterstützung ihres Vaters zu tun hatten. Jemand nannte ihr Vorgehen eine beeindruckend kalkulierte Geschäftsentscheidung, die sie während der letzten achtzehn Monate ausgeführt hatte, in dem Wissen, dass sie noch lange nach der Wahl davon profitieren würde. Würden manche Menschen sie verantwortlich dafür machen, was ihr Vater gesagt hatte und dass sie dem nicht widersprochen hatte? Sicher. »Aber was soll man ihr denn vorwerfen, wenn Hillary erst einmal gewonnen hat?«, fragte mich jemand aus dem Wahlkampfteam am Freitagnachmittag vor dem Wahlsonntag. »Dass ihr Vater gewisse Gesetze nicht in die Tat umsetzen konnte?«

Die Story wurde nie gedruckt. Eine gänzlich andere wurde geschrieben. Am Abend des neunten Novembers, als die Welt aus ihrem kollektiven Koma erwachte und begriff, dass Donald Trump zum fünfundvierzigsten Präsidenten gewählt worden war, schickte ich Jane eine E-Mail mit dem Betreff: »Tun wir's.«

Meine Skepsis verschwand eine Woche später, als *60 Minutes* das Interview mit der neuen First Family brachte. »Ich glaube, es ist unmöglich, sich auf diese Reise zu begeben, ohne davon verändert zu werden«, hauchte Ivanka. Zwei Tage später, früh an einem Tag unter der Woche, summte mein Handy mit einem Anruf einer unbekannten Nummer. Ich war noch im Schlafanzug, als ich dieselbe Stimme am anderen Ende hörte. Es war ein vertraulicher Anruf, ich darf also nicht wiedergeben, was sie da gesagt hat. Doch obwohl Ivanka zu dem Zeitpunkt noch immer darauf bestand, dass sie im Kabinett ihres Vaters weder eine offizielle noch eine inoffizielle Rolle übernehmen würde, war klar, dass sie eine Chance nutzen würde, von der sie nie im Leben gedacht hätte, dass sie sich einmal ergeben würde.

Die nächsten fünfzehn Monate verbrachte ich also damit, zu verstehen, wer die Trumps waren, woher sie kamen und was sie zu dem gemacht hatte, was sie jetzt waren; um zu verstehen, inwiefern sie sich verändert hatten und wohin das Ganze sie führen könnte. Ich verfolgte keine politische Agenda oder Neigung. Die Trump-Kinder würden bald zu den mächtigsten Menschen der Welt gehören, und ich wollte einen Einblick in ihre Vergangenheit liefern, um darüber zu spekulieren, wie ihre Zukunft aussehen könnte.

Ich vergrub mich tief in ihre freundschaftlichen Beziehungen zu früheren Klassenkameraden, Kollegen und Mitarbeitern, um die Vor- und Nachteile der First Family zu beleuchten – ihre unglaubliche Privilegiertheit, die Schäden, die ihnen die überaus öffentliche Scheidung ihrer Eltern zugefügt hatte, die Zeiten der Rebellion und wie sie die Kunst der Pressearbeit, der Verlobungen, Hochzeiten, Reality-Shows und faulen Deals erlernt hatten, die das Leben einer Familie ausmachen. Ich interviewte Hunderte Menschen, viele von ihnen mehrfach und stundenlang. Ich ging Abertausende Pressemitteilungen durch, buchstäblich jedes einzelne Wort, mit dem die Trump-Kinder bis zurück in die Achtzigerjahre erwähnt wurden. Können Sie sich vorstellen, wie oft seit ihrer Geburt über sie geschrieben wurde? Das schiere Ausmaß ist überwältigend.

Ich wurde in meiner journalistischen Arbeit primär mit zwei Problemen konfrontiert. Das erste war Don Juniors Name. Dass man sich auf so unterschiedliche Art auf ihn beziehen konnte – Don, Don Jr., Donald Trump Jr., Donny –, verkomplizierte die Suche nach alten Zeitungsartikeln über ihn. Das zweite Problem war die endlose Anzahl von Menschen, die über die Trumps reden wollten. Das nahm gar kein Ende. Person A kannte Person B, die mit einem von ihnen aufs Internat gegangen war. Der wiederum hatte eine Freundin, die eine ihrer Kindergarten-Klassen unterrichtete, deren früherer Kollege dann jedoch ihr Partner in einem Immobilien-Deal war. Beim Lunch saß ein heftiger Kritiker, der für die Familie gearbeitet hatte, oder ein Lektor, der an einem ihrer Bücher mitgearbeitet hatte, am anderen Ende des Restaurants beim Essen. Ob sie sich vorstellen könnten, für mein Buch interviewt zu werden? Die meiste Zeit lautete die Antwort: Ja. Manchmal fiel sie auch weniger freundlich aus. Und bei jedem Ja versuchte ich, ihre Beweggründe zu verstehen, warum sie mit einer Journalistin sprechen würden.

Heute ist es kein Geheimnis mehr, dass es sich um eine First Family handelt, wie es sie vorher so noch nie gegeben hat. Präsident Donald Trump wohnt im Weißen Haus mit einer First Lady, die seine dritte Frau ist, und zwei Hauptberatern, die mit ihm verwandt sind. Seine beiden erwachsenen Söhne leiten in New York die Familienfirma, die der Präsident trotz stetigem Beschuss voller Vorwürfe nichtethischen Verhaltens nicht abgestoßen hat. Er hat fünf Kinder von drei verschiedenen Frauen, darüber hinaus tragen zahlreiche Produkte – von Wasser über Wein zu Hotels und Parfum – seinen Nachnamen.

Und doch ist es eine First Family, die auf einzigartige Weise scheinbar perfekt für diese auf Prominenz versessene, geldgierige, unersättliche und niemals schlafende Kultur der zweiten Dekade des einundzwanzigsten Jahrhunderts ist. Sie sind *Gossip Girl* meets *The West Wing*. Die Kardashianifikation der Kennedys. Und sie sind absolut versessen darauf, dass man ihnen folgt, und wir wiederum sind alle versessen darauf, ihnen zuzusehen, selbst wenn die Leichen im Keller, die dabei gewollt oder ungewollt auftauchen, nun einmal stinken.

DANKSAGUNG

Dieses Buch gäbe es nicht ohne Jane von Mehren, die den Samen gepflanzt und von Anfang an gehegt und gepflegt hat – genau wie mich. Ich hätte zu niemand anderem Ja gesagt, und ohne ihre Weisheit, ihren Rückhalt, ihre Güte und ihre sehr sanften, absolut notwendigen Schubser in die richtige Richtung hätte ich diesen Prozess nicht überstanden. Letzte Zweifel an der ganzen Sache verflogen, als sie das Projekt – und mich – zu Jonathan Jao brachte. Immer wenn ich mir Sorgen machte, dass sich manch einer nicht für die sanfteren Seiten dieser Story interessieren würde, erinnerte ich mich an die unverfälschte Art, mit der er auf die menschlicheren Aspekte reagiert hatte, so wie ich. Er hatte Verständnis – auch für mich – und bewies sich als Leuchtfeuer, als blitzgescheiter Sprachkünstler und unendlich geduldiger Verbündeter. Vom ersten Moment an nahmen sich Jonathan Burnham und Doug Jones von Harper Collins dieses Projektes – und meiner – an und widmeten uns die Art Unterstützung und Zeit, von denen jeder Autor nur träumen kann. Ich bin überglücklich, mit Sofia Groopman, Tina Andreadis und Tracy Locke zusammengearbeitet zu haben, die das alles zusammengebastelt und umgesetzt haben und es dann so effizient, erfahren und sehr aufmerksam beworben haben.

Dieses Buch steckt voller Geschichten von vielen Leuten und vielen Artikeln, deren Existenz mir ohne die Recherchehilfe von Nicole Landset Blank entgangen wäre. Was ihre Arbeit betrifft, ist sie ein absolutes Genie; was mich betrifft, eine verwandte Seele. Sie bekam ebenso viele harte Reaktionen von Menschen, die diese Art Reportage nicht unterstützen, wie ich. Sie las sämtliche Artikel, hörte sich viele Stunden lang Interviews an, durchkämmte Grundbucheinträge und schaffte es, auf sämtliche Fragen, die ich ihr in den Weg warf, eine Antwort zu finden. Mein Leben, und dieses Buch, wären ohne sie deutlich schlechter (an dieser Stelle ein Dankeschön an meinen Kollegen Nick Bilton, der mir Nicole vorgestellt hat).

Ich hätte mich niemals in der Situation wiedergefunden, über die First Family zu schreiben, schon gar kein Buch, hätte nicht Jon Kelly, mein Lektor bei *Vanity Fair*, lange vor mir die Story darin gewittert. Er wittert immer die Story, und genau das macht ihn zur Messlatte für jeden Reporter, der versucht, auf seinem Weg das große Ganze oder auch nur kleinere Erfolge zu finden. Er forderte mich als Journalistin, gab mir dafür genügend Raum und eine Plattform, um die Geschichten auf eine Art zu erzählen, wie die Menschen sie tatsächlich lesen wollten. Alles, was ich schreibe, macht er besser, klüger, interessanter, sicherlich auch unterhaltsamer. Voller Demut habe ich so viel Ermunterung für meine Berichterstattung und für dieses Projekt von allen bei *Vanity Fair* erfahren. Besonders möchte ich mich bei Graydon Carter, Radhika Jones, Ben Landy, John Homans, Mike Hogan, Doug Stumpf und Krista Smith für ihre Ratschläge und die vielen Aufmunterungen während der gesamten Zeit bedanken.

Ich stehe tief in der Schuld der vielen großzügigen, unermüdlichen und talentierten Journalisten und Autoren, die ihre Notizen, Erkenntnisse und journalistische Details mit mir teilten, ebenso wie ihre Geschichten, mit denen ich dieses Buch zu füllen lernte. Ich bin dankbar für meine journalistischen Lehrjahre als rasende Reporterin, die mir dabei halfen, mir ein Bild von jener Familie zu machen, und mich auf Schlüsselfiguren und Ereignisse brachten, die mir andernfalls vielleicht entgangen wären.

Danken muss ich all jenen Menschen, die bereit waren, für dieses Buch mit mir zu sprechen, die tief in ihrer Erinnerung gruben, um kleine Anekdoten hervorzukramen, die bereitwillig ihre Zeit, ihren Tratsch und ihre Einsichten anboten. Ohne zu zögern, erduldeten sie meine Nachfragen, dann weitere Nachfragen und die Nachfragen aufgrund der Nachfragen. Vielleicht der beste Teil dieses Buches bestand darin, mit so einer großen Menge an Menschen zu sprechen, die allesamt drei Dinge verband: Sie alle kannten die Trumps, sie alle wollten, dass ich meine Sache richtig machte, und sie alle liebten Klatsch und Tratsch.

Meine WME-Familie, Bradley Singer, Jason Hodes, Jon Rosen und Eve Atterman, war durchweg nicht nur Prüfstein, sondern auch Resonanzkörper des Ganzen.

Es wäre unangebracht, mich nicht für all die Geburtstage, Feiertage, Abendessen, Mittagessen, Kaffeetrinken, Anrufe und Termine zu entschuldigen, die ich in den letzten anderthalb Jahren verschieben, verpassen oder absagen musste. Meine Freunde, die allesamt viele »Es tut mir so leid«-Nachrichten erdulden mussten, waren nicht nur geduldig und verständnisvoll, sondern boten auch noch so viel Unterstützung an, dass ich mich dadurch irgendwie noch schlechter fühlte. Ich schulde euch allen großen Dank und viele Drinks. Ein Lob gebührt auch den vielen Joggingschuhen, die ich in dieser Zeit durchgelaufen habe, um einen klaren Kopf zu bewahren. Und Fleetwood Mac waren auch sehr hilfreich.

Natürlich hat dieses Buch viel Nachdenken über das Thema Familie mit sich gebracht, und, du meine Güte, bin ich froh, in die meine geboren worden zu sein. Meine Großeltern, Tanten, Onkel, Cousins und Cousinen fanden sich alle mit meiner Abwesenheit ab, hofften ab und an auf ein Lebenszeichen und freuten sich sehr über dieses Projekt. Meine Schwester Becca ist eine unfassbar talentierte Schriftstellerin (zweifelsohne die bessere von uns beiden), die in diesem Prozess mit mir gelitten und mich angefeuert hat. Nicht nur weil sie kürzlich selbst ein wundervolles Buch zu Ende geschrieben hat. Meine Schwester war schon immer mein größter Cheerleader, sie ist die Erste, die ich anrufe, wenn ich Mitleid brauche, und die empathischste, offenste und wahrhaft gütigste Seele, der ich je begegnet bin. Das Wasser reichen kann ihr vermutlich höchstens ihr Mann Kenny, der für mich wie ein Bruder ist und jeden Tag für uns alle da ist. Meine Nichte Annabelle und mein Neffe Beau sind mein ganzes Herz. Das Wissen, dass ich sie wieder öfter sehen würde, wenn dieses Projekt beendet wäre, war mein Licht am Ende des Tunnels. Meine Eltern, Robb und Nancy, machten Witze darüber, dass ich dieses Buch vermutlich meinem liebsten Kuscheltier aus Kindheitstagen (danke, Pinkie) und unserem verstorbenen Familienhund (RIP Lucy) widmen würde. Doch für mich stand nie außerfrage, dass dieses Buch für sie und dank ihnen entstanden ist. Für sie war jede Enttäuschung, jeder journalistische Erfolg, Rückschlag, Sprung vorwärts, Stress, Abgabetermin wie ihr eigener. Teils, weil ich sie in all diesen Situationen sofort anrief, aber hauptsächlich, weil sie nun einmal diese Art Eltern sind. Sie fördern, sind klug und immer da und die besten Menschen, die ich kenne. Ich weiß nicht, womit ich diesen familiären Jackpot verdient habe, aber ich bin so verdammt glücklich darüber, dass ich ihn gewonnen habe.